한국 고소설의
자료와 유통

한국 고소설의
자료와 유통

정명기

보고사
BOGOSA

머리말

유수와 같은 세월은 무심히 흘러 정명기 교수가 세상을 떠나지 벌써 1년이 되었다. 사람의 힘으로 어떻게 해볼 수 없는 운명이라 하더라도, 그가 세상에 있으면서 해야 할 일이 꽤 많이 있다는 아쉬움은 그대로 남아 있다. 그러나 그런 학술적인 일이 아니라, 만나서 이런저런 얘기를 나누는 일상의 즐거움을 이제 더 이상 함께 누릴 수 없다는 순전한 개인적인 그리움은 시간이 지나며 더욱 커진다.

정교수의 제자 부산교육대학교의 김준형 교수가 스승을 기리기 위해 정교수가 쓴 소설과 야담 관련 논문을 두 책으로 엮어서 출판하면서, 그 서문을 내게 부탁했다. 책의 원고를 받아보니, 소설 관련 글은 전부 모아 한 책을 만들었고, 야담 관련 글은 기존에 단행본에 실리지 않은 것을 한 책으로 묶었다. 40년 전인 1979년에 발표한 글부터 2014년에 쓴 논문까지 35년에 걸쳐 정교수가 쓴 글이다. 컴퓨터로 글을 쓰기 시작한 후의 자료는 파일이 있어서 그대로 실을 수 있지만, 그 이전의 논문은 새로 입력했다고 하는데, 이 일은 선문대학교의 유춘동 교수와 정교수의 따님 정보라미 서울대학교 강사가 도와주었다고 한다.

정명기 교수는 야담 연구자로 알려져 있지만, 대학원에 입학했을 때는 소설을 공부할 뜻이 있었다. 정교수의 석사학위 논문은 「女豪傑系 小說의 形成過程 研究」(1981.02)라는 제목의 고소설 관련 논문이다. 이번에 나오는 책에 실린 「古小說 後記의 性格考」(1979)라는 논문은 석사과정 2학기 재학 중에 쓴 것으로, 이 방면의 연구로는 매우 획기적인 것이다. 이런 논문을 쓰기 위해서는 많은 자료를 읽어야 하는데, 1970년대에는 고소설 필사본의 영인본 자료집이 나오지 않았기 때문에 원본을 직접 보지 않고는 자료를 찾을 수 없었다. 정교수가 이런 논문을 쓸 수 있었던 것은, 직접 자료를 확인하고 글을 쓴다는 연구자로서의 기본 태도가 분명했기 때문이고, 여기에 더해 지도교수인 김동욱 선생의 연구실에서 자유롭게 고서를 볼 수 있는 기회를 가졌기 때문이기도 하다.

박사과정에 진학하여 야담으로 전공을 정한 후에 박사학위 논문「野談의 變異樣相과 意味 研究」(1989.02)를 발표하면서, 정교수는 야담 연구에 박차를 가했다. 특히 김동욱 선생과 함께 펴내기로 한『청구야담』의 교주본을 스승이 돌아간 지 5년 후에 간행함으로써 스승과 한 생전의 약속을 결국 지켜냈다. 자료를 중심으로 한 정명기 교수의 야담 연구는, 기존의 오류를 바로잡는 것은 물론이고, 제대로 정리된 야담 자료를 자세히 읽을 수 있게 됨으로써 야담 연구의 수준을 한 단계 높일수 있었다. 야담으로 전공을 정한 이후에도 정교수는 고소설에 대한 관심을 늦추지 않았다. 그의 자료 수집에 대한 열정은 학계에 잘 알려져 있다. 야담과 함께 상당한 양의 한글소설도 수집했는데, 이 가운데는 고소설이나 야담 연구를 위해서는 반드시 열람해야할 자료가 상당수 있다.

정명기 교수는 세책 고소설을 접하고 나서 고소설에 다시 관심을 갖게 되었다. 1979년에 쓴「고소설 후기의 성격고」에서, 정교수는 나손본『조웅전』과 연세대본『하진양문록』이 세책으로 유통되던 책이고, 이 책에 들어 있는 낙서가 독자들이 쓴 것임을 알고 있었다. 정교수는 고소설 연구에서 세책이 중요하다는 사실을 가장 먼저 깨달은 사람중의 한 명일 것이다. 현재 한국과 일본에 남아 있는 세책 고소설 가운데 그의 손을 거치지 않은 책은 없다고 해도 과언이 아니다. 세책 고소설의 배접지로 사용된 장부를 찾아내고, 세책의 독자가 그린 낙서의 의미를 생각해본 그의 작업은, 이제 후배 연구자들에 의해서 계속되고 있다.

1982년 각기 다른 지방으로 취직을 해서 서울을 떠난 후로, 나와 정 교수는 전화나 편지를 주고받으며 서로의 안부를 물었다. 가끔 얼굴을 보고 싶을 때면 서로 연락을 해서 몇 백 리 길을 달려가 만나 세상과 학문과 인간에 대해서 얘기했는데, 때로는 분노하기도 하고, 때로는 절망하기도 했지만, 끝내는 서로를 위로하고 격려하며 헤어지곤 했다. 이제 그의 제자가 편찬하여 간행하는 책에 서문을 쓰면서, 오랜 기간 그와 함께 이 세상에서 보낸 즐거운 시간을 회상해보기도 했다. 그러나 고전문학자 가운데 가장 능숙하게 자료를 다룰 수 있는 연구자가 이 세상에 없다는 아쉬움과 함께, 절망이나, 분노나, 위로나, 격려를 같이 할 수 있는 사람을 다시 만날 수 없다는 허전함과 쓸쓸함이 문득 더 깊어지는 것은 어쩔 수 없다.

2019년 2월
이윤석

차례

제3부
소설 연구와 새로운 자료

▶ 이 책은 고 정명기 교수가 기왕에 학계에 발표한 소설 논문 전체를 모은 것이다. 다만 둘 혹은 여럿이 함께 쓴 논문은 이 책에서 제외하였다.

▶ 논문은 원래 학계에 발표한 내용을 그대로 실었다. 그러나 책의 일관성을 위해 부호를 통일하였고, 일부 오탈자는 수정하였다.

▶ 발표 논문은 3부로 나누어 실었다. 제1부와 제2부는 유통에 초점을 맞추었고, 제3부는 자료를 소개하는 데에 중심을 두었다. 소개하는 자료는 학술지에 수록된 원문 그대로 실었다. 다만 현재 단국대에 소장되어 있는 〈방쥬젼〉은 여러 이유로 이 책에 싣지 않았다.

▶ 원 출전은 해당논문 마지막에 밝혔다.

제1부

세책본 소설
자료와 유통

'세책 필사본 고소설'에 대한 서설적 이해

- 總量·刊所(刊記)·流通樣相을 중심으로 -

1. 들어가는 말

조선 후기에 들어와 소설이 활발히 유통되기 시작하면서 '세책 필사본 고소설[1]'이란 존재가 우리에게 낯설지 않은 면모로 다가온 것은 주지의 사실이라 할 수 있다. 그 점은 채제공, 이덕무, 강창유삼랑(岡倉由三郎), 모리스 꾸랑, 최남선 등의 단편적인 언급을 통하여 익히 확인된다. 그런 실정임에도 사실 우리 고소설 연구자들 가운데 아직은 '세책본'만을 논의의 대상으로 삼아 본격적인 접근을 시도한 이는 없었던 것[2]으로 보여진다. '세책본'의 당대 사회상황 내에서의 위치[3]라든가,

---

1) 이하 '세책 필사본 고소설'을 '세책본'으로 약칭한다.

2) '세책본'에 대한 본격적인 접근은 아닐지라도 정양완, 『일본 동양문고본 고전소설해제』(국학자료원, 1994)와 대곡삼번, 「조선후기 세책 재론」(『한국고소설사의 시각』, 국학자료원, 1996, 147~181쪽)은 이 방면 연구의 중요성을 새삼 일깨운 중요한 노작이라 생각된다. 전자는 서지상황과 줄거리, '세책본'의 첫 권 첫 면과 마지막 권 첫 면과 마지막 면을 영인 수록하는 순으로 동양문고본 소장 '세책본' 가운데 22종에 달하는 소설[여기서 그 이유는 알 수 없지만 빠져 있는 작품의 목록만을 든다면, 「고려보감」, 「녈국지」, 「님장군젼」, 「유츙렬젼」, 「젹셩의젼」, 「당진연의」, 「쇼듸셩젼」, 「북송연의」, 「홍길동젼」 등 9편을 들 수 있다.]을 수록, 그 실상의 일부분이나마 우리들에게 나름대로 제시하고 있다는 점에서, 후자는 동양문고본 소장 '세책본' 31종의 목록과 그 간기를 일목요연하게 제시해주고 있다는 점에서 그렇다고 할 수 있다. 한편 이들 선행 연구 성과의 오류에 대해서는 본론에서 지적하기로 한다.

방각본소설[4] 또는 구활자본소설[5]과의 경쟁 관계, 나아가 (전문)필사자[6]와 독자의 문제[7] 등을 고려한다면, 더 이상 '세책본'을 연구의 한 편에 지금처럼 결코 방기해둘 수만은 없다고 하겠다.

본 논문은 1998년 이래 현재까지 히로시마여대 대곡삼번(大谷森繁), 연세대 이윤석, 그리고 필자를 중심으로 한 '세책본' 연구 모임의 작업[8]을 통하여 그동안 국내외 도서관 또는 개인 소장본 가운데, 우리들이 입수한 약 500여 책에 달하는 '세책본'을 바탕으로 가장 기본적인 몇몇 문제들을 일차로 정리한 작업에 그친다.

그러나 여기서 아직껏 '세책본' 자체에 대한 여러 문제들, 예컨대 그 개념 규정이라든가, 간소(刊所), 유통 양상 및 연대, (전문)필사자와 독자의 문제, '세책본'에 나타난 상업주의적 면모 또한 우리 학계가 일찍

---

3) 정병설, 「조선후기 장편소설사의 전개」(『한국고전소설과 서사문학』 상, 집문당, 1998)와 이주영, 「고소설 독자에 대한 몇 가지 문제」(제34회 전국어문학연구 발표대회 발표 요지, 2000.10.28)를 참조.

4) 이에 대해서는 이창헌, 『경판 방각소설 판본 연구』(태학사, 2000, 535~547쪽)와 「고전소설 유통 양상에 대한 일 고찰」(『한국서사문학사의 연구』v(중앙문화사, 1995, 1785~1809쪽)을 참조.

5) 이에 대해서는 이윤석, 「구활자본 고소설의 원천에 대하여 -세책을 중심으로」(한국고전문학회 월례발표회, 이화여대, 2000.4.8)를 참조.

6) 이에 대해서는 임치균, 『조선조 대장편소설 연구』(태학사, 1996, 269~271쪽)와 전성운, 「장편 국문소설의 변모와 영웅소설의 형성」(고려대 박사학위논문, 2000, 121~140쪽)과 김민조, 「『하진양문록』의 창작방식과 소설사적 위상」(고려대 석사학위논문, 1999, 100~114쪽)을 참조.

7) 대곡삼번, 『조선후기소설독자연구』, 고려대 민족문화연구소, 1985.

8) 그동안 연구 성원들은 각자 현실적으로 어려운 여건 속에서도 국내 대학도서관과 개인 소장본을 가능한 한 탐문하여 아직껏 그 전모가 밝히 드러나지 않은 '세책본'의 편폭을 넓히고자 많은 노력들을 쏟아왔다. 특히 전상욱과 유춘동 두 동학은 이에 대해 막대한 시간적, 경제적 투자를 게을리 하지 않았는데, 이런 점에서 사실 이 작업은 필자만의 단독 작업이 아니라, 그들과의 공동작업 아래 이루어진 것이라 해야 마땅하다.

이 본격적으로 규명·천착하지 못했다는 상황을 유념한다면, 이런 논의는 그 자체만으로도 이 분야에 대한 연구의 단초를 제공한다는 나름의 의미를 지닌다고 하겠다. 그렇기는 하더라도 본 논의는 '세책본'에 대한 본격적인 접근에 앞서서 우리 연구자들이 한 번쯤 생각해 보아야 할 문제들을 간략히 정리한 것에 불과하므로 자연 **'문제 해결적'이라기보다는 '문제 제기적'인 한계** 또한 지니게 된다. 그러나 이점은 앞으로 연구 모임 성원들[9]에 의해 계속될 향후 작업을 통하여 극복될 것이라 기대된다.

본 논의는 다음과 같은 차례로 진행된다.

'세책본'의 개념과 형태적 특성을 먼저 살펴본 뒤, 이어서 현재까지 입수한 '세책본'의 총량을 검토하여 '세책본'에 대한 일부 그릇된 오류를 지적하고자 한다. 나아가 '세책본'의 간기와 간소를 통하여 본 유통 양상을 검토한 뒤, 마지막으로 '세책본' 연구에서의 앞으로의 과제를 제시할까 한다.

2. '세책본'의 개념과 형태적 특성

1) '세책본'의 개념

'세책본'은 세책 가운데 필사본으로 유통된 고소설을 지칭하는 의미

---

9) 그 작업 가운데 하나로 이다원, 「『현씨양웅쌍린긔』 연구 -연대본 『현씨양웅쌍린긔』를 중심으로」(연세대 석사학위논문, 2000.12)를 들 수 있다. 그는 이 논문의 87~95쪽에 걸쳐 세책필사본의 개념과 범주, 연대본을 통해 본 19세기 후반~20세기 초의 세책과 세책업의 실상을 나름대로 구체적으로 다루고 있다. 한편 김영희 또한 「세책필사본 『구운몽』 연구」(「연세학술논집」, 34집, 연세대 대학원 총학생회, 2001, 9~61쪽)에서 이대본과 동양문고본 『구운몽』의 변별성을 꼼꼼하게 살펴본 바 있다.

로 사용된다. 세책의 기원과 영업 형태에 대해서는 정확히 알 수 없지만, 시대가 내려오면서 세책업주들은 영업 전략의 하나로 자연스레 다른 유통물들로도 그 영업 대상을 확장했을 것으로 보여진다. 이것은 극히 한정된 범위의 것이기는 하지만, 방각본 소설 또는 구활자본 소설, 또한 이와 같은 소설만이 아니라 가사책 등에 이르는 자료들조차 그들이 영업 품목으로 삼고 있었다는 것에서 익히 확인된다. 그러나 여기서 필사본 고소설을 제외한 나머지 다른 유통물들은, 현전하는 자료 자체가 필사본 고소설처럼 많이 남아 있지 않다는 점에서 우리의 논의는 자연스럽게 '세책본'을 중심으로 이루어질 수밖에 없다.

'세책본'은 그 속성상 생산자와 수요자가 금전 또는 그에 상응하는 재물재로 서로의 욕구를 충족하게 된다는 점에서 궁극적으로 상업적 속성을 추구할 수밖에 없는 것으로 생각된다.

2) '세책본'의 형태적 특성

세책본의 형태적 특성에 대해서 일찍이 김동욱은, "表紙를 삼베 같은 것으로 싸고, 위에서 둘째 裝冊 구멍에 끈이 달려 있다. 그리고 그 冊張 사이에 辱說, 戱書 같은 것이 쓰여 있다."[10]고 지적한 바 있다. 여기에 더해 몇 가지 특성을 간략하게 드러내 보이면 다음과 같다.

① 책장을 넘기는 부분의 1, 2행은 다른 행에 비하여 1-3자 정도 덜 쓰여져 있고, 매행은 대략 13-14자로 이루어진 것이 대부분이지만, 간혹 11-18자로 이루어진 것도 있다.

---

10) 김동욱, 「이조소설의 작가와 독자에 대하여」, 『장암지헌영선생화갑기념논총』, 호서 문화사, 1971, 51쪽.

② 각권은 매면 11행으로 이루어진 것이 대부분[11]이지만, 간혹 7-9
행, 10행 또는 12행 또는 13-14행, 특이하게 8-12행으로 이루어
져 있는 자료들도 나타난다.

③ 각 장의 앞 면 상단에 해당 장수를 한자로 표기하는 것이 대부분
이지만, 해당 장수 표기가 전혀 없는 자료들도 있다.

④ 한 권의 장수는 대부분 30장 내외로 이루어진 것이 대부분이지
만, 자료에 따라서는 24-26장으로 이루어진 것도 있고, 많게는
40장 내외로 된 것도 있다.

⑤ 각 권의 끝 부분에는 '차청하회ᄒ라'·'차청하문ᄒ라'·'차간하문
ᄒ라' 등과 같이, 뒷이야기의 내용을 듣거나 또는 보라는 용어가
다양한 형태로 출현한다. 예를 들면 '분남할지어다', '분남ᄒ라',
'분셕하문ᄒ라', '분셕하회ᄒ라', '분셕ᄒ라', '분셕홀지어다', '분
하ᄒ라', '분희ᄒ라', '셕남하문ᄒ라', '셕남ᄒ라', '쇽쇽하문ᄒ라'
등이 그것이다.

⑥ 필사기는 대개 "셰직무신 삼월일 향슈동필셔"와 같이 그 간기와
간소가 명시되어 있다.

⑦ 권말의 서술이 다시 한 번 이하 권의 서두에 그대로, 또는 약간
변형되어 나타나는 면모를 띠고 있다. 동양문고본 『춘향전』의 제2
권 말미에서 3권 서두를 한 예로 제시하기로 한다.

---

11) 한 권이 11행으로 이루어진 것이 대부분이라고는 해도 『창선감의록』에서 드러나듯
모든 면이 반드시 그렇다고는 할 수 없을 듯하다. 이 점 동양문고본 『창선감의록』은
11행으로 이루어진 면이 대부분임에도 10행(22개처), 또는 12행(29개처), 심지어 13행
(1개처)으로 이루어진 부분도 상당수 나타나고 있다는 사실에서 확인된다.

니도령이 황겁지겁 감지덕지ᄒ여 두 손으로 바다 들고, 타락 송아지 어이 졋 ᄲᅢ다시 모긔불을 픠니면셔, "만고영웅 호걸들도 술 업시ᄂ 무맛시라. 여ᄎ 양야 이 노름의 술 업시ᄂ 못ᄒ리니, 술을 밧비 가져오라."ᄒ더라. ᄎ하롤 셕남ᄒ라　　　　　　　　　　세긔유 구월일 향목동셔

권지삼
ᄎ시 니도령 이른 말니, "만고영웅 호걸들도 술 업시ᄂ 무맛시라. 여ᄎ 양야 이 노름의 술 업시ᄂ 못ᄒ리라. 술을 밧비 가져오라." 츈향이 상단이 불너, "미누라님긔 나가 보아라."　　　　　　(밑줄: 필자 표시)

3. '세책본'의 총량과 그 의미

1998년 이래 현재까지 우리가 입수한 '세책본'을 소장처별로 정리·제시하면 다음과 같다.

A) 동양문고본(31종 334책)　　　　B) 서울대본(9종 24책)
C) 하버드대본(2종 9책)　　　　　D) 고대본(2종 28책)
E) 이화여대본(9종 46책)　　　　F) 연세대본(4종 30책)
G) 단국대본(2종 2책)　　　　　H) 영남대본(1종 6책)
I) 성균관대본(1종 1책)　　　　J) 홍윤표본(1종 1책)
K) 천리대본(2종 2책)　　　　　L) 경북대본(1종 1책)
M) 대전대본(1종 5책)　　　　　N) 여승구본(1종 6책)
O) 동양어학교본(1종 5책)　　　P) 동경대학교본(1종 2책)
Q) 정명기본(4종 5책)　　　　　R) 민병철본(1종 1책)
S) 횡산홍(橫山弘)본(3종 6책)

총량은 77종 514책인데, 이 가운데 이본[12]이 2종 있는 경우가 10작품[13], 3종이 있는 경우가 5작품[14]이므로, 이제까지 확인한 작품은 58종이다.

이렇게 현존하는 작품 이외에 목록으로 그 존재를 상정할 수 있는 것이라든가, 또는 '세책본' 안에 쓰여진 관련 기록을 통해서 '세책본'으로 추정할 수 있는 작품은 약 33여 종에 달한다.[15] 그러므로 우리가

---

12) 여기서 이본으로 처리한 4종의 작품들은, 『심청녹』과 『심청젼』, 『임경업젼』과 『임장군젼』, 『화춍젼』과 『화춍션싱젼』, 『츈향젼』과 『남원고ᄉ』 등이다.

13) 해당 작품들은, 『구운몽』(동양문고본, 이대본), 『김씨효힝녹』(정명기본, 橫山교수본), 『슉녀지긔』(이대본, 동양문고본), 『심청녹』-『심청젼』(서울대 가람본, 일사본), 『임경업젼』-『임장군젼』(연대본 판본, 동양문고본), 『장경젼』(동양문고본, 천리대본), 『졍을션젼』(동양문고본, 서울대본), 『증셰비티록』(이대본, 민병철본), 『현슈문젼』(정명기본, 동양문고본), 『화춍젼』-『화춍션싱젼』(이대본, 서울대본) 등이다.

14) 해당 작품들은, 『곽히룡젼』(橫山교수본, 서울대본, 동양문고본), 『금향졍긔』(영남대본, 동양문고본, 서울대본), 『남졍팔난긔』(橫山교수본, 동양문고본, 하버드대본), 『츈향젼』-『남원고ᄉ』(동양문고본, 동경대본, 동양어학교본), 『하진양문록』(연대본, 고대본, 동양문고본) 등이다.

15) 최근의 연구성과인 조희웅, 『고전소설이본목록』(집문당, 1999)은, 우리가 관심두고 있는 '세책본'이 상당수 존재했을 것이라는 점을 여러 작품들에 대한 서지 정보를 통하여 제시하고 있다는 점에서 매우 소중한 업적으로 여겨진다. 특히 서울대 규장각에 소장되었던 것으로 보이는 소설 작품들(현재 그 대부분은 망실(?)된 것으로 생각되지만) 가운데 동종 작품에 비하여 비교적 많은 권수로 이루어진 일련의 작품들에 대한 정보가 바로 그것인데, 우리는 이들 작품들이 바로 '세책본'의 형태로 유통되었을 것이라고 나름대로 추정하고 있다. '세책본'일 것으로 추정되는 해당 작품은, 『곽분양춍결녹』(6책), 『김원젼』(2책), 『김홍젼』(5책), 『모란졍긔』(4책), 『사씨남졍긔』(5책), 『삼셜긔』(10책), 『상운젼』(6책), 『셔용젼』(2책), 『슉향젼』(6책), 『쌍쥬긔연』(5책), 『양쥬봉젼』(4책), 『월봉기』(12책), 『임화졍연』(139책), 『장빅젼』(2책), 『장풍운젼』(2책), 『장한졀효긔』(2책), 『젼운치젼』(3책), 『졍슈경젼』(2책), 『졔마무젼』(2책), 『토쳐ᄉ젼』(4책), 『황운젼』(9책) 등 21종에 달하고 있다. 이 가운데서 '세책본'으로 현전하는 7종의 작품-『김원젼』, 『김홍젼』, 『모란졍긔』, 『상운젼』, 『셔용젼』, 『슉향젼』, 『장한졀효긔』-과 육당의 언급에서 출현하는 『임화졍연』을 제외하더라도 13종의 작품 목록이 이 연구성과를 통하여 새롭게 확인된다.

한편 이다원 또한 연세대 도서관 소장 『현씨양웅쌍린긔』의 내지에 적혀 있는 관련

실제, 또는 목록상으로나마 현재 확인할 수 있는 작품은 약 91종에 달하는 것으로 확인된다.

여기서 이미 널리 알려진 육당의 세책에 대한 언급을 살펴보자.

> 수십 년 전까지도 서울 香木洞이란 데 - 시방 黃金町 一丁目 사잇골 -에 세책집 하나가 남아 있었는데, 우리가 조만간 없어질 것을 생각하고 그 목록만이라도 적어두려 하여 세책 목록을 베껴 둔 일이 있는데, <u>이 때에도 실제로 세 주던 것이 총 120종, 3,221책(내에 同種이 13종 491책)을 算하였습니다.</u> 이중에는 『尹河鄭三門聚錄』은 186권, 『林河鄭延』

기록을 통하여 '세책본'으로 유통되었던 작품들에 대한 중요한 정보를 제공하고 있는 바, 여기서 확인되는 '세책본' 작품들은, 『□평왕』, 『구운몽』, 『금산ᄉ몽유록』, 『금송아지전』, 『금향졍긔』, 『당진연의』, 『박씨전』, 『사씨남졍긔』, 『삼(열?)국지』, 『삼문규합록』, 『셔유긔』, 『셔쥬연의』, 『셔한연의』, 『슈져옥란빙』, 『슈호지』, 『월봉긔』, 『월왕전』, 『유츙렬젼』, 『임진록』, 『장빅젼』, 『장풍운전』, 『장한졀효긔』, 『졔마무젼』, 『즁셰비티록』, 『진딕방젼』, 『화산긔봉』, 『화씨츙효록』, 『화츙젼』 등 28종에 달하고 있다. 이 가운데서 '세책본'으로 현전하는 11종의 작품과 앞서 살핀 서울대 규장각본 목록에서 드러났던 동종 작품 6종-『사씨남졍긔』, 『월봉긔』, 『장빅젼』, 『장풍운전』, 『장한졀효긔』(이 작품은 현존하므로, 실제 해당 종을 계산할 때에는 **빼야** 한다.), 『졔마무젼』-을 제외한다고 하더라도 12종의 작품 목록이 마찬가지로 이 연구성과를 통하여 새롭게 확인된다.(이다원, 앞의 논문, 93~94쪽)

한편 육당은 세책업소인 '향목동'에 대한 관계 기사에서 『윤하졍삼문취록』(186권)과 『임화졍연』(139권)의 존재와 아울러 『몃쥬보월빙』(117권)과 『명문졍의(록)』(116권) 또한 '세책본'으로 유통되고 있었다는 중요한 정보를 제공한 바 있다.

나아가 필자는 현전하는 '세책본'의 관련 기록을 통하여 '세책본'으로 유통되었던 작품들을 확인할 수 있었는 바, 곧 『김학공젼』, 『셔상긔』, 『손방연의』, 『윤하졍삼문취록』, 『임화졍연긔』, 『장풍운전』, 『장한졀효긔』, 『창란호연록』, 『하진양문록』 등 9종이 그에 해당한다. 이 가운데서 '세책본'으로 현존하는 2종-『장한졀효긔』와 『하진양문록』-과 앞의 세 연구자가 밝히고 있는 작품들과 겹치는 4종-『윤하졍삼문취록』, 『임화졍연』, 『장풍운전』, 『장한졀효긔』(이 작품은 현존하므로 실제 해당 종을 계산할 때에는 **빼야** 한다.)-을 제외하더라도 나머지 4종의 작품 목록이 새롭게 확인된다.

이러한 관계 문헌과 논의들을 통하여 우리는 비록 목록의 형태로나마 '세책본'으로 약 33여 종에 달하는 작품들이 유통되고 있었음을 확인하게 되었다.

은 139권, 『明珠寶月聘』은 117권, 『明門貞義』는 116권인 것처럼 꽤 장
편의 것도 적지 아니합니다.[16]   (밑줄: 필자)

육당은 '향목동'에 자리잡고 있던 세책집(貰册家)의 소설목록이 총
120종 3,221책에 달했던 것으로 기록하고 있다. 여기서 동종 작품에
속하는 13종 491책을 제외하더라도 그 수치가 107종 2,730책에 이르
는 것임을 우리는 알게 된다. 이것은 특정 세책업소가 소장하고 있는
소설 작품의 총량이 예상외로 상당수에 달하고 있음을, 아울러 조선
후기에 '세책본'이 얼마나 많이 유통되고 있었는가를 짐작케 하는 좋
은 예라 생각된다.
  그런데 우리가 현재까지 확인한 '세책본'은 앞에서 언급했듯이 91종
정도이다. 물론 이것을 '향목동'이라는 단일한 세책업소가 소장·운용
하고 있던 목록과 단순 비교할 수는 결코 없다고 본다. 왜냐하면 이것
은 '향목동'이라는 단일 세책업소의 것이 아니라 20여 개소에 달하는
것으로 드러난[이에 대한 자세한 소개는 아래에서 이루어진다.] 세책업소들
이 지녔던 '세책본'들 가운데 현재까지 남아 있거나 목록 상태로만 전
하는 자료들을 포함·정리한 것이기 때문이다. 그러나 우리는 여기서
상업적 이익의 확보를 우선시하는 세책업주의 근본 지향점을 고려해
야 할 필요가 있을 듯하다. 곧 각 세책업소들마다 기존 세책업소들이
소지하고 있던 '세책본'들과는 전혀 다른 작품들을 소지·운영했을 가
능성 또한 상존하지만, 그들이 독자들에게 대중적 인지도가 이미 확
보된 작품들–상대적으로 위험 부담이 적은 일련의 작품들–을 매개로
하여 자신들의 이윤을 적극 추구하는 방향으로 영업행위를 했을 것으
로 여겨진다는 점이 바로 그것이다. 이런 점에서 세책업주들은 독자

16) 최남선, 「조선의 가정문학」, 『육당 최남선전집』 9, 현암사, 1974, 440~441쪽.

들에게 덜 알려졌거나, 거의 알려지지 아니한 작품들을 그 자신의 레퍼토리(곧 영업 품목)로 하는 데서 오는 위험 부담을 애써 감수했을 것이라고는 생각되지 않는다.

이와 같은 세책업주들의 본질적 속성을 고려한다면, 20여 개소에 달하는 세책업소들이 보유하고 있었을 작품들의 목록 또한 '향목동'의 그것에서 그렇게 멀리 벗어나지는 않았을 것으로 추단할 수 있다. 이런 추단이 어느 정도 실상에 부합하는 것이라면, 육당이 언급한 작품들(동종을 제외한) 107종 가운데서 현재에 이르는 동안 약 16종 정도의 '세책본'이 확인되지 않는다고 할 수 있다.

이것은 무엇을 뜻하며, 나아가 이로부터 유추 가능한 문제는 과연 무엇인가? 여기서 앞서 보인 육당의 언급[동종 작품이 13종 491책에 달하고 있다는]을 함께 유념한다면, 이들 망실된 것으로 추정되는 '세책본'들은 대체로 보아 한 작품당 권질이 다른 작품들에 비하여 상대적으로 매우 큰 장편 가문소설일 가능성이 커 보인다.[17]

현재까지 검토한 자료의 범위 내에서만 밝힌다면, 그 가운데 시기적으로 가장 앞선 것은 누동(樓洞)을 간소로 하는 『남원고사』(동양어학교본, 5권 5책)로 '갑즈'(1864년)에 이루어진 권1, 2, 3과 '긔亽'(1869년)에 이루어진 권4, 5를 들 수 있다. 이 자료보다는 시기적으로 약간 뒤늦

---

17) 현재 실물이나 목록상으로 확인한 91종의 책수는 약 1,270책 정도이므로 최남선이 언급한 향목동의 107종 2,730책에서 이 숫자를 빼면, 16종에 약 1,460책 정도가 된다. 필자가 그간 입수한 자료와 이다원이 최근의 연구 성과에서 밝힌 연대본 『현씨양웅쌍린긔』의 내지에 부기된 20여 종에 달하는 세책목록 등의 존재, 그리고 세책업주들의 본질적 속성 등을 두루 고려하더라도 장편 가문소설이 '세책본'의 상당 부분을 점유하고 있는 것은 분명한 사실로 생각된다. 그러나 이에 못지않게 비장편 가문소설들 또한 그에 못지않은 비율을 점유하고 있는 것으로 확인된다는 점에서 장편 가문소설의 소멸시기에 대한 기존 주장과는 다른 논의의 단서 또한 마련될 수 있을 것으로 여겨지는데, 이에 대한 상론은 논의의 성격상 별고로 미루기로 한다.

지만, 묘동(廟洞)을 간소로 하는 『하진양문록』(연세대본, 권1만 현존)은 '긔묘'(1879년)로 나타나는 바, 이 자료 또한 현재의 상황에서만 본다면 비교적 이른 시기의 세책본이라고 할 수 있다.[18] 그 밖의 대부분 '세책본'은 1890년 『김홍전』에서부터 1915년 『수져옥란빙』과 『젹셩의젼』까지 약 25년 동안 필사된 것들이다. 그 이후에 출현한 작품들의 실물은 현재로서는 확인이 불가능한 바, 현재 우리가 볼 수 있는 '세책본'들은 대략 19세기 말부터 20세기 초엽까지 유통되던 작품들이 대부분을 차지하고 있다고 할 수 있다.[19] 따라서 『남원고사』 이전에 존재했던 '세책본'의 형태나 내용상 특징 등과 같은 문제는 제대로 규명할 수 없는 한계가 있다. 그러나 현존하는 자료의 범위 안에서 그 형태적 차이를 지적한다면, 1860년대의 '세책본'은 그 이후의 '세책본'에 비해 한 권의 장수와 한 면당 행수가 후기의 그것에 비하여 장수는 약 10여 장 정도, 행수는 한 행 정도 더 많다는 점을 들 수 있다. 이렇게 1890년대

18) 『현슈문젼』에 나타난 표기를 그대로 준신한다면, 권6은 '을희'(1875년)에 이루어진 것으로 보여진다. 그러나 여타의 다른 권들(권1, 2, 3, 4, 5, 7, 8)이 한결같이 을사(1905년)에 이루어진 것으로 그 간기가 나타나고 있는 바, '세책본'의 성격과 아울러 30여 년의 시차를 두고 같은 간소에서 동종의 작품이 필사되었다고 보기에는 어려울 듯하다는 점, 또한 이들 권수의 필사시기가 다같이 '듕츄일'(권1, 2, 3, 5, 6)과 '계츄일'(권4, 7, 8)로 같이 나타나고 있다는 점 등을 두루 고려하여, 권6에 적혀있는 간기는 필사 시 '을사'를 '을희'로 그릇 표기한 데서 오류가 발생한 것으로 보고, 이 작품은 초기 '세책본'에서 제외하고자 한다.

19) 사실 채제공, 이덕무 등이 언급하고 있는 18세기적 모습을 담고 있는 '세책본'이 현존할 가능성은 그것이 처한 여러 상황을 고려할 때 거의 없어 보인다. 이런 점을 유념한다면, 그 존재 여부조차 불명확한 초기 '세책본'의 형태와 그 유통상황 등에 막연한 접근보다는 비록 약 1세기 정도 뒤늦게 출현한 '세책본'들일지라도 가능한 범위 내에서 철저히 수집, 분석함으로써 이들 자료에서 드러난 바를 토대로 초기 '세책본'의 실상이 어떠했으리라는 쪽으로 접근해 들어가는 것이 보다 온당한 학적 태도이지 않을까 싶다. 이런 여러 점을 고려하여, 필자는 남아있는 자료 모두를 획일적으로 후기 '세책본'으로 보는 편협한 시각에서 벗어나 그 편년을 보다 세분화해야 하지 않을까 하는 견해를 갖고 있다.

이후 한 작품당 장수를 줄임으로써 권수를 늘린 것으로 보인다. 이것
은 세책업주들이 좀 더 많은 이윤을 얻기 위한 한 방안으로 마련했던
전략이었던 것으로 이해해도 좋을 것이다.[20]

4. '세책본'의 간소 및 간기와 그 유통 양상

1) '세책본'의 간소 및 간기

우리가 현재까지 입수한 '세책본' 가운데 간소(刊所)가 드러난 작품
과 그 간기(刊記)를 먼저 제시하면 다음과 같다. 물론 이러한 작업은
필자에 의해서 처음 이루어지는 것은 아니다. 일찍이 대곡삼번 또한
동양문고본 소재 '세책본'을 대상으로 작업을 시도한 바가 있다. 그런
데 동양문고본 세책본은 거의 대부분 '향목동'·'향슈동'을 그 간소로
하고 있는 가운데, 극히 부분적으로 '사직동'을 간소로 하고 있는 것[21]
으로 드러났다.

그러나 본 논의는 현재까지 밝혀진 '세책본'의 간소와 간기를 전면

---

20) 이창헌은, 경판 방각본소설 업자들이 후대로 갈수록 분권을 통해 권수를 늘리고, 면
당 글자 수를 늘려 장수를 줄이는 방법으로 이윤을 극대화한다고 주장한 바 있다. 이
창헌, 『경판 방각소설 판본 연구』, 태학사, 2000, 546쪽 참조.

21) 동양문고본은 '사직동'을 간소로 하고 있는 작품들, 곧 다음 2종 『홍길동젼』(3책)과
『북송연의』(13책)를 제외하고서는 모두 다 '향슈동'과 '향목동'을 그 간소로 하고 있는
것으로 확인된다. 한편 이대 도서관본 『옥련몽』(28권 28책) 또한 '사직동'을 그 간소로
하고 있는 바, 형태상 '세책본'과는 거리가 있는 것으로 보여진다. 그렇다고 하더라도
간소를 같이하는 곳에서 '세책본'과 비세책본이 함께 출현한다는 점은 관심을 끄는
부분이 아닐 수 없다. 이에 대해서는 다른 여타 지역 — 예컨대 '상마동'과 '셩현'을 간소
로 하고 있는 작품들 — 과 함께 묶어 검토할 필요성이 있을 듯하다. 뒷날의 검토 대상
으로 미루어둔다.

적으로 제시한다는 점에서 그 다루는 영역이 대곡삼번의 작업에 비하
여 훨씬 더 넓고, 또한 이를 바탕으로 하여 '세책본'들의 유통양상을
일목요연하게 파악할 수 있다는 점에서도 한번쯤은 반드시 검토해야
할 필요성이 있는 작업이라 하겠다.

1) 누동(樓洞) :『남원고사』(동양어학교본, 5권 5책)
  : 셰갑즈(1864) 하뉵월 망간(권권) 필셔
         뉴월 념오(권2) 필셔
         칠월 상슌(권3) 누동 필셔
         셰긔스(1869) 구월 념오(권4) 필셔
         구월 념팔 누동(권5) 필셔

2) 묘동(廟洞) :『하진양문록』(연세대본)
  : 셰긔묘(1879) 즁츄(권1) 묘동 즁슈

3) 토졍(土亭) :『김홍전』(규장각본)
  : 셰지경인(1890) 이월일(권1, 3)
             *권3은 '직'가 탈락.

4) 약현(藥峴)
  ①『금향졍기』(규장각본)
  : 歲在辛卯(1891) 孟冬, 셰지신묘 밍동일(권1, 2, 3, 4, 5, 6, 7)
             *권2~7은 '직'가 탈락.
  ②『곽희룡전』(상동) : 셰임진(1892) 유월일(권1, 2)
  ③『졍을션젼』(상동) : 셰지임진(1892) 뉴육월일(권1, 3)
             *2권은 '직임진'이 탈락.
             *3권은 '직'가 탈락.
  ④『한후룡젼』(상동) : 셰임진(1892) 칠월일(권1,2)

5) 한동 + 약현 :『화츙션싱젼』(규장각본)
  : 셰지임진(1892) 뉴뉴월일 한동 필셔

눈뉴월일 약현 필셔

눈뉴월일 한동 필셔(권1)[22]

6) 갑동(甲洞) + 대사동 : 『민듕젼듕흥일기』(성균관대본)

  : 갑오(1894) 납월 초구일 갑동필

   경자(1900) 팔월일 대사동

7) 운곡(슈)[23] : 『뉴션긔』(천리대본)

  : 셰지갑오(1894) 졍월일 운곡(슈)셔(권1)

8) 익현(阿峴)

  ① 『김씨효힝녹』(정명기본) : 셰□졍유(1897) 칠월 십칠일 필셔(권1)

  ② 『현슈문젼』(상동) : 셰ᄌ긔희 (이하 파장) (권3)

                셰□긔희(1899) 스월일 익현 필셔(권7)

  ③ 『쟝학사젼』(상동) : 셰지긔희 십월일 익현 필셔(권3[24])

  ④ 『남졍팔난긔』(하버드대본) : 셰지긔희 팔월일 익현 필셔(권1)

                십월일 익현 필셔(권3)

                미상(권11)

  ⑤ 『쟝한결효긔』(정명기본) 권4종 : 표지에 '貰冊'이라 써 있음.

9) 향슈동(香水洞 ←「고려보감」 1-31-a에 의거)

---

22) 이 작품은 예외적으로 그 간소와 간기를 이와같이 여러 번 기술하고 있으나, '약현'을 간소로 밝히고 있는 것을 제외한 나머지 두 기록, 곧 '한동'이라고 그 간소를 밝히고 있는 것은 이 작품을 읽었던 독자 계층이 남긴 희필이 아닌가 여겨진다.

23) 이 자료는 극히 최근(2001.9.14)에 필자가 입수한 것으로, 그 간소가 이와 같이 불명확하게 쓰여져 있다. 해당 간기와 간소 옆에 독자로 보이는 존재가 '雲谷'이라고 적고 있으나, 필자가 보기에는 '운곡'이 아니라 '운슈'가 맞지 않을까 생각한다. 여기서는 편의상 이 두 가지를 다 제시해두고, 보다 자세한 검토는 후일의 작업으로 미루어둘까 한다.

24) 『쟝학ᄉ젼』은, 권 □의 □ 부분이 마모되어 있어, 몇 권에 해당하는지를 알 수 없었으나, 인천대 민족문화연구소에서 펴낸 『구활자본고소설전집』 12권(동서문화원, 1983, 473~548쪽)에 수록된 『쟝학사젼』과의 대비적 검토를 통하여 이 자료가 바로 권 3에 해당하는 권임을 알 수 있게 되었다. 이로부터 '세책본' 『쟝학ᄉ젼』은 4권 4책으로 이루어진 자료임이 확인되었다.

① 『고려보감』(동양문고본) : 셰무슐(1898) 칠월일(권1,3,4) 향슈동셔
　　　　　　　　　　　　　　　　　　　팔월일(권9,10)
　　　　　　　　　　　　　　　　　　　*권9은 '향슈동'이 탈락.
　　　　　　　　　　　　　　　　　　　*권10은 '향슈동필셔'로 나옴.

② 『금령젼』(상동) : 셰무슐(1898) 유월일(권1)
　　　　　　　　　　　　　　중하(권2)

③ 『만언사』(상동) : 「셰」긔희(1899) 정월일(권1,2)[25]

④ 『녈국지』(상동) : 셰긔희(1899) 칠월일(권12) *'힝슈동필셔'로 나옴.
　　　　　　　　셰계묘(1903) 칠월일(권1, 3, 5, 7, 11, 13, 15, 17, 21,
　　　　　　　　　　　　　　25, 29, 33[26])
　　　　　　　　향슈동중슈 *8,9,19,41권은 '셰지계묘'로 나옴.

⑤ 『님장군젼』(상동) : 셰경자(1900) 정월일(권1,2)

⑥ 『곽히룡젼』(상동) : 셰을사(1905) 정월일(권1)
　　　　　　　　　　　　이월일(권2,3)
　　　　　　　　　　　　*권3은 '셰지을ᄉ'로 나옴.
　　　　　　　　　　　　*권1,2,3 공히 "향슈동필셔"로
　　　　　　　　　　　　나옴.

10) 파곡 : 『심청녹』(서울대 가람본) : 셰지무술(1898) 계츈 념오(권2)

11) 청파(靑坡) : 『하진양문록』(고려대본)
　　: 셰지경ᄌ(1900) 쵸하의(권1, 2, 3)
　　　　　　　　*권3은 '셰긔경ᄌ 쵸하'로 나옴.
　　　　　　　　밍하의(권7, 8, 12, 13, 14, 15, 16, 17, 18, 19, 20)
　　　　　　　　*권7,12은 '셰긔경ᄌ'로 나옴.
　　　　　　　　*권17,18은 '의'가 탈락.

25) 이 자료는 고소설이 아니라 안조환이 지은 가사이다. 여기서는 세책으로 가사책 또한 존재했던 자취를 알려주는 좋은 보기라는 점에서 함께 제시해두었다.
26) 대곡삼번, 앞의 논문, 178쪽에서 권33의 간소를 '항목동'으로 밝히고 있으나, 확인 결과 '향슈동'의 오기인 것으로 드러났다.

뉴월 딍화(하?)(권9,10)

뉴월의(권11)

칠월일(권28, 29)

*'셰지경ᄌ'가 탈락.

12) 향목동(香木洞)

① 『츈향젼』(동양문고본) : 셰경ᄌ(1900) 구월일(권8)

셰갑진(1904)[27] 뉴월(권6)

셰긔유(1909) 구월일(권1,2)

십월일(권3,4)

셰신히(1911) 수월일(권5,7,9,10)

② 『모란졍긔』(연대본) : 셰임인(1902) 십월일(권3,4)

셰을ᄉ(1905) 뉴월일(권2)

셰졍미(1907) 계츈일(권1)

③ 『구운몽』(동양문고본) : 셰직임인(1902) 십일월일(권4,6,7)

셰긔유(1909) 십월일(권1,2)

④ 『유츙렬젼』(상동) : 셰임인(1902) 십일월일(권2,3,7)

셰졍미(1907) 이월일(권1,6) / 십이월일(권4)

셰님ᄌ(1912) 이월일(권5)

---

27) 이에 대해 설성경, 김진영, 김석배 등은 '갑진'(1904)이 아니라, '갑자'(1924)로 그것을 읽는 반면에 대곡삼번, 정양완, 조희웅 등은 '갑진'으로 읽는 차이를 드러내고 있다. 이런 차이는 해당 자료의 문면 자체를 분명히 판독하기에는 여러 어려움이 있다는 상황에서 기인한 것으로 여겨진다. 그러나 필자는 다음과 같은 근거 아래 이 부분을 '갑진'으로 읽는 것이 마땅하다고 파악하고 있다. 첫째, '세책본'의 경우 앞에서도 언급했듯이 1915년 이후 필사된 작품은 현재까지 전혀 확인되지 않고 있다는 점, 둘째, 영남대본 『금향졍긔』에서도 '갑진'이 아니라 '갑지'로 오표기된 경우가 나타나고 있다는 점, 셋째, '향목동'을 간소로 하는 세책업소 자료를 전간공작(前間恭作)이 인수한 시점이 1927년이라는 점, 넷째, 이 간기를 '갑자'(1924)로 보기에는 책의 상태가 너무 지나칠 정도로 훼손되어 있다는 점—짧은 유통기간에 비하여 너무나 많은 낙서나 음화 등이 출현하고 있는 데서 드러나는— 등이 그것이다.

⑤ 『슉녀지기』(상동) : 셰을스(1905) 삼월일(권1)

　　　　　　　　　　　　　　　스월일(권3,4), 사월일(권5)

　　　　　　　　　　　　　　*권5은 '향목동필셔'로 나옴.

⑥ 『이틴봉젼』(상동) : 셰을사(1905) 밍츄(권1)

　　　　　　　　　　　　　　　중츄의(권2)

　　　　　　　　　　셰을스 중츄월(권4)

　　　　　　　　　　　　　　칠월일(권3)

⑦ 『댱자방젼』(상동) : 셰을스(1905) 오월일(권1)

　　　　　　　　　　셰을사 중하일(권2)

⑧ 『졍을션젼』(상동) : 셰을스(1905) 삼월일(권1,2,3)

⑨ 『현슈문젼』(상동) : 셰을사(1905) 듕츄일(권1,2,3,5)

　　　　　　　　　　　　　계츄일(권4,7,8)

　　　　　　　　셰을희(1875) 중츄일(권6)[28]

⑩ 『유화기연』(상동) : 셰을사(1905) 밍동일 향목동셔(권1)

　　　　　　　　셰을스 중동일 향목동신판(권2)

　　　　　　　　셰을사 중동일 향목동신판(권6)

　　　　　　　　　　중츄일 향목동신판(권3)

　　　　　　　　　　게(계)츄일 향목동신판(권4,(7))

　　　　　　　　셰긔유(1909) 뉴월일 향목동셔(권5)

⑪ 『슉져옥란빙』(상동) : 셰을사(1905) 계츄(권2)

　　　　　　　　셰을묘(1915) 뎡월일(권1,3)

　　　　　　　　　　이월일 향목동셔(권4,5,6,7,8)

⑫ 『玉樓夢』(내제: 옥누몽)(상동) : 셰무신(1908) 스월일(권1,3)

　　　　　　　　　　셰무술(신?) 스월일(권2)

　　　　　　　　　　오월일(권4,5,10-14)

　　　　　　　　　　*권6은 "향목동셕'(셔?)로 나옴.

---

28) 앞의 주 17)에서 이 간기 자체의 신빙성에 의문의 여지가 있음을 지적해둔 바 있다.

삼월일(권7)

이월일(권8,9)

뉴월일(권15~20)

칠월일(권21~25)

팔월일(권26~30)

⑬『김진옥젼』(상동) : 셰긔유(1909) 팔월일(권1,2,3)

구월일(권4)

⑭『남졍팔난긔』(상동) : 셰신히(1911) 십월일(권1,2,3,4,5,6,7,8)

지월일(권10,11,12,13,14)

＊'지월'은 곧 11월임.

⑮『월왕젼』(상동) : 未出[29)](권1)

셰임자(1912) 칠월일(권2,3,4,5) 향목동셔

⑯『금향졍긔』(상동) : 셰님즈(1912) 원월일(권1,3,4,5,7)

＊권6은 '뎡월일'로 표기.

셰님즈 이월일(권2)

⑰『졍비젼』(상동) : 셰갑인(1914) 오월일(권1,2,3,4)

⑱『젹셩의젼』(상동) : 셰을묘(1915) 스월일(권1,2)

13) 사직동(社稷洞)

① 『홍길동젼』(동양문고본) : 셰신츅(1901) 십일월일(권1,2,3)

② 『북송연의』(상동): 셰지임인(1902) 칠월일(권1,2,3,4,5,6,7,8)

＊권1-7은 '셔'로 나옴.

＊권8은 '필셔'로 나옴.

칠월회일(권9)

팔월쵸일 〃 (권10,11)

---

29) 간기 부분이 腐해져서 그 간소를 정확히 알 수 없지만, 아래 권2-5와 같은 글자체로
이루어져 있다는 점에서 권1 또한 '향목동'에서 이루어진 것으로 보아도 큰 오류는
없을 듯하다.

팔월일(권12,13)

*권1-12은 공히 '사직동'이란

간소가 탈락.

*권13은 '사직동필셔'로 나옴.

14) 사직동 + 향목동 : 『김원견』(고려대본)

  : 셰신튝(1901) 십월일(권1) 스직동셔

    셰을스(1905) 오월일(권2) 향목동 즁셔

15) 동문 외 廣信號紙廛宅

  : 『김윤견』(하버드대본)

    大韓 光武 六年(1902) 酉月七日(권1) 謄出

    壬寅(1902) 泰月(1월) 念四日(권2) 竟出

    歲在癸卯(1903) 一月二十四日爲始 二十八日(권3)竟出

    癸卯 仲春 一日爲始 四日(권4) 竟出

    歲在癸卯仲春 旬日爲始 旬三日(권5) 竟

    歲在癸卯仲春 十日爲始 十七日(권6) 竟

16) 향슈동 + 향목동

  ① 『삼국지』(동양문고본)

  : 셰무슐(1898) 지월일(권40) 향슈동 필셔[30]

    셰긔히(1899) 즁츄(권43) 향슈동 필셔

    셰경자(1900) 팔월일셔(권41)

    윤팔월일(권49) 향슈동 즁슈

          *권58은 '향슈동셔'로 나옴.

          구월일(권59) 향슈동필셔

    셰신튝(1901) 납월일(권56) 향슈동셔

---

30) 정양완, 앞의 책, 239~245쪽에서 권40~69에 대한 서술 가운데 간기가 낙장 또는 기타 이유로 나타나지 않는 곳과 간소가 명시되어 있지 않은 곳을 제외하고서는 그 간소를 모두 '향목동'으로 기록하고 있으나, 원전을 확인한 결과, 이는 '향슈동'의 오기인 것으로 드러났다.

셰임인(1902) 뉴월일(권42,44,45) 향슈동 필셔

칠월일(권48,51,53,54,65) 향슈동셔

＊권53,65은 '향슈동'이 탈락.

＊권54은 "향슈동필셔"로 나옴.

십월일(권63) 향슈동필「셔」

지월일(권61,64,67,68.69) 향슈동셔

＊권64은 '향슈동필셔'로 나옴.

＊권67은 '향슈동'이 탈락. '필셔'로 나옴.

셰신희(1911) 삼월일(권55) 향목동셔

구월일(권11,13,14,19,20,21) 향목동셔

십월일(권3,5,6) 향목동셔

십일월일(권1,2,4,17,18) 향목동셔

납월일(권8,9,10,12) 향목동셔

＊권7은 '신희'가 탈락.

＊권15,16은 '십이월일'로 표기.

셰임ᄌ(1912) 삼월일(권23,26) 향목동셔

＊습월일(권24,25) 향목동셔

사월일(권27,28,29,30) 향목동셔

칠월일(권31,33) 향목동셔

팔월일(권34,35,36,37,38,39) 향목동셔

② 『당진연의』(상동) : 셰신츅(1901) 뉴월일(권4) 향슈동 필셔

셰경슐(1910) 지월일(권1) 향목동 즁슈

셰ᄌ경슐 오월일(권3) 향슈동 즁슈

셰임자(1912) 이월일(권6,7) 향목동셔[31]

삼월일(권8,9,10,11,12,13,14) 향목동셔

---

31) 대곡삼번, 앞의 논문, 178쪽에서 권6~16까지의 간소를 '향슈동'으로 밝히고 있으나, 확인 결과 '향목동'의 오기인 것으로 드러났다.

사월일(권15,16) 향목동셔

③ 『쇼딕셩젼』(상동) : 셰신츅(1901) 이월일(권1) 향슈동셔

셰계츅(1913) 스월일(권2) 향목동 즁셔

④ 『창선감의록』(상동) : 셰지신츅(1901) 사월일(권4) 향슈동셔[32]

셰을ᄉ(1905) 사월일(권1,2) 향목동셔

셰임자(1912) 십월(권9) 향목동셔

십월일(권5,6,7,8,10) 향목동셔

＊권8,10은 '상목동'으로 표기.

⑤ 『장경전』(상동) : 셰을ᄉ(1905) 듕하일(권2) 향목동셔

셰병오(1906) 팔월일(권1) 향슈동셔

⑥ 『하진양문록』(상동): 셰무신(1908) 샤월일(권4) 향슈동셔

셰무신(1908) 이월일(권1) 향목동셔

삼월일(권2,3,5,9) 향목동셔

스월일(권6,7,8,11) 향목동셔

＊권11은 '사월일'로 표기.

오월일(권10,12,13,14,15,16,29)

향목동셔

'향목동셔'가 탈락.[33]

뉴월일(권17,18,21,22,24,26)

＊권19,23,25,26,27은 '유월일'로

표기.

---

32) 대곡삼번, 위의 논문, 171쪽에서 '향목동'으로 그 간소를 밝히고 있으나, 확인 결과 '향슈동'의 오기인 것으로 드러났다.

33) 이에 대해 정양완은 앞의 책에서 "향슈동셔"라고 기술하고 있는 반면(92쪽), 대곡삼 번은 앞의 논문에서 "선명치 않음"(171쪽)이라고 하여 유보적 태도를 드러내고 있는 데, 이에 대한 필자 나름의 견해를 굳이 제시한다면, 정양완의 주장과 같이 『하진양문 록』 가운데 맨 끝 권만 유독 그 간소를 달리했을 가능성보다는 책의 상태를 객관적으 로 드러내고 있는 대곡삼번의 주장이 실상에 부합하는 것이 아닐까 여기고 있다.

*권28은 '뉴월일'로 표기.

셰긔유(1909) 십이월일 향목동셔(권20)

17) 숑교(松橋) : 『상운젼』(대전대본, 6권 6책 권3 결)

　　: 셰지뉴월일(권1,2) 숑교 필셔

　　셰지계묘(1903) 뉴월(권5)

　　셰지계묘 칠월일(권6)

18) 남쇼동(南小洞) + 향목동 : 『금향졍긔』(영남대본 7책, 권6 결)

　　: 셰갑진(1904) 납월일(권1) 필셔

　　갑지(신) 십이월(권2) 남쇼동셔

　　셰갑진 십이월(권3) 남슈동셔

　　셰을사(1905) 원월 쵸삼일(권4) 남쇼동셔

　　셰을사 원월일 셔(권5)

　　셰을ᄉ 원월일 향목동셔

19) 옥동(玉洞) : 『징셰비티록』(민병철본, 4권 1책)

　　: 셰을사(1905) 맹하 옥동셔

20) 간동(簡洞) : 『츈향젼』(동경대학교본, 9권 2책)

　　: 셰졍미(1907) 숨월일(권9) 간동셔

21) 농셔

　　① 『셔용젼』(이대본, 2권 2책) : 셰뎡미(1907) 계ᄒ(권1) 농셔

　　　　　　　　　　　　　　　　　중ᄒ(권2) 농셔

　　② 『화츙젼』(상동, 권2, 쥬2책) : 셰뎡미(1907) 즁하(권2) 농셔

22) 금호 + 유호 : 『구운몽』(이대본 9권 9책, 권5 결) : 파손 극심함.

　　　　　　　　셰졍미(1907) 초동(권1) 금호셔

　　　　　　　　셰졍미 동(권3,7,9) 유호셔

　　　　　　　　셰졍미 쵸동(권4,6,8,10) 유호셔

　　　　　　　　*권10은 '유호 필셔'로 나옴.

23) 금호(金湖)

① 『장경전』(천리대본, 권1) : 셰직임인(1902) 밍하 금호셔

② 『징셰비틱록』(이대본, 권3,4,5,6, 全6책) : 파손 극심함

　　　　　　　　셰졍미(1907) 지월일(권3,4,5,6) 금호셔

③ 『수호지』(상동, 권8,17,19,29,32,39,40,41,51,55,56,57,58,67,68.

全68책 이상)

셰직무신(1908) 계츈(권17) 금호필셔

모츈(권19) 금호셔

ᄉ월일(권29,40,55)

밍하(권32,39,41,51,56)

＊권39은 '금호필셔'로 나옴.

＊'지'가 탈락.

오월일(권57)

즁하(권56,67,68)

④ 『숙향전』(상동, 권1,2,4,6권, 全7책(?)

: 셰직무신(1908) 십월일(권1,2,4,6) 금호셔

　　　　　　＊권2은 '금호필셔'로 나옴.

　　　　　　＊권4은 '김덕슈셔'가 기록이 나옴.

⑤ 『셜인귀젼』(상동) : 셰무신(1908) 츈 필셔[34](권2)

　　　　　　　　츄하슌 필셔(권3)

　　　　　　　　즁츄 즁슌 필셔(권10)

⑥ 『옥단춘젼』(상동, 2권 2책)

: 셰직무신(1908) 구월일(권1) 금호 필셔

셰갑인(1914) 밍하□□(즁슈?)(권2)

---

34) 이 자료는 다른 본들과는 달리 비록 간소가 정확히 나타나고 있지는 않으나, '금호'
를 간소로 하고 있는 여타 자료들의 간기와 비교해볼 때, 이 본 또한 '금호'에서 이루
어진 것일 가능성이 높아 보인다.

⑦ 『숙녀지기』(상동, 5권 5책)

: 셰지긔유(1909) 이월일(권2,3,4,5) 금호 필셔

＊권3,4는 '금호셔'로 나옴.

24) 동호(東湖 → 東湖堂峴) : 『현씨양웅쌍린긔』(연세대본)

: 셰긔유(1909) 듕츈 회젼(권2) 동호셔.

듕츈 소회(권3,4) 동호셔

듕츈 회일(권5) 동호셔.

뉸이월일(권6) 동호셔.

뉸이월 초삼일(권7) 동호서

뉸이월초(권8) 동호당현셔.

뉸이월 상완(권9,10) 동호셔.

뉸이월 순젼(권11) 동호셔.

뉸이월 순후(권13) 동호셔.

뉸이월 망젼(권14) 동호셔.

뉸이월 망일(권15) 동호당현셔.

뉸이월 긔망(권16) 동호셔.

뉸이일<월> 념젼(권18,19) 동호셔.

뉸이월 념일(권20) 동호셔.

뉸이월 념후(권21,22) 동호셔.

뉸이월 하완(권23,24) 동호셔.

＊권24은 '동호당현'으로 표기.

25) 한림동(翰林洞)

① 『쇽두각시젼』(경북대본) : 갑인(1914) 습월 할림동 즁슈

② 『소학ᄉ젼』(단국대본, 권 미상) : 셰갑인(1914) 오월일 할림동 필셔라.

26) 안현(鞍峴? 安峴?)

① 『흥부젼』(서울대 일사본, 1책)

: 계튝(1913?, 1853?) 칠월 이십칠일 안현 필셔

② 『심쳥젼』(서울대 일사본, 1책)
  : 갑인(1914?, 1854?) 이월 쵸이일 안현 필셔
27) 미상[35]
  ① 『김씨효힝녹』(橫山本) 권4,7,8,9
  ② 『곽히룡젼』(상동) 권2
  ③ 『남졍팔난긔』(상동) 권2
  ④ 『금동젼』(홍윤표본) 권2
  ⑤ 『죠웅젼』(단국대본) 권6

여기서 현재까지 확인된 간소의 현재적 위치를 정리하면 다음과 같다. 그 간소를 분명히 알 수 없는 곳은 미상으로 처리해두었다.

  1. 향목동(상나뭇골, 향나뭇골, 군당골(?)
   : 현 종로구 인사동, 중구 을지로 1가.
   쳥셕
   **연대본 『모란졍긔』 3-25-b에 부기된 '군당골 상나무골 세칙'이란
   기록을 통하여 향목동이 달리 '군당골'로도 불렸음을 알 수 있다.
   *청석(青石洞, 청성동, 청석골): 현 서울시 종로구 견지동, 관훈동.
  2. 남소동(南小洞) : 현 중구 장충 2가. 쌍림동, 광희 2가동.
  3. 한동(漢洞, 翰洞) :

---

35) 미상 가운데 ①-③는 현재까지 그 자료를 완전히 입수하지 못했으나, 우선 그 간기
와 간소만 소개하면 다음과 같다. 곧 ①의 『김씨효힝녹』권4는 그 간기와 간소가 "셰
ᄌ졍유 칠월 □□□"로, 권7은, "셰ᄌ졍유 밍츄 □□□"로, 권8은 "셰ᄌ졍유 계□ 힝동
셔"로, 권9는 "셰ᄌ졍유 밍하 □□필셔"로 나타나 있고, ②의 『곽히룡젼』권2는 "셰ᄌ
졍유 ᄉ월 □□□"로 나타나 있다. 한편 ③ 『남졍팔난긔』권2에는 그것이 전혀 나타나
고 있지 않아 자세히 알 수 없으나, 나머지 자료 모두는 하나같이 정유년(1897)에 이
루어진 것으로 보여진다. 한편 ④는 그 간기와 간소가 출현치 않으며, ⑤는 그 하반부
가 낙장이 된 관계로 그 간기와 간소의 정확한 위치를 알 수 없다.

전자 : 현 종로구 낙원동, 익선동, 돈의동 일대. 낙원동의 한양골(?)후
자 : 현 중구 중림동 바로 아래 지역.

4. 한림동(翰林洞→한림골, 한림말) : 현 성동구 옥수동(○). 중구 중림
동(×).

**동양문고본『현슈문젼』2-28-b~29.a에 부기된 '京城 水口門外
豆毛浦 翰林洞'이란 기록으로 보아 '한림동'은 전자로 보는 편이 타
당할 듯함

5. 약현(藥峴) : 현 중구 중림동. 만리동 입구에서 충정로 3가로 넘어가
는 고개. 약밭이 있었으므로, 약전현, 줄어 약현이라 함.

**『정을선젼』에는 '金完成 筆적이라'는 부기가 나타나는 바, '김완
성' 그가 곧 전문 필사자 가운데 하나일 가능성이 있음.

6. 청패(靑牌) : 현 용산구 청파 1가동.

7. 묘동(廟洞→大廟洞) : 현 종로구 종로 3, 4가 (→대묘골, 대뭇골)

8. 토정(土亭) : 현 마포구 관란동에 딸린 행정구역 명. 이전에 토정 이
지함 선생이 흙으로 정자를 짓고 살던 마을.(→윗토정 : 현 마포구 용
강동, 토정동의 윗마을)

9. 동호(東湖) : 현 서울시 성동구 옥수동 일대

** 연대본『현씨양웅쌍린긔』의 간기 가운데, '東湖堂峴'이 나타나는
바, '동호당현'은 경성부 인창면 내에 위치한 지역으로 현 하왕십리
일대인 것으로 보여짐.

10. 금호(金湖) : 현 서울시 성동구 금호동 일대

11. 누동(樓洞) : 서울시 종로구 돈의동, 익선동, 묘동, 와룡동. 일명 다락골.

12. 간동(簡洞) : 현 서울시 중구 순화동.

13. 송교(松橋) :

현 서울시 종로구 세종로동, 신문로 1가. (송기다릿골)

현 서울시 종로구 내수동. (종침다리)

현 서울시 종로구 서린동. (송기다릿골)

14. 이현(阿峴): 현 서울시 서대문구 북아현동, 충정로 2·3가동(→애오개)

15. 갑동(甲洞): 현 서울시 중구 수표동, 입정동.

16. 대사동(大寺洞): 현 서울시 종로구 견지동, 관훈동, 인사동.

17. 안현(安峴?·鞍峴?):

前者→ 현 서울시 종로구 안국동 150번지 부근에 있는 고개.

後者→현 서울시 서대문구 현저동(→길마재)

18. 사직동(社稷洞): 현 종로구 사직동 일대.

19. 용호(龍湖): 현 서울시 산천(한강).

20. 미동(美洞): 현 서울시 중구 을지로 1가, 남대문로 1가(곤담골).
   **동양문고본 『남정팔난기』 10-15-a의 '南部 美洞 小說 貰冊家'
   또는 10-22-a의 '南部 美洞 貰冊家', 10-23-a의 '南部 美洞 舊小說
   貰冊家'(남부 미동 구소설 세책가)란 부기를 통하여 '미동' 지역에도
   세책가가 있었음을 알 수 있으나, 그 실물은 아직껏 입수하지 못하고
   있다.

21. 옥동(玉洞): 서울시 종로구 옥인동, 통의동(옥골).

22. 향수동(香水洞): 미상.(『고려보감』 1-31-a의 간기에 의거 한자로 표기)

23. 유호: 미상.

24. 파곡: 미상.

25. 농셔: 미상.

26. 동문외 광신호지전택: 미상.[36)]

27. 운곡(슈): 미상.

2) '세책본'의 유통양상

앞에서 제시한 내용을 통하여 우리는 비록 19세기 말에서 20세기

---

36) 이에 대해 최근 김영희는 갑오개혁 무렵 동문외계(東門外契)에 숭신방(崇信坊)과
   인창방(仁昌坊)이 포함되어 있었다는 사실을 들어 필자의 오류를 지적한 바 있다. 앞
   의 논문, 52쪽, 주48) 참조.

초에 걸쳐 있는 '세책본'들일지라도 약 20여 개소가 넘는 곳에서 활발
히 유통되고 있음을 확인할 수 있었다.

여기서 꾸랑과 육당의 언급을 다시 검토해보기로 하자. 먼저 꾸랑
의 기록을 살펴보면 다음과 같다.

> 이런 종류의 장사가 <u>서울에 예전에는 많았으나 점점 희귀해진다고 몇
> 몇 한국의 사람들이 일러주었다. 또한 나는 지방에 심지어 송도·대구·
> 평양 같은 대도시에서조차 이들이 존재한다는 얘기를 들은 적이 없다.</u>[37]
>
> (밑줄: 필자 표시)

꾸랑의 이 기록은 1890년대 무렵의 상황을 이야기하고 있는 것임에
틀림없다. 이 기록이 정확한 것이라면, '점점 희귀해진다'고 하는 상황
과 '나는 지방에 심지어 송도·대구·평양 같은 대도시에서조차 이들
이 존재한다는 얘기를 들은 적이 없다'는 언급 등은 '세책본'을 다루려
는 우리의 처지에서 매우 소중한 기록이 아닐 수 없다. 그러나 전자의
언급에서 드러나듯이, '점점 희귀해'지고 있다는 상황임에도 도리어
약 20여 개소가 넘는 세책업소가 20세기 초엽까지도 분명히 존재하고
있었다는 사실, 한편 후자의 언급은, 간소 가운데 미상처로 드러난
'유호', '파곡', '뇽셔', '운곡(슈)' 등이 현 서울 지역의 지명에서는 전혀
찾아지지 않고 있다는 사실 등에서 이 기록의 객관성을 엄정하게 따
져볼 필요도 있지 않나 하는 생각이 든다. 여하튼 약 20여 개소가 넘
는 세책업소가 20세기 초엽까지도 실제적으로 존재하고 있었다는 점
에서 확인되듯이 '세책본'들이 꾸랑이 언급했던 시기보다 훨씬 내려와
서도 유통되고 있었다는 점은 무엇을 말하는 것일까?

---

37) 모리스 꾸랑, 이희재 역, 『조선서지』, 일조각, 1994, 4쪽.

여기서 다시 육당의 앞서의 언급을 살펴보도록 하자. '수십년 전까지도 서울 <u>香木洞</u>이란 데-시방 <u>黃金町 一丁目 사잇골</u>-에 세책집 하나[38]가 남아 있었는데,'(밑줄: 필자 표시)란 기록에서 언급한 '향목동' 소재 세책업소와 우리가 앞에서 밝힌 20여 군데가 넘는 세책업소의 존재와는 사실 그 거리가 너무 먼 것이 아닐까?

현재까지 드러난 바를 근거로 이야기하면, 이들 세책업소 가운데 1종이 남아 있는 곳은 '누동', '묘동', '토정', '송교', '갑동+대사동', '동문외 광신호지전댁', '남소동', '동호', '파곡', '청파', '간동', '옥동', '운곡(슈)' 등 도합 13개소, 2종이 남아있는 곳은 '사직동'과 '놋셔', '안현', '한림동' 등 4개소, 5종이 남아있는 곳은 '아현'과 '약현'[39](한동 포

38) 이 문맥을 사실 어떻게 이해해야 정곡을 기하는 것인지에 대해 우리들 모두 약간의 고민을 할 필요가 있을 듯하다. 대부분의 연구자들과 같이 이 문맥을 세책업소가 오직 한 군데, 곧 '향목동'에 남아 있다는 의미로 파악해도 되는 것인지, 아니면 수다한 세책업소 가운데 대표적 존재로 육당이 오직 '향목동'만을 거론하고 있는 것인지? 등이 그것이다. 어떻게 이해하든지간에 육당의 언급은 우리의 조사 결과와 너무나 거리가 존재하는 견해라는 점만을 우선 지적해둘까 한다.
　'세책본'에 대해 많은 논자들-이창헌, 정병설 등-은 1910년대 즈음해서는 오직 '향목동'만 존재했던 것으로 위 문면을 이해하고 있는 것으로 보여진다. 여기서는 편의상 정병설의 주장만을 소개하기로 한다. 그는 꾸랑과 육당의 기록을 아울러 검토하면서 이들 문면을 '예전에는 많았다가' 쿠랑이 조사하기 시작한 1890년경에 희귀해졌다던 세책가 최남선이 조사했던 1910년대에는 거의 한 곳 남짓이나 남아 있을 정도였으며, 그나마도 얼마 지나지 않아 없어졌던 것이다.'로 이해하고 있다. 앞의 논문, 256쪽.
　그러나 우리의 조사 결과 드러난 바는, 그들이 추론하고 있는 것과는 달리 세책업소와 '세책본'은 **20세기 초엽(1910년 전후)까지도 독자들 사이에서 활발히 유통되고 있다는 사실을 반증해주는 것으로 이해해야 할 필요성이 있음을 제기하고 있다**는 점, 나아가 여기에서 장편가문소설의 소멸 시기에 대한 또 다른 추론의 가능성은 마련될 수 없는 것인지 등등의 의문이 잇달아 제기된다고 하겠다.
39) 이 가운데 '약현'본은, 조동일의 언급과 조희웅의 목록을 두루 참조할 때, 서울대 규장각에 현재 남아 있는 7종의 작품들보다 훨씬 더 많은 약 20여 종 정도의 '세책본'이 소장되었던 것으로 생각된다. 그렇다고 이들 자료 모두가 '약현'을 간소로 하는 '세책

함) 등 2개소, 6종이 남아있는 곳은 '향슈동' 1개소, 7종이 남아있는 곳은 '금호'(유호 포함) 1개소, 육당이 언급한 바 있는 '향목동'은 19종의 작품이 남아있는 것으로 확인된다. 여기서 물론 간소에 따라서는 소장했던 작품들이 중간에 다량 망실되었을 가능성 또한 상정해야 하겠지만, 현재 남아있는 작품의 총량만 놓고 보더라도 20여 군데가 넘는 세책업소 가운데 '약현'과 '향목동' 소재 세책업소는 그 가운데서도 비교적 규모가 큰 세책업소이었을 것으로 생각된다.

한편 동일 작품임에도 특이하게 간소가 달리 나타나고 있는 '세책본'의 존재를 주목할 필요가 있다. 그것은 곧 '사직동'('향목동' 포함) 1종, '남소동'('향목동' 포함) 1종, '향슈동'('향목동' 포함) 6종에서 확인된다. 이들 8종의 작품들은 하나같이 다른 간소, 예컨대 '사직동', '남소동', '향슈동'에 '향목동'이란 간기가 아울러 출현한다는 공통점을 지니고 있는 바, 이것은 무엇을 의미하는 것일까? 필자는 이런 현상을, **'향목동' 인근에 있던 세책업소들이 시대를 내려오면서 '향목동'을 중심으로 재편·결집되는 양상을 보여주는 좋은 보기로 이해하고자** 한다.[40] 그 시기는 몇 가지 정황으로 보아서 대략 1905~6년 무렵에서

본'이라는 이야기는 결코 아니다. 그것은 『김홍전』의 간소가 '토정'으로 달리 나타나고 있다는 점, 나아가 『임화경연』은 육당이 언급한 바 있는 '향목동'을 간소로 하고 있는 작품과 같은 139권짜리가 규장각에 남아 있다가 현재 소재가 확인되지 않고 있다는 점—물론 해당 자료는 '약현'보다는 '향목동'일 가능성이 더 높아보인다— 등을 고려해야 하겠지만, 설령 그렇다고 하더라도 망실 자료의 상당수는 '약현'을 간소로 하는 '세책본'일 개연성이 상대적으로 높다고 하겠다. 이렇게 본다면 '약현'을 간소로 하는 세책업소 또한 '향목동'에 버금가는 규모를 갖고 있었던 존재라고 해도 틀린 지적은 아닐 것으로 생각된다. 『한국문학통사』(3판) 4권(지식산업사, 1994, 347쪽)와 『고전소설 이본목록』(집문당, 1999) 참조.

40) 필자는 이런 시각 아래 조선 후기 세책업소들을, 몇몇 권역으로 나누어 서술하는 것이 그 실상에 부합하는 것이 아닐까 하는 생각을 갖고 있다. 그것은 바로 '향목동'을 그 중심 권역으로 하는 종로에 위치하고 있던 세책업소들('송교', '갑동', '묘동', '누동',

그렇게 멀리 벗어나지 않은 시점[41]까지로 좁혀볼 수 있을 것으로 생각
된다.

그런 가운데 문제가 되는 것은 '향슈동'과 '향목동'의 관계가 아닐
수 없다. 이에 대해 정양완은

> 필사본은 대부분 '향목동'에서 筆書된 것으로 적혀 있다. 최남선의
> <조선의 가정문학>이라는 글에서 보면, 당시 香木洞에 세책집이 있었
> 음을 알 수 있다. 일부 필사본의 경우 '향수동'으로 적힌 경우도 있는데,
> 이는 흘려 쓴 '목' 자를 再寫하면서 誤記된 것으로 보인다.[42]

'옥동', '미동' 등이 이에 해당한다.), '동호'와 '금호'를 중심 권역으로 하는 성동구에
위치하고 있던 세책업소들('뉴호', '한림동', '농셔' 등이 이에 해당한다.), 나아가 '용호'
를 중심 권역으로 하는 한강변에 위치하고 있던 세책업소들('청파'가 이에 해당한다.),
'아현'을 그 중심 권역으로 하는 서대문에 위치하고 있던 세책업소들, '토정'을 그 중심
권역으로 하는 마포에 위치하고 있던 세책업소들로 나누어 살필 수 있음을 가리킨다.
그러나 이렇게 파악한다고 해서 모든 문제가 다 해결되는 것은 아니다. 예컨대 '남소
동'은, 그 현재적 위치를 놓고 볼 때 '장충동', '쌍림동', '광희동' 등에 해당하는 것으로
보이는데, 어떤 이유로 '남소동'을 간소로 하는 세책업소가 '동호' 권역과는 상대적으
로 거리가 더 멀리 떨어져 있는 '향목동' 권역과 관련을 맺고 있는 것인가? 또 그 이유
는 무엇인가? 등등에 대한 해답을 현 단계에서는 분명히 답할 수 없다는 점에서 익히
확인된다고 하겠다.

41) '사직동'과 '향목동'이란 간소가 같이 나타나고 있는 『김원전』(고대본)은, '사직동'을
간소로 밝히고 있는 권1이 1901년으로 그 필사년대를 밝히고 있는데 반하여, '향목동'
을 간소로 밝히고 있는 권2는 1905년으로 나타나고 있다는 점, '남소동'과 '향목동'이
란 간소가 같이 나타나고 있는 『금향정긔』(영남대본)는, '남소동'을 간소로 밝히고 있
는 권들이 1904~5년에 이루어진 것으로 나타나고 있는 반면, '향목동'을 간소로 밝히
고 있는 권들이 1905년인 것으로 나타나고 있다는 점, 한편 『장경전』(동양문고본)은
권1의 간소가 '향슈동'으로 나타나는데, 그것은 권2의 간소인 '향목동'에 비하여 1년
늦은 1906년에 이루어진 것으로 나타나고 있다는 점과 아울러 『당진연의』는, 1910년
에 이루어진 권1과 권3이 각기 '향목동'과 '향슈동'으로 그 간소를 달리하고 있다는
점 등을 고려할 때, 그 시대적 상한선은 1905~1906년을, 그 하한선은 1910년을 결코
벗어나지 못할 것으로 파악된다.
42) 정양완, 앞의 책, 머리말, 4쪽.

고 주장하여, '향슈동'으로 적힌 작품들을, '흘려 쓴 〈목〉자를 再寫하면서 誤記된 것'이라 파악하여 '향목동'과 '향슈동'을 동일 간소로 파악하는 태도를 보여준다.

그러나 이에 대해 최근 이다원이 다음의 근거를 토대로 그 주장의 문제점을 지적한 바[43] 있다. 첫째, 동양문고본 세책필사본의 필사기를 보면 한자로 필사기를 적은 것은 보이지 않는다는 점. 둘째, 필사자가 한 작품을 재사(再寫)하는 과정에서 어떤 권에서는 '목'자로 읽고 어떤 권에서는 '수'자로 읽었다고 생각하기 어렵다는 점[44] 등이 그것인 바, 물론 이런 주장[45] 또한 어느 면 타당한 것일 수는 있다. 그렇다고 해서 그 주장 모두에 대해 선뜻 동의할 수도 없다. 세책필사본에 나타나고 있는 부기(附記)를 포괄, 검토할 때 그의 주장과 전혀 같지 않은 면모 또한 익히 드러난다는 점 때문이다. 첫째 '향슈동'의 한자 표기가 나타나고 있는 부분[동양문고본 『고려보감』에는 그 필사기가 "셰무슐 칠월일 향슈동셔"<1권 31장 앞면>라고 적혀 있고, '향슈동' 위에 '香水洞'이라 적혀 있다.], 둘째 '향슈동'이 어떠한 이유에서인지는 확인 불가능하지만 '향목동'이라는 한자로 달리 표기되어 나타나고 있는 부분[『삼국지』 69권 29장 뒷면에는, "셰임인 지월일 향슈동필셔"로 그 필사기가 적혀 있고, 오른쪽 여

---

43) 이다원, 앞의 논문, 89쪽의 주)118 참조.

44) 여기서 그는 이들 세책필사본들이 몇몇 한정된 전문필사자들의 존재에 의해 이루어진 것으로 보는 선행 연구시각에 동조하는 듯한 태도를 보이고 있다.

45) 이다원은 다시 이런 두 가지 근거를 바탕으로 다음 두 가설을 제창하기에 이른다. 첫째, 한글지명인 '향나뭇골'이라는 명칭을 한자로 옮겨 적으면서, '木'자와 '樹'자를 혼용하여 사용했을 가능성, 둘째, 시간적 간격을 두고 같은 지역을 다르게 불렀을 가능성이 그것인데, 그런 가운데 그는 '향슈동'이라는 필사기가 보이는 권들은 다른 권들의 필사년도와 차이를 보이는 경우가 많으며, '중수(重修)'라는 표현이 자주 나타난다. 이것은 향슈동에서 재사가 이루어진 시점이 후대일 가능성을 시사한다. 이 경우에는 '향목동, 향슈동'이 다른 곳의 지명일 가능성도 배제할 수는 없다고 주장하고 있다.

백에 이 부분을 "歲在壬寅 十一月 香木洞筆□(書?)"로 고쳐 적어넣은 낙서가 나타나고 있다.], 셋째, '향목동'의 한자 표기가 나타나고 있는 부분[『옥루몽』29권 33장 뒷면에는, '셰무신 팔월일 향목동셔'로 그 필사기가 적혀 있고, 그 윗면의 여백에 '歲戊申 八月日 香木洞書'로 나타나고 있다.]이 바로 그것인 바, 한자 표기가 세책필사본의 필사기에서 전혀 나타나지 않는다는 그의 주장은 범위를 이와 같이 확대하여 본다면 실상과는 배치된 견해인 것으로 확인된다. 그러나 이들 기록들은 필사자가 직접 적어넣은 것이 아니라, 독자들 가운데 어느 누군가가 희필(戱筆) 삼아 적어넣은 부분으로 여겨진다는 점에서 그것을 액면 그대로 준신할 수 없다는 한계 또한 분명히 남아 있다. 그렇다고 여기서 이들 부기(附記)를 무조건 타기할 수만은 없다고 본다. 이런 점에서 이다원의 주장은 제한적인 범위 내에서만 그 타당성을 인정받을 수 있다. 이런 세 예문을 통하여 보더라도, '향슈동'과 '향목동'의 관계가 여하한 것인지를 분명히 파악하기에는 여러 난점이 상존함을 알게 된다.

결국 현 단계의 상황 아래서는 '향목동'과 '향슈동'의 관계양상이 어떠했는지를 더 이상 파악할 방안이 없다고 하겠다. 필자로서는 다만 '향슈동'을 간소로 하는 작품[46]들이 '향목동'을 간소로 하는 작품들에 비하여 시대적으로 약간 앞선 것으로 나타나고 있다는 점, '향목동'의 오표기(誤表記)로 '향슈동'이 나타나게 되었다는 정양완의 주장을 뒷받침할 실증적 바탕을 전혀 찾아볼 수 없다는 점, 또한 『삼국지』라는 동일 작품 내에서 드러나는 '향슈동'을 간소로 하여 이루어진 권이 '향목

---

46) 『고려보감』(무술:1898), 『금령전』(무술:1898), 『만언사』(긔희:1899), 『녈국지』(긔희: 1899, 계묘:1903), 『님장군젼』(경자:1900), 『郭海龍傳』(을사:1905), 『장경젼』 권1(병오:1906) 등이 바로 그것이다. 이 이외 몇몇 자료들에서 약간의 예외적 면모가 드러나지만, 그렇다고 하더라도 '향슈동'을 간소로 하는 작품들이 '향목동'을 간소로 하는 작품들에 비하여 시대적으로 늦게 출현한 것이라고는 생각되지 않는다.

동'을 간소로 하여 이루어진 권에 비하여 시대가 앞선다는 사실을 분명히 확인할 수 있다는 점[47] 등을 고려하여 '향슈동'과 '향목동'은, 간소를 달리한 세책업주로 봐야 하지 않을까 하는 나름의 견해를 지니고 있다.

한편 이들 '세책본'의 필사년대에 대한 검토를 통하여 그 실제적 분포 양상과 그 의미를 살펴보도록 하자. 그런데 이런 논의의 단서를 앞에서 이미 제시한 '세책본'의 간소와 간기에서도 마찬가지로 구해볼 수 있다. 따라서 그것은 이 작업에도 여전히 유효성을 지닌다. 왜냐하면 이 자료로부터 우리들은 '세책본'들이 어느 시대부터 어느 시대까지 필사되고 있었는지? 또 그것이 어느 특정한 시기에 집중적으로 출현하고 있었는지? 또한 어느 특정 세책업소가 보다 활발히 활동하고 있었는지? 등등에 대한 나름의 중요한 정보를 간취해낼 수 있을 것으로 기대되기 때문이다. 논의의 효과적 전개를 위하여 여기서 연대 순으로 다시 그것을 정리하면, 1864년 1종, 1869년 1종, 1879년 1종, 1890년, 1종, 1891년 1종, 1892년 4종, 1894년 2종, 1897년 2종, 1898년 4종, 1899년 6종, 1900년 5종, 1901년 6종, 1902년 8종, 1903년 3종, 1904년 2종, 1905년 14종, 1906년 1종, 1907년 7종, 1908년 6종, 1909년 7종, 1910년 1종, 1911년 3종, 1912년 6종, 1913년 2종, 1914년 5종, 1915년 2종 등으로 나타난다.

그동안 입수했던 '세책본'들을 다시 한 번 연대순으로 나누어 정리한 결과, 현재까지 남아있는 자료에 국한한 주장이라는 한계는 분명히 있지만 1864년부터 1915년까지의 약 50여 년 동안의 시기에 걸쳐 필사되고 있었음을 알 수 있었다. 그런 가운데서도 우리는 다음과 같

---

47) 동양문고본 『삼국지』에서 드러나는 몇 가지 색다른 면모는 우리의 관심을 끌기에 족한 것으로 생각된다. 이에 대한 자세한 검토는 별고로 미루어둘까 한다.

은 몇몇 주목할 만한 현상을 간취해내게 된다.

첫째, 1905년에 이르러 14종에 달하는 상당히 많은 종류의 작품이 필사되고 있다는 점을 알 수 있다. 이를 통하여, 우리는 1905년 당시까지만 하더라도 '세책본'이 방각본소설과의 경쟁에서 일방적으로 밀려난 것[48])이 아니라, 독자 계층들 사이에서 방각본소설 못지않게 널리 호응을 받아 유통되고 있었으리라는 사실을 어렵지 않게 추단할 수 있다.

둘째, 세책업소간의 경쟁 관계가 어떻게 결정지어 가고 있었는가를 살펴볼 수 있다. 이를 통하여, 우리는 조선 후기에 들어와 수많이 출현했던 세책업소들이 시기가 내려옴에 따라서 방각본 소설, 또는 구활자본 소설과의 필연적 경쟁에 따라 발생할 수밖에 없었을 독자층의 급격한 감소나 그밖의 여러 요인의 작용에 의하여 점차 문학사의 뒷면으로 사라져간 양상을 살펴볼 수 있다. 그런 가운데서도 그 주도권이 특정한 세책업소[예컨대 1910년을 기점으로 '향목동'을 간소로 하는 세책업소가 전면적으로 대두하는 현상이 바로 그것이다.]로 귀속되어 가고 있던 현상 또한 추단할 수 있다고 본다. 한편 '안현', '한림동', '금호' 등을 간소로 하는 세책업소들 또한 '세책본'을 끈질기게 필사, 유통시켰던 것으로 현재 확인되지만 역불급의 상태 속에서 구활자본 소설에게 그 독자층의 상당수를 넘겨주면서 그 역사적 소임을 다했던 것이 아닌가 한다.

셋째, 1915년 이후 필사된 '세책본'의 존재가 확인되지 않고 있다는

---

48) 이에 대해 이다원은 앞의 논문, 94~95쪽에서 "세책 필사본과 방각 본소설의 관계를 단계적인 선후의 문제로만 인식할 수는 없다."고 하면서 그것은 "오랜 기간 공존했으며, 상호 경쟁, 보완 관계에 있었다."고 주장하여 필자의 입론에 많은 시사점을 주었다.

점을 들 수 있다. 여기서 그 의미를 따져보기에 앞서서, 구활자본 소설에 대한 최근의 연구 성과들을 여기서 적극적으로 검토할 필요가 있다고 본다. 권순긍과 이주영[49]은 구활자본 소설이 1912년에 들어와 최초로 출현한 뒤, 바로 그 뒤를 이어 전성기를 구가했던 것으로 언급하고 있다. 특히 이주영은 "1915년부터 1918년까지가 고전소설 출판과 판매가 가장 활발했던 시기임을 알 수 있"[50]다고 주장하고 있는 바, 이것은 현재까지 입수한 한정된 자료의 범위 내에서라는 단서가 붙기는 하지만, 1915년 이후 필사된 '세책본'이 전혀 확인되지 않고 있다는 사실을 해명하는 데에 매우 적절한 시사를 주는 견해가 아닐 수 없다. 이점은 바로 구활자본 소설이 가장 활발하게 간행, 유통되었던 시대적 상황과 맞물리면서 **'세책본'이 1915년을 기점으로 쇠퇴하는 운명에 처해 있었음을 극명하게 보여주는 한 좋은 예**로 파악된다.[51]

5. 결론을 대신하여

앞에서 검토한 '세책본'에 대한 서설적 이해를 바탕으로, 우리 연구

---

49) 권순긍, 『활자본 고소설의 편폭과 지향』(보고사, 2000, 23~24쪽)과 이주영, 『구활자본 고전소설 연구』(월인, 1998, 36쪽)에 구활자본 소설이 간행되기 시작한 이래의 신규 발행 작품 수(또는 책의 종수)와 총 발행횟수가 잘 정리되어 있다.

50) 이주영, 앞의 책, 36쪽.

51) 이윤석, 「구활자본 고소설의 원천에 대하여-세책을 중심으로,"(한국고전문학회 연구발표, 2000.4, 이화여대)에 따를 때, 현재 몇몇 도서관에 세책이 들어온 시기는, 동양문고 소장본은 1927년, 서울대학본은 1929년, 연세대 소장본은 1937년 6월, 이화여대 소장본은 1939년 등으로 나타난다. 이런 점으로 보면 세책본은 1915년 이후 1920년대 사이에 그 수명을 다했던 것으로 생각된다. 한편 1915년 이후에 필사된 세책본들이 확인되지 않고 있다는 점은 그것을 가능케 한 일정한 사회적, 문화적 요인이 반드시 있었을 것이라고 생각되는데, 이에 대한 보다 정치한 고찰은 후고로 미루어둘까 한다.

자들이 앞으로 행해야 할 몇몇 과제들을 제시하는 것으로 결론을 대신할까 한다.

첫째, 세책업주 또는 (전문)필사자들의 신분과 그 이후 향방에 대한 보다 구체적인 탐색이 요청된다. (세책업주나 (전문)필사자에 대한 정보 탐색을 통해, 구활자본 소설이 간행된 이후의 그들의 역할이 무엇이었나를 밝혀본다.)

둘째, 세책업소간의 관계양상에 대한 보다 심도 있는 탐색이 요청된다. (예를 들어,『김원전』처럼 '사직동'과 '향목동'의 간소가 동시에 출현하는 작품은, '향목동'에서 '사직동'을 간소로 하는 세책본을 입수하여 다시 간행한 것으로 파악된다. 이것은 세책본의 成冊 과정을 살피는 한 단서—이에 대한 한 자료로 우리는『열국지』를 또한 주목할 필요가 있다. 그것은 궁체로 되어 전래되던 기존 작품 각 권의 첫 면과 마지막 면만 고쳐 '세책본'으로 편입시킨 것으로 보여진다. —로도 이용될 수 있다고 본다.)

셋째, '세책본'의 변이 양상에 대한 탐색이 요청된다. (간소를 달리하여 나타나고 있는 14종의 동종 작품들에서 드러나는 변이양상을 통하여, 그들 세책업소들 간에도 수용계층으로서의 독자 층위에 변별성이 있었을 가능성을 규명할 수 있다.)

넷째, '세책본'의 원천과 형성과정에 대한 탐색이 요청된다. (그 원천에 해당하는 작품이 무엇인지, 또한 그것들은 어떠한 과정과 요인에 의하여 이루어졌는가 등에 대한 보다 적극적이고도 능동적인 탐색이 가능하다.)

다섯째, '세책본'에서 드러나는 상업적 면모에 대한 탐색이 요청된다. (원천과의 대비적 검토를 통하여 '세책본'에서 확인될 변이양상에서 드러나는 상업적 면모의 추출, 그 기능 등에 대한 논의를 할 수 있을 것이다. 예를 들면,『홍길동전』에서 확인되는 군담의 확장 등이 갖는 의미와 그 요인 등이다.)

여섯째, '세책본'과 장편 가문소설, 방각본 소설, 구활자본 소설과의 관계 양상에 대한 탐색이 요청된다. (장편 가문소설, 방각본 소설, 구활자본 소설과 '세책본'의 경쟁 또는 상호 영향관계를 규명할 수 있다. 나아가 같은 간소를 갖는 것으로 보고된 몇몇 장편 가문소설들과 '세책본'의 연관관계 등에 대한 좀 더 정밀한 탐색이 요구된다.)

일곱째, '세책본' 자료에 대한 지속적 조사와 발굴이 요청된다.

여덟째. '세책본'의 사적 전개양상을 규명하기 위한 노력이 요청된다.

『고소설연구』 12, 한국고소설학회, 2001.

세책본소설의 간소에 대하여

- 동양문고본 『삼국지』를 통하여 본 -

1. 들어가는 말

필자는 일찍이 동양문고본 『삼국지』(이하 『삼국지』로 줄임)가 색다른 면모를 지니고 있음을 언급한 바[1]가 있다. 『삼국지』에서 확인되는 구체적 실상을 바탕으로 하여 이런 면모에서 드러나는 몇몇 의미망 가운데, 여기서는 논의의 범위를 특히 세책본소설의 간소와 그 유통양상만으로 국한하여 이에 대한 필자의 새로운 견해를 제시하고자 하는데에 본고의 궁극적인 목적이 있다.

세책본소설에 대한 학계의 관심은 그동안 그렇게 활발하게 이루어지지 않았던 것[2]으로 생각된다. 최근에 들어와서야 이들 세책본소설들을 대상으로 한 몇몇 구체적인 논의[3]가 제출되고 있는 상황이 이를

---

1) 정명기, 「세책필사본 고소설에 대한 서설적 이해」, 『고소설연구』 12집, 한국고소설학회, 2001.

2) 정양완, 『일본 동양문고본 고전소설해제』, 국학자료원, 1994.
   대곡삼번, 「조선후기 세책 재론」, 『한국고소설사의 시각』, 국학자료원, 1996.

3) 김영희, 「세책필사본 『구운몽』 연구」, 『연세학술논집』 34집, 연세대 대학원 총학생회, 2001.
   이다원, 「『현씨양웅쌍린기』 연구」, 연세대 석사학위논문, 2000.
   유춘동, 「『금향정기』의 연원과 이본 연구」, 연세대 석사학위논문, 2002.
   주형예, 「향목동본 「현수문전」의 서사적 특징과 의미」, 연세대 국학연구원 국학발표

역으로 잘 보여준다. 사실 그동안 세책본소설의 간소에 대해서는 몇
몇 논자들이 나름의 근거를 바탕으로 각자의 주장을 개진한 바가 있
다(아래에서 해당 논자들의 주장과 그 문제점을 다루기로 한다). 필자의 주
된 관심 또한 결국 『삼국지』에서 드러나는 두 간소의 문제, 곧 '향목
동'과 '향슈동'이란 간소의 관계 양상을 어떻게 파악해야 하는가 하는
문제에 다름 아닌 것이다. 이런 점에서 필자의 논의 또한 선행 연구
성과로부터 일정 부분 큰 빚을 지고 있음은 사실이다.

  그러나 『삼국지』의 내용을 구체적으로 검토하다 보면, 이 자료가 분
명 3종에 달하는 이본들의 부자연스러운 결합(이에 대한 구체적인 논의
는 아래에서 이루어진다)으로 이루어져 있다는 사실을 알게 된다. 이런
현상을 가능하게 한 이유에 대해서는 앞으로 더 고찰해 보아야 하겠
지만, 다음과 같은 양상을 우선 상정할 수 있지 않을까 한다. 본래 『삼
국지』를 포함한 많은 수량의 세책본소설들을 소유하고 있었던 세책업
주들이 시대적 흐름의 여파로 인하여 그로부터 더 이상의 상업적 욕
구를 충족할 수 없는 상황에 직면하게 되었을 때, 그들은 이들 자료를
필요로 하는 원매자에게 일괄적으로 넘겨주었을 것으로 보여진다. 그
런 과정 속에서 짝이 맞지 않는, 곧 결권의 상태로 남아있는 자료들에
대해서는 외견상으로나마 완질의 형태를 갖추어 그 자체의 상품적 가
치를 높이고자 했을 것은 오늘날의 실정에 비추어 보아도 극히 자연
스러운 현상으로 이해된다. 남아있는 『삼국지』의 면모로부터 역으로
추상하여 본다면, 전간공작(前間恭作)이 『삼국지』를 구입하던 당시 이
미 『삼국지』는 완질 형태의 이본으로는 남아 있지 못했던 것이 아닌가

회, 2002.
  이윤석, 「세책 춘향전에 들어있는 「바리가」에 대하여」, 한국고소설학회 59회 학술발
  표대회, 고려대, 2002.10.26.

생각된다. 그것은 본래 69권으로 이루어진 『삼국지』 가운데는 오직 그 후반부에 해당하는 41권 이하의 권들만이 남아 있었던 반면에, 58 권본[4]으로 이루어진 2종의 『삼국지』 가운데는 그 중반부인 40권까지의 권들과 아울러 50권과 55권, 56권만이 남아 있는 것으로 확인된다는 점(여기서 우리는 58권본의 경우 곧 41권에서 49권까지와 51권에서 54권까지가 결권이라는 사실을 알 수 있다)에서 잘 드러난다. 이런 사실은 『삼국지』 또한 다른 소설들-예컨대 『구운몽』, 『창선감의록』 등-과 마찬가지로 당시에 세책본으로 활발히 유통되고 있었다는 점을 반증해주는 것이다. 그러나 문제는 이들 3종에 달하는 이본들의 간소가 예의 '향목동'과 '향슈동'으로, 또한 그것과 아울러 그 권수를 각기 달리하여 나타나고 있다는 사실에 있다.

이런 사실은 다음과 같은 몇몇 문제에 관심을 갖게 하기에 충분한 것으로 보여진다.

첫째, '향목동'과 '향슈동'이라는 간소의 관계 양상에 따른 의문을 들 수 있다. 과연 이들 두 간소의 관계 양상은 어떠한 것인가? 이들 간소는 동일 지명의 이표기(異表記)에 불과한 것인가? 아니면 전혀 별개의 간소인가? 그것도 아니라면 이들 두 간소는 동일한 지역 내에 기반을 두고 상호 경쟁적 관계를 형성하고 있었던 간소인가? 등등의 의

---

4) 여기서 필자가 58권본 『삼국지』의 존재 가능성을 상정하는 근거로는, 현전 자료에서 확인되듯이 69권본 『삼국지』의 경우와는 달리, 『삼국지』 56권의 해당 장회가 원 『삼국지』의 그것에 견주어 볼 때 116회인 <종회분병한중도 무후현셩졍군산>인 것으로 드러난다는 점을 들 수 있다. 이런 사실을 통하여, 우리는 이하 117회 이하 120회까지의 장회가 최소한 2권 정도의 분량으로 이루어졌을 것으로 추단할 수 있다. 물론 이 부분에 대한 상당한 축약이 이루어져 해당 장회가 1권 정도의 분량으로 이루어졌을 가능성 또한 충분히 존재하지만, 여기서는 대략 2회 정도의 장회가 1권의 체재로 이루어진 다른 권들의 경우를 고려하여 해당 장회가 2권 정도로 묶여졌을 것으로 보고, 58권본 『삼국지』라고 잠정적으로 부르기로 한다.

문이 바로 그것이다.

둘째, '향목동'과 '향슈동'으로 간소를 달리하고 있는 이들 3종에 달하는 이본들이 각기 그 권수를 달리하고 있다(이에 대한 구체적인 논의 또한 아래에서 다루어진다.)는 점에서 확인되는 『삼국지』의 유통양상에 대한 의문을 들 수 있다. 우리는 『삼국지』가 '향목동'과 '향슈동'을 간소로 하고 있는 58권으로 이루어진 2종의 이본과 아울러 '향슈동'을 간소로 하고 있는 69권으로 이루어진 이본의 결합으로 이루어진 자료라는 사실을 어렵지 않게 확인할 수 있다. 그렇다면 과연 이들 두 이본의 선후관계는 어떻게 파악해야 하는가? 즉 58권본 이본이 먼저 이루어진 것인가? 아니면 69권본 이본이 먼저 이루어진 것인가?, 아니면 처음부터 이들 두 이본이 동시에 이루어진 것인가? 또한 이와 같은 현상이 나타나게 된 까닭은 어디에 있는 것인가? 이와 같은 면모에서 확인될 『삼국지』의 유통양상에 대한 논의는 세책본소설에 대한 심도 있는 논의를 가능케 할 것으로 기대된다. 이런 점에서 세책본 『삼국지』의 색다른 면모는 연구자들의 흥미를 유발하기에 족한 것으로 보여진다.

본고에서 논의의 대본으로 삼는 『삼국지』는 외견상 69권 69책으로 이루어져 있으며, 전형적인 세책본소설로서의 형태적 특성을 잘 지니고 있는 자료로 현재 일본 동양문고에 소장되어 있다.

2. 동양문고본 『삼국지』의 실제적 면모와 그 존재 양상

1) 『삼국지』의 실제적 면모

필자는 앞에서 『삼국지』가 '향목동'과 '향슈동'이라는 간소를 분명히

밝히고 있는 58권으로 이루어진 2종의 이본과 아울러 '향슈동'이라는
간소를 분명히 밝히고 있는 69권으로 이루어진 이본들의 부자연스러
운 결합으로 이루어진 자료라는 점을 간단히 언급한 바가 있다.

『삼국지』는, 외형상 '향목동'을 간소로 하고 있는 39권까지의 전반
부[5]와 '향슈동'을 간소로 하고 있는 40권 이하의 후반부로 이루어져
있다[6]. 그러나 논의를 이런 현상이 나타나고 있다는 단순한 지적에만
그치고 만다면, '향슈동'과 '향목동'의 관계 양상에 대한 보다 진전된
더 이상의 성과를 거두기는 힘들 것으로 여겨진다. 따라서 이에 대한
보다 진전된 논의를 거두기 위해서라도, 『삼국지』의 이질적 면모가 어
떻게 드러나며, 또한 이러한 현상에서 확인되는 의미가 무엇일까에
대해 구체적으로 검토할 필요가 있다.

가정(嘉靖)본과는 달리 모종강(毛宗崗)본 『삼국지연의』는 120회 장회
로 이루어져 있는 것으로 알려져 있다. 본고에서 논의의 대상으로 삼고 있
는 현전 동양문고본 『삼국지』 또한 120회 장회로 이루어져 있고, 나아
가 동일한 장회가 나타나는 것으로 확인된다는 점에서, 이 자료는 가정
본에 비하여 모종강본과 더한 친연성을 띠고 있는 것으로 생각된다.

『삼국지』에 나타난 이질적인 면모의 실상부터 밝혀 논의의 단서를
마련하기로 하자. 곧 현전 『삼국지』의 권32에서 권39[7]까지의 부분이
다시 권41에서 권49까지에 걸쳐 중복 출현하고 있다는 점, 권54[8] 다

---

5) 그 가운데 유독 권32만은 '셰무술 지월일 향슈동셔'이라는 기록에서 드러나듯이, '향
목동'이 아닌 '향슈동'을 간소로 하고 있는 것으로 달리 나타나고 있는 바, 이 자료가
갖는 의미는 뒤에서 논하기로 한다.

6) 후반부의 경우 하나같이 "향슈동"이 그 간소로 나타나는 데 비하여, 55권만은 이런
일반적 면모와는 달리 "셰신히 삼월일 향목동셔"로 나타나고 있다. 이것이 갖는 의미
에 대해서는 뒤에서 다시 논하기로 한다.

7) 『삼국지연의』의 경우와 대비하면, 곧 75회 <관운장괄골요독 녀ᄌ명비(빅)의도강>
부터 89회 <무향후사번용계 남만왕오ᄎ조금>까지임.

음 부분이 권55에 해당하는 장회[9]로 바로 이어지는 것이 아니라, 장회를 건너뛴 채 111회 〈등사지지픠강빅약 제갈탄의토ㅅ마소〉와 112회 〈구슈츈우젼ㅅ졀 취쟝셩빅약오병〉으로 이어지고 있다는 점, 또한 권 55의 경우 후반부의 일반적인 양상과는 달리 그 간소가 '향슈동'이 아니라, '향목동'으로 나타나고 있다는 점, 한편 116회 〈죵회분병한즁도 무후현셩졍군산〉(권56) 부분이 권57로 이어지면서 그 장회가 다시 99회 〈졔갈냥듸파위병 사마의입구셔쇽〉으로 나타나고 있다는 점, 나아가 이들 111회에서 116회까지의 장회가 권65 이하에서 거듭 출현하고 있다는 점 등이 바로 그것이다.

이에 대한 이해를 돕기 위해 『삼국지』 가운데서 문제가 되는 해당 장회 명과 권차를 알기 쉽게 〈표〉로 제시하면 다음과 같다.

장회	장회명	향목동 58책본	향슈동 58책본	향슈동 69책본	비고
75	關雲長刮骨療毒 呂子明白衣渡江		권32	권41	간소 불명
76	徐公明大戰沔水 關雲長敗走麥城			권42	
77	玉泉山關公顯聖 洛陽城曹操感神	권33			
78	治風疾神醫身死 傳遺命奸雄數終			권43	58본 장회 미출
79	兄逼弟曹植賦詩 姪陷叔劉封伏法	권34			
80	曹丕廢帝篡炎劉 漢王正位續大統			권44	
81	急兄讎張飛遇害 雪弟恨先主興兵	권35			
82	孫權降魏受九錫 先主征吳賞六軍			권45	
83	戰猇亭先主得讎人 守江口書生拜大將	권36			69본 장회 미출
84	陸遜營燒七百里 孔明巧布八陣圖			권46	간소 불명

8) 『삼국지연의』의 경우와 대비하면 96회 〈공명휘루참마슉 쥬방단발현(험)조휴〉에 해당.

9) 곧 97회 〈토위국무후재상표 파조병강유사헌서〉와 98회 〈추한군왕상수주 구??무후취승〉 이하.

장회	장회명	향목동 58책본	향슈동 58책본	향슈동 69책본	비고
85	劉先主遺詔託孤兒 諸葛亮安居平五路	권37		권47	간소 불명
86	難張溫秦宓逞天辯 破曹丕徐盛用火攻	권38		권47	
87	征南寇丞相大興師 抗天兵蠻王初受執	권38		권48	
88	渡瀘水再縛番王 識詐降三擒孟獲	권39		권48	
89	武鄉侯四番用計 南蠻王五次遭擒	권39		권49	
90	驅巨獸六破蠻兵 燒藤甲七擒孟獲		권40	권49	69본 장회 미출
91	祭瀘水漢相班師 伐中原武侯上表				69본 장회 미출
92	趙子龍力斬五將 諸葛亮智取三城			권51	
93	姜伯約歸降孔明 武鄉侯罵死王朗			권52	간소 미상
94	諸葛亮乘雪破羌兵 司馬懿剋日擒孟達			권53	
95	馬謖拒諫失街亭 武侯彈琴退仲達			권54	
96	孔明揮淚斬馬謖 周魴斷髮賺曹休			권54	
97	討魏國武侯再上表 破曹兵姜維詐獻書				69본 장회 미출
98	追漢軍王雙受誅 襲陳倉武侯取勝				69본 장회 미출
99	諸葛亮大破魏兵 司馬懿入寇西蜀			권57	
100	漢兵劫寨破曹眞 武侯鬪陣辱仲達			권57	간소 불명
101	出隴上諸葛妝神 奔劍閣張郃中計			권58	
102	司馬懿戰北原渭橋 諸葛亮造木牛流馬			권59	
103	上方谷司馬受困 五丈原諸葛禳星	권50		권59	간소 불명
104	隕大星漢丞相歸天 見木像魏都督喪膽			권60	간소 불명
105	武侯預伏錦囊計 魏主拆取承露盤			권61	
106	公孫淵兵敗死襄平 司馬懿詐病賺曹爽			권62	
107	魏主政歸司馬氏 姜維兵敗牛頭山			권62	간소 불명
108	丁奉雪中奮短兵 孫峻席間施密計			권63	
109	困司馬漢將奇謀 廢曹芳魏家果報			권63	69본 장회 미출
110	文鴦單騎退雄兵 姜維背水破大敵			권64	69본 장회 미출
111	鄧士載智敗姜伯約 諸葛誕義討司馬昭	권55		권65	
112	救壽春于詮死節 取長城伯約鏖兵	권55		권65	

장회	장회명	향목동 58책본	향슈동 58책본	향슈동 69책본	비고
113	丁奉定計斬孫綝 姜維鬪陣破鄧艾				69본 장회 미출
114	曹髦驅車死南闕 姜維棄糧勝魏兵			권66	
115	詔班師後主信讒 託屯田姜維避禍				간소 불명
116	鍾會分兵漢中道 武侯顯聖定軍山		권56	권67	간소 불명
117	鄧士載偸渡陰平 諸葛瞻戰死綿竹			권68	
118	哭祖廟一王死孝 入西川二士爭功			촉후쥬예친출항 등이죵회되징공 강유일계히슴현	
119	假投降巧計成虛話 再受禪依樣畵葫蘆				69본 상회 미출
120	薦杜預老將獻新謀 降孫皓三分歸一統			권69 손오항진삼분귀 일통	

** 회수의 번호는 羅貫中撰, 毛宗崗批, 饒彬校訂, 『三國演義』(삼민서국, 1976)의 목차
를 기입한 것임.

앞에서 제시한 〈표〉를 통하여 동양문고본 『삼국지』의 실제적 면모
와 아울러 '향목동'과 '향슈동'본의 존재, 또는 그 관계 양상, 나아가
『삼국지』의 유통 양상이 어떠했으리라는 것을 어렵지 않게 발견해낼
수 있을 것으로 기대된다. 이에 대한 구체적인 논의는 항을 달리하여
살펴볼까 한다.

2) 『삼국지』의 존재 양상과 두 간소의 문제

앞에서 이미 제시한 〈표〉로부터, 대체로 볼 때 동양문고본 『삼국지』
의 권39까지는 '향목동'을 간소로 하고 있는 반면, 권40 이하 부분은
'향슈동'을 간소로 하여 이루어진 자료라는 사실을 알 수 있다. 그런
가운데서도 몇몇 권들은, 『삼국지』의 존재 양상에 대한 일련의 정보를
담고 있는 것으로 보여지기에 흥미를 끈다 하겠다. 그 정보는 다음과

같이 요약할 수 있을 것으로 생각된다. 곧,

첫째, '향슈동'을 간소로 하고 있는 권32(75·76회)[10]와 40(89·90회)[11], 그리고 권56(116회)[12]의 존재를 주목할 필요가 있다. 이들 3권이 지니고 있는 해당 장회는 '향슈동'을 간소로 하는『삼국지』권(41)[13], 49, (67)에서 예외 없이 다시 나타나고 있다는 공통성을 지니고 있다. 그런데 이런 현상은 동일한 하나의 이본 내에서는 전혀 나타날 수 없는 면모가 아닐 수 없다. 곧 '향슈동'을 간소로 하고 있는 해당 권들은, 당시까지만 하더라도 69권으로 이루어진 이본과는 권차를 달리하는 또 다른 이본이 실제적으로 유통되었다는 사실을 구체적으로 보여주는 사실로 파악된다.

둘째, '향목동'을 간소로 하고 있는 권55(111·112회)의 존재를 주목할 필요가 있겠다. 40권 이하의 간소가 대부분 '향슈동'으로 나타나고 있는데 반하여, 유독 권55만은, '향목동'으로 분명히 그 간소가 달리 나타나고 있는 차이를 드러내고 있다. 그러나 이런 차이가 있음에도 그 서술내용이 바로 이어지는 권56(이는 '향슈동'으로 그 간소를 달리하고 있는 것으로 이미 앞에서 밝힌 바 있다.)의 내용과 전혀 무리 없이 이어지

---

10) 이에 대해 정양완은 그 간기를 '없음'으로 밝히고 있고(앞의 책, 238쪽), 한편 대곡삼번은 이에 대해 "무술지월일 향목동셔"라고 달리 밝히고 있다. 그러나 필자가 지난 2002년 2월 3~9일까지 도일하여 동양문고본 소장 자료를 직접 살펴본 결과 이 간기는 "무술(1898년) 지월일 향슈동셔"인 것으로 드러났다.

11) 이에 대해 정양완은 "셰무술 지월일 향목동셔"(앞의 책, 239쪽)라고 밝히고 있으나, 검토 결과 '향슈동셔'의 오기인 것으로 드러났다.

12) 앞의 경우와 마찬가지로 정양완은 이에 대해 셰신츅 납월일 향목동셔"(앞의 책, 242쪽)인 것으로 밝히고 있으나, 검토 결과 '향슈동셔'의 오기인 것으로 드러났다.

13) 이 자료의 경우, 비록 '향슈동'을 그 간소로 명기하고 있지는 않지만, 다른 권들에서 나타나고 있는 간기들과의 동질성 등을 고려하여 '향슈동'을 간소로 하여 나타났을 개연성이 더 높아 보이기에 해당 권들에 대해 괄호로 묶어 표시한 것이다. 이하 권67도 마찬가지이다.

고 있다는 점[14]으로부터, 58권으로 이루어진 것으로 여겨지는 '향슈동'을 간소로 하는 이본과는 달리 '향목동'을 간소로 하는 또 다른 이본(이 이본 또한 58권본으로 이루어져 있었을 것으로 생각된다.)이 분명히 당시 존재했을 것이라는 사실을 충분히 미루어 짐작할 수 있다고 본다.

셋째, 그 간소가 미상인 권50의 존재를 또한 주목할 필요가 있다. 비록 그 간소가 어디인지를 현재로서는 정확히 밝혀낼 수는 없지만, 그것이 '향슈동'을 간소로 하는 69권본 가운데 권59와 같은 장회의 내용임에도 그 권차가 권50으로 달리 나타나고 있나는 점 또한 이 자료가 69권본과는 분명 그 권차를 달리하여 유통되고 있던 이본 가운데 하나라는 점을 잘 말해주는 예라고 하겠다.

위에서 이미 밝힌 바를 통하여, 『삼국지』는, 최소한 크게 58책본 2종과 69책본의 1종이 존재했으리라는 사실을 확인할 수 있다. 먼저 58책본의 존재 가능성은 '향목동'을 간소로 하고 있는 55권의 장회가 112회에 해당하고, '향슈동'을 간소로 하고 있는 56권의 장회가 116회라는 점 등에서 그 단서를 구할 수 있다. 곧 모종강본이 120본으로 이루어져 있고, 69권본 또한 120회로 끝나고 있다는 점, 그리고 56권의 장회가 116회라는 점 등을 묶어 생각해본다면, 117화 이하 나머지 4회는 대략 2권 정도의 분량에 수록될 수 있었을 것이라는 점에서 이와같이 추단할 수 있다. 나아가 58책본은 다시 '향목동'(권1부터 권31, 권33부터 권39까지, 권55가 이에 해당)본과 '향슈동'(권32, 40, 56이 이에 해당)본이라는 간소에서 확인되듯이 최소 2종의 이본이 유통되었다는 사실 또한 알 수 있다. 이런 점을 근거로 『삼국지』가 2종의 58책본과 1종의

---

14) 여기서 '향슈동'을 그 간소로 하고 있는 권32와 '향목동'을 간소로 하고 있는 권33의 내용뿐만 아니라 장회의 차서까지도 극히 자연스럽게 연결되고 있다는 점은 이에 대한 좋은 한 방증이 된다.

69책본으로 유통되고 있었다는 사실을 어렵지 않게 추단할 수 있다고
하겠다.

이제 그렇다면 여기서 '향목동'과 '향슈동'의 관계 양상은 과연 어떠
한 것인가를 살펴보기로 하자.

현전하는『삼국지』는 앞에서도 여러 차례 밝혔듯이 '향목동'과 '향슈
동'이라는 두 간소에서 유통시킨 세책본의 자취를 지니고 있다는 점은
분명한 사실로 보여진다. 현재까지 남아 전하는 세책본소설들에 국한
하여 이들 작품들을 유통시킨 간소들을 검토할 때, '향목동'과 '향슈
동'을 간소로 하고 있는 작품들은 다른 간소의 작품들에 비하여 비교
적 상당량 존재하고 있음을 알 수 있다. 그럼에도 이들 두 간소의 관
계 양상에 대한 정론은 현재까지 분명히 제시되지는 못한 것으로 생
각된다. 이에 대한 논의는 일찍이 정양완에 의하여 먼저 이루어졌다.
정양완은

> 필사본은 대부분 '향목동'에서 筆書된 것으로 적혀 있다. 최남선의
> <조선의 가정문학> 이라는 글에서 보면, 당시 香木洞에 세책집이 있었
> 음을 알 수 있다. 일부 필사본의 경우 '향슈동'으로 적힌 경우도 있는데,
> 이는 흘려 쓴 '목'자를 再寫하면서 誤記된 것으로 보인다.[15]

고 주장한 바, 그는 '향슈동'으로 간소가 밝혀진 작품들에 대해, '이는
흘려 쓴 〈목〉자를 再寫하면서 誤記된 것'으로 파악하여 결국 '향목동'
과 '향슈동'을 동일 간소로 파악하는 태도를 보여준다. 그러나 그의 주
장은 '향목동'을 간소로 하는 작품들이 '향슈동'으로 간소를 밝히고 있
는 작품들에 비하여 대부분 시대적으로 뒤늦게 출현한 것이라는 점에

---

15) 정양완, 앞의 책, 머리말, 4쪽.

비추어볼 때 우선 논리적으로 당착을 드러낸다고 하겠다.

한편 최근 들어 이다원은 다음의 근거를 토대로, 전술한 정양완의 주장이 지닌 문제점을 아래와 같이 지적한 바[16] 있다.

> 그러나 대곡삼번이 정리한 동양문고 세책필사본의 필사기를 보면, 한자로 필사기를 적은 것은 보이지 않는다. 이러한 상황에서 저본(底本)의 필사기가 한자로 되어 있을 것이라고 추정하는 것은 무리가 있다. 또한 필사자가 한 작품을 재사(再寫)하는 과정에서 어떤 권에서는 '木'자로 읽고, 어떤 권에서는 '水'자로 읽었다고 생각하기는 어렵다. 이 문제에 대해 아직 단정할 수는 없으나 다음과 같은 가설을 생각해 볼 수 있다. 하나는 한글 지명인 '향나뭇골'이라는 명칭을 한자로 옮겨 적으면서, '木'와 '樹'자를 혼용하여 사용했을 가능성이다. 또 하나의 가설은 시간적 간격을 두고 같은 지역을 다르게 불렀을 가능성이다. 같은 작품 내에서 '향슈동'이라는 필사기가 보이는 권들은 다른 권들의 필사년도와 차이를 보이는 경우가 많으며, '중수(重修)'라는 표현이 자주 나타난다. 이것은 향슈동에서 재사(再寫)가 이루어진 시점이 후대일 가능성을 시사한다. 이 경우에는 향목동과 향슈동이 다른 곳의 지명일 가능성도 배제할 수 없다.

비록 그 자신이 이에 대해 가설(假說)이라는 단서를 달고는 있지만, 그는 이 문제에 대한 극히 다양하기까지 한 몇몇 가능성—곧 첫째, '향목동'과 '향슈동'이 동일 간소일 것이라는 점, 둘째, 이들 두 간소의 경우 동일 간소이기는 하지만 '시간적 간격'을 두고 이와 같이 다르게 불렀을 것이라는 점, 셋째, '향목동'과 '향슈동'이 다른 곳의 지명일 것이라는 점—을 두루 제시하고 있다는 점에서 정양완의 주장에 비하여 분

---

16) 이다원, 앞의 논문, 89쪽의 주)118 참조.

명 한 걸음 더 나아간 주장이라 할 수 있다.

한편 필자 또한 다음과 같은 몇몇 근거, 곧

> 다만 '향슈동'을 간소로 하는 작품들이 '향목동'을 간소로 하는 작품들
> 에 비하여 시대적으로 약간 앞선 것으로 나타나고 있다는 점, '향목동'의
> 오표기(誤表記)로 '향슈동'이 나타나게 되었다는 정양완의 주장을 뒷받
> 침할 실증적 바탕을 전혀 찾아볼 수 없다는 점, 또한 『삼국지』라는 동일
> 작품 내에서 드러나는 '향슈동'을 간소로 하여 이루어진 권이 '향목동'을
> 간소로 하여 이루어진 권에 비하여 시대가 앞선다는 사실을 분명히 확
> 인할 수 있다는 점 등을 고려하여 '향슈동'과 '향목동'은, 간소를 달리한
> 세책업주로 봐야 하지 않을까[17]

라는 사실을 토대로 하여 이들과는 또 다른 견해를 제시한 바가 있다.

우리는 다음과 같은 몇몇 사실들을 토대로 이들 두 간소의 존재 양
상에 대한 일련의 정보를 밝혀낼 수 있을 것으로 기대된다. 곧 '향목
동'을 간소로 밝히고 있는 권들은 대부분 1911년과 1912년에 집중적으
로 필사된 것인데 반하여, '향슈동'을 간소로 밝히고 있는 권들은 대부
분 1899년에서 1902년 사이에 필사된 것으로 확인된다는 점이다. 이
런 사실을 통하여 '향슈동'을 간소로 밝히고 있는 작품들이 '향목동'을
간소로 밝히고 있는 작품들에 비하여 분명 시대적으로 10여 년 정도
앞서 출현한 자료들이라는 점을 어렵지 않게 알 수 있다.

나아가 다음과 같은 몇몇 정황을 아울러 유념할 때, '향목동'은 '향
슈동'이라는 간소와 결코 동일한 지명에 해당할 가능성은 거의 없어
보인다고 하겠다. 그 이유는 다음과 같다.

---

17) 정명기, 앞의 논문, 473~474쪽.

첫째, '향목동'과 '향슈동'이라는 간소가 같이 나타나고 있는 작품들의 필사년대를 들 수 있다. 두 간소가 아울러 나타나고 있는 작품들로는 『삼국지』를 포함하여 『당진연의』, 『쇼듸셩젼』, 『창션감의록』, 『장경젼』, 『하진양문록』 등 6종을 들 수 있다. 그런데 이 자료들 가운데 '향슈동'에 비하여 그 시대가 앞서는 작품은 오직 『장경젼』 1종뿐으로, '향목동'을 간소로 하고 있는 권2가, '향슈동'을 간소로 하고 있는 권1에 비하여 1년 빠른 1905년에 필사된 것[18]으로 나타난다는 점.

둘째, '향목동'을 간소로 하는 권들의 지질(紙質) 상태는 '향슈동'을 간소로 하는 권들과는 비교할 수 없을 정도로 매우 조악한 것으로 확인된다(이 점 특히 『삼국지』에서 두드러지게 나타난다.)는 점 등을 들 수 있다. 이것은 '향슈동'을 간소로 하는 작품들에 비하여 '향목동'을 간소로 하는 작품들이 그 유통범위라든가 독자들의 호응도가 예전과는 비교할 수 없을 정도로 매우 낮아졌던 저간의 상황을 말해주는 것으로도 달리 이해된다. 만약 예전처럼 유통범위가 넓고, 게다가 독자들의 호응이 상당한 수준의 것이었다면, '향목동'을 간소로 하는 세책업자들이 그들의 속성상 오늘날 확인되는 것과 같이 조악한 느낌마저 주는 지질의 이본들을 유통시켰을 까닭은 결코 없어 보인다는 점 등을 고려할 때 더욱 그렇다고 하겠다.

그렇다면, '향슈동'과 '향목동'본의 관계 양상을 과연 어떻게 파악해야 그 정곡을 기하는 것이라고 할 수 있는가? 우리는 앞에서 이미 몇 가지 사실을 통하여 암묵적으로나마 '향슈동'과 '향목동'은 다른 간소

---

18) 필자는 이에 대해 한편 동일 작품임에도 특이하게 간소가 달리 나타나고 있는 '세책본'의 존재를 주목할 필요가 있다고 하면서. 이런 현상은 "'**향목동**' 인근에 있던 세책업소들이 시대를 내려오면서 '**향목동**'을 중심으로 재편·결집되는 양상을 보여주는 좋은 보기로 이해하고자" 하는 시각을 드러낸 바가 있다.(471쪽 참조)

일 것이라는 점을 전제하고 논의를 진행해 왔다. 그러나 이에 대한 반론 또한 충분히 가능할 것으로 보인다. 그것은 다음과 같은 몇 가지 경우로 제기될 수 있을 듯하다.

　첫째, '향슈동'과 '향목동'은 같은 간소에 대한 이칭에 불과하다.
　둘째, '향슈동'과 '향목동'은 다른 간소일 수도 있고, 같은 간소의 이칭일 수도 있다.
　셋째, '향슈동'과 '향목동'은 다른 지역에 속하는 간소이다.
　넷째, '향슈동'과 '향목동'은 같은 지역에 속하는 간소이되, 상호 경쟁적 관계를 형성하고 있던 간소이다.

　이들 주장에서 드러나는 문제점에 대해 구체적으로 논하여 보기로 하자.
　먼저, 첫째의 주장은 정양완에 의해 제기된 것으로, 이에 대한 반론은 다음과 같은 점에서 그 해답을 마련할 수 있을 것으로 기대된다.
　만약 '향슈동'과 '향목동'이 같은 지명이라면, '향슈동'을 간소로 하고 있는 작품들, 예컨대 『고려보감』, 『금령전』, 『만언사』, 『녈국지』, 『님장군전』, 『곽히룡전』 등이 비교적 이른 시기인 1898년부터 1905년 사이에 이루어진 반면에, '향목동'을 간소로 하고 있는 작품들은 4종(『츈향전』, 『모란졍긔』, 『구운몽』, 『유충렬전』 등)을 제외하고서는 모든 작품들이 1905년 이후에 출현한 것으로 나타나고 있는 바, 만약 이들 두 간소가 같은 간소의 이칭에 불과하다면 이와 같이 '향슈동'과 '향목동'으로 군이 달리 표현할 하등의 까닭이 없어 보인다는 점. 또한 『춘향전』을 포함한 다른 세 작품들 가운데 1905년 이전에 출현한 것으로 보이는 권들은 여러 정황을 고려할 때 원 '향목동' 세책본에 해당할 가능성이 거의 없어 보인다는 점(이것은 따라서 '향슈동' 세책본 또는 그것이 필사 대본으로 삼았던 '향슈동'본이 아닌 다른 선행 간소의 세책본일 가능성이 높음을 말하는 것이다.), 아울러 '향슈동'과 '향목동'이란 간소가 같이 나타나고 있는 작품들의 존재를 결코 무시할 수 없다는 점 등 때문이다. 특히 『당진연의』 권3과 『하진양문록』 권4의 존재는, 결코 '향슈동'과 '향목동'이 같은 지명일 가능성이 거의 없음을 말해주는 좋은 예라고 하겠다. 곧 『당진연의』 권3(1910년), 4(1901년)를 제외한 나머지 모든 권들은 '향목동'을 간소로 하고 있는 바, 이들 권들은 하나같이 1910년(권1)과 1912년(권6부터 권16까지)에 나타난 것으로 되어 있다. 남아있는 기록을 그대로 준신한다면, 같은 해(1910년)에 출현한 것으로 드러나는 해당 권(곧 권1과 권3을 가리킨다.)의 간소가 이와 같이 달리 나타날 수는 없다는 점. 한편 『하진양문록』 권4(1908) 또한 이런 정황을 뒷받침하는 좋은 증거로 생각된다. '향슈동'에서 이루어진 권4(1908년)를 제외한 나머지 모든 권들이 '향목동'에서 1908년과 1909년(권20)에 나타난 것으로 확인된다는 점에서도 '향슈동'과 '향목동'이 같은 간소에 해당한다는 정양완의 주장은 별 설득력이 없어 보인다고 하겠다.

둘째의 주장은 이다원에 의해 제기된 것으로, 이에 대한 반론은 필자가 이미 다른 논문에서 그 한계를 지적한 바[19]가 있으므로, 더 이상의 상론은 피하기로 하고, 여기서는 다만 그의 주장 가운데 다음 부분의 문제점에 대해서만 논급하기로 한다. "같은 작품 내에서 '향슈동'이라는 필사기가 보이는 권들은 다른 권들의 필사년도와 차이를 보이는 경우가 많으며, '중수(重修)'라는 표현이 자주 나타난다. 이것은 향슈동에서 재사(再寫)가 이루어진 시점이 후대일 가능성을 시사한다. 이

---

19) 정명기, 위의 논문, 472~473쪽.

경우에는 향목동과 향슈동이 다른 곳의 지명일 가능성도 배제할 수
없다."는 서술에서 드러나는 일부 오류사항이 바로 그것이다. 먼저 그
는 '향슈동'본에서 "'중수'라는 표현이 자주 나타난다"고 지적하고 있
는데, 실상은 전혀 그렇지 않은 것으로 확인된다. 그의 지적과는 달리
'향슈동'본 가운데 '중수'라는 표현은 다만 『열국지』의 권1, 3, 5, 7,
11, 13, 15, 17, 21, 25, 29, 33[20](1903)과 『삼국지』의 권49(1900), 그리
고 『당진연의』의 권3(1910)에서만 드러나고 있을 뿐, 그 외의 작품들에
서는 결코 나타나지 않는다. 게다가 '중수'라는 표현 자체는 '향슈동'
본뿐만 아니라 '향목동'본 『소디셩젼』 권2(1913), 『당진연의』 권1(1910)
등에서도 마찬가지로 드러나는 바, 이런 사실만으로는 이들 두 간소
의 관련 양상을 설득력 있게 규명할 수는 없을 것으로 여겨진다. 다만
이런 사실은 이들 작품들의 '중수'가 그것들이 선행 대본으로 삼았던
작품들에 비하여 시대적으로 뒤늦게 출현했으리라는 점과 아울러 '향
목동'본의 '중수' 또한 '향슈동'본의 '중수' 못지않게 일어나는 바, 이점
을 통하여 보더라도 '향목동'본이 '향슈동'본의 작품들에 비하여 시대
적으로 뒤늦게 출현하고 있다는 점을 거듭 확인할 수 있다고 본다. 그
보다는 여기서 차라리 '향목동'본에서 드러나는 '신판'이라는 표현을
주목할 필요가 있다고 본다. '신판'이라는 용어 자체는 방각본의 경우
에서도 확인되는 것과 같이, 후행본이 그보다 선행했던 본과 구별하
기 위한 의도 아래 사용되었던 용례가 거의 대부분이다. 이런 하나의
예만을 미루어보더라도, '향목동'본이 '향슈동'본에 비하여 분명 시대
적으로 뒤늦게 출현한 간소라는 점을 분명히 알 수 있을 뿐, 이들 두
간소의 관계 양상에 대한 결정적인 단서는 마련할 수 없을 듯하다.

---

20) 대곡삼번, 앞의 논문, 178쪽에서 권33의 간소를 '향목동'으로 밝히고 있으나, 확인
    결과 '향슈동'의 오기인 것으로 드러났다.

여기서 또한 "이것은(필자 주: '중수(重修)'라는 표현이 자주 나타난다는
점) 향슈동에서 재사(再寫)가 이루어진 시점이 후대일 가능성을 시사한
다. 이 경우에는 향목동과 향슈동이 다른 곳의 지명일 가능성도 배제
할 수 없다."는 주장의 문제점을 들 수 있다. 앞에서 이미 지적하였듯
이 '중수'는 '향슈동'뿐만 아니라 '향목동'에서도 일어나는 현상이라는
점에서 그가 논거로 삼고 있는 위의 추정은 실상에 어긋나는 것이 아
닐 수 없다. 따라서 이들과는 다른 각도에서의 구체적인 접근이 요청
된다고 하겠다.

셋째의 주장 또한 이다원에 의하여 제기되었다. 이들 두 지역이 분
명 다른 간소라면, 먼저 '향슈동'의 현재 위치는 어디에 해당하는지가
'향목동'의 그것처럼 마땅히 드러나야 한다고 본다. 그러나 이에 대한
관련 자료를 두루 검토해 보더라도 '향슈동'이란 간소는 '향목동'의 그
것과는 달리 그 존재 여부조차 분명히 드러나지 않는다. 자연 '향슈동'
이라는 동명이 당시에 현실적으로 존재했던 지명인가에 대한 의문마
저 제기된다. 그러나 다수의 작품들이 남아있는 현재의 여건을 고려
한다면, 여기서 '향슈동'이라는 간소를 갖는 작품들의 존재 또한 결코
무시할 수는 없다. 그렇다면, 결국 '향슈동'과 '향목동'은 '향나뭇골'(또
는 '상나뭇골'(청셕), '군당골')이라는 고유명칭을 한자로 바꾸면서 파생한
이름 가운데 하나일 가능성이 높아 보인다. '향나뭇골'의 '나무'에 대
한 한자 표기는 '樹' 또는 '木' 등 어느 것이나 가능한 것이라는 점에서
그렇다고 하겠다. 이런 점에서 본다면, '향슈동'과 '향목동'이란 간소
는 결국 같은 지역에 기반을 두고 있는 간소일 가능성이 가장 높아 보
인다. 그렇다고 해서 이들 두 간소가 동일 업소에 해당한다는 이야기
는 결코 아니다. 그것은 이미 앞에서 간략히 언급한 바와 같이, 이들
두 간소가 같은 간소의 이칭이라면, 작품들에 따라 달리 나타나고 있

는 필사시기에 따른 선후관계(넘나듦)의 양상을 쉽게 설명할 수 없다는
점, 이런 연장선상에서 굳이 이와 같이 '향슈동'과 '향목동'으로 달리
표기했을 객관적인 이유가 별달리 찾아지지 않는다는 점 등을 고려할
때, 그렇다고 하겠다. 그렇다면, '향슈동'과 '향목동'이라는 간소는 결
국 '향나뭇골'이라는 동일 지역에 위치하고 있던 업소이기는 하지만,
1종의 작품 내에서도 '향슈동'과 '향목동'이라는 간소가 뒤섞여 출현하
고 있다는 점 등을 고려할 때 이들 간소는 한 업소가 아니라, 상호 경
쟁적 관계를 유지하고 있던 업소로 보아야 한다고 생각한다. 이런 지
적이야말로 곧 이들 두 간소의 실상과 부합하는 면모가 아닐까 한다.

3. 『삼국지』의 유통 양상

앞에서 검토해 온 바를 토대로 우리는 현전 『삼국지』가 최소한 3종
에 달하는 이본의 형태로 당시 유통되고 있었다는 사실을 밝혀낼 수
있었다. 그렇다면 이제 이들 3종의 이본들은 과연 어떠한 관련 양상을
갖고 유통되고 있었는가에 대한 의문이 발생한다. 이들 3종의 이본들
이 크게 '향슈동'과 '향목동'을 간소로 하고 있는 58권본과 '향슈동'을
간소로 하고 있는 69권본으로 나누어진다는 것은 이미 여러 관련 문
맥을 근거로 밝혀둔 바 있다.

여기서는 58권본과 69권본의 관련 양상, 곧 이들 이본들의 선후 관
계는 어떠한 것인가에 대해 살펴보기로 하자. 이에 앞서 우리는 먼저
58권의 이본들의 관련 양상을 검토할 필요가 있다. 그러나 58권본의
경우, '향슈동'과 '향목동'으로 간소를 달리하고 있음에도 이들 양자의
관련 양상이 어떠했는가를 파악할 만한 자료가 현재 많이 남아있지

않기에 그 실상을 구체적으로 밝혀내기가 쉽지만은 않다고 하겠다. 그런 가운데 권32('향슈동': 1898년)와 권33('향목동': 1912년), 그리고 권55('향목동': 1911년)와 권56('향슈동': 1901년)의 존재는 우리의 논의에 한 단서를 제공해주는 것으로 여겨진다는 점에서 주목을 끈다. 이들 권의 간소가 이와 같이 다르게 나타나고 있음에도 그 서사내용과 장회가 앞의 권과 자연스럽게 이어지고 있다는 사실을 우리는 앞에서 제시한 도표를 통하여 쉽게 확인할 수 있다. 이것은 바로 '향슈동'본과 '향목동'본 58권 이본들은 그 분권이라든가, 나아가 그 서사내용, 그리고 장회 등에서 별반 두드러진 차이를 지니고 있지 않았을 개연성이 크다는 사실을 말해주는 좋은 증거로 생각된다. 그렇다면 '향슈동'본과 '향목동'본 58권의 선후 관계는 과연 어떻게 파악해야 하는가가 문제로 대두된다. 이에 대한 필자 자신의 결론부터 밝히자면, '향목동'본은 그 지질의 조악한 상태라든가 또는 그 필사연대 등을 고려할 때, '향슈동'본에 비하여 결코 선행하여 나타날 수는 없었던 이본으로 보여진다. 곧 '향목동'본 58권은 그보다 앞서 유행하고 있었던 선행 '향슈동'본 58권을 거의 그대로 전사하는 가운데 출현했던 이본에 불과한 자료로 여겨진다. 나아가 그 지질 상태 등을 고려하면 해당 이본이 당시 실제로 유통되었을 가능성 또한 결코 높아보이지는 않는 것으로까지 여겨진다.

한편 이어서 58권본과 69권본의 관련 양상에 대해 논의하여 보기로 하자. 이본들의 관련 양상에 대해 우리들은 책수가 적은 것을 부연, 확장하는 가운데 책수가 많은 이본이 산출되는 것이 일반적인 현상일 것이라고 파악해 왔다. 이런 태도의 일단을 김홍규의 다음과 같은 주장, "따라서 세책가는 전래의 필사본이든 방각본이든 많은 작품을 모으기에 힘쓰지 않을 수 없었고, 이 과정에서 새로운 작품의 창작이나 기존 작품의 확장·개작이 적잖이 이루어진 듯하다."[21]에서도 익히 확인할 수 있다. 과연 이런 주장이 『삼국지』의 58권본과 69권본의 경우에도 무리 없이 적용될 수 있는 것일까? 물론 58권본과 69권본의 관련 양상에 대한 규명은 여러 각도(예컨대 이들 두 이본에서 확인되는 장회 제명의 출입 또는 장회 출현 위치의 차이라든가 서사내용상의 차이 등에 대한 구체적인 검토 작업이 바로 그것이다.)에서 해명이 가능할 것으로 생각된다. 그렇지만 여기서는 논의의 효율성을 고려하여 이들 두 이본의 문면에서 드러나는 차이만을 살펴보는 것으로 국한하여 논의를 전개하고자 한다.

그런데 58권본 가운데 또 다른 이본의 존재 가능성을 제시해주는 '향슈동'본 권32, 40, 56 등은 앞의 두 권이 1898년, 뒷권이 1901년에 이루어진 반면에, 같은 58권본으로 이루어진 '향목동'본은 거의 대부분 1911년과 1912년 사이에 이루어졌다는 차이점을 드러내고 있다. 한편 69권본으로 이루어진 '향슈동'본은 58권본으로 이루어진 '향슈동'의 그것과 거의 같은 시기인 1899년(권43)부터 1902년 사이에 나타난 것으로 확인된다. 이런 점에서 본다면, '향슈동'본 58권본과 69권본은 거의 같은 시대에 출현했던 것으로 보아도 별 무리는 없을 것으로 생각된다. 그렇다면 이것은 '향슈동'이라는 동일한 간소에서 거의 같은 시기에 다른 권수로 이루어진 이본을 유통시켰다는 사실을 가리키는 것이 아닐 수 없다. 결국 이것은 그만큼 세책본소설이 당시에 얼마나 활발히 유통되고 있었는지를 여실히 보여주는 좋은 예로 생각된다. 여기서 세책본소설이 당시 얼마나 독서계를 풍미하는 가운데 많은 폐해를 유발하고 있었는가를 전하는, 아직껏 소개되지 않은 자료 하나

21) 김흥규, 『한국문학의 이해』, 민음사, 1995, 193쪽.

를 제시하기로 하자. 『만세보』의 〈언문세책금독(諺文貰册禁讀)〉이란 기
사가 바로 그것이다.

> 日前 警務使 朴承祖氏가 自己 門人으로 더부러 談話ㅎ다가 慨歎ㅎ
> 는 說이 國民의 知識이 發達치 못홈은 敎育이 업는 緣故ㄴ 然ㅎ나 至
> 今이라도 一般 人民이 實心과 實力을 維持ㅎ랴면 不可不 急先務가
> 懶惰遊戱ㅎ야 証據업시 僥倖으로 福利를 바라고 求ㅎ는 習慣부터 禁
> 흘 지니 吾 平生에 可憎ㅎ고 可憐흔 者는 春閨花燭과 閭巷市井과 屛
> 門長席에셔 所謂 諺文貰册 『洪吉童傳』·『春香傳』·『蘇大成傳』等 册
> 을 高聲大讀ㅎ면서 嬉嬉呵呵ㅎ야 無情흔 歲月을 空然히 지닉니 該 諺
> 文貰册等이 人民 生活ㅎ는 程途에 무엇이 有益ㅎ리오? 我가 決斷코
> 此等 習慣을 嚴禁ㅎ깃다더라.[22]

물론 이 기사가 『삼국지』가 유통되고 있던 시대보다는 약간 뒤늦은
시대의 언급이라는 점에서. 이것을 당시 세책본소설의 일반적 유통양
상을 파악하는 척도로 바로 대입하기에는 나름의 어려움 또한 있는
것은 사실이다. 그러나 이런 기사가 당시의 언론 매체에 버젓이 수록
될 정도였다는 사실은 그만큼 세책본소설이 상당할 정도로 유행하고
있었다는 점을 반증해주는 보기로 생각된다.

다시 앞의 논의로 되돌아가 58권본과 69권본의 관련 양상을 살펴보
기로 하자. 그 관련 양상의 가능한 면모는 크게 다음 세 가지 경우로
정리될 수 있을 듯하다. 곧,

첫째, 58권본이 선행하여 출현한 뒤, 일정 시간이 흐른 뒤에 이것을

---

22) 〈만세보〉 1906년 7월 28일자 기사.

바탕으로 한 69권본이 출현했을 가능성.

둘째, 그와는 반대로 앞서 출현한 69권본을 축약하는 가운데 58권본이 출현했을 가능성.

셋째, 위의 두 경우와는 관계없이 58권본과 69권본이 각기 그 시차를 크게 두지 않고 거의 동시에 출현, 유통되었을 가능성.

등이 그것이다.

여기서는 58권본과 69권본 가운데 상호 대비가 가능한 자료들에서 확인되는 몇몇 부분을 임의로 취택(取擇), 제시하면서 이점을 살펴볼까 한다. 그것은 겹쳐 나타나는 이들 부분에서 드러나는 서사내용의 대비 검토만으로도 이에 대한 어느 정도의 해답을 마련할 수 있을 뿐만 아니라, 나아가 이들 자료로부터 확인될 면모가 이하 다른 권들의 경우에도 마찬가지로 드러날 것으로 여겨진다는 점에서 적용에 큰 무리는 없을 것으로 기대되기 때문이다. 먼저 해당 이본들의 관련 양상이 여하한 것인지를 극명하게 보여주는 몇몇 보기를 제시하면 다음과 같다.

> ㉮ 각설 공명이 문무 중관과 한가지로 난가를 갓쵸와 한중왕을 쳥ᄒ여 뫼시고 단상의 니ᄅ러 한날긔 졔홀ᄉᆡ 쵸쥬로 ᄒ여금 상층단의 올나 졔문을 닑으니 왈 "유 건안 이십오년 하ᄉ월 병오삭 십이일 졍ᄉ의 황뎨 뉴비ᄂᆞᆫ 감쇼고우황텬후토ᄒ옵ᄂᆞ니 한뉴 텬하의 역슈무강이러니 셕일의 왕망이 찬역ᄒᆞ미 션무 황뎨 진노ᄒᆞ샤 왕망을 토멸ᄒᆞ신 후 사직이 부존이러니 이졔 조죄 농병잔인ᄒᆞ여 쥬후ᄅᆞᆯ 시살ᄒᆞ니 죄악이 관영ᄒᆞ고 기자 조비 흉역이 심어긔부ᄒᆞ여 신긔ᄅᆞᆯ 찬역홀ᄉᆡ 군하 장ᄉᆞ드리 한조가 임의 진ᄒᆞ다 ᄒᆞ여 자힝무긔ᄒᆞ미 뉴비 덕박ᄒᆞ여 뎨위ᄅᆞᆯ 감당치 못홀 거시로ᄃᆡ 셔민과 하향 군장드리 다 갈오ᄃᆡ '텬명을 가히 역지 못홀 거시오,

조종지업을 가히 바리지 못호며 스히의 가히 임군이 업지 못호리라.'
호민 텬명은 두리오나 긔업을 포긔치 못호여 텬지의 졔고호며 황뎨의
식슈룰 밧드러 스방을 무림코자 호오니 오직 신령은 흠향호고 한가 국
조룰 기리 평안케 호쇼셔." 호엿더라. 졔룰 맛찬 후의 공명이 즁관을
거나리고 식슈룰 밧드러 올니고 한즁왕긔 황뎨 위의 즉호시믈 쳥호니
(『삼국지』권35, 1-앞~2-앞)

㉮ 모든 관원니 난가룰 베퍼 한즁왕을 쳥호여 단의 올ᄂ 텬지의 졔홀시
초쥐 상쳥의 잇셔 쇼리룰 가다듬어 졔문을 닑고 졔룰 파흔 후의 공명이
즁관을 거ᄂ리고 식슈룰 밧드러 올니 〃 (『삼국지』권44, 14-뒤~ 15-앞)

㉯ 우금이 방덕으로 흔가지 산의 올나 물을 피호고 칠군니 어즈러니 놉
흔 곳으로 도망호더니 (권32, 3-뒤)
㉯ 방덕 졔장과 흔가지로 겨근 산의 올나 물을 피호든니(권41, 3-뒤)

㉰ 외뎐의 나와 군신의 조회룰 밧고 화흠으로 사도룰 호이고 왕낭으로
사공을 호이고 틱쇼 관원을 벼슬을 더 호이나 조비의 병이 일향 낫지
못호니 허창은 궁실이 요괴 만튼 호여 낙양으로 도읍을 옴기고 크게
궁궐을 지으니 셰작이 〃 쇼식을 셩도의 보흔틱(34권, 26-앞~뒤)
㉱ 외젼의 나와 군신의 조회룰 밧고 화흠으로 스도룰 호이고 왕낭으로
스공을 호이고 틱쇼 관원을 벼슬을 도 〃고 허창은 궁실의 요괴 만타
호여 낙양으로 도읍을 옴기고 크게 궁실을 지으니 셰족이 〃 쇼식을
셩도의 보호니(44권, 10-앞)

㉲ 각설 강위 화후핀로 호여금 군스룰 거ᄂ려 조양후을 바라고 나오더니
핀 유다려 문왈 "이졔 뷘 셩을 취호여 무어셰 쓰리오?" 위왈 "우리 여러
번 양식 잇ᄂ 곳을 취호여시니 젹병이 반다시 나의 뜻을 아ᄂ지라. 이졔
젹이 양식 잇ᄂ 곳을 직히려스니 우리 각 〃 군을 닉여 가마니 젹의

쥰비치 아닌 찍를 타 승시ᄒ여 즛치면 젹이 우리 계교의 쇽으믈 붓그려 ᄒ리라." 화후픠왈 "이는 묘ᄒ 의논이라. 닉 맛당이 젼긔 되리니 공은 가히 후군이 되라." ᄒ고 몬져 일지군 거느려 조양의 이르러 보니 셩상의 한 긔치도 업고 문을 딕기ᄒ엿거늘 픠 의혹ᄒ여 졔장다려 무르니 딕왈 "이는 뷘 셩이라. 다만 장군의 오시믈 듯고 사쇼 빅셩이 다라난가 ᄒ나이다." 픠 밋지 아냐 말을 노화 셩 남편으로 가 보니 다만 빅셩이 왕닉ᄒ거늘 스스로 당젼ᄒ여 드러가니 바야흐로 웅셩 가의 이르러 믄득 일셩 향ᄼᄼ의 고각이 졔명ᄒ고 졍긔를 들고 조교를 셰우거늘 픠 딕경왈 "그릇 계교를 맛치도다." ᄒ고 급히 퇴군ᄒ더니(권56, 4-앞~5-뒤)

㉣ 각셜 강위 화후픠로 젼부를 삼아 먼져 일군을 닛글고 조양셩을 아스라 ᄒ니 화후픠 군을 잇글고 셩하의 이로미 ᄒ낫 긔치도 업고 스문니 다 열녀거늘 심하의 ᄼᄼ심ᄒ여 졔장을 도라보아 왈 "간亽ᄒ 쇠 아닌가?" 졔장왈 "이 조고만 뷘 셩의셔 딕병이 ᄼᄼ를 알고 다라ᄂ미니 무슴 쇠가 잇스리잇고?" 화후픠 밋지 아니ᄒ여 이의 말을 노화 갓가이 가셔 보니 셩 남편으로 빅셩들이 부로휴유ᄒ여 다라ᄂ거늘 픠 딕쇼왈 "과연 뷘 셩이로다." ᄒ고 말을 노하 셩문의 그러가더니 일셩 방즈향의 셩상의 긔치를 셰우고 ᄼᄼ각이 졔명ᄒ거늘 화후픠 딕경왈 "그릇 간계의 쇽앗도다." ᄒ고 급히 퇴군ᄒ려 ᄒ더니(권66, 23-뒤~24-앞)

㉤ 권왈 "닉 북으로 셔쥬를 취코져 ᄒ니 경은 엇더ᄒ다 ᄒ는고?" □왈 "이졔 조죄 먼니 하북의 잇시니 동으로 셔쥬를 도라볼 결을이 업고 직훤 군亽 만치 아니ᄒ니 가이 취흘 거시로딕 그 지셰가 육젼ᄒ기는 이ᄒ고 슈젼ᄒ기는 편치 못ᄒ니 비록 어드나 직희기 어려오니 먼져 형쥬를 취ᄒ여 장강의 험ᄒ믈 웅거ᄒ 후의 별노히 조혼 모칙을 싱각ᄒ미 조흘가 ᄒᄂ이다." 권왈 "나도 본의가 형쥬를 취ᄒ랴 ᄒ니 첫 말은 경을 시험코져 ᄒ 말이니 경은 날을 위ᄒ여 속히 도모게 ᄒ면 나도 뒤좃차 졉응ᄒ리□."(권32, 12-앞~뒤)

㉮ 권왈 "괴 북으로 셔쥬를 취코자 ᄒ노라." 녀젹왈 "이직 죠죄 멀니 하북
의 잇셔 밋쳐 동을 도라볼 여긔 업고 셔쥬는 비록 으드나 직희기 어려오
니 형쥬을 취훔만 뭇홀가 ᄒ나이다." 권왈 "괴 본의는 형쥬를 취ᄒ려
ᄒ미니 젼말은 희언이로다. 경은 고를 위ᄒ여 쇽히 형쥬을 취ᄒ게 ᄒ라.
괴 맛당이 긔병ᄒ여 졉응ᄒ리라."(권41, 15-앞~뒤)

㉯ 공명이 좌우로 문방사보를 가져오라 ᄒ여 와탑의 노코 친필노 표를
닥가 후쥬게 상달ᄒ게 ᄒ라 ᄒ고 쏘 양의다려 분부왈(권50, 33-앞)

㉰ 공명이 문방ᄉ보를 취ᄒ여 와탑 갓가이 놋코 이의 일 장 표를 지어
후쥬게 쥬달홀식 표의 왈 "업듸여 드르니 ᄉ싱은 유명ᄒ고 듸슈는 도망
치 못ᄒᄂ니 신니 원컨듸 우츙을 다 베풀니다. 신은 본듸 부셩이 우졸
ᄒ고 쩌를 만ᄂ미 간난ᄒ 지졀라. 결월을 줍아 군ᄉ를 일우혀 북벌ᄒ
더니 엇지 병이 골속의 드러 명이 조셕의 잇슬 쥴 긔약ᄒ여시리오? 폐
하를 죵ᄉ치 못ᄒ오니 한을 먹음미 무궁ᄒ온지라. 복원 폐하는 쳥심 과
욕ᄒ시고 빅셩을 ᄉ랑ᄒ고 효도를 널니 베퍼 션황의 덕을 우쥬의 드리
워 착ᄒ 니를 ᄂ오고 간ᄉᄒ니를 물니치고 풍쇽을 후이 ᄒ쇼셔. 신의
집의 뽕나무 팡빅 쥬와 밧치 오십 이랑이 〃시민 ᄌ손의 〃식은 유여홀
거시오, 신의 죽는 날의 안으로 남은 비단니 잇고 밧그로 남은 직물이
〃시량이면 이ᄂ 곳 폐하를 져바리미니 신니 죽은 후의 아루시리이다."
ᄒ엿더라. 공명이 쓰기를 맛고 쏘 양의를 불너 왈(권60, 22-뒤~23-뒤)

㉱ 근신이 쥬왈 "오ᄉ 졔갈건이 〃ᄅ럿나이다." 션쥐 젼지ᄒ여 불너드리
니 졔갈건이 복지ᄒ거늘 션쥐 문왈 "자위 먼니 왓시니 무삼 연괴 잇ᄂ
다?"(권35, 18-앞)

㉲ 건신이 쥬왈 "오ᄉ 졔갈건니 〃ᄅ럿ᄂ이다." 션쥐 명(1.뒤)ᄒ여 드리
지 말나 ᄒ니 황건니 쥬왈 "건의 아외 촉의 이셔 승상이 되엿고 이졔
져의 오문 ᄉ괴 잇시미니 무슴 연고로 막으시ᄂ잇고? 맛당이 불너드려

그 말을 드러 가히 좃칠 만ᄒ면 좃고 그러치 아니면 져의 입을 비러 손권의게 홍병 문죄ᄒ믈 이르시미 언졍이순홀가 ᄒᄂ이다." 션쥐 좃츠 건을 부르니 건니 드러와 짜의 업ᄃᆡ거ᄂᆞᆯ 션쥐 노문왈 "ᄌᆞ유의 멀니 오 문 무슴 연괸고?"(권45, 2-앞)

위에 번다할 정도로 제시해 둔 여러 예문들은 우리가 궁극적으로 살펴보려고 하는 58권본과 69권본의 관련 양상과 그 유통에 대한 매우 유용한 정보를 담고 있는 것으로 보여진다. 이들 이본들의 관련 양상 가운데 우선 상정할 수 있는 첫 번째 경우의 타당성을 검토하여 보기로 하자. 위에 제시한 ㉮에서 ㉲까지의 예문들에서 그 단서를 찾아낼 수 있을 것으로 보여진다. 이들 예문들의 경우, 58권본에서는 해당 문면이 위와같이 나타나고 있는 반면, 양적인 확대가 일어난 가운데 시대적으로 뒤늦게 출현한 것으로 보이는 69권본에서는 해당 부분이 전혀 출현하지 않고 있는 차이점들(본문 가운데 밑줄 친 부분이 바로 그것이다.)을 예시한 것이다. 그것을 구체적으로 밝힌다면, ㉮에서는 제문(祭文)의 탈락, ㉯와 ㉰, 그리고 ㉱에서는 해당 서술문면의 탈락, ㉲에서는 대화 부분의 탈락 등이 발생하고 있다는 것으로 요약된다. 이런 현상들은 일견 우리들의 이본형성에 대한 일반적 인식의 틀과는 매우 다른 것으로 보여진다는 점에서 결코 쉽게 이해되지 않는다고 하겠다. 만약 58권본이 선행하고, 그것을 토대로 69권본이 시대적으로 뒤에 출현한 것이라면, 위에서 지적한 바와 같은 면모가 출현한다는 점은 좀처럼 수긍하기 어려운 것이라는 점에서 그렇다고 하겠다. 이런 점에서 본다면 58권본이 69권본에 비하여 선행하여 출현했을 가능성은 결코 높아 보이지 않는 것으로 생각된다.

나아가 두 번째 경우의 타당성을 검토하여 보기로 하자. 위에 제시한 ㉕와 ㉖의 예문들에서 마찬가지로 그 단서를 찾아낼 수 있을 것으로 기대된다. 이들 예문들은 앞의 경우와는 달리 69권본의 특정 문면이 도리어 58권에서는 전혀 나타나지 않고 있는 부분들(위와 같이 고딕 처리한 부분이 바로 그것이다.)을 예시한 것이다. 곧 ㉕에서는 표문(表文)의 탈락, 한편 ㉖에서는 대화부분의 탈락 등이 발생하고 있는 것이 바로 그것이다. 물론 이런 경우는 이본 형성과정에서, 특히 축약으로 인하여 발생하는 새로운 이본들의 면모에서 흔히 드러나는 것으로써 결코 예외적인 현상으로는 생각되지 않는다. 그렇다면, 69권본이 58권본에 비하여 선행한 것이라고 봐도 좋은 것인가? 그러나 이럴 가능성 또한 그다지 높아보이지는 않는다고 하겠다. 왜냐하면 그것은 유통 형태를 달리하는 방각본소설이라든가, 필사본소설 등의 경우와 비교해보더라도 이런 점은 쉽게 이해되지 않는 현상으로 여겨지기 때문이다. 또한 세책본소설의 영업주들이 지니고 있었을 나름의 영리 추구라는 상업적 측면을 아울러 고려한다면, 상업적 이윤의 폭을 극대화하기 위해 권질(卷帙)을 가능한 한 늘임으로써 그것을 굳건하게 확보하려는 의도를 지녔던 것으로까지 보여지는 그들로서는 그들 나름의 이익을 담보해주는 이러한 영업 전략을 버리면서까지 해당 이본들을 축약, 유통시킨다는 것은 현실적으로 결코 용이하지 않았을 것으로 생각된다는 점 등 때문이다.

그렇다면, 이제 마지막으로 남은 하나의 가능성으로 58권본과 69권본이 거의 같은 시대에 앞서거니 뒤서거니 하면서 출현, 유통되었을 경우를 상정할 수 있다. 구체적으로 이들 해당 자료의 서사문면을 대비·검토하다 보면, 두 이본의 특정 서사문면들에서 상호 영향을 긴밀할 정도로 주고받은 흔적(이런 현상은 이들 이본들이 원 번역의 대본으로 삼았던 동일 자료의 면모로부터 파생했을 가능성이 높아 보인다.) 못지않게 약간씩 다르게 대치되어 있는 부분 또한 결코 어렵지 않게 확인하게 된다. 이런 사실은 이들 두 이본의 관련 양상이 우리들의 일반적인 기대와는 달리 그다지 크지 않음을 말해주는 좋은 예라고 하겠다. 한 예문만을 들어 보이는 것으로 이에 대한 구체적인 검토를 줄일까 한다.

> 공명왈 "늬 슈츠 고간ᄒ딘 황상이 듯지 아니시니 민망ᄒ지라. 공등은 날을 ᄯ라 한가지로 드러가 간ᄒ여 보리라." ᄒ고 빅관과 한가지로 드러와 쥬왈 "폐히 처음으로 보위의 올나 만일 정벌ᄒ려 ᄒ시면 북으로 조비ᄅ 쳐셔 뒤의ᄅ 텬하의 반포ᄒ고 뉴ᄉᄅ 친히 거ᄂ려 정벌ᄒ실 거시오, 동오ᄅ 치고ᄌ ᄒ시면 일원 상장을 명ᄒ여 치시미 가ᄒ거늘 엇지 셩가 친정ᄒ시도록 ᄒ리잇고?" (권34, 5-뒤)

> 공명왈 "늬 아모리 고간ᄒ나 텬직이 듯지 아니시니 금일은 공등이 날과 ᄒ가지로 드러가 간ᄒ리라." 당하의 공명이 빅관을 잇글고 드러와 선쥬게 쥬왈 "폐히 처음으로 보위의 올ᄂ 만일 북으로 한격을 치고 뒤의ᄅ 텬하의 펴ᄂ 거시 올커늘 이졔 폐히 뉵군을 친통ᄒ시고 동오ᄅ 치고져 ᄒ시니 엇지 텬하인의 바라는 비리잇가? 만일 오ᄅ 치고져 ᄒ시거든 ᄒ 상장을 명ᄒ여 문죄ᄒ시미 가ᄒ거늘 엇지 셩가를 슈고로이ᄒ여 친정코져 ᄒ시나잇고?" (권44, 19-앞~뒤)

이런 점에서 본다면, 58권본과 69권본의 관련 양상 가운데 세 번째 경우가 실상과 가장 부합하는 것이 아닌가 생각된다. 거의 동시대에 권차를 달리하는 2종('향목동'본까지 포함하면 3종이 되겠지만, 거의 같은 시기라는 위의 언명을 중시한다면 '향슈동'본 2종이라고 해야 사실과 부합된다.)의 이본이 '향슈동'이라는 한 간소에서 출현, 유통되었다는 사실이야말로 『삼국지』의 경우만으로 한정한다고 하더라도 당시 상당한 정도의 독자층이 형성되어 있었다는 점을 말해주는 결정적인 증거라고 하겠다. 그런 가운데 군이 이들 두 이본의 관련 양상을 좀 더 좁혀 추론한다면, 세책본소설을 예전에 비하여 쉽게 향유할 수 있는 독자층의 존재라는 엄연한 시장성을 결코 고려하지 않을 수 없었던 세책본업주들은 우선 아무래도 상대적으로 위험 부담이 컸을 69권본보다는 적은 권질로 이루어진 58권본을 먼저 유통시키는 가운데 독자들의 호응도를 눈여겨보았을 것으로 생각된다. 이런 움직임과 더불어 이윤을 보다 극대화하려는 의도 아래, 그들은 자연스럽게 58권본에 바로 이어 69권본『삼국지』를 또한 유통시켰던 것으로 보여진다. 이런 상황 속에서『삼국지』의 서사세계를 보다 구체적으로 그리고 있는 것으로 보이는 69권본이 58권본을 밀어내고 세책본소설『삼국지』의 이본 가운데 주류로 자리 잡게 된 것이 아닐까 한다. 앞에서도 밝힌 바 있지만, '향목동'본 58권본의 경우, 세책본소설이라고 하기에는 너무나 조악한 지질로 이루어져 있고, 또 그 간기 등을 두루 고려할 때, 이 이본이 실제적으로 유통되었을 가능성은 그다지 높아 보이지 않는다는 점 등을 고려하더라도 그렇다고 할 수 있다.

4. 맺는말

이제까지 앞에서 논의해 온 바를 간추려 맺는말로 대신할까 한다.

현전 동양문고본『삼국지』의 존재를 통하여, 이 자료가 크게 3종에 달하는 이본들의 결합으로 이루어져 있다는 사실을 밝힐 수 있었다. 곧 '향목동'과 '향슈동'을 간소로 하는 2종의 58권본 존재와 '향슈동'을 간소로 하는 69권본의 존재가 바로 그것이다. 이런 사실과 아울러 이들 두 간소에서 유통시킨 것으로 확인된 여러 세책본소설들을 두루 고려할 때, '향슈동'과 '향목동'이란 간소는 결국 '향나뭇골'이라는 동일 지역에 위치하고 있던 업소이기는 하지만 동일한 업소가 아니라, 상호 경쟁적 관계를 유지하고 있던 업소로 보아야 한다고 주장하였다.

한편 58권본 2종의 이본은 남아있는 자료에 근거하여 그 편차가 거의 없는 이본일 것이라고 파악한 뒤, 이어 58권본과 69권본과의 대비적 검토를 통하여 어느 한 이본이 다른 이본에 비하여 결코 먼저 출현, 유통되었던 것이 아니라, 이들 두 이본이 거의 동시대에 출현한 이본이며, 시대가 내려와서는 69권본이 세책본소설『삼국지』의 주류로 자리 잡게 된 것으로 이해하였다.

한편 여기서는 여러 여건으로 인하여 세책본소설의 면모를 갖고 있는 것으로 보여지는 하버드대본『삼국지』와의 대비적 검토, 또는 세책본소설『삼국지』의 원천과 그 번역양상 등에 대해서는 미처 관심을 쏟지 못했다. 이점 뒷날의 과제로 미루어둔다.

『세책고소설연구』, 혜안, 2003.

세책본소설의 유통양상

- 동양문고 소장 세책본소설에 나타난 세책장부를 중심으로 -

1. 들어가는 말

　최근 들어 본격적으로 제출되기 시작한 세책본소설에 대한 일련의
연구[1]는 그동안 간과되어 왔던 조선후기 서사문학에 대한 또 다른 논

---

1) 김영희, 「세책필사본 『구운몽』 연구」, 『연세학술논집』 34집, 연세대 대학원 총학생
　회, 2001, 9~61쪽.
　　대곡삼번, 『조선후기소설독자연구』, 고려대 민족문화연구소, 1985.
　　대곡삼번, 「조선후기 세책 재론」, 『한국고소설사의 시각』, 국학자료원, 1996, 141~
　181쪽.
　　대곡삼번 · 이윤석 · 정명기편, 『세책고소설연구』, 혜안, 2003.
　　유춘동, 「『금향정기』의 연원과 이본 연구」, 연세대 석사학위논문, 2002.
　　이다원, 「『현씨양웅쌍린긔』 연구-연대본 『현씨양웅쌍린긔』를 중심으로」, 연세대 석
　사학위논문, 2000.
　　이윤석, 「구활자본 고소설의 원천에 대하여-세책을 중심으로」, 한국고전문학회 월
　례발표회, 이화여대, 2000.4.8.
　　이윤석, 「세책 <춘향전>에 들어있는 「바리가」에 대하여」, 한국고소설학회 59회 학
　술발표대회, 고려대, 2002.10.26.
　　이주영, 「고소설 독자에 대한 몇 가지 문제」, 제34회 전국어문학연구 발표대회 발표
　요지, 2000.10.28.
　　이창헌, 「고전소설 유통 양상에 대한 일 고찰」, 『한국서사문학사의 연구』v, 중앙문
　화사, 1995, 1785~1810쪽.
　　전상욱, 「<징세비태록> 이본 연구」, 『동방고전문학연구』 3집, 동방고전문학회, 2001,
　91~114쪽.
　　정명기, 「세책필사본 고소설에 대한 서설적 이해」, 『고소설연구』 12집, 한국고소설

의의 지평을 가능케 할 의미 있는 작업으로 이해할 필요가 있다. 이런 작업이 보다 더한 나름의 의미를 얻기 위해서는 이제까지 몇몇 단편적인 자료[2])에 의거, 구체적인 근거 없이 막연하게 추론하여 왔던 세책본소설의 유통양상에 대한 보다 구체적인 논의가 절실하게 요청된다.

이에 필자는 세책본소설 연구회의 다른 구성원들과 함께 2002년 2월과 2003년 8월, 2회에 걸쳐 일본의 동양문고를 방문, 자료를 검토하던 가운데 이 문제에 대한 논의를 가능케 할 일련의 자료-곧 세책업소에 의하여 작성되었을 것으로 보여지는 세책장부-를 확보할 수 있었다.

본고에서는 지난 2회에 걸쳐 우리 구성원들이 입수한, 세책본소설의 유통양상을 밝혀줄 것으로 기대되는 세책장부에 대한 개괄적 소개와 아울러 몇몇 사항을 검토·분석하는 것으로 논의의 범위를 국한할까 한다. 이에 대한 보다 구체적인 논의는 근간 예정인 『세책본소설의 유통양상 연구』로 미루어두기로 한다.

2. 세책장부의 한 실례와 작성 시기

동양문고 소장 31종 334책의 세책본소설 가운데 세책장부를 이면지로 사용하고 있는 작품은 『월왕전』을 포함하여 약 10여 종에 달한다.

학회, 2001, 445~480쪽.

정병설, 「조선후기 장편소설사의 전개」, 『한국고전소설과 서사문학』 상, 집문당, 1988, 245~262쪽.

주형예, 「향목동본 『현수문전』의 서사적 특징과 의미」, 연세대 국학연구원 국학발표회, 2002.10.

2) 그 동안 조선후기 세책본소설을 언급할 때, 늘 거론되었던 채제공·이덕무·모리스 꾸랑·岡倉由三郎 등의 언급이 바로 그것이다.

그러나 이들 작품에 사용된 이면지에서 확인되는 세책장부의 면모는
단일한 양상으로 남아 있지 않은 바, 그 양상은 다음과 같다.

　첫째, 세책으로 유통되었던 작품들의 제명만 남아 있는 경우[3]
　둘째, 세책 장부 가운데 극히 일부분에 해당하는 정보만 남아 있는
경우[4]
　셋째, 작품의 제명과 아울러 그에 부수된 일련의 정보가 확연하게
남아 있는 경우[5]

　남아 있는 세책장부가 이와 같이 단일하지 않다는 상황과 아울러 장
부 자체를 정확히 판독하기에는 여러모로 어려움이 있다는 점－특히
그 대부분은 세책업주가 글자를 흘려 쓰거나 약칭(略稱) 또는 약자(略
字)로 장부를 기록하고 있는 현상으로부터 기인한다－ 등으로 해서 우
리들 역시 세책본소설의 유통양상을 총체적으로 파악했다고는 자신
있게 말할 수 없다. 그러나 그 동안 직접 조사한 자료들의 검토 결과
만으로도 세책본소설의 유통양상에 대한 대체적인 얼개는 충분히 그
려 보일 수 있다고 여기고 있다.
　여기서는 우선 그 가운데서 세책장부의 한 전형적인 틀로 파악해도

---

3) 예로,『삼국지』33권 28쪽의『唐太』(곧『당태종전』의 약칭), 35권 22쪽의『李鳳』(곧
　『이봉빈전』의 약칭), 35권 28쪽의『李氏』(곧『이씨세대록』또는『이씨효문록』임), 38
　권 1쪽의『翠勝』(곧『취승루』의 약칭) 등에서 확인되는 것과 같이 오직 작품의 제명
　만 남아 있을 뿐 그 밖의 관련 정보는 전혀 보이지 않는 경우가 그것이다.
4) 예로,『현슈문젼』을 그 대표적인 보기로 들 수 있는 바, 많게는 한 장에 최대 4장에
　달하는 세책장부의 부분들이 쪼개어져 실려 있는 것 등에서 확인되는 면모가 그것
　이다.
5) 예로,『월왕전』,『남정팔난기』,『창선감의록』,「『삼국지』등의 이면지에서 보이는 세
　책 장부를 들 수 있는 바, 이것은 세책장부 가운데 가장 완벽한 형태라고 생각된다.

좋을 구체적인 실례를 들어 해당 장부가 어떠한 형태로 이루어져 있는지를 살피기로 한다. 그런데 세책장부가 어떻게 이루어져 있는지에 대해서는 이미 이다원[6]이 일찍이 제시한 바 있다. 그러나 그에 의하여 소개되었던 세책장부는 우리가 여기서 검토하려는 세책장부와 비교해 볼 때, 영세한 규모의 세책업주에 의하여 작성되었던 것[7]으로 여겨진 다는 점, 나아가 세책본소설의 유통양상을 본격적으로 천착하기에는 여러모로 미흡한 것으로 파악된다는 점 등에서 그 성과 못지않은 나름의 한계를 갖는다고 하겠다.

물론 이런 작업이 여기서 최초로 이루어지는 것은 아니기에 그 의미가 반감될 수도 있겠지만, 동양문고 소장 세책본소설의 이면지에서 확인되는 세책장부의 면모는 그 자체만으로도 조선후기 세책본소설의 유통양상에 대한 나름의 정보를 우리들에게 분명하게 보여줄 본격적인 자료라는 점에서 그 가치를 충분히 부여받을 수 있다고 본다.

여기서는 논의의 번다함을 피하기 위하여 『월왕전』에서 확인되는 세책장부만을 들어 보이기로 한다.

『월왕전』의 이면지에 남아 있는 세책장부는 주로 권4와 5에서 집중적으로 나타나고 있는 바, 이 작품은 1912년에 필사된 것으로 확인된다. 약 40여 면에 걸쳐 확인되는 『월왕전』 이면지의 세책장부로부터 우리는 그 형태를 어렵지 않게 발견해낼 수 있다. 그것은 곧 먼저 작품 제명을 부수(附隨) 정보의 기록보다는 조금 더 큰 글씨로 적은 다음에 한 행 정도를 띄고, 그 옆에 책을 빌려간 사람의 거주지와 성명을,

---

6) 이다원, 앞의 논문, 92~94쪽 참조. 그는 동호당현에서 유통되었던 연세대 도서관본 『현씨양웅쌍린긔』(24권 24책)의 배접지에 남아있는 세책장부의 면모를 일부 제시한 바가 있다.

7) 이에 대해 이다원 또한 한 사석에서 필자와 같은 견해를 지니고 있음을 구두로 밝힌 바 있다.

그 아래 부분에 대출한 해당 권수[그 아래에 총 권수를 따로 적어넣는 것이 일반적이었던 것으로 생각된다]를, 다시 행을 바꾸어 책을 빌려가면서 전당 잡힌 품목[무전당일 경우에는 '無' 또는 '無典當'이라고 분명히 밝히는 것이 일반적인 형태이었을 것이다]을, 이어 그 아래에 최초로 책을 대출한 날짜, 그리고 외상 여부[그 표기로는 '外' 또는 '上' 또는 '外上' 등이 두루 사용되고 있다]와 총 외상 액수 등을 기록하는 순으로 이루어져 있다.

한편 책을 빌려간 사람이 책을 무사히 돌려주었을 경우, 그 권수를 표시했던 해당히는 부분에 내리닫이로 줄을 그어, 빌려주었던 책을 분명히 회수했다는 사실을 표기했던 것으로 보여진다. 또한 다른 책을 더불어 거의 동시에 빌려간 경우에는 원래 처음에 대출한 책수 옆에 따로 빌려간 책의 제명과 아울러 해당 권수를 적어 넣는 방법[이때 앞서 빌려간 책의 권수까지 포함하여 총 권수를 함께 표기하는 것이 일반적이었던 것처럼 보인다]으로, 또한 책을 빌려가는 사람의 주소를 분명히 알 수 없을 경우, 가능한 한 밝힐 수 있는 부분까지 자세히 밝히는 방법[8]으로, 또 빌려가는 책의 외상 여부까지도 일일이 병기하는 방법[9] 등 가능한 한 모든 방법을 동원하여 세책업주들은 나름대로 철저하게 자신들의 영업품목인 세책본을 관리했던 것으로 확인된다.

『월왕전』에서 보이는 세책장부는 크게 둘로 나누어 살필 수 있을 것으로 보인다. 첫째, 작품의 제명과 아울러 그에 따른 부수 정보가 실려 있는 경우, 둘째, 작품의 제명이 누락된 채, 부수 정보만이 실려 있는 경우를 들 수 있다.[대부분의 장부는 이런 형태로 남아 있다] 첫째의

---

8) 예컨대 <水橋에 살고 있는 金成鎭이란 사람이 灰板을 맡기고 제명 미상의 작품을 빌려갈 때, 그 옆에 따로 '부상 도가 압'이라고 첨기한다든가, '제명 미상의 책을 빌려간 筆洞 李國鉉이란 기록 옆에【다리게 米廛 後家】로 부기하고 있는 예 등.

9) 예컨대 제명 미상의 작품을 司畜洞에 살고 있던 李德淳이란 사람이 錚盤을 맡기고 2권을 빌려갈 때, 그 아래에 '一딥(곧 卷의 簡字임) 外上'이라고 부기하는 예.

경우에서 확인되는 작품 제명은 곧 『郭海』(『곽해룡젼』), 『鄭乙』(『졍을션젼』), 『張韓』(『장한졀효긔』), 『石中』(『셕즁옥』), 『蘇大』(『소대셩젼』), 『張伯』(『장백젼』), 『翟成』(『젹셩의젼』), 『張子房』(『장자방젼』), 『鄭晶』(『졍수졍젼』), 『林將』(『임장군젼』), 『淑英』(『숙영낭자젼』), 『張景』(『장경젼』), 『沈淸』(『심청젼』), 『李海』(『이해룡젼』), 『梁風』(『양풍운젼』), 『鄭壽』(『졍수경젼』), 『張風』(『장풍운젼』) 등 17종에 달하고 있는데, 『장자방』을 제외하고서는 작품의 제명을 하나같이 두 글자로 줄여 표기하고 있는 바, 이것이 바로 세책장부에서 제명을 표기할 때의 한 보편적 형태였을 것으로 생각된다.

이해의 편의를 위하여 해당 부분 가운데 일부를 표로 정리하면 아래와 같다.

〈표 1〉

작품명	대출인 주소	대출인	대출 권수	담보물	대출일자	부기 기록	출전	비고
郭海	惠橋	金永植	1~3(3)	半幷	九月 廿八日		越王 4-1	
〃	越家	崔茂釗	1~2(2)	無	十月 十日		〃	
〃	美洞	金鳳植	1~3(3)		十月 二十日		〃	
〃	館井洞	禹□云	〃	錢 五十兩	十一月 初四日	卜蓮澤	〃	
〃	長橋 호박골	朴安議	〃	黃大接	十一月 初六日		〃	
〃	水橋 香木洞	鄭興西	〃	小盒	十一月 十七日		〃	
〃	美洞	李建永	〃		十一月 廿二日	五兩 外	〃	
〃	卜 車橋 湯食家		〃	젹과긔	十一月 廿二日		〃	
〃		林應洙	〃	無	十二月 廿四日		〃	
〃	西學峴	韓興元	〃	班指			〃	
鄭乙	上茶洞	李主事	〃	半指	九月 十三日		越王 4-6	
〃	越川谷	李議官	1~2(2)	半幷	九月 廿一日	外	〃	
〃	中油洞	李召史	1~3(3)	鉢里	十月 六日	二兩 五錢 外	〃	

〃	南門外 里門洞	朴宗完	〃	指環 一件	十月 八日	五錢 上	〃	
〃	倉洞	印允植	〃	□器, 錚盤	十月 十七日	一分 上	〃	
〃	尾洞 百七一戶	姜永澤	〃	湯器	十月 廿九日		〃	
〃	萬里峴	姜興吉	〃	銀粧刀	十月 卅日	舊 外上 二兩	〃	
〃	美洞	崔丙德	〃	錢 二十兩	十一月 初二日	外	〃	
〃	翰林洞	李□□	〃	耳介	十一月 □二日		〃	
〃	上茶洞	朴㶅書	〃				〃	

다음으로 이러한 형태로 남아 있는 세책장부가 과연 어느 시대에 이루어진 것인가에 대한 의문을 해명할 필요가 있다. 그 해명에 앞서, 우리는 수명이 다한 세책장부의 뒷면을 이용하여 세책을 필사하던 관행(?)으로 하여, 해당 장부가 다행히 오늘날까지 살아남게 된 것임을 유념할 필요가 있다. 현재까지 우리들이 파악한 범위 내에서 그것을 언급한다면, 우리들은 여기서 몇몇 근거를 토대로 그 상한선은 몰라도 최소한 그 시대적 하한선만은 어느 정도 밝혀낼 수 있을 것으로 기대하고 있다. 그 근거는 다음과 같다. 첫째, 우리는 우선 이들 세책장부가 남아 있는 작품들의 필사연대를 주목하고자 한다. 검토 결과, 『쇼딕셩젼』은 1901년(권1)과 1913년(권2), 『구운몽』은 1902년(권7), 『창선감의록』(권1, 2)과 『현슈문젼』(권1, 2), 『유화긔연』(권2, 4, 7), 『슈져옥란빙』(권2)은 모두 1905년, 『남졍팔난긔』(권2, 3, 5, 6, 7, 11, 12, 13, 14)는 1911년, 『월왕젼』(권4, 5)과 『당진연의』(권6, 7, 10, 13, 14, 15, 16), 『금향졍긔』(권2, 3)는 1912년, 『삼국지』의 경우, 권7은 1911년, 권23~31과 권33~38은 1912년, 권69는 1902년에 각기 필사된 것으로 드러났다. 이런 하나의 사실만을 통해서도, 이들 세책장부는 『쇼딕셩젼』 권1이 필사된 1901년보다는 어느 정도 앞선 시기에, 아무리 그것을 늦추어 잡

는다고 하더라도『쇼디셩젼』권2가 필사된 1913년 이전에는 작성되었
던 세책장부 가운데 일부였던 것으로 우선 조정(措定)할 수 있다. 둘
째, 세책본소설을 빌려간 사람들의 관직 또는 소속 관청 등을 주목하
고자 한다. 그것은 다름 아니라, 몇몇 관직 또는 소속 관청 등이 대한
제국(大韓帝國)이라는 특정한 시기에만 한시적으로 존속했다는 사실
때문이다. 곧 문무 관제(文武官制)를 개정할 때인 고종 31년(1895년)부
터 광무 9년(1905년) 사이에만 존속했던 친위대(親衛隊), 진위대(鎭衛
隊), 시위대(侍衛隊), 주사(主事), 총순(總巡), 협판(協辦), 정위(正尉), 순
검(巡檢), 경무(警務), 부위(副尉), 시종(侍從) 등의 관청과 직위 등은 이
들 세책장부의 시대적 하한선을 다시 좁혀볼 수 있는 결정적 근거가
된다고 하겠다. 이런 점에서 이들 세책장부의 대부분은 1905년 이전
에 이루어진 것일 가능성이 높다 하겠다. 마지막 단서로 셋째, 우리는
『슈져옥란빙』에서 확인되는 세책장부를 주목하고자 한다. 『슈져옥란
빙』은 1905년에 필사된 것으로 파악되는 권2를 제외한 나머지 7책(이
들은 하나같이 모두 1915년에 필사된 것으로 되어 있다)에서는 세책장부가
전혀 출현하지 않고 있다는 점 때문이다. 이와 같은 몇몇 근거[10]를 통
해 볼 때, 결국 동양문고 소장 세책본소설에서 확인되는 세책장부는

---

10) 이외에도 세책장부의 작성 연대를 추심할 수 있는 단서로 우리는 장부에 남아 있는
    '閏月'이란 기록을 들 수 있다. 그러나 이 단서만으로는 해당 '윤월'이 어느 해의 '윤월'
    을 가리키는 것인지를 분명히 파악할 수 없다는 점에서, 앞으로 이에 대한 세심한 검
    토가 필요하다는 점만을 우선 적기해두고자 한다. 향후 설령 그것이 제대로 밝혀진다
    고 해도 우리가 이제까지 몇 단서를 통하여 밝혀온 시대적 하한선에서 그리 크게 벗어
    나지 않을 것이라고 파악하고 있다. 이외 세책장부에서 보이는 <廣橋 高裕相冊肆>
    에 대한 몇 차례의 언급 또한 한 방증이 될 수 있다고 생각하는데, 곧 그가 회동서관이
    란 출판사를 설립한 시기가 "1904년 무렵"이라는 권순긍의 지적은 우리의 논의에 한
    시사점을 제공한다고 하겠다. 권순긍,『활자본 고소설의 편폭과 지향』, 보고사, 2000,
    32쪽.

아무리 그 시대를 늦추어 잡는다고 하더라도, 결코 1905년 이후의 시점으로는 내려올 수 없다는 사실[11]을 알 수 있다. 이런 제반 근거를 통해 우리는 결국 이들 세책장부가 19세기 말에서 20세기 초엽에 걸쳐 이루어졌던 세책장부 가운데 일부라는 사실을 파악할 수 있게 되었다.

3. 실제 유통되었던 작품들의 목록

앞서 언급했듯이 세책장부에는 본래 빌려간 책의 제명뿐만 아니라, 아울러 함께 빌려간 책의 제명까지도 병기하고 있는 바, 우리는 이러한 면모의 장부에서 확인되는 작품들의 제명을 통하여 당시 실제로 어떠한 세책본소설들이 얼마만큼 유통되었는지를 파악할 수 있다. 검토 결과, 다음과 같은 많은 수의 작품들이 당시에 실제로 유통되고 있었음을 확인할 수 있었다. 목록 가운데 ◎한 작품은 동양문고 또는 기타 공공도서관 혹은 개인이 현재 소장하고 있는 자료를, 굵게 표시한 작품은 서울대 도서관 소장본이었거나, 이다원이 앞서 소개한 작품들 가운데 동양문고 소장 세책장부에서는 드러나지 않는 작품을 표

---

11) 남아있는 세책장부의 대부분을 이 시기에 출현했다고 파악하는 필자의 주장에 대해 다음과 같은 반론이 제기될 수 있다. 거의 모든 세책장부가 1905년 이전에 작성된 것이라는 필자의 주장과는 달리 몇몇 작품들의 경우, 그 시대적 하한선을 더 내려잡을 수도 있지 않을까 하는 지적이 바로 그것이다. 그러나 필자가 이 논의 과정에서 군이 강조하고자 하는 것은, 세책장부에서 드러나는 몇몇 단서를 유념할 때, 이와 같이 추론하여도 큰 무리가 없을 것이라는 점일 뿐이지, 모든 세책장부들이 다 이 시기에 이루어졌다고 주장하는 것은 결코 아니다. 필자 또한 대부분의 세책장부들이 모두 다 이 시기에 이루어졌다고는 결코 생각하지 않고 있다. 몇몇 작품들의 경우, 이런 획일적인 주장만으로 일괄 적용하기에는 분명 무리가 있을 수도 있다고 여기고 있다.

시한 것이다.

1. 강태공(강태공전)
2. 고려(고려보감◎)
3. 곽분양(곽분양츙졀록 또는 곽분양전)
4. 곽씨(곽씨전)
5. 곽해(곽히룡젼◎)
6. 구운(구운몽◎)
7. 금강(금강취유긔)
8. 금고(금고긔관)
9. 금령젼◎
10. 금산사(금산사몽유록)
11. 금향(금향졍긔◎)
12. 금독(금독전)
13. 김씨효행(김씨효행록◎)
14. 김용(김용전)
15. 김원(김원젼◎)
16. 김진(김진옥젼◎)
17. 김홍(김홍젼◎)
18. 김효증(김효증전)
19. 김희(김희경전)
20. 남송(남송연의)
21. 남정(남정팔난긔◎)
22. 당진(당진연의◎)
23. 당태종(당태종전)
24. 만언亽◎
25. 명주기(명쥬기봉)
26. 명행(명행졍의록)
27. 박씨(박씨전)
28. 백학(백학선전)
29. 벽허(벽허담관제언록)
30. 보월(명쥬보월빙)
31. 보은(보은기우록)
32. 북송(북송연의)
33. **사씨남졍긔 : 서, 이**
34. 사안(사안전)
35. 삼국(삼국지◎)
36. 삼문(삼문규합록)
37. 삼설(삼설긔)
38. 상운(상운젼◎)
39. 서상(서상기)
40. 서용(서용젼◎)
41. 서유(서유긔)
42. 서정(서정기)
43. 서주(서주연의)
44. 서한(서한연의)
45. 석룡(셕화룡젼?)
46. 석중(셕중옥)
47. 석화(석화룡젼?)
48. 설인(설인귀젼◎)
49. 섬처사(섬처사전)
50. 소대(소딕셩젼◎)

51. 소현(소현셩록)

52. 손방(손방연의)

53. 수당(수당연의)

54. 수매(수매청심록)

55. 수저(슈져옥란빙◎)

56. 水滸(수호지◎)

57. 숙녀(숙녀지긔◎)

58. 숙영(슉영낭자전)

59. 숙향(숙향전)

60. 심청(심청젼◎)

61. 쌍봉(쌍셩봉효록)

62. 쌍주(쌍주기연?)

63. 쌍천(쌍천기봉)

64. 양산(양산백젼)

65. 양주(양쥬봉젼)

66. 양풍(양풍운젼)

67. 양현(양현문직셜긔)

68. 열국(열국지◎)

69. 옥단(옥단춘젼◎)

70. 옥루(옥루몽◎)

71. 옥소(옥소긔연?)

72. 옥환(옥환긔봉)

73. **월봉기 : 서, 이**

74. 월왕전

75. 유씨(유씨삼대록)

76. 유충렬젼◎

77. 유화(유화긔연◎)

78. 유효(유효공션행록)

79. 육선(육선긔◎)

80. <**윤하졍삼문취록 : 서**>

81. 이대봉(이대봉젼◎)

82. 이봉(이봉빈젼)

83. 이씨(이씨세대록 또는 이씨효문록)

84. 이해(이해룡젼)

85. 임장(임장군젼◎)

86. **임진록 : 이**

87. 임화(임화정연◎)

88. 장경(장경젼◎)

89. 장백(장빅젼)

90. 장자방(장자방젼◎)

91. 장풍(장풍운젼)

92. 장한(장한결효긔◎)

93. 장화(장화홍련젼)

94. 적성(격셩의젼◎)

95. <견운치젼: 서>

96. 정목란(정목란젼)

97. 정비(정비젼◎)

98. 정수(정수경젼)

99. 정을(정을션젼◎)

100. 정정(정수정젼)

101. 제마무(제마무젼)

102. 조씨(조씨삼대록)

103. **진딕방젼 : 이**

104. 진주(진주탑)

105. 징세(징세비태록◎)　　　　106. 창란(창란호연록)

107. 창선(창선감의록◎)　　　　108. 춘향젼◎

109. 취승(취승루)　　　　　　　110. 토처사(토처사전)

111. 하진(하진양문록◎)　　　　112. 현슈문젼◎

113. 현씨(현씨양웅쌍린기◎)　　114. 홍길동젼◎

115. 홍도(홍도령젼?)　　　　　116. 홍백(홍백화젼)

117. **화산긔봉 : 이**　　　　　118. **화씨츙효록 : 이**

119. 화옥(화옥쌍긔)　　　　　　120. 화충(화충션싱젼◎)

121. 황부인(황부인젼)　　　　　122. 황운(황운젼)

123. (후수호지)　　　　　　　　124. □**평왕 : 이**

　볼드 처리한 작품 9종을 제외하고, 동양문고본 세책본소설의 이면지에서 확인되는 세책장부만을 놓고 보더라도 우리는 당시 실제로 유통되었던 작품들이 최소 115종에 달한다는 사실을 알게 된다. 이는 육당이 일찍이 언급한 바 있는, 향목동 소재 세책업소가 소장하고 있던 세책본의 규모-곧 "세책 목록을 베껴 둔 일이 있는데, 이때에도 실제로 세 주던 것이 총 120종, 3,221책(내에 同種이 13종 491책)을 算하였습니다. 이중에는 『尹河鄭三門聚錄』은 186권, 『林河鄭延』은 139권, 『明珠寶月聘』은 117권, 『明門貞義』는 116권인 것처럼 꽤 장편의 것도 적지 아니합니다."[12]-를 분명 넘어서는 상당한 수치라는 점만으로도 주목할 가치가 있다고 하겠다. 아울러 이 기록은 당시 상당수의 연의류(演義類)[13]와 중국 소설들[14]그리고 육당이 미처 언급치 않고 있는 장편

---

12) 최남선, 「조선의 가정문학」, 『매일신보』 1938.(『육당 최남선전집』 권9, 현암사, 441쪽)

13) 예컨대 『南宋』(남송연의), 『唐秦』(당진연의), 『北宋』(북송연의), 『西周』(서주연의), 『西漢』(서한연의), 『孫龐』(손방연의), 『隋唐』(수당연의) 등이 그것이다.

14) 예컨대, 『三國』(삼국지), 『西廂』(서상기), 『西遊』(서유긔), 『西征』(서정기), 『水滸』

가문소설[15]들도 매우 활발히 유통되고 있었다는 사실을 확연히 보여
주고 있다는 점에서 주목받아 마땅하다고 하겠다. 나아가 이러한 장
편소설들 못지않게 아주 많은 수의 단편소설들까지도 유통되었던 것
으로 새삼 확인된다는 점에서 세책본소설 가운데 과연 주도적 위치를
차지하고 있던 작품군이 무엇인가에 대한 또 다른 논의의 지평을 가
능하게 하는 중요한 척도로 자리매김할 수 있을 것으로 생각된다.

　나아가 당시 유통되었던 작품들 가운데 다음과 같은 작품들, 곧『金
剛』(금강취유긔),『三門』(삼문규합록),『石中』(셕중옥),『李鳳』(이봉빈전),
『鄭木蘭』(정목란전),『洪道』(홍도령전?),『花玉』(화옥쌍긔) 등은 현전 자
료들의 목록을 통해 볼 때, 활자본으로만 전해지고 있는 작품들로 파
악된다. 그러나 이 작품들의 간행년대 등을 고려할 때, 이 작품들은
활자본으로만 존재했던 것이 아니라 당시에 이미 필사본으로도 유통
되었었으리라는 사실이 확인된다. 이로부터 앞으로 활자본소설과 세
책본소설의 관계 양상에 대한 새로운 논의의 단서 또한 제공받을 수
있을 것으로 기대된다고 하겠다. 이에 덧붙여 세책본소설과 활자본소
설 발행자와의 관련 양상[16]을 살펴볼 수 있는 몇몇 근거로, 다음과 같

　(수호지),『列國』(열국지),『후수호지』등이 그것이다.

15) 예컨대『明珠奇』(명쥬기봉),『明行』(명행정의록),『碧虛』(벽허담관제언록),『寶月』
　　(명쥬보월빙),『報恩』(보은기우록),『蘇賢』(소현셩록),『雙奉』(쌍성봉효록),『雙珠』
　　(쌍주기연?),『雙釧』(쌍천기봉),『楊賢』(양현문직절긔),『劉氏』(유씨삼대록),『劉孝』
　　(유효공선행록),『李氏』(이씨세대록 또는 이씨효문록),『林花』(임화정연),『曺氏』(조
　　씨삼대록),『珍珠』(진주탑),『翠勝』(취승루) 등이 그것이다.

16) 이에 대해서는 일찍이 이윤석이「구활자본 고소설의 원천에 대하여-세책을 중심으
　　로」(한국고전문학회 월례발표회, 이화여대, 2000.4)에서 몇몇 세책본소설과 구활자본
　　소설을 통하여 그 관련양상을 살펴본 바 있다. 해당 논의에 덧붙여 여기서 새롭게 파
　　악된 관련 정보는 세책본소설과 구활자본소설과의 관련양상에 대한 폭넓은 논의를
　　가능케 할 것으로 기대된다. 구활자본소설의 발행자 가운데 특히 고유상(회동서관 발
　　행인)은 여러 차례 세책본소설을 빌려간 것으로 확인되었는 바, 이런 사실이 무엇을

은 세책장부의 기록을 주목할 필요가 있다.

廣橋 高裕祥冊肆(舍) :『월왕전』5-28(『淑英』),『남정팔난기』14-28
　　(『水梅』),『삼국지』34-26(『蟾處士』)
□洞 冊舍 :『삼국지』7-9(『謝氏』)
廟洞 冊家(舍) :『남정팔난긔』7-9,『월왕전』5-27(『鄭景』),『창선감의
　　록』3-17(『張伯』·『蟾處』·『金牘』),『당진연의』15-28
水鐵里 劉書冊家 :『삼국지』69권 27쪽(『金振』) 등의 기록

4. 대출인의 신분 계층과 전문독자 계층의 출현

대곡삼번(大谷森繁)은 일찍이 세책본소설의 주된 독자층에 대해 "방
각본이 출현하여 유행한 19세기에 있어서도 세책은 有識·有閑의 여
성독자들을 주대상으로 하여 성행을 하였던 것", 또한 "19세기의 세책
은 18세기에 이어 방각본이 출현한 이후에도 방각본 독자와는 구별되
는 독자를 가지고 있었다. 士類의 여성들을 포함한 서울에 거주하는
부유한 유한여성들이 바로 세책의 고객들이었다."고 주장한 바 있
다.[17] 그는 곧 '사류의 여성들을 포함한 서울에 거주하는 부유한 유한
여성들을 (세책본소설의) 주요 독자층'으로 상정하고 있는 것으로 이해
된다(장효현·이창헌·정병설 등).

의미하는 것인지? 확대 해석이 가능하다면, 우리는 회동서관 발행 구활자본 소설의
상당수 작품들은 그가 빌려간 세책본소설들이 수용된 결과일 수도 있지 않을까 여기
고 있다. 그러나 유감스럽지만, 현전하는 세책본소설 가운데는 회동서관 발행 구활자
본 소설과의 직접적인 교섭양상을 살펴볼 수 있는 작품은 아직까지 그 실물이 확인되
지 않고 있다. 향후 이 분야에 대한 계속적인 탐색과 천착이 요청된다고 하겠다.
17) 大谷森繁, 앞에 든 논문, 158~159쪽 참조.

우리가 확인한 자료의 범위 내에서 세책본소설을 대출해 간 사람들의 신분 계층 등을 고려하여 그것을 범주화하면 다음과 같다.

첫째, 최상위 계층의 신분.

세책장부를 통하여 구체적으로 확인할 수 있었던 최상위 계층에 속하는 신분으로는 판서(判書), 승지(承旨), 참판(參判), 통제사(統制使), 대장(大將)[18] 등을 들 수 있다. 그 중 판서는 30여 명, 승지는 9명, 한편 참판은 7명에 달하는 존재가 확인되고 있다. 특히 소립동(小笠洞) 이판서, 시동(詩洞) 이판서, 하리동(下犁洞) 신판서와 모교(毛橋) 이승지, 광이동(廣伊洞) 홍참판 등은 2회 이상 출현하고 있고, 나아가 '합동(蛤洞) 민참판'은 전후 7회, '조동(棗洞)의 한대장(韓大將)'은 전후 5회씩 출현하고 있다는 점에서 주목을 끄는 인물이라 하겠다. 그러나 판서가 30여 명이나 출현하고 있다는 점만으로도, 여기서의 '판서'는 현임 판서만을 가리키는 것이 아니라, 예전에 판서 벼슬을 역임했던 집안까지도 통칭하는 의미로 사용되었을 것이라는 점을 어렵지 않게 짐작할 수 있다고 하겠다. 이런 점에서, 이들 최상위 계층에 속하는 존재들뿐만 아니라, 부녀자로 대변될 그 가속들 또한 독자 계층으로서의 역할을 일정 부분 담당했을 것으로 상정한다고 하더라도 별 무리는 없을 것으로 여겨진다.

---

18) 자료의 성격을 두고 볼 때, 우리는 이들 존재들 또한 세책본소설의 직접적인 독자였을 가능성이 높을 것으로 추정하고 있다. 그 근거로 우리는 세책업주들이 책을 빌려줄 때, 책을 빌려가는 사람을 다음과 같이 구체적으로 명시하고 있는 상황―'金判尹家 奇得'―을 들 수 있다. 물론 당사자들인 판서, 승지, 참판, 통제사, 대장뿐만 아니라, 그들을 포함한 그 가속들(특히 부녀자층) 또한 해당 작품들을 읽었는지의 여부에 대해서는 현재로서는 분명히 단언할 수 없지만, 그 가능성만은 일정하게 열어둘 필요가 있다고 본다.

둘째, 관료 계층의 신분.

세책장부를 통해 확인되는 관료 계층에 속하는 신분을 들면 다음과
같다. 곧 衆書(新作路 白衆書-4회-외 다수), 判事(唐皮洞 朴判事외 다수),
監理(富泉 劉監理-7회-외 다수), 僉正(毛橋 崔僉正-2회-외 다수), 協辦(武橋
嚴協辦-6회-. 美洞 李協辦-2회-외 다수), 司果(水票橋 綢商 孫司果-2회-, 弘
「門」洞 申司果-4회-외 다수), 監察(曲橋 十六統 六戶 朴監察-10회-외 다수),
巡檢(曲橋 川邊 金巡檢昌業-9회-외 다수), 警務「員」(김상원-2회-, 박상인-2
회-외 다수), 巡査(苧洞 尹巡査), 司勇(白司勇-4회-외), 副卿(河橋 方副卿
외), 敎官(관뒤다동 金敎官외), 侍從「院」(東谷 金侍從-6회-, 梧泉 禹侍從-3
회-외 다수), 別監(茶洞 盧別監-4회-외), 都事(越家 李都事-3회-외), 委員
(銅峴 趙委員-5회-외), 局長(芳橋 李局長-5회-, 夜峴 嚴局長-3회-외 다수),
課長(銅峴 張課長-3회-외 다수), 典監(□橋 金典監외), 典衛(□橋 金典衛),
判官(□麵洞 柳判官), 都正(□□家 洪都正), 參尉(□豆洞 李參尉), 典祀(水票
橋 洪典祀), 議官(明洞 洪議官-2회-, 席谷~席洞 韓議官-3회-, 蛤洞 朴議官-3
회-외 다수), 監董(종도가골 成監董), 典醫(大廣橋 姜典醫외), 知書(席井洞
金知書), 注書(司溫洞 趙注書), 參奉(堅井洞 李參奉-7회-외 다수) 등이 그
것인 바, 이 가운데서도 '議官'(35회)이 다수를 점유하고 있는 것으로
드러난다.

셋째, 일반 민서 계층의 신분.

세책장부를 통해 일반 계층에 속하는 신분으로 다음의 존재들을 확
인할 수 있다. 곧 知事(郭知事-4회-, 廟洞 黃知事-7회-, 長興庫前 郭知事-3
회-외 다수), 主事(南門內 田主事 布木廛-3회-, 刀洞 河主事-3회-, 동리 李主
事-5회-, 司溫洞 趙主事-5회-, 上茶洞 李主事-10회-, 夜峴 金主事【明濟】-8회-,
圓覺社前 朴主事-6회-외 다수), 主夫(廣橋 權主夫-2회-, 茶洞 金主夫-3회-.

松橋~松洞) 文主夫藥局-6회-외 다수), 進士(美洞 金進士-5회-외 다수), 生員(弘洞 金生員-3회-), 書房(舘井洞 王書房-2회), 先達(祠洞 尹先達-2회-외 다수), 僉知(東小門內 趙僉知외), 同知(南門外 陽洞 邊同知), 喪人(弘洞 宋喪人-3회-외 다수) 등이 그들인 바, 상인계층과 더불어 가장 많이 출현하는 것으로 파악된다. 그 가운데서 '主事'(89회)와 '書房'(37회)이 가장 높은 빈도로 나타나고 있다.

넷째, 무관 계층의 신분.

세책장부를 통해 확인되는 부류 가운데 무관 계층에 속하는 신분의 존재들 또한 주목을 요한다. 곧 五衛將(□橋 鄭五衛將-2회-, □洞 朴五衛將-3회-, 堅橋 朴五衛將-4회-, 曲橋 亭子洞 張五衛將-3회-, 刀洞 朴五衛將-5회-외 다수), 武監(徐漢淳-2회-외), 參領(茶洞 朴參領-2회-, 숙슈방골 李參領-4회-외 다수), 總巡(武橋 鄭總巡-4회-외 다수), 正尉(曲橋~曲洞 河正尉-7회-외), 副尉(壯洞 朴宮內 李副尉) 뿐만 아니라, 나아가 '侍'(시위대의 약칭), '親'(친위대의 약칭), '鎭'(진위대의 약칭)과 아울러 '兵丁'으로 표기되고 있는 인물들이 그들로, 상당수 출현하고 있음을 알 수 있다. 이 가운데 '五衛將'(28회)이 가장 많이 출현하는 것으로 확인된다.

다섯째, 상인 계층의 신분.

우리들이 앞에서 살펴본 다양한 계층의 신분을 지닌 존재들에 못지 않게, 결코 무시할 수 없는 비중을 차지하고 있는 부류로 상업 활동에 종사하는 상인 계층을 또한 들 수 있다. 현존 장부에만 의거하여 본다면, 이들은 일반 민서 계층의 신분에 속하는 계층들과 더불어 세책본 소설의 향유 계층 가운데 가장 높은 비중을 차지하고 있는 것으로 드러난다. 상업활동에 종사하면서 상대적으로 부를 축적할 수 있었던 계층인 그들 가운데 세책본소설의 독자로 거명되고 있는 사람들은 일일이 거론할 수 없을 만큼 실로 다양한 직종에 몸을 담고 있었다는 사실로부터 이점 익히 확인된다. 검토 결과 그것은 약 50여 직종에 달하고 있는 것으로 드러났다. 그 구체적인 자료는 지면 관계상 생략하고, 여기서는 다만 그 직종만을 간추려 제시할까 한다. 곧 〈玄房〉, 〈笠房〉, 〈褥房〉, 〈족기방〉, 〈筆房〉, 〈毛衣房(廛)〉, 〈銀房家〉, 〈造鞋家〉(鞋廛 또는 鞋家), 〈米廛〉, 〈鹽廛〉, 〈布廛(布木廛)〉, 〈倭物廛〉(倭物商), 〈洋□廛〉, 〈貝物廛〉, 〈破衣廛〉, 〈草盖廛〉(盖草店), 〈長廛〉, 〈魚物廛〉, 〈麻廛〉, 〈紙廛〉, 〈교자전〉, 〈革商〉, 〈洋鐵商〉, 〈饌商〉, 〈粥商〉, 〈草商〉, 〈果商〉, 〈金商〉, 〈油商〉(油家), 〈伐木店〉, 〈柴炭商〉(炭商), 〈卷煙所〉(商 또는 연초회사), 〈두부장수〉, 〈옹긔가게〉, 〈紙在家〉, 〈紙畵所〉, 〈汲少年〉(汲水軍), 〈인력거인〉(군), 〈旅館〉, 〈客主〉, 〈時計鋪〉, 〈裁縫所〉, 〈活版所〉, 〈冊家〉(冊舍), 〈花園〉(花房), 〈藥局〉(藥房), 〈料理家〉, 〈冷麫家〉(麪家), 〈설넝탕가〉(湯食家, 食家 또는 장국밥집), 〈妓家〉, 〈酒家〉(酒商 또는 湯酒家), 〈典當局〉 등[19]이 그것으로, 우리는 이런 면모로부터 거의 모든 상정할 수 있는 상업행위의 주체자들이 세책본소설의 향유층으로 굳게 자리 잡고 있었음을 익히 짐작할 수 있다.

---

19) 이들 가운데 〈玄房〉(벼루나 먹을 팔던 가게로 추정됨)만을 들어 그 유통양상을 제시하면 다음과 같다. 검토 결과, 총 20여 개에 달하는 현방들이 전후 42회에 걸쳐 세책본소설을 빌려가고 있는 것으로 확인되는 바, 특히 그 가운데서도 〈堅橋玄房〉과 〈卜車橋玄房 安允欽〉은 공히 8회씩 그 대출 횟수가 구체적으로 확인된다는 점에서 그들은 매우 활발하게 세책본소설을 향유했던 존재라는 사실이 드러난다고 하겠다. 여기에 덧붙여 필자는 〈현방〉의 제반 특성을 두루 고려하여, 위와 같이 많은 대출회수를 기록하고 있는 몇몇 〈현방〉들은 다만 독자로서의 역할에만 머문 것이 아니라, 직접 본 세책업주로부터 세책본소설을 빌려와 자신의 가게를 찾는 사람들에게 다시 되빌려주는 작은 규모의 세책업소 노릇을 담당했을 가능성도 있지 않았을까(?) 추론하고자 한다.

여섯째, (하층) 여성 계층.

여성 계층은 '召史'(조이: 곧 과부를 일컬음)로 묶여지는 부류와 천인 계층에 속하는 부류로 나누어 살필 수 있는 바, 전자에 해당하는 여성 계층으로는 '廣濟橋 方召史'(2회), '新門外 金召史'(2회:【성진】), '油(由) 洞 李召史'(5회), '中油洞 十統 一戶 李召史'(7회), '倉洞 盧召史'(8회), '靑坡 二契 黃召史'(4회), '下茶洞 金召史'(4회) 등을 그 대표적인 존재로 들 수 있다. 이들을 포함하여 약 20명 안팎의 여성 인물들이 확인된다. 한편 후자에 속하는 하층 여성 계층들로는 현재까지 파악된 범위 내에서만 밝힌다면, 계집종의 신분에 놓여있던 인물로 보여지는 '영추(永秋)'(5회)와 '탑이(塔伊)'(2회) 등을 거론할 수 있는 바, 특히 '영추'란 인물은 전후 5회에 걸쳐 세책본소설을 꾸준히 빌려본 인물로 확인된다는 점에서 그 신분적 귀속성을 아울러 고려한다면 매우 주목할 만한 존재임에 틀림없다 하겠다.

일곱째, 하층 계층의 신분.

신분적으로 가장 하층 계층에 속하는 노비 계층의 인물들 또한 예상 외로 세책본소설을 꾸준하게 향유했던 존재로 확인된다. 그 가운데서도 특히 '下人廳 明泰淑'과 '越酒家(사동) 三龍伊'(3회), '水下洞 洪茂釗', '越家(越川谷) 床奴 崔茂釗' 등은 각기 여러 차례에 걸쳐 세책본소설을 읽었던 인물로 확인되는 바, 그들이 처해 있는 신분적 특수성 등을 두고 볼 때, 매우 주목할 만한 사례라 하겠다. 아울러 이것을 앞서 거론한 바 있는 하층 여성 계층으로서의 '영추'와 '탑이' 등의 존재와 함께 묶어 생각해본다면, 조선후기에 들어와 세책본소설이 얼마나 많은 계층들에게 상당히 폭넓게 수용, 향유되고 있었는가를 증거해 주는 보기라는 점에서 그 존재 의의가 인정될 수 있다.

여덟째, 전문독자(?) 계층의 등장.

앞에서 나누어 살핀 여러 계층들은 그 신분적 차이를 분명히 드러내고 있는 것이 사실이기는 하지만, 특히 아래에서 소개하는 다음과 같은 존재들은 그들이 향유했던 작품의 목록이라든가 책수 등을 두루 고려할 때, 분명 예사롭지 않은 면모를 지니고 있는 것으로 파악된다. 특히 '廟洞 黃知事', '靑坡 金允成', '靑坡 朴德弘', '靑坡 劉斗七', '奉常寺前 崔相(尙)玉' 등과 같은 인물들이 그에 해당한다. 이들 모두 아주 짤막한 작품으로부터 장편가문소설들에 이르기까지의 극히 다양한 작품들을 폭넓게 향유했던 인물들이라는 점[20]에서 이와 같은 부류들을 일컬어 전문독자(?) 계층으로 지칭한다고 하더라도 무리는 없을 듯하다. 수많은 독자들 가운데서 가장 많은 대출 회수를 기록하고 있는 인물로 우리는 '廣東花園'(12회)과 '美洞 李建榮(永)'(14회), 그리고 '長橋【호박골】(苧洞) 朴安議'(14회) 등을 들 수 있다. 그러나 이들의 경우는 실제적으로 어떤 작품을 얼마만큼 빌려보고 있었는가 하는 문제를 현존하는 세책장부만으로는 분명히 밝혀낼 수 없다는 점에서 아쉬움으로 남는다고 하겠다. 비록 이러한 한계는 있지만, 그들 또한 위에서 예로 든 몇몇 전문독자 계층의 반열에 충분히 편입될 자격을 지니는 것으로 생각된다.

전문독자 계층이라고 이름 붙여도 좋을 인물들 가운데 그 향유 작품이 분명히 드러나 있는 경우를 표로 제시하면 아래와 같다.

---

20) 이런 부류들 가운데 '廟洞 黃知事'와 같은 인물은 남아 있는 자료만으로 보더라도 특히 장편가문소설에 상당한 관심을 갖고, 그것을 향유했던 인물로 보여진다는 점에서 매우 특이한 존재임에 틀림없다고 하겠다. 전문독자들의 성향이 어떠했는지에 대한 탐구는 조금 더 관심을 갖고 따져보아야 할 앞으로의 과제라 하겠다.

〈표 2〉

대출 회수	대출인의 주소	대출자	대출 작품	비고
2회	靑坡	金允成	『石中玉』 1~5(5)	
			『西周演義』 28~44(17)	
			『楊周鳳傳』 1~4(4)	
			『鄭妃傳』 1~4(4)	
			『玉丹春傳』 1~2(2)	
			『昌善感義錄』 1~9(9)	
			『三國誌』 11~15(5)	
	靑坡	朴德弘	『薛仁貴傳』 1~10(10)	
			『玄秀文傳』 1~8(8)	
			『白鶴扇傳』 1~3(3)	
			『黃夫人傳』 1~2(2)	
			『金圓傳』 1~2(2)	
			『金進玉傳』 1~4(4)	
			『郭海龍傳』 1~3(3)	
			『常云傳』 1~6(6)	
4회	靑坡	劉斗七	『林花鄭延』 1~4(4)	外 19명
			『玉樓夢』 1~9(9) 11~30(20)	
			『張伯傳』 : 1~2(2)	
			『張景傳』 : 1~2(2)	
			『雙珠奇逢』 : 1~5(5)	
			『朴氏傳』 : 1~3(3)	
		高永根	『西周演義』 1~10(10)	
			『三說記』 1~10(10)	
			『石花龍傳』 1~5(5)	

대출 회수	대출인의 주소	대출자	대출 작품	비고
		高永根	『三國誌』14~18(5) 19~23(5) 27~31(5) 50~55(6) 56~65(10) 66~69(4)	
5회	洞里	李主事	『史安傳』1~2(2) 『三國誌』1~2(2)	外 21명
6회	曲橋(洞)	河正尉	『曺氏三代錄』1~2(2)	外 10명
7회	堅井洞	李參奉	『蘇賢聖錄』	
	廟洞	黃知事	『明行(貞義錄)』20巳(卷) 『報恩(奇遇錄)』20巳(卷) 『西廂(記)』18巳(卷) 『西周(演義)』44巳(卷) 『西漢(演義)』30巳(卷) 『劉氏三代(錄)』16巳(卷) 『劉孝公(善行錄)』14巳(卷) 『曺氏三代(錄)』60巳(卷) 『昌蘭(好緣錄)』46巳(卷) 『後水滸(誌)』16巳(卷)	
8회	卜車橋 玄房	安允欽		外 4명
9회	奉常寺前 (毛橋 炭商)	崔相(尙)玉	『金(錦?)香亭記』1~7(7) 『淑女知己』1~5(5) 『西周演義』1~10(10) 30~39(10) 『西廂記』1~6(6) 『柳花奇緣』1~7(7) 『史安傳』1~2(2) 『黃雲傳』1~3(3) 『鄭妃傳』1~4(4)	外 2명

대출 회수	대출인의 주소	대출자	대출 작품	비고
10회	中茶洞	金晟(成)均		外 3명
12회	廣東花園			
14회	美洞	李建永(榮)	『花王雙奇』 1~4(4)	外 1명

 이들 외에도 약 20여 명에 달하는 존재들로부터, 그들이 구체적으로 어떠한 작품들을 향유했는가를 또한 확인할 수 있지만, 지면 관계상 생략한다. 여기서는 다만 세책장부 가운데 세책본소설의 유통양상에 대한 나름의 정보를 지니고 있는 것으로 사료되는 자료 하나만을 제시할까 한다.

    □□□ ⇒ 『林花』 1秩 · 『雙鳳』 10卷
    : 百五十一卷, □ 七十五兩 五錢(『唐秦』 14-20)

 이 자료는 당시 세책업주들이 세책본소설의 한 책 당 대출가격을 실제 어떻게 책정하고 있었는가 하는 문제와 아울러 우리들이 육당의 기록을 통하여 이미 알고 있는 『林花』에 대한 정보와는 또 다른 정보를 제공하고 있는 것으로 생각된다는 점에서 주목할 필요가 있다. 곧 『林花』(『임화정연』의 약칭) 1질을 포함하여 『雙奉』(『쌍성봉효록』의 약칭) 10권이 총 151권으로 되어 있다는 위의 언급에서, 『林花』는 육당이 언급했던 139권본과는 다른, 141권본으로 이루어진 이본 또한 당시 실제로 존재, 유통[21]되었다는 사실과 아울러 2종 151권에 달하는 세책

---

21) 세책본소설 가운데는 비록 동일 제명의 작품일지라도 권수를 달리하는 이본들이 존재, 유통되었던 것으로 확인된다. 이에 대한 자세한 논의는 김영희의 위에 든 논문과 필자의 「세책본소설의 간소에 대하여-동양문고본 『삼국지』를 통하여 본」(대곡삼번 · 이윤석 · 정명기 공편, 위에서 든 책, 119~146쪽)를 참조하라. 필자는 위 논문에서 『삼

본소설의 총 대출금액이 ‘七十五兩 五錢’에 달했다는 언급에서, 우리는 세책업주들이 당시에 한 책 당 대출가격을 5전으로 책정했다는 사실[22] 등을 확인할 수 있다.

5. 전당품목의 종류

그동안 거듭해서 인용하여 왔던 채제공을 위시한 여러 단편적인 기록들을 통해서 우리들은 이미 세책본소설을 빌려볼 때 맡겼던 전당품목에 대한 한정된 정보를 미약한 대로나마 얻어 볼 수 있었다. 곧 채제공의 “혹 비녀와 팔찌를 팔거나 혹은 돈을 빌려”라는 언급, 이덕무의 “심지어는 돈을 주고”라는 언급, 모리스 꾸랑의 “주인은 이들 책을 10분의 1, 2문의 저렴한 가격으로 빌려주며 흔히 돈이나 물건으로 담보를 요구하는데 예를 들면 돈 몇 냥, 운반하기 쉬운 화로나 솥 등을 들 수 있다.”는 언급, 강창유삼랑(岡倉由三郎)의 “이러한 책을 빌리려는 사람은 아무 것이나 어느 정도 값어치가 있는 물건[냄비, 솥 등도 可하

국지』에 대해 논의하는 가운데 당시 한 세책업주였던 ‘향슈동’에서는 『삼국지』의 경우 58책본과 69책본이라는 다른 이본이, 다시 ‘향목동’에서는 58책으로 이루어진 이본이 각기 존재, 유통되었던 현상을 지적한 바 있다. 이런 점으로 본다면, 『임화』 또한 육당이 언급한 139책본과 다른 141책본 이본의 존재 가능성은 충분히 상정할 수 있는 문제라고 하겠다.

22) 이주영은 『구활자본 고전소설 연구』(월인, 1998, 58~59쪽)에서 방각본소설과 구활자본소설 작품들의 당시(곧 1910년대 초엽과 중엽) 유통가격에 대한 검토를 통하여 가격 경쟁 면에서 상대적으로 열등한 처지에 머물렀던 방각본소설은 구활자본에 비하여 더 빨리 쇠퇴의 길을 걷게 되었던 것이라 주장하고 있어 본 논의에 한 참조가 된다. 그가 논급하고 있는 대상 자료들의 시기에 비해서는 약간 앞선 것으로 확인되는 세책장부의 기록에서 드러나는 바, 한 책 당 5전이라는 가격은 결코 이들과 대비해보더라도 결코 적은 금액이라고는 생각되지 않는다.

다]을 세책가에 가져가서"라는 언급 등에서 확인되는 것과 같이, 그것
은 대략 여인의 신변 패물[비녀나 팔찌]이나, 살림붙이류[화로나 솥, 냄
비], 그리고 약간의 돈으로 요약될 수 있을 듯하다.

그러나 우리들은 현존하는 세책장부를 통해 실로 다양한 많은 종류
의 물건들이 전당품목으로 맡겨지고 있음을 확인할 수 있었다. 어떤
사람이 어떤 물품을 맡기고 어떤 책을 빌려갔는지를 드러내 보여주는
구체적인 보기는 지면 관계상 생략하고, 여기서는 다만 그 품목만을
산추려 제시하기로 한다.

1) 盒[23]【小盒, 銅盒】　　　　2) 盒具盖【小盒具盖, 盒盖】

3) 班指(半指)【仙班指, 塗金斑指】　4) 指環【銀指環, 銅指環】

5) 大接【天大接, 玄大接, 裸大接, 地大接, 黃大接】

6) 紙貨【新貨, 銀貨】　　　　7) 錢【엽전】

8) 周鉢【銅周鉢, 裸周鉢, 裸周鉢盖, 裸周鉢具盖, 無足周鉢】

9) 져가락【銀箸】

10) 半幷(半屛)【破半幷, 裸大接半幷, 半幷斗里】[24]

11) 「銀」니쑤시기【耳鑿시기, 니쑤시기, 耳介, 銀耳기, 耳기, 귀기, 小耳
　　기, 銀구이지】

12) 銀치기【治介(齒介)】

13) 足指介【銀족지기, 銀족죽기, 銀쪽쥬기】

14) 同串【銀串, 銀銅串, 銀동굿】[25]

15) 溺江【小溺江具盖, 小溺江, 溺江具盖, 溺江具盖裸, 破溺江】

---

23) 음식을 담는 놋그릇의 한 가지. 동글고 넓적한데 뚜껑이 있다.

24) 반병두리. 놋쇠로 만든 국그릇의 한 가지. 둥글고 바닥이 편평하며 양푼과 비슷하나
　　아주 작음.

25) 상투를 짠 뒤에 풀어지지 아니하도록 꽂는 물건.

16) 빗치기【비치기】[26]

17) 슈져【시져】

18) 大也【平大也】

19) 時計【時鍾, 時票[27]】

20) 銀叉【銀釵】

21) 鉢里【小鉢里, 鉢里具盖】[28]

22) 湯器【湯器具盖, 湯器盖】

23) 菊花簪【玉蝶蜜花菊花簪, 국화잠□□】[29]

24) 齒桶【治桶, 銀齒桶】

25) 灰板

26) 錚盤

27) 唾具

28) 酒煎子

29) 접시

30) 경첩

31) 보시긔[30]

32) 火爐

33) 硯石

34) 笠子

35) 귀거리(귀걸이)

36) 宕巾

37) 雨傘

38) 銀粧刀

39) 銀投壺

40) 外套

41) 젹과긔(炙果器)[31]

42) 깅지미[32](깅짐니)

43) 理髮刀

44) 藥器

45) 銀簪

46) 銀環

47) 倭鞋

48) 茶器

49) 串治(銀串治)

50) 銀錢(銀貨)

51) 디거리

---

26) 빗살 틈에 낀 때를 빼는 제구. 뿔, 뼈, 쇠붙이 따위로 만드는데 한 끝은 둥글고 얇아
   서 빗을 치게 되고 다른 한 끝은 가늘고 뾰족하여 가르마를 타는 데에 쓴다.

27) 時表. 시계를 이르던 말.

28) 놋쇠로 만든 밥그릇의 한 가지.→바리.

29) 대가리에 국화 모양을 새긴 비녀. 국잠

30) 김치·깍두기 같은 반찬을 담는 작은 사발.→甫兒.

31) 적틀. 제사 때에 적을 담는 장방형의 그릇. 사기·놋쇠 또는 나무로 만드는데 높은
   굽이 달렸음.

32) 놋쇠로 만든 반찬 그릇의 한 가지. 모양이 반병두리 같으나 그보다 약간 작음. 갱기
   (羹器).

52) 草匣[33]

53) 은쵀잠

54) 眼鏡

55) 담요

56) 족기

57) 銀齒

58) 紙票[34]

59) 方席

60) 쥬걱

61) 梳治

62) 토긔

63) 국화기

64) 銀竹節[35]

65) 裁縫器

66) 맛치

67) 梁盆[36]

68) 銀角花板

69) 釜

70) 貸票

71) 라디오

72) 玳瑁斂髮

73) 권연부리

74) 쵸

75) 족두리

76) 바위쇠(?)

77) 大丸

78) 斧子

79) □花板

80) 斗介

81) 張湯箕

82) 理髮긔계

83) 귀불(銀貴不, 金貴不)

84) 無(無典當)

　위에서 제시한 전당 품목은 그 성격상 크게 다음과 같이 묶여질 수 있을 듯하다. 곧 장신구류(3, 4, 14, 16, 20, 23, 35, 45, 46, 53, 64 등), 식생활 용품류(1, 2, 5, 8, 9, 10, 17, 21, 22, 26, 28, 29, 31, 41, 42, 44, 48, 60, 67, 69 등) 신변잡화류(11, 12, 13, 14, 16, 27, 37, 52, 54 등), 의생활 용품류(40, 56 등), 현금 대용류(6, 7, 58, 70 등), 주생활 용품류(55, 59 등)가 그것이다.

---

33) 담배쌈지.

34) 종이로 만든 딱지.

35) 대마디 모양으로 만들어 여자의 쪽에 꽂는 은 장식품.

36) 음식을 담거나 데우는 데 쓰는 놋그릇.

이런 극히 다양한 전당품목들의 존재뿐만 아니라, 줄기차게 이윤 추구를 목적으로 삼았을 세책업주가 '無' 또는 '無典當'이라는 표기에서 확인되듯이 품목을 전당잡지 않고 세책본소설을 빌려주기도 했다는 사실은 무척 의아스럽기까지 한 면모로 이해된다. '무' 또는 '무전당'의 주체들은, 검토 결과 대부분은 세책업주와 지리적으로 매우 가까운 이웃이거나, 아니면 자신이 예전에 데리고 있었던 하인 계층, 또는 남들에 비하여 상대적으로 세책본소설들을 많이 빌려간 전문독자 계층들이 대부분이었던 것으로 드러났다. 이런 점에서 '무전당'은 곧 세책업주 나름의 영업 전략 가운데 하나였던 것으로도 생각된다. '무전당'의 혜택을 받고 있었던 몇몇 인명을 간추려 제시하면 다음과 같다. 곧 堅橋 朴五衛將, 堅井洞 鄭五衛將, 下茶洞 朴建性, 上茶洞 趙正言(信鎬家), 廣橋 高裕相冊舍, 西大門外 權丙燮, 弘洞 徐聖源, ■(宮)內 井洞 洪進士, 刀洞 李五衛將, 宮內井洞 ■■■, 前家 李思相, 洞里 李明五, 越家 李都事 등이 바로 그들이다.

6. 맺는말

이제까지 앞에서 동양문고본 세책본소설의 이면지에 남아있는 세책 장부를 통하여 세책본소설의 유통양상을 검토하여 보았다. 논의의 결과를 요약, 제시하면 다음과 같다.

2장에서는 『월왕전』에 나타난 세책장부를 통하여 세책장부의 실례를 들어보인 뒤, 이 자료들은 몇 가지 근거로 볼 때 1905년 이전에 기록되었던 장부 가운데 일부일 가능성이 높은 것으로 추단하였다.

3장에서는 실제 유통되었던 작품들의 목록을 제시하는 가운데, 육당이 일찍이 언급했던 향목동 세책업소의 규모를 넘어서는 상당히 다양한 작품들이 실제로 유통되었다는 사실과 아울러 연의류 소설과 중국소설, 그리고 장편가문소설도 물론 유통되었지만, 그보다 수적으로 훨씬 많은 다양한 단편소설들까지도 유통되었음을 밝혀보았다. 아울러 구활자본소설을 간행한 출판자들 가운데 일부는 그들 자신들이 빌려보았던 몇몇 세책본소설을 그 전거로 삼아 작품을 간행했을 가능성이 있음을 조심스럽게 추정하여 보았다.

4장에서는 대출인의 신분 계층과 전문독자 계층의 등장 가능성을 실제 장부에서 드러나는 실례를 통하여 살펴보았는 바, 기존 연구 성과에서 세책본소설의 독자층으로 거의 주목하지 않았던 일반 민서 계층과 상인 계층이 상당히 많은 비중을 차지하고 있다는 사실을 새롭게 밝혀낼 수 있었다.

5장에서는 전당품목의 종류를 제시함으로써, 매우 다양한 종류의 물건들이 당시 전당물품으로 제공되었던 것을 또한 확인할 수 있었다.

『고소설연구』 16, 한국고소설학회, 2003.

세책본소설에 대한 새 자료의 성격 연구

-『언문후생록』소재 목록을 중심으로-

1. 들어가는 말

본 소고의 목적은 일찍이 소개된 바 없는 구 안춘근 소장『언문후생록(諺文厚生錄)』에 실려 있는 일련의 목록과 아울러 근자에 새롭게 밝혀진 몇몇 사실들을 중심으로, 그 자료적 성격과 의미가 무엇인지를 밝혀내는 데에 있다.

근자에 들어 세책본소설에 대한 연구[1]가 예전의 단편적인 기록들에

---

1) 이윤석 · 대곡삼번 · 정명기 편, 『세책고소설연구』, 혜안, 2003.
　김영희, 「세책필사본『구운몽』연구」, 「연세학술논집」 34집, 연세대 대학원 총학생회, 2001.
　김영희, 「세책 <구운몽> 텍스트의 형성과정 연구」, 이윤석 외 편, 위 책에 수록.
　김형태, 「세책 <만언사> 특성 연구」, 『동방고전문학연구』6집, 동방고전문학회, 2004.
　대곡삼번, 『조선후기소설독자연구』, 고려대 민족문화연구소, 1985.
　대곡삼번, 「조선후기 세책 재론」, 『한국고소설사의 시각』, 국학자료원, 1996. 이윤석 외 편, 위 책에 재록.
　유춘동, 「『금향정기』의 연원과 이본 연구」, 연세대 석사학위논문, 2002.
　유춘동, 「세책본「금향정긔」의 특성 연구-원전 · 경판본과 비교와 그 의미를 중심으로」, 이윤석 외 편, 위 책에 수록.
　윤성현, 「세책본 만언사 연구」, 동방고전문학회, 2005.2.
　이다원, 「『현씨양웅쌍린긔』연구-연대본『현씨양웅쌍린긔』를 중심으로」, 연세대 석사학위논문, 2000.
　이윤석, 「구활자본 고소설의 원천에 대하여-세책을 중심으로」, 한국고전문학회 월

의거하여 진행되던 추론적 논의로부터 벗어나 구체적인 정보에 바탕
을 두는 가운데 조금 더 그 실체를 정확히 규명하고자 하는 방향으로
전개되고 있다는 점은, 조선후기 문학사의 전개 양상을 보다 적확하
게 파악할 나름의 단서를 제공할 것으로 기대된다는 점에서 매우 고
무적인 작업이라 하겠다. 본 소고에서 주된 검토의 대상이 되는『언문
후생록』소재 목록 또한 여러모로 그 실체를 밝히기에 아직은 상대적
으로 정보가 부족한 듯한 세책본소설에 대한 일련의 정보를 충분히
제공하는 것으로 보인다는 점에서 수복받아 마땅한 자료라고 할 수
있다.

례발표회, 이화여대, 2000.4.8.

이윤석, 「세책 <춘향전>에 들어있는 「바리가」에 대하여」, 한국고소설학회 59회 학
술발표대회, 고려대, 2002.10.26. 이윤석 외 편, 위 책에 재록.

이윤석·정명기, 「세책 고소설 연구의 현황과 과제」, 이윤석 외 편, 위 책에 수록.

이주영, 「고소설 독자에 대한 몇 가지 문제」, 제34회 전국어문학연구 발표대회 발표
요지, 2000.10.28.

이창헌, 「고전소설 유통 양상에 대한 일 고찰」, 『한국서사문학사의 연구』 v, 중앙문
화사, 1995.

전상욱, 「<징세비티록> 이본 연구」, 『동방고전문학연구』 3집, 동방고전문학회, 2001.

전상욱, 「세책 계열 <춘향전>의 특성-서지 상황과 서사 단락을 중심으로」, 이윤석
외 편, 위 책에 수록.

정명기, 「세책필사본 고소설에 대한 서설적 이해」, 『고소설연구』 12집, 한국고소설
학회, 2001.

정명기, 「세책본소설의 유통 양상」, 『고소설연구』 16집, 한국고소설학회, 2003.

정병설, 「조선후기 장편소설사의 전개」, 『한국고전소설과 서사문학』 상, 집문당, 1988.

정병설, 「세책소설 연구의 쟁점과 방향」, 『국문학연구』 10호, 국문학회, 태학사, 2003.

정병설, 「일본 교토대학 소장 새자료 소개」, 『문헌과 해석』 28호, 문헌과 해석사,
2004.

주형예, 「항목동본『현수문전』의 서사적 특징과 의미」, 연세대 국학연구원 국학발표
회, 2002. 이윤석 외 편, 위의 책에 재록.

마이클 김, 「서양인들이 본 조선후기와 일제초기 출판문화의 모습」, 『열상고전연구』
19집, 열상고전연구회, 2004.

『언문후생록』의 서지 상황은 다음과 같다.

1책의 필사본으로, 총 41장 81면으로 되어 있고, 그 편자와 편찬 연대에 대한 정보는 전혀 나타나 있지 않다. 가로 17.1cm, 세로 24.6cm로, 고 안춘근 선생 소장본이었다가 현재는 한국학중앙연구원에 소장되어 있다. 청구번호 c-7-88이며, MF 35- 8428로 수재되어 있어 편의하게 이용할 수 있다.

2. 세책본소설에 대한 새로운 자료의 소개와 그 성격

세책본소설에 대한 기록으로 그동안 우리들이 접해 왔던 자료로는 채제공, 이덕무, 모리스 꾸랑, 일본인 강창유삼랑(岡倉由三郎) 등이 남긴 일련의 기록들이 그 전부라고 해도 과언은 아니다. 물론 이들이 남긴 기록들은 세책본소설에 대한 일정한 이상의 정보를 우리들에게 제공하고 있다는 점에서 매우 소중한 것임에는 틀림없다. 그러나 이들 기록들은 세책본소설의 유통양상과 그 존재 형태 등에 대한 보다 구체적인 정보들을 어느 면 완벽하게 전하고 있는 것으로는 여겨지지 않는다는 점에서 우리들은 세책본소설에 대한 또 다른 자료들을 계속적으로 발굴, 보고할 의무가 있다고 하겠다.

근자에 들어와 세책본소설의 유통과 그 존재 양태를 보다 구체적으로 보여주는 주목할 만한 새로운 자료들이 소개된 바가 있다. 그것을 논의의 편의상, 다음과 같이 나누어 살펴볼까 한다.

첫째, 세책업소의 존재 양태와 그 독자층에 대한 중요한 정보를 담고 있는 새로운 자료들을 들 수 있다.

먼저 마이클 김에 의하여 소개된 일련의 자료를 들 수 있는 바, 그

는 일찍이 아무도 주목하지 않았던 조선후기와 일제 초기 출판문화의
양태를 다루고 있는 한 논문[2]에서 세책본소설에 대한 매우 흥미로운
몇몇 자료들을 소개한 바 있다. 그 가운데 Angus Hamilton이 1904년
에 출판한 『Korea』에서 언급하고 있는 다음과 같은 기록, "이러한 많
은 책은 조선 여성들이 꾸준히 정독하고, 그 내용을 모르면 <u>상류층 여
성들과, 그리고 좀 덜 심한 정도로, 중산 계층 여자에게서 멸시를 받
는다. …(중략)… 언문으로 씌어진 책은 조선의 모든 계급이 쉽게 사고
세책점에서 빌린다.</u>"(밑줄: 필자 표시)[3], Homer B. Hulbert가 1906년에
출판한 『The Passing of Korea』에서 언급하고 있는 다음과 같은 기
록, "우리가 현재까지 지적한 소설은 한문으로 씌어있지만, 조선에는
언문으로만 씌어있는 소설도 많다. 일반적으로 이런 소설은 아주 소
수인 사족계층에게서 멸시받고 있지만 실은 그 계층에도 언문소설의
내용에 철저히 친숙하지 않은 사람은 매우 드물다. 이런 책은 이 나라
의 모든 서점에서 살 수 있고, <u>서울에서만 세책집이 여러 곳에 있다.</u>
그곳에서는 한문과 순언문으로 써진 책 수백 권이 있다."(밑줄: 필자 표
시)[4], 그리고 그보다는 시기적으로 약간 뒤늦지만 E. W. Koons가
1918년에 작성한 "The House where Books are given out for Rent"
에서 남기고 있는 일련의 언급—그가 다섯 친지들과 더불어 1918년에
서울을 다섯 지역으로 나눠서 거기에 있는 세책점들을 하루를 잡아
최대한 많이 방문한 결과 36곳을 발견했고, 흥미로운 사실은 세책점
들이 각 지역마다 거의 똑 같은 숫자가 있었다. 동대문내 8, 서대문내
6, 남대문내 8, 북쪽 지역 7, 종로지역 7— 등[5]은 세책본소설을 유통시

---

2) 마이클 김, 앞의 논문, 173~198쪽.
3) 마이클 김, 앞의 논문, 183~4쪽에서 재인용.
4) 마이클 김, 앞의 논문, 181쪽에서 재인용.

키던 세책업소의 존재양상과 아울러 그 독자층(특히 여성독자 계층)에
대한 많은 정보를 보다 구체적으로 알려주고 있다는 점에서 주목받아
마땅한 자료로 여겨진다. 특히 이 가운데서 마지막에 든 E. W. Koons
의 언급은 1918년 당시까지만 해도 그 규모의 정도는 확연히 알 수 없
지만, 서울의 오부(五部)에 상당히 많은 세책업소가 존재하고 있었다
는 사실[6]을 구체적으로 보여주고 있다는 점에서 매우 주목해야 할 자
료라 하겠다.

한편 필자 또한 근자에 이제껏 보고되지 아니했던 몇몇 세책본소설
자료들을 새롭게 입수한 바[7], 이들 자료들의 필사기 또한 세책업소에
대한 또 다른 정보를 알려주는 좋은 예로 보여진다는 점에서 여기서
함께 묶어 제시해도 좋지 않을까 한다. 필자는 일찍이 한 논문[8]에서
당시까지 입수했던 세책본소설에 나오는 필사기를 통하여 20세기 초
엽까지도 20여 군데가 넘는 세책업소가 실제로 존재하고 있었음을 구
체적으로 밝혀낸 바 있다. 물론, 그들 세책업소 가운데는 정병설의 지
적과 같이 분명 '소규모의 세책집[9]'에 해당하는 업소 또한 있을 것으
로 여겨진다. 설령 그럴 가능성이 다소 있다고 하더라도, 세책업소의
존재 양상을 살피는 데에는 그 규모의 대소 여부가 그다지 큰 문제는
되지 못할 것으로 여겨진다. 이런 견지에서 본다면, 아직껏 알려지지

---

5) 마이클 김, 앞의 논문, 191쪽에서 재인용.

6) 필자, 앞의 논문(『고소설연구』 12집, 한국고소설학회, 2001, 466~469쪽)에서 당시
까지 입수한 자료를 대상으로, 약 20여 개소가 넘는 세책업소가 20세기 초엽까지도
실제적으로 존재하고 있음을 밝힌 바 있다. 이런 점만을 통해 보더라도 이 기록의 신
빙성 여부에 대한 의문은 크게 문제 삼지 않아도 좋지 않을까 한다.

7) 2001년 12월 이후 최근까지 추가로 입수한 22종 88책에 달하는 세책본소설 자료
목록은 논문의 말미에 첨부한 '부록 (4)'를 참조하라.

8) 정명기, 위의 논문, 2001.

9) 정병설, 앞의 논문, 46쪽.

않았던 새로운 세책업소를 밝혀내는 작업 또한 우리들이 계속적으로 탐구해야 할 과제 중의 하나라고 할 수 있다. 여기서 새롭게 소개하는 자료들에서 드러나는 세책업소의 존재는 이런 나름의 과제를 부족한 대로나마 충족시켜 줄 것으로 기대된다. 곧 대영박물관 소장의『츈츄녈국지』(전34권 중 권3 결) 권1과 5에서 확인되는 '셰긔묘(1879년) 계하 상간 필셔'(권1)와 '셰직임오(1882년) 밍츄일 필셔'(권5)라는 필사기, 그리고 프랑스 기메박물관 소장의『옥인긔연』(전8권) 권1에서 확인되는 '긔묘(1879년) 사월 십구일 옥농동'이라는 필사기와 한국학중앙연구원 소장의『슈미쳥심녹』권2[10]에서 확인되는 '셰직을미(1895년) 계츈 염삼일 입동 필셔'이란 필사기, 그리고 소장자 미상의『슉향젼』에서 확인되는 '을츅(1925년) 윤뉵월일 상동셔'라는 필사기, 경도대 하합문고 소장의『장백젼』권1에서 확인되는 '셰직졍유(1897년) 즁츄 힝동셔'라는 필사기가 바로 그것이다.『츈츄녈국지』와『옥인긔연』에서 확인되는 필사년대는 남아 있는 세책본소설의 경우와 비교해볼 때, 그것이 비교적 초기 형태의 자료[11]로 보여진다는 점과 아울러 전혀 알려지지 않았던 '옥농동'(玉龍洞)[12]에도 세책업소가 있었다는 사실을 보여주고 있다는 점, 아울러『슈미쳥심녹』의 필사기를 통하여는 또 다른 세책업소가 '입동'(笠洞)[13]에도,『슉향젼』의 필사기를 통해서는 '상동'(尙

---

10) 해당 권제에는 권 표시 부분이 나타나지 않고 있으나, 다른 이본들과의 대비 검토 결과 이 이본이 권2에 해당하는 권임을 알 수 있었다.

11) 필자, 위의 논문, 456쪽을 참고할 때, 1879년 이전에 필사, 유통된 세책본소설로 현재까지 남아 전하는 작품은 불과 2종에 지나지 않는 것으로 확인된다. 바로 동양어학교본『츈향젼』(1864년과 1869년)과 연세대본『하진양문록』(1879년)이 그것인 바, 이런 점만으로도 대영박물관본『츈츄녈국지』와 기메박물관본『옥인긔연』의 존재는 비교적 초기 형태에 속하는 세책필사본의 형태를 일러주는 매우 소중한 자료라고 할 수 있다.

12) 현재 위치 미상. 혹 玉洞(현재 종로구 옥인동, 통인동)인가?

洞)[14]에도, 『장백젼』의 필사기를 통해서는 '행동'(杏洞)[15]에도 소재하고
있었다는 점을 알 수 있게 한다는 점에서 이들 자료는 주목받아 마땅
하다고 하겠다. 또한 『숙향젼』의 필사년대(1925년)는, 1915년 이후 필
사된 세책필사본이 실제로 존재하고 있다는 사실을 보여주는 바, 이
는 세책본소설이 실제 유통되었던 그 시대적 하한선까지도 상당히 내
려잡을 수 있는 구체적 증거로서의 의미를 갖기에 족하다고 하겠다.

둘째, 당시 세책본소설로 유통되었던 작품들의 구체적인 목록을 확
인할 수 있는 자료들을 들 수 있다.

먼저, 근자에 새롭게 확인된 연대본 『현씨양웅쌍린긔』[16] 권1과 2 표
지의 내지에 남아 있는 다음과 같은 기록을 주목할 필요가 있다. 그것
은 이 자료가 실제적으로 세책본소설을 향유하던 구체적인 독자의 존
재와 아울러 해당 작품들까지도 알려주고 있다는 점에서 그러하다.
먼저 해당 자료를 〈표 1〉로 제시하면 다음과 같다.

---

13) 현 종로구 종로 3가, 갓전골(한글학회, 『한국 땅이름 전자사전』).

14) 현 중구 태평로 2가, 남대문로 2가, 북창동, 남창동에 걸쳐 있는 마을, 상정승이 살던
터가 있으므로 상정승골이라고도 불림(한글학회, 『한국 땅이름 전자사전』).

15) 현재 위치 미상.

16) 이 자료에 대한 구체적인 논의는 일찍이 이다원, 「『현씨양웅쌍린긔』 연구-연대본
『현씨양웅쌍린긔』를 중심으로」(연세대 대학원 석사학위논문, 2000)에서 이루어진 바
있으나, 여기서 소개하는 자료는 그 자신도 당시에는 미처 확인치 못했던 것으로 보여
진다. 이 자료의 존재를 일러준 동학 전상욱 선생에게 고마움을 표한다.

〈표 1〉

대출인	대출 작품	대출 권수	비고
嚴復潤	셔상긔	六	
馬多弘	셔쥬연의	四 卄一卄二卄三--	
卜春根	동한연의	四 一二三四	
李命順	금방울	四 一二三四	
徐得主	경덕	二	
又	뎡을션	一	
우흥쥰	김진옥	三 一二三	이상 권1 표지의 내지
■17)仁□	쌍쥬긔	三	
	ㅅ안젼	二	
■完善	곽분향	六	
■順友	삼국	十 五十五至六十四	
■允根	당틱종	三	
■기슌	셜인귀	二	
■永柱	삼국	十一 四十至伍十 合□□	
■건식	셔쥬연	四 三十四五六七 合七卷	
■형근	남졍팔난	十 五至十四	
■션홍	셔쥬연	十 卄五至三十四	
卓文五	월봉긔	四 五六七八	
신봉균	최씨슉열긔	九	
김슌문	증셰비틱록	六	
지경훈	하진냥문	七 四至十	
又	슈호지	六 四十六至五十	
유인철	용문젼	三	이상 권2 표지의 내지

이 자료 또한 필자가 일찍이 소개·검토한 바 있는 동양문고본 소재

---

17) 위 부분이 잘려나가 판독할 수 없는 부분을 표시함.

세책본소설의 내지에서 드러난 세책업주의 세책장부[18]와 같은 형태로
보여진다. 그러나 이 자료는 그 형태상 동양문고본의 그것에 비해서
는 조금 더 단순한 모습을 띠고 있는 것으로 생각된다. 오늘날의 성동
구 금호동에 해당하는 동호당현(東湖堂峴)에 위치한 세책업주에 의하
여 유통되었던『현씨양웅쌍린기』에 남아 있는 이 자료는, 세책본소설
을 빌려간 사람의 이름과 빌려간 작품의 이름-『셔샹긔』,『동한연의』,
『금방울(젼)[19]』,『(울지)경덕젼』,『뎡을션(젼)』,『김진옥(젼)』(이상 권1),
『쌍쥬긔(연)』,『ᄉ안젼』,『곽분향(젼)』,『삼국(지)』,『당틔죵(젼)』,『셜인
귀(젼)』,『셔쥬연(의)』,『남졍팔난(긔)』,『월봉긔』,『최씨슉열긔』,『증셰
비틔록』,『하진냥문(녹)』,『슈호지』,『용문젼』(이상 권2) 등 20 작품-,
빌려간 작품의 권수[20] 등만을 적어넣는 형태로 해당 장부가 이루어졌
음을 보여주고 있다. 한편 이 자료는 이제껏의 조사에서도 전혀 드러
난 바 없는『최씨슉열긔』(崔氏淑烈記)[21]란 작품이 당시에 세책본소설로

18) 동양문고본 소재 세책본소설의 내지에서 확인되는 세책장부의 전반적인 특징에 대
   해서는 필자의「세책본소설의 유통양상」(『고소설연구』16집, 한국고소설학회, 2003)
   71~99쪽을 참조하라.
19) 괄호 부분은 원 자료에 없는 내용이지만 이해의 편의를 위하여 필자가 덧붙인 것이
   다. 이하 다 같다.
20) 그 표기는 다음과 같은 몇 가지 방법이 두루 사용되었던 것으로 확인된다. 곧 낱권만
   을 빌려갈 때는 해당 권수만을, 그리고 여러 권을 한꺼번에 빌려갈 때는 총 권수와
   아울러 그 아래에 해당 권수를 함께 적는 방법이 그것이다. 예컨대 신봉균이란 사람이
   『최씨슉열긔』九권만을 빌려간 경우에는, 다만 그 해당 권수만을 적는 반면에, 지경훈
   이란 사람이『하진냥문(녹)』을 한꺼번에 7권을 빌려갔다면, 그 아래에 해당 총 권수인
   '七'을 적은 다음 그 해당 권수가 바로 4권부터 10권까지임을 '四 至 十'로, 적거나
   아니면 이명순이란 사람이『금방울(젼)』을 4권 빌려간 경우처럼 총 권수인 '四'를 적
   고, 그 아래에 '一二三四' 등으로 달리 표기하는 방법 등을 병용했던 것으로 보여진다.
21) 이와 같은 제명은 조희웅의 역저인『고전소설 이본 목록』에서도 찾아지지 않는다.
   그러나 이 작품이 활자본으로 간행되었다는 사실은 보급서관 · 대창서원 · 영창서관이
   발매소로 적혀 있는 국립중앙도서관 소장의『무쌍 언문 삼국지』전집 상편 · 하편의

도 이미 유통되고 있었음을 보여주고 있다는 점에서 또한 우리의 흥미를 끌기에 족하다고 하겠다.

한편, 필자가 최근 새롭게 발굴한 『언문후생록』의 자료적 면모 또한, 이름 모를 세책업소가 작성했던 세책본소설의 목록임이 확실해 보인다는 점에서 새삼 주목할 필요가 있다고 하겠다. 그런데 여기서 『언문후생록』에 수록된 내용들을 검토한 결과, 이 자료집은 일반 가정의 아녀자들이 꾸려나가야 할 실제의 삶에 도움이 될 여러 가지 정보—술을 포함한 다양한 음식의 요리법과 아울러 忌祭 饌物式, 忌祭 進饌式(긔제 진찬 비셜법), 祭物 排設圖 一位(졔물 비셜도 일위), 男女 婚姻 禮法(남여 혼인 례법), 新郞家 諸具(신낭집 제구), 新郞 諸具 奉任(신랑 제구 솔임), 鴈夫 所入(안부 소입), 設宴時 所用(셜련시 소용), 新婦家 諸具(신부집 제구), 新郞 奉任(신낭 솔임), 新婦 奉任(신부 솔임), 移徙 方所法(이사의 방소 보는 법) 등—를 다양할 정도로 담고 있는 자료[22]인 바, 그 가운데 필자는 이 자료집의 맨 앞에 실려 있는 다음과 같은 목록의 존재만을 주목하고자 한다. 그것은 크게 〈긜칙 칙명〉과 〈소셜칙 칙명〉으로 소설 유형을 크게 둘로 대별하는 가운데, 결코 적지 않은 숫자라고 할 총 49종에 달하는 소설의 작품 이름을 포괄하고 있는 것으로 검

말미에 실린 광고 문안(대정 7년[1918년] 12월 31일 초판)과 그 후집 중편에 실린 광고 문안(대정 8년[1919년] 11월 5일 재판)에서 익히 확인된다. 만약 이 정보를 액면 그대로 믿어도 좋은 것이라면, 이 자료 내에 나타나고 있는 『최씨슉열긔』는 그 서지형태상 분명 활자본일 가능성보다는 필사본의 형태로 유통되던 세책본일 가능성이 큰 것으로 여겨진다. 왜냐하면 그것은 이 자료가 실려 있는 연대본 『현씨양웅쌍린긔』의 필사년대가 1909년으로, 활자본의 간행년대인 1918년보다 분명 앞서는 것으로 확인된다는 점 때문이다. 그러나 유감스럽게도 세책필사본으로 유통되던 『최씨슉열긔』의 존재는 현재까지 계속되고 있는 일련의 조사를 통해서도 그 실물이 전혀 확인되지 않고 있는 실정이다.

22) 이 자료에 실린 구체적인 편명은 뒤에 따로 붙인 <부록 (3)>을 참고하기 바란다.

토 결과 드러났다.

논의의 편의상, 먼저 해당 목록에 나오는 작품과 그 부기 내용들을
〈표 2〉로 정리하면 다음과 같다.

〈표 2〉

일련 번호	길칙 칙명	일련 번호	소셜칙 칙명	장수
1	삼국지	1	사씨남정긔	
2	셔쥬연의	2	장경전	
3	셔유긔	3	장풍운전	
4	임진녹	4	조웅전	
5	슈호지	5	남윤전	
6	현씨쌍린■(그)[23]	6	정황후전	
7	명쥬긔■(봉)	7	슉향전	1장 앞면
8	현슈문전	8	양산빅전	
9	하진양문녹(두 집 말)	9	셕화룡전	
10	임화경연긔(네 집 말)	10	님경업전	
11	유씨삼디록	11	월봉긔전	
12	명듀보월빙	12	젹셩의전	
13	초현전	13	홍길동전	
		14	셜린귀전	
		15	경슈경전	1장 뒷면
		16	민듕전(슉동조 박틱보 말)	
		17	금향졍긔(양귀비 말)	

---

23) 원 자료의 이 부분은 묵혼으로 인하여 글자를 알아볼 수 없는 상태로 되어 있으나,
현전하는 고전소설 작품들의 이본 상황을 고려,『현씨양웅쌍린긔』의 이본 가운데 하
나인『현씨쌍린긔』를, 한편『명쥬긔■』의 경우 또한 이와 마찬가지 상태인 바, 이는
『명쥬긔봉』을 가리키는 것으로 보고자 한다.

일련 번호	길칙 칙명	일련 번호	소셜칙 칙명	장수
		18	장한절효긔	
		19	김원젼	
		20	소듸셩젼	
		21	용문젼	
		22	삼셜긔	
		23	둑겁젼	2장 앞면
		24	방씨젼	
		25	셔듸쥬젼	
		26	져마무젼(삼국지 장ㅅ 견싱 말)	
		27	사씨젼	
		28	야사젼	
		29	삼문규합녹	
		30	슈졔옥난빈	
		31	구운몽(셩진이 팔 션여 말)	2장 뒷면
		32	양문규합	
		33	진듸방젼(힝실 비는 말)	
		34	토기젼	
		35	츈향젼	
		36	심쳥젼	3장 앞면

문제의 목록은 이와 같이 총 3장에 걸쳐서 『언문후생록』의 맨 앞부분에 실려 있다. 그러나 어떤 이유에서 이와 같은 목록이 해당 자료 내에 수록될 수 있었는지는 분명히 밝힐 수는 없지만, 어떻든 이 목록은 다음과 같은 점에서 분명 주목받아 마땅한 자료임에 틀림없다. 그 것은 위에서 확인되듯이 소설 유형을 크게 '길칙'과 '소셜칙'으로 나누는 나름의 분류 체계를 제시하고 있다는 점과 함께 여덟 편에 달하는 작품 명 옆에 부기되어 있는 작품에 대한 간략한 정보 등 예사롭지 않

은 면모를 지니고 있다는 사실 때문이다.

그런데 이처럼 소설 유형을 '길척'과 '소설척'으로 나누어 분류한 경우는, 필자가 과문한 탓인지는 몰라도 일찍이 들어본 바가 없다. '길척'의 한자어로는 '長冊' 정도를 상정할 수 있는데, 이 용어는 마침 김광순 교수가 편한 자료집 가운데 실린 『마두영전』에 대한 짤막한 해제에서 찾아볼 수 있다. 참고삼아 그것을 제시하면 다음과 같다. "『마두영전』은 학계에 처음 소개하는 작품으로 책 표지에는 필사 연대로 보이는 '듸졍 오년 이월일'이라고 씌어 있고 '長冊'이라는 문자가 두 번 적혀 있다."[24] 여기서 '길척' 또는 '長冊'이라는 단어의 의미는 오늘날 학계에서 일반적으로 사용되는 개념으로 보자면 대략 '장편가문소설' 또는 '대장편소설' 등의 작품군을 지칭하는 것으로 보아도 별 무리는 없을 듯하다. 그에 반하여 '소셜척'은 '길척'에 속하지 않는, '비장편가문소설'에 속하는 다수의 작품들을 가리키는 명명법으로 생각된다. 이와 같은 이원적 분류 체계에서 드러나는 문제점에 대해서는 후술하기로 한다.

그동안 우리에게 알려졌었던 고소설 목록[25]을 담고 있는 일련의 자료들에서조차 이러한 면모와 같은 자료들은 전혀 알려진 바 없었다는 점에서도 이 자료의 성격은 새삼 주목할 필요가 있다고 하겠다. 필자는 이 자료가 고소설 작품의 단순한 목록이 아니라, 조선후기 문학 흐름에서 결코 무시할 수 없는 족적을 남겼던 한 이름 모를 세책업소를 통하여 유통되었던 작품명을 세책업주가 나름의 의도 아래 기록해 놓

---

24) 김광순 소장 『필사본 한국고소설전집』 69권, 해제, 박이정, 2004, 7쪽 참조.
25) 이런 자료 가운데 대표적인 것으로 서울대 규장각 소장 『언문책목록』을 들 수 있다. 정병설, 앞의 논문, 51~54쪽에서 이 자료에 대한 구체적인 논의를 펼친 끝에 이 자료를 "1872년 어느 세책집에 소장·등재된 소설의 목록"일 것으로 추단하는 성과를 얻은 바 있어 본고의 논의에 많은 도움이 되었음을 밝혀둔다.

은 것으로 보고자 한다. 그 근거로는 다음과 같은 몇몇 점을 들 수 있다. 첫째, 이 자료가 고소설 작품의 단순한 목록에 불과한 것이라면 소설의 종류를 애써 이와 같이 '길칙'과 '소셜칙'으로 그것을 굳이 분류·정리할 필요가 있었겠는가 하는 점. 둘째, 여덟 편에 달하는 작품명 옆에 다음과 같이 작품의 간단한 내용, 곧『하진양문녹』을 '두 집 말'로,『임화정연긔』을 '네 집 말'로,『님경업젼』을 '인조 〃 김자뎜 말',『민듕젼』을 '슉동조 박티보 말'로,『금향졍긔』을 '양귀비 말'로,『져마무젼』을 '삼국지 장수 젼싱 말'로,『구운몽』을 '셩진이 팔 션여 말'로,『진뒤방젼』을 '힝실 빈는 말'로 부기하고 있다는 점에서 확인되는 사실 등이야말로 세책업주가 세책본소설의 독자들에게 해당 작품에 대한 간략하기는 하지만 일정한 정보를 간추려 제공하기 위한 의도가 아니고서는 이런 내용이 왜 부기되어 있어야 했는가에 대해 달리 설명할 나름의 근거가 희박하다는 점[26] 등이 바로 그것이다. 이제 소설을 이처럼 '길칙'과 '소셜칙'으로 이원적으로 분류하는 가운데서 드러난 몇몇 문제점에 대해서 살펴보기로 하자.

'길칙'에 드는 작품으로는,『삼국지』이하『초현젼』[27]에 이르기까지 총 13종의 작품을 제시하고 있는데, 이 작품들은 크게 그 성격상『삼국지』,『셔쥬연의』,『슈호지』등의 연의류소설과『현씨쌍린■(긔)』,『명쥬긔■(봉)』,『하진양문녹』,『임화정연긔』,『유씨삼뒤록』,『명듀보

---

[26] 여기서 이런 면모에 대한 나름의 근거로, 우리는 오늘날의 비디오방이나 도서 대여점 등에서 그 업소 주인의 해당 작품에 대한 나름의 언급 또는 정보 제공을 통하여 대상 작품을 선택하는 경우도 종종 없지 않아 있다는 사실을 기억할 필요가 있다고 본다.

[27] 이 작품의 제명은, 현재까지 이루어진 많은 연구 결과에 의하더라도 일찍이 알려진 바 없어, 그 실체가 불분명하지만, 필자는 이 작품을 혹『최현전』또는『초한전』의 오표기가 아닌가 생각하고 있다. 이에 대한 보다 세심한 검토가 요청된다.

월빙』등과 같은 장편가문소설로 다시 대별될 수 있을 것으로 여겨진
다. 이런 점에서 본다면, 이 분류 체계의 적용 대상에는 별다른 문제
점이 없어 보인다. 그런데 '길칙'으로 제시하고 있는 작품 가운데『현
슈문젼』이 과연 '길칙'에 해당하는 작품인가에 대해서는 의문이 없지
않다는 점에서 이 분류 체계는 약간의 문제를 지닌 것으로 여겨진다.
왜냐하면 동양문고에 소장되어 있는『현슈문젼』의 예로 볼 때, 이 작
품은 총 8책으로 이루어진 비교적 길지 않은 작품에 해당한다는 점 때
문이다. 또한 '소셜칙'에 속하는 것으로 언급하고 있는 작품들 가운데
서도『월봉긔젼』이나『삼셜긔』,「셜린귀젼』,『구운몽』,『츈향젼』,『슈
졔옥란빈』등의 작품들은 전기한『현슈문젼』과 같은 분량으로 이루어
졌거나[『슈졔옥란빈』의 경우] 그보다 더 많은 권질[나머지 예로 든 작품들
전부]로 이루어져 있다는 점 등을 아울러 고려한다면, 이 분류 체계는
그렇게 완정한 것이라고는 생각되지 않는다. 그러나 설령 이와 같은
부분적 오류가 있다고 하더라도, 이 목록은 '길칙'에 해당하는 작품으
로 총 13종에 달하는 작품과 '소셜칙'에 해당하는 작품으로 총 36종에
달하는 작품 등 도합 49종에 달하는 결코 적지 않은 숫자의 작품 목록
을 수록하고 있다는 점에서 매우 의미 있는 자료로 보여진다. 아울러
비록 그 유통 년대를 정확히 알 수 없다는 한계는 갖고 있지만, 상당
히 많은 수의 세책본소설들이 당시 활발히 유통되고 있었다는 저간의
사정을 일목요연하게 보여주는 자료라는 점에서 나름의 가치를 부여
받을 수 있을 것으로 기대된다. 또한『남윤젼』,『졍황후젼』,『민듕젼』,
『삼셜긔』,『방씨젼』,『야사젼』,『양문규합(녹)』등의 작품들 또한 당시
세책본소설로 유통되고 있었다는 사실을 밝혀주고 있다는 점에서, 해
당 작품들에 대한 또 다른 논의의 지평을 가능케 하는 동시에 나아가
현재 그 작품의 실존 여부가 불분명한 몇몇 작품들─『방씨젼』,『야사

견』, 『양문규합(녹)』 등－의 존재들까지 아울러 알려주고 있다는 점에
서 이 자료가 지닌 의미를 결코 사소한 것으로만 치부할 수는 없다고
본다.

셋째, 후기 세책본 시대에 세책본소설로 유통되던 작품 가운데 구
활자본 형태의 작품들 또한 상당수 존재하고 있음을 구체적으로 보여
주는 자료들을 들 수 있다.

현재까지 보고된 결과에 따른다면, 세책업소에서 유통되었던 세책
본은 필사본의 형태를 지닌 소설이 그 다수를 점하는 가운데, 시대를
내려오면서 판각본 또는 구활자본 그리고 일부 가사류 작품들 또한
포함되어 있던 것으로 드러난 바 있다. 그러나 여기서 판각본과 구활
자본소설 등의 출현 시기 등을 고려한다면, 세책업소의 발달, 전개,
소멸 과정과 걸음을 같이 하면서 이런 현상이 자연스레 나타났으리라
는 점은 어렵지 않게 추단할 수 있다고 본다. 물론 이런 움직임에 대
해서는 일찍이 안춘근[28]을 비롯하여 이윤석, 필자, 정병설 등도 주장
한 바 있기에 더 이상의 논의는 피하기로 하고, 여기서는 다만 그간
추가로 드러난 몇몇 구활자본 자료들을 통하여 간략하게나마 그 점을
살펴볼까 한다. 안춘근이 일찍이 언급한 바 있는 『재봉춘』과 『장한결
효기』 이외에도 다음 세 작품들 또한 이들 작품과 마찬가지로 세책업
주에 의해 세책본으로도 유통되었던 것이 확실해 보인다. 현재 한국
학중앙연구원에 소장되어 있는 『소대성전』, 『월봉산기』, 『셔유긔』 등
의 구활자본 소설이 바로 그것인 바, 이들 작품 모두는 과거 안춘근이
소장하고 있었던 자료들 가운데 일부이다. 동미서시(東美書市)에서 대
정(大正) 3년(1914년) 11월 30일에 간행한 『소대셩젼』의 새로 입힌 겉

---

28) 안춘근, 「한국세책업변천고」, 『서지학』 6호, 한국서지학회, 1974.

표지 왼쪽에는『소대성전』권1로 적혀 있고, 그 오른쪽부터 그 유통업
체인 세책업소를 표시한 것으로 보이는 "廣盛號"라는 표기를 이어,
"大正 四年 月 日", 그리고 바로 그 옆에 "册 貰金 每日 壹錢式"이라는
내용의 기록이 적혀 있다는 점, 한편 조선서관에서 대정 5년(1916년)
1월 28일에 간행한『월봉산기』의 내지에도 "칙장을 흐리거나 샹ᄒᆞ면
졍가금듸로 쳐흠"이란 기록과 전 소장자였던 안춘근이 따로 적어둔
"册 破損하면 定價대로 罰金", "表紙 記錄 禮智洞 ○○(不明)", "禮智洞
册貰屋", "册張을 흐리거나 傷하면 定價金이 三十錢임" 등과 같은 기
록이 남아있다는 점, 낙장인 탓에 그 출판사와 그 간행년도가 불명인
『언한문 셔유긔』후집 1에 해당하는 권이 새로 입힌 걸 표지에는『셔
유긔』七로 적혀 있고, 그 내지에 안춘근이 따로 적어둔 "1919년 3판
李相協作『再逢春』華信貰册所本, 標紙 再裝 및 題號 筆體 同一, 然故
此亦華信貰册本"이라는 기록 등을 볼 때, 이들 작품들 또한 안춘근이
일찍이 소개한 바 있는『재봉츈』[29],『장한절효기』등의 작품들과 마찬
가지로 세책본으로 여러 세책업소[곧 화신세책소, 예지동세책소, 광성호
등]에서 두루 유통되었음이 확인된다.

3. 맺는말

새로운 자료와 몇몇 사실들을 중심으로, 세책본소설에 대한 보다
많은 정보를 제공하려는 의도 아래 집필된 본고에서 얻어진 성과를

---

29) 정병설, 앞의 논문, 44쪽에서 그는『재봉츈』의 경우 초판본으로 1916년에 간행된 자
　　료가 바로 활자본 세책 소설로 유통되었던 것이라고 주장하고 있으나, 검토 결과 사실
　　은 1919년에 3판으로 간행된 자료의 오류임이 밝혀졌다.

간추려 보이면 다음과 같다.

첫째, 세책업소의 존재 양태와 그 독자층에 대한 중요한 정보를 담고 있는 일련의 자료들-Angus Hamilton, Homer B. Hulbert, E. W. Koons 등의 기록-을 통하여 세책본소설을 유통시키던 세책업소의 존재양상과 아울러 그 독자층[특히 여성독자 계층]에 대한 많은 정보, 그리고 새롭게 입수한 몇몇 세책본소설들을 통하여 초기 세책본소설에 해당하는 작품들의 존재와 아울러 아직껏 밝혀지지 아니했던 세책업소들을 확인할 수 있었다는 점.

둘째, 연대본『현씨양웅쌍린기』권1, 권2 표지의 내지와 한국학중앙연구원본『언문후생록』을 통하여 당시 세책본소설로 유통되었던 작품들의 구체적인 목록을 확인할 수 있었다는 점[전자에서는 20작품, 후자에서는 '길칙' 13작품, '소셜칙' 36작품 등]. 특히 후자의 경우, 소설을 크게 '길칙'과 '소셜칙'으로 분류하는 새로운 시도를 하고 있었다는 점.

셋째, 후기 세책본 시대에 들어와 세책본소설로 유통된 구활자본소설 작품들과 그 작품들을 유통시키던 세책업소를 새롭게 발굴해 냈다는 점.

▶ 부록1: 연대본『현씨양웅쌍린긔』권2의 표지 내지의 기록(영인)

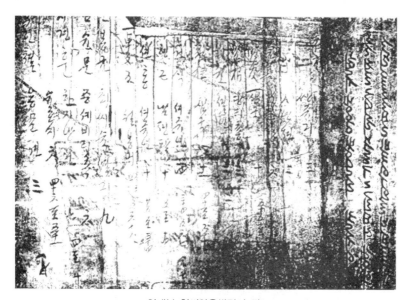

연대본 현씨양웅쌍린긔 권2

▶ 부록2: 한국학중앙연구원 소장 『언문후생록』 소재 '길칙 칙명'과 '소셜칙 칙명'의 목록(영인)

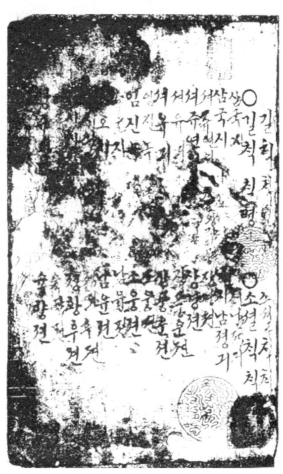

1-1 장

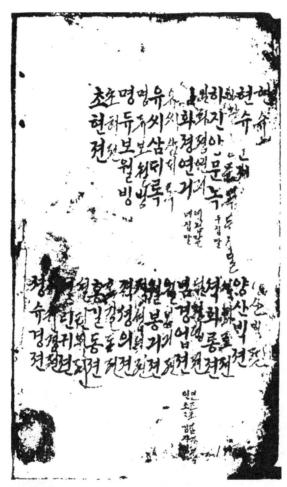

1-2 장

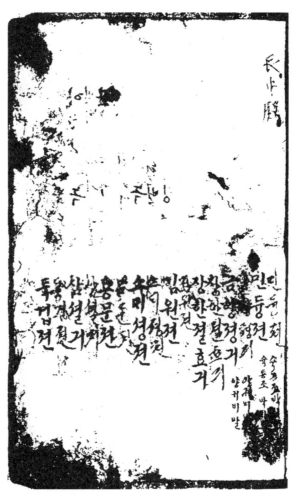

2-a

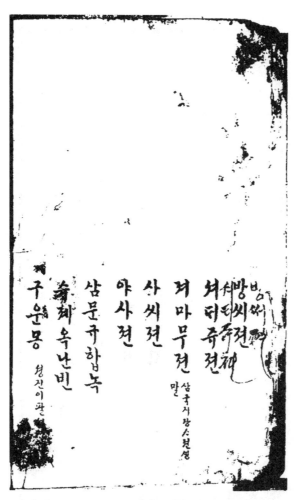

방씨뎐
셔씨튱효록뎐神
셔티슉쥬뎐
뎌마무뎐 말 삼국사람ㅅ천셩
사씨뎐
야사뎐
삼문규합녹
츄체옥난빈
구운몽 쳥산이관

2-b

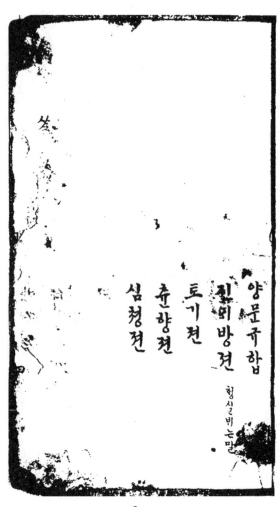

3-a

▶ 부록3: 『언문후생록』의 차례

길칙 칙명

○ 소쥬 방문(燒酒方)
○ 약주 방문(藥酒方)
○ 칠일쥬 방문(七日酒方)
○ 들길음 나는 법(法油法)
○ 빅면법(白糆屑法)
○ 藥果 약과법
○ 甘沙果 감ᄉ과법
○ 氷沙果 빙ᄉ과법
○ 乾飯 강반법
○ 松花 송화 다식법
○ 黃栗 황늘 다식법
○ 醋鷄湯 초계탕 방문
○ 노인 허로징의(老人 虛勞症)
○ 산모 칠일 후 반찬(産母 七日後 飯饌)
○ 쥬효상의(酒肴床)
○ 슉육(熟肉)
○ 진봉 부조의(進封 賻助)
○ 饌盒所入(찬합 소입)
○ 糆所入(국슈 부빔 소입)
○ 醬沉菜所入(장짐치 소입)
○ 華陽炙所入(느름젹 소입)
○ 塋里蒸所入(갈리찜 소입)
○ 饅頭所入(만두 소입)
○ 큰 잔치 되상 마련
○ 하상 마련 분비

소셜칙 칙명

○ 일연쥬 방문(一年酒方)
○ 삼복의 약주 방문(三伏藥酒方)
○ 참길음 나는 법(眞油法)
○ 녹말법(菉末法)
○ 황늘 말이는 법(黃栗法)
○ 中桂 즁게법
○ 江丁 강졍법
○ 산ᄌ 요■■■ 무치는 법
○ 眞荏 참씨 닥는 법
○ 黑荏 흑임ᄌ 다식법
○ 熱具子湯 열구ᄌ탕 방문
○ 오린 병인 보긔의(久病人補氣)
○ 소연 보긔의(少年 補氣)
○ 조셕 반찬의(朝夕)
○ 약포 말이는듸(藥脯)
○ 장졸음(醬卒音)
○ 具子湯 所入(구ᄌ탕 간진 소입)
○ 花菜所入(화치 소입)
○ 煎骨所入(젼골 소입)
○ 麥糆所入(믹면 소입)
○ 魚菜所入(어치 소입)
○ 正果所入(졍과 소입)
○ 믹화연ᄉ과 믹화강졍 실ᄌᆺ연ᄉ과
○ 샹상 마련 분비
○ 酒 총명(술 총명)

○ 乾肴所入(마른 안쥬감)

○ 소딕긔 당속 과실 춍명(小大碁)

○ 炙所用(젹소용)

○ 魚膾所用(어회소용)

○ 各色菜所入(각식치 소입)

○ 鹽所入(젓갈 소입)

○ 乫里蒸所入(갈리찜 소입)

○ 忌祭 饌物式

○ 祭物 排設圖 一位(셰물 빅셜도 일위)

○ 삭일 망일 허비 빅셜 차례 빅셜도(朔日 望日)

○ 쳔신 빅셜도(薦新)

○ 쳔신 삭일 망일 병빅셜(薦新 朔日 望日 並排設)

○ 紅柿 上品(홍시 상품)

○ 胡桃品(호상 상품)

○ 醬(감장 담그난 법 길일)

○ 新郎家 諸具(신낭집 제구)

○ 鴈夫 所入(안부 소입)

○ 新婦家 諸具(신부집 제구)

○ 新婦 率任(신부 솔임)

○ 染色 물 드리는 법

○ 染黑紙法(종의에 검금 물 들리는 법)

○ 솟밋 씌져 시는 딕 바르는 약법

○ 희산일의 틱 살으는 법

○ 동화젓 담그는 법

○ 싱강편법

○ 조란법

○ 늘음이 씌소금의 무치는 법

○ 약포 말리는 법

○ 煎油魚所用(젼유어소용)

○ 肉膾所用(육회소용)

○ 湯所用(탕소용)

○ 佐飯所入(좌반 소입)

○ 華陽炙所入(늘음젹 소입)

○ 藥食所入(약식 소입)

○ 忌祭 進饌式(긔졔 진찬 비셜법)

○ 大棗 上下品(딕조 상하품)

○ 林檎櫻桃

○ 男女 婚姻 禮法(남여 혼인 례법)

○ 新郎 諸具 率任(신랑 제구 솔림)

○ 設宴時 所用(셜련시 소용)

○ 新郎 率任(신낭 솔임)

○ 移徙 方所法(이사의 방소 보는 법)

○ 노른지 〃물법

○ 塗油法(도유 길음을 달리는 법)

○ 당긔의 금ᄌ 박이는 풀법

○ 셕박김치 담그난 법

○ 포다식법

○ 율란법

○ 어치법

○ 석이단ᄌ법

▶ 부록4: 추가 입수한 세책본소설 자료 목록

번호	제목	책수	필사기	필사년대	소장처	비고
1	슈미청심녹	권2	셰지을미 계츈 염삼일 입동 필셔	1895년	한국학 중앙연구원	권 표시가 없으나, 내용상 권2에 해당
		권1~6	미상	미상	영남대 도남문고	
2	슉향전	권 미상	을츅 윤뉵월일 상동셔	1925년	미상	
3	옥인긔연	권1~8	긔묘 사월 십구일 옥농동(권1) 셰긔긔묘 사월 십오일 옥농필셔(권2) 기묘 사월 십사일 필(권3)	1879년	佛 기메박물관	
4	츈츄녈국지	권1~34	셰긔묘 계하 상간 필셔'(권1) 셰지임오 밍츈일 필셔'(권5)	권1(1879년) 권5(1882년)	대영박물관	권3 결
5	김씨효힝녹	권3	정유 칠월 십오일 필셔	1897년	경도대 하합문고	권1~2 권4~9 결
6	금향정긔	권1~4 권7	무슐 ᄉ월일 이현셔(권2) 무슐 오월일 이현필셔(권3) 무슐 ᄉ월일 이현은필셔(권4) 셰ᄌ무슐 오월이 이현필셔(권7)	1898년	위와 같음	정병설은 5책 완본이라고 했으나 완본이 아니라 7권본 가운데 권5, 6이 결권된 자료로 보임.
7	남정팔난기	권6~10 권13~14	셰지긔히 구월일 이현필셔(권6) 긔히 구월일 이현필셔(권7) 셰지긔히 구월일 이현필셔(권8) 셰지긔히 구월일 이현필셔(권9) 셰지긔히 구월일 이현필셔(권10) 셰지긔히 십월일 이현필셔(권13)	1899년	위와 같음	권1~5 권11~12 결
8	백학션전	권2	미상	미상	위와 같음	
9	삼옥삼쥬	권2	미상	미상	위와 같음	
10	장국진전	권 미상	미상	미상	위와 같음	
11	장빅전	권1~2	셰지졍유 즁츄 힝동셔(권1)	1897년	위와 같음	完本
12	장한절효기	권1~3	긔히 이월일 이현필셔(권1) 긔히 이월일 이현필셔(권3)	1899년	위와 같음	권4 결

번호	제목	책수	필사기	필사년대	소장처	비고
13	젼우치젼	권1~3	셰직긔히 스월일 이현필셔(권2)	1899년	위와 같음	完本
14	졔갈무후젼	권1~2	셰직졍유 스월 필셔(권1) 셰직졍유 스월일 필셔(권2)	1897년	위와 같음	完本(?)
15	징셰비티록	권2, 4	미상	1899년	위와 같음	권1,3,5,6 결
16	셔쥬연의	권 미상	미상	미상	이명선 교수	미상
17	셕화룡젼	권1~3	미상	미상	김광순 교수	疑似 세책본
18	낙셩비룡	권1~2	미상	미상	위와 같음	위와 같음 (이상 필사본)
19	언한문 셔유기	후집 1 (권7)	미상(華信貰册所)	미상	한국학 중앙연구원	구활자본
12	장한졀효기		신명서림	1919년	위와 같음	위와 같음
20	소딕셩젼	권1	동미서시(廣盛號)	1914년	위와 같음	위와 같음
21	재봉츈		박문서관(華信貰册所)	1919년	위와 같음	위와 같음
22	월봉산기	권 상,하	조선서관(禮智洞貰册所)	1916년	위와 같음	위와 같음

『고소설연구』 19, 한국고소설학회, 2005.

강촌재본 〈임화정연긔봉〉을 넘어서

- 세책본소설 · 순천시립 뿌리깊은나무 박물관본 · 구활자본과의 비교를 통해서 본 -

1. 들어가는 말

『임화정연』(『임화정연긔봉』)[1]에 대한 관심은 최근 들어 보다 활발히 이루어지고 있다.[2] 그것은 강촌재본 『임화정연긔봉』(72권 72책)의 출현에 의하여 촉발된 듯하다. 홍희복(洪羲福, 1794~1859)의 『제일기언』 서문[3]과 육당의 세책본 소설에 대한 선각자적인 언급[4] 등에서 보이는

1) 이 자료는 박재연 외, 『님화뎡연긔봉』 1~6(학고방, 2008)으로 공간되었다.

2) 강촌재본 『임화정연』을 대상으로 한 연구논문으로는 다음의 연구 성과들이 있다. 송성욱, 「필사본 〈임화정연〉 72책본 텍스트 연구~구활자본과의 비교를 중심으로」, 이 논문은 박재연 외 『님화뎡연긔봉』 1~6(학고방, 2008, 1~17쪽)에 재수록되어 있다. 편의상 본고에서는 해당 자료를 인용한다. 송정진, 「〈임화정연〉 연구-필사본 72권 72책을 중심으로」, 고려대 석사학위논문, 2009, 김지연, 「〈임화정연〉의 서사전략 연구」, 고려대 박사학위논문, 2009.

3) 정규복 · 박재연 교주, 『제일기언』, 국학자료원, 2001, 21~22쪽.
　"…(전략)… 너 일즉 실학ᄒ야 과업을 닐우지 못ᄒ고 훤당을 뫼셔 한가ᄒ 씨 만흐므로 세간의 전파ᄒᄂ 바 언문쇼셜을 거의 다 열남ᄒ니 대겨 『삼국지』 · 『셔유긔』 · 『슈호』 · 『녈국지』 · 『셔쥬연의』로부터 녁대연의에 뉴ᄂ 임의 진셔로 번역ᄒ 빈니 말슴을 고쳐 보기의 쉽기를 취ᄒ 쑨이요, 그 ᄉ실은 흐ᄀ지여니와 그 밧 『뉴시삼대록』 · 『미소명힝』 · 『조시삼대록』 · 『츙효명감녹』 · 『옥원직합』 · **『님화졍연』** · 『구리공츙녈긔』 · 『곽쟝양문록』 · 『화산선계록』 · 『명힝졍의록』 · 『옥닌몽』 · 『벽허담』 · 『완월회밍』 · 『명쥬보월빙』 모든 쇼셜이 슈삼십 죵의 권질이 호대ᄒ야 혹 빅 권이 넘으며 쇼불하

세책본소설로서의 『임화정연긔봉』의 실물이 온전히 현전하지 않는 상황[5] 속에서 강촌재본 『임화정연긔봉』의 출현은 그 자체만으로도 우리의 주목을 끌기에 족하다. 그것은 해당 이본이 완질의 형태로 이루어지고 있다는 점에서 뿐만 아니라, 선행 필사본인 『임화정연긔봉』의 후반부를 과감히 산략(刪略)한 가운데 이루어진 것으로 드러난 구활자본

슈십권에 니르고 …(하략)…" (굵은 표시 및 밑줄은 필자 표시)

4) 최남선, 「조선의 가정문학」 8, <각종 소설류>, 『매일신보』 1938.7.30. 편의상 여기서는 『육당 최남선전집』 9(현암사, 1974, 440~441쪽)을 참조했다.

"대저 언문소설이란 것도 그 곬이 여럿이 있어서, 그 가장 고급한 것은 궁중에서 기구 있게 번역하여 보던 것으로, <홍루몽>과 같은 大部性의 것과, <禪眞逸史>와 같은 남녀 애정 관계의 것까지 내외 · 고금에 걸쳐 심히 다수의 종류를 포괄하여 있으며, 그 가장 저급의 것은 일반 민중을 對手로 하여 손쉽게 팔기를 목적으로 하여 아무쪼록 간단 단소한 것, 설사 원문이 긴 것이라도 기어이 간단 단소하게 만들어서 열 장, 스무 장의 한 권으로 판각해 낸 것이니, 이런 것은 아마 京鄕을 합하여 불과 4, 50종쯤 될 것이며, 이 두 가지의 중간을 타고 나간 것에 아마 京城에만 있는 듯한 貰冊이란 것이 있으니, 곧 大小長短을 물론하고 무릇 대중의 흥미를 끌만한 소설 종류를 謄寫하여 3, 40장씩 한 권으로 만들어 많은 것은 수백 권 한 秩, 적은 것은 2, 3권 한 질로 하여, 한, 두 푼의 貰錢을 받고 빌려주어서 보고는 돌려보내고, 돌아온 것을 또 다른 사람에게 빌려주는 조직으로 한창 盛時에는 그 종류가 수백종 누천권을 초과하였습니다. 수십 년 전까지도 서울 香木洞이란 데-지방 黃金町 一丁目 사잇골-에 세책집 하나가 남아 있었는데, 우리가 조만간 없어질 것을 생각하고 그 목록만이라도 적어두려 하여 세책 목록을 베껴 둔 일이 있는데, 이때에도 실제로 세 주던 것이 총 120종, 3,221책(내에 同種이 13종 491책)을 算하였습니다. 이중에는 <尹河鄭三門聚錄>은 186권, <林河鄭延>은 139권, <明珠寶月聘>은 117권, <明門貞義>는 116권인 것처럼 꽤 장편의 것도 적지 아니합니다."

5) 이 자료는 화산서림의 주인이었던 이성의란 인물이 1928년 6월 9일 서울대학교 도서관에 판매한 다양한 소설 종류 가운데 한 종임이 틀림없어 보인다. 분류 도서기호에 따르면, 古3350-17, 총 139권으로 이루어진 것으로 되어 있다. 우연의 일치일 가능성 또한 없지 않겠지만, 139권으로 이루어져 있다는 점에서, 해당 자료는 육당 자신이 향목동에서 조사했던 <林河鄭延> 139권과 동일한 이본일 것으로 생각된다. 그러나 유감스럽게도 그 실물은 현재 서울대학교 도서관에서 찾아볼 수 없다. 정병설, 「도서원부를 통해 본 경성제국대학 도서관의 한국고서 수집」, 『문헌과 해석』 63호, 태학사, 2013, 132~134쪽 참조.

『四姓奇逢 임화정연』[6]과 어떠한 점에서 같고 다른지를 구체적으로 보여주고 있다는 점만으로도 더욱 그렇다.

그렇다면 여기서 강촌재본 『임화정연긔봉』에 대한 본격적인 문학적 가치 탐색에 앞서서 해당 이본이 완본(完本) 또는 선본(善本)으로서의 가치[7]를 지니고 있는가에 대한 근본적인 의문을 제기할 여지는 과연 없는 것일까?

본고는 이런 물음에 대한 답변의 실마리를 순천시립 뿌리깊은나무 박물관(이하 뿌리본으로 줄임) 소장 『임화정연긔봉』 권57과 권66[8], 필자가 소장하고 있는 세책본 『임화정연긔봉』 권12, 권95을 주 대상으로 하면서, 다른 2종의 자료 곧 강촌재본 『임화정연긔봉』, 구활자본 『임화정연』에서 확인되는 서술문면과의 비교를 통하여 마련하여 보고자 한다.

논의는 일단 현전하는 『임화정연긔봉』 이본들에 대한 간단한 소개를 이어, 세책본소설인 필자 소장의 권12·권95와 강촌재본·구활자

---

6) 김기동 편, 『활자본고소설전집』 8·9권, 아세아문화사, 1977.

7) 송성욱, 앞의 논문, 8쪽에서 "따라서 72책본 역시 〈임화정연〉의 원전은 아닌 것으로 짐작된다. 물론 활자본을 구성하는 작가가 이런 부분을 더 첨가했을 수도 있지만 2배 이상의 축약을 하면서 이런 부분을 정교하게 만들어 넣지는 않았을 것이다. 이런 사실을 두고 본다면 〈임화정연〉은 필사본으로도 다양한 종류의 이본이 존재했을 가능성을 짐작할 수 있으며, 이것은 이 작품의 인기가 그만큼 높았음을 반증하는 것이라 하겠다."고 하여, 72책본이 〈임화정연〉의 원전이 아닐 것으로 추단한 바 있다. 물론 타당한 주장이기는 하지만, 그러나 그의 논의는 구활자본과의 비교만으로 이루어진 가운데 도출된 주장에 그치고 있으므로, 72책의 完本 또는 善本 여부에 대한 논의까지는 이르지 못했던 것이 아닌가 생각된다.

8) 뿌리본에는 이들 두 이본(곧 권57과 권66) 이외에도 권수 미상의 자료 외 권2, 권43, 권53, 권63 등의 이본이 더 있는 바, 필자가 입수한 것은 앞의 세 종에 불과한데, 권수 미상의 자료는 앞부분과 뒷부분에 상당한 부분의 결락이 있는 것으로 보여지기에 본 논의에서는 구체적으로 다루지 않는다. 여기서 같이 다루고 있지 못한 다른 이본들에 대해서는 시간을 두고 구체적으로 검토하기로 한다.

본과의 비교 분석을 통해 이들 이본들의 관계 양상을 밝혀, 원(原)『임화정연긔봉』의 존재 가능성에 대한 구체적인 근거를 마련한다. 마지막으로 뿌리본 권57 · 권66과 강촌재본 · 구활자본과의 비교 분석을 통해 앞에서 검토한 논의가 이들 이본군 내에서도 그대로 적용 가능한 것인지를 따져보는 것으로 한정한다.

그러나 부끄러운 일이지만, 필자는 일찍이 『임화정연긔봉』을 완독한 기억이 없다. 이런 실정임에도 이런 논의를 하게 되었다는 점에서 필연적으로 많은 오류가 있을 수밖에 없을 것이다. 차후 보완을 약속한다.

2. 〈임화정연긔봉〉의 이본 소개

필자가 본고에서 주로 검토하는 『임화정연긔봉』 이본은 다음과 같다.

1) 『님화뎡연긔』 권12 (뒤에 붙인 자료1을 참조하라.)

표지는 林華鄭延記, 내제는 『님화뎡연긔』로 되어 있다. 가로 18cm × 세로 25cm, 총 44장, 매면 11행, 매행 17~18자로 이루어져 있다. 책의 말미에 "셰지경ᄌ뉵월 쵸 쳥픠신셔"라 기재되어 있는 바, 세책본업소 가운데 하나인 쳥파[9]에서 1840년 또는 1900년도에 필사 · 유통되

---

9) 세책본업소 가운데 쳥파에서 필사, 유통된 세책본소설로는 고려대 도서관 소장의 『하진양문록』을 들 수 있다. 현재 29권 29책 가운데 권4, 5, 6이 결권인 상태로 전하고 있는데, 위 『님화뎡연긔』와 마찬가지로 같은 해인 '경자년'에 필사된 자료라는 점에서 주목을 끈다고 하겠다. 이들 두 자료는 같은 '경자년'에 이루어졌음에도 서지 형태 면에서 미묘한 차이를 드러낸다. 곧 매면 11행, 매행 17자 내외로 글자 수에서도 큰 차이

던 세책본 소설로 확인된다. 이 이본은 강촌재본 권9의 69장부터 권 10의 56장까지, 구활자본의 14회에서 15회의 일부까지에 해당하는 내용이다. 필자 소장본이다.

2)『님화뎡연긔봉』권95 (뒤에 붙인 자료-1을 참조하라.)

표지에는 그 제명이 적혀 있지 않지만, 내제에는『님화뎡연긔봉』으로 되어 있다. 가로 17.5cm × 세로 24.5cm, 낙장본으로 현재 38장까지만 남아 있다. 매면 11행, 매행 17~8자로 이루어져 있다. 후반부가 낙장인 관계로 세책본업소 가운데 특정한 어느 지역에서 필사·유통된 것인지는 알 수 없다. 이 이본은 강촌재본 권63의 44장부터 권64의 22장까지, 구활자본의 88회부터 89화 일부까지에 해당하는 내용이다. 필자 소장본이다.

3)『님화뎡연긔봉』권57

표제는 없고, 내제는『님화뎡연긔봉』으로 되어 있다. 총 40장, 매면 12행, 매행 18~21자로 되어 있다. 권말에 필사기가 "셰지을츅삼월일 뎐셔유당교"로 나타나므로, 1926년에 이루어진 듯하다. 일부 연구자[10]

가 없음에도,『님화뎡연긔』가 권당 44장으로 이루어져 있는 반면,『하진양문록』은 권당 31장 내지 32장으로 되어 있다는 점이 바로 그것이다. 동양문고본에 소장되어 있는 대부분의 세책본소설들은 서지 형태 면에서,『님화뎡연긔』의 그것과는 분명한 차이를 보이고 있는 바, 필자는 이 점에 착안하여『님화뎡연긔』를 세책본소설 가운데 초기 세책본의 형태를 지니고 있는 자료로 봐야 한다고 생각하고 있다.

10) 순천시립 뿌리깊은나무박물관,『한글고소설 우리말 이야기』(2013.12), 58쪽에서 유춘동은 "뿌리깊은나무박물관에 소장되어 있는 필사본『임화정연긔봉』은 2종이다. 6책본은 당상교 세책점에서 필사되어 읽혔던 세책본이다. 1책본은 일반 필사본이다."고 주장하고 있으나 이들 이본들이 세책본소설의 일반적 서지형태 등과는 큰 차이를 지니고 있다는 점, 나아가 필사기의 장소 또한 일찍이 알려진 바 없었던 지역이라는 사실 등을 토대로 생각해볼 때, 본고에서 다루는 뿌리본『임화정연긔봉』은 세책본소

는 이 자료와 아래서 다룰 자료 또한 세책본소설로 보고 있지만, 그렇게 봐도 과연 좋은 것인지에 대해서는 의문이 없지 않다. 이 이본은 강촌재본 권49의 59장부터 권50의 51장까지, 그리고 구활자본의 73회, 74회에 해당하는 내용이다. 순천 시립 뿌리깊은나무박물관 소장이다.

4) 『님화뎡연긔봉』 권66

표제는 없고, 내제는 『님화뎡연긔봉』으로 되어 있다. 총 40장, 매면 14행, 매행 18~9자로 되어 있다. 필사기 또한 적혀 있지 않다. 이 이본은 강촌재본 권63의 44장부터 권64의 22장, 그리고 구활자본의 84회, 85회 해당하는 내용이다. 순천 시립 뿌리깊은나무박물관 소장이다.

3. 세책본소설 〈임화졍연긔봉〉·뿌리본 〈임화졍연긔봉〉과 강촌재본·구활자본의 비교

1) 세책본소설 〈임화졍연긔봉〉과 강촌재본·구활자본의 비교

세책본소설 『임화졍연긔봉』은 139권 139책, 또는 141책본[11]의 형태

설의 자장권에 포괄, 논의할 작품으로 볼 수 없다는 것이 필자의 생각이다.

11) 이에 대해서는 정명기, 「세책본소설의 유통양상」(『고소설연구』 16집, 한국고소설학회, 2003, 92쪽)에서 『당진연의』 14권 20장의 내지에 적혀 있는 세책장부의 기록을 통해 밝혀낸 바 있다. 간략히 보이면 다음과 같다. "『林花』 1秩·『雙鳳』 10권 百五十一卷, □七十五兩 五錢"이란 기록에서 『쌍성봉효록』 10권과 『임화졍연』 1질을 합한 권수가 151권이니, 이 기록으로부터 『임화졍연』이 141권으로 유통되던 경우도 있었다는 상황을 짐작할 수 있다.

로 유통되었지만, 현재는 망실된 듯하다. 필자는 세책본소설로 유통되었던 『임화정연긔봉』 가운데 권12와 권95를 소장하고 있다.

그런데 여기서 세책본소설 『임화정연긔봉』과 강촌재본·구활자본의 비교 검토를 위해서는 우선 해당 자료가 강촌재본과 구활자본의 어느 부분에 해당하는지를 분명히 밝힐 필요가 있다. 검토 결과, 권12는 강촌재본 권9의 69장부터 권10의 56장까지, 그리고 구활자본의 14회에서 15회의 일부까지 해당하고, 한편 권95는 강촌재본 권63의 44장부터 권64의 22장까지, 구활자본의 88회와 89화 일부까지 해당하는 것으로 드러났다.

여기서 효율적인 논의를 위하여, 이들 이본들 사이에서 차이가 두드러지게 나타나는 부분을 다음과 같이 나누어 살펴볼까 한다. 편의상 권12부터 다룬 뒤, 이어서 권95를 다룬다.

첫째, 세책본에는 있되 강촌재본에서 나타나지 않는 부분
둘째, 세책본에는 없되 강촌재본에서 나타나는 부분
셋째, 세책본과 강촌재본의 같은 문면에서 대체가 나타나는 부분

첫째, 세책본에는 있되 강촌재본에서는 나타나지 않는 부분으로 다음 문면들을 들 수 있다.

㉮ 양반이 굿허여 이쇽을 심방허미 죠혼 일이 ᄋ니요, 나는 본ᄃᆡ 무론승ᄒ허고 슌실헌 ᄌᆞ를 경ᄃᆡ허는 고로 (권12-18뒤)

ⓐ 양반이 굿타여 리쇽을 심방함이 조혼 일이 아니요, **남이 드르면 고이한 듯하나** 〃는 [본ᄃᆡ 무론승ᄒ허고] **셩품이** 슌실한 자를 경대하는 고로 (구활자본 14회, 208쪽)

㉯ 어ᄉᆡ 변ᄉᆡᆨ왈 "차언을 ᄂᆡ 밋지 ᄋ니허나니 좌우는 지현의 부즁의 ᄀ

송파를 좁으오딕 순히 쥬지 으니커든 닉당은 셜만치 못헐 거시니 옥중을 일〃히 슈험허여 ᄎᆞᄌᆞ오라." 졔인이 청녕허니 지현이 착급허여 쇼릭 질너 왈 "슌무딕인이 비록 위치 존즁허시나 ᄒᆞ관도 쳔ᄌᆞ의 벼슬을 밧으 일현을 다ᄉᆞ리니 한ᄀᆞ지로 나라 신히라. ᄉᆞ문의 쳬면이 잇거늘 ᄒᆞ간딕로 부즁을 죽난허리요? 송파를 ᄀᆞ도왓슬진딕 쾌히 불너오리니 무슴 연고로 숨겨 두고 닉지 으니리요? 역젹의 집이라도 나라히 뒤여 줍고 살인의 집이라도 치지 못허거든 딕인이 웃지 쇼관의 집을 슈험허시리요?" (권12-21뒤~22뒤)

ⓑ 어사ㅣ 변식왈 "차언을 내기 밋지 <안나>(으니허나)니 좌우는 지현의 부중에 가 송파를 잡아오되 순히 쥬지 안커든 [닉당은 셜만치 못헐 거시니] 옥중을 [일〃히] 슈험하야 차져오라." 졔인이 쳥령하니 디현이 착급하야 소래 질너 왈 "슌무대인이 비록 위톄(치) 존즁하시나 **한가지로** [ᄒᆞ관도 쳔ᄌᆞ의] 벼슬을 바다 일현을 다사리니 <동시 일태라>(한ᄀᆞ지로 나라 신히라). ᄉᆞ문에 톄면이 잇거늘 [ᄒ]간대로 부중을 **소요하야** 작난하리요? 송파를 가두엇왓슬진대 쾌히 불너오리니 무삼 연고로 숨겨 두고 내지 아니리요? 역젹의 집이라도 나라이 뒤여 잡고 살인에 집이라도 뒤(치)지 못하거든 대인이 엇지 소관의 집을 슈엄(험)하시리요?" (구활자본 14회, 210쪽)

ⓓ 송파의 줍혀ᄀᆞ믈 닉당의 고허니 경씨 놀난 ᄀᆞ슴이 쒸는 듯허여 딕청으로 닉다르며 이를 웃지 허리요? 송파의 한 말의 우리 일기 맛츠리로다 허며 통곡허니 일기 황〃허고 공지 겨유 정신을 정허나 쵸죠 촉급허는지라. 동쳔 셜ᄉᆞ의 어름 물을 허니 본딕 허약헌 복중이라. 찬 물이 드러ᄀᆞ믹 일장을 더 써니 복통이 급허여 딕변이 활허여 즉긱의 셜ᄉᆞ를 여러 번 허고 빅를 알흐니 경씨 갓득헌딕 쳡〃헌 근심을 맛나 약을 쓰며 더운 딕 누며 구완허더라 (권12-27앞~뒤)

ⓒ 송파의 잡허감을 내당에 고하니 경시**의** 놀난 가슴이 <찌여지는>(쒸는) 듯[허여] 대청으로 <해다니더니>(닉다르며) 이를 엇지 <할고>(허

리요)? [슝파의 한 말의 우리 일기 맛츠리로다] 하며 통곡하니 일가ㅣ
황 〃 **숑률**하고 공자ㅣ 겨우 정신을 정하나 쵸죠 착급<하야>(허는지
라.) <엄동 셜한>(동쳔 셜숭)에 어름 <을 년하야 먹으니>(물을 혀니)
본대 허약한 복즁이라. 찬 물이 드러감에 일쟝을 <썰더니>(더 쎠니)
복통이 급하야 [듸변이 활허여] 즉각에 셜사를 여러 번 하고 <복통으로
견대지 못하니>(비를 알흐니) 경시 갓득한대 쳡 〃 한 <시름>(근심)을
맛나 약을 쓰며 더운 데 <뉘여>(누며) 구원(완)하더라 (구활자본 14회,
212쪽)

㉰ 마지뷔 쏘한 불명허미 심허여 간인의 쇠를 싱각지 못허고 믹낭헌 젼
셜을 취신허여 비상지원을 일우니 관원이 되여 몽농허미 이갓흐리요?"
셜파의 노긔 츙쳔허고 긔싴이 북풍 갓흐니 좌위 한츌쳠의허고 (권12-
36앞)

ⓓ 마지부ㅣ 쏘한 불명함이 심하야 간인의 쇠를 생각지 못하고 맹낭한
젼셜을 취신하야 비상지원을 이르니 관원이 되여 몽롱함이 **엇지** 이갓흐
리요?" 셜파에 노긔 츙텬하고 긔<위>(싴이) 북풍 갓흐며 좌우ㅣ 한츌
쳠배(의)하고 (구활자본 15회, 216~7쪽)

㉲ 져 공쥐 더욱 겁어위즁허여 부지불각의 크게 통곡허니 쇼릭 흉녕헌지
라. 슝흥 쳠시직 불승경히허여 션는 군관이 불근 곤죵으로 엽흘 쑤시며
왈 "예ㄱ 어듸완듸 감히 곡셩을 닉는다?" 공쥐 쇼릭를 못허고 눈물이
ㄱ로 흐르니 좌위 셔로 ㄱ르쳐 함쇼허고 (권12-37앞~뒤)

ⓔ [져] 공자ㅣ <씩경함을 마지 안니하야>(더욱 겁어위즁허여) 부지불
각에 [크게] 통곡함에 그 쇼래 흉영한지라. <이 광경을 보는 재>(슝흥
쳠시직) 불승경해하야 <겻해 잇던>(션는) 군관이 붉은 곤장으로 엽을
<치>(쑤시)며 왈 "<여긔>(예)가 어대관대 감이 곡셩을 **임이로** <하리
요>(닉는다)? **슈이 그치라.**" 공자ㅣ 쇼래를 못허고 눈물이 자(ㄱ)로 흐
르니 좌우ㅣ [셔로] 가르쳐 함쇼하고(구활자본 15회, 217쪽)

위에서 제시한 예문들은 세책본에는 있되 강촌재본에서는 보이지 않는 부분을 뽑은 것이다. 그렇다면 여기서 세책본에는 있되 강촌재본에서는 나타나지 않는 이들 부분들이 구활자본에서는 어떻게 나타나고 있는지를 살펴보자. 이는 세책본이 강촌재본과 구활자본 중 어느 이본과 더한 친연성을 갖고 있는지를 확인하기 위한 성격을 띤다. 여기서 ⓐ~ⓔ는, 세책본소설에서 드러나는 ㉠~㉤의 서사문면에 해당하는 구활자본의 문면인 바, 이들 두 이본의 문면을 비교해 보면 앞서든 세책본소설에 나오는 ㉠~㉤의 서사문면과 사소한 부분에서의 탈락, 첨가, 대체 등이 나타나고 있을 뿐 전반적으로는 그것과 동일한 양상으로 나타나고 있음을 알 수 있다. 물론 하나의 이본에서 드러난 현상을 두고 이와 같이 일반화해도 좋을 것인가에 대한 의문과 반박 또한 충분히 가능하다. 그렇기는 하지만, 워낙 자료가 많이 남아 있지 않은 현 상황에서는 이러한 측면에서의 접근 또한 필요하다고 본다.

일찍이 이윤석은 몇 종의 구활자본 고소설을 대상으로 하여 이들 작품의 대본이 세책본소설이었음을 구체적으로 밝힌 바 있다.[12] 필자 또한 세책장부를 통하여 광교(廣橋) 소재 고유상 책사(高裕祥冊肆)에서 『월왕전』·『남정팔난기』·『삼국지』 등을 차람한 기록으로부터 세책본소설과 구활자본과의 관련 양상을 주목해야 할 필요성을 제기한 바[13] 있다. 앞에서 검토한 현상과 동일한 양상이 아래 경우에서도 계속 출현한다면, 세책본소설 『임화정연긔봉』 또한 구활자본 『임화정연』의 대본으로서의 역할을 담당하고 있다고 할 수 있겠지만, 아래에 보이

---

12) 이윤석, 「구활자본 고소설의 원천에 대하여-세책을 중심으로」, 한국고전문학회 월례발표회, 2000.4., 이 발표문은 뒷날 이윤석·정명기 공저, 『구활자본 야담의 변이양상 연구』(보고사, 2001, 104~162쪽)에 보완, 수록되었다. 여기서 검토의 대상이 된 구활자본 소설은 『춘향전』·『설인귀전』·『곽해룡전』 등이다.

13) 정명기, 앞의 논문, 84쪽.

는 예문은 반드시 그렇지만은 않을 가능성이 있음을 또한 보여주고 있다.

둘째, 세책본에는 없되 강촌재본(구활자본)에서 나타나는 부분으로 다음 문면을 들 수 있다.

㉮ 어시 크게 깃거 **즉시 길흉 츌혀 경수로 보늬기를 명ᄒᆞ더라. 쇼졔 딘싱의 연쇼져를 흠모ᄒᆞ여 ᄯᅩ 홍졔로 연공을 먼니 늬여 보닌 일을 싱각ᄒᆞ니 불승통한ᄒᆞ여 ᄉᆞ비를 듸ᄒᆞ여 왈 "딘지 쳐//의 음패 무례ᄒᆞᆫ 의ᄉᆞ를 늬여 ᄯᅩ 져리 ᄒᆞ거니와 졔 어이 연대인 부녀를 쇽이리오마넌 대인이 //리 오시고 연민 ᄌᆞ뫼 업시 어린 오라비로 더브러 외로이 잇다 ᄒᆞ니 극히 위태ᄒᆞᆫ디라. 밧비 경수의 나아가 져의 ᄒᆞᆫ 팔 힘을 도아 연대인의 디우ᄒᆞ신 은혜를 갑흐리라." 가졀이 쇼이딕왈 "딘싱이 쇼비 등의 쇠의 ᄯᅢ져 남은 이마ᄌᆞ 씃쳐디리니 엇디 텬의 아니리오?" 쇼졔왈 "한셜을 말고 님시응변ᄒᆞ리니 지조를 ᄌᆞ랑ᄒᆞ미 패편가 ᄒᆞ노라." ᄉᆞ인이 다 웃고 어시** 하령ᄒᆞ여 평안흔 술위와 여러 필 거마를 ᄀᆞᆺ초아 (권10-1~2: 굵은 표시 부분)

㉯ ᄇᆞ라민 눈이 현황ᄒᆞ고 듸ᄒᆞ민 졍신이 상쾌ᄒᆞ여 **십삼 쇼녀지로되 단엄 인즁흔 거동이 셩현 군ᄌᆞ를 듸흔** 듯 공경ᄒᆞᄂᆞᆫ ᄆᆞ음이 (권10-35 : 굵은 표시 부분)

㉰ ᄎᆞ마 엇디【엇디】**찰원** 아문의 **나아가** 욕을 보리오? …(중략)… 쇼졔왈 **"불가ᄒᆞ이다. 태//팔좌의 명부로 디위 존즁ᄒᆞ시거늘 어ᄉᆞ 대하의 나아가 욕되믈 보시고 대인 톄면을 상히오디 마르쇼셔. 더욱 간인의 흉언이 무상ᄒᆞ여 태//가시면 쇼녜 필연 도듀흔 거슬 태//거즛 쇼녀의 죄를 벗긴다 ᄒᆞ여 즐겨 항복디 아니ᄒᆞ리니 브득이 쇼녜 갇디라. 므ᄉᆞ 일노 태//조차 욕을 당ᄒᆞ리잇고?** 모친은 존등ᄒᆞ시고 히이 규등 쳐지나 졔 죄의 가미 당연흔디라 (권10-49 : 굵은 표시 부분).

ⓒ 참아 엇지 <찰원>(ᄋ문)에 **나아가** 욕을 보리요? …(중략)… **쇼져왈**
"**불가하니이다. 태〃게오셔 팔자의 명부로 지위 존즁하시거늘 이제 어**
사 대하에 나아가 욕됨을 보시고 대인의 톄면을 상해오시면 더욱 간인
의 흉언이 무상하와 **필연 쇼져 l 도쥬한 것을 태〃 거즛 쇼녀의 죄를**
엄익한다 하와 즐겨 항복지 아니하오리니 사셰 마지 못하와 쇼녀 l 가
올지라. 무삼 일오 태〃 좃차 욕을 당하시리요?" (구활자본 15회, 220쪽)

㉳ 쇼제왈 "어미 말도 올흐나 오히려 **하류의 쳔견이로다.** 츠인의 쇼힝이
스스로 졔 몸을 히ᄒᆞ미라. 우리게 일시의 욕이 되나 이즉디원을 필보ᄒᆞ
든 **협쳔혼 사롬의 일이라. 졔 비록 대간 대악이나 쏘혼 인심이니 나의**
구ᄒᆞᄆᆞᆯ 감복홀 거시오 <졔>(츠인의) 죄명이 **듕ᄒᆞ나** 국가의 간셥ᄒᆞ미
업거늘 (권10-52 : 굵은 표시 부분)

ⓓ 쇼져 l [왈] "어미 말<은 다만 그 일을 통해함이니 쏘한>(이) 올흐나
오히려 **하류의 쳔견이로다.** 차인의 사오나옴이 스사로 졔 몸을 해롭게
함이라. 우리게는 일시 욕됨이 참 분하나 원슈를 반닷이 갑흐려 함은
좁은 사람의 일이라. 졔 비록 대간 대악이나 인심이 나의 구함을 항복하
야 다시 악사를 생각지 아니할 것이요, 죄명이 즁하나 국가의 간셥함이
업거늘 (구활자본 15회, 221쪽)

㉳ 텬졍 등 [죄인]을 경스로 보니<기를 명ᄒᆞ고>(물 결단헌 후) **셔안의**
비겨 싱각ᄒᆞ디 '**나의 녀ᄋᆞ를 셰상의 무뺭흔 줄노 넉엿거니 이번 힝노의**
낭개 슉녀를 만나니 그 디모와 힝싀 다 녀ᄋᆞ의 우히라. 텬하의 긔이흔
녀ᄌᆞᄂᆞ 여러히 이시티 긔특흔 군ᄌᆞᄂᆞ 보기 어려오니 조믈이 브졀업시
쓸디업슨 녀ᄌᆞᄂᆞ 비상히 품슈ᄒᆞ고 국가의 보댱홀 남ᄌᆞᄂᆞ 졔셰홀 지죄
업스니 가히 한흡도다! 명·화 낭인으로 남직(54) 되던들 국가 동냥이
아니리오? 나의 <녀ᄋᆞ>(쇼녀)와 뎡화 낭인<이인>은 **딘짓 뇨됴 슉녀**
니 니른바 삼 졀홰라 (권10-53~4 : 굵은 표시 부분)

ⓔ 셔안에 의지하야 생각하되 '**나의 녀아가 이 셰상에 무쌍한가 하엿더**
니 이번 행로에 양개 슉녀를 만나니 지모와 령광이 녀아에 나흔지라.

텬하의 긔특한 녀자는 여럿이 잇스되 긔특한 군자는 보지 못하니 됴물이 부졀업는 녀자는 비상히 품슈하고 국가를 보장할 남자는 나이지 아니시니 가히 차흡도다! 졍·화 양인으로 하야금 남자가 되엿던들 엇지 국가 동양이 되지 아니하리요? 나의 쇼녀와 졍·화 이인은 **짐짓 요됴 슉녀**이니 이른바 삼 **결화라. 아지 못게**라! (구활자본 15회, 221쪽)

위의 예문들 가운데 굵게 표시한 문면이 세책본소설에는 없되 강촌재본에서 첨가되어 나타나고 있는 부분이다. 계속해서 세책본에는 없되 강촌재본에서 나타나는 부분이 구활자본에서는 어떻게 나타나고 있는지를 살펴보도록 하자. 여기서 ⓒ~ⓔ는, 강촌재본에 나오는 ㉲~㉶의 서사문면에 해당하는 구활자본의 문면인 바[㉮·㉯ 부분은 구활자본에서는 보이지 않는다], 이들 두 이본의 문면을 비교해 보면 앞서 든 강촌재본 ㉲~㉶의 서사문면과 사소한 부분에서의 탈락, 첨가, 대체 등이 나타나는 가운데서도, 앞에서 검토했던 예문에서 얻어진 잠정적인 결론과는 달리 색다른 면모를 드러내고 있다. 이들 예문은 세책본소설과 구활자본의 친연성이, 세책본소설과 강촌재본에 비하여 훨씬 더 강하다는 앞서의 주장을 근본적으로 뒤엎고 있는 현상으로 이해될 수 있다. 이는 곧 구활자본을 세책본소설의 자장권 내에만 파악해서는 아니됨을 보여주는 좋은 보기이다. 물론 이런 양상은 이윤석이 다룬 비교적 단편에 해당하는 작품과는 달리, 『임화정연긔봉』이 장편소설이기에 발생한 현상일 수도 있다. 세책본소설이 상당수에 달하는 구활자본의 대본으로 기능했다는 점은 일부 사실이기도 하지만, 그것을 반드시 세책본소설과의 관계 아래서만 파악하려는 시각은 그 실상을 제대로 드러내지 못할 오류에 빠지게 할 수도 있다는 점에서 보다 세심한 주의를 기울일 필요가 있다. 곧 구활자본의 대본으로 어느 하나의 부류만을 상정할 것이 아니라, 그것이 다층적으로 존재했을 가능성을 열어두자는 것이다. 이는 곧 지금은 그 존재 여부가 분명치는 않지만, 세책본소설·강촌재본·구활자본의 서사문면을 고루 갖추고 있었을 원(原)『임화정연긔봉』이란 존재의 상정 필요성이 높음을 말하는 것이다.

셋째, 세책본과 강촌재본·구활자본의 같은 문면에서 대체가 나타나는 부분으로 다음 문면을 들 수 있다. 대표적인 경우만을 들어 제시한다.

⑦ 딕인의 칙허시미 여츠허시니 욕스무지로딕 강샹 죄인이 잇다 허시문 씨닷지 못허나니 무슴 죄인이 잇관딕 흐관이 ᄋ지 못허니잇고? (권12-8, 앞)

㉠ 대인의 **초책**하심이 여차하시니 욕사무디오며 강상 죄인이 [잇다 허시문 씨닷지 못하나니] 어대(무슴) [죄인이] 잇관대 하관이 아지 못하나잇가? (구활자본 14회, 203쪽)

ⓐ 대인의 칙흐시미 이의 밋츠시니 욕스무디로**소이다.** 딕**인이** 강상 [죄인]이 잇다 흐시믄 **실노** 씨돗디 못흐느이다(권10-5)

㉯ 어시 닉노왈 "그딕 그지록 무승허고 염치 승진허여 죄목이 현져허딕 항복지 ᄋ니〃 닉 과연 명빅헌 징험을 닉리라."(권12-31앞)

㉡ 어사ㅣ 익로왈 "그대 이계도 불복하니 내 맛당히 명백한 증거를 내여 뵈리라." **하더라.** (구활자본 14회, 214쪽)

ⓑ 어시 익노왈 "그딕 종시 항복지 아니ᄒ니 내 과연 명빅흔 증거를 닉리라." (권10-33)

㉰ 어시 츠탄왈 "화씨의 지모는 진평·즈방이라도 좃지 못허리로다." (권12-39앞)

ⓒ 어사ㅣ 차탄왈 "화시의 지모는 세상에 무쌍하야 짐짓 규방의 긔상이
요, 녀중영웅이로다." 하야 칭복 탄상함을 마지 아니하더니 (구활자본
15회, 218쪽)

ⓒ 어시 츳탄왈 "화시의 디모는 진평이 목특을 속이는 쇠라. 딘짓 규방
긔지오, 녀듕 영웅이라." ᄒ며 칭복 탄상ᄒᄆᆯ 마디 아니ᄒ더니" (권
10-45)

㉲ 연노의 이심헌 총명으로 우리 부ᄌᆞ를 이쳐럼 곤욕을 보게 허니 부듸
져를 히허여 오날 ″ 원슈를 갑흐리라 (권12-41앞)

㉥ 연로의 <밝은 정사가>(이심헌 총명으로) <우리 부자의 죄를 찰 ″ 이
잡아내고 화녀ㅣ 능휼하야 사긔를 쥬밀히 하고 잇다가 이러한 작용을
행하니 이는 여자를 업슈히 녁이다가 일 여자로 하야 전정을 맛치이니
엇지 애닯지 아니하리요? 연로ㅣ 과연 고집하니 화가 친척이 업더라도
졔 스사로 힘서 돕고자 하고 나는 졔 아비 죽인 원슈ㅣ 아니언마는 결코
해코자 하니 졔 비록 어사의 위권이 잇스나 ″를 죽이든 못하리니 목숨
이 남거든 내 반닷이>(우리 부ᄌᆞ를 이쳐럼 곤욕을 보게 허니) 부듸 져
를 해하야 [오날 ″] 원슈를 갑흐리라 (구활자본 15회, 219쪽)

ⓓ **공교히** 연노의 이심히 붉히므로 우리 부ᄌᆞ의 죄를 츨 ″ 히 잡아ᄂᆡ고
화녜 능휼ᄒ여 ᄉᆞ긔를 쥬밀이 ᄒ고 잇다가 이런 작용을 ᄒ니 ᄋ녀ᄌᆡ라
업슈히 녁이다가 맛ᄎᄂᆡ 젼졍을 맛ᄎ니 엇디 이돏디 아니리오? 연뇌
괴벽 고집ᄒ미 이상ᄒ야 화가 친쳑이 아니로ᄃᆡ 힘뼈 돕고 나는 졔 아비
를 죽인 원수런ᄃᆡ 브듸 히ᄒ니 졔 셜ᄉ 어ᄉᆞ의 위권이 ″시나 날을 죽인
든 못ᄒ리니 목숨이 남거든 브듸 져를 히ᄒᆞ야 오날 ″ 원슈를 갑흐리라
(권10-48)

앞에 든 예문들 가운데서 ㉮는 세책본, ㉠은 구활자본, ⓐ는 강촌재
본을 가리킨다(이하 다 같다). 앞의 두 예문(곧 ㉮·㉠·ⓐ/㉯·ⓒ·ⓑ)은
세책본에 비해 구활자본과 강촌재본에서 축약, 탈락이 나타나고 있는

경우를 가리키고, 뒤의 두 예문(곧 ⑭·ⓒ·ⓒ/⑭·②·ⓓ)은 강촌재본이
나 구활자본에 비하여 세책본에서 간략히 축약되어 나타나는 경우를
가리킨다. 이런 점에서 본다면 현재까지 전해지는『임화정연긔봉』이
본들 가운데 원(原)『임화정연긔봉』에 해당하는 자료는 없다고 하겠다.

이제까지 앞에서 권12를 대상으로 논의해 왔는데, 이어서 권95를
앞에서와 같은 방법으로 논의를 진행해 보자.

여기서 효율적인 논의를 위하여, 이들 이본들 사이에서 차이가 두
드러지게 나타나는 부분을 다음과 같이 나누어 살펴볼까 한다.

첫째, 세책본에는 있되 강촌재본에서는 나타나지 않는 부분

둘째, 세책본에는 없되 강촌재본에서는 나타나는 부분

셋째, 세책본과 강촌재본의 같은 문면에서 대체가 나타나는 부분

첫째, 세책본에는 있되 강촌재본에서는 나타나지 않는 부분을 살펴
보자.

    ㉮ 노애 응당 그 고을 가신즉 옥스를 품홀 거시니 (권95-4뒤)

    ㉯ 진실노 죄범이 업스오니 복걸 부모 대야는 슬피쇼셔 (권95-11앞).

    ⓑ 복걸 부모 대야는 살피쇼셔 (구활자본 88회, 526쪽)

    ㉰ 쇠비를 반기흐고 쥰이 문 안히 셧거늘 나아가 읍흐고 왈 "이거시 어졔
      슈룩흐던 딘대관 우쇠냐? (권95-28앞)

    ⓒ 시비를 반개하고 쥰이 문 안에 셧거늘 나아가 읍하고 왈 "이<u>곳</u>이 진대
      관<u>의</u> <u>집</u>이냐? (구활자본 89회, 529쪽)

    ㉱ 셩신이 녁〃흐되 춘 니슬이 듁닙의 쩌러져 (권95-34앞)

    ㉲ 지믹의 긔특흔 즁 경물의 ㄱ려흐믄 일 구로 형용치 못흐고 (권95-38앞)

세책본에는 있되 강촌재본에는 없는 부분 가운데, 구활자본의 경우

ⓑ, ⓒ 두 예문에서만 해당 문면이 드물고 나타나고 있다. 이들 두 이본의 차이는 세책본소설인 ㉯, ㉱의 서술문면에서 특정 문면[곧 "진실노 죄범이 업ᄉ오니"와 "어졔 슈륙ᄒ던"]이 탈락되는 데서 확인된다.

한편 여기서 이와는 달리 세책본에 있는 서술문면이 구활자본의 도처에서 탈락되고 있는 현상을 주목할 필요가 있다[이런 가운데서도 강촌재본은 구활자본의 경우와는 달리 이런 양상을 전혀 지니고 있지 않다]. 이를 통해 세책본소설과 강촌재본·구활자본의 관련양상을 보다 정확히 파악할 수 있을 것으로 기대된다. 약 20여 곳에 달하는 부분[14]에서 확인 가능한데, 여기서는 번다함을 피하기 위하여 가장 대표적인 보기 하나만을 제시한다.

뒤에 따로 붙인 세책본소설 95권 17장 앞면부터 22장 뒷면까지의 해당 문면이 바로 그것인데, 강촌재본은 나름의 변이 속에서도 이들 문면이 거의 대부분 그대로 나타나는 데[자료 2를 참조하라] 반하여, 구활자본에서는 완전히 탈락되어 있다. 이런 점에서만 본다면, 세책본소설과 강촌재본의 친연성이 세책본소설과 구활자본에 비하여 더 강한 것으로 생각된다. 그러나 이어서 살필 강촌재본에서 확인되는 첨가 변이의 양상 등을 두루 고려할 때, 결코 그렇게 볼 수만은 없을 듯하다. 이 지점에서 다시 세책본과 강촌재본을 아우를 수 있는 원(原) 『임화정연긔봉』의 존재 가능성을 상정할 계기가 마련된다. 그런 가운데서도 곧 구활자본은 강촌재본보다는 세책본소설을 의도적으로 축약

---

14) 해당 면수만을 제시한다. (세 95-3뒤~5뒤/강 63-47~9), (세 95-7앞~뒤/강 63-51~2), (세 95-13앞/강 63-59~60), (세 95-15뒤~16앞/강 63-62~3), (세 95-16뒤~17앞/강 63-65), (세 95-17앞~22뒤/강 63-65~71), (세 95-23뒤~24앞/강 63-72~3), (세 95-24뒤~25앞/강 64-2), (세95-26뒤~27앞/강 64-4~5), (세 95-27뒤~28앞/강 64-5), (세 95-28뒤~29앞/강 64-6~7), (세 95-33앞/강 64-13), (세 95-33뒤/강 64-13), (세95-33뒤/강 64-13) 외.

한 가운데 후대에 출현한 이본임에는 틀림없어 보인다. 다음 절을 통해 그 점 확인토록 하자.

둘째, 세책본에는 없되 강촌재본에서는 나타나는 부분을 살펴보자.

> ㉮ 디뷔 관복을 뎡졔ᄒᆞ여 안즛고 **쓸의ᄂᆞᆫ 관니와 니민이 가득ᄒᆞ여 어ᄉᆞ의**
> **영픙을 칙〃칭션ᄒᆞ여** 엄슉흔 위의ᄂᆞᆫ 니르도 말고 (권63-55, 굵게 표시
> 한 부분)
>
> ㉯ **쳔만 의미ᄒᆞ니이다. 셔뫼 상졋시라. 각 집의셔 ᄉᆞ다가 브디거쳐ᄒᆞ오**
> 니 쇼인은 실노 의미ᄒᆞ오니 **신명ᄒᆞ신 노야ᄂᆞᆫ** 져 창모의 말ᄉᆞᆷ을 고디
> 듯디 마르시고 (권63-63)
>
> ㉰ **고어의 '공이 실ᄒᆞ면 텬신이 감동흔다.'** ᄒᆞ엿ᄂᆞ니 쇼비 ᄆᆞᆷ을 갈던이
> ᄒᆞ여 공을 드리면 일이 아니 일우리잇가? **비ᄌᆞᄂᆞᆫ 임의 텬의를 아ᄂᆞᆫ 일**
> **이니 녀노야 고집은 근심 업고 됴쇼졔 환경이 쉽디 못ᄒᆞᆯ가** ᄒᆞᄂᆞ이다
> (권63-73).
>
> ㉱ **가월이 쇼원을 일우디 못ᄒᆞ니 울울불낙ᄒᆞᄂᆞᆫ 둥 울젹히 당둥의 깁히**
> **드러 잇기를 즐겨 아냐 츄밀과 이부인긔** 하딕왈 (권64-1~2)
>
> ㉲ 공둥을 향ᄒᆞ여 빌빈ᄒᆞ고 **싱각ᄒᆞ되 '신인이 날을 명명이 ᄀᆞ르쳐 현녀**
> **낭낭 유디를 마ᄌᆞ가라 ᄒᆞ여시니 ᄀᆞ르치ᄂᆞᆫ 곳의 가 보리라.'** ᄒᆞ고 (권
> 64-16~7)

강촌재본의 이들 문면은 구활자본에서는 전혀 찾아지지 않는다. 이는 곧 세책본소설과 구활자본의 관련 양상이 더 밀접함을 보여주는 증좌이다. 그렇다고 강촌재본의 필사자가 임의로 이들 문면을 자기 마음대로 새롭게 창작하여 작품 내에 산입한 것으로는 결코 보이지 않는다. 강촌재본에서의 이런 면모는 원(原) 『임화정연긔봉』 또는 그 자장권 내에 있는 어느 모본을 바탕으로 후대에 전사(轉寫)하는 가운

데 출현했을 가능성이 높다. 곧 원(原)『임화정연긔봉』의 존재를 상정할 필요가 있음을 역으로 보여주는 경우라 하겠다. 이런 점 또한 강촌재본과 구활자본의 거리가, 세책본소설과 구활자본의 그것에 비해 다소 먼 것임을 바로 증빙해주는 좋은 보기로 판단된다.

셋째, 세책본과 강촌재본·구활자본의 같은 문면에서 대체가 나타나는 부분을 살펴보되, 대표적인 경우만을 들어 제시한다.

㉮ 고이혼 변홰 이셔 은이 돌이 되고 줌은 쇽의 은이 스스로 간 듸 업스니 엇지 긔괴치 아니리오?" 일 인왈 "챵뫼 갑슬 츠즈려 흔들 은이 간 듸 업셔 져리 쌋호니 그 일이 실노 결단이 어려오니 챵뫼 정소ㅎ여 갑슬 츠즈려 흔들 엇던 관원이 명정이 쳐결홀고? (권95-6앞~뒤)

㉠ 괴이한 변홰 잇서 은이 돌이 되고 잠은**제** 쇽의 은이 [스스로] 간 대 업스니 엇지 괴이치 아니리오?" 일 인왈 "챵모ㅣ 갑슬 차지랴 <u>하나</u> 은이 간 데 업셔 저리 싸호니 그 일이 실노 결단이 어려우니 창모ㅣ 정소하야 갑슬 <u>바드려</u> 한들 엇던 관원이 명찰[이] 쳐결할고? (구활자본 88회, 525쪽)

ⓐ <u>창모의 딘시 판 빅은이 변ㅎ여 흰돌이 되고 딘쥰은 샹즈의 너혼 은이 간 곳 업다 ㅎ니 창모는 쥰이 요인을 보늬여 누의를 도로 다려 흔 글이 이시민 은을 도로 달나 ㅎ미 괴이치 아닌디라. 창모와 딘쥰이 셔로 빳화 창뫼 은을 츠즈려 ㅎ고 관부의 정소ㅎ리라 ㅎ니 그런 밍낭흔 일이 어듸 이시리오?</u> (권63-51~2)

㉯ 챵뫼 어스 안젼의 업듸여 고왈 "쇼인이 져 딘가의 전후 죄상을 셰ㅿㅎ 히 알외리니 은샹 노야는 통촉ㅎ쇼셔." ㅎ고 전후 셜화를 셰ㅿㅎ 고ㅎ니 형샹이 목젼의 버러는 듯ㅎ고 또 고ㅎ되 '쇼인이 딘녀를 다려온 후 제 즐겨 연화의 풍뉴를 감심치 아니ㅎ니 (권95-12뒤)

ⓛ 창모 어사 안젼에 업대여 고왈 "쇼인이 져 진가의 [전후] 죄상을 <u>일</u>ㅿㅎ 의 알외**오**리니 [은샹] 로야는 통촉하소셔." 하고 전후 <u>죄상을</u> 셰ㅿㅎ 히

고하니 형상이 목젼의 버럿는 닷하고 ᄯᅩ 고하대 '쇼인이 진녀를 다려온
후 제 질겨 연화의 풍뉴를 감심치 아니[ᄒᆞ]니 (구활자본 88회, 527쪽)

ⓑ 인ᄒᆞ여 당샹을 우러러 고왈 "노애 이곳의 도임ᄒᆞ샤 딘가의 대역브도
의 죄를 므ᄅᆞ시니 쇼인이 남의 젼졍을 막아 원슈를 딧디 아니려 ᄒᆞ옵더
니 딘가의 허무ᄒᆞ미 빅디의 쇼인의 슈쳔 냥 은을 모로노라 ᄒᆞ니 마디
못ᄒᆞ여 져의 무상홈과 은ᄌᆞ의 근본을 고ᄒᆞᄂᆞ이다. 딘쥰이 졀염의 미데
를 블너 뵈며 ᄉᆞ라 ᄒᆞ니 연화의 미인 ᄉᆞ기ᄂᆞ 본디 소장이라. 갑슬 의논
ᄒᆞ미 슈쳔 냥을 주면 팔고 그러치 아니면 파디 못ᄒᆞ리라 ᄒᆞ오미 딘녀의
졀셰ᄒᆞ믈 긔특이 넉여 져의 ᄃᆞᆯ나 ᄒᆞᄂᆞ디로 갑슬 출혀주고 다려가온족
딘쥰의 셔모 뉴시 망연이 모로다가 ᄯᅩᆯ을 판 줄 알고 모녜 붓드러 통곡ᄒᆞ
고 노치 아니며 딘녜 호졀이 녈녈ᄒᆞ여 죽으려 ᄒᆞᄂᆞ디라. 딘쥰이 대로하
여 누의를 구박ᄒᆞ여 쇼인을 맛디니 뉴시 발악ᄒᆞ여 ᄯᅥ라오미 소ᄅᆡ 요란
ᄒᆞ니 방인이 알고 시비하라가 두려 뉴시 혼젹 업시 죽이려 ᄒᆞ고 ᄉᆞ디를
결박ᄒᆞ고 입을 막아 인젹 업ᄉᆞᆫ 남등의 가 남긔 다라 ᄌᆞ딘케 ᄒᆞ엿더니
인ᄒᆞ여 종젹이 업ᄉᆞ니 필연 죽여 깁히 뭇딜너 업시ᄒᆞ미라. 이ᄂᆞ 강상
일죄어늘 누의를 쇼인의게 갑 밧고 ᄯᅩ 엇던 요슐ᄒᆞᄂᆞ 쇼년과 동심ᄒᆞ여
돌덩이를 변ᄒᆞ여 은이 되게 ᄒᆞ여 쇼인의게 와셔 딘시를 ᄉᆞ다라 ᄒᆞ니
딘녜 쇼인의게 오므로브터 식음을 젼폐ᄒᆞ고 향벽 쳬읍ᄒᆞ여 다리고져
ᄒᆞ믈 초긔갓치 넉이니 창가의 쇼임을 아닐 거동이오, ᄉᆞ긔 녈녈ᄒᆞ니 두
어도 (권63-58~9)

ⓓ 젼후 죄과와 신인의 셜화며 어ᄉᆞ의 분부를 셜파ᄒᆞ고 죄를 일ᄏᆞᆯ라 말
슴이 진졍이니 원의 ᄯᅩ흔 긔특이 넉여 (권95-31앞)

ⓔ 썰치며 모르노라 하다가 애련이 빌믈 들음애 신명이 가르쳐 옴을 니
르고 말삼이 졍대한지라. 그 회과함을 기특이 넉여 (구활자본 89회, 530쪽)

ⓒ 져의 환란과 관부의셔 뉴시를 죽이다 ᄒᆞ고 어ᄉᆡ 져를 죽이려 ᄒᆞ다가
아덕 ᄉᆞᆯ나 뉴시를 ᄎᆞᄌᆞ 드리라 ᄒᆞ니 도망ᄒᆞ여 뉴리ᄒᆞ며 셕일 죄악을
뉘웃쳐 슈륙ᄒᆞ던 ᄉᆞ연과 신명이 ᄀᆞᄅᆞ쳐 ᄎᆞᄌᆞ오믈 니ᄅᆞ고 죄를 일ᄏᆞᆯ라

말슴이 뎡대ᄒ고 헛되디 아니ᄒ더라. 원의 ᄯ호 긔특이 넉여 (권65-9~10)

㉕ 월이 경의ᄒ여 브라보니 일위 션인이 향젼ᄒ여 왈 "벽암의 든 거시 이시니 가져가라." ᄒ거ᄂᆞᆯ 월이 공듕을 향ᄒ여 무슈 샤례ᄒ고 (권95-34뒤)

ⓓ 놀나고 괴이히 넉이나 본듸 범인이 아니라 신인의 법녁을 듸강 비화 신션의 조화를 아는 고로 필연 신긔ᄒᆞᆫ 효험이 이실 줄 알고 황망이 ᄯᅳᆯ의 나려 공듕을 향ᄒ여 합장 빅례ᄒ더니 구름이 열니ᄂᆞᆫ 곳의 일위 션이 운샹무의로 염염이 나아오거ᄂᆞᆯ 월이 년망이 ᄭᅮ러 머리를 조으니 션녜 운몌를 드러 왈 "셕낭아! 너희 긔특ᄒᆞᆷ믈 하날이 감동ᄒ샤 젼셰 죄를 샤ᄒ시고 션경의 올니려 ᄒ샤 인간의 도를 일우게 ᄒ엿ᄂᆞ니 모로미 힘ᄡᅳ고 힘뼈 송듁의 구드믈 효측ᄒ라. 됴가 녀지 젼싱 죄로 삼신 년 고초를 격근 후 바야흐로 삼청의 뎨ᄌᆡ 되어 도를 닥게 ᄒ엿더니 너희 디셩이 금셕 갓기로 명년의 소원을 일우게 ᄒ엿ᄂᆞ니 네 맛당이 현녀 녕낭 유디를 밧드러 몬져 도관을 일우고 고요히 참션ᄒ면 됴시ᄂᆞᆫ ᄌᆞ연 빗니 도라오리니 이 졀 좌녁 바회 ᄉᆞ이의 셕함이 잇셔 그 쇽의 현녀 낭낭 유디 이시니 이곳 숑젹 득도ᄒᆞᆫ 평암딘인이 일운 거시니 병난이 도관이 다 파훼ᄒᆞᆯ 제 유식ᄒᆞᆫ 도인의 감촌 ᄇᆡ니 네 어더 가 존슝ᄒ고 이러툿 탕유ᄒ여 정신을 닛비 말나. 명녕 초츄 즈음이 다시 가ᄅᆞ치미 이시리라." 가월이 불승경회ᄒ여 년망이 고두ᄒ고 다시 말슴을 듸답고져 ᄒ더니 듁님의 조으던 학의 소ᄅᆡ 청월ᄒ여 옥경ᄌᆞ를 두다림 ᄀᆞᆺᄐᆞᆫ다. 월이 놀나 ᄭᅢᄃᆞᆯ니 몸이 초당 난간의 의디ᄒ여 일장 신몽이라. 흠신ᄒ여 니러나 우러러 보니 ᄃᆞᆯ이 셔잠의 기울고 별이 드므러 거의 ᄉᆡᆯ 듯ᄒ더라. 심하의 몸둥 신녀의 말을 싱각고 깃브믈 니긔디 못ᄒ여 [월이] 공듕을 향ᄒ여 빅비ᄒ고 (권64-15~6)

㉖ 츙〃ᄒᆞᆫ 셕암과 쳡〃ᄒᆞᆫ 봉만이 〃시니 어ᄂᆡ 곳의 벽암이 잇ᄂᆞᆫ 줄 몰나 정히 방황ᄒ더니 믄득 큰 바회 ᄉᆞ이로셔 흰 긔운이 공듕을 ᄲᅦ쳤고 긔이ᄒᆞᆫ 구름이 니러나되 오히려 텬ᄉᆡᆨ이 붉지 아냣시무로 (권95-35앞)

ⓔ 츙〃ᄒᆞᆫ 바회와 아〃ᄒᆞᆫ 봉만이 쳡〃ᄒ니 어ᄂᆡ 곳이 셕함 잇ᄂᆞᆫ 곳인

줄 알니오? 졍히 방황ㅎ더니 믄득 큰 바회 스이로셔 흰 긔운이 **바로**
공듕의 쌧쳐ᄂᆞᆫ딕 좌우로 묽은 안개 은은ㅎ거늘 들빗쳐 나아가 보니 큰
바회 셔로 다핫고 스이로 긔운이 나거늘 이곳의 긔이흔 일 이실 줄 알딕
텬싁이 **치** 붉디 아냐 (권64-17)

㉣, ㉤에 해당하는 구활자본 문면은 필자가 아직껏 찾지 못했기에
그 문면을 제시할 수 없었다. 여기서 ㉮·㉠ / ㉯·㉡의 서술문면은 거
의 동일한 양상을 지니고 있다. 그러나 그에 해당하는 강촌재본의 ⓐ·
ⓑ는 앞의 두 보기와는 확연히 차이를 드러낸다[특히 ⓑ에서 더욱 더 두
드러진다]. 이런 문면 또한 강촌재본의 필사자가 자기 독단적으로 이본
내에 산입할 수는 없었을 듯하다. 곧 강촌재본의 필사자가 대본으로
삼았던 선행 이본을 전사(轉寫)하는 과정에서 이런 대체 변이가 발생
한 것으로 봐야 한다. 보다 정확히 말하면 강촌재본의 선행 대본은 우
리가 앞에서 검토해 온 이본들 내에서는 없다고 할 수 있다. 나아가
㉰·㉢·ⓒ는 같은 서술문면에 해당하는 부분인데도 각기 색다르게 나
타나고 있어 흥미를 끈다. 이러한 이질적인 면모가 간혹 나타나고 있
음에도 세책본소설과 구활자본의 친연성은 상대적으로 세책본소설과
강촌재본에 비해 더 강한 것으로 확인된다.

앞에서 검토한 현상과 동일한 양상이 아래에서 살펴볼 뿌리본 소장
이본들의 경우에서도 계속 출현한다면, 세책본소설『임화정연긔봉』
또한 구활자본『임화정연』의 대본으로서의 역할을 담당하고 있다고
할 수 있겠지만, 아래에 보이는 예문은 반드시 그렇지만은 않을 가능
성이 있음을 또한 보여주고 있다.

2) 순천시립 뿌리깊은나무 박물관 〈임화정연긔봉〉과
    강촌재본·구활자본의 비교

뿌리본에는 도합 7종의 『임화정연긔봉』이 소장되어 있지만, 여러 사정으로 인하여 본고에서는 권57과 권66의 2종의 이본을 살펴볼 수밖에 없었다. 따라서 여기에서 얻어진 논의가 『임화정연긔봉』 이본들에 두루 적용될 것이라고는 필자 또한 생각하지 않는다. 이에 대한 계속적인 관심이 요청되는 까닭이다.

먼저 뿌리본 권57을 강촌재본과 비교한다. 뿌리본 권57은 강촌재본의 권49의 59장부터 권50의 51장까지에 해당한다. 그 부분을 구체적으로 검토한 결과, 다음 몇 가지 양상으로 나타나고 있었다.

첫째, 뿌리본에는 있되 강촌재본에서는 나타나지 않는 부분

둘째, 뿌리본과 강촌재본의 동일 서술문면이 과도하게 생략되는 부분

셋째, 뿌리본과 강촌재본의 같은 문면에서 대체가 나타나는 부분

첫째, 뿌리본에는 있되 강촌재본에서는 나타나지 않는 부분을 살펴보자.

⑦ 셩옥이 가로딕 "그 약 일홈을 무어시라 ᄒᆞ드뇨? **변형ᄒᆞ믈 그딕 친히 보왓난가?**" 목셩이 가로딕 "**이난 나의 친히 본 빈라. 닉 쥬인ᄒᆞ엿든 집 ᄌᆞ식이 두 계집을 두어 본쳐난 박딕ᄒᆞ고 벽음을 ᄉᆞ랑ᄒᆞ니 그 녀ᄌᆞ 벽음을 업시코져 ᄒᆞ여 약을 그 쟝부ᄅᆞᆯ 먹여 ᄆᆞ음을 두로혀긔 ᄒᆞ고 얼골 변ᄒᆞ난 약을 스스로 삼켜 져의 얼골이 되여 밤의 드러가 구고ᄅᆞᆯ 치고 욕ᄒᆞ니 쟝뷔 되로ᄒᆞ여 그 계집을 닉니 그 녀ᄌᆞ 분앙ᄒᆞ여 그 약환의 경젹을 들쳐 닉여 신원ᄒᆞ니 본 계집이 도로혀 닉친 양을 보왓노라.**" 셩옥이 유심이

듯고 무르니 딕왈 "ᄆᆞ음 변ᄒᆞ난 거슨 회심단이오, 얼골 밧고이난 거슨 기용단이오, 본형이 다시 되난 약은 외면 회단이니 갑시 가장 만하 가난ᄒᆞᆫ 뉴난 심이 밋지 못ᄒᆞ난 거실너이다." (뿌리본 권57-8앞~뒤)

㉯ 한픤 **번연이** 가용 칭션왈 "쇼졔의 현심 슉덕은 진실노 신기를 감동ᄒᆞᆯ 지라. 엇지 노애의 뇌졍지노를 도로혀지 못ᄒᆞ시며 소부인 모질 감회치 아니리오?" **인ᄒᆞ여 두 묘시 밤의 ᄊᆞ호든 형상을 니르고 웃기를 마지** 아니ᄒᆞ니 쇼졔 빈미 탄왈 "일ᄆᆞ두 한심ᄒᆞ거날 셔모난 우음이 어듸로 나난잇가?" 픤 쇼왈 "져의 부뷔 춤마 못ᄒᆞᆯ 계교로 동ᄉᆡᆼ을 히ᄒᆞ다가스스로 함졍의 ᄲᅢ져시니 악인이 화를 ᄌᆞ취ᄒᆞ고 벌을 바드미 쳔늬의 덧 // ᄒᆞᆫ 지라. 졍그러오미 가려온 딕를 긁금 갓거날 더옥 그 졍힐ᄒᆞ든 거동이 비록 포ᄉᆞ라도 우슬 거시여늘 노신이 엇지 ᄎᆞᄆᆞ 웃지 아니ᄒᆞ리잇가?" **쇼졔 다만 탄식ᄒᆞᆯ ᄯᆞ롬이라.** 부인이 가로딕 "샹공이 불명ᄒᆞ시고 ᄂᆡ 어ᄒᆞᆫ의 덕이 업셔 젹국과 의자를 감화치 못ᄒᆞ고 가변의 망극ᄒᆞ미 이 지경의 니르니 싱각ᄒᆞᆯ스록 심한골경ᄒᆞ여 **스스로 붓그려ᄒᆞ난 바난** 셩이 비록 나의 친싱 **복이** 아니나 명위모진즉 쳔륜의 등함**과 ᄌᆞ의의 친**ᄒᆞ미 엇지 등ᅀᆞ와 일호 간격이 // 시리오? **이지** 등이 신빅ᄒᆞ나 셩이 당죄ᄒᆞ면 **피ᄎᆞ 한 가지 골육이라.** 흑빅의 깃부미 이시며 결말의 쾌ᄒᆞ미 이시리오? **녀이 뜻지 ᄂᆡ 뜻과 갓트니** 진실노 가힝의 히연ᄒᆞ미 불가스문어틋인이라. 녀아난 ᄆᆞ음을 다ᄒᆞ여 샹공 셩노를 도로혀 가화를 잘 미봉ᄒᆞᆯ지어다." **인ᄒᆞ여 한파드려 왈** "셩아나 등아나 다 너의게 ᄒᆞᆫ 가지 젹지요, 더옥 셩아난 일가의 등한 빅라. 너희 도리 엇지 간격ᄒᆞ리오? 져의 모ᄌᆞ 부체 싱각을 그릇ᄒᆞ여 등이 탈격ᄒᆞᆯ가 싀심이 만복ᄒᆞ여 오날날 이런 망극ᄒᆞᆫ 변이 니러나니 이난 다 샹공의 화평치 못ᄒᆞ고 언ᄉᆞ의 젼도ᄒᆞᆫ 탓시라. 엇지 잇닭지 아니리오? 수삼 긔 ᄌᆞ녀를 화히치 못ᄒᆞ여 눈긔 산난ᄒᆞ고 형제 구ᅀᆔ 되니 오가 가힝이 엇지 한심치 아니며 딕인ᄒᆞᆯ 낫치 이시리오? 나난 져의 모ᄌᆞ 부 //를 위ᄒᆞ여 잇닭고 참황ᄒᆞ미 아신의 당ᄒᆞᆫ 듯 골돌ᄒᆞ거날 져 모ᄌᆞ 부 //난 우리 모ᄌᆞ를 원슈로 지목ᄒᆞ니 엇지 한심치

아니리오?" 셜파의 기리 탄식ᄒ니 한편 만구 탄샹ᄒ고 셕연 감복ᄒ여 고두 청샤왈 "부인의 현심 슉덕이 이러톳 호딕ᄒ시니 신명이 엇지 감동치 아니리잇가? 부인의 현덕을 하날이 감오ᄒ샤 군ᄌ 슉녀의 ᄌ녀를 갓초 두시고 뇨쇼뎨 갓튼 현부를 갓초시니 하날이 엇지 슬피미 업다 ᄒ리잇고?" 언미파의 좌위 보왈 "노애 도라오시나이다." (뿌리본 권 57-31앞~33앞)

위에 보인 두 예문만으로도 강촌재본이 결코 완본(完本) 또는 선본(善本)이 될 수 없다는 사실은 익히 드러난다. 물론 이들 문면을 뿌리본 권57의 필사자가 임의로 작품의 문면 내에 첨입한 데서 빚어진 현상이라고도 생각할 수 있겠지만, 앞뒤 문면을 고려해 볼 때, 그럴 가능성은 거의 없어 보인다. 왜냐하면 뿌리본의 해당 문면이 이들 부분을 갖고 있지 않은 강촌재본에 비해 보다 자연스럽게 읽히기 때문이다. 여기서 강촌재본이 비록 완질의 형태로 오늘날 남아 전하고는 있지만, 『임화정연긔봉』의 선행본이자 선본(善本)이 될 수 없는 근거가 드러난다.

둘째, 뿌리본과 강촌재본에서 동일 서술문면이 과도하게 생략되는 경우를 살펴보자. 대표적으로 다음 세 문면만을 제시한다.

앞 두 예문은 뿌리본의 특정 서술문면(㉮·㉯)이 구활자본(㉠)이나 강촌재본에서 과도하게 축약·산략된 경우(ⓐ·ⓑ)이고, 뒤의 예문은 강촌재본의 특정 서술문면(ⓒ)이 뿌리본에서 과도하게 축약·산략된 경우(㉰)를 보여준다. 강촌재본의 권50의 2장부터 26장까지 무려 25장에 달하는 부분이 바로 그것인 바, 굉장히 많은 분량에 달하는 서술문면이 뿌리본에서는 상대적으로 심하게 축약·산략되는 양상을 보이고 있다. 그런데 구활자본에서는, 강촌재본의 해당 서술문면 가운데 4개처에 걸친 탈락과 1개처에 걸친 축약, 1개처에 따른 대체 부분이 출현하는 것[15]을 제외하고서는 거의 대부분이 그대로 나타나고 있어 흥미를 끈다. 이로부터 뿌리본과 강촌재본이 분명 그 전승경로를 달리하고 있는 이본이라는 점과 나아가 강촌재본과 구활자본의 관련양상 또한 그렇게 먼 것만은 아니라는 사실이 드러난다. 이런 점에서만 본다면, 강촌재본을 해당 문면이 완전히 탈락된 뿌리본이나, 해당 문면의 몇몇 서사단위를 축약·대체·탈락하는 것으로 나타나는 구활자본과는 달리 원『임화정연긔봉』의 모습에 가까운 이본이라고 할 수 있다. 그렇기는 하지만, 위에서 언급한 사항(첫째) 등을 고려할 때, 강촌재본이 원『임화정연긔봉』을 그대로 전사(轉寫)하는 가운데 이루어진 것으로는 보이지 않는다[번다함을 피하기 위해 구체적인 면모는 뒤에 따로 붙인 자료3으로 대신한다].

한편 뿌리본과는 달리 구활자본은 강촌재본의 서술문면을 거의 가능한 그대로 수용하고 있는 바, 이런 점에서 본다면 앞 절에서 살펴본 경우와는 달리, 구활자본과 강촌재본의 관련 양상 또한 결코 무시해서는 안될 것으로 여겨진다. 망실된 것으로 알려진 세책본소설과의 구체적인 비교 검토를 할 수 없다는 점에서 이 문제에 대한 더 이상의 추적은 불가능하다. 한시바삐 자료의 탐색과 검토가 이루어져야 한다.

㉮ 크긔 쇼릭호여 가로딕 "텬하의 엇지 이런 요망혼 일이 〃시리오? 아모커나 셔당의 가 등옥이 잇난가 불너오라." [**계옥이 황망이 셔당의 니릭니 츠시 등옥이 〃런 변을 모로고 다만 심식 경 〃호여 잠을 니로지 못호고 기리 탄식호드니 문득 금녕 쇼릭 급호고 가등이 요란호니 또 무슴**

---

15) 해당 부분만의 권과 면수만을 제시한다. 강촌재본 권50-12~3, 같은 권-14~20, 같은 권21~2, 같은 권-23~5가 구활자본에서 탈락된 부분, 권50-4~12는 축약되어 출현하는 부분, 같은 권-26은 대체되어 출현하는 부분이다.

변난이 잇난가 놀나드니 홀연 계옥이 문을 열고 드러오며 가로되 "등졔 난 즌난냐?" 공지 디왈 "아직 즈지 아녓거니와 이 심야의 엇지 오시며 금녕 쇼리 어즈러오니 쏘 무슴 일이 잇난이잇가?" 계옥이 숨을 닉쉬며 니르되 "뎨샹의 엇지 이런 망측한 가변이 〃시리오?" 인ᄒᆞ여 디강을 니르고 "야애 네 모양ᄒᆞ 사룸과 됴시란 거슬 친히 잡으시미 질노ᄒᆞ샤 독약을 스〃ᄒᆞ려 ᄒᆞ시니 호련 됴쉬 당젼의 니르러 여추〃〃ᄒᆞ시니 엇지 일가지닉의 두 됴시 이시리오? 야〃 어이 업서 날노 ᄒᆞ여곰 현졔롤 잇난가 보와 불너오라 ᄒᆞ시니 쌜니 드러가 진가롤 분변ᄒᆞ라. 일노좃ᄎᆞ 너의 죄명이 신빅ᄒᆞ리니 엇지 다힝치 아니리오?" 공지 쳥파의 뇨망한 변괴 고금의도 둣지 못한 비라. 골경신히ᄒᆞ야 어린 둣 이윽이 묵연ᄒᆞᄃᆞ가 비야ᄒᆞ로 셔안을 치며 일셩 장탄의 눈물이 종횡ᄒᆞ여 가로되 "추난 쳔고의 희한흔 변괴라. 쇼졔 비록 누명을 신빅ᄒᆞ나 무어시 깃부며 즐거오리오? 일노 말믜암아 슈쪽이 〃즈러지고 쳔륜이 어즈러오리니 쇼졔 찰하리 죽어 모로교져 ᄒᆞ나이다." 계옥이 가로되 "닉 몸의 악명을 버스면 깃쓸 ᄯᆞ룸이라. 요인의 졍젹을 다스리미 쾌홀 거시여날 엇지 슬허ᄒᆞ며 근심ᄒᆞ리오? 야애 비야ᄒᆞ로 심스롤 졍치 못ᄒᆞ시니 밧비 드러가즈." ᄒᆞ니 공지 기 형의 혼암 무지ᄒᆞᆷ을 기탄ᄒᆞ여 다시 말을 아니ᄒᆞ고 몸을 니러 계옥으로 더부러 닉당의 드러가 계하의 부복ᄒᆞ여 가밈 머리롤 드지 못ᄒᆞ니 계옥니 나ᄋᆞ가 고왈 "셔당의 등옥이 잇습거날 불너 왓나이다." 공이 더옥 놀나 눈을 드러보니 등옥이 헛튼 머리의 관을 벗고 계하의 업듸엿거날 쇼리ᄒᆞ여 가로되 "쌜니 오르라." 공지 돈슈 비읍왈 "욕지 명교의 득죄ᄒᆞ온 몸이라. 엇지 감히 당샹의 올르리잇가?" 공이 여셩왈 "금야의 큰 변괴 이시나 극히 고히ᄒᆞ니 아직 쇼〃 셜화난 날회고 쌔린 나아와 이 형샹을 보라." 공지 마지 못ᄒᆞ여 당의 올나 부모긔 진비ᄒᆞ고 눈을 드러보니 당듕의 등쵹이 휘황흔디 부모와 계옥 부쳬며 가듕 뎨인과 샹ᄒᆞ 노쇠 당샹 당ᄒᆞ의 삼 버둣ᄒᆞ여 됴시 냥인과 졔 얼골 되니난 공의 압희 압희 이시니 경식이 심히 추악흔지라. 공이 두 등옥과 두 됴시롤

보니 진실노 진가를 분변치 못홀지라. 좌위 보나니 다 갓다 ᄒ난 쇼리 진동ᄒ고 강부인은 일언을 아니코 머리를 슈겨 다만 탄식 ᄲᅳᆫ이라. 공이 눈을 모호로 ᄡᅳ고 졍신이 당황ᄒ여 이에 고셩왈 "녜붓터 니미망냥의 변해 왕〃이 〃시나 은거흔 산듕이나 혹 그윽한 벽쳐의 작얼ᄒ여] 사름을 농ᄒ미 잇거이와 이 쳥평 셰계의 **번화 가듕의** 요얼이 **감히** 이러툿ᄒ리오? (뿌리본 권57-19뒤~21뒤)

㉠ 크게 소리 질러 왈 "고금 텬하에 엇지 이런 일이 잇스리오? 아모러나 셔당에 나아가 중옥이 잇나 보라." 하야 계옥을 명하야 보내다 (구활자본 74회, 379쪽)

ⓐ 크게 소리ᄒ여 왈 "텬하의 엇디 이런 요망흔 변이 잇시리오? 아모커나 셔당의 가 듕옥이 잇ᄂᆫ가 보라." <시녀 쳥녕ᄒ고 가더니 즉시 공ᄌᆞ를 다려왓거늘 금외 더옥 놀나 셔안을 치며 굴오ᄃᆡ "이ᄂᆞᆫ 벅벅이 요괴읫 거시> 사름을 농ᄒ미이니와 이 쳥평셰계의 요얼이 이러툿ᄒ리오? (강촌재본 권50-36)

㉯ 됴시 어이업셔 도로혀 웃고 한파를 ᄃᆡᄒ여 가로ᄃᆡ "빅명 인싱이 **초상의** 죽지 아니고 ᄉᆞ랏다가 이런 **희한흔** 변고를 당ᄒ니 쳡이 스스로 **누명을** 슬허ᄒ며 **ᄎᆞ경을 한치** 아니나 ᄎᆞ인을 위ᄒ여 위틱ᄒ믈 넘녜ᄒ거날 스름이 강박ᄒ여 이러툿 당돌ᄒ니 가장 강악한 요괴로소이다." 픽 **탄식 왈** "쳡 갓튼 뉴난 가듕이 못ᄒ여야 심ᄉᆞ 편홀 거시여날 이러툿 이상흔 변난이 츙싱ᄒ니 불승송구ᄒ지라. 죄목이 아무 지경의 밋츨 줄 모로니 엇지 두렵지 아니리잇가? 이졔 ᄃᆡ 공ᄌᆞ와 니쇼졔 업ᄉᆞ니 실노 고히한지라. 어듸를 가고 가듕의 큰 몸이 되여 이런 변난을 ᄉᆞᆲ피지 아니ᄒ시난고? 실노 두려ᄒ나이다." 됴시 탄왈 "쳡은 명일 누명을 결ᄉᆞᄒ면 일명을 결홀 인싱이니 아무러ᄒ여도 두렵지 아니ᄒ거니와 노부의긔 **불효홀** 깃치읍고 쳥츈 인싱이 늣겁고 가셕ᄒ믈 슬허ᄒᄂᆞ이다." 픽 타류왈 "쇼졔의 앗가온 긔질노 신셰 가련흔 듕 가지록 이런 익경죳ᄎᆞ 당ᄒ시니 진실노 가셕ᄒ거니와 누명을 신빅ᄒ신 후야 무슴 일 쳥츈의 몸을 바려

셔하의 불효를 깃치리오? 인명이 지듕ᄒ니 ᄉ싱을 간ᄃᆡ로 결ᄒ리오? 전도이 넘치 ᄆᆞᆯ쇼셔." 됴시 기리 탄식고 답지 아니ᄒ니 유모 시녀 등이 가 됴시를 가ᄅ쳐 ᄃᆡ즐왈 "그ᄃᆡ 우리 쇼졔와 갓고져 ᄒ거든 우리 쇼졔의 얼아이나 될 것 아니냐? 엇지 우리 쇼졔를 ᄉ지의 녀코져 ᄒᄂ뇨? 명일 본형이 낫튼날 졔 춤아 붓그러워 얼골을 취워 들고 슬기를 바라리오?" 가 됴시 욕경을 당ᄒ여 민망 갑〃ᄒ나 할 일업고 명일을 싱각ᄒᄆᆡ 몸이 오고라지난 듯 심ᄉ 요〃ᄒ니 욕셜을 ᄃᆡ답ᄒ리오? 공연이 실혼지인이 되엿드라. 이쪅 셩옥의 심ᄉ 니시와 이량이라. 등옥과 한 방의 갓치이니 등옥 공ᄌᄂ 벼기의 구러져 읻닯고 셜워 눈믈이 죵힝ᄒᆞᆯ ᄯ름이라. 입을 여지 아니되 셩옥은 무수히 즐욕ᄒ나 공ᄌ 들은 체 아니〃 필경은 셩옥이 칼를 쎄혀 가로ᄃᆡ "ᄃᆡ인이 불명ᄒ여 슬피지 아니시고 진가를 분변ᄒᆞᆯ 졔면 닉 반ᄃ시 등히 맛거나 죽글 거시니 찰하리 요인을 죽기리라." 언파의 다라드러 바로 지ᄅ려 ᄒ난지라. 공ᄌ ᄃᆡ경ᄒ여 연망이 닒쪄나 칼을 앗고 가로ᄃᆡ "명일 ᄃᆡ인이 ᄉ실ᄒ시ᄆᆡ 죽거나 살거나 결단이 〃시리니 엇지 이러툿 졈〃 악ᄉ를 힝ᄒ여 죄 우희 죄를 더ᄒ리오?" 인ᄒ여 창 틈으로 칼을 닉고 아역을 블너 업시 ᄒ라 ᄒ니 셩옥이 싱각ᄒ되 '우리 비록 약을 먹고 얼골이 변ᄒ여시나 외면 회단을 먹지 아니면 본형이 드러나지 아니리니 약이 나의 낭듕의 이시니 뉘 약환의 변ᄒᆫᆫ 줄 알니오? 이졔 등옥을 죽기면 반싱 ᄆᆡᆻ든 한을 풀고 날을 등옥이라 ᄒ여 회쥬와 강부인이 구홀 거시니 죽지 아닐 거시오, ᄯᅩ 일싱을 등옥이 되다 히로ᄒ리오? 불힝ᄒ여 일이 드러나 비록 죽난다 ᄒ여도 등옥을 죽여시면 죽어도 무한이오. ᄃᆡ인과 강부인이 셜워 이 ᄯᅥ러지리니 죡이 우리 모ᄌ의 한을 풀니라.' 흉심이 빙동ᄒᆞᄆᆡ 의ᄉ 전도ᄒ여 급히 벽샹의 걸닌 쳘편을 나리와 눈 우희 놉히 드러 공조의 머리를 향ᄒ고 힘ᄭᅥᆺ 치니 공ᄌ 본ᄃᆡ 눈이 밝고 효용이 과인ᄒ지라. 얼풋 몸을 뛰여 셩옥의 등뒤 후로 비다라 그 허리를 안고 팔을 잡아 하슈치 못ᄒᆞᆨ ᄒ니 셩옥이 읶노ᄒ여 ᄭᅮ지져 왈 "닉 아모리면 살긔 되엿ᄂ냐? 쾌히 요인을

죽기로 죄를 죄를 당흐리라." 평싱 힘을 다흐여 몸을 쌔히려 흐나 일호
요동흐미 이시리오? 이러툿흐미 즈연 요란흐니 창외의 직흰 아역이 불
승경아흐여 노아긔 고흐쟈 흐니 공지 그 철편을 아스 챵밧긔 넉치고
조용히 믈너나되 조곰도 언어의 불공흐미 업스니 츠시 쟝홍이 밧긔 이
셔 셩옥의 무지 픽악흐여 공즈를 샹홀가 져허 거즛 안흐로 나오난 쳬흐
고 소리를 놉혀 가로딕 "노애 분부 닉의 너희 조곰이나 틱만이 직희다
가 츠실흐미 이시면 스죄를 면치 못흘 거시오, 공즈닉 혹 셔로 쏘와 요
란흐거든 급히 고흐라. 이졔로 잡아드려 큰 미로 져줄 거시니 쌜니 아라
드리라 흐시니 여등은 조심흐여 잠즈지 말고 잘 검찰흐라. 쏘 공지닉도
안졍이 머무러 죄를 더흐지 마릭쇼셔." 아역 등이 년셩 응낙흐난지라.
셩옥이 쟝홍의 말을 듯고 져허 다시 홍스를 발뵈지 아니흐고 흔 구셕의
쓰러져 누으니 공즈난 방심치 못흐여 죵야토록 셔안의 비겨 쟝탄 우슈
흐난 비 젼혀 셩옥을 위흐여 근심흐믈 마지 아니흐더라. 직셜 녀가 시네
명부의 나ᄋᆞ가 쇼졔를 보고 거야 스를 딕강 알외고 급히 브릭시믈 고흔
딕 (뿌리본 권57-26뒤~30앞)

ⓑ 됴시 어히업셔 도로혀 웃고 한파를 딕흐여 왈 "박명인싱이 죽디 아니
코 스랏다가 **금일** 이런 변고를 당흐니 쳡이 스스로 슬허흐미 아냐 츠인
을 위흐여 위틱히 넉이거늘 츤인이 가드록 여츤 당돌흐니 가장 강악흔
(43)요괴로소이다." **한패 탄식고 위로흐며 가 됴시를 간악히 넉이더라.**
직셜, 녀부 시네 명부의 나아가 쇼져를 보아 거야 스를 딕강 고흐고 급
히 청흐시믈 젼흐딕(강촌재본 권50-42~3)

　앞의 〈㉮ · ㉠ · ⓐ〉는 뿌리본의 동일 서술문면이 구활자본 · 강촌재본
에서 크게 축약되어 나타나고 있는 부분이다. 곧 계옥이 중옥을 데리
러 갔다가 주고받는 대화를 통하여 드러나는 두 사람의 인성(人性)을
잘 묘파하고 있는 장면인데, ㉮의 문면이 작품 내에서 나름의 기능을
담당하고 있는 것으로 여겨진다는 점에서 구활자본과 강촌재본인

㉠·ⓐ의 문면은 ㉮를 대폭 축약한 것이 틀림없어 보인다. 한편 ㉯의 문면에서 한파와 조씨의 대화, 성옥과 즁옥의 행동, 장흥의 중개 역할 등을 보여주는 여러 서술문면이 계기적으로 나타나고 있는데 반하여, ⓑ에서는 이들 문면들을 극히 요약적으로 압축 서술하고 있는 바, 이를 통해서도 강촌재본이 비록 완본이기는 해도 선본이 될 수 없다는 증거가 확연히 드러난다. 나아가 구활자본 또한 이 부분의 바로 앞인 '24뒤~27앞'[16]은 물론 위에 인용한 문면까지 다 탈락되어 있다는 점

---

16) 번다한 느낌은 없지만, 논증 과정상 제시하여 둔다. <언파의 분긔를 니긔지 못ᄒ여 긔운이 막힐 둧ᄒ니 부인이 탄식왈 "가운이 불힝ᄒ고 아ᄌ의 운익이 비상ᄒ여 쳔고의 희한ᄒᆫ 거죄 진실노 스린의 들니미 춤괴ᄒ지라. 샹공은 범스를 죠용ᄒᆷ을 취ᄒ시고 너무 강박ᄒᆫ 위엄을 발ᄒ여 요란이 ᄆᆞᆯ쇼셔. 셩옥 부체 비록 불쵸ᄒ나 춤아 이런 거조를 ᄒ여 동싱을 히ᄒ리잇가? 보지 못ᄒᆫ 말을 억견으로 미뢰지 못ᄒ리니 아직 둥디ᄒᆫ 말을 마르시고 ᄌᄉ 스힉ᄒ여 비록 셔ᄋ의 작용이라도 다 나의 ᄌ식이니 한나흘 스로려 ᄯᅩ 한나흘 죽기미 가ᄒ리잇가? 부의 ᄌᆫ을 싱각ᄒ시고 더욱 모로난 소부인을 죄의 지목ᄒ리오? 소부인이 당죄ᄒ난 날은 아직 비록 누명을 버스나 인류의 셔지 못ᄒ리니 형과 어미를 죽기고 어듸 가 용납ᄒ리잇가? 바라나니 샹공은 과도ᄒᆷ을 삼가 눈긔를 샹히오지 마르쇼셔. 샹공이 고셔를 박남ᄒ시니 모ᄌ 형졔 눈상의 막디ᄒᆷ을 싱각지 아니ᄒ시난가?" 공이 쳥파의 불열왈 "부인지언이 연ᄒ나 셩옥 부체 이 일을 쇠ᄒ여실진디 동싱 히ᄒ난 죄 강상의 밋고 ᄒ믈며 아비를 능욕ᄒ여 말이 시역ᄒ기의 밋츠니 이난 역직라. 일회나 요디ᄒ리오? 그런 ᄌ식을 고류라 유렴ᄒ여 살낫다가 다시 멸문지화를 취ᄒ리오? 결단코 요디치 아니리니 부인은 니르지 말나." 셜파의 분긔를 이긔지 못ᄒ니 부인이 공의 심시 비앙ᄒ로 분〃ᄒ엿난디 약셕 간언이 발뵈지 못ᄒᆯ 줄을 알고 다시 말을 아니코 황부인으로 더부러 가환의 비상ᄒᆷ을 추셕ᄒ니 계옥 부체 심혼이 산난ᄒ여 다만 져두무언일너라. 이렁구러 날이 발그미 공이 시비를 뎡부의 보ᄂᆡ여 녀아를 ᄲᆞ니 오라 ᄒ고 위엄을 베프러 소시 좌우를 져주고져 ᄒ드니 국가의 옥시 이셔 공을 명쵸ᄒ시니 즉시 입궐홀시 가인을 엄칙ᄒ여 죄인을 도망치 못ᄒᆨ긔 직회라 ᄒ니 범 갓튼 아역이 뇌외 문을 잠가 집안 스룸도 츌입지 못ᄒ더라. 추야의 두 뵤시 한 당의 갓쳐 한픠·니픠 등이 직회여시니 가 뵤시난 긔운이 져상ᄒ되 졍 뵤시난 노호온 긔운이 츙샹 갓ᄐ야 가 뵤시를 가르쳐 디졸왈 "늬 본디 그디로 더부러 원쉬 업거날 무슴 ᄯᅳᆮ로 날노 ᄒ여곰 쳔고의 싯지 못ᄒᆯ 죄명의 밀쳐 모함ᄒ다가 필경은 나의 얼골이 되여 늬 명을 맛츠려 ᄒ니 무슴 은원이요? 늬 본디 잔쳔을 결ᄒ려 ᄒ엿나니 신누를 벗난 날은 그디 원디로 쾌히 죽그려니와 그디 무슴 쾌ᄒ미 이시리오? 슬프다! 악인의 심슐이 공연ᄒᆫ 스룸 히ᄒ미 이 갓트니 하날이 두렵지 아니랴?"

에서 강촌재본과의 친연성은 거의 없는 것으로 봐도 무방할 듯하다. 곧 단위담을 이루는 서술문면의 탈락 등은 『임화정연긔봉』에서도 극히 다양한 모습으로 나타나기에, 그들 사이의 관련 양상이 이와 같이 다기한 모습으로 나타날 수밖에 없다는 것은 어찌 보면 극히 자연스럽기까지 한 현상이 아닐까 한다.

셋째, 뿌리본과 강촌재본(구활자본)의 같은 문면에서 대체가 나타나는 부분을 살펴보자. 매우 빈번하게 드러나므로, 대표적인 예문만을 제시한다.

> ㉮ **이렁구러** 수월이 되민 정츄밀 등이 **발힝홀 기약이 ᄃ〃ᄅ니 힝니를 졍졔ᄒ고** 퇴일ᄒ여 텬졍의 비샤ᄒ오니 황애 ᄉ쥬ᄒ시고 면유왈 "경 등이 외국의 나ᄋ가민 맛당이 딕국 위엄을 빗닉고 원노 힝역의 보듕ᄒ라." ᄒ시니 냥인이 고두 주왈 "폐ᄒ 신 등으로써 딕ᄉ를 맛지시니 신 등이 비록 용녈ᄒ오나 셩상 탁교를 욕되게 ᄒ리잇가? 삼가 폐ᄒ 위덕을 빗닉오리니 복원 폐하난 옥쳬 안강ᄒ시믈 원ᄒ나이다." 인ᄒ여 ᄉ비ᄒ고 물너 집의 도라와 일가 친권을 니별ᄒ고 츄밀이 냥부인을 당부ᄒ여 문졍을 엄이 ᄒ며 무ᄉ이〃시믈 부축ᄒ니 냥인이 원노 힝녁의 지쳬 보듕ᄒ시믈 일ᄏᄅ 셔로 니졍이 의〃ᄒ더라. 싱이 녀부의 나아가 악부모긔 하직ᄒ고 <교위의 니ᄅ니 화샹랑 등 일반 붕비며 됴졍 친위 다 쥬호를 잇그러 먼니 젼송ᄒ여 원노 힝녁의 진듕ᄒ믈 당부ᄒ니 냥인이 칭샤ᄒ고 ᄉ마를 두로혈식 위의 결월이 도로의 현황ᄒ고 지나난 비 각관 쥬현 등이 지딕 지앙**ᄒ난 녜 풍셩**ᄒ더라> (뿌리본 권57-6앞~뒤)

가 됴시 변쇠왈 "어듸로 온 요괴 닉 얼[골]이 되야 뇨언 망셜노 ᄉ름을 합졔코져 ᄒ나뇨? 명일 진가를 분간ᄒᆞᆫ 날은 네 요인이 육장이 되리라." 됴시 어이업셔 도로혀 웃고 한파를 딕ᄒ여 가로딕 "빅명 인싱이 초상의 죽지 아니고 ᄉ랏다가 이런 희한ᄒ 변고를 당ᄒ니 쳡이 스스로 누명을 슬허ᄒ며 쳥경을 한치 아니나 ᄎ인을 위ᄒ여 위틱ᄒ믈 념녀ᄒ거날 ᄉ름이 강박ᄒ여 이러틋 당돌ᄒ니 가장 강악한 요괴로소이다.">

㉠ 슈일을 지나 졍·연 량인이 힝쟝을 졍돈하고 텬졍에 배사한 후 <교의
에 올으니 화시랑 등 일반 붕우와 됴뎡 백료ㅣ 쥬효를 갓초아 가지고
닐으러 젼송하며 원로에 거평안 래평안하기를 당부하니 량인이 칭사하
고 이에 사마를 두루히니 위의 졀월이 도로에 황홀하고 지나는 각관에
지대 지영하더라> (구활자본 73회, 372쪽)

ⓐ 슈월 후 츄밀 등이 퇵일ᄒᆞ여 텬졍의 하덕ᄒᆞ고 집의 도라와 친쳑을
니별ᄒᆞ고 각각 집을 부탁ᄒᆞ여 잘 보젼ᄒᆞᆷ믈 니ᄅᆞ고 위의를 거ᄂᆞ려 월국
을 향ᄒᆞ니 위의 졀월의 도로의 니어시며 쇼과군현이 디영 디송ᄒᆞ더라
(강촌재본 권9-66~7)

㉯ 한파난 황망이 드러가고 쇼졔 젼도이 당의 ᄂᆞ려 **야〃를** 마ᄌ **졀ᄒᆞ기**
를 맞고 공의 ᄉᆞ미를 븟드러 실셩 유쳬ᄒᆞ니 공이 경아왈 "녀이 이러툿
슬허ᄒᆞ문 무삼 일이요?" 쇼졔 쳬읍 주왈 **"히이 싱어십팔년의 희한ᄒᆞᆫ**
역경을 갓초 지닉고 가간의 변난이 충싱ᄒᆞ여 부ᄌ 형졔 ᄉᆞ이 뉸샹이
문허져 화긔를 일스오니 엇지 슬프지 아니ᄒᆞ리잇가?" 공이 빈미 분연
왈 **"셕ᄉᆞᄂᆞᆫ 니ᄅᆞ지 말고 즉금 변괴 만고를 기우려도 듯지 못ᄒᆞᆫ 일이**
닉 집의 삼겨시니 진실노 한심 통ᄒᆞᆷᄒᆞ나 둥옥이 누를 벗고 악인을 잡아
다스리면 십분 쾌ᄒᆞ고 깃분 일이라. 닉 일즉 요인을 겨주어 졍젹을 알녀
ᄒᆞ엿드니 맛초와 국시 이셔 궐둥의 드러가시나 심시 번민ᄒᆞ여 춍〃이
좌괴를 파ᄒᆞ고 도라왓나니 너도 동싱이 누명을 신셜ᄒᆞ면 깃불 거시여날
도로혀 슬허ᄒᆞᄆᆞᆫ 엇진 일이요?" 인ᄒᆞ여 당의 올ᄂᆞ 좌졍ᄒᆞ매 쇼졔 념용
딕왈 **"야〃 셩심의난 둥옥·됴시의 얼골 된 쟈를 짐작ᄒᆞ시난잇가?"** 공
이 가로딕 **"가둥 샹ᄒᆞ를 샹고ᄒᆞᆫ즉 셩옥 부쳬 업스니 다시 거쳐를 ᄎᆞᄌ**
업슨즉 역ᄌ 부쳐의 작용이 아니리오?" 쇼졔 딕왈 **"거게 비록 현효치**
못ᄒᆞ나 이딕도록 악ᄉᆞ를 힝ᄒᆞ리잇가? 슈연이나 거〃 부뷔 혹 변형ᄒᆞ여
실진딕 야애 엇지 쳬치코져 ᄒᆞ시난잇가?" 공이 문득 노발이 츙관ᄒᆞ여
셔안을 치며 녀셩왈 **"셩옥 불쵸와 니시 흉인의 작얼일진딕 ᄎᆞ난 고왕금**
닉의 업슨 흉한 픠악ᄒᆞᆫ 악죵이라. 엇지 일시나 일월지하의 술나 두리

오? **당〃이 머리를 버히고 심통을 쌔혀 후인을 징계ᄒ리니 엇지 무러 알 비리오?" 말노 좃ᄎ 분긔 격발ᄒ여** 모진 위엄이 밍호 갓트니 (뿌리 본 권57-33앞~34앞)

ⓛ 한파는 황망히 돌아가고 쇼져는 젼도히 하당 영지하야 근일 존후를 뭇고 가변이 층출함과 작야 변고를 치위하온대 공이 일변 녀아를 반기 며 <u>량아의 변고를 닐으고 일변 형장 긔구를 갓초라 하며 왈 "내ㅣ 소루 하야 가중 요얼을 업시지 못하야 가중 변란이 층출하니 이번은 찰녀와 불초자를 죽여 문호를 보젼하리라."</u> 언파에 모진 호령이 상셜 갓흐니 (구활자본 74회, 381쪽)

ⓑ 한파ᄂ 황망이 도라가고 쇼졔 젼도히 당의 나려 마즈 **<근일 존(45)후 를 뭇ᄌ고 가변을 치위ᄒ온ᄃ 공이 일변 녀ᄋ를 반기고 일변 형장 긔구 를 출히라 ᄒ고>** 모딘 위엄을 발ᄒ니 (강촌재본 권50-44~5)

㉮·㉠의 〈 〉 표기를 한 부분이 거의 완전히 부합하고 있다는 점에 서 뿌리본과 구활자본이 많은 친연성을 지니고 있음이 드러난다. 이 런 점에서 뿌리본이 지금은 없어진 것으로 보고된 세책본소설의 원 대본이었을 가능성 또한 있겠지만, 실물이 전하지 않는 이상 더 이상 의 추론은 불가능하다. 한편 ㉯의 문면을 살펴볼 때, 가변(家變)을 일 으킨 흉인이 성옥 부처임을 알고 격노하는 부친과 그것을 말리려 여 러모로 애쓰는 딸의 대화가 수차례 오고가며 작품 내에서 극적 긴장 감을 높이고 있는데 반하여, ⓑ의 문면은 평면적인 서술에 그치고 있 다는 점뿐만 아니라, 동일한 서사상황임에도 이와 같이 이질적인 면 모를 드러내고 있다는 점을 통해, 우리는 강촌재본과 뿌리본이 그 모 본을 달리하여 형성·유통된 이본임을 어렵지 않게 짐작하게 된다. 이 런 점에서도 강촌재본을 완본(完本)이자 선본(善本)으로 조정(措定)하기 에는 많은 어려움이 따른다. 나아가 ⓛ에서 밑줄 친 부분이 ⓑ에서 빠

져 있는 것을 제외하고서는, 두 서술문면이 완전히 부합하고 있다는 사실로부터도 강촌재본의 서술문면이 지금은 실전(失傳) 상태인 특정한 이본[예컨대 세책본소설]을 축약하는 가운데 형성된 것이 분명해 보인다는 점에서도 더욱 그렇다고 하겠다.

마지막으로 뿌리본 권66을 강촌재본과 비교해 보자. 뿌리본 권66은 강촌재본의 권59의 62장부터 권61의 9장까지에 해당한다. 그런데 뿌리본 권57을 강촌재본에 비겨볼 때, 도합 64장으로 이루어져 있는 반면, 권66은 92장 분량으로 되어 있다. 이는 권57과 권66이 한 질에 속해 유통·전래한 이본이 아닐 가능성이 높음을 보여주는 증거로 기능한다. 그렇게 추정하는 또 다른 근거로 이들 이본의 서지형태가 다르게 나타난다는 점을 들 수 있다. 곧 권57이 매면 12행으로 되어 있는 데 비하여, 권66은 매면 14행으로 되어 있다는 점, 나아가 그 필사체 또한 다르게 나타난다는 점이 그것인데, 이들 이본이 만약 한 종에 속하는 자료라고 한다면 이런 현상을 자연스럽게 설명할 방법이 없다는 점 등에서 이들 두 이본은 각기 별도로 필사, 전승·유통되어 온 이본임이 틀림없어 보인다. 그만큼 『임화정연긔봉』은 다양한 종류의 이본이 존재했었고, 당대의 독자층에게도 널리 읽혔다고 하겠다.

첫째, 뿌리본에는 있되 강촌재본에서는 나타나지 않는 부분
둘째, 뿌리본에는 없되 강촌재본에서는 나타나는 부분
셋째, 뿌리본과 강촌재본의 동일 서술문면이 과도하게 생략되는 부분
넷째, 뿌리본과 강촌재본에는 있되 구활자본에서는 나타나지 않는 부분
다섯째, 뿌리본과 강촌재본의 같은 문면에서 대체가 나타나는 부분

첫째, 뿌리본에는 있되 강촌재본에서는 나타나지 않는 부분을 살펴
보자.

> ㉮ 쥬싱이 디쇼왈 "뎡형의 분심이 쓸난 물 갓투얏고 녀시 망극ᄒ미 <하
> 날이 문허진 듯 가니 솔난ᄒ엿거날> 위문은 아니코 귀경은 무슴 일고?"
> 이인이 쇼왈 "우리난 녀시를 보지 못ᄒ여시니 엇지 말미암아 위문ᄒ며
> 이보난 평싱 졀치ᄒ든 녀시를 만나니 무슨 일 위문ᄒ리오?" 쥬싱왈 "냥
> 형은 이러툿 니르지 말나. 뎡슉과 우리 ᄌ당이 녀시를 죽이며 닉치지
> 못ᄒ리라." ᄒ시고 냥ᄋ를 고렴ᄒ시니 녀시의 일이 틱반이나 무스홀 듯
> ᄒ니 이보 형이 아모리ᄒ들 부뫼 허치 아니시면 임의로 쳐살ᄒ리오?
> 연싱이 눈셥을 씽긔여 왈 "녀시 젼후 음샤ᄒ 힝시 무샹ᄒ거날 ᄎᄆ 군
> 지 경시ᄒ며 그 죄를 샤ᄒ리오? 여나나 고륙은 바리지 못ᄒ려니와 기모
> 난 샤치 못홀가 ᄒ노라." 화싱이 가로디 "빅거형은 일편된 말 ″나. 녀
> 시 이보 향ᄒ ᄆ음이 금셕 갓트미 신명이 인도ᄒ여 인년을 지시ᄒ미니
> 위연한 일이 아니오, 틱인의긔 몸을 더러인 비 업고 그 싱ᄒ 바 ᄌ녜
> 이보의 고륙이 니 유ᄌ식한 쳐ᄌ를 실졀 아닌 후 무슴 죄단으로 죽기리
> 오? 녀시 스스로 그 몸을 함ᄒ미지 이보의 신상의 유히ᄒ미 업나니 분
> ᄒ여 죽기도록 할 일이 ″시리오? 뎡디인 관홍 인ᄌᄒ시므로써 원부의
> 한이 깁괴ᄒ리오?" 쥬싱이 쇼왈 "ᄌ헌 형의 말이 의리의 맛당한지라.
> 이ᄋ의 젼졍을 조렴치 아니코 간디로 인졍을 각박히 ᄒ리오?" 연싱이
> 웃고 맛당ᄒ믈 칭ᄒ더라. 이러툿 말ᄒ며 뎡부 셔헌의 니르니 샹셔와 츄
> 밀이 안히셔 밋쳐 나오지 아녀시미 (뿌리본 권66-6앞~7앞)
> ㉯ 오시 웃고 가로되 "녀쇼졔 쳡의게는 뮈온 일이 업스니 ᄉ름을 급화의
> 구ᄒ문 인ᄌ의 일이오, 져 어엽쑨 냥ᄋ의 졍시 가련치 아니리잇가? 녀
> 쇼졔 당신 몸을 함할지언졍 샹공긔 무슴 ᄒ로오미 이시리잇고? 낭군의
> 풍치 츌뉴ᄒ실시 미인이 쏠오니 이 ᄯ한 남ᄌ의 호승이오, 더욱 바라지
> 아닌 ᄌ녀굴 나ᄋ드리니 이 고ᄆ온 일이라. 낭군이 져런 경을 갑지 아니

코 도로혀 죽기지 못흐믈 한흐시니 추난 비인졍이라. 쳡이 실노 그 뜻들
몰나 흐느니 젼일 낭군이 녀부인 달녀실 제 무어시라 흐시니잇가? (뿌
리본 권66-11뒤~12앞)

㉯ 오시 녀시을 가보고져 흐나 부인 뜻들 모로고 츄밀이 미안흘가 흐여
니별치 못흐드니 뎡부인 말솜을 듯고 **부인긔 고왈 "녀시 비록 죄즁흐오
나 쳥츈 쇼년 녀지 벽항 궁촌의 가난 심시 춤연흐옵고 그 셰간을 아니
가져가오니 그 졍시 가련흐온지라. 약간 긔용 즙믈을 보녀여 쓰긔 흐오
미 맛당흘가 흐나이다."** 부인이 오시을 명흐여 녀시의 협스를 추려 동
장으로 보녀고 (뿌리본 권66-24앞)

㉰ 출하리 쫄을 죽기믄 콰히 녀기려니와 너의 쳡으로 두든 아니리니 **이
러틋 흘 졔난 녀시 당〃이 장션궁의 엄젹흐야 너를 다시 보지 아닐 거시
니 되쟝뷔 엇지 쇼스를 긔의흐여 어즈러오믈 취흐리오?** 상문 쳐 니시
갓튼 거슨 과연 더럽고 간악한 음녀연이와 녀시난 그러치 아녀 너를
위한 졀이 아름답고 너를 아라보고 좃추니 엇지 용셔흘 도리 업스며
스족 녀즈를 임의 녜로 무즈 즈식이 〃실 쑨 아니라 황샹이 임의 부인
직쳡을 주어 계시니 무슴 연고로 쳡으로 나리오며 즁젼 불미지스를 들
추워 나의 즈식의 젼졍을 막그리오? 한젹 진평의 쳐 다슛번 긔가흐여시
되 부인 위를 주윗나니 흐믈며 슈졀한 녀지를 간되로 쳔되흐리오? 즈산
**형은 식니 군지니 결단코 녀시를 쳡으로 나리오지 아니리니 현질은 다
만 부여을 슌슈흐리어다."** 츄밀이 쳥파의 슉부의 말솜이 스리의 온당흐
믈 (뿌리본 권66-33뒤~34앞)

위에 제시한 뿌리본의 서술문면은 강촌재본과 구활자본 두 이본 모
두에서 전혀 출현하지 않고 있다. 이는 뿌리본이 이들 두 이본과는 그
전승과정을 달리하여 이루어진 것임을 여실히 보여준다.

둘째, 뿌리본에는 없되 강촌재본에서는 나타나는 부분을 살펴보자.

ⓐ 쥬공이 역쇼왈 "ㅈ등과 ㅈ장은 외인이니 ㅈ산의 집 긔괴훈 변을 **모로려니와 나는** 잠간 드럿느니 ㅈ산이 업던 손ㅈ와 미부를 엇고 딜지 고인을 만나시니 극훈 경시어늘 엇던 고로 변이라 ㅎ느뇨?" **언파의 대쇼ㅎ니** 연·화 이공이 희연 쇼왈 "아둥은 그런 줄 바히 몰낫더니 ㅈ산이 어틱 가 손ㅈ를 어덧는고? 가히 하례ㅎ염즉ㅎ도다. 그러므로 회ㅅ를 ㅈ랑ㅎ려 우리를 청ㅎ여 잔치ㅎ려 ㅎ미니 우리 등이 오날이야 이 집 쥬찬을 어더 먹게 되여시니 쑴을 잘 쑤엇던가? 다힝토다." (강촌재본 권60-3~4)

ⓛ 차시 미쥬ㅣ 천만 망극한 본색이 패루하야 혼비백산하고 오장이 촌렬하야 즉셕에 츌화를 당하든지 혹은 죽음을 당할가 하야 망지소조함애 (구활자본 84회, 482쪽)

ⓑ 츠시 미쥬 **텬디망극훈** 본젹이 픠루ㅎ니 넉시 훗터디고 오늬 촌졀ㅎ미 **스스로 죄를 혜아려 즉긔의 츌화를 만나거나 츄밀이 죽이기를 의논훌가** 가슴의 블이 나고 젼일 ㅈ가를 졀치ㅎ여 용납디 아닐 줄노 대언ㅎ미 심상치 아니턴 거시믜 **구츅ㅎ미** 시긱을 넘기디 아닐 줄노 알고 더옥 **초조ㅎ여** 노쥐 듸ㅎ여 가슴을 두다리더니 홀연 명당 시녜 유모를 블너 가틱 (강촌재본 권60-17~8)

ⓒ 츄밀이 다시 녀시의 말을 아니코 종용이 한담ㅎ다가 도라가니라. **이 말이 젼셜ㅎ여 태ㅅ 부부와 가듕이 다 알고 실쇠경아ㅎ여 녀시의 의ㅅ를 궁흉타 ㅎ고 태식 명부인긔 무러 ㅈ시 알고 명공의 쳐치 관인ㅎ믈 탄복ㅎ며 후일 츄밀을 조아 녀시의 말을 일ᄏᄅ니 츄밀이 운익이 긔구ㅎ므로뻐 듸ㅎ더라.** (강촌재본 권61-5~6)

위에 제시한 강촌재본의 세 서술문면 가운데 구활자본인 ⓛ에서의 축약 서술을 제외하고서는 뿌리본과 구활자본 두 이본에서 다른 두 서술문면은 보이지 않고 있다. 앞에서 살펴본 경우와는 이질적인 모습을 보이는 경우인데, 곧 이런 점은 강촌재본을 포함하여 현재까지 남아 전하는『임화정연긔봉』의 이본군 가운데서는 원(原)『임화정연긔봉』에 해당하는 자료가 없다는 사실을 일러주는 좋은 예이다.

셋째, 뿌리본과 강촌재본의 동일 서술문면이 과도하게 생략되는 부분을 살펴보자. 앞에서와 마찬가지로 대표적인 보기 하나만을 제시한다. 강촌재본 권60-37~57장까지의 결코 적지 않은 분량이 뿌리본에서 극히 소략하게 축약된 경우가 바로 그에 해당한다. 한편 구활자본에서는 그 축약·산략의 정도가 더 심하게 나타나고 있다[구체적인 예문은 뒤에 붙인 자료4로 대신한다]. 이로부터 뿌리본과 강촌재본이 분명 그 전승과 유통 경로를 달리하고 있는 이본이라는 점과 나아가 강촌재본과 구활자본의 관련양상 또한 결코 가까운 것만은 아니라는 사실을 거듭 확인할 수 있었다. 이런 점에서 다시 원(原)『임화정연긔봉』의 존재를 상정해야 할 타당성이 거듭 제기된다.

넷째, 뿌리본과 강촌재본에는 있되 구활자본에서는 나타나지 않는 부분을 살펴보자.

다음 세 문면이 그에 해당한다. 곧 강촌재본 권59-70~60-17과 뿌리본 권66-4뒤~14앞 부분까지, 강촌재본 권60-27~30과 뿌리본 권66-18뒤~20뒤 부분까지, 강촌재본 권60-30~37과 뿌리본 권66-20뒤~25앞 부분까지 공히 나타나고 있는 서술문면이 구활자본에서는 전혀 나타나지 않는 것이 그에 해당한다. 이들 문면은 연·화·주 삼생과 추밀간에 오고가는 대화를 주로 보여주고 있는 장면인데[구체적인 예문은 생략한다], 구활자본의 경우 어떠한 이유에서인지는 정확히 판단할 수 없지만 이들 선행 이본들의 문면을 나름대로 탈락시켰던 것으로 이해된다. 여기서 한 가지 안타까운 사실은『임화정연긔봉』가운데 세책본소설로 유통되던 자료의 거의 대부분이 망실된 현재 상황에서, 이것과 뿌리본·강촌재본·구활자본과의 비교 검토를 따져 이

들 상호간의 연관성을 구체적으로 따져볼 수 없다는 점이다. 이 문제
에 대한 보다 적극적이고 타당한 결론을 내리기 위해서라도 계속적으
로 세책본소설의 존재를 탐문해야 하는 과제가 남아 있다.

　다섯째, 뿌리본과 강촌재본의 같은 문면에서 대체가 나타나는 부분
을 살펴보자. 대표적인 예문을 제시한다.

> ㉮ 천한 ᄌᆞ식을 유렴ᄒᆞ여 음샤한 계집을 용샤ᄒᆞ리잇가?" <뎡공이 문득
> 졍ᄉᆞᆨ 칙왈 "ᄎᆞ시 네 몸의 유히ᄒᆞ미 관듕ᄒᆞ뇨? 모로고 한 일이여니와
> 네 명현 신듕치 못ᄒᆞ기로 규슈의 몸을 더러이고 남의 가상을 써ᄅᆞ쳐
> 힝신 가히 붓그럽거날 졔 죄난 싱각지 아니ᄒᆞ고 남만 나모라 죽기려
> ᄒᆞ나뇨? 녀시 비록 처음 힝실을 그릇 ᄒᆞ여시나 맛춤ᄂᆡ 슈졀ᄒᆞ여 도라온
> 즉 죽기며 츌거할 죄목이 무어시오? 몸이 쟝뷔 되여 이만 일을 혜아리
> 지 못ᄒᆞ고 혈긔지분으로 살싱을 경히 녀기니 엇지 한심치 아니리오?"
> 싱이 황공ᄒᆞ여 면관 샤죄왈 "히익 인신 혼암ᄒᆞ여 힝신 불민ᄒᆞ오니 감청
> ᄉᆞ죄로소이다." 공이 긔위 묵〃ᄒᆞ여 슉연이 말이 업스니 연 · 화 이공이
> 위로 기유ᄒᆞ니 츄밀이 물너나믹 연 · 화 · 쥬 삼공이 츄밀을 희롱ᄒᆞ며 찬
> 양ᄒᆞ여 쇼에 낭〃ᄒᆞ니 뎡싱이 듯기 괴로워 광미를 씽긔고 한 말 딕답이
> 업스니 쥬싱이 쇼왈 "뎡형의 ᄆᆞ음이 비야흐로 홋탄 실 갓거날 형ᄂᆡ난
> 긔롱이나 말나> (뿌리본 권66-10앞~뒤)

> ⓐ 쳔ᄋᆞ를 거리쪄 대간 대음의 계집을 용셔ᄒᆞ리잇고? <ᄒᆞ믈며 대인과
> 쇼ᄌᆞ 당당ᄒᆞᆫ 딘신명관으로 음녀의게 졀졀이 속은 줄을 타인이 드ᄅᆞ믹
> 녀녀를 다스리디 아니ᄒᆞ고 닉치지 아니ᄒᆞ다 ᄒᆞ면 인인이 우리 부ᄌᆞ를
> 츔 밧타 ᄭᅮ디ᄌᆞ리니 녀녀를 닉치기로 냥ᄋᆞ의 졍졍을 맛ᄎᆞ리잇가? 공직
> 빅어를 머므ᄅᆞ시고 기모를 닉치딕 빅에 인눈의 퉁슈ᄒᆞ엿습ᄂᆞ니 복망
> 대인은 녀녀를 영츌ᄒᆞ시면 히ᄋᆞ의 심시 편홀가 ᄒᆞᄂᆞ이다. 녀공이 비록
> 과격ᄒᆞ나 기녀를 죽이기 쉬올 빅 아니오며 쏘ᄒᆞᆫ 죽여도 졔 죄의 가ᄒᆞ오
> 니 므오시 앗가오리잇고?" 인ᄒᆞ여 머리를 두다려 간쳥ᄒᆞ니 공이 두로

의논이 합디 아녀 오직 분긔 팅듕ᄒ니 져를 가타 혹 심식 편치 못홀
거시오, 녀시의게 누ᄎ 쇽으미 용널ᄒ거늘 다스리디 아닌즉 스린의 긔
쇼를 취홀디라. 녀가의 업슈히 넉임도 바들 빈니 ᄒ 번 계칙을 아니치
못홀디라. 츌거ᄒ여 슈졸케 ᄒ미 올ᄒ되 져의 친졍이 머니 잇셔 유소취
오, 무쇼거ᄂ 셩인의 경계라. ᄉ체 난쳐ᄒ여 쌍이믈 찡긔고 말 업스니
삼공이 츄밀의 분발ᄒ믈 보고 긔유왈 “녀시의 젼후 죄악은 실노 샤ᄒ염
죽디 아니되 이 오의 낫츨 아니 보디 못홀 거시니 녀시 빅어의 모 갓튼
죄상은 업스니 대댱뷔 엇디 오녀ᄌ의 하상디원을 슬피디 아니리오? 녕
존이 임의 션쳐ᄒ실 ᄯᅳᆺ이 계시니 현딜이 엇디 너모 고집ᄒᄂ뇨? 심당의
두어 셩명을 딕희게 홀 ᄯᅳ름이오, 후박은 현딜의 임의로 ᄒ리니 엇디
블쾌홀 빈 이시리오? 셔로 보디 아니며 뭇디 아니면 머니 이시나 다ᄅ
랴?” 뎡공왈 “아직 녀시를 졀치홈도 올홀디라. 명일 다시 쳐치ᄒ미 이시
리니 오오ᄂ 너모 조급히 구디 말나. 비록 용널ᄒ나 이만 쳐치ᄂ 싱각ᄒ
리니 너ᄂ 아비 쳐치ᄃ로 ᄒ미 맛당토다.” 츄밀이 다시 간치 못ᄒ더라.
공은 삼공으로 더브러 쥬빈로 말솜ᄒ니 츄밀과 졔싱이 난간 밧긔 나와
머믈ᄉᆡ 츄밀이 분한ᄒ믈 니긔디 못ᄒ여 두 번 녀시의게 쇽으믈 괴참ᄒ
미 광미를 찡긔고 말을 아니니 연·화 이싱이 뉴슈 ᄀᆺ튼 말솜으로 위로
ᄒ고 간간이 희담미어로 희희를 즐기ᄂ디라. 언언이 츄밀을 희롱ᄒ고
이 오를 찬양ᄒ니 츄밀은 더옥 듯기 괴로이 넉이니 쥬싱이 쇼왈 “표형
이 심시 바야흐로 녈화 갓거늘 냥형은 엇디 보치기를 이심히 ᄒᄂ뇨?〉
(강촌재본 권60-9~11)

㉯ 슈연이나 녀시난 **현슉한 녀지라**. 아희 신셰 구ᄎ코 박명을 슬허 쟝부
를 권유ᄒ미 지셩의 밋츨 거시니 연경이 녀시 둥디ᄒ미 가빈얍지 아닌
둥 셕일 거죄 이실가 겁ᄒ여 져를 부〃지도를 페치 아닐 듯ᄒ니 녀시
뎡문의 안거홀 거시오, ᄌ녜 이시니 삼죵 의탁이 되려니와 쇼〃 녀ᄌ의
직용이 〃러툿 궁곡ᄒ고 긔묘홀 줄 ᄯᅳᆺᄒ여시리오?” 부인과 ᄌ녜 분〃이
의논ᄒ여 혹 긔특ᄃ ᄒ며 혹 간교타 ᄒ여 시비 분〃ᄒ니 샹히 뎐셜ᄒ여

친척이 다 알고 놀나며 희연이 녀기더라 (뿌리본 권66-35-뒤)

ⓑ 슈년이나 대녀시는 아의 신셰 구츠ᄒ믈 셜워ᄒ리로다." ᄒ더라 (강촌
재본 권61-1)

㉰ 간비의 그릇 인도ᄒ미라. 종시 졀을 굿긔 ᄒ여 복ᄋ를 진여 명문의
도라오니 일이 비록 졍되 아니나 근본인즉 니슌ᄒ고 부ᄌ 쳔뉸을 완젼
케 ᄒ니 도로혀 긔특고 희한한 일이오, 군ᄌ 독신으로 지협이 귀ᄒ미
만금 갓ᄐ니 엇지 녀의 젼과를 굿ᄐ여 졔긔ᄒ며 부인이 엇지 참괴ᄒ
여 ᄒ실 비리오? 부인이 미양 녕졔의 일노써 운우를 삼아 근심ᄒ시믈
첩이 비록 우몽ᄒ나 아지 못ᄒ리오? 구두의 일캇지 아니나 역시 심녀의
닛지 못ᄒ여 쟝녀 혹 불미한 쇼문이 이실가 넘녀ᄒ엿ᄃ니 도로혀 고금
의 희한ᄒᆫ 거조로써 슈졀 졍심이 긔특ᄒ여 ᄆᆺ춥녀 군ᄌ긔 녜로 도라와
부〃 부ᄌ 완취ᄒ니 이 엇지 긔특지 아니리오? 녀시 만일 힝실을 쳔누
이 ᄒ여시면 부인이 괴춤ᄒ시려니와 져의 힝실이 희한ᄒ고 슈졀ᄒ미
아름ᄃ온지라 (뿌리본 권66-38뒤~39앞)

ⓒ 간비의 그릇 인도ᄒ미라. 간고풍상을 감심ᄒ고 슈졀ᄒ여 명문의 도라
오니 또 우연ᄒᆫ 일이 아니오, 골육을 보젼ᄒ여 부ᄌ 텬셩을 완취ᄒ여시
니 일변 희한ᄒᆫ 일이라. 상공이 안항이 소조ᄒ샤 쳑영의 그림지 외로오
시니 ᄌ녜 번셩ᄒ여 극ᄒᆫ 영홰라. 냥개 ᄌ녀를 고렴ᄒᆫ들 군ᄌ 간ᄃᆡ로
박히 ᄒ리오? 부인의 근심ᄒ실 비 업ᄂ이다 (강촌재본 권61-6~7)

㉮ⓐ의 예문은 뿌리본과 강촌재본 가운데, 뿌리본이 강촌재본의 서
술문면을 대체하여 변이가 나타나고 있는 경우이고, ㉯ⓑ, ㉰ⓒ의 예
문은 그와는 반대로 강촌재본이 뿌리본의 서술문면을 대체하여 변이
가 나타나고 있는 경우를 제시한 것이다.

이런 예문을 통해서, 우리는 뿌리본과 강촌재본 모두 원(原)『임화
졍연긔봉』에 비할 때, 일정한 이상의 서술문면이 탈락된 이본이라는
점을 충분히 짐작하게 된다. 일반 필사본 소설인 뿌리본은 원(原)『임

화정연긔봉』 또는 그 계열에 속한 선행 이본을 전사(轉寫)할 때, 필사자의 주관에 따라 해당 원문을 임의로 변개했을 가능성이 세책본소설에 비하여 그리 높아보이지 않는다는 점 또한 고려할 필요가 있겠다. 곧 이들 두 이본에서 위에 보인 것과 같은 많은 차이가 나타나고 있다는 사실이야말로, 원(原)『임화정연긔봉』의 존재를 상정(想定)하는 가운데, 현재까지 전해지고 있는 여러 이본들을 함께 고려하면서 그 같고 다름을 따져봐야 할 필요성을 제고하는 것이라고 이해해야 한다.

4. 원(原) 〈임화정연긔봉〉의 존재 가능성과 강촌재본의 자료적 성격

필자는 앞에서 세책본소설『임화정연긔봉』권12·권95, 뿌리본 권57·권66을 강촌재본 72권 72책, 그리고 후대에 간행된 구활자본과의 비교 검토를 통하여 이들 이본들 간의 친연성 및 강촌재본의 완본(完本) 내지 선본(善本) 여부를 밝혀보고자 검토해 왔다.

그러나 이 작업을 본격적으로 비교 검토하기 위한 이본들이 그렇게 많이 남아 있지 않은 현실적 상황 아래서, 검토 대상 가운데 유일하게 완질로 전하는 강촌재본이 과연 완본(完本)이자 선본(善本)이 될 수 있는가를 살피는 작업은 결코 용이하지만은 않았다.

본고에서 얻어진 논의가 과연 이 문제를 규명하는데 얼마만큼 큰 의미를 띨 수 있는 것인가에 대한 회의를 필자 또한 지니고 있을 만큼, 해당 이본들의 상호 관련 양상은 매우 다기(多岐)하며 복잡한 양상으로 드러났다. 여기서 검토 대상이 된 소수의 이본들로부터 얻어진 논의를 과연 일반화시켜도 좋은 것인가에 대한 어려움 또한 있었다는

점을 부인할 수는 없다. 강촌재본에 대한 '흠집내기'를 하는 것은 아닌
가 하는 느낌(?)이 들었다고 하는 편이 제대로 된 표현일 수도 있다.
이러한 어려움 속에서도 필자는 강촌재본의 서술문면을 몇몇 이본들
과 비교 검토해 본 결과, 완질인 강촌재본임에도 다른 이본들과 때로
는 같고, 또 때로는 다른 모습을 지니고 있다는 사실을 확인하게 되었
다. 그 같고 다름을 밝히는 준거로 다음 다섯 가지를 선택, 검토해 보
았다. 곧 첫째, 세책본 또는 뿌리본에는 있되 강촌재본에서는 해당 부
분이 나타나지 않는 부분, 둘째, 세책본 또는 뿌리본에는 없되 강촌재
본·구활자본에서는 해당 부분이 나타나는 부분, 셋째, 뿌리본과 강촌
재본의 동일 서술문면이 과도하게 생략되는 부분, 넷째, 뿌리본과 강
촌재본에는 있되 구활자본에서는 나타나지 않는 부분, 다섯째, 세책
본 또는 뿌리본과 강촌재본의 같은 문면에서 대체가 나타나는 부분
등이 그것이었다.

　앞에서 번거로울 정도로 제시한 문면들을 통해 강촌재본의 자료적
성격을 다시 한 번 갈무리해보도록 하자. 첫째, 뿌리본 권57의 서술문
면을 축약하는 가운데 이루어진 듯한 강촌재본의 다음 문면들−곧 권
57−19뒤~21뒤(江 권50−36), 권57−27앞~30앞(江 권50−43), 권57−30
앞~뒤(江 권50−43), 권57−33앞~34앞(江 권50−44~5)−과 강촌재본 권
60의 서술문면을 축약하는 가운데 이루어진 듯한 뿌리본의 다음 문면
들−곧 권59−72~권60−1(뿌리 권66−5뒤~6앞), 권60−9~11(뿌리 권66−10
앞~뒤), 권61−1(뿌리 권66−35뒤), 권61−6~7(뿌리 66−38뒤~39앞)−을 묶
어 고려할 때, 일반 필사본인 뿌리본과 강촌재본의 서술문면을 모두
포괄하고 있는[세책본소설과 구활자본까지도] 原『임화정연긔봉』의 존재
를 떠올리게 되는 것은 극히 자연스러운 현상이다. 이들 이본들은 原
『임화정연긔봉』 또는 그것을 모본으로 하여 산생된 선행 이본들을 축

약·산략하는 과정 속에서 이루어졌을 것이다. 『임화정연긔봉』 이본
자료들이 그렇게 많이 남아 전하지 않고 있는 현실에서 이들 이본들
의 관련 양상에 대한 보다 깊이 있는 분석은, 이런 점을 유념할 때 아
직은 새로운 출발선상에 놓여 있다고 해도 과언은 아니다.

완질인 강촌재본이 완본(完本)이자 선본(善本)이 될 수 없는 또 다른
근거로 발화(發話) 주체(主體)의 착종이 빈번하게 나타나고 있다는 사
실을 마지막으로 지적해 두고 논의를 마친다. 이런 사실은 강촌재본
이 선행 이본을 전사(轉寫)하는 과정에서 나타난 결정적 오류로, 완질
이라고 해서 무비판적으로 수용·연구해서는 아니됨을 증명해주는 좋
은 경우라 하겠다.

㉮ 공이 졍싴왈 "듸ㅅ난 부인도 간예치 못ㅎ거날 네 엇지 감히 한셜을
ㅎ리오?" 오시 황공 묵연ㅎᄃ라. 부인이 가로ᄃᆡ "냥ᄋ도 기모를 좃ᄎ
보ᄂᆞ려 ㅎ시난잇가?" **공이 왈** "삼셰 유ᄋᆡ 무슴 죄 잇다 ㅎ고 ᄂᆞ치리오?
ᄎᄋ난 네갓치 부인이 무의홀지니 ᄐᆞ로 이실 젹도 부인이 힘써 다려
ᄃ가 손ᄋ 갓치 양휵ㅎᆞ엿나니 이직 진짓 손ᄌᆞ를 ᄂᆞ치리오?" 부인이 ᄃᆡ
참ㅎ여 다시 말을 못ㅎ더라 (뿌리본 권66-19뒤~20앞)
ⓐ 공이 졍싴왈 "대ᄉ의ᄂᆞ 부인도 간예치 못ㅎᄂ니 네 엇디 감히 한셜을
ㅎᄂ뇨?" 오시 믁연이어늘 부인왈 "이ᄂᆞ 졔 어미를 좃ᄎ 보ᄂᆞ려 ㅎ시ᄂ
니잇가? ◆◆◆ 삼, ᄉ 셰 유ᄋᆡ 므슴 죄 잇관ᄃᆡ ᄂᆞ치리오? ᄎᄋᄂ 부인
이 네 갓【치】무휼홀디니 타ᄋ로 이실 젹도 부인이 힘뼈 구ㅎ여 다려와
친손갓치 양휵ㅎᆞ엿ᄂ니 딘짓 손ᄌᆞ를 ᄂᆞ치리오?" 부인이 대참 무언이러
니 (강촌재본 권60-29. ◆◆◆는 필자 표시한 것임)
㉯ 츄밀이 ᄃᆡ왈 "쇼질이 갓 올나와 총〃ㅎ기로 져〃 그 이런 말ᄉᆞᆷ을 아녀
습거니와 져〃난 녀시의 낫츨 보와 더욱 녀녀를 두호ㅎ시리니 셕일붓터
져〃난 녀녜 슈졀ㅎ면 바리지 못<ㅎ리라 ㅎ여 겨시니 이 말ᄉᆞᆷ을 드르

신즉 져를 위챠ᄒ시미 극홀 거시오, 쇼질을 권유ᄒ시미> 듯지 아녀 알
니로소이다." **상셰왈** "ᄌ산과 질녀난 의리와 녜졀을 <심ᄉ하나니> 엇
지 각박한 의논이 〃시리오? 네 비록 쇼견이 훤듸ᄒ고 <유식ᄒ나> 맛
츰ᄂᆡ ᄌ산과 질녀의긔 밋지 못ᄒ리니 다만 질녀의 말듸로 쥰힝홀지어
다." (뿌리본 권66-34뒤)

ⓑ 츄밀이 ᄃᆡ왈 "쇼딜이 갓 도라왓기로 아딕 져져긔 이 말을 고치 못<ᄒ
엿ᄉᆞ거니와 져져ᄂᆞ 녀시의 안면을 보아 녀녀를 더옥 두호ᄒ오리니 젼
일> 져졔 니ᄅ샤듸 져 녀가 녀짓 슈졀ᄒ면 ᄇ리디 못홀 줄 니ᄅ시니
쇼딜만 그ᄅ 줄 노ᄒ실다라. 권유ᄒ시미 디극ᄒ시리니 듯디 아냐도 알
소이다." **딘승 부ᄇᆡ** 쇼왈 "뎡형과 딜녀ᄂᆞ 의리와 녜졀을 <깁히 아ᄂᆞ니>
엇디 각별ᄒ 의논이 이시리오? 네 비록 소견이 훤츌ᄒ고 <식니 통달ᄒ
나> 맛츰ᄂᆡ 뎡형과 딜녀만 못ᄒ리니 현딜은 다만 부명을 슌ᄒ고 딜녀
의 말을 좃츠라." (강촌재본 권60-70~1)

㉮ⓐ는 사소한 어구상의 차이를 제외하고서는, 공과 부인의 대화가
거의 동일한 양상으로 출현하고 있다. 그런 가운데 ⓐ에서 ◆◆◆ 부분
이 탈락되어 있다. 이로 인하여 '삼, ᄉ 셰 유이 므슴 죄 잇관듸 늬치
리오? ᄎᆞᄋᆞᄂᆞ 부인이 녜 갓【치】 무휼홀디니 타ᄋᆞ로 이실 젹도 부인이
힘뼈 구ᄒ여 다려와 친손갓치 양휵ᄒ엿ᄂᆞ니 딘짓 손ᄌᆞ를 늬치리오?'
부분의 발화 주체가 부인이 된다. 이 부분의 서술문면이 정확한 것이
라면, 발화가 끝난 뒤 바로 이어 부인이 "대참(大慙) 무언(無言)이러니"
라는 문면과 같이 극히 이해하기 곤란한 상황은 출현할 수가 없다. 이
서술문면을 정확히 이해하기 위해서 우리는 다시 ㉮의 서술문면을 주
목할 필요가 있다. 곧 ◆◆◆ 부분은 뿌리본에서의 "공의 왈" 부분이
어떠한 이유에서인지는 모르겠지만, 강촌재본에서 누락된 결과 파생
된 오류에 불과하다. 곧 강촌재본의 필사가가 선행 모본을 전사하는

과정 속에서 "공이 왈"이라는 발화 주체를 그릇 누락시킨 데서 빚어진 오류로 파악된다. 이러한 사소한 부분을 통해서도 강촌재본이 지닌 자료로서의 한계가 거듭 확인된다. 일찍이 송성욱도 적절히 지적한 바[17] 있지만, 강촌재본이 분명 『임화정연』의 원전이 될 수 없는 요인 가운데 또 하나의 요인으로 이런 현상을 추가함 직하다고 본다.

5. 맺는말

본고는 강촌재본 『임화정연긔봉』에 대한 본격적인 문학적 가치 탐색에 앞서서 해당 이본이 완본(完本) 또는 선본(善本)으로서의 가치를 지니고 있는가에 대한 근본적인 의문에 답하기 위해서 이루어졌다. 검토의 대상이 된 여러 자료들[세책본소설·뿌리본·구활자본]과 강촌재본 『임화정연긔봉』의 서사문면의 같고 다름을 구체적으로 비교해 본 결과, 강촌재본 『임화정연긔봉』은 결코 완본(完本) 또는 선본(善本)에 해당할 수 없다는 사실을 밝힐 수 있었다. 그 근거는 첫째, 세책본 또는 뿌리본에는 있되 강촌재본에서는 해당 부분이 나타나지 않는 부분. 둘째, 세책본 또는 뿌리본에는 없되 강촌재본·구활자본에서는 해당 부분이 나타나는 부분. 셋째, 뿌리본과 강촌재본의 동일 서술문면이 과도하게 생략되는 부분. 넷째, 뿌리본과 강촌재본에는 있되 구활자본에서는 나타나지 않는 부분. 다섯째, 세책본 또는 뿌리본과 강촌재본의 같은 문면에서 대체가 나타나는 부분 등을 들 수 있다.

나아가 완질인 강촌재본 『임화정연긔봉』이 결코 완본(完本)이자 선본(善本)이 될 수 없는 또 다른 근거로 발화 주체(發話主體)의 착종이

---

17) 송성욱, 위에 든 논문, 8쪽.

빈번하게 나타나고 있다는 사실을 제시하였다.

이런 사실은 강촌재본『임화정연긔봉』이 원(原)『임화정연긔봉』이나 그것을 대본으로 후대에 이루어졌던 선행 이본을 전사(轉寫)하는 과정에서 나타난 결정적 오류인 바, 강촌재본『임화정연긔봉』이 완질이라고 해서 무비판적으로 해당 자료를 수용·연구해서는 아니됨을 보여주는 좋은 경우라고 하겠다. 이점이 바로 본고에서 거둔 소득이다.

▶ 부록 1

권12 앞 표지

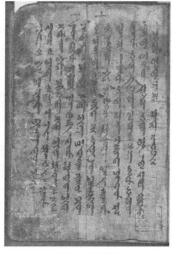

권12 1장 앞면

권12 44장 뒷면

권95 1장 앞면

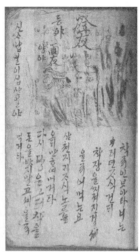

| 권95 3장 내지 좌편 | 권95 3장 내지 우편 | 권95 10장 내지 좌편 |

▶ 부록 2

가. < >는 강촌재본에서 대체 변이가 발행하는 부분으로, 그 옆의 ( )이
　　바로 세책본소설인 권95의 원문임.

나. [ ]는 강촌재본에서 탈락되어 보이지 않는 부분임.

다. 굵은 글자는 강촌재본에서 새롭게 나타나는 부분임.

장 팔십을 <듕치ᄒᆞ여 사름을 후려 ᄌᆡ믈을 탈취ᄒᆞ고 그릇 민든 죄를 징계ᄒᆞ
며 다시 연화를 위업ᄒᆞ여 남의 졀셰ᄒᆞᆫ 녀ᄌᆞ를 억미ᄒᆞ여 만단으로 유셰ᄒᆞ여
녈졀을 상ᄒᆡ오니 다시 블의디스를 못ᄒᆞ게 미미 고찰ᄒᆞ여 듕히 다스리니>(쳐
닉치라." 좌위 응셩ᄒᆞ여 챵모를 결박ᄒᆞ여 형판의 동히고 큰 미를 드러 녕악ᄒᆞᆫ
스예 힘을 다ᄒᆞ여 치니) 챵뫼 <ᄌᆞ쇼로>(쇼시로부터) <이런 듕장을 당ᄒᆞ여시
리오>(금슈 나룽의 쓰여 긔비 약ᄒᆞᆫ지라. 엇지 듕댱을 견디리오?) <알프믈
견디디 못ᄒᆞ여 살거디라 브르디져 우니 어시 다스리기를 다ᄒᆞ미 싀어 닉치라

ㅎ니 딘쥰과 창뫼 반싱반슷ㅎ여 전도히 실니여 도라갈식〉(삼, 스십 댱의 둔
육이 허여지고 긔운이 엄식ㅎ니 마가 뷔 이룰 보고 가슴이 믜여지는 듯 불을
구르며 눈물을 흘니고 흔갓 간장을 틱오더니 오십 댱의 미쳐는 아조 호흡이
쓰쳐지니 어시 명ㅎ여 닉치니 마가 뷔 업어 나와 구호ㅎ고 딘가 〃 동도 쥰을
구호ㅎ니 반향의 정신을 출혀 서로 원망ㅎ니 좌우의 굿 보느니 뉘 오조의
즈웅을 알니오? 챵모는 인스룰 출히지 못ㅎ니 마가 뷔 쥰을 긋르쳐 욕ㅎ니
즈연 요란흔지라. 부문 안흐로셔 범ᄀᆞᆺ튼 노직 쥬당을 들고 나와 휘 좃츠니
허여져 가고) 쥰은 댱만이란 관니(치) 맛타 〈가니〉(갈식) 니시 댱부의 거동
을 보고 가슴을 두다리며(고) 눈물을(이) 비 〈갓치 흘녀〉(ᄀᆞᆺ트여) 구완ㅎ〈노
라〉(니) 가듕이 〈쇼요〉(솔난)ㅎ딕(흔듸) 관니는 밧긔셔 쥬육을 증식ㅎ고 은
젼을 닉라 ㅎ니 니시 [살난] 망극ㅎ여 무죄흔 츈〈낭 모녀〉(화)를(만) 원망ㅎ
더라. 챵모는 **듕흔 민를 맞고** 장쳬 〈아프니〉(알파) 딘쥰 원〈망믈〉(ᄒᆞ미)
통입골슈ㅎ여 마가뷔 날마다 딘가의 [니르러] 은을 달나 슈욕〈ㅎ고〉(이 만
단이오), 관칙는 조곰이나 졔 쯧을(의) 〈밧디 아니ㅎ면〉(브죡ㅎ면) 슈히 뉵
시를 츠즈니라 〈슈욕〉(호령)ㅎ니 쥰은 댱하 여싱으로 반싱반슷ㅎ엿는디라.
니시 **혼주** 망극 **답답**ㅎ여 **초갈ㅎ여시니 쥰이 괴롭고 분ㅎ믈 니긔디 못ㅎ여**
가장을 다 써러 관니를 **됴토록** 딕졉ㅎ고 [조토록 관딕ㅎ며 우션] 〈챵모〉(마
가)의 은이나 주어 욕〈을〉(이나) 면코즈 댱·위 이 인을 쳥ㅎ여 스연을 니르
고 [아비 기친 바] 젼댱을 다 파라 달나 ㅎ니 이인(싱)이 불상히 넉여 **힘뼈**
듯보아 팔시 급히 파는 거시라, 어이 갑슬(시) 온젼〈히 바드리오〉(ᄒᆞ리오)?
빅금 쁜 거시면 뉵, 칠십 금을 밧고 젼연이 다 파라 챵모의 은을 다ᄒᆞ여 주니
〈맛치〉(두만) 몸과 집만 남아 **쁠 듸는 만코** 탕진ㅎ엿는듸 **관니는** 줄스록 증
싁ㅎ니 쥰의 부쳬(뷔) 초조ㅎ여 형히만 남아시디 쥰의 상쳬 **슈월을** 신고ㅎ여
[나은 고로] 싱도를 엇고 어시 무(남)창을 써〈나시미〉(난 고로) 져기 ᄆᆞ음을
〈뎡ㅎ나〉(노ㅎ나) 디뷔 **관니를 엄히 분부ㅎ여** 뉵시를 츠즈드리라 [독촉]ㅎ
니 **댱만이 셩화 ᄀᆞᆺ치 지쵹ㅎ여** 쥰의 부뷔 망극 답 〃 (굽 〃)〈흔디라〉(ㅎ여).
가마니 〈의논〉(상의)ㅎ듸 뉵시를 남듕의 다란 디 오라니 벅 〃 이 싁〈호의〉

(히) [잡아] 먹<은 빅 되여시리니>(어실 거시니) **이졔** 디하의 가 추즐 밧 이 세샹의[셔] <어딕 가>(엇지) 추즈며 츈화의 거쳐도(는) 모<로니>(르는딕) 관<가의셔는>(개) 져(이)리 지쵹ᄒ<는딕>(니) **엇디 못ᄒ죽 반드시** 죽기를 면치 못ᄒ리니 이를 엇디ᄒ리오? **빅계무칙이라.** 셔로 되ᄒ여 가슴을 치며 초 조ᄒ니 댱만은 **어셔 가즈 보치고** 듀야 <딕희여시니>(독쵹ᄒ니) ᄒ로 딕졉ᄒ 는 거시 <만흘 쓴 아니라>(무슈ᄒ지라.) 어딕를(로) 디향ᄒ여 추즈리오? **밤 낮 초조ᄒ고** 셰ᄉ[롤] <삐슨 듯 됴셕을 니우디 못ᄒ는디라.>(다 푸라 관니를 딕졉ᄒ되) 관니는 제 ᄯ의 브죡ᄒ면 <어셔 나오라 보치니>(호령이 싱풍ᄒ니) 슌의 부쳬(뷔) 셔로 의논ᄒ여(고) 집을 바리고 도망코즈 ᄒ나 관니 쥬야 딕희 여시니 <용신ᄒ을 길 업셔 ᄒ더니>(쇽슈무칙이러니) 슈셰 히이 블의에 병을 어더 **일야간** 죽으니 쳡 ″[이] 망극ᄒ나 <ᄋ희를 무든 후는>(두 몸) 쓴이오, 가ᄉ의 <뉴런>(유렴)ᄒ을 거시 업는디라. 일 계로 싱각고 집의 남은 거슬 **다** 파라 힝니를 츨히고 관니 인졍도 줄싱 [셰싱] 파산ᄒ미 약간 노복이 훗터디고 심복 창두 슈인과 믈 <ᄒ 필만>(ᄒ나히) 남앗는디라. 이의 됴혼 <쥬찬을> (슐과 맛 잇는 안쥬롤) 장만ᄒ고 가마니 사롬 어리[오]는 약을 <감초와>(석 거) 일 야는 관니를 쳥ᄒ여 후당의 안치고 혼연이 <니르딕>(말ᄒ여 왈) "원 쉬 <노챵이>(챵뫼) 날을 <믜이 넉여>(모함ᄒ여) 대<악으로 모함ᄒ고>(죄 의 모라 너허 못 살게 ᄒ고) 관<니>(인은) 날노 **인**ᄒ여 누쳐의 <뉴슉ᄒ여 머믈고>(오릭 머무니) **범ᄉ를 극단히 돌보와** [나의] 병잔 인싱을 [극진이 돌 보아] 됴리케 ᄒ니 은혜 디듕(지극)ᄒ더라. 불승감은ᄒ나 집이 탕갈ᄒ여 후히 샤례치 못ᄒ니 참괴ᄒ고 관부의셔 뉵시 추즈<너>(드리)기롤 지쵹ᄒ니 오릭 디류치 못ᄒᆯ디라. 명일 집을 쩌나 ᄉ쳐로 광(방)문ᄒ<고>(려 ᄒᄂ니) **내 쏘 ᄒ낫 ᄌ식이 죽으니 비창ᄒᄆᆯ 니긔디 못ᄒ더니** 오<날늘>(늘은) 박쥬를 어더 시니 그딕를 위로ᄒ고 **내 비회를 딘명**코즈(코져) ᄒ노라." 관니 됴혼 <쥬효> (슐이) 만ᄒᄆᆯ 보고 **가장 깃거** 혼연이 [먹어] **슐을** 대취ᄒ고(미) **냥안이 푸러 디고 졍신이 희미ᄒ딕 가딕록** [연ᄒ여] 큰 잔의 **너즈시** 약을 셧거 <권ᄒ니> (먹이니) **오릭디 아냐** 인ᄉ를 모로고 것구러디거ᄂ 급히 힝니를 거두어 도망

흐려 흐니 니시는 녀즈의 무음이라. **집을 바리고 가기를 셜워** <집을>(셰스룰) 둘너보아 눈물<이 비 갓더니>(을 흘니더니) 믄득 방 겻벽 스이의셔 므어시 덜걱이거늘 **니시** 괴(고)이히 넉여 압히 널을 쩌(쌘)히고 **나아가** 보니 므어시 **가히** 노혓<다가>(거늘) [널을 쌘히미] 나려디는 소리 슈상ᄒ거늘 혼빅이 샹텬ᄒ여 급히 쥰을 블너 보니 [은이라.] 쥰이 은봉을 보고 도로혀 가슴이 벌덕여 <뎐쟝 우흘>(즈시) 보니 일헛던 은지[라.] **흔 구셕의 가득이 노혓거늘** 하 금죽[히]고 괴이ᄒ여(니) 깃<븐 줄 모로고>(부기 여시오,) **부쳬** 낫치 퍼러ᄒ여 **왈** [일신을 썰기룰 나ᄋᆨ이ᄒ다가 ᄇ야흐로 정신을 졍ᄒ여 닐으되] '텬신이 나의 불인<흔 힝실을>(ᄒᆞ믈) **딘**노ᄒ여 은즈룰 감초와 대화룰 밧게 ᄒ**여시**니 사름의 ᄉᆞ오나오미 종시 무스치 못ᄒᆞ믈 씨둣ᄂᆞ니 비록 츄회ᄒ나 밋츠리오? 이졔 은을 어더시나 집의 잇다가는 **ᄉ화**룰 면치 못<ᄒ리니>(홀 거시오, 은즈룰 만히 진이고 가기 어렵고 두고는 못 가리니) 엇지ᄒ리오? 니시 **쏘흔** 놀<나>(난 마음이) 젼일(쟈) 악심이 스라졋ᄂᆞ더라. [이의] 답(듸)왈 "**젼일** 상즈의 잇던 글이 신선의 묘홰어늘 우리 씨닷디 못ᄒ엿더니 텬신이 은을 굠초앗다가 곤궁흔 쎄 눈의 뵈게 ᄒ시미(니) 실노 두립고 긔특ᄒ더라. 이거슬 힘(몸)의 슈젼홀 만치 <가져다가 싱계도 ᄒ고>(진이고) 명산 대쳔(찰)의 **드러**가 뉵셔모의 원혼을 위**로**ᄒ여 크게 슈륙ᄒ여 졔도ᄒ고 우리 죄과도(룰) 소멸ᄒ게 ᄒ면 즈연 무ᄉ홀 거시니 깁히 뭇고 갓다가 오리면 관부의셔 <대ᄉ로이 슈쉭디 아닐 거시니 갓다가>(즈연 그만홀 거시니 도라와) [다시] 가장을 **일워** 술(사)고 다시 블의를 삼가면 엇디 굿ᄐ여 죽으리오? 썰니 그윽흔 듸 뭇고 다라나**면** [셩화ᄀᆞᄐᆞᆫ] 화룰 면ᄒ리라." 쥰이 올히 넉여 냥개 창두룰 블너 ᄉ연을 니르고 **은을** 동산 <님듕의>(그윽흔 듸) 뭇고 슈빅 냥을 [몸의] 딘이고 힝니와 니시룰 믈긔 싯(언)고 급히 [뒤문을 나] 원방으로 다라나니라. 댱만이 술을 먹고 **대취ᄒ여** 인ᄉ룰 모로다가 날이 <반이나 된 후>(반오의) 니러 안즈 사름을 브르니 긔쳑이 업거늘 노ᄒ여 안히 드러가니 사름은커니와 긔도 업ᄂᆞ더라. 실쉭 대경ᄒ여 <두로 어든들>(닉외로 헤지르며 ᄎᆞᄌᆞ나) 어듸 가 <ᄎᆞᄌᆞ>(어드)리오? <블을 굴너>(돈족) 왈 "내 술을 탐ᄒ여 먹<기로>(은 죄

로) 딘가의 쇽이믈 닙<어>(으니) <이 놈을 일허시니 관부의 므어시라 고ᄒ
리오? 일졍 죄를 닙으리니 갓가온 ᄆᆞ을 집을 뒤여 ᄎᆞ즈리라>(관가의 듕죄를
닙으리니 이를 엇지ᄒ리오? 일졍 닌가의 슘어시리라)." ᄒ고 <블시의 뒤니>
(일 촌을 ᄂᆞ리뒤니) 집마다 놀나 연고를 므러 알고 크게 노ᄒ여 **盼화** 댱만을
ᄭᅳᆯ고 <고을>(현듕)의 드러가 공연ᄒᆞᆫ 니(인)민을 보치여 블시의 돌입ᄒ여
니외로 작난ᄒ니 이런 무거ᄒᆞᆫ 놈이 어ᄃᆡ 이시리잇고? <ᄒᆞ며>(오) 십여 인이
[일시의] 발괄ᄒ니 디뷔 [대]노ᄒᆞ여 댱만을 줍아드려 **짐ᄌᆞᆺ** 딘쥰을 <노홧다
듕치ᄒ니>(일흔 죄로 듕히 치니) 댱만이 원억ᄒᆞᆷ믈 니긔디 못ᄒ여 발명ᄒ나
[디뷔] <엇디ᄒ리오>(어이 샤ᄒ리오)? 미이 쳐 가도고 다른 츼(ㅊ)인을 명ᄒ
여 딘쥰을 슈싴ᄒ라 ᄒ다(권95-17.앞~22.뒤)

▶ 부록 3

ⓒ 각각 일홈을 ᄀᆞᄅ치고 또 먹는 법을 가ᄅ치니 **옥이 짓거 밧비 드러가
모친긔 드린ᄃᆡ** 소시 대희ᄒ여 하ᄂᆞᆯ긔 샤례ᄒ고 모ᄌᆞ 고식이 셔로 치하왈 "**하
날이** 우리를 어엿비 녁이샤 이런 긔특ᄒᆞᆫ 약을 어드니 이졔야 듕옥 죽이믈
근심ᄒ리오? 이제 급히 힝계ᄒ여 <무죄ᄒᆞᆫ 사름을 업시코져 ᄒᆞᄃᆡ 금오를 볼
길 업셔 몬져 여ᄎᆞ여ᄎᆞᄒ리라>." ᄒ고 ᄀᆞ마니 의논홀ᄉᆡ 엇디 신명의 ᄆᆡ이 녁
이믈 면ᄒ리오? ᄎᆞ시 츈옥 등이 명심ᄒ여 긔미를 슬펴 알고 그 블인 극악ᄒᆞᆷ믈
통히ᄒ여 삼인이 의논왈 "**부인과 공ᄌᆞ의 흉악ᄒᆞᆫ 심슐이 여ᄎᆞᄒ니 져격 ᄉᆞ
공ᄌᆞ의 변난도 부인의 작얼인가 시브니 이복 ᄋᆞ돌은 이의어니와 져 참담 가련
ᄒᆞᆫ 친 며ᄂᆞ리를 ᄎᆞ마 못홀 일노 히ᄒ려 ᄒ니 엇디 사름의 홀 비리오? 져런
블의디심을 가디고 죵너 무스ᄒᆞᆷ믈 어드랴?**" 벽난왈 "**져격 우리 쇼졔 므슴
글시를 쥬야로 닉이더니 오라디 아냐 변이 낫시민 내 원간 의심ᄒᆞᄃᆡ 등대ᄒᆞᆫ
말이므로 경이히 발셜피 못ᄒ엿더니 일노 볼단ᄃᆡᆫ ᄉᆞ 공ᄌᆞ를 모히ᄒᆞ미 올혼가
시브거니와 아등의 소싱이 다 쥬인의게 달녀시니 그 해 어ᄃᆡ 밋츨 줄 알니오?**

싱심도 구외의 너디 말고 셰셰히 슬펴 만일 어려온 일이 잇거든 한파긔 고ᄒ
여 무죄혼 사름을 신원ᄒ고 우리도 죽을 곳을 버셔나미 낭췩이라." ᄒ고 ᄎ야
의 ᄯᅩ 츈옥 난셤이 긔미를 슬피고져 ᄒ여 ᄀ마니 창하의 업디엿더니 니시
창외의 인젹이 잇시믈 보고 문을 열치거ᄂᆞᆯ 낭인이 놀나 밋쳐 피치 못ᄒ고
거즛 즈ᄂᆞᆫ 쳬ᄒ니 니시 놀나 나아가 발노 박ᄎ티 낭졔 깁히 잠드러 군소릭ᄒ
며 도라눕거ᄂᆞᆯ 니시왈 "너희 뉘완티 이곳의셔 즈ᄂᆞ뇨?" 소시 알고 경문왈
"뉘라셔 게셔 즈ᄂᆞ뇨? 슈히 씌오라." 니시 흔드러 씌오니 낭인이 즈던 양으로
니러안거ᄂᆞᆯ 니시왈 "너희 어이 이에셔 즈ᄂᆞ뇨?" 츈옥왈 "쇼비 맛춤 아는 사
름의게 술을 어더 먹고 취ᄒᆞᄆᆡ 방의 가면 일졍 인ᄉᆞ를 모룰 거시믹 부인이
ᄎᆞ즈실가 ᄒ여 이에 업디엿습더니 잠을 깁히 드럿던가 시버이다." 난셤을 ᄆᆞ
ᄅᆞ니 셤왈 "쇼비는 츈옥이 이에셔 즈오믹 씌오고져 ᄒ다가 씌디 아니ᄒᆞ옵기
로 씌기를 기다려 업디엿습더니 종일토록 일ᄒ여 곤븨ᄒ던 ᄎᆞ 잠이 드럿ᄂᆞ이
다." 소시 대로왈 "쳔녜 반ᄃᆞ시 우리 ᄉᆞ어를 엿듯다가 즈노라 ᄒ여 간ᄉᆞ히
ᄭᅮ며 죄를 면코져 ᄒ니 엇디 요악디 아니리오?" 인ᄒ여 낭인을 잡아드려 큰
믹로 난타ᄒ며 ᄭᅮ디져 왈 "너희 요ᄉᆞ이 녜 업던 의복도 넙고 ᄌᆞ빅을 흔히
ᄡᅳᄂᆞᆫ 일이 극히 슈상ᄒ더라. 츌쳐를 뭇고져 ᄒ디 근너 심식 요란ᄒ여 뭇디
못ᄒ엿더니 금일 므ᄉᆞᆷ 뜻으로 창하의 업디엿ᄂᆞ뇨? 즈시 고ᄒ라." ᄒ고 마이
치니 머리 씌여디고 살이 ᄴᅥ러져 피 흐르티 낭녜 죽기로 발명ᄒ고 지빅의
복은 졔 아ᄌᆞ비게 어들와 ᄒ여 울며 발명ᄒ니 셩옥이 요란ᄒᆞ믈 민망ᄒ여 모친
을 말녀 이 녀를 노흐나 소시 의심ᄒ고 분ᄒ여 냥 녀를 다 닉치고 안히 드리디
아니니 셤등이 믹즌 후 더옥 원망ᄒ여 명일 한파를 보고 소시 모ᄌᆞ의 흉모와
요약을 어더 공ᄌᆞ를 히ᄒ려 ᄒᆞ믈 젼ᄒ니 한시 불승경악ᄒ고 만분통히혼 듕
간인의 소힝과 요약의 근본을 알믹 다힝ᄒ여 이슈가익왈 "우리 ᄉᆞ 공ᄌᆞ 언앙
하 누명을 시러 쳔고의 죄인 되믈 창텬이 어엿비 녁이샤 츈옥 등을 어더 신원
케 ᄒ시니 엇디 하날 은혜 아니시리오?" 인ᄒ여 낭인다려 굴오티 "소부인이
필연 여등을 의심ᄒ여 죽여 후환을 업시코져 ᄒ리니 너희 공연이 죽으믹 무익
디 아니리오? 일이 불구의 패루ᄒ리니 슬기를 도모ᄒ여 이졔 명부로 ᄉᆞ졍을

고흐고 목슘을 굽초와 타일 샹을 어드면 이거시 보신디칙이 아니랴?" 이네
씬다라 가마니 셰슈를 슈습ᄒ여 가디고 츄밀부의 가 쇼져긔 뵈오니 쇼졔 경문
왈 "너희 므슴 일 이의 오며 거디 슈상ᄒ뇨?" 이네 즉시 한파의 글을 올니거
늘 부인이 쎠혀보니 대개 소시 모즈의 흉모와 이졔는 공자의 신빅ᄒᆯ 일이
잇시믈 치하ᄒ엿ᄂ디라. 쇼졔 간파의 심한골경ᄒᄂ 듕 쏘ᄒ 회힝ᄒ나 일이
십분 등대ᄒ여 등옥이 신원ᄒ난 날은 소시 모지 환을 만나 가ᄂ 불안ᄒᆯ디라.
이러나져러나 가시 불안ᄒ여 인뉸이 난홀 바를 싱각ᄒᄆ 불승한셤ᄒ여 글을
깁히 간ᄉᄒ고 져두침ᄉᄒ디 냥편디칙이 업셔 아딕 냥인을 머므르고 츠야
밤든 후 냥인을 면젼의 블너 소유를 즈시 므ᄅ니 이네 온갓 ᄉ어와 요약 셜ᄒᆷ
며 셔시 니시의 작용이믈 고ᄒ니 침음ᄒ다가 딤즛 명쇠고 왈 "여등이 소부인
시인으로 은혜 닙으미 클 바어늘 쥬쾨 비록 불의를 힝ᄒ신들 그 비지 되여
누셜ᄒ 죄 위션 죽염즉ᄒ고 원간 부인이 어디지 못ᄒ시나 젼후의 가변을 딋디
아냐 계시거늘 이졔 이런 블의를 ᄒ실 니 업ᄉ니 이 필연 여등이 부인 칙을
닙고 한ᄒ여 열츠 망극디언으로 쥬모를 함ᄒ코져 ᄒ니 내 비록 모친의 친녜
아나나 모녀디의 덧덧ᄒ거늘 여등이 감히 내게 와 모친을 모함ᄒ며 목슘 엇기
를 요구ᄒ니 하류 쳔견이나 이러ᄂ 무류 간교ᄒ리오? 맛당이 너희를 미여
모친긔 보ᄂ녀 그 죄를 붉히리라." 셜파의 긔운이 츄상 갓트니 냥인이 황황젼
눌ᄒ여 고두 읍고왈 "쇼비 등이 본디 쥬인을 반홀 ᄠ이 업ᄉᆞ더니 한파랑이
가ᄅ쳐 보ᄂ미오, 요약디ᄉᄂ 쇼비 명명이 듯즈왓ᄉ오미 공즈의 원앙ᄒ시믈
춤디 못ᄒ와 한파긔 고ᄒ여 화를 방비코져 ᄒ오머러니 부인이 이러툿 ᄲ디즈
시고 줍아 보ᄂ려 ᄒ시니 쇼비 등이 소부인긔 잡혀간즉 죽을디라. 출하리 결
항즈ᄉᄒ오리니 ᄇ라옵건디 살펴쇼셔." 쇼졔 침음왈 "너희 졍언이 가이어니
와 츠시 등대ᄒ니 오딕 내 말디로 ᄒ여 소부인긔는 시비 니ᄅ디 아니케 ᄒ면
내 당당이 샤ᄒ고 등상ᄒ리라." 이네 황망이 굴오디 "다 ᄀᄅ치시ᄂ디로 ᄒ오
리니 션견디칙을 디휘ᄒ쇼셔." 부인이 ᄀ마니 냥인을 나ᄒ여 종ᄂ 여츠여츠
ᄒ라 ᄒ니 이인이 웅낙ᄒ더라. 쇼졔 죵야토록 번민ᄒ여 잠을 일우디 못ᄒ고
쳔사만녜 츙츌ᄒ더라. 이에 샹션을 본부의 보ᄂ녀 가마니 부인긔 셔간을 올니

라 하니 상션이 슈명하고 본부의 니르러 부인긔 뵈옵고 쇼져의 뜻을 고하니
부인이 좌우를 치오고 셔간을 본즉 굴왓시되 "시운이 블힝하여 젼일디스는
니르디 말고 금번 등뎨의 변고는 쳔고의 업슨 망극디홰라. 동희슈를 기우려도
벗디 못할 누명이오, 실노 하날을 블너 고치 못하고 쓰홀 두다려 보치 못할디
라. 희이 쥬야 골돌하옵더니 신명이 묵우하샤 간계 근원을 츠즈니미 힝이오나
간인이 등옥의게 엇더한 사름이니잇가? 희으는 심시 삭막하오니 태틱는 오딕
됴혼 모칙을 디교하쇼셔." 하엿고 한파의 셔스를 즈시 긔록하엿는디라. 부인
이 남파의 불승경악하고 만분통희왈 "소시 모즈의 불인흉과 등으 모히하는
심술은 아란 디 오리나 능히 희셕할 참증이 업스니 하날이 디공무스하심만
바라더니 쏘 이러틋 요괴로온 작용을 디어 내 으희를 신속히 맛츠려 하니
삼싱 원쉬라. 엇디 모즈의 의와 슈족디졍이 잇시리오? 임의 모즈 형뎨 되여
계 날을 스디의 너커날 엇디 져를 도라보리오?" 이러틋 분히 하나 곳쳐 대의
를 싱각하미 스셰 십분 난쳐하더라. 침음 반향의 필연을 나와 녀으의게 회셔
왈 "등옥의 망극한 변환이 신빅할 길히 업스믈 초스하더니 간인의 소실간
근본과 즉금 요약이 잇시믈 드르니 희힝하미 무궁하나 슈악인즉 여등의게
등난한 사름이오, 이눈의 참혹한 마디라. 져의 모즈는 죽어도 앗갑디 아니하
되 등으의게 명분이 관듕한디라. 모든 형뎨 쇠살 구쉬 되니 이 엇디 사름의게
들념즉하며 등이 신원하나 쾌하미 이시리오? 슈연이나 인졍을 디회여 스디를
감슈치 못할 거시오, 동싱을 앗겨 쳔고 누명을 므릅뼈 죽으미 딘실노 어리디
아니리오? 져의 모지 스스로 악을 쓴하 화를 취하니 엇디 우리 모즈를 원하리
오? 모로미 츈옥 등을 그르쳐 타일 즁참이 될 젹 소시를 들추디 말고 셩옥
부쳐와 향미로뼈 고게 하면 소시는 거의 화를 면할 둣하거니와 엇디 무스하
리오? 내 쏘 한파를 분부하여 님시응변하게 하려니와 츈옥 등은 하류 쳔식으
로 죵시 대스를 변치 아니코 의긔를 디회여 죵닉 명명한 즁참이 되기를 밋디
못하리니 오이 맛당이 이녀를 디교하여 대스를 빙낭치 아니케 하라." 하엿더
라. 쇼졔 모친 슈셔를 보고 의견이 즈가 뜻과 ゞ틈를 감탄하나 스시 크게 등난
흐믈 근심하여 심시 블안한디라. 즈가 남미의 명되 츠타하믈 한탄하고 냥녀를

십분 무휼ᄒ며 써셔 가마니 경계ᄒ여 소부인 신상이 무스케 ᄒᄂᆞᆯ 브축ᄒ니
낭인이 쇼져의 현심을 감복ᄒ여 그 명을 일일이 쥰힝ᄒ려 ᄒ더라. 쇼계 한파
의게 글을 붓쳐 ᄌᄀᆡ 소회를 고ᄒ고 소부인긔 악명이 니ᄅᆞ디 아니케 ᄒᄂᆞᆯ
직삼 일ᄏᆞ니 패 발셔 강부인 분부를 드ᄅᆫ디라. 부인 모녀의 현심슉덕을 만
구 칭복ᄒ여 그 말이 눈니의 올혼 줄 아디 소시의 악착ᄒᆞᆫ 심슐을 통히ᄒ여
왈 "현인을 간인이 모히ᄒ거ᄂᆞᆯ 현인은 악인의 젼졍을 앗기고 의를 디희여
악명 벗기믈 힘쓰니 인심의 닉도ᄒᆞ미 이러ᄐᆞᆺ 던디 ᄀᆞᆺ트니 하날이 엇디 현인을
돕디 아니며 악인을 벌ᄒ디 아니리오?" ᄒ더라. 소시 모지 요약을 슈등의 두
미 강부인 모ᄌᆞ를 닙긱의 셔룻고 황시 모ᄌᆞ를 졀계ᄒ여 ᄌᆞ개 가권을 견일ᄒ고
셩옥이 댱ᄌᆞ의 태산 ᄀᆞᆺ튼 셰가 구더 금오을 슈등의 너허 농낙ᄒ고 희쥬를
모히ᄒ고 미쥬를 다려다가 명가 친스를 ᄇᆞ라디 못ᄒ나 달니 신셰를 경영ᄒ여
만식여의ᄒ고 빅식 쾌홀 줄 상냥ᄒ고 깃브믈 니긔디 못ᄒ나 금외 년일 마을의
국신 만하 죵용이 집의 잇실 쩌 업스니 심하의 초조ᄒ더니 소시 츈옥 난셤을
닉친 후 거쳐를 모로니 십분 대로ᄒ여 노복을 호령ᄒ여 줍아드리라 ᄒᄂᆞᆯ 명부
협실의 깁히 든 거슬 어이 어드리오? 맛춤닉 종격을 춫디 못ᄒ니 소시 모지
노복을 듕치ᄒ니 노복이 각각 원심이 가득ᄒ더라. 향민왈 "츈옥 남셤이 닉당
시녀로 밧사룸 친ᄒ니 업고 부모 동싱이 업스니 졸연이 어디 가 의탁ᄒ리오?
이 등의 반ᄃᆞ시 초인ᄒ여 거쳐를 알 니 이시리니 시녀 벽난이 상히 디극히
친ᄒ여 쥬야 동쳐ᄒ여 스싱 동긔 ᄀᆞᆺ더니 부인의게 닉치인 후 닉닉 벽난의
방의 잇다가 도망홀 쓴 아니라. 쇼비 그윽이 슬피니 츈옥 벽난 등이 한파랑
곳의 ᄌᆞ로 왕닉ᄒ여 심히 친밀ᄒ고 삼인의 셰간이 이후로브터 ᄉᆞ지 유족ᄒ며
의복이 만ᄒ니 반ᄃᆞ시 한파랑의 당이라. 츈옥의 거쳐는 벽난이 알니이다."
소시 청파의 대경대로왈 "네 어이 발셔 이 말을 니ᄅᆞ디 아니ᄒᆞᆫ다? 내 상상
낭녀의 거디와 업던 의복 노리기를 의심ᄒᆞ더니 이 반ᄃᆞ시 한녜 츤녀 등을
진보로 회뢰ᄒ여 ᄉᆞ경을 탐디ᄒ거늘 져격 간비 창하의셔 쥬시ᄒᆞᄂᆞᆫ 거슬 씨닷
디 못ᄒ여 죽이디 아니ᄒ고 도망ᄒ게 ᄒ여시니 엇디 분히치 아니리오? 벽난
간녜 일당이라 ᄒ니 당당이 업치 쳐 힐문ᄒ리라." ᄒ고 니시를 불너 ᄉᆞ연을

니르고 벽단을 불너 알픠 니르믜 소시 노복을 호령ᄒ여 난을 형틀의 결박ᄒ니 난이 크게 울고 소ᄅᆡ 딜너 왈 "쇼비 본ᄃᆡ 다은 죄 업거늘 므슴 연고로 이런 듕형을 ᄒ시ᄂ니잇고?" 소시 ᄭᅮ디져 왈 "너 요비 츈옥·난셤 간비로 더브러 일당이 되여 한녀의 금ᄇᆡ을 밧고 우리의 ᄉ졍을 규찰ᄒ여 통노ᄒ믈 아디 못ᄒ 엿더니 이졔야 ᄌ시 안다라. 츈난 간비 도망ᄒ 거쳐를 네 ᄌ시 알 거시니 샐니 딕고ᄒ라. 한녀와 동심디스와 냥 간비 간 곳을 딕고치 아닌죽 당당이 ᄊᆡ를 바아 갈늘 믠들며 간을 ᄲᅡ혀 육장을 믠들고 바로 고ᄒᆞᆫ죽 일분 요ᄃᆡᄒ미 이시 리라." 벽난이 소ᄅᆡ 딜너 왈 "쇼비 니부 쇼쇽으로 쇼져를 뫼셔 이곳의 와시니 다만 쇼져와 친ᄒᆞᆫ 노쥬 ᄲᅮᆫ이오, 긔여ᄂᆞᆫ 쇼미평싱이라. 한파랑으로 당이 되며 츈옥 등으로 일심이 되리잇가? 블과 일틱의 이시니 면분이 닉을 ᄯᅮᆷ이라. 져 냥인의 ᄉ오나오미 쥬인을 빈반ᄒᆞᆯ 거슬 엇디 알니잇가? 부인이 거즛 참언을 드르시고 이미ᄒᆞᆫ 비ᄌ를 혹형ᄒ려 ᄒ시니 이런 원앙ᄒᆞᆫ 일이 어ᄃᆡ 잇시 리잇가?" 소시 대로왈 "간비의 쇼힝을 내 ᄌ시 알거든 쥐 갓튼 부리를 놀녀 발명코져 ᄒ고 날노뼈 학졍을 ᄒ인다 ᄒᆞᄂ냐?" 인ᄒᆞ여 호령ᄒ여 큰 ᄆᆡ로 ᄆᆡ 이 치니 십여 장이 넘디 못ᄒ여셔 ᄲᅨ ᄶᅵ여디고 뉴혈이 낭ᄌᆞᆫᄒ니 좌위 차악ᄒ 고 벽난이 긔ᄉᆡᆨ이 엄엄ᄒ더라. 소시 소ᄅᆡ를 놉혀 츈옥 등의 거쳐를 힐문ᄒ니 난이 엇디 간 곳을 알이오? 죵시 아디 못ᄒ므로 ᄃᆡ답ᄒ니 소시 익노ᄒ여 ᄆᆡ마 다 고찰ᄒᆞᄃᆡ 니시 일호 측은치 아냐 하·니 난이 통원ᄒᆞᆷ믈 니긔디 못ᄒ여 졍신을 뎡ᄒ여 니시를 향ᄒ여 왈 "쇼비 ᄋ시로브터 쇼져를 죵ᄉᄒ여 노쥬의 졍을 믠존 디 여러 츈츄라. 쇼졔 츌가ᄒ시ᄆᆡ 뫼셔 이에 니르니 ᄇᆞ라ᄂᆞᆫ 비 쇼져 ᄲᅮᆫ이라. ᄉ싱의 쇼져만 ᄇᆞ라고 잇더니 부인이 뉘 참언을 드르시고 이미ᄒᆞᆫ 쇼 비를 이러툿 혹형ᄒ시ᄃᆡ 쇼졔 조곰도 쇼비의 ᄯᅳᆺ을 모로시고 ᄋ시로 죵ᄉᄒᆞᆫ 졍셩을 도라보디 아니샤 ᄒᆞᆫ 말솜 구ᄒᆞ미 업ᄉ시니 엇디 노쥬의 ᄇᆞ라던 ᄇᆡ리잇 고? 쇼비 듕형을 니긔디 못ᄒ여 죽게 되여시니 구쳔 원혼이 프러디지 아닐디 라. 쇼졔 엇디 이러툿 인졍이 박ᄒ시며 어ᄆᆡ 낫츨 도라보디 아니시ᄂ니잇고?" 니시 쳥파의 믁연 변쉭고 답디 못ᄒ거늘 소시 ᄭᅮ디져 왈 "네 어미 비록 쇼져 의 유랑이나 네 쥬인의게 통심이 업ᄉ니 싀ᄲᅱ 엇디 너의 죽은 어미를 고렴ᄒ

리오?” 벽난이 앙텬 탄왈 “녯 말의 님군이 신하를 초기ᄀ치 녁이거든 신히
님군을 원슈ᄀ치 녁인다 ᄒ엿ᄂ니 쇼계 임의 쇼비 모녀를 플낫갓치 녁이고
어미 졋 먹인 공을 니즈시니 기여를 니ᄅ리잇가? 이계는 바랄 거시 업스니
죽으미 원이로소이다.” 니시 쳥파의 대로왈 “네 날을 원슈ᄀ치 아노라 ᄒᄂ
말이냐? 내 너를 의심ᄒᄂ 거시 아니라 존괴 죄를 니ᄅ시니 내 엇디ᄒ리오?”
난왈 “쇼비 일즉 쇼져긔 블튱ᄒ 일이 업고 부인긔 블민ᄒ 죄를 져즈디 아냣고
원슈 춘옥이 도망ᄒ 거시 내 몸의 죄를 당ᄒ니 졔 쇼비의 친쳑이 아니니 이러
텃ᄒ시미 아니 원통ᄒ니잇가? 바라건디 부인은 잔명을 술오쇼셔.” 소시 듯디
아니ᄒ고 다시 듕히 치니 스싱이 경긱이러니 믄득 셩옥이 밧비 드러오며 왈
“야얘 드러오시니 모친은 미질을 긋치쇼셔.” 소시 금오의 칙을 불가 벽난을
ᄭ어 닉치니 모든 반듕이 블상이 녁여 다려다가 약믈을 쳐 구완ᄒ니 난이
졍신을 출혀 졀치부심왈 “악인이 대악부도를 져즐며 입을 막노라 날을 이러
텃 혹형ᄒ니 내 아모조록 스라나 간악ᄒ 졍젹을 창셜ᄒ여 현인을 구ᄒ고 오날
놀 원슈를 갑흐리라.” ᄒ고 졔 셰스의 거슬 다 파라 약믈과 듁음을 힘뻐ᄒ여
조병ᄒ니 난이 침병ᄒ여 슈십여 일의 향츠ᄒ니 니시 츠디 아니니 난이 칭병ᄒ
여 나즌 방의 잇고 밤이면 ᄀ마니 한파의 곳의 왕닉ᄒ니 패 디극히 심복으로
후디ᄒ여 셔로 상의ᄒ여 간인의 힝계ᄒᄂ 날을 규찰ᄒ여 발각기를 명심ᄒ니
한파의 슬긔와 벽난의 영오 민쳡ᄒ므로 져 혼암 협쳔ᄒ 간뉴의 동디를 줍디
못ᄒ리오? 소시 학경이 심ᄒ고 니시 블인ᄒ므로 비복의게 인심을 일허 간뫼
슈히 발각ᄒ니라. 이젹 등옥 공지 폐인이 되여 두문블츌ᄒ고 쥬야 심당의 잠
와ᄒ여 부모의 면목도 못 보거늘 기여를 니ᄅ리오? 계옥은 젹젹 드러와 위로
ᄒ고 식믈도 권ᄒ디 셩옥은 드리미러 보도 아니ᄒ고 시시로 창밧그로 왕닉ᄒ
여 비소ᄒ며 조롱ᄒ여 인졍 밧 말노 ᄯ디즈니 공지 심하의 우분ᄒ여 탄돌ᄒ여
희허 탄식왈 “나의 운익이 참혹ᄒ고 팔지 긔구ᄒ여 이러텃 망극ᄒ 악명을
시러시며 누더기 일신의 얽어 흐로도 셰샹의 투싱할 죄 아니로디 조당이 셩녀
를 져바리디 못ᄒ여 이러텃 구츠히 머므러시믄 하날이 디공무스ᄒ시니 나의
익민ᄒᄆ를 신빅홀디라. 강상의 구명을 버슨 후 죽어도 한이 업스리라. 녜브터

악시 오릭 온닉디 못ᄒᄂ니 블구의 나의 누명을 신빅ᄒ려니와 소부인과 형이 화를 만날 거시니 내 비록 죄를 신원ᄒᆫ들 모즈 형뎨 구쉬 되여 인눈이 산난ᄒ리니 엇디 슬프디 아니며 망극디 아니리오?" ᄒ여 소시 모즈의 젼경을 넘녀ᄒ미 극ᄒᆫ 고로 셩옥의 허다 악연을 드러도 조곰도 원한이 업고 져의 몸이 졈졈 화듕의 갓가오믈 골돌ᄒ더라. 공지 두문 폐인이 되믹 뇨쇼셰 슈한이 창원의 밋치이고 이칠 쳥츈으로 신셰 맛츠믈 셜워ᄒ나 명위부부로 외면의 둥이 깁흐나 금슬의 밀밀ᄒᆫ 스졍을 아디 못ᄒ되 텬디의 둥흥과 인졍의 삼긴 비 즈연 범범치 아닌 고로 공주의 겨러톳ᄒᆫ 경상을 심니의 셜워ᄒᄂ니라. 일야 옥용 화협의 슬프믈 머금고 뉴미셩안의 근심이 밋쳐 화장 녹식을 폐ᄒ여 담담ᄒᆫ 소의소두를 거두어 존고 좌우의 잇셔 담쇼ᄒ미 긋쳐시니 부인이 감동 이련ᄒ믈 니긔디 못ᄒ여 도로혀 호언으로 관위ᄒ며 이휼ᄒ믈 강보 유ᄋ굿치 ᄒ니 쇼졔 감은ᄒ여 졍셩이 동촉ᄒ니 금외 식부를 볼 젹마다 불안참담ᄒ여 어로만져 탄식왈 "ᄋ부는 뇨공의 쳔금디란이어놀 블초ᄒᆫ 가부를 만나 셩ᄒ 디 쏘ᄒᆫ 슈년이 되디 못ᄒ엿고 부부의 졍도 아디 못ᄒ거놀 블초주의 죄악이 강상을 범ᄒ여시미 결단코 살녀두디 못ᄒ리니 져는 졔 죄어니와 가련ᄒ고 참혹ᄒᆫ 바는 너의 일싱이라. 노뷔 ᄆᄋ음이 버히는 둣ᄒ더라. 이졔 둥옥을 요디치 못ᄒ리니 너는 블초ᄒᆫ 가부를 위ᄒ여 슬허 말고 우리 부쳐를 바라고 심소를 널니라. 너의 일싱을 노뷔 편토록 거나리다가 ᄉ후라도 너의 신후 의탁을 극딘토록 졔도ᄒ리라." 언파의 상연 타루ᄒ니 쇼졔 일변 붓그리고 일변 슬프며 망극ᄒ미 유동ᄒ니 즈연 냥인의 눈믈이 밋치여 고개를 숙이고 옥슈로 돗글 집고 공경ᄒ여 업디여시니 방방ᄒᆫ 옥뤼 둣 우ᄒ 셔러디니 금외 블승잔잉ᄒ여 부인을 도라보니 부인이 스긔 타연ᄒ여 져두 묵연이어놀 공이 글오디 "우리 므슴 젹으로 이런 참혹ᄒᆫ 거동을 안젼의 죵신토록 보리오?" 부인이 침음반향의 희허 탄식ᄒ여 글오디 "이 다 쳡의 죄악이라. 오주의 죽는 날은 쳡이 엇디 즉는 거술 ᄎ마 보며 쏘ᄒᆫ 셜우믈 엇디 흠아 능히 견디여 셰샹의 슬 뜻이 잇시며 내 몸이 위틱ᄒ미 누란의 잇시리니 출하리 명을 긋쳐 셰샹을 샤졀ᄒ여 구원 쳔디의 기리 늣길디언졍 ᄋ부의 일싱을 고렴ᄒ여 일시를 머믈 뜻이 잇시

리잇고? 상공이나 종신토록 어엿비 넉이쇼셔." 공이 명츅고 골오듸 "부인이
상히 통달ᄒᆞ더니 엇디 이러툿 협칙ᄒᆞ미 심ᄒᆞ뇨? 듕옥 블초지 부모의 듕히
바라믈 져바리고 녀식의 외입ᄒᆞ여 죄를 강상의 어덧거늘 부인이 므ᄉ 일 블초
패악한 ᄌᆞ식을 ᄯᆞ라 죽으려 ᄒᆞᄂᆞ뇨?" 부인이 공의 블명 소탈ᄒᆞ믈 한ᄒᆞ나 셜
ᄒᆡ 무익ᄒᆞᆫ다라. 다만 블명ᄒᆞ믈 칭샤ᄒᆞ니 공이 다시곰 쇼져를 위ᄒᆞ여 블승잔잉
ᄒᆞᄂᆞᆫ 고로 ᄋᆞᄌᆞ의 일명을 샤코져 ᄯᅳᆺ이 잇시나 죄목이 심상치 아니니 ᄉᆞ라시면
셰상 기인이 될 ᄲᅡᆫ 아니라 고금 이ᄅᆡ로 아름다온 말은 셰상의 들ᄂᆞ미 더듸나
ᄉᆞ오나온 쇼문은 ᄒᆞ로 쳔니를 간다 ᄒᆞ니 ᄌᆞ개 비록 ᄋᆞᄌᆞ의 목슘을 살오나
풍문이 날딘듸 아직 당당이 법ᄂᆞᆯ노 죽을 거시오, ᄌᆞ가 ᄌᆞ녀의 패륜 난상ᄒᆞᆫ
허믈이 ᄉᆞ림의 훼ᄌᆞᄒᆞ여 됴졍의 용납디 못ᄒᆞᆯ디라. ᄉᆞ싱 낭디의 남쳐흄과 붓거
러오믈 측냥치 못ᄒᆞ니 심시 분울ᄒᆞ여 숙식을 폐ᄒᆞ고 ᄆᆡ온 술노 댱위를 격시나
마듸 못ᄒᆞ여 딕임을 다ᄉᆞ리ᄂᆞᆫ디라. 이ᄶᅥ 나라히 큰 옥ᄉᆡ 잇는 고로 공이 쥬야
금의부의 좌긔ᄒᆞ여 밤이라도 부듕의 종용이 머믈 젹이 업ᄉᆞ니 쇼ᄉᆞ 모지 간계
를 베프디 못ᄒᆞ여 심회 우민ᄒᆞ더니 시비 벽난의 장체 소복다 ᄒᆞ거늘 블너
ᄭᅮ딧고 슈션 방젹을 맛디니 난이 원을 품고 공슌히 소임을 출ᄒᆞ나 일심이
져 고식의 간모를 규시ᄒᆞ여 작화ᄒᆞᄂᆞᆫ ᄶᆡ를 여으며 스스로 살피더니 이날 공이
맛춤 셔헌의 한가히 이시믈 타 간인의 모ᄌᆞ 고식이 힝계ᄒᆞ려 ᄒᆞ니 필경이
ᄒᆞ여오? 분셕하회ᄒᆞ라. 이ᄶᅥ 금외 복두갓치 의망ᄒᆞ던 ᄋᆞᄌᆞ 듕옥이 강상의 죄
를 어더 일명이 경긱의 잇다가 요힝 녀ᄋᆞ의 간언으로 목슘을 브디ᄒᆞ나 삼,
ᄉᆞ 삭 두문블츌ᄒᆞ니 면목을 못 보완 디 오란디라. 췌등의 싱각고 그리는 졍과
통한ᄒᆞᆫ 심시 겸발ᄒᆞ여 ᄌᆞ긔 팔ᄌᆞ를 한탄ᄒᆞ고 냥지 이시나 ᄒᆞ나토 뫼시리 업셔
야심상월의 외로온 그림ᄌᆞ ᄲᅢᆫ이오, 다만 동ᄌᆞ 일인이 기동을 디혀 조을 ᄯᆞ름
이라(강촌재본 권50-2~26).

㉺ 각〃 일홈을 쓰고 먹난 법을 ᄀᆞ라쳐시니 쇼시 딕열ᄒᆞ여 하날게 샤례ᄒᆞ고
모ᄌᆞ 고식이 셔로 치하ᄒᆞ여 가로듸 "우리를 어엿비 녀겨 이런 신약을 천만의
외의 어드니 이졔야 듕옥·됴시 죽기〃를 근심ᄒᆞ리오? 다힝ᄒᆞᆫ 바난 회쥬 요
인이 업슨 ᄶᅥ니 밧비 힝계ᄒᆞ여 <급히 셔르즈리라." ᄒᆞ고 이날 밤의 셩옥 부체

약을 삼켜 둥옥·됴시 되여 셔당으로 나가니 **츠시 엇지 된고? 츠쳥하회 ㅎ라**〉.

　　지셜 녀공이 아즛 둥옥을 가도고 셔헌의 도라와 두로 싱각ㅎ미 심시 번민ㅎ여 셕반을 물니치고 향온을 나와 스스로 수삼 비룰 거우로미 쥬긔 훈열ㅎ고 심회 뉴동ㅎ니 번연이 창을 밀치고 졍둥의 ᄂᆞ려 두로 건니러 비회ㅎ며 우러〃 한텬 명월을 쳠망ㅎ미 문득 아즛의 싁〃 쥰결ㅎ 긔샹이 압희 셧난 둣 평일 즈긔 이러툿 월ㅎ의 비회홀 졔면 ᄋᆞ지 뒤ㅎ로 쓸와 신을 섬기며 막ᄃᆡ룰 잡아 시죵의 게우로미 업고 혹 시도 지으며 가ᄉᆞ룰 읇퍼 흥을 돕고 야싁이 깁허 긔운이 잇블 둣ㅎ면 권ㅎ여 드러가 쉬게 ㅎ고 시듕 효봉의 동〃쵹〃ㅎ여 일시룰 좌우의 ᄯᅥ나지 아녀 즈가난 샹샹의 누으면 아즛난 쵹하의셔 쇄옥 낭셩으로 셩현젼을 잠심ㅎ미 듯난 쟤 흉금이 쇄락ㅎ고 고금을 의논ㅎ미 ᄃᆡ답이 도〃ㅎ고 의견이 명쾌ㅎ니 두굿기며 익둥ㅎ미 측냥업서 일싱 낫빗츨 밧고와 ᄭᅮ지즌 젹이 업드니 도금ㅎ여난 쳔만 싱각밧 죄룰 강샹의 범ㅎ여 일명을 아직 진여시나 불구의 목을 보젼치 못홀지라(뿌리본 권57-12.앞~13.앞)

▶ 부록 4

　　㉮ 동쟝은 졀강 동편)이오, 호왈 힝화촌이라. 좌우 젼답이 다 뎡공의 ᄯᆞ히오, 동산의 수쳔 쥬 샹목이 잇고 챵숑이 십니의 둘너시니 경긔 졀승ㅎ고 오십여 간 집이 〃시니 고루 치각이 굉장ㅎ고 쥬문 분쟝이 화려ㅎ니 이곳 뎡공의 유한ㅎᄂᆞ 곳지요. 녀로 남복 빅여 인이 〃셔 농쟝을 다ᄉᆞ리며 잠농을 힘써 곡식이 고둥의 가득ㅎ고 필빅이 여산ㅎ니 일촌이 다 뎡가 노복이 ᄉᆞ난 고로 각〃 소임을 부즈런이 ㅎ야 ᄇᆞ요 번화ㅎ드니 홀연 본부 가인이 니르러 노야의 명을 뎐ㅎ고 후당을 쇄소ㅎ여 쇼부인을 머물게 ㅎ고 죠셕지공과 ᄉᆞ시 의련을 공급ㅎ고 여로 남복 틱만치 말물 분부ㅎ니 쟝복이 연망이 후당을 쇄소ㅎ고 범ᄉᆞ룰 진비ㅎ야 ᄃᆡ령ㅎᄃᆞ니 명일 황혼의 부인 힝치 니르나 죠곰도 위의룰

갓초미 업고 힝싁이 초〃 쳐량ᄒ니 등복이 다 고이히 녀기나 노야의 분부 잇난지라. 일시의 현알ᄒ고 범구를 진빅ᄒ니 미쥬 칭병ᄒ고 두문불츌ᄒ야 ᄉ 름을 보지 아니ᄒ고 유뢰 뎨인을 은근이 딕졉ᄒ더라. 녀시 이곳듸 온 수일의 본부 가인이 셰스를 가져 드리고 오시의 글월을 올니〃 미쥬 경희ᄒ여 써혀보 니 셔듕식 은근ᄒ고 부인 명으로 즙물을 보닌난 셜홰라. 녀시 노쥬 불승감은 희힝ᄒ여 냥으의 젼졍이〃시믈 힝희ᄒ여 이에 회셔를 닐위 구고의 일월 갓트 신 은덕과 셔모의 후의를 샤례ᄒ니 ᄉ의 간졀ᄒ여 듯난 스름으로 ᄒ여곰 ᄆ음 이 감동케 ᄒ엿난지라. 가인이 도라와 회셔를 드리니 오시 부인 안젼의셔 써 혀보고 초샹ᄒ기를 ᄆ지 아니〃 부인이 비록 글을 으지 아니나 오시의 슬픠 넑난 소릭를 듯고 말을 아니나 일분 감오ᄒ미 이시되 츄밀은 일싱 밋친 음부 를 죽기지 못ᄒ고 쾌히 닉치지 못ᄒ야 편이 잇게 ᄒ믈 졀치 통한ᄒ나 즈가 임의로 못ᄒ난 고로 분울ᄒ믈 이긔지 못ᄒ니 증한ᄒ미 냥으의긔 도라가난지 라. 츠후 냥으를 안젼의 용납지 아니ᄒ고 만나면 치고 호령이 싱풍 갓트니 이이 놀나고 두려 츄밀곳 보면 신싁이 지 갓트여 숨을 곳들 촛난지라. 부인이 가련이 녀겨 유으의긔 연좌ᄒ미 불가트 ᄒ여 슬ᄒ의 무익ᄒ미 지극ᄒ고 오시 극진이 두호ᄒ여 연익ᄒ미 각별ᄒ니 싱이 모친과 셔모의 두호ᄒ시믈 위월치 못ᄒ여 치고 ᄭ짓기를 근치나 바로 볼 젹이 업스니 셰이 어린 나희나 총명 슈셕ᄒ미 투류와 드른 고로 냥이 부친긔 치칙ᄒ믈 불샹이 녀겨 싱이〃으믈 즐트 ᄒ면 부친을 듯들고 울며 말여 냥으를 각별 (뿌리본 권66-24.앞~25.뒤)

㉠ 쟝복이 모다 현알하나 그 행색을 괴이히 넉여 웃으니 시녀 등이 더욱 분안하더라(구활자본 84회, 486쪽)

제2부

초기 고소설
자료와 유통

순천시립 뿌리깊은나무박물관 소장 고소설의
현황과 가치

1. 머리말

순천시립 뿌리깊은나무박물관[1]은 『뿌리깊은나무』와 『샘이깊은물』의 발행자 겸 편집자였던 한창기 선생(1936~1997)의 업적을 기리고, 그가 평생 동안 수집했던 국보급 문화재와 민속자료, 한글 관련 자료 및 전적(典籍) 등을 보존·전시하기 위하여, 2011년 11월 그의 유족들과 순천시가 힘을 모아 세운 것이다.[2]

이 박물관에는 선조(先祖)들의 삶을 재구해볼 수 있는 6,000여 점의 민속자료와 107종 520여 책(동종 작품 포함)의 고소설이 소장되어 있다.[3] 특히 고소설은 다른 자료와 달리 한창기 선생 본인도 따로 목록을 만들거나 공개한 적이 없다. 따라서 그가 수집했던 컬렉션의 규모와 가치에 대해서는 알려진 바가 거의 없었다. 필자는 유춘동, 엄태식 선생과 함께 2~3차례 이곳을 방문하여 실본(實本) 확인은 물론, 자료 전체를 일람(一覽)할 수 있는 기회를 얻었다.[4] 이 글은 이러한 작업을

---

1) 논의의 편의를 위하여 '박물관'이나 '뿌리깊은나무박물관'으로 약칭한다.
2) 한창기 선생 생전에 자신이 살던 성북동 집을 개조하여 박물관으로 운영한 바 있다.
3) 한창기가 수집한 고소설은 한문본은 없고 모두 한글본이다.

통하여 알 수 있었던, '박물관'에 수장(收藏)된 고소설을 개관하고, 새로 발굴한 유일본 소설과 의미 있는 자료들의 소개, 마지막으로 이곳의 소장 목록(目錄)을 제시하려 한다.

이를 위해 다음과 같이 논의를 진행한다. 먼저 박물관에 소장된 고소설에 대한 전반적인 현황과 성격을 살펴볼 것이다. 그리고 널리 알려진 소설 목록과 대조하여 유일본을 확인하고 중요한 자료에 대한 개관을 시도할 것이다. 이때 참고한 목록은『소설경람자』,『연경당목록(演慶堂目錄)』,『지나역사회모본(支那歷史繪模本)』[5], 온양 정씨 필사본『옥원재합기연』소재 기록[6],『언문고시(諺文古詩)』[7],『칙열명록』[8],『언문후생록』[9],『책목록』[10],『대축관서목(大畜觀書目)』[11],『나려예문지(羅麗藝文志)』,『청분실서목(靑芬室書目)』, 마에마 교사쿠[前間恭作]의『조선책보(朝鮮册譜)』,『한림목록(翰林目錄)』[12],『고소설 연구보정(상)(하)』[13], 기타 목록[14] 등을 참조하기로 한다.

---

4) 운당 이현조 선생과 박물관 학예사인 장여동 선생께 이 자리를 빌려 감사의 마음을 전한다. 두 분의 도움이 없었다면 이 논문을 작성할 수 없었을 것이다.

5) 박재연,『중국소설회모본』, 강원대 출판부, 1983.

6) 심경호,「낙선재본 소설의 선행본에 대한 일고찰 : 온양정씨 필사본 옥원재합기연과 낙선재본 옥원중회연의 관계를 중심으로」,『정신문화연구』38, 한국정신문화연구원, 1990; 심경호,『국문학 연구와 문헌학』, 태학사, 2002.

7) 강전섭,「언문책목록 소고」,『한국서사문학사의 연구』, 중앙문화사, 1996.

8) 유춘동,「책열명록에 대하여」,『문헌과 해석』35, 태학사, 2006.

9) 정명기,「세책본소설에 대한 새 자료의 성격 연구」,『고소설연구』19, 한국고소설학회, 2005.

10) 국립중앙도서관 소장본. 청구기호 : 古 0267/17.

11) 서울대 규장각 한국학연구원 소장본. 청구기호 : 11702/1.

12) 서울대 중앙도서관 소장본. 청구기호 : 일사 017.4b 224s.

13) 조희웅,『고소설 연구보정(상)(하)』, 박이정, 2006.

14) 유춘동,「한일합병 즈음에 유통되었던 고소설의 목록」,『연민학지』15, 연민학회, 2011.

이러한 일련의 작업을 통해서 한창기 선생이 생전에 수집했던 한글 고소설의 전반적인 사항, 유일본 소설의 위상과 가치 등을 확인하며, 앞으로 박물관에 소장되어 있는 그의 자료들에 대한 활발한 후속 연구가 이루어질 수 있기를 기대한다.

2. 뿌리깊은나무박물관 소장 자료의 현황

한창기 선생이 수집한 고소설은 총 107종 520여(동종 작품 포함) 작품이다. 이 컬렉션의 가장 큰 특징은 한글소설을 주로 수집했다는 점이다. 컬렉션의 형태적인 특징과 내용 등을 살펴보면『유씨삼대록』, 『명행정의록』,『명주기봉』과 같은 장편 가문소설에서부터, 경판(京板)·완판(完板) 방각본소설, 중국소설『삼국지』,『서유기』,『분장루』를 한글로 번역한 번역고소설, 이를 읽기 위해 만든 어록해(語錄解) 그리고 활판본 고소설까지 다양하다. 이를 볼 때 한창기 선생은 '한글소설이 어떻게 유통되고 읽혔는가'를 염두에 두면서 자료들을 집중적으로 수집한 것으로 보인다. 그리고 무엇보다 값진 것은 일실(逸失)되었다고 알려진 경판 방각본 소설의 책판(冊版) 일부(『월왕전』)가 그의 컬렉션의 포함되어 있다는 점이다. '박물관'의 자료 현황은 이러한 특징을 위주로 정리해보면 다음과 같다.[15]

1) 장편 가문소설
『명주기봉』,『명행정의록』,『벽허담관제언록』,『부장양문열효록』,

---

15) 구분은 논의의 편의를 위해 필자가 임의로 붙인 것이고, 표기 또한 이해를 위해 현대어로 표기한다.

『유씨삼대록』, 『하씨선행후대록』, 『현씨쌍인기』, 『현씨양웅쌍린기』, 『화씨팔대충효록』.

2) 경판(京板)·완판(完板) 방각본 소설
『공명선생실기』, 『소대성전』, 『숙향전』, 『숙영낭자전』, 『심청전』, 『임진록』, 『장경전』, 『조웅전』, 『이해룡전』, 『유충렬전』, 『이대봉전』, 『진대방전』, 『춘향전(『별춘향전』 포함)』, 『화용도』, 『홍길동전』, 『흥부전』.

3) 중국소설의 번역본[16]
『분장루기』, 『삼국지』(14종, 공명선생실기, 조자룡전, 적벽대전, 화용도 등 포함), 『서유기』(2종), 『양산백전』, 『월봉기』, 『초한전』(6종).

4) 활판본 소설
『금향정기』, 『서한연의』, 『서상기』, 『이진사전』, 『직금회문』 등.[17]

5) 방각본 소설의 책판(册版)
경판본 『월왕전』의 책판(册版), 하권(下卷) 2장[전엽(前葉)/후엽(後葉)]–19장[전엽(前葉)].

6) 유일본 소설
『기봉회연록』(일명 『유봉상전』), 『당백암』, 『서씨육여명행기절록』.

---

16) 중국소설의 번역본은 필사본은 물론 방각본, 활판본까지 포함한 것이다.
17) 활판본 소설에는 신소설, 노래책 등이 있다. 이 자료는 일단 논의에서 제외하기로 한다.

2장에서 107종 520여 책에 이르는 '박물관' 자료를 대략 6항목으로 분류해 보았다. 장편 가문소설에서 눈여겨 볼 자료는 『유씨삼대록』이다. 이 책은 『유씨삼대록』 이본 중에서 형태적이나 내용적인 면에서 선본(善本)으로 보인다.[18] 그리고 경판·완판 방각본 소설은 한 작품마다 여러 이본이 있다. 따라서 한 작품을 놓고 각각의 방각소(坊刻所)에서 어떻게 차별적으로 작품을 간행했는지를 비교해 볼 수 있다. 특히 완판 방각본 소설은 학계에 소개되지 않은 작품이 포함되어 있다. 앞으로 완판 방각본 소설의 간행을 규명할 수 있는 중요한 시사점을 제공해줄 수 있다. 또한 '박물관'에는 중국소설의 번역본이 많은데 특이한 사항은 『삼국지(삼국지통속연의)』가 14종에 이른다는 점이다. 완질의 필사본부터 낙질본까지, 그리고 방각본, 활판본 『삼국지』까지 많은 종수를 수집해 놓았는데, 이 작품만으로 특별전을 할 만큼 다양한 이본을 소장하고 있다. 반면에 활판본 소설은 상대적으로 종수(種數)가 적다. 이는 한창기 선생이 자료를 수집할 70~80년대 당시, 필사본에 비하여 활판본은 상대적으로 소장할 가치가 적었다는 인식에서 나온 것으로 보인다. 마지막으로 '박물관'의 가장 큰 가치는 방각본 소설의 책판(冊版), 점책(占冊) 책판(冊版), 그리고 3종의 유일본 소설이 존재한다는 점이다. 책판은 책을 인쇄하던 판목으로, 인쇄된 책과의 비교도 가능하고 출판문화를 이해할 수 있는 중요한 의미를 지니고 있다. 유일본 소설로 규정할 수 있는 것은 위에서 밝힌 3종이다.

---

18) 다만 17권 17책 중에서, 1책이 결본(缺本)인 16권만 남아있다.

3. 뿌리깊은나무박물관 소장 자료의 가치

박물관에 소장된 자료는 어느 것 하나 소중하지 않은 것이 없겠지만 그중에서도 가장 중요한 가치를 지니고 있는 것은 경판 방각본 소설 『월왕전』의 책판, 중국소설의 번역본, 유일본 소설 등이다. 경판 방각본 소설의 책판(冊版)은 현재 이곳에서만 볼 수 있는 귀중한 자료이다. 그리고 중국소설의 번역본의 경우에는 앞서 언급했지만 조선에서 간행된 『삼국지』의 전반적인 상황을 일목요연하게 파악할 수 있는 자료들이 엄선되어 있다는 점과 『서유기』(2종), 『분장루』 등이 존재하고, 마지막으로 학계에 현재 소개되지 않은 유일본 소설인 3종의 작품이라는 점에 주목할 필요가 있다. 3장에서는 이 내용을 중심으로 기술해보기로 한다.

1) 경판 방각본 소설 『월왕전』의 책판[19]

경판 방각본 소설 『월왕전』은 현재 상20장, 중24장, 하19장의 3권3책으로 된 63장본이 남아있다. 이에 선행했던 2권2책 형태의 64장본이 있었을 것으로 보이나 현전하지 않는다.[20] 63장본은 하권 19장 전엽(前葉)에 '油洞新刊'이라는 간기가 있고, 일부 이본에서는 '白斗鏞/曺命天, 京城府仁寺洞百七十番地'의 한남서림(翰南書林) 판권지가 부착되어 있다. 이런 사실을 종합해볼 때, 경판 방각본 소설의 전문 제작사이자 출판사였던 '유동'에서 처음 만들어져 판매되다가 이후 한남서림에서 책판을 인수하여 대정(大正) 연간 초기까지 계속하여 출간하

---

19) 3.1은 유춘동의 「경판본소설 『월왕전』의 책판」, 『문헌과 해석』 54(태학사, 2011)에 수록된 논문을 인용하고 필요한 부분을 고쳐서 실었다.
20) 이창헌, 『경판방각소설 판본연구』, 태학사, 2000, 429쪽.

였음을 알 수 있다.

'박물관'에서 소장하고 있는 책판은 바로 한남서림에서 인수하여 간행했던 3권3책의 63장본이다. 그러나 현재 전체 책판 중에서 그 일부인 하19장의 6판만 남아 있다. 〈사진〉에서 볼 수 있는 것처럼 책판에는 '油洞新刊'이라는 간기가 있고, 책을 찍어내던 당시의 원형 그대로 보존되어 있다.[21]

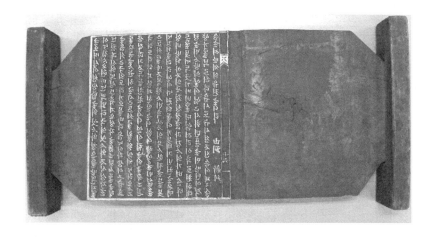

책판을 보면 판심제가 '월하'로 되어 있고, 어미는 '상화문', 장수(張數) 표시가 남아있으며, 앞뒤로 소설의 내용을 새겨 넣었다.

현재 남아있는 책판을 인쇄된 63장본과 대조해보면, 하권의 2장 전엽과 후엽, 3장 전엽과 후엽, 6장 전엽과 후엽, 7장 전엽과 후엽, 9장 전엽과 후엽, 10장 전엽과 후엽, 11장 전엽과 후엽, 14장 전엽과 후엽, 15장 전엽과 후엽, 18장 전엽과 후엽, 19장 전엽과 후엽에 해당한다.

현재 경판본 소설『월왕전』63장본의 하권을 보면 14장 후엽의 상단

---

21) 그러나 현재 책판의 표면은 누군가에 의하여 금장(金裝)이 되어 있다.

부의 경우 대여섯 곳이 깨져있고, 7행과 8행 사이에는 글자 사이의 간격이 넓은 것을 볼 수 있다. 책판을 비교하면 인쇄된 63장본과 일치한다. 이외에도 인쇄된 3장, 6장, 7장, 9장, 10장, 11장, 14장, 15장, 18장, 19장을 책판과 대조해보면 서지적인 특성이 모두 일치한다. 따라서 이 책판은 앞서 말했던 바와 같이 63장본을 찍어냈던 판본이었음을 쉽게 알 수 있다.[22]

그동안 책판은 주로 한문문집을 간행했던 것이나 완판본 소설의 일부만 남아있었다.[23] 그런데 현재 경판본 소설의 판목 자체가 온전하게 남아있는 것은 '박물관'이 유일하다고 보인다. 이 경판본 소설 『월왕전』의 판목은 경판본소설의 간행 과정을 실증적으로 입증해 준다는 점, 인쇄된 책과의 대조가 가능하다는 점에서 상업출판물인 경판본 소설 연구에 대단히 중요한 자료이다.

2) 중국소설의 번역본: 『삼국지』, 『서유기』, 『분장루기』

중국소설 『삼국지』의 한글 번역본은 알려진 것 만해도 100여 종이 넘는다.[24] 하지만 완질(完帙)로 남아있는 것은 대략 20여 종에 지나지 않는다. '박물관'에 있는 『삼국지』 번역본은 20책본, 19책본, 2책본 2종이 고스란히 완질로 남아있고, 다시 19책본, 8책본 2종이 낙질로 존재한다.

20책본, 19책본(2종), 8책본은 외형만 보아도 상층 사대부 집안에서 유통되었음을 짐작할 수 있게 고급 한지(韓紙)로 장정(裝幀)해 놓았다.

---

22) 현재 남은 판목과 인쇄된 것과의 비교는 유춘동, 앞의 논문, 278~289쪽 참조.
23) 이태영, 「새로 소개하는 완판본 한글 고전소설과 책판」, 『국어문학』43, 국어문학회, 2007, 29~54쪽.
24) 조희웅, 앞의 책 참조.

그리고 필체를 보면 전문 필사자가 필사한 것으로 보이는데 상당히 정성을 들여 필사해 두었음을 알 수 있다. 이중에서 낙질본인 19책본은 서배(書背)에 '共三十九'로 기재해 놓았다. 이를 볼 때 원래 39책이었던 것이 현재 19책만 남았음을 알 수 있다. 39책은 현재 한국학중앙연구원 장서각에서 소장하고 있는 완질본이 있는데, '박물관' 소장본은 이와 필체가 유사하다. 따라서 같은 사람에 의하여 필사되었고 다른 곳에 각각 소장되었던 것으로 보인다. 한편 다른 19책본은 중간의 1책이 불로 태워져있다. 이것은 한창기 선생이 이전에 운영했던 '성북동 박물관'에서 화재가 나 손실을 입었던 것으로 보인다.

『서유기』는 〈권1〉만 남아있는 낙질본 1종과 20책 완질본 2종이 있다. 이중에서 눈여겨볼 것은 앞의 것이다. 〈권1〉은 표제는 없고 내제에 '셔유긔 권지일'로 기재되어 있다. 하지만 청색 비단으로 장정(裝幀)해 놓았고, 필체 또한 전문 필사자가 필사한 것처럼 상당히 정제되어 있다. 1회부터 3회까지 3회분의 내용만을 실어놓았는데, 이것을 고려해본다면 100회본을 기준으로 했을 때 33책 이상의 완역본이 존재했거나, 120회본을 기준으로 한다면 40책 이상의 완역본이 존재했을 것으로 보인다. 나머지 20책은 일제시대에 필사된 것으로 보인다.

『분장루기』는 박재연본이 공개된 적이 있지만[25] 이본의 존재 유무는 확인이 되지 않았었다. '박물관'에는 5권 5책(1권 결)이 소장되어 있다. 앞으로 두 본의 비교를 통하여 『분장루기』의 국내 수용의 문제와 번역본 간의 관계를 규명해 볼 수 있는 중요한 자료이다.

---

25) 박재연, 『개벽연의, 분장누』, 이회문화사, 2002.

3) 유일본 소설: 『당백암(唐白庵)』을 중심으로

'박물관'에 소장된 유일본과 희귀본은 『기봉회연록』(일명 유봉상전), 『당백암』(2종, 가본: 1904년, 나본: 1908년), 『서씨육여명행기절록』(2권 2책), 『유황후전』(대한 광무 삼년(1899년) 己亥, 己亥正月晦日投筆, 嶂峴貞洞宅 金性均(金道均書), 『주씨청행록』(2권 2책, 1900년) 등이다. 앞의 『기봉회연록』, 『당백암』, 『서씨육여명행기절록』은 유일본으로 보이며, 뒤의 『유황후전』과 『주씨청행록』은 고소설의 수용과 전승사에서 주목해야 할 작품이다.

『유황후전』은 이미 알려진 활자본 『유황후전』과의 선후 관계양상에서 뿐만 아니라, 다른 관련 작품들과의 관계 양상(『태아선적강록』[26]과 『정비전』)을 규명하는 데에도 기존의 주장과는 다른 점을 제공한다는 점에서, 『주씨청행록』은 익히 알려진 『도앵행』[27]의 자장권 내에 속해 있는 작품이지만 『도앵행』과는 달리 후대적 변모 양상을 보여준다는 점에서, 두 작품은 대단히 중요하다.[28] 이 글에서는 먼저 『당백암』만을 간략히 살펴보고자 한다.

---

26) 김진영·차충환, 「<태아선적강록>과 <유황후전>의 비교 연구」, 『어문연구』 146, 2010.

27) 이수봉, 「<도앵행전>연구」, 『개신어문연구』 11, 개신어문학회, 1994; 최윤희, 「<도앵행>의 갈등양상과 그 구성방식」, 『어문논집』 56, 민족어문학회, 2007; 최윤희, 「도앵행의 문헌학적 연구」, 『우리어문연구』 29, 우리어문학회, 2007; 한길연, 「도앵행의 재치 있는 시비군 연구」, 『한국고전여성문학연구』 13, 한국고전여성문학연구회, 2006; 이승복, 「인물형상을 통해본 <도앵행>의 의미」, 『국어교육』 107, 한국어교육학회, 2002; 이승복, 「<옥환기봉> 연작의 여성 담론과 소설사적 의미」, 『고전문학과 교육』 12, 한국고전문학교육학회, 2006; 박은정, 「<도앵행> 연구」, 『동아인문학』 13, 동아인문학회, 2008; 박은정, 「<옥환기봉> 연작의 갈등구성 방식 및 주제의 변주 양상」, 『한민족어문학』 52, 한민족어문학회, 2008 등을 참조.

28) 『기봉회연록』, 『유황후전』, 『주씨청행록』은 엄태식, 조재현, 이선형이 구체적인 논의를 펼쳤다.

'박물관'에 소장된 『당백암』은 2종이다. 여기서 다루려는 것은 『여힝녹』(24장)과 『한여가』(2장 반면)라는 가사가 합철된 것으로, 전체 18장이다. 표지는 "唐白岩"이고, 내제는 "댱빅암"으로 되어있다. 서사주인공의 이름이 장세정(별호 빅암)으로 설정되어 있으므로 『댱빅암』으로 명명해야 마땅하다. 별본 『댱빅암』의 경우, 제명은 동일하지만 앞의 작품과는 다른 서사내용을 지니는 것으로 확인된다.[29] 먼저 전체 서사내용을 정리하면 다음과 같다.

1. 헌종 연간에 촉에서 과거를 정하고, 황제가 시관으로 한림학사 겸 십삼도어사 장세정(별호 : 빅암)을 불러 인재를 잘 가려 뽑아 자신을 돕게끔 당부한다.
2. 성도에 이르러 어사(곧 장백암)가 인재를 공정하게 뽑아, 사천의 문장기재들이 모두 어사의 지인지감과 문정도덕을 칭찬한다.
3. 일을 마친 뒤, 세정은 서촉 강산을 보고 싶어 그곳의 여러 곳(사천, 여섯 명산의 십이봉, 세 강, 여섯 관)을 두루 유람한다. 그러던 차에 그는 잠사강에 이르러 제갈무후가 세웠던 주추와 쇠기둥의 무너진 자취를 보고 다만 민력만 허비했음을 탄식한다.
4. 사계암에 도착하여 노승 둘을 만나, 무산에 혹 기이한 사람이 있는지를 묻는 어사에게 천순 말연에 집선봉 석실에 와 있는 사람들이 바로

---

29) 별본 『당빅암』의 경우 또한 『장빅암』과 같은 인물, 곧 건문황제와 정제가 출현하기는 하지만, 서사주인공인 장빅암의 존재가 전혀 나타나고 있지 않다는 점과 아울러 『장빅암』에서는 전혀 나타나지 않았던 시 작품이 4편이나 실려 있다는 점, 그리고 작품의 주제가 『장빅암』과는 달리 정제란 인물의 충성된 행위를 보여주는 데에 있는 것으로 서술되고 있다는 점 등을 미루어 볼 때, 『장빅암』과는 근본적으로 그 서사내용이 다른 별개의 작품으로 봐야 한다고 본다. 그러나 한편 『댱빅암』의 필사기인 <세지 갑딘(1908) 원월일 디교 남창 하의셔 등ㅎ 츄셔ㅎᄂ이 만복을 누릴디어다>가 『장빅암』의 필사기와 어느 정도 유사함을 지니고 있다는 점에서 본다면 이 두 작품 사이에는 모종의 연관성이 있었을 것으로도 보인다.

생불일 것이라고 일컫는다.

5. 어사가 두 노승에게 무산 십이봉을 보고자 하는 뜻을 이르자, 많은 어려움이 있을 것이라고 만류하지만, 별 어려움 없이 다니는 것을 본 두 노승은 어사가 예사 속객이 아님을 비로소 알게 된다.

6. 집선봉으로 점점 들어가자 제일 복지(福地)였다. 옥저를 내어 부니 두 노승이 그 즐거움을 이루 깨닫지 못해 하던 중, 두 고사(高士)가 나오니 바로 그들이 생불이었다.

7. 어사와 그 두 고사의 문답이 이어진다.

7-1. 그들을 암상에 오를 것을 청하니, 그들은 예의도 차리지 않고, 자신들이 예를 버린 지 이미 백년이란 세월이 흘렀음을 밝힌다.

7-2. 그들이 감히 어휘(御諱)를 부르는 것을 책망하면서도 두 고사의 말에 묘맥이 있음을 알아챈 어사가 태조 문황제야말로 중흥 성주인데 어찌 무륜 대역으로 매도하느냐고 따져 묻는다.

7-3. 이에 건문 황제 자신은 정사에 반점 하자도 없었는데, 연왕제(곧 건문 황제의 숙부)가 찬위해 그 죄악이 큰데도 어찌 그 임금을 탕무에게 비기냐며 힐난한다.

7-4. 자신들의 존재가 누구인지 아는지 묻고, 자신이 바로 건문제이고 또 다른 한 사람은 정제로 그의 권유를 듣지 않다가 변을 만나게 되었고, 그 이후 함께 다닌 지가 육십여 년이 흘렀음을 밝힌다.

7-5. 어사가 건문 황제가 영조 때에 경사에서 붕하여, 곧 영장하였는데 어찌하여 이 땅에 있게 되었는지를 물으니, 그것은 자기의 이름을 가탁한 사람들이 세상을 속인 처사라 하며 그 동안 자신들은 신선과 이인을 만나 즐거움을 만끽하며 나날을 지내고 있다고 이른다.

7-6. 어사를 암상에 오르게 한 뒤, 금 황제는 고 황제의 몇 대 손이며 전위를 적파로 했는지를 묻는 그들에게 이미 사 대나 시간이 흘렀음을 밝히 이르는 어사.

7-7. 어느 임군이 정사를 어질게 하고, 또한 정사를 문치(文治) 또는 무

비(武備)로 하는지를 묻는 그들에게 어사가 호서의 유적과 서북의 오랑 캐로 인하여 변환이 잦다고 아뢴다.

7-8. 이 말을 들은 건문 황제가 탄식하자, 어사는 천하강산을 헌신같이 버린 처지에 이처럼 탄식하는 것이 무익하다고 아뢴다.

7-9. 태종이 모질게 정사를 하는 것은 인군의 도리가 아니라고 힐난하는 건문제에게 태종의 행위를 옹호하는 어사의 응대와 자신의 임군의 허물을 이르는 것이 너무 심하지 않느냐고 그들에게 항변한 뒤 돌아갈 것을 청한다.

8. 어사의 그런 행동을 만류하며 의논과 시로써 자신의 흉금을 쾌활케 하도록 부탁하는 건문제가 정제에게 어사가 높은 선비이니 부질없는 구실로 힐론치 말고 고금사와 시사를 창화함이 옳다고 타이른다.

9. 천문지리와 구쥬 삼교, 중용 대학의 현묘한 의리가 샘솟듯 하는 것을 본 건문 황제와 정제가 어사의 박학다식함을 찬탄해 마지않는다.

10. 어사와 정제의 문답

10-1. 어사가 정제의 관일정충(貫日精忠)함과 어떻게 화란을 벗어났는지를 물어 알고 정제의 충성을 칭찬하자, 정제는 자신이 임금으로 하여금 변을 만나게 하였으니 불충(不忠)이지 충신이 아니라고 답하며 당시의 나라 정사와 인물의 성함을 두루 일컬으니 마치 눈앞의 일인 듯했다.

10-2. 고황제가 성인인데도 미리 화란을 방비치 못한 연유를 어사가 묻자, 그 또한 천명이라고 이르는 정제.

11. 건문 황제가 장자직(장빅암)과의 만남은 기특한 인연에 의한 것이니 며칠 더 묵으면서 남은 정을 다 펼 것을 어사에게 당부한다. 이에 군명이 있어 곤란하다고 어사가 아뢰자 먼저 두 중을 보내어 이 사연을 아뢰도록 조처하는 건문 황제.

12-15. 꿈속의 사건:

12. 황제와 정제가 어사와 함께 무위사와 태허궁에 이르러 어사를 환대한다. 어사가 그곳에서 한 선녀(곧 서왕모의 제자)를 만나게 되자, 그 선녀

는 자신이 어사와 삼생 숙연이 있어 왔으니 기회를 잃지 말도록 청한다.

13. 선아의 뜻을 거절하는 어사에게 선아가 노해 짐짓 겸양의 예를 차리지 말 것을 당부하며 기이한 음식을 내어 대접한다.

14. 어사가 몸이 곤비하니 바삐 쉬고자 한다고 하며 그 제의를 또한 받아들이지 않자, 다시 선아가 술을 권하지만 거듭 그것마저 사양하는 어사 앞에 선아가 원앙침과 금침을 깔아 놓는다. 그제서야 어사가 사양치 아니하고 잠자리에 들게 된다. 그러나 거듭되는 선아의 아리따운 자태와 유혹에도 마음을 동하지 않고 태연하게 잠을 든다.

15. 어사의 사람됨을 탄복해 하는 소리에 놀라 깬 어사가 그제서야 자신이 암혈 가운데 석탑에 누어 하루밤 잔 것임을 알게 되고, 이에 정저에게 정도로 제어하지 아니하고 환술로 자신을 기롱한 것을 힐난하자, 자신이 선아의 얼굴을 빌어 그렇게 했다고 밝히는 정제.

16. 삼일 만에 천봉만암을 두루 다 본 뒤 군명이 있는 사연을 들어 재삼 하직을 아뢰는 어사에게 건문 황제가 단약 세 개를 내어 그동안의 정을 표하자, 어사가 사람이 세상에 나면 한번 죽음이 마땅한 일이라고 하면서 그것을 종내 사양한다.

17. 건문황제가 어사의 정인군자(正人君子)됨을 칭찬한다.

18. 사계암에 돌아와 두 도사를 이별하고 행하여 정군산을 지나던 중 제갈무후의 분묘를 보고 치제한 뒤, 큰 잣나무를 보게 된 어사.

19. 무사히 봉명하자 황제가 그 공을 위로하고 문연각 태학사 벼슬을 주어 지내게 한다.

『댱빅암』은 앞서 번다하게 제시한 서사단락으로부터, 몽유구조를 차용하는 가운데 두 차례에 걸친 서사주인공 장세정(일명 자직)과 건문 황제, 장세정과 정제의 문답을 통하여 서사주인공이 지니고 있었던 남다른 정인군자로서의 삶을 그리는 내용으로 요약할 수 있다.

그러나 고전소설의 일반적인 서사문법과는 달리 서사주인공의 출생

담이 아예 나타나지 않는 가운데 작품이 시작한다는 점, 나아가 작품 내적 긴장 관계를 불러일으킬 만한 서사사건의 결여 등을 두루 고려할 때, 그 작품의 미적 가치가 그렇게 높다고는 할 수 없을 듯하다. 그리고 그 필사연대(세지무신(1904) 추칠월 염육일 셔산 딕교 북창의셔 총요이 추창ᄒ노라)나 작품의 유통 상황 등을 볼 때, 이 작품의 생성 시기는 그다지 높지 않은 작품으로 보인다.

4. 마무리와 남는 문제

이상과 같이 박물관에 수장된 고소설의 개관, 새로 발굴한 유일본 소설과 의미 있는 자료들을 소개하였다. 한창기 선생의 민족문화에 대한 남다른 식견과 과감한 투자(현재 환산 가치로 약 60억 정도 규모)가 있어 현재 많은 종류의 진귀한 예술품과 중요한 전적들이 오늘날까지도 그대로 남아있다. 이 점만 보더라도 순천시립 뿌리깊은나무박물관의 가치가 무엇인지 잘 알 수 있다.

이 글은 제한된 시간에 집필된 것이기에 박물관에 수장된 고소설의 총체적인 정리와 분석이 미흡하다. 그리고 현재 박물관에서는 새로 자료들을 분류 및 정리하는 작업과 겹쳐져서 자료들을 다시 볼 수 있는 기회가 잠시 미루어졌다. 차후 이 글을 필자들은 후속작업을 통하여 이를 보완하려 한다. 박물관 전체 고소설 자료에 대한 서지 정보를 작성할 것이고, 유일본 자료에 대한 주석본 및 현대어역 등을 통하여 후속연구자들이 쉽게 자료를 볼 수 있도록 할 것이다. 이 글을 통하여 박물관에 수장된 자료들이 생명력을 갖게 되었으면 하는 바람이다.

▶ 부록: 뿌리깊은나무박물관 소장 고소설 목록[30]

번호	제명	종수	번호	제명	종수
1	개벽연의	1종	2	곽씨열녀전	2종
3	구운몽	2종	4	권용선전	1종
5	규중향어	1종	6	금향정기	1종
7	기연회봉록	1종	8	김진옥전	2종
9	단종대왕실기	2종	10	당백암	2종
11	매화전	1종	12	(대활극) 명금	1종
13	명사십리	1종	14	명주기봉	1종(17책)
15	명행정의록	1종(12책)	16	박부인전(박씨전)	5종
17	박정재전	1종	18	벽허담관제언록	1종(17책)
19	복선화음록	1종	20	부장양문효열록	1종
21	분장루기	1종(4책)	22	사씨남정기	5종
23	삼국지	14종	24	삼학사전	1종
25	서상기	1종	26	서씨육여명행기절록	1종(2책)
27	서유기	2종	28	서한연의	2종
29	세종대왕실기	1종	30	소대성전	5종
31	소설전	1종	32	소씨직금기봉	1종
33	수경전	1종	34	숙영낭자전	5종
35	숙향전	1종	36	심청전	6종
37	안락국전	1종	38	양산백전	1종
39	어룡전	3종	40	의열비충효록(마철전과 합철)	1종
41	여행록	1종	42	옥난기연록	1종
43	옥단춘전	2종	44	옥련몽	8종(13책, 13책, 10책, 5책, 5책, 3책, 1책, 1책)
45	옥루몽	7종(16책, 3책, 2책, 1책, 1책, 1책, 1책)	46	옥린몽	4종
47	옥중가인	1종	48	옥환기봉	2종

30) 현재 박물관에서는 소장 자료에 대한 재검토 작업이 진행 중이다. 이로 인하여 고서 번호와 서지사항 등이 새로 작성 중에 있다. 부록으로 제시한 목록에서는 일단 박물관에 소장된 자료의 제명만을 밝혀두고, 이후 고서번호와 서지사항이 확정되면 다시 목록을 제공하기로 한다. 아울러 제명도 편의를 위하여 현대어로 바꾸어 표기하기로 한다.

49	옹고집전	1종	50	왕랑반혼전	2종
51	용문전	1종	52	울지경덕전	1종
53	월봉기전	1종	54	유씨삼대록	1종(16책)
55	유씨전	1종	56	유충열전	23종
57	유한당	1종	58	유황후전	1종
59	유효공선행록	1종	60	육염기	1종
61	이대봉전	3종	62	이정란전	1종(2책)
63	이진사전	1종	64	이태조실기	1종
65	이충효전	1종	66	이해룡전	1종
67	임진록 (임진왜란)	3종	68	임화정연기	2종
69	장경전	2종	70	장국진전	1종
71	장백전	2종	72	장익성전	1종
73	장풍운전	1종	74	장화홍련전	1종
75	적벽대전	1종	76	적성의전	1종
77	전등신화 (전등신화구해)	2종	78	정두경전	1종
79	정수경전	1종	80	정을선전	2종
81	정진사전	1종	82	정현무전	1종
83	조대가전	1종	84	조자룡전	1종
85	조웅전	13종	86	주씨청행록	1종(2책)
87	주봉전	1종	88	진대방전	6종
89	창란호연록	2종	90	창선감의록	9종
91	초한전	6종	92	춘향전(별춘향전, 열녀춘향전, 춘향가 포함)	9종
93	충열공명행록	2종	94	토생원전	1종
95	팔장사전	1종	96	하씨선행후대록	1종(4책)
97	현씨쌍인기 (현씨양웅쌍린 기 포함)	7종	98	홍계월전	1종
99	홍길동전	2종	100	홍백화전	2종
101	화용도	9종	102	화씨충효록(화씨 팔대충효록 포함)	5종
103	황운전	3종	104	황월선전	1종
105	황태을전	1종(2책)	106	홍부전	1종
107	언삼국지	1종	108	제목미상의 필사본	6종

고소설 유통사에 대한 새로운 시각

- 목활자본 〈왕경룡전(王慶龍傳)〉의 출현을 통해서 본 -

1. 들어가는 말

필자는 최근에 전북대 도서관 소장 자료를 검색하던 중 매우 놀라지 않을 수 없는 사실을 접하게 되었다. 그것은 바로 〈왕경룡전〉에 대한 서지사항에 목활자본으로 되어 있다는 정보였다. 이런 기술이 정확한 것이라면, 그 자체만으로도 매우 놀라운 사실이 아닐 수 없다. 왜냐하면 우리 모두가 주지하고 있듯이, 고소설은 대체로 금속활자본, 목판본, 석판본, 필사본, 구활판(자)본의 형태로 유통, 향유되어 왔다는 주장이 그동안 학계에서 한점 의심의 여지없이 정설로 받아들여지고 있는 상황이었는데, 이런 정설을 허무는 상황에 도달하게 되기 때문이었다. 물론 선학들의 이러한 주장을 뒤집을 만한 작품의 존재를 미처 발견치 못했다는 점에서, 그것이 학계에서 그동안 타당한 것으로 받아들여지게 된 요인이었음은 당연하기까지 한 사실이었다. 그러나 고소설 유통사에 대한 이런 주장은 이제 목활자본 〈왕경룡전〉의 뒤늦은 출현으로 수정할 필요가 제기되었다.

목활자본 〈왕경룡전〉의 존재는 그동안 제기되었던 서지학계의 연구성과[1]에서도 전혀 거론된 바 없는 듯하다. 이에 한시바삐 우리 학계에 이 작품의 면모를 알려야겠다는 사명감으로 목활자본 〈왕경룡전〉의 몇몇 문제에 대해 간략하게 살펴보는 것만으로 논의를 국한한다. 목활자본 〈왕경룡전〉의 서지사항과 작품의 창작년대를 새로 발굴한 이본에 의거하여 좀 더 구체적으로 살펴보고, 이어 현재까지 필자가 입수한 27종에 달하는 필사본 〈왕경룡전〉 이본들 가운데 과연 선본은 무엇인지에 대해서도 알아보고자 한다. 나아가 목활자본 〈왕경룡전〉과 필사본 〈왕경룡전〉 이본의 거리가 어떠한지를 서술문면의 차이를 통하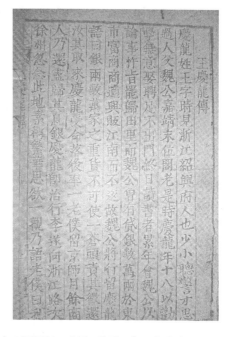여 규명함으로써 과연 어느 계열이 선행하는지를 밝힌 뒤, 마지막으로 목활자본 〈왕경룡전〉이 지닌 유통사적 의미에 대해서 살펴보는 순서로 논의를 전개하고자 한다.

---

1) 김두종, 『한국고인쇄기술사』, 탐구당, 1979.
　윤병태, 『조선후기 활자와 책』, 범우사, 1992.
　천혜봉, 『한국의 목활자본』, 범우사, 2001.09.
　유탁일, 『영남지방 출판문화논고』, 세종출판사, 2001.
　옥영정, 「호남지방 목활자본 연구」, 성균관대 박사학위논문, 2002.
　옥영정, 「남원지역의 목활자 인쇄 연구」, 「고인쇄문화」 10, 2003.
　옥영정, 「호서지방 목활자본 현황과 목활자 유형 연구」, 『서지학보』 36집, 한국서지학회, 2010.
　송정숙, 「경남의 목활자본연구」, 『서지학연구』, 29집, 서지학회, 2004.

2. 목활자본 〈왕경룡전〉의 서지사항과 작품의 창작년대

목활자본 〈왕경룡전〉의 서지사항은 다음과 같다.

현재 전북대학교 도서관에 소장되어 있는 자료로, 청구번호는 동 811.35 왕경룡이다. 사주단선(四周單邊), 반곽(半郭)은 21.4 × 13.0cm 로, 유계(有界)의 형태를 띠고 있다. 매면 10행 20자로 균일하게 이루어져 있지만, 2편의 사(詞)[〈齊天樂〉·〈滿庭芳〉]와 그에 대한 화답시 및 〈모우곡(暮雨曲)〉과 그에 대한 화답시 4편의 시와 그에 대한 화답시의 경우 본문보다 한 칸 아래에 쓰고 있다. 몇몇 군데는 글자가 마모된 탓에 불명(不明)인 글자도 있고, 또는 그 해당 부분에 누군가가 뒷날 수정해 넣은 듯한 경우도 있다. 판심제(版心題)는 '王慶龍傳'으로 되어 있으며, 아울러 그 하단에 장차(張次) 표시가 있다. 판심제(版心題) 위에는 상하내향(上下內向) 이엽화문어미(二葉花紋魚尾)가 출현하고 있다. 책의 크기는 26.1 × 15.9cm로, 총 30장인 바, 전형적인 우리 고서의 형태인 오침안정(五針眼訂)으로 되어 있다.

한편 '庚子 二月 二十五日 玄曲書'라는 기록이 책의 마지막 장에 나타나고 있으나, 목활자본 〈왕경룡전〉의 발간 주체와는 전혀 상관없는 인물이 남긴 기록으로 보인다. 이 때의 경자년(庚子年)은 1600, 1660, 1720, 1780, 1840, 1900년 가운데 어느 한 해이겠지만, 그것이 어느 특정의 연도에 해당하는지, 또 현곡(玄曲)이 누구인지도 현재로서는 전혀 알 수 없다.

목활자본 〈왕경룡전〉의 출현은, 고소설의 유통에 대한 그동안의 주장이 실상과 상당 부분 괴리된 것인지를 보여주는 한 보기로 여겨진다. 그러나 유감스럽게도 목활자본 〈왕경룡전〉의 간행 주체와 간행 장소, 그 유통경위 등에 대한 일련의 정보는 이 자료의 어느 곳에서도 전혀 확인되지 않는다.

그러나 그동안 우리 학계에 보고되지 않았던 필사본 가운데서 작품의 창작년대 규명에 도움이 될 만한 정보를, 극히 개략적이기는 하더라도, 담고 있는 이본의 존재를 또한 발견하게 되었다. 그것은 바로 이현조 소장 〈왕경룡전〉 이본 가운데 한 종으로, 여기서는 이현조 나)본으로 부르기로 한다. 해당 자료는 내제가 '將鑑集覽'으로 되어 있고, 본문이 시작되기 전의 제목은 '王慶龍傳 卷之一'로 나타나고 있어, 마치 다음 권이 있는 것처럼 되어 있으나 실상은 완결된 작품이다. 무엇을 뜻하는 것인지 분명치 않지만, 제목 아래에 '丁卯年 三月 晦'라는 기록이 나타난다. 책의 크기는 가로 20 × 세로 24cm로 총 26장의 1책 단권으로 이루어져 있다.

그동안 우리 학계에는 〈왕경룡전〉 이본으로 한문본 10종과 국문본 2종 등이 보고된 바 있다. 해당 자료에 대한 적극적인 관심 아래 그 존재를 탐문한 결과, 이들 자료 외에도 필자 소장 자료 3종을 포함한 17종에 달하는 한문본 이본과 홍윤표 선생 소장 국문본 〈왕경룡전〉의 존재를 추가로 입수할 수 있게 되었다(한문본 이본에 대해서는 아래에서 후술한다). 이들 현전하는 수많은 이본 가운데 어느 자료에서도 〈왕경룡전〉의 필사기가 남아 있는 것은 전혀 알려진 바 없었다. 오직 이현조 나)본에서만 작품의 본문을 다 적은 뒤에, 줄을 바꿔서 "康熙 二十七年 戊辰十月 念日 畢書終■"이라는 필사기가 나타나고 있는 바, 이 기록이 갖는 의미를 결코 무시해서는 아니 된다고 하겠다. 이 기록은 〈왕경룡전〉의 필사연대를 어디까지 소급할 수 있는가를 보여주는 것이다. 절대연도인 강희(康熙) 27년 무진(戊辰)은 1688년인데, 비록 해당 기록의 필체와 본문의 필체가 같지 않다는 사실로부터 이 기록의 유의미성을 있는 그대로 인정할 수 없다는 나름의 반박도 충분히 예

상 가능하다. 그러나 여기서 보다 주목해야 할 점은, 한문소설 이본들이 일반적으로 선행하는 자료를 전사할 때 강한 보수성(!!)을 띠게 된다는 사실이다. 이런 점에서 본다면, 이현조 나)본에 나타나는 필사기는 해당 이본의 필사자가 임의로 석어넣은 것이 아니라, 해당 이본을 전사(轉寫)하는 가운데 그 대본으로 삼았던 선행 자료의 해당 문면을 그대로 준용코자 했던 이현조 나)본의 필사자가 나름대로 지니고 있던 의식(보수성)이 작용한 결과일 가능성이 더 높아 보인다. 곧 많은 〈왕경룡전〉 이본 가운데 이현조 나)본은 이미 "康熙 27년 戊辰 10월(1688년 10월)" 이전에 이 작품이 유통되었다는 사실을 보다 확실하게 증명해주는 자료라는 점에서 매우 주목받아 마땅한 것이라고 할 수 있다.

한편 〈왕경룡전〉의 거의 마지막 부분에는 "檀之長子名某, 爲按察使, 萬曆己亥年間, 監東征役於朝鮮"(단의 큰 아들은 이름이 아무개인데, 안찰사가 되어 만력 기해년 간에 조선에 동방왜란 정벌전쟁 감독을 하였다)이라는 문면이 출현하는 바, 여기서 '萬曆 己亥年間'이란 서술문면 또한 주목할 필요가 있다. 작품에 나타나는 서술문면을 바로 역사 시간과 동일한 것으로 볼 수 있는가에 대한 의문도 없지 않아 있겠지만, 여기서는 이 문면을 작품의 출현시기의 상한선을 알려주는 한 언표로써 적극적으로 해명하고자 한다. 곧 〈왕경룡전〉이란 작품의 창작시기가

'萬曆 己亥年間' 이전으로는 결코 소급할 수 없다는 사실을 구체적으로 알려주는 징표로 말이다. 그렇다면 〈왕경룡전〉은 '萬曆 己亥年間'인 1599년 이후부터 이현조 나)본의 필사기가 일러주는 1688년 10월 사이의 어느 시기에 벌써 우리 사회에서 출현·유통되고 있었던 작품이라는 점은, 이제까지 〈왕경룡전〉의 창작시기를 두고 신독재 김집수택본에 실려 전하고 있는 〈왕경룡전〉 이본의 존재에 의거하여 그 산생년대(産生年代)를 고구했던 이전의 주장[2]들에 비해서 한결 진일보한 것이라 하겠다.

그렇다면, 목활자본 〈왕경룡전〉의 제작, 출현시대는 어떻게 상정할 수 있을 것인가? 이 문제에 대한 구체적인 증거는 앞에서도 밝힌 바 있지만, 현재의 상황 아래서는 전혀 찾아볼 수 없다. 그렇다고 할 때, 시각을 달리하여 해당 자료에서 찾아지는 작은 단서들, 예컨대 내용·형태서지학적 측면에서의 고찰과 해당 자료와 여타의 필사본 이본들과의 사이에서 확인되는 차이점 등을 통하여 이 문제에 대한 해결책을 마련해 보는 것도 한 의미 있는 시도일 수 있다고 본다.

---

2) 송하준은 김집의 생몰년대(1574~1656)을 감안할 때, '17세기 중반 이전'으로, 정학성은 신독재 김집의 독서활동 연대인 17세기 초중엽 전후로, 간호윤은 16세기 초부터 17세기 중엽에 창작, 전사, 유통되었을 것으로 각기 주장하고 있는 바, 그 근거는 하나같이 신독재 김집수택본의 존재를 바탕으로 하여 제기된 것으로 여겨진다. 그러나 신독재가 과연 그들의 주장과 같이 김집이라는 점에 대한 보다 분명한 논거가 확보될 때, 이런 제가의 주장은 비로소 타당성을 얻을 수 있다고 본다.

3. 필사본 〈왕경룡전〉 이본의 선본 탐색과
목활자본 〈왕경룡전〉과의 거리

1) 필사본 〈왕경룡전〉 이본의 선본 탐색

이제 기존에 학계에 알려진 필사본 〈왕경룡전〉 이본은 물론이거니와 새롭게 발굴한 필사본 〈왕경룡전〉 자료들에서 드러나는 몇몇 특징적인 모습을 통하여 가능한 한 필사본 〈왕경룡전〉 자료 가운데 선본(善本)에 해당하는 자료가 무엇인지를 탐색하려 한다.

필사본 〈왕경룡전〉으로 우리 학계에 알려진 이본은 한문본만으로 국한하더라도, 10종에 달하는 것으로 이미 알려져 있고, 이들 10종의 이본들에 대해서는 교합 작업[3] 또한 일찍이 이루어진 바 있기에 이 자료들에 대한 더 이상의 논의가 필요할까 하는 생각이 드는 것 또한 사실이지만, 조금더 꼼꼼하게 해당 이본들의 면모를 살필 때, 선본(善本)에 대한 이제까지의 주장과는 약간 거리가 있는 사실을 확인할 수 있을 것으로 기대된다.

이미 알려진 10종에 달하는 이본들의 서지사항은 장효현 등에 의해 이루어진 이왕의 해제로 미루기로 하고, 여기서는 필자가 새롭게 입수한 필사본 〈왕경룡전〉 이본 17종[4]으로 범위를 한정하여. 해당 이본들의 서지사항만을 간략히 제시하기로 한다.

---

3) 장효현 외, 『교감본 한국한문소설』 〈전기소설〉, 한국민족문화연구원, 2007.
4) 이 자리를 통하여 힘들게 입수, 소장하고 있는 관계 이본들을 기꺼이 제공해 주신 김종철, 양승민, 간호윤, 이현조, 강문종 선생님과 기타 공공도서관 소장 관계자들에게 고마움을 표한다.

1) 강문종 가)본 : <慶龍傳>, 28장.

2) 국도 가)본[5] : <慶龍傳>, 34장.

3) 저초 가)본 : <慶龍傳>, <相思洞餞客記>와 합철, 30장.

4) 양승민 가)본 : 표제 : <慶龍傳>, 내제 : <王慶龍傳>, 34장

5) 국도 나)본 : <王慶龍傳>, 내제 아래에 '朱之蕃 明神宗時人'이라는 문면이 나타난다. 표제는 <玉僊閨詞>, 24장.

6) 김종철본 : <王慶龍傳>, 65장.

7) 부산대본 : <王慶龍傳>, <相思洞餞客記> · <周生傳>(첫면 이하 낙장)과 합철. 내제 아래 하단에 '崔뵛'이라는 문면이 나타나고 있다. 21장.

8) 서강대본 <隨記> : <王慶龍傳>. 표제 : <隨記>, <金華寺夢遊錄> · <相思洞餞客記> · <夫子遇小兒問答> · <愁城誌> · <周生傳> · <要路院夜話記> 등과 합철. 21장.

9) 저초 나)본 : <王慶龍傳>, <商受本記>와 합철, 내제 : 吳地 浙江 王慶龍傳, 19장.

10) 저초 다)본 : <王慶龍傳>, <相思洞餞客記>와 합철, 표제 : <要覽 (集錄)>, 12장.

11) 이현조 가)본 : <王慶龍傳>(중단본)[6], 10장.

12) 이현조 나)본 : <王慶龍傳>, 표제: <將鑑集覽>, 26장. 필사기가 유 일하게 나타나고 있다. 곧 '康熙 二十七年 戊辰(1688년)十月 念日 畢 書 終■'이 그것이다.

13) 이현조 다)본 : <王慶龍傳>, <相思洞餞客記>와 합철, 27장.

14) 양승민 나)본 : <浙江 王龍傳(王龍傳)>, 표제 : <破睡魔軍>, <廉 丞傳> · <崔陟傳> · <周生傳> 등과 합철. 16장

---

5) 이미 학계에 두루 알려진 국도본 <三芳錄> 소재 이본 자료를 국도 가)본으로 줄여 표기한다.

6) 옥단이 경룡과 蘆林에서 헤어지고 난 뒤, 그를 그리워하며 번번이 통곡하며 지내는 장면까지만 나타나고 있다.

15) 강문종 나)본 : <王慶傳>, 표제 : <閑談類纂>, <孝烈誌> · <雲英
傳>과 합철, 17장.

16) 강문종 다)본 : <王慶(景)龍傳>, 표제 : <稀有奇事>, <三玉三珠
傳> · <魏英傳>과 합철, 16장.

17) 간호윤 나)본 : <王慶龍傳>, 표제 : <閑骨董>

물론 이외에도 아직 그 소장처가 밝혀지지 않은 이본들 또한 있을
수 있겠지만, 본고의 논의 범위에서 크게 벗어나지는 않을 것으로 여
겨진다.[7]

위에 간략히 소개한 17종의 면모로부터 우리는 몇몇 흥미로운 사실
을 알게 되었다. 곧 〈왕경룡전〉이 반드시 작품'집'의 형태로만 유통되
던 작품이 아니며, 그 작품명 또한 다양하다는 점과 이본에 따라서는
〈왕경룡전〉의 작자를 구체적으로 적시(摘示)하고 있는 경우도 있다는
점이다. 곧 1, 2, 4, 5, 6, 11, 12의 이본들은 다른 작품과 합철되어
전하는 〈왕경룡전〉의 일반적인 모습과는 달리 단일 작품만으로도 유
통되었다는 사실을 보여주고, 아울러 작품명 또한 우리가 알고 있듯
이 〈왕경룡전〉만이 아니라, 〈慶龍傳〉(1, 2, 3, 4), 또는 〈浙江 王龍傳〉
(또는 王龍傳)(14), 〈吳地 浙江 王慶龍傳〉(9), 〈王慶傳〉(15)[8] 등 극히 다
양하다는 사실을 알게 되었다. 한편 5)와 7)의 자료들을 통해서는 이
들 이본들이 어떤 근거로 이렇게 표기하게 된 것인지 의문도 없지 않
으나, 〈왕경룡전〉의 작자를 주지번(朱之蕃, 1574~1656)과 최립(崔岦,
1539~1612)으로 각기 비정(批正)하고 있다는 사실[9]도 알게 되었다.

───────────────

7) 필자 또한 여기서 소개한 이본 이외에도 파본 상태의 이본 한 종(저초 라본)을 더
소장하고 있다.

8) 일찍이 학계에 알려진 이본 가운데서 임형택본이 <王郎傳>이란 제명으로 유통되
었던 사실도 이런 주장의 외연을 넓히기에 족하다.

여기서는 먼저 이미 알려진 10종의 이본들을 포함하여 새롭게 발굴한 17종에 달하는 이본들까지 아우르는 가운데 필사본 〈왕경룡전〉 가운데 선본(善本)이 과연 어떤 본인가를 다시 한 번 살펴보려 한다. 선본(善本)에 해당하는 이본을 밝히는 기준은 연구자의 개인적 시각에 따라 각기 다양하게 나타날 수 있다고 하겠는데, 여기서 필자는 다음 몇몇 사항을 해당 이본이 선본(善本)에 해당하는지, 아닌지를 판별하는 기준으로 삼고자 한다. 대략 아래와 같은 다음 7가지 기준을 설정할 수 있을 듯하다.

1) 작품의 서사상황을 이끌어가는 데에 중요한 역할을 담당하는 詞나 詩 작품의 탈락, 또는 착종 여부

2) 다른 이본에서는 결코 나타나지 않는 서술문면이 어느 특정 이본에서만 나타나는지의 여부

3) 다른 이본들의 서술문면과 달리 해당 서술문면이 도치되어 어느 특정 이본에서만 나타나는지의 여부

4) 다른 이본들의 서술문면을 어느 특정 이본에서 대체 서술하는 경우가 나타나는지의 여부

5) 다른 이본들의 서술문면이 어느 특정 이본에서 탈락되는 경우가 나타나는지의 여부

6) 다른 이본들의 서술문면이 어느 특정 이본에서 비의도적 오류로 변개되어 나타나는지의 여부

7) 다른 이본들의 서술문면이 어느 특정 이본에서 중복 서술되어 나타나는지의 여부

---

9) 〈왕경룡전〉의 작자가 朱之蕃인지 崔岦인지를 따져 밝히는 작업은 본고의 관심사가 아니다. 고소설 작가에 대한 여러 정황을 고려한다면, 누군가가 국도 나)본의 '주지번', 부산대본의 '최립'에서처럼 그들을 〈왕경룡전〉의 작가로 比擬했을 가능성이 높다는 점만을 간략히 언급하고, 이에 대한 자세한 논의를 피하고자 한다.

물론 이외에도 여기서 미처 언급치 못한 또 다른 기준이 있을 수 있다. 그러나 이상에서 제시한 몇몇 기준의 출현 유무만으로도 해당 이본이 선본(善本)에 해당하는지, 그렇지 않은가 하는 문제를 어렵지 않게 확인할 수 있을 것이라 기대된다. 그러나 여기서 이들 여러 면모들에 대해 하나하나 구체적으로 밝히는 것은 그다지 효율적으로는 여겨지지 않는다. 많은 이본을 대상으로 하나하나 이런 기준의 출현 유무를 검토하다 보면 논의가 너무 방만해질 염려가 있으므로, 여기서는 이 가운데서 1), 2), 5), 7)의 경우에 해당하는 대표적인 예문만을 통하여 살펴보는 것으로 논의를 국한한다.

첫째, 그동안 필사본 〈왕경룡전〉 이본 가운데 선본으로 평가해 왔던 신독재수택본에서부터 사(詞)에 대한 화답시 가운데 일부 행이 탈락하고 있는 현상을 보게 된다. 그것은 사(詞) 가운데 마지막으로 나오는 〈만정방(滿庭芳)〉에 대한 옥단의 화답시 가운데 다음 행이 탈락되고 있는 것을 말하는 것으로, 곧 "怕石腸成灰, 玉貌消丹, 駒隙流年幾許, 慘相視涕淚闌干 倘未死" 부분이다. 간호윤 가)본 또한 〈만정방〉 가운데 다음 문면이 탈락되어 있다. "佳期在何時, 萬里風塵, 一去難還, 悵相看髮白, 共誓心丹, 自此北樓無人, 日之夕孤倚闌干, 邈江南, 消息誰傳, 望望多靑山" 나손본의 경우, 이들 이본과는 달리 사 〈만정방〉과 그에 대한 화답시가 모두 탈락되는 차이를 드러내고 있다.

한편 서강대본과 국도 다)본은 매우 친연성이 높은 이본으로 생각되는데, 그것은 다음 경우를 통하여 쉽게 확인된다. 이들 두 이본 모두 사(詞) 〈제천락(齊天樂)〉[10]과 그에 대한 화답시, 〈모우곡(暮雨曲)〉과 그

---

10) 정학성과 간호윤은 이에 대해 각기 "조운이 자리에서 일어나 천악(天樂) 한 곡을 지어 술을 권하였다. 그 사(詞)는 다음과 같다."(134~5쪽)와 "조운이 자리를 옮겨 앉

에 대한 화답시, 사 〈만정방(滿庭芳)〉과 그에 대한 화답시가 공히 탈락하고 있다는 점에서 그러하다.

이헌홍본은 사 〈제천악〉 전부와 그에 대한 화답시가 일부 탈락하고 있는데, 곧 "華陽洞裏失童仙, 謫來南國幾年, 紅樓玉貌, 碧窓花容, 總作公子好緣, 不樂何爲看, 桂羞瓊漿, 鳳管鷗絃, 夜闌春暄會, 向高堂成醉眼 高樓初設華筵, 對明罇歌舞, 樂而流年, 風流公子, 窈窕佳人, 恰似白鷺傍紅蓮, 今夕何夕, 花催銀燭熖篆, 缺金爐烟, 春夢初酣, 玉釵金帽橫枕邊. 龍卽和曰: 昔披瑤笈" 부분이 그것이다.

국도 가본)에서는 사 〈만정방〉 가운데 일부 시구의 착종[11]이, 국도 나)본, 강전섭본, 정경주본, 이현조 가)본, 이현조 다)본에서는 〈모우곡〉 가운데 일부 시구의 착종이 나타나고 있다는 공통점을 지니고 있는 바[12], 여기서 뒤의 다섯 이본들 사이의 친연성을 또한 미루어 짐작할 수 있다. 보다 정확히 밝히자면, 국도 나)본과 정경주본, 이현조 다)본의 친연성이 여타 두 이본에 비하여 더 강한 것으로 드러났다.

그런데 이현조 나)본은 사(詞) 작품들이 탈락되거나, 일부 시구에서 착종이 일어나는 이들 여러 이본들과는 달리, 선행 대본에 시(詩)나 사(詞)의 존재가 분명히 출현하고 있었음에도, 이 이본의 필사자가 나름

아서 마침내 천악(天樂) 한 곡을 지으며 술을 권했다. 사(詞)는 이렇다."(427쪽)로 전등신화 〈愛卿傳〉에도 나오는 詞인 〈齊天樂〉에 대한 무지를 드러내며, 해당 부분을 '천악'(하늘의 음악, 또는 궁중의 음악)으로 버젓이 오역하는 문제점을 드러내고 있다.

11) 첫 구의 내용 가운데 "深情未攄, 淸夜將曉, 紛〃此心悲懼"으로 그릇 나타나고 있는 경우와 이에 대한 옥단의 화답시 가운데 첫 행이 "千里〈相逢〉(生還), 半夜將離, 此生何日重懼"으로 그릇 나타나고 있는 경우가 바로 그것이다. 해당 원문은 여타 이본의 경우 〈此生何日重歡〉과 〈紛紛一心悲歡〉으로 각기 나타나고 있다.

12) 국도 나)본과 정경주본, 저초 사)본에서는 "春不開, 秋不落"이 "秋不落, 春不開"로, 강전섭본에서는 "〈江有梅, 山有竹〉이 〈山有竹, 江有梅〉로, 〈春不開, 秋不落〉이 〈秋不落, 春不開〉로, 저초 마)본에서는 〈江有梅 山有竹〉이 〈山有竹, 江有竹〉으로 시구의 착종이 발생하고 있는 것이 바로 그것이다.

의 의식을 갖고 이들 詩[龍適見屏間, 有玉檀手題一絶詩曰: **不書**[13] 龍
見其詩中, 辭意哀怨, 不覺隕淚. 卽濡筆和之, 以題屏曰: **亦不書**[14]]나
사(詞) 가운데 일부 작품[곧 <만정방>]과 그에 대한 화답시를 의도적으
로 배제하는 시각['不書'나 '亦不書'라는 언표를 주목할 때]을 드러내는 바,
위 이본의 필사자들과는 다른 나름의 편차를 분명히 드러내고 있다고
하겠다. ["遂製悲歌以別, 其詞滿庭芳也. 詞曰: **亦不書**[15], 龍卽和之曰: **亦不
書**."][16]

강문종 나)본의 경우, 옥단의 생사를 몰라 침식을 여러 날 폐하던
왕낭이 걱정 끝에 토로한 시편의 다음 행, 곧 "綺紋自作相思曲, 曲到
江南身不歸 又:"가 탈락되어 있다.

양승민 가)본 또한 사(詞) <제천악>에 대한 옥단의 화답시 가운데 일
부 시구의 탈락[곧 '一登瓊臺綺筵']과 <모우곡> 자체와 그에 대한 화답시
가운데 일부 시구의 착종['江有梅, 山有竹'가 '山有梅, 江有竹'으로, 또한 '東
問竹, 西問梅'가 '東問梅, 西問竹'] 등의 면모가 나타나고 있다.

위에서 살폈듯이 사(詞)나 시(詩)의 출현 유무와 시구의 착종 등에서
확인되는 여러 이본에서의 제반 면모는 그것이 분명 원 <왕경룡전>과

---

13) '쓰지 아니한' 해당 시는 <北樓春日又黃昏, 濕盡紅巾拭淚痕, 回首蘆林烏鵲亂, 不
知何處可招魂>이다.
14) '마찬가지로 쓰지 아니한' 해당 시는 <舊客登樓日已昏, 點燈相對拭啼痕, 蘆林風雨
今何許, 惆悵應存未返魂>이다.
15) '마찬가지로 쓰지 아니한' 해당 작품은 <深情未攄, 淸夜將曉, 此生何日重歡, 蘆林
孔邇, 安可失機關, 嗚呼良人一去, 對明鏡將作孤鸞, 好歸寧, 專心黃卷, 愼勿憶紅顔
佳期在何時, 萬里風塵, 一去難還 悵相看髮白, 共誓心丹 自此北樓無人, 日之夕孤
倚闌干 邈江南, 消息誰傳, 望望多靑山>이다.
16) '마찬가지로 쓰지 아니한' 해당 화답시는 <千里生還, 半夜將離, 紛紛一心悲歡 征
鞍欲動, 白雲迷楚關 虛負一雙玉簫, 望秦臺幾時乘鸞 摻子裾, 不忍相釋, 壯志凋朱
顔 有約雖金石, 無路重逢, 何日得還 怕石腸成灰, 玉貌消丹, 駒隙流年幾許 慘相視
涕淚闌干 佇未死 再續舊緣, 轉海更移山>이다.

는 일정한 거리가 있는 이본이라는 점을 말해주는 좋은 보기라 하겠
다. 이런 점을 통해서도, 이들 필사본 〈왕경룡전〉 이본들 가운데 선본
(善本)의 위치에 놓이는 이본이 있다[곧 신독재수택본 〈왕경룡전〉과 간호
윤 가)본 〈왕경룡전〉을 말하는 것이다]는 학계의 주장이 실상과는 크게
어긋난다는 사실을 비로소 확인하게 된다.

둘째, 간호윤 가)본에는 "嗚呼! 慶龍之聰慧 玉檀之守節 離合奇異 後
之觀此者 誰無心動哉?"[아아! 경룡의 총혜함과 옥단의 절개 지킴으로 인한
(둘 사이의) 離合이 기이하니 뒤에 이 작품을 보는 사람들은 누구라도 마음이
움직일 것인저!]라는 평결부가 나타난다. 그것은 작품의 마지막 부분인
"大略如此, 今不盡記" 문면 앞에 색다르게 출현하고 있다. 이런 면모
또한 여타의 이본들에서는 전혀 나타나지 않는 해본만의 특징이라고
하겠지만, 이는 〈왕경룡전〉 원본의 본래적 면모와는 거리가 있는 것
으로 여겨진다.

나손본에도, "天荒地老 此恨無窮 生不相從 死不同穴 悠〃蒼天 此何
人哉? 舉聲長慟 肝膽欲裂"[하늘이 닳고 땅이 늙더라도 이 한은 다함이 없으
니 살아서 서로 따르지 못하고 죽어서도 같이 묻히지 못한다면 아득한 푸른 하
늘 아래 어찌 사람이라 하겠습니까? 소리를 놓아 길게 통곡하니 간담이 찢어질
듯하더라]이라는 서술문면이 나타나고 있다. 이 부분은 경룡이 창모의
계략에 의하여 옥단과 헤어지는 상황에 맞닥뜨리게 된 뒤, 옥단의 다
음과 같은 자탄, 곧 "玉檀放聲慟哭曰: "吾素聞蘆林盜賊之藪, 王公子乘
夕而返, 必投虎口矣. 吾雖不殺王郎, 〃〃由我而死矣"[옥단이 목놓아 통
곡하며 말하기를 '내가 본디 蘆林은 도적의 소굴이라고 들었는데, 왕공자가 저
녁을 타 돌아오다가 반드시 虎口에 던져졌을 것이니, 내가 비록 왕낭을 죽인
것은 아니지만 왕낭은 나로 말미암아 죽은 것이다.]를 이어 계속 되고 있는

진술로, 여타의 이본들에서는 나타나지 않는 부분인 바, 이는 나손본의 전사자가 옥단이 처한 심리적 면모를 보다 강조하기 위하여 임의로 부연하여 문면에 첨입하여 넣은 결과로 여겨진다.

국도 가)본의 다음 3개 처도 여타의 이본들에서는 좀처럼 찾아볼 수 없는 해본만의 특징적 면모인데, 해당 보기를 먼저 제시한다.

1) 檀喜得居所, 拜嫗而謝曰: "單形隻影, 子〃無依, 彷徨衢路, 幸逢托據, 是乃微命再保之秋也 敢不結草而殞首" 遂從商嫗. 同居月餘,

2) 檀聞御史必是王公, 卽使蘭香, 詳問御史鄕里及族氏, 知果爲王郞. 然後, 心獨喜自副(負?), 乃潛作書簡, 陳其欣幸之意 及照列寃情簡緘, 封皮詐作王公親故書樣,

3) 況見內子, 貞操雅態, 甚合家母. 公子若復離而黜之, 朝中必有人言於妾亦將不利 義所不可 且彼家父母, 若奪其志, 然則內子之不事於他人者, 猶玉檀之不欲媚於趙賈者也.

4) 妻之次子, 未科者, 以勇力, 爲突擊將軍, 多有軍功, 上嘉之

위의 예문 가운데 3)은 다시 부산대본과 저초 다)본, 강문종 나)본 [여기서는 '朝中必有人言 於妾亦將不利' 부분만 나타나고 있다]에서도 아울러 나타나고 있는 바, 이들 이본들은 이런 점에서 나름의 친연성을 띠고 있음이 확인된다.

이현조 다)본의 다음 서술문면 또한 해본에만 있는 것으로, 그 구체적인 내용은 다음과 같다.

1) 檀喜得居停, 拜其恩[而]謝之 曰: "果若嫗言 吾幾蘇矣"

2) 佯若觸手而覆之. 食其無毒之粥 趙賈俄而仆於地, 嘔血卽死

3) 舊妻·巫夫哀乞曰: "我若得生, 當以厚報. 御史旣知玉檀之罪而嚴

囚別獄 則吾等庶幾有望 何必直告耶?"

강문종 다)본의 다음 문면 또한 해본만 갖고 있는 것으로, 그 구체
적인 내용을 적시하면 다음과 같다.

1) 豈敢望乎?
2) 嗟乎? 王公子
3) 呼玉檀而出見, 王公子以敍舊日之抱怨, 檀佯不肯出曰:
4) 娼母入來, 百般哀乞曰: "王公子今載萬金 又來此地 天與時至 吾
　　家之福也." 牽手[親]勸<起而强>(之)出
5) 若將起去, 娼母尤爲悶切, 勸檀尤懇.

또한 양승민 가)본의 다음 문면 또한 같은 의미에서 주목할 필요가
있다.

1) 少<時聰敏>(小聰警), 才思過人. 容貌秀麗, 超出諸儒
2) 檀居數月, 歲將暮矣, 計無所出, 審其舊妻, 雖有姿[色], 素無貞操
3) 一家忠奴, 中途致殺, 四可殺也

위 예문 가운데 1)은 이현조 가)본에서도 동일하게 나타나는 바, 이
를 통해 이들 두 이본간의 친연성의 정도를 확인할 수 있다.
　어떠한 상황을 보다 부연하거나 강조하기 위한 이런 서술문면은 원
〈왕경룡전〉의 본래적 면모와는 일정한 거리가 있음을 보여주는 좋은
증거이다. 이런 점에서 이들 이본들 또한 필사본 〈왕경룡전〉 이본들
가운데 선본(善本)에 놓일 수는 없음이 자명하다.

셋째, 필사본 〈왕경룡전〉의 특정 서술문면이 이유 없이 탈락되는 경우는 본고에서 살펴보는 여러 이본들에서 두루 나타난다. 번거로움을 피하기 위하여 문장 차원의 탈락이 나타나는 부분을 중심으로 그것을 보이되, 대표적인 보기 하나만을 들고 나머지는 주를 통해 밝히기로 한다. 강문종 가)본에서는, "[尋聲]入來"외 5개 처[17], 국도 다)본에서는 "[不如不見之爲愈也. 慶龍雖然其語, 而自謂]"외 11개 처[18], 저초 가)본의 경우 "商人[歸見閣老,] 具告厥由"외 1개 처[19], 국도 가)본에서는 "轉入楊州. 行乞[於]市, 苟[延時月, 適値歲夕, 有儺禮於公府, 龍傭役於人,]"외 5개 처[20], 간호윤 가)본에서는 "賣其金銀, [買綺紈而]服之**以紈綺, 騎之以**駿馬[而騎之]"외 5개 처[21], 강전섭본에서는

---

17) 구체적으로 보이면 다음과 같다. 1) [直入蘆林], 2) [日夜呼泣], 3) 故皆罵嫗以[獵賊. 嫗雖]欲自明, 4) 檀方梳頭, [見其粥, 疑有毒, 而又], 5) [終得壯元]

18) 구체적으로 보이면 다음과 같다. 1) 招此[佳兒否?" 嫗謝其賜而笑白曰: "彼以悅人爲業, 招], 2) 檀[辭之甚緊曰: "妾之違命, 有意存焉. 若欲强狎], 3) 老僕曰: ["郞君之事, 決矣. 老僕請辭而歸." 龍遽怒曰: "這漢! 這漢! 胡不遄歸?" 便令驅逐, 老僕出門嘆曰:], 4) 乃爲兒女子所賣如若(是)(者乎! 渠先時, 暗輸財寶於他地, 隨而歸之,], 5) 又以[數兩]銀子, 與慶龍[曰: "願公子, 以此, 姑備留待之資."], 6) 今不破盟[而適人, 有愧於心. 欲往關廟, 將卜吉日破盟], 故緩期如此耳], 7) 檀曰:["母欲我强出, 則須用一計, 以給公子, 然後乃可." 母曰: "何?" 檀曰:], 8) 以娼母所壽(籌)金銀及器玩, [幷其私藏寶佩寶玩,], 9) 龍<許諾>(計)娼母必奪玉檀之志, [檀必守以死之約, 然則平生恐不得重逢. 乃扣玉檀] 10) 潛還其商人曰: "汝(爾)歸賣紹興王閣老家, [必有少年, 倍直而買之." 其商人如其言, 歸賣閣老家 玉], 11) 疑是玉檀所[作. 親問於商人, 商人以實答曰: "如此." 然後, 慶龍果知玉檀所]寄.

19) 구체적으로 보이면 다음과 같다. 謂曰: "[私藏寶佩寶玩,] 幸鬻於江南, 以充虛費之數"

20) 구체적으로 보이면 다음과 같다. 1) 龍在後, 入徐州境, 向玉檀家, [自南以北, 如向京師然. 至玉檀家]巷, 2) 幷其私藏寶物(佩)[寶玩, 而納其中, 封鎖之. 顧謂龍曰: "私藏寶佩寶玩], 3) 檀方梳頭, [見]其粥, [疑有毒, 而又慮只毒於己. 乃曰: "見其粥], 4) [某月某日, 玉檀再拜.] 5) [今慶龍及妻, 已六十而死矣 玉檀猶在世.]

21) 구체적으로 보이면 다음과 같다. 1) 豈忘蘆林之恨乎, [一如前日之歡乎]?, 2) 則有死而已, [不可從也.], 3) 至於減財, [則不然,], 4) 潛令家丁, 給馬載玉檀以歸. [時玉

“[未知果何如也. 今欲]小(少)停征驂”외 24개 처[22], 국도 나)본에서는
“出語隣人[曰]: [家間東西, 蕩無所有, 雖是守奴之所爲, 而隣人]〈亦
豈〉(豈亦)不知?”외 7개 처[23], 김종철본에서는 “[使之必殺而慶]龍行蘆
林未半”외 2개 처[24], 나손본에서는 “離親歲久, [思歸日切. 縱使轉轉

檀年二十五, 慶龍年二十九. 到京, 復命而歸,], 5) [次子以擧人爲知府, 皆妻之所生
也.]

22) 구체적으로 보이면 다음과 같다. 1) 則事多難[處, 如玉檀所云,] 2) 家徒四壁, 無物
見在, [又無守家奴僕.], 3) 但此地荒年, [家貧俸薄,] 4) ◆◆(以公)子[必死, 誓不毁
節, 常處於北樓上, 足不履地者, 久矣. 若聞公子]在此, 5) 豈意凶計, 反出於蘆林之
甚者也? [不告公子而先處者是,], 6) 慶龍[卽]歸隣邑之市, [賣金銀,] 7) 若藏金寶樣.
[賃夫馬百匹而駄之,]使先行, 慶龍在後, [入徐州境, 向玉檀家,] 8) ◆(則)和水而進
之, [況慶龍酒量無量,] 故得不醉, 9) [幷其私藏寶佩寶玩而]納其中, 封鎖之, 10) 則
有死而已, [不可從也.] 11) 奄自圍立, 盡搜金銀, 將女與[侍]婢, 欲殺之, 12) 玉檀
遽下馬, 拿其娼母而下之, [大呼於公府胥吏及隣人, 告之]曰: 13) 早◆(喪)考妣. 此
母[見我姿色], 取而子之, 欲令說人而取直之利, [只爲利家,] 豈有母子[之]義理乎?
14) [將欲殺掠. 妾佯諾同謀而來, 實欲訴於官也.] 15) [素知蘆林之事, 故亦信夜間之
謀, 皆是檀而非嫗]曰: 16) 我等應請來矣, [將欲奪還.] 17) 嫗[能使我守節, 終]不相
脅而使我終守以死否? 18) 令侍婢乞米糊口, [以供朝夕, 一不籍於娼母. 侍婢, 亦艱
辛乞米, 以奉其主, 小不厭苦.] 19) 此侍婢名, 蘭香(英), [亦有姿色, 性不喜與人交歡.
或有求狎, 罕有相應.] 只待檀娘, 不離◆◆(娼母:其側), [盖玉檀自良家, 所率來者
也.] 20) [“如此如此.”] 21) 娼母與[同里商家]寡居商嫗, [賂重貨,] 以秘計約之. 22)
相與謀計, 欲滅其跡. [會其夫出, 宿于隣家, 翌朝而返.] 23) 徐州玉檀, 奉寄紹興王秀
才慶龍. [妾送君之後, 常處北樓, 豈料主母驅迫黜之? 偶因隣母得留數月, 又信嫗言,
遂啓南行, 不意中途爲人所脅, 是亦妾之不早自決. 徒守舊約, 自不能不落於兩嫗之
奸謀也. 何惜微命自以經於溝瀆? 第以臨別之戒, 耿耿在耳, 若行小諒, 恐負前盟. 今
將權赴其家, 以觀其機, 勢若可誘, 則不可徒死, 至欲相瀆, 則豈敢偸生? 聊占一絶,
以寓微悃. 詩曰,] 24) [時玉檀年二十五, 慶龍年二十九. 到京, 復命而歸,]

23) 구체적으로 보이면 다음과 같다. 1) [隨而歸之, 而又令公子, 中道空返, 不得跟尋,
其計譎矣. 王公子何不悟也?” 2) 龍驚駭, 罔知所措, 但聞暗輸財寶者何地.] 3) 轉入
楊州. [行乞於市] 4) “人非木石, 皆有[是心. 豈有]殆死於蘆林 5) 則有死而已, [不可
從也.] 6) 咸勸玉檀[入訟. 娼母慌懼, 哀乞於檀] 7) 只令一侍婢乞米, [以供朝夕, 一
不籍於娼母. 其侍婢, 亦[艱]辛苦乞米]

24) 구체적으로 보이면 다음과 같다. 1) [尋聲]入來, 2) 謂之曰: “[私藏寶佩寶玩] 幸鬻
於江南, 以充虛費之數.”

行乞.] 亦欲歸覲浙江.”외 11개처[25], 부산대본에서는 “龍[見檀容華儀
稀, 似非世上人, 尤不覺驚悅, 龍酒酣]”외 6개처[26], 서강대본『수기』
에서는 “龍[曰: “噫! 噫!”]”외 8개 처[27], 신독재수택본에서는 “其日之
翌日, 待公子, 不至. [跟尋公子]”외 1개처[28], 이수봉본에서는 “[然人生
到此, 亦[可]憐也”외 9개 처[29], 이헌홍본에서는 “龍傭役於人, 爲[盲
優之奴.]”외 3개 처[30], 이현조 가)본에서는 “[慶]龍不覺注目, [謀欲一
見, 但恨] 無以爲緣”외 3개 처[31], 이현조 나)본에서는 “今若一媚公子,

25) 구체적으로 보이면 다음과 같다. 1) 儵生至此, [豈意隣母傳此]手墨, 2) 今欲(不)破
盟[而適人, 有愧於心. 欲往關廟, 將卜吉日破盟], 故緩期如此耳.”, 3) “誰招王公子
來? [彼雖强來], 4) [檀必守以死之約, 然則平生恐不得重逢. 乃扣玉檀], 5) [玉檀及
侍婢, 皆作駒駒氣絶之狀. 娼母卽驚叫而救之, 良久], 6) [昨日之夕, [以供朝夕, 一
不籍於娼母. 侍婢, 亦艱辛乞米,] 以奉其主, 小不厭苦, 7) [終不母我矣], 8) [徐州玉
檀, 奉寄紹興王秀才慶龍], 9) 乃[和其韻], 10) [遂握劍定心, 端坐讀書, 若玉檀, 眩於
目中, 則]乃揮刃(劍)而叱之曰:, 11) 死又判矣, [不須卜也],
26) 구체적으로 보이면 다음과 같다. 1) 但趙賈[若欲歸寢舊妻, 則檀佯妬挽留, 人不知
檀之不相狎, 而趙賈]時語其親故, 2) 以投[巫夫. 又作]巫夫之書, 3) [渡浙江], 4) [某
月某日, 玉檀再拜], 5) “汝以登第之戒, [別於我], 6) [玉檀生三子]
27) 구체적으로 보이면 다음과 같다. 1) [檀必守以死之約, 然則平生恐不得重逢. 乃扣
玉檀,] 2) 泣而告之曰:, 取以(而)養之, 欲令悅人而取直, [只爲利家], 豈有母子之義
乎?, 3) “汝以王郎之故, 背我豢養之恩, [終不母我矣], 4) 賃馬治行, [卜日啓行], 5)
若過此期, 聽汝非晚, [妾亦許諾, 成誓矣.] 6) [必有少年, 倍直而買之.” 7) 其商人如
其言, 歸賣閣老家.] 8) 請遣御史[考之, 上兪允. 龍求爲其任, 遂到徐州. 玉檀聞御史]
是[王]慶龍也
28) 구체적으로 보이면 다음과 같다. “[汝之所言,] 如是如是.”
29) 구체적으로 보이면 다음과 같다. 1) [來日之夕, 當令侍婢傳簡, 嫗且歸付王公子] 2)
乃入關廟, [拜關王] 3) 檀一聲太息, [語於慶龍]曰: 4) 慶龍悶其分離, [慘慘嗚咽,] 抱
持玉檀, 不忍捨去. 5) 娼母[惜其金, 相與之陰約曰: “如此如此.”] 6) [亦如此]以投舊
妻 7) 檀方梳頭, [見其粥,] 8) [皆檀之所生也.] 9) [皆妻之所生也.]
30) 구체적으로 보이면 다음과 같다. 則有死而已, [不可從也.]/玉檀遽下馬, 拿其娼母
兩手而[下之.]/[皆妻之所生也.]
31) 구체적으로 보이면 다음과 같다. 1) [適爲遊子來宴, 故出待耳.” 2) [言未已, 衆賓
羣妓, 各自散去. 慶]龍卽以二十兩銀子 3) 大起高樓, 與檀常處[於樓]. [樓在家北, 故

[誓不再事他人, 恐公子]以我爲路柳墻花而一折永棄" 외 8개 처[32], 이
현조 다)본에서는 "則有死已而, [不可從也.]" 외 1개 처[33], 저초 나)본
에서는 "**娼母**量其去[數里, 娼母]驅迫玉檀" 외 2개 처[34], 저초 다)본에
서는 "[檀必守以死之約, 然則平生恐不得重逢, 乃扣玉檀.] 泣以(而)告
之曰:" 외 2개 처[35], 전남대본에서는 "乃壽於娼母及朝雲[歡之極懇, 娼
母母女]" 외 5개 처[36], 정경주본에서는 "則有死而已, [不可從也.]" 1개
처, 임형택본에서는 "檀[辭之甚緊]曰: [妾之違命, 有意存焉, 若欲强
狃,] 有死而已." 외 1개 처[37], 양승민 가)본에서는 "謀欲一見, 但恨]無
以爲緣" 외 3개 처[38], 양승민 나)본에서는 "商人歸[見閣老, 具]告厥由"
외 4개 처[39], 강문종 나)본에서는 "將何面目, 歸見閣老乎?" 외 8개

人稱北樓. 自起樓之後

32) 구체적으로 보이면 다음과 같다. 1) [與檀常處於樓. 樓在家北, 故人稱北樓. 自起
樓]之後 2) 年雖已老, 夙[慕玉檀才色. 今聞放節, 欲得一歡, 以千]金賂娼母 3) 慶龍
在後, 入徐州境, 而向玉檀家, [自南以北, 如向京師然. 至玉檀家]巷, 4) 渠亦釋然. 故
得至於此, [汝何過思若此?] 5) 顧曰: "[私藏寶佩寶玩,] 幸鬻於江南, 6) 檀思欲自決,
不能自由, [旣已潛思]曰: 7) 詳問慶龍鄉里族氏, [知御史果爲慶龍.] 然後 8) 今慶龍
及妻, [已六十而死矣 玉檀猶在世. 厥之子二·妻]之一子

33) 구체적으로 보이면 다음과 같다. 慶龍按獄畢, [回京師,]

34) 구체적으로 보이면 다음과 같다. 1) 汝其留外待候, [亦須辟人] 2) 則有死而已, [不
可從也.]

35) 구체적으로 보이면 다음과 같다. 1) 舊妻卽(則)曰: ["以玉檀奪節之怨, 置毒於粥."
2) [里人拿此三人及巫女, 並其奴僕比隣, 而告於官.]

36) 구체적으로 보이면 다음과 같다. 1) "爾(汝)輩, 緣何脅我[而歸?" 2) 衆曰: "我爲趙
大賈所使, 迎娘子而歸, 何脅之有?" 3) 雖未能速[歸爾, 豈無愛親之心[乎? 今日之
得]返, 可見其良心也. 4) [商人]以實對之[曰: "如此."] 5) 自房而搬出, [置於庭中]曰:

37) 구체적으로 보이면 다음과 같다. 則有死而已, [不可從也.]

38) 구체적으로 보이면 다음과 같다. 1) 掛於[道左樹林, 或有過去好事者, 傳掛於]南路,
未久得達於慶龍 2) "爾歸賣於紹興王閣老家, [必有少年, 倍直而買之." 其商人如其
言, 歸賣閣老家. 王]檀居數月 3) 死已辦矣, [不須卜也.]

39) 구체적으로 보이면 다음과 같다. 1) 又以數兩銀子, 與之[慶]龍 ✦曰: ["願公子, 以

처[40], 강문종 다)본에서는 "可依者" 외 2개 처[41]에 걸쳐 문장 차원의
탈락이 나타나고 있다.

그러나 비록 문장 차원의 탈락이 적게 나타나는 이본이 있다고 해
도, 그들 이본들이 〈왕경룡전〉 원본에 가깝다고 할 수는 없다. 왜냐하
면 이들 이본들은 제 각기 단어라든가 기타 여러 면모에 걸친 변이의
모습을 다양하게 드러내고 있는 것 또한 사실이기 때문이다. 여기서
는 다만 어느 이본이 해당 작품 내에서 〈왕경룡전〉 원본과 얼마만한
거리가 있는지를 구체적으로 보이기 위해 그것을 자세히 제시하고자
했다.

넷째, 국도 다본)의 "所不從命者, 欲畢此誓, 不欺吾心耳. 新歲新**欲
畢此誓, 不不從命者, 欲畢此**'歡, 豈不樂哉(乎)?", 강전섭본의 "**必欲除
之, 而福慶未艾, 皇天陰隲, 遇賊不死, 還鄉治産**"[42](王公子, 幸而得脫, 赤
身還鄉, 而)戀妾益深, 載寶重來)". 저초 나)본의 "設令, 今歲王公子**重來
(××)**重來, 妾已入他門, 豈敢復出?", 양승민 가)본의 "娼母勸檀尤懇.
曰: 我以善辭解之 彼亦釋其感而來矣 汝何過思若此?", 강문종 다)본의

此, 姑備留待之資." 慶龍曰:] 2) 今不破盟[而適人, 有愧於心. 欲往關廟, 將卜吉日破
盟], 故緩期如此耳. 3) [檀必守以死之約, 然則平生恐不得重逢. 乃扣玉檀] 泣以
(而)告之曰: 4) 至於減財, [則不然.]

40) 구체적으로 보이면 다음과 같다. 1) 爲公子計 2) 多少財貨 3) 卽解[破衣而]衣之曰
4) 吾能料死, [不能料]生 5) 不可從也 6) 汝[以王郎之故, 背我爹養之恩, 終不母我
矣.] 7) [但趙賈若欲歸寢舊妻, 則檀佯妬挽留, 人不知檀之不相狎,] 8) [某月某日, 玉
檀再拜.]

41) 구체적으로 보이면 다음과 같다. 1) 約給慶(景)龍[裘馬, 使之必殺而慶龍]行蘆林未
半 2) 龍啼飢匍匐, [處處乞食,] 轉入楊州

42) 이 문면은 원래 왕경룡이 蘆林의 禍亂에서 벗어난 뒤, 娼母집을 다시 찾지 않은
연유를 밝히는 앞 부분에서 나오는 것인데, 여기서 그릇 중복되어 나타나고 있다.

"妾伴若**伴若**同謀而來" 등에서 확인되는 중복 서술은 전사 과정에서 발생한 비의도적 오류로 여겨진다. 이들 이본에서 이런 오류가 나타나고 있다는 사실 또한 필사본 〈왕경룡전〉 이본들의 본래적인 면모와 거리가 있는 것이라 하겠다.

이제까지 검토한 결과, 필자가 살펴본 27종의 필사본 〈왕경룡전〉 가운데 어느 이본도 선본(善本)에 해당할 만한 이본은 없다는 사실을 알게 되었다. 예상밖의 결과가 아닐 수 없다. 이런 사실은 〈왕경룡전〉 원본이 전해지지 않을 가능성이 큼을 보여준다고 하겠다. 그렇다면 필사본 〈왕경룡전〉 이본들 가운데 선본을 찾는 작업은, 당장은 해결 불가능한 일로 치부해야만 하는 것일까?

필자는 다행히 이런 문제 상황의 해결에 한 도움이 될 자료 하나를 근자에 발굴하게 되었다. 그것이 바로 목활자본 〈왕경룡전〉의 존재인데, 항을 달리하여 아래에서 목활자본 〈왕경룡전〉과 필사본 〈왕경룡전〉 이본들의 서술문면에서 두드러지게 차이나는 부분의 비교를 통하여, 이들 자료 가운데 어느 자료가 선행한 것인지를 따져 이 문제에 대한 나름의 해답을 구하고자 한다.

2) 목활자본 〈왕경룡전〉과 필사본 〈왕경룡전〉 이본의 거리

먼저 이 자리를 통해 최초로 소개하게 된 목활자본 〈왕경룡전〉의 면면을 간략하게나마 언급하면서 논의의 발판을 마련해 보자. 목활자본 〈왕경룡전〉은 40여 개 처에 이르는 오자를 지니고 있는 것으로 보이는 바, 이해를 돕기 위해 몇몇 부분만을 제시한다. 앞에 든 예문이 목활자본 〈왕경룡전〉의 원문이고, 뒤에 든 예문은 이 원문을 수정하는 가운데 나타난 부분이다.

1. <u>區</u>能爲我招致佳兒否?(2장 뒷면 2행) → <u>嫗</u>能爲我招致佳兒否?
2. 向高堂成醉<u>■</u>[43](3장 뒷면 9행) → 向高堂成醉<u>眠</u>
3. 樂而流<u>年</u>(3장 뒷면 10행) → 樂而流<u>連</u>
4. 悽<u>宛</u>(4장 뒷면 8행) → 悽<u>惋</u>
5. <u>■</u>後來者(9장 뒷면 9행) → <u>爾</u>後來者
6. 妾與公子 俱落於<u>■</u>謀(14장 뒷면 2행) → 妾與公子 俱落於<u>奸</u>謀
7. 望秦臺<u>歸</u>夢幾時乘鸞(19장 앞면 5행) → 望秦臺幾時乘鸞
8. <u>而已</u>隣雞一聲(19장 앞면 10행) → <u>已而</u>隣雞一聲
9. 乃曰 <u>見其粥</u> 其粥甚美(24장 앞면 7행) → 乃曰 其粥甚美
10. 適一日 商人得行子所傳<u>玉</u>帛書以投之(26장 앞면 5행) → 適一日 商人得行子所傳玉<u>檀</u>帛書以投之
11. 吾已知某也某之所諱耳(28장 뒷면 9행) → 吾已知某也某<u>也</u>之所諱耳
12. 擧酒相慰 <u>活</u>到瞑離(29장 앞면 7행) → 擧酒相慰 <u>話</u>到瞑離
13. 宿約寧知踐好<u>緣</u>(29장 뒷면 2행) → 宿約寧知踐好<u>因</u>

　위의 보기 가운데 예 1), 2), 3), 4), 5), 6), 12), 13) 등은 분명한 오자에 대해 그 누군가가 해당 글자를 수정한 부분이며, 8)은 분명한 오자를 그 누군가가 순서를 바꾸라는 부호를 이용하여 수정한 부분이다. 한편 7), 9) 10), 11)은 밑줄친 부분의 글자가 그릇 들어간 부분이거나 빠져 있는 부분을 가리킨다.

　이제부터 목활자본 〈왕경룡전〉과 필사본 〈왕경룡전〉 이본들에 나타나는 서술문면의 효과적인 비교를 위해, 이들 두 자료군 내에서 나

---

43) 무슨 글자인지 정확하지 않은 것을 표시한 것이다.

타나는 차이를 먼저 표로 제시한 뒤, 이들 두 자료 가운데 어느 자료
가 선행하는 것인지를 꼼꼼히 살펴보기로 하자.

구체적으로 해당 자료의 문면을 검토한 결과, 다음과 같은 많은 부
분에 걸쳐 이들 두 자료는 문면에서 차이를 드러내고 있었다. 관련 문
면을 표로 제시한 뒤, 논의를 계속 이어나가도록 한다.

번호	목활자본 〈왕경룡전〉	필사본 〈왕경룡전〉
1	那樓上某樣者, 誰歟?	那樓中某樣者, 誰歟?
2	招則來	招之則來
3	嫗携■一丫鬟, 緩緩而來	嫗手携一丫鬟, 緩緩而來
4	龍酒酣, 特擧一酌,	酒酣, (慶)龍特擧一酌,
5	春夢初酣	春夢欲酣
6	酒酣更殘	酒酣更盡
7	低眼不應	低顏(頭)不應
8	而妾之所薀若是, 其思之.	而妾之所薀若是, 公子其思之.
9	娘未守終一之義歟?	娘未守從一之義歟?
10	故只冀郎君之自悟而留連, 至於此歟?	故只冀郎君之自悟而一何留連, 至於此歟?
11	老僕請辭而歸	老僕請今辭[而]歸
12	設令得達於彼	而況
13	不特有患於此也	而況
14	吾來時, 行色忽劇, 藏財房子, 忘未得鎖	吾來時, 緣行色忽劇, 藏財房子, 忘未得鎖
15	僕徒復擁上馬	僕從[復]擁掖而救之
16	吾不殺王郎, 王郎由我而死矣	吾雖不殺王郎, 王郎由我而死矣
17	遂投蘆林而去	遂投蘆林中而去
18	良久得甦. 問其所以然	良久得甦. 翁問其所以然
19	龍其夜, 困憊倒睡	龍其夜, 因困憊倒睡
20	乃昔時賣瓢子老嫗也	乃昔時樓下賣瓢子者也
21	每日念及, 不覺墮淚	每一念及, 不覺墮淚
22	俱道蘆林之厄, 飢寒漂轉之故	俱道蘆林之厄, 飢寒漂轉之苦

번호	목활자본 〈왕경룡전〉	필사본 〈왕경룡전〉
23	至是, 得王郎手札	至是, 玉檀得王郎手札
24	欲趁靑春之未暮, 以做紅顔之高價	欲趁靑春之未暮, 以做紅樓之高價
25	慶龍在江頭無人之境	慶龍在楊州[無人之境]
26	知公子不肉於蘆林? 而將悔於娼樓也	知郎君不肉於蘆林? 而轉鬻於楊州[也]
27	而妾之欺公子者, 亦存焉	而妾之欺公子者, 亦存焉 何歟?
28	王公子不死, 豈可破盟而嫁人乎?	王公子不死, 豈可破盟而再嫁人乎?
29	呼玉檀, 檀不肯出曰	呼玉檀出見, 檀不肯出曰
30	吾家之待公子, 可謂至矣. 而反以蘆林無情之事, 疑之乎?	吾家之待公子, 可謂至矣. 而公子反以蘆林無情之事, 疑之乎?
31	檀出拜公子, 背面而坐, 不敢正對	檀出拜公子, 而猶背面而坐, 不敢正對
32	公子以相家千金之子, 宜繼箕裘之業	公以相家千金之子, 宜繼箕裘之業
33	私藏寶佩寶玩, 幸鬻於市, 以充虛費之數	私藏寶佩寶玩, 幸鬻於江南, 以充虛費之數
34	娼母家奴僕, 見慶龍夫馬無去處	娼母家奴僕, 見慶龍一行夫馬無去處
35	玉檀拿其娼母而下之	玉檀遽下馬, 拿其娼母而下之
36	是檀而非嫗曰: "詐稱, '王公子, 盜財而去	是檀而非嫗曰: "老(此)嫗詐稱, '王公子, 盜財而去
37	娼母惶懼, 哀乞於檀, 〃曰: "雖有殺夫之謀, 尙有養我之恩, 故姑不作訟	娼母慌懼, 哀乞於檀, 〃曰: "嫗雖有殺夫之謀, 尙有食(養)我之恩, 故姑不作訟
38	今遇被黜, 何所依賴?	今又被黜, 何所依賴?
39	卜日啓行. 〃未至徐州境	卜日啓行. 〃未出徐州境
40	衆曰: "爲趙大賈所使, 迎娘子而歸, 何脅之有?	衆曰: "我(吾)爲趙大賈所使, 迎娘子而歸, 何脅之有?
41	乃曰: "見其粥 其粥甚美, 吾欲取其多者也	乃曰: "其粥甚美, 吾欲取其多者[也]
42	舊妻與巫夫, 鴆殺其夫	舊妻以巫作謀, 鴆殺其夫
43	況其財寶, 今盡載還, 不敗於酒色者, 明矣	況其財寶, 今盡載還, 不敗於酒色者, 亦明矣
44	龍以實對之, 俱陳玉檀之事	龍對之以實, 俱陳玉檀之事
45	又欲試製述, 方出題	又欲試製述, 方欲出題
46	某月某日, 玉檀再拜	某年(某月)某日, 玉檀在徐州境再拜
47	懷寃化作徐州魄	懷寃化作西川魄

번호	목활자본 〈왕경룡전〉	필사본 〈왕경룡전〉
48	又令行李中兩衣籠	又令行李諸具
49	玉檀, 有罪無罪, 事已決矣, 不須卜也	玉檀, 有罪無罪, 死已判矣, 不須卜也
50	諸人或諾或否. 御史出坐, 命鞠曰	諸人或諾或否. <u>良久</u>御史出坐, 命鞠曰
51	御史遂命下吏, 鑰開兩衣籠	御史遂命下吏, 鑰開<u>行李</u>中兩衣籠
52	玉檀拭淚濡筆, 卽和曰	玉檀拭淚濡筆, 卽和<u>其律</u>曰
53	厭婦亦感玉檀之恩, 待之如姊妹. 然踈其內子	厭婦亦感玉檀之恩, 待之如姊妹. 然<u>慶龍</u>踈其內子

이제까지 앞에서 번다할 정도로 목활자본 〈왕경룡전〉과 필사본 〈왕경룡전〉 이본들에서 두드러지게 차이를 보이는 서술문면을 제시했다. 어느 본이 선행하는지를 보다 객관적으로 살피기 위해 어쩔 수 없이 선택해야 했던 방법이었다. 사실 목활자본 〈왕경룡전〉의 간행 주체와 간행 장소, 기타 관련 정보가 전혀 없는 상태에서 그것과 필사본 〈왕경룡전〉 이본들 사이의 선후 관계를 따진다는 것이 쉬운 일만은 결코 아니었다.

어쨌든 위에 보인 표를 토대로 이 문제를 살펴볼 수밖에 없는 처지에서 우리는 다음과 같은 몇몇 흥미로운 사실을 발견하게 되었다. 곧 예문 2), 8), 10), 11), 14), 16), 17), 18), 19), 20), 23), 27), 28), 29), 30), 31), 34), 35), 36), 37), 40), 42), 43), 45), 46), 50), 51), 52), 53)은 하나같이 필사본 〈왕경룡전〉 이본들의 서술문면이 목활자본 〈왕경룡전〉의 그것에 비해 보다 부연된 모습을 보여주고 있다는 사실이 바로 그것으로, 도합 53개처 가운데 29개처에 달하였다. 한편 서술문면의 도치는 모두 3개처에서 확인되는데, 예문 3), 4), 43)이 그것이다. 또한 두 본의 서술문면이 다른 문면으로 대체되어 차이가 나는 경우로 예문 1), 5), 6), 7), 9), 12), 13), 15), 21), 22), 24), 25), 26),

33), 38), 39), 47), 48), 49)를 들 수 있었는데, 도합 19개처에 달하였다. 마지막으로 첫 번째의 경우와는 다르게, 필사본 〈왕경룡전〉 이본들이 목활자본 〈왕경룡전〉에 비하여 단어가 탈락된 경우로 다음 예문 32)[44]와 41)을 찾을 수 있었다. 그러나 41)의 경우, 이미 앞에서도 밝혔듯이, 목활자본 〈왕경룡전〉 출간 당시에 이미 본래적으로 지니고 있었던 오류로 드러난 바, 필사본 〈왕경룡전〉 이본들에서는 목활자본 〈왕경룡전〉보다 단어나 서술문면이 탈락된 경우는 거의 없다고 해도 지나친 말은 아닐 듯하다.

필자는 앞에서 27종에 달하는 필사본 〈왕경룡전〉 이본들 가운데 선본(善本)에 해당하는 이본은 없다고까지 주장하였다. 그 가장 주된 이유로, 필자는 작품 가운데서 일정하게 서사상황을 전개해 나가는 데 중요기능을 담당하는 것으로 보이는 사(詞)나 시(詩) 작품들이 많은 이본들에서 탈락, 착종이 일어나고 있다는 현상을 든 바 있다. 이런 현상을 여기서 다시 유념할 때, 첫째 과연 필사본 〈왕경룡전〉 이본들이 목활자본 〈왕경룡전〉에 앞서 출현한 것이라면, 이런 현상이 발생한 까닭을 합리적으로 설명할 방법이 없다는 점—여기서 목활자본 〈왕경룡전〉은, 사(詞)나 시(詩) 작품을 하나 빠짐없이 다 수록하고 있다는 면모를 우선적으로 주목할 필요가 있겠다—, 둘째 필사본 〈왕경룡전〉 이본들의 서술문면에서 확인되는 부연의 모습은 기실 목활자본 〈왕경

---

44) 예문 32)의 본문은 "公子以相家千金之子, 宜繼箕裘之業"인데, 필사본에서는 그것이 다음과 같이 3가지 양태로 달리 나타나고 있다. 첫째, 위 본문과 똑같이 나타나는 경우(국도 가)본 · 간호윤본 · 강문종 다)본 · 김종철본 · 저초 바)본 · 전남대본 · 강문종 나)본), 둘째, 위 본문의 '公子以' 가운데 '子以'가 탈락된 경우(양승민 나본 · 나손본), 셋째, 위 본문의 '公子' 가운데 '子'가 탈락된 경우로, 본고에서 검토하고 있는 나머지 모든 이본들이 이에 해당한다. 우선 여기서는 이런 면모 또한 필사본의 계열을 따지는 데에 한 기준이 될 수 있다는 사실만을 적기해 둔다. 자세한 논의는 후고 "<왕경룡전>의 이본고"로 미룬다.

롱전〉의 그것에 비하여 보다 부자연스럽고, 중복의 느낌을 지닌 것으로까지 보인다는 점, 셋째 대체되는 경우의 서술문면들을 보더라도 목활자본 〈왕경룡전〉의 그것이 필사본 〈왕경룡전〉 이본들에 비하여 앞뒤 문맥을 고려하더라도 보다 정확한 것으로 여겨진다는 점 등을 두루 고려할 때, 필자는 목활자본 〈왕경룡전〉이 필사본 〈왕경룡전〉 이본들에 비하여 선행하는 것으로 보고자 한다.

이상의 결론은 다만 목활자본 〈왕경룡전〉과 필사본 〈왕경룡전〉 이본들의 서술문면만을 비교 검토한 데서 추출된 주장인 바, 앞으로 다양한 시각으로 이에 대한 정치한 분석을 시도할 때, 보다 정확한 해답을 얻게 될 것이라 기대된다.

그러나 이 문제의 해결에 대한 근본적이고도 결정적인 증거가 없는 이상, 이에 대한 반론 곧 〈왕경룡전〉 원본의 창작에 이어 많은 수에 달하는 이본이 광범위하게 유통되다가, 뒷날 어느 호사가에 의해 목활자본 〈왕경룡전〉의 형태로 간행, 유통되었을 수도 있지 않는가 하는 주장과 아울러 필사본 〈왕경룡전〉 이본 가운데는 목활자본 〈왕경룡전〉을 선행 모본으로 하여 전승, 유통된 경우도 있었을 것이라는 주장 또한 성립 가능하다고 본다. 그렇다고 하더라도, 앞에서 누차 지적한 바와 같이, 이제까지 검토해 온 27종에 달하는 필사본 〈왕경룡전〉의 이본들은 〈왕경룡전〉 원본의 본래적 면모와는 상당한 차이가 있는 것으로 밝혀졌다. 앞으로 다행히 〈왕경룡전〉 원본이 출현한다면 그이상 좋은 경우도 없겠지만(그럴 가능성을 항상 열어둘 필요가 있다), 그 이전까지는 〈왕경룡전〉의 선본으로 우리는 필사본 〈왕경룡전〉 계열에 속하는 이본 대신, 목활자본 〈왕경룡전〉의 존재를 유념할 필요가 있다고 본다. 그러나 이런 주장까지도 감안하는 가운데 그것을 굳이 표로 보인다면 다음과 같이 제시할 수 있다.

서지학계의 연구에 따르면, 목활자본은 14세기부터 출현하기 시작하여 일제시대에 이르기까지 수다한 문중에서 족보류로 대표되는 출판물의 주요 간행형태로 활발하게 출간되었던 것으로, "목활자본의 印行이 목판본보다 비용이 적게 드는"[45] 것으로 보고된 바 있다.

서술문면의 단순 비교만으로, 앞에서 필자는 목활자본 〈왕경룡전〉이 시대적으로 현전하는 27종의 필사본 〈왕경룡전〉 이본들에 비하여 앞서 출현했을 것이라고 추단하였다. 그렇다고 하더라도, 목활자본 〈왕경룡전〉이 후대 이본에 끼친 영향의 정도는 그렇게 크지 않았던 것으로 생각된다. 그렇게 파악하는 근거로, 다음 두 가지 점을 들 수 있다. 첫째, 목활자본 〈왕경룡전〉의 발간부수가 그렇게 많지 않았을 것이라는 점[46]과 둘째, 앞서 제시한 표를 토대로 검토할 때 목활자본 〈왕경룡전〉의 서술문면을 잉용(仍用)하는 필사본 〈왕경룡전〉 이본들보다는 그렇지 않은 이본들이 상대적으로 더 많은 것으로 드러나고 있다는 점 등이 바로 그것이다. 곧 특정 문면의 경우, 목활자본 〈왕경룡전〉의 서술문면이 필사본 〈왕경룡전〉의 어떤 이본 내에서도 전혀

---

45) 옥영정, 「호남지방 목활자본 연구」, 성균관대 박사학위논문, 2002, 149쪽.

46) 유탁일은 『한국문헌학연구』(아세아문화사, 1989), 37쪽에서 목활자본의 경우 "우리나라에서는 대개 文集이나 書冊을 印刷할 때 紙價가 높으므로 50~300부 사이"로 책을 간행했다고 주장한 바 있으나, 그것은 文集, 書冊(族譜가 대표적이라고 할 수 있겠는데)에 국한한 경우가 아닐까 한다. 소설 작품의 경우, 그의 주장과 같이 과연 이 정도의 부수를 찍어낼 만큼의 사회적 환경이 제대로 갖추어졌을까 하는 점에 대해서 필자는 회의적인 시선을 갖고 있다.

(거의) 나타나지 않고 있다는 사실(아래 붙인 예시 자료 29)를 참조하라.)은 그것을 증거하는 좋은 예라고 하겠다. 그런 가운데서도 목활자본 〈왕경룡전〉의 특정 서술문면이 필사본 〈왕경룡전〉의 일부 이본군 내에서 그대로 나타나는 경우 또한 비록 소수이기는 하지만 분명히 존재하고 있다는 사실(아래 붙인 예시 자료 12)를 참조하라.)로부터, 우리는 필사본 〈왕경룡전〉에 속하는 27종의 이본들이 크게 두 계열, – 목활자본 〈왕경룡전〉을 조본으로 하는 이본군과 그렇지 아니한 이본군 –로 나뉘어 전승, 유통되었던 것이라고 파악할 수 있다(이에 대한 보다 자세한 검토는 후고 「필사본 〈왕경룡전〉 이본고」로 미루기로 한다).

어찌 됐든, 〈왕경룡전〉 원본이 1599년 이후 1688년 사이에는 이미 창작, 유통되었던 작품이라는 점이 분명한 사실로 확정된 만큼, 목활자본 〈왕경룡전〉 또한 이보다 앞서거나(앞에서 살펴보았듯이 서술문면의 비교만으로는 그럴 가능성도 물론 있지만), 또는 그에 버금가는 상당히 이른 시기에 간행, 유통되었을 가능성 또한 높다고 하겠다. 목활자본 〈왕경룡전〉의 정확한 간행 상황을 전하는 다른 관련 정보를 한시바삐 발굴하여 이 문제에 대한 보다 정확한 해답을 구하는 작업이 우리들에게 남아 있다.

4. 맺는말

우리 고소설은 대체로 금속활자본, 목판본, 석판본, 필사본, 구활판(자)본의 형태로 유통, 향유되어 왔다는 주장이 그동안 학계에서 정설로 받아들여지고 있는 상황이었다. 그러나 이제 목활자본 〈왕경룡전〉의 존재가 드러남으로써, 고소설의 유통에 대한 이왕의 주장들은 일부 수정이 불가피하게 되었다. 비록 아직까지는 〈왕경룡전〉 한 작품 밖에는 확인되지 않았지만, 목활자본의 형태로까지 고소설이 간행, 유통되었다는 사실은 고소설의 유통·향유 양상이 우리의 예상과는 달리 보다 크고도 넓게 사회 전반에 확산된 증좌로 읽을 수 있다.

27종에 달하는 필사본 〈왕경룡전〉 이본들을 검토한 결과, 이들 이본들 가운데는 善本에 해당하는 이본이 없는 것으로 드러났다. 필사본 〈왕경룡전〉 이본들과 목활자본 〈왕경룡전〉 사이에서 차이나는 서술문면의 비교를 통하여, 필사본 〈왕경룡전〉 이본들에서는 목활자본 〈왕경룡전〉과는 달리 사(詞)나 시(詩) 작품이 탈락, 착종되는 경우가 공통적으로 드러나고 있다는 점, 나아가 목활자본 〈왕경룡전〉에 비하여 필사본 〈왕경룡전〉 이본들이 부연되는 면모를 띠고 있다는 점 등을 고려하여, 목활자본 〈왕경룡전〉이 필사본 〈왕경룡전〉 이본들에 비하여 보다 선본(善本)에 가까운 것이라고 논의하였다.

한편 이현조 나)본의 필사기를 통하여, 〈왕경룡전〉 원본이 1599년부터 1688년 사이에 창작·유통되었다는 사실을 밝혀냈다는 점 또한 본고의 논의과정에서 거둔 한 작은 성과라 하겠다.

그러나 목활자본 〈왕경룡전〉의 간행 양상을 구체적으로 알 수 있는 관련 정보가 전혀 남아있지 않은 상황 아래서, 이 작품의 간행과 유통·향유 양상 등에 대한 보다 근본적인 문제를 분명히 해결하지 못했다는 점은 본고의 한계라고 하겠다. 앞으로도 이에 대한 계속적인 관심을 쏟아야 할 필요가 있다고 하겠다. 향후 목활자본 〈왕경룡전〉과 27종에 달하는 필사본 〈왕경룡전〉 이본들과의 보다 세심하고도 정치한 비교 분석 작업을 통해, 나름의 해결책이 마련될 수도 있지 않을까 생각하고 있다.

▶ 부록: 예시자료

예문 12)

設令得達於彼, 公家有法, 禮嚴儀肅, 大人見賤妾, 豈謂之可畜也?

(목활자본)

設令得達於彼, 而公家有法, 禮嚴儀肅, 大人見賤妾, 豈爲之可畜乎?

(간호윤 가본,강문종 다본)

設令得達於彼, 而公家有法, 禮嚴儀肅, 大人見賤妾, 豈謂之可畜也?

(간호윤 나본)

設令得達於彼, 而公家有法, 禮嚴儀肅, 大人見我賤妾, 豈爲可畜乎?

(강전섭본)

設令得於彼, 欲與妾偕往 則第公家禮法, 嚴肅, 大人見賤妾, 豈謂之可畜乎?

(김종철본)

設令得達於彼, 而家有法, 禮義嚴肅, 大人見賤妾, 豈可謂之可畜也?

(이수봉본)

設令得達於彼, 而公家有法, 禮嚴儀肅, 大人見妾, 則天可謂之可畜乎?

(이헌홍본)

設令得達於彼 而況公家有法, 禮嚴儀肅, 大人見賤妾, 豈可謂畜乎(也)?

(이현조 가본)

設令得達於彼 而公家有法, 禮嚴儀肅, 大人見賤妾, 豈謂可畜乎?

(이현조 다본)

設令得達於彼, 而公家, 禮嚴儀肅, 大人見□(賤)妾, 豈謂之可畜乎?

(저초 다본)

設令得達於彼 而公家有法, 禮嚴儀肅, 大人見妾, 豈謂之可畜乎?

(전남대본)

設令得達於彼, 公家有法, 禮義嚴肅, 大人見賤妾, 豈謂可畜乎?

(정경주본)

設令得達於彼, 而公家有法, 禮義嚴肅, 大人見賤妾, 豈謂之可畜也?

(강문종 나본)

設令得達於彼 而況, 公家有法, 禮嚴儀肅, 大人見賤妾, 豈謂[之]可畜也?

(양승민 가본)

而況, 公家有法, 禮嚴義肅, 大人見賤妾, 豈謂之可畜乎?

(강문종 가본)

抑, 公家有法, 禮嚴義肅, 大人見賤妾, 豈謂之可畜乎?

(국도 나본)

而況, 公家有法, 禮嚴儀肅, 大人見賤妾, 豈謂之可畜乎?

(저초가본,이현조 나본, · 신독재본)

而況, 公家有法, 禮義嚴肅, 大人賤妾, 豈謂之可畜哉?

(국도 가본)

而, 公家有法, 禮嚴儀肅, 大人見賤妾, 豈謂之可畜也?

(국도 나본)

抑亦, 公家有法, 禮義嚴肅, 大人見賤妾, 豈謂之可畜也?

(나손본)

而況, 公家有法, 禮義嚴肅, 大人見賤妾, 豈謂之可畜乎?

(부산대본)

而柳, 公家有禮(×)法, 嚴肅, 大人見賤妾, 豈爲之可畜乎?

(서강대 수기본)

而況, 公家有法, 禮嚴義肅, 大人見賤妾, 豈謂之可畜乎?

(저초 나본)

況, 公家有法, 禮義嚴肅, 大人見賤妾, 豈謂之可畜乎?

(임형택본)

而抑, 公家有法, 禮嚴儀肅, 大人見賤妾, 豈謂之可畜乎?

(양승민 나본)

예문 29)

龍至其門, 娼母迎上廳事, 呼玉檀, 檀不肯出曰:(목활자본)

龍至其門, 娼母迎上廳事, 呼玉檀出見, 檀不出曰:(강문종 가본)

龍至其門, 娼母迎上廳事, 令玉檀出見, 檀不肯出曰:(양승민 가본)

龍至其門, 娼母迎于廳上, 呼玉檀出見, 檀不肯出曰:(간호윤 나본)

慶龍至其門, 娼母延上廳, 呼玉檀出見, 檀不肯出曰:(국도 다본)

龍至其門, 娼母迎上廳坐, 呼玉檀出見, 檀不肯出曰:(저초 가본)

××××, 娼母迎廳上, 呼使玉檀出見, 檀不肯出曰:(국도 가본)

龍至其門, 娼母迎上廳, 來呼玉檀出見, 檀不肯出曰:(간호윤 가본)

慶龍至其門, 母迎上廳事, ◆(呼)玉檀出見, 檀不肯出曰:(강전섭본)

龍至門, 娼母迎上廳事, 呼玉檀出見, 檀若不肯出曰:(국도 나본)

龍至其門, 娼母延上廳事, 呼玉檀出見, 檀不肯出曰:(김종철본)

龍至其門, 娼母迎之上廳, 呼玉檀出見, 玉檀不肯曰:(나손본)

龍至其家, 娼母迎上廳使【事】, 呼玉檀出見, 檀不肯出曰:(부산대본)

龍至其門, 娼母迎之上廳, 呼玉檀出見, 檀不肯出曰:(서강대 수기본)

龍至其門, 娼母迎上廳, 呼玉檀出見, 檀不肯出曰:

　　　　　　　　　　　　　　　(신독재 수택본 · 이현조 나본)

龍至其門, 娼母迎上廳事, 呼玉檀出見, 檀不肯出曰:

　　　　　　　　　　　　　(이수봉본 · 이헌홍본 · 양승민 나본)

龍至門, 娼母迎上廳坐, 呼玉檀出見, 檀若不肯出曰:(이현조 다본)

龍至門, 娼母迎上廳事, 呼玉檀出見, 檀故不肯出曰:(저초 나본)

龍至其門, 娼母迎上廳, 使呼玉檀出見, 檀不肯出曰:(저초 다본)

龍至其門, 娼母迎坐上廳事, 呼玉檀出見, 檀不肯出曰:(전남대본)

龍至門, 娼母迎上廳, 且呼玉檀出見, 檀不肯出曰:(정경주본)

龍到其門, 娼母迎上廳坐, 呼玉檀出見, 檀不肯出曰:(임형택본)

龍至其門, 娼母迎上廳使, 呼玉杬出見, 杬不肯出曰:(강문종 나본)

龍至其門, 娼母迎之上廳[事], 呼玉檀而出見, 王公子以敍舊日之抱怨,

檀伴不肯出曰:(강문종 다본)

[별도 참고 자료]

　朝雲攬玉檀袂, 笑而切勸曰: "旣售傾城之貌, 何愓驚人之詞? 速做新調,
以娛佳賓."(목활자본, 저초 가본, 이현조 나본)

　朝雲攬玉檀袂, 笑而切勸曰: "旣售傾城之貌, 何吝驚人之詞? 速做新調,
以娛佳賓."(강문종 가본, 간호윤 가본, 신독재본, 이현조 가본)

　朝雲攬玉檀□, 笑而切勸曰: "旣售頭城之貌, 何吝驚人之詞? 速做新詞,
以娛來賓."(국도 다본)

　朝雲攬玉檀袂, [笑]而切勸曰: "旣售傾城之貌, 可吝驚人之詞? 速做新詞,
以娛佳筵."(국도 가본)

　朝雲攬玉檀袂, 笑而懇勸曰: "旣售傾城之貌, 何吝驚人之詞? 速做新調,
以誤佳賓."(강문종 다본)

　朝雲攬玉檀袂, 笑而切勸[曰:] "旣售傾城之◆, 何含驚人之詞? 速做新調,
以娛佳賓."(강전섭본)

　朝雲攬玉檀之袂, 笑而切勸曰: "旣售傾城之貌, 何吝驚人之詞? 速做新
調, 以娛佳賓."(국도 나본)

　朝雲攬玉檀袂, 笑而切勸曰: "旣售傾城之貌, 何□驚人之詞? 速做新調,
以娛佳賓."(김종철본)

　朝雲攬玉檀袂, 笑而切勸曰: "旣售傾城之貌, 何吝驚人之詞? 速做新詩,
以娛佳賓."(나손본)

　朝雲攬玉檀袂, 笑而切■■: "■■■■■貌, 何愓驚人之詞? 速做新詞, 以
娛佳賓."(부산대본)

　朝雲攬玉檀袂, 笑而切勸曰: "旣售傾城之貌, 何不吝驚人之詞? 速做新
詞, 以娛佳賓."(서강대 수기본)

朝雲攬玉檀袂, 笑而切勸曰: "旣售傾城之美貌, 何惜驚人之瓊詞? 速做新詞, 以娛佳賓."(이수봉본)

朝雲攬玉檀袂, 笑而切勸曰: "旣售傾城之貌, 何吝驚人之詞? 速成新調, 以娛佳賓."(이헌홍본)

朝雲攬玉檀之袂, 笑而切勸曰: "旣售傾城之貌, 何惜驚人之詞? 速做新調, 以娛佳賓."(이현조 다본, 양승민 나본)

朝雲攬玉檀之袂, 笑而切勸曰: "旣售傾城之貌, 何恡驚人之詞? 速做新調, 以娛佳賓."(저초 나본)

[朝]雲攬[玉]檀袂, 笑以切勸曰: "旣售傾城之貌, 何吝驚人之詞? 速做新詞, 以娛佳賓."(저초 다본)

[朝]雲攬玉檀袂, 笑而切勸曰: "旣售傾城之貌, 何吝驚人之詞? 速做新調, 以娛佳賓."(간호윤 나본)

朝雲攬玉檀袂, 笑而切勸曰: "旣售傾城之貌, 何吝驚人之詞? 速做新詞, 以娛佳賓."(전남대본, 양승민 가본)

朝雲攬玉檀之袂, 笑以(而)切勸曰: "旣售傾城之貌, 何慳驚人之詞乎? 速做新調, 以娛佳賓."(정경주본)

朝雲攬玉檀袂, 笑而切勸之曰: "旣售傾城之貌, 何吝驚人之詞? 速做新調, 以誤佳賓."(강문종 나본)

朝雲攬玉檀之袂, 笑而切勸曰: "旣售傾城之貌, 何愧驚人之詞? 速做新詞, 以娛佳賓."(임형택본)

〈위생전(韋生傳)〉(〈위경천전(韋敬天傳)〉)*
교감의 문제점

1. 들어가는 말

본고를 통하여, 필자는 먼저 근자에 새롭게 발굴한 〈위생전〉 이본
에 대한 본격적인 소개·검토[1]에 앞서, 〈위경천전〉을 두고 그동안 행
해진 교감 작업[2]의 성과와 한계점을 되짚어보고자 한다. 이러한 작업

---

* 필자가 여기서 굳이 우리 학계에 널리 알려진 〈韋敬天傳〉 대신 〈韋生傳〉이라는
  명칭으로 작품의 제명을 고쳐 사용하려는 까닭은 다음과 같다. 그 근거로는 다음과
  같은 몇 가지 사실을 들 수 있다. 첫째, 임형택본 〈韋敬天傳〉을 제외한 나머지 다른
  이본들, 곧 이번에 새롭게 소개되는 2종의 한문본 이본들이 〈韋敬天傳〉이라는 제목
  이 아니라 〈韋生傳〉이라는 동일한 제목을 지니고 있는 것으로 드러났다는 점,(이미
  그 일부가 소개된 한글본 〈위싱뎐〉의 존재 또한 그러하다) 둘째, 우리 고전소설 작품
  가운데 주인공의 字를 작품명으로 삼고 있는 작품은 오직 임형택본 〈韋敬天傳〉을
  제외하고서는 전혀 찾아지지 않는다는 점, 셋째, 임형택본 〈韋敬天傳〉은 고전소설
  제목의 일반적인 명명법으로부터 많이 벗어나 보인다는 점 등을 들 수 있다.(곧 〈韋
  生傳〉, 〈周生傳〉, 〈金生傳〉 등과 같이 주인공의 성씨에 젊은이를 뜻하는 '생'을 붙
  이는 방법이 일반적으로 사용되었음을 기억하자)
    이런 점을 유념하여, 개별 이본으로서의 작품을 논할 경우에 한하여 〈韋敬天傳〉
  또는 〈韋生傳〉을 구별해서 사용하되, 앞으로 이 작품을 대표하는 명칭은 〈韋生傳〉
  으로 통일해서 사용할 것을 제창하고자 한다.
1) 〈韋生傳〉 이본에 대한 구체적인 소개, 검토는 별고 「〈韋生傳〉 이본 연구」를 참조
   하라.
2) 그 성과를 구체적으로 들면 다음과 같다.

을 통해 얻어질 성과가 자못 의심됨에도 굳이 필자가 여러모로 품이 많이 드는 이런 작업을 먼저 행할 수밖에 없는 근본적인 이유는, 임형택이 〈위경천전〉을 소개한 이래로 잇달아 제출된 이 작품에 대한 교감 작업의 성과들에서 드러나는 문제점들이 더 이상 간과할 수 없을 만한 단계에 도달했다는 느낌을 갖게 되었기 때문이다.

교감 작업은 궁극적으로 해당 작품에 대한 이해도를 높이는 방향으로 진행되어야 마땅하다고 본다. 그렇지만 여기서 〈위경천전〉을 두고 진행되어 왔던 일련의 교감 작업들이 과연 그 나름의 소임을 다한 것인가 하는 점에 생각이 미친다면, 선뜻 그렇다고 할 수는 없을 듯하다. 물론 당시까지는 임형택본 〈위경천전〉만이 유일본으로 존재했었다는 사실, 나아가 이 자료 자체에서 드러나는 여러 오탈자(誤·脫字) 등을 고려할 때, 이런 현상은 어쩔 수 없는 것이었다고 좋게 해석할 수도 있다. 그러나 해당 작품에 대한 궁극적 이해의 수준을 보다 더 확보하기 위해서라도 선행 연구자들 모두 임형택본 〈위경천전〉의 문면을 조금 더 꼼꼼히 따져보아야 하지 않았을까 하는 생각을 지우기가 어려운 실정이다. 그것은 이 작품의 원문과 번역문들을 두루 읽으면서 서사전개 면이라든가 기타 여러 서술문면 등에서 뭔가 조금 이상하다는 느낌을 너나없이 한두 번쯤은 겪었을 경험에 바탕하고 있다.

필자는 이하의 논의 과정에서 현재까지 우리 학계에 제출된 임형택

임형택, 「전기소설의 연애주제와 <韋敬天傳>」, 『동양학』 22집, 단국대 동양학연구소, 1992, 25~47쪽.
정민, 「<韋敬天傳>의 낭만적 悲劇性」, 『한국학논집』 24집, 한양대 한국학연구소, 1994, 281~312쪽.
정민 譯注, 「<韋敬天傳>」, 위와 같음, 번역문 315~338쪽.
이상구 譯注, 『17세기 애정전기소설』, 월인, 1999, 원문 248~260쪽, 번역문 68~95쪽.
장효현 외, 『校勘本 韓國漢文小說』 전기소설 상권, 보고사, 2004, 179~193쪽.
박희병 標點·校釋, 『韓國漢文小說 校合句解』, 소명출판사, 2005, 494~515쪽.

본 〈위경천전〉을 두고 행해진 교감 작업의 성과와 그 문제점들을 보다 구체적으로 다루어보고자 한다. 이런 과정 속에서 필자는 교감 작업의 성과로 인정할 것은 그대로 인정하는 가운데, 또한 이들 성과로부터 드러날 교감 작업의 몇몇 오류를 아울러 지적한 뒤, 이어 그 오류를 이번에 새롭게 발굴한 저초본 〈위생전〉 외 몇 종의 이본들과의 비교를 통하여 바로잡는 순으로 논의를 전개할까 한다. 이런 과정이 보다 완벽하게 수행된다면, 향후 〈위생전〉에 대한 보다 깊이 있는 이해의 폭 또한 갖추어질 수 있을 것으로 기대된다.

2. 〈위경천전〉 교감의 문제점

〈위경천전(韋敬天傳)〉을 학계에 최초로 소개한 임형택은 다음과 같이 이 자료가 지닌 문제점을 정확히 지적한 바 있다. 곧 "본래 필사 상태가 俗體에 차착이 심하여 誤書는 물론 脫字·衍文 및 앞뒤 바뀐 곳도 더러 있다. 이 모두 바로 잡아서 원문을 확정지어 학계에 제공하는 것은 또한 바람직한 일이다."[3]가 그것인 바, 임형택본 〈위경천전(韋敬天傳)〉은 그의 지적과 마찬가지로 사실 연구의 대본으로 삼기에는 적당하지 못한 자료로 파악된다. 이런 한계를 지닌 이본[4]임에도 그 동안 학계에서는 임형택본 〈위경천전〉을 유일본으로 전해지는 자료

---

3) 임형택, 위의 논문, 38쪽의 〈追記〉 부분 참조

4) 이러한 지적은 연구자들 모두에게서 거의 공통되게 나타나는 것으로 보인다. 특히 정민의 "필사본은 필사과정에서 많은 오탈자가 있"다는 언급과 장효현의 "현재 〈위경천전〉은 임형택 소장본이 유일한데, 오탈자가 심하게 많은 편"이라는 언급 등을 통하여 그 점 익히 확인할 수 있다. 정민 譯注, 위의 번역문, 315쪽, 장효현 외, 위의 책, 180쪽.

로만 여겼기에 어쩔 수 없이 해당 자료를 논의의 대상으로 삼을 수밖에 없는 상황이었다.

현재까지 임형택본 〈위경천전〉을 대본으로 삼아 이루어진 교감, 주석 작업으로는 아래의 성과들을 들 수 있다. 그것을 논의의 편의상 시기순으로 정리하면 다음과 같다.

① 임형택, 「전기소설의 연애주제와 <韋敬天傳>」, 『동양학』 22집, 단국대 동양학연구소, 1992. 25~47쪽.

② 정민 譯注, 「<韋敬天傳>」, 『한국학논집』 24집, 한양대 한국학연구소, 1994. 번역문 315~338쪽.

③ 이상구 譯注, 『17세기 애정전기소설』, 월인, 1999. 원문 248~260쪽. 번역문 68~95쪽.

④ 장효현 외, 『校勘本 韓國漢文小說』 傳奇小說 上卷, 보고사, 2004. 179~193쪽.

⑤ 박희병 標點·校釋, 『韓國漢文小說 校合句解』, 소명출판사, 2005. 494~515쪽.

이 가운데 ②와 ③은, 〈위경천전〉의 역주를 시도하고 있다는 점에서 같이 묶어 논의할 수 있다. 그러나 단순히 작품의 역주에 그치고 있는 ②[5]와는 달리, ③의 경우 원문의 교감 또한 나름대로 시도하고 있는 바, 이 점에서 ③을 여타의 ①, ④, ⑤와 더불어 그동안 이루어졌던 〈위

---

5) 엄밀히 말하자면, 그는 「<韋敬天傳>의 낭만적 悲劇性」, 『한국학논집』 24집, 한양대 한국학연구소, 1994, 281~312쪽을 통하여, 해당 원문을 두고 임형택이 행한 교감에서 드러난 몇몇 오류를 지적(?)하고, 나름대로 교감하였다고 할 수도 있다. 그러나 논의의 성격상 그것이 본격적으로 이루어질 수는 없었던 것으로 생각된다. 그럼에도 필자의 논의 과정 속에서 이 작업이 지닌 또 다른 문제점에 대해 꼭 언급이 필요할 경우에 한해서는 뒤에서 제한적으로나마 언급했음을 밝혀둔다.

경천전〉 교감 작업의 실체와 한계를 공히 보여주는 성과로 묶어 함께 다루어도 별 무리는 없을 것으로 생각된다.

효과적인 논의를 위하여, 위의 성과에서 드러난 교감 작업의 문제점을 몇 항목으로 나누어 살펴볼까 한다.

첫째, 원문의 빠진 글자를 교감자가 채워 넣은 경우

〈위경천전〉 원문에서 빠진 글자를 채워넣는 작업은 ①의 작업을 통하여 비로소 마련되었고, 그 이후의 교감 작업들 또한 이 논의의 수준에서 크게 벗어나지는 못한 것으로 생각된다. 임형택은 ①에서 다음 10개 처에 걸친 교감을 시도하였는데, 이 교감 부분을 이번에 새롭게 발굴한 저초본 〈위생전〉과 비교, 검토한 결과 그가 ㉮~㉰에서 행한 교감은 정확한 것이었음이 확인되었다. 한편 ㉣와 ㉧의 경우 비록 각기 '使'와 '令', '書'와 '題'의 사소한 차이는 있지만, 그 자체의 의미를 생각할 때 크게 잘못된 것이라고는 할 수 없음을 또한 알 수 있었다. 그러나 이와 달리 ㉯의 경우는, 새롭게 발견된 저초본의 문맥과 비교할 때 상당히 큰 차이를 드러내고 있는 바, 현재의 상황 아래서는 그 교감의 옳고 그름을 쉽게 따질 수 없다는 어려움이 상존한다[6]는 점, 아울러 ㉰와 ㉲, ㉮의 경우 또한 저초본과 비교할 때 분명한 오류로 확인된다는 점에서 그 주장에 쉬 동조하기 어렵다고 하겠다.

임형택이 구체적으로 행한 교감의 실체는 다음과 같다. 곧

---

6) 이 문제는 아직껏 드러나지 아니한 〈韋生傳〉의 또 다른 이본이 새롭게 드러나거나, 또는 그 전모가 소개되지 않은 채로 남아 있는 한글본 〈위싱뎐〉의 서술문면이 조속히 확인될 때 어느 정도 그 해결책이 마련되리라 본다.

㉠ 多情一片瀟湘月 曾照【江】魚腹裡魂

㉯ 女臥於其中 羅衾半堆 玉腕微【露】

㉰ 張生知其沉【惑】已甚 不可以言語解之

㉳ 而數日前【使】小兒, 訪問於江村 → 而數日前【令一】小兒, 訪問於江村

㉴ 悲來却奏相【思】曲 琴瑟曲兮今斷絲 → 愁來却奏琴瑟曲 曲苦琵琶又斷絲(?)

㉵ 遂差穀【日】乃行東床之禮 → 遂差(擇也)[7]穀【旦】乃行同床之禮

㉶ 西風昨夜紅花落 初載■■院(元)裏香 → 西風昨夜紅花落 初載元■■(央夢)裏香(?)

㉷ 一夕 行到興府 生病尤劇 倚床無眠 → 一夕, 行到江興府, 生病尤極, 倚床無眠.

㉸ 遂奪金鸞扇【書】一絶于其面曰 → 遂奪金鸞扇【題】一絶于其面曰

㉹ 干戈【有】事 藥餌無暇 → 干戈事【急】藥餌無暇

㉺ 將軍急招使者曰 亡兒今入我夢 願【過】蘇氏門前 其情可哀 → 將軍急招使者曰 亡兒今入我夢 願【埋】蘇氏門前 其情可哀[8]

이 그것이다.

　원문의 빠진 글자를 앞 뒤 문맥을 고려하는 가운데 교감한다는 것은 실제 생각하는 것 이상으로 매우 힘이 많이 드는 작업임에 틀림없다. 또한 교감 과정에서 오류를 저지를 가능성마저 상존한다. 이런 어려움이 있음에도, ①의 작업이 수행된 결과, 우리들의 〈위경천전〉에 대한 보다 깊이 있는 이해가 가능해졌다고 하겠다. 그런 점에서 ①의 작업은 일정한 이상의 의의를 지닌다. 그러나 문제는 교감이 정확하지

---

7) 작품의 원주를 가리킴.

8) 오른쪽에 병기한 문면은 저초본 〈韋生傳〉에서 따온 것임을 밝혀둔다.

않을 경우에 파생할 위험성으로부터 어느 누구도 결코 자유롭지 않다는데 있다. ①의 작업은 이런 점에서 그 성과와 아울러 한계를 온전히 보여주고 있는 경우로 생각된다. 이점 뒤에서 다시 살피기로 하고, 다른 연구자들의 작업에서 드러나는 성과를 먼저 검토해보자.

③의 작업은 ①의 교감을 거의 전적으로 수용하면서도, 어떤 근거 아래서 이렇게 했는지는 자세히 모르겠지만 ㉱의 경우 임형택본 〈위경천전〉의 원문을 그대로 수용하고 있는 차이를 드러내고 있다.

한편 ④의 작업은 ③의 직업과는 달리, ①의 교감 가운데 일부만을 수용(곧 ㉮~㉭, ㉲가 그것이다)하고 있는 것으로 확인된다. 그와는 달리 ㉣, ㉫, ㉯~㉮의 경우는 해당 작품의 원문을 그대로 수용하는 태도를 취한다. 물론 이 경우에도 ③의 작업과 마찬가지로 왜 이렇게 표기하고 있는가에 대한 구체적인 진술은 전혀 나타나 있지 있다. 그럼에도 이 작업은 교감 작업에서 우리가 취해야 할 이상적인 태도를 보여주고 있다는 점에서 매우 의미심장하다. 곧 ㉮~㉭, ㉲의 경우와는 달리 그 준거를 쉽사리 마련할 수 없는 경우, 차라리 이해에 어느 면 방해가 있을지라도 원문 그대로 놓아두는 것이 교감 작업에서 취해야 할 바른 자세로 생각되기 때문이다.

한편 ⑤의 작업 또한 ①의 교감에서 이루어진 성과를 거의 그대로 답습하는 가운데서도 ㉫와 ㉱에서 차이를 드러내고 있다. 특히 ㉱의 경우, 두보(杜甫)의 〈낙유원가(樂遊園歌)〉를 전거로 삼아 위의 문면을 '初載芙蓉園裡香'으로 조정(措定)하려는 적극성까지도 드러내고 있다. 이러한 노력은 해당 작품의 문면을 보다 정확히 이해하려는 의도로부터 비롯된 것으로 생각된다는 점에서 다른 작업들에 비하여 보다 진일보한 것으로 생각하기 쉽다. 그러나 이런 그의 교감은 여기서 새롭게 소개하는 저초본의 문면과 비교, 검토해 볼 때 분명 실상과 크게 어긋난 것임이 확인되었다. 이점 살펴보기로 한다. 여기서 그는 임형택에 의하여 시도된 나름의 교감을 그대로 따르지 않고-곧 임형택은 '初載元裡香' 부분에서 '初載□□元裡香'의 부분이 누락된 것으로, 또한 '元'은 '院'의 오기일 것으로 주장하고 있다.-여기서 한걸음 더 나아가서 '院'을 다시 임의로 '園'으로 바꾸는 가운데, 누락된 '□□' 부분은 그가 위에서 든 전거를 통해 볼 때 '芙蓉'에 다름 아닐 것이라고 주장하고 있다. 그러나 이와 같이 원전의 문면을 뚜렷한 근거 없이 연구자의 입맛대로 마음대로(?) 고치는 것은 엄정한 객관적 바탕 위에서 이루어져야 할 교감 작업에서는 쉽사리 허용될 수 없는 행위임에 틀림없다. 왜냐하면 교감 작업에서 뚜렷한 근거를 미처 확보하지 못했을 경우, 차라리 완정치 못한 상태의 원전일지라도 그 모습 그대로 놓아두는 것이 어쩌면 뒷날의 작업을 위해서도 더 효과적일 수 있다고 생각되기 때문이다. 해당 문면은 저초본에 따를 때, '初載元央夢裡香'인 것으로 확인되었다. 원 문면이 이런 것이라면, ①과 ⑤의 교감 작업은 실상과 크게 배치되는 것이 아닐 수 없다. 곧 이 문면은 '初載元央夢裡香' 가운데서 '央夢' 부분이 탈락된 것인데, 이것을 두 연구자 모두 그 구체적인 근거도 제시하지 않은 채, '元'을 '院'으로, 또 '初載元□□裡香'이 아니라, '初載□□院(元)裡香'으로(임형택), 또 여기서 한걸음 더 나아가서 '初載芙蓉園裡香'으로(박희병) 比擬하는 결과에까지 이르게 된 바, 이는 〈위경천전〉에 대한 보다 낳은 이해를 돕기 위해 행해진 교감 작업이 사실은 그 의도와는 달리 매우 엉뚱한 방향으로 전개되었음을 잘 보여주는 경우라 하겠다.

그렇기는 하지만, ⑤의 교감 작업 가운데 ㉺에서 드러난 실제적 결과-곧 원문의 '遂差穀【日】乃行東床之禮'에서 드러나는 바와 같이 '穀' 다음에 빠진 글자를 '穀日'로 교감했던 ①의 작업과는 달리 저초본의

'遂差縠旦 乃行同(東?)牢之禮'라는 문면과 같이 '縠旦'으로 올곧게 수정한—에서 확인되는 나름의 치밀한 자세는 교감 과정의 도달점이 어떠해야 하는지를 구체적으로 우리 모두에게 일러주고 있다는 점에서 매우 소중한 성과라고 할 수 있다.

　한편 ㉙의 교감 작업은 작품의 앞 뒤 문면을 고려할 때, 현실적으로 이치에 닿지 않는 내용으로 이루어지고 있는 바, 이를 통하여 우리는 교감 작업이 얼마나 엄정한 잣대를 기반으로 이루어져야 하는지에 대해 다시 한번 생각하게 된다. 문제의 대목인 '將軍急招使者日 亡兒今入我夢 願【過】蘇氏門前 其情可哀' 부분의 해석을 ②와 ③의 경우를 빌려 보이면 다음과 같다. 곧 ②에서는 "장군은 급히 사자를 불러 말하기를, 죽은 아들이 지금 내 꿈에 나타나, **소씨의 문 앞을 원하니** 그 정상이 애처롭다"(정민, 앞의 번역문, 337쪽)로, 한편 ③에서는 "장군은 급히 하인을 불러 말했다. 죽은 아이가 방금 내 꿈에 나타나 **소씨의 문 앞을 지나가고자** 원하니, 그 마음이 애처롭구나."(이상구, 앞의 책, 95쪽)로 풀이하고 있는 바, 이 경우만을 들어 이야기한다면, ②는 임형택본 원문을 그대로 따르고 있는데 반하여, ③은 앞에서도 밝혔듯이 임형택이 행한 ①의 교감 작업을 그대로 차용하고 있는 것으로 드러났다. 그러나 어찌 되었든 간에 ②나 ③의 해석 모두는 무언가 매끄럽지 않아 보인다. 특히 ③의 경우, 죽은 주인공(백번 양보해서 그 혼령이라고 가정해도 마찬가지이다.)이 '**소씨의 문 앞을 지나가고자**' 한다는 것은 〈위경천전〉이 남녀주인공의 가슴 시린 사랑 이야기라는 점을 생각할 때, 뭔가 아귀가 맞지 않는 듯한 느낌을 우리에게 준다고 하겠다. 곧 이 부분은 주인공 자신(또는 그 혼령)이 '소씨의 문 앞을 지나가고자(-過-) 원하는' 것이 아니라 '소씨의 문 앞에 묻히기를(-埋-) 원하는' 것으로 풀어야 보다 합리적인 해석이 된다고 본다. 비록 단편적인 예문이기는 하지

만 잘못된 교감 작업의 폐해가 어떻게 작품의 실상을 왜곡하게 되는
지를 구체적으로 보여주는 하나의 실례라고 할 수 있다.

여기서 다시 분명히 한 가지 짚고 넘어가야 할 문제가 있다. 바로
위에서 든 ㉮ '一夕 行到興府 生病尤劇 倚床無眠'의 경우가 그것이다.
임형택은 ①에서 '行到興府'를 두고 비록 註의 형태를 빌어 설명하기
는 했지만, "興府는 지명으로, 興의 앞이나 뒤에 글자가 빠진 듯한데
확정짓기 어렵다. 노정에서 중국 땅으로는 興中(遼寧省 朝陽縣)이 있으
며 조선 땅으로는 瑞興이 있다"(46쪽)고 하여 그가 교감 작업 과정에서
겪어야 했던 고민의 일단을 드러낸 바 있다. 검토 결과 그가 "興의 앞
이나 뒤에 글자가 빠진 듯"하다고 본 것은 비교적 정확한 것으로 보여
진다. 그러나 이런 그의 비교적 온당한 교감 자세는 그럼에도 정민 ②
의 작업을 제외하고서는 뒷날 전혀 수용되지 않았던 것으로 보여진다.
그것은 일부 연구자들이 임형택본 〈위경천전〉 원문을 그대로 인용하
는 가운데 해당 지명(興府)에 대하여 주를 붙이는 경우[9]조차 있었던 데
서도 쉽게 확인된다. 이점 곧 ③과 ⑤에서 분명히 드러난다. 그런 가운
데 정민은 이에 대해 "한 글자가 빠진 듯하다. 함경북도 慶興을 말함
인지, 아니면 중국의 지명인지 불분명하"(335쪽 註)40 참조)고 하면서
임형택의 주장을 그대로 수용하는 태도를 드러내는 바, ③, ⑤와 차이
가 있음이 드러난다고 하겠다. 저초본에 따를 때, 위의 문면은 '一夕,
行到**江**興府, 生病尤極, 倚床無眠'에서 드러나듯 '**江**興府'[10]의 '**江**'이

---

9) 이상구, 위의 책, 92쪽, 주)79, "중국의 고을 이름. 요령성(遼寧省)에 속한 고을로,
   금현(錦縣)의 서남쪽에 있음"
   　박희병, 위의 책, 512쪽, 주)188, "興州. 곧 遼寧省 鐵嶺 일대가 아닌가 여겨지나
   확실치는 않음."
10) 이 지명이 실재했는지 여부에 대해 현재까지의 조사 범위 내에서 밝힌다면 무어라
   분명히 단정 짓기 어려운 실정이다. 그것은 필자가 참고한 『중국고금지명대사전』에서

탈락된 것으로 확인된다. 선행연구자가 힘써 교감을 했고, 또 그 주장
이 비교적 옳은 것이었음에도 후대의 연구자들이 그것을 구체적인 근
거도 없이 애써 외면하고, 오류가 분명해 보이는 해당 원문에 주를 붙
이는 현상조차 심지어 나타나게 되었다는 것은 결코 교감 작업에서
취해야 할 올바른 태도는 아니라고 여겨진다.

한편 아래의 두 보기는, 앞에서 살펴본 경우들과는 달리 해당 원문
에 빠진 듯한 글자가 있어 보이는데도 교감자가 미처 채워 넣지 못하
고 넘어간 경우에 해당한다. 먼저 해당 원문을 제시하면 다음과 같다.

> ㉮ 遂信步而行, 及至房外, 暗窺窗隙, 則是乃女之寢室也. 捲琉蘇帳, 圍
> 翡翠屏, 床上綵鴨一群, 啣沉香一炷, 香烟裊〃如縷.
> ㉯ 頃之, 有蒼髥絳衣者, 自內而出, 開朱扉, 淨掃中庭, 設敝花筵, 還入
> 東床.

㉮ 가운데 '床上綵鴨**一群**, 啣沉香一炷, 香烟裊〃如縷.' 부분은, 문
장 구조상 각기 6자의 단어로 이루어져야 마땅한 것으로 생각된다. 그
럼에도 두 번째 구절의 경우, '啣沉香一炷'라는 5자로 이루어져 있는
바, 이 부분은 문장 구조상 분명히 특정한 1자가 탈락된 것으로 여겨
진다. 여기서 해당 부분을 다시 저초본의 '床上綵鴨, 啣水沉香一炷,
香烟裊〃如縷.'과 비교한 결과, 임형택본 〈韋敬天傳〉에서 곧 한 글자,
'水'자가 탈락된 것은 틀림없는 사실로 확인되었다. 그에 반하여 저초
본에서는 임형택본과는 달리 '一群'이란 단어가 탈락되고 있음이 드러
났다. 그런데 여기서 임형택본 '床上綵鴨一群'에서의 '綵鴨一群'이라

는 '江興府'란 지명이 전혀 나타나지 않기 때문이다. 혹 '江興府'란 표기 또한 저초본
에서 비롯된 오기일 가능성도 있지 않을까 조심스레 揷疑해 둔다.

는 단어가 작가에 의해 해당 이본의 앞부분[11]에서 이미 한 차례 사용
된 적이 있는 용어였다는 사실을 유념할 필요가 있다. 곧 이는 작가
자신이 의식적, 관습적으로 특정한 단어를 사용했을 가능성이 높다는
점, 나아가 앞에서도 이미 지적했듯이 이 문장이 6자의 단어로 이루어
져 있다는 점 등을 묶어 고려한다면 저초본에서 '一群'이란 단어가 탈
락되었으리라고 추정해도 별 무리는 없어 보인다. 여기서 다시 '啣水
沉香一炷.' 가운데 '水沉香'은 일명 '沈香' 또는 '沉水香'으로도 불리는
바, 일견 임형택본 〈위경천전〉의 해당 문면은 그 자체만을 놓고 볼
때, 오류라고는 생각되지 않는다. 그러나 앞, 뒤 구절과의 호응(대응)
관계 등을 고려할 때, 임형택본의 해당 부분에 '水'자가 탈락되어 있다
는 사실을 보다 분명히 할 필요가 있다고 생각한다. 이렇게 바로잡아
놓고, 해당 문면에 대한 선행 연구자들의 해석을 살펴보자. 곧 "침상
위에는 비단으로 만든 오리 떼 모양의 향로가 침향(沈香) 한 심지를 물
고 있었는데, 향불의 연기가 실처럼 간드러지게 피어올랐다"(이상구,
위의 책, 76~77쪽)와 "침상 위에는 한 무리의 채색한 오리 모양의 향로
가 침향주를 물고 있는데 향연이 실낱처럼 모락모락 피어오르고 있었
다."(정민, 위의 번역문, 322쪽)가 그것인데, 앞에서 언급한 바를 유념한
다면 이들 해석 가운데 이상구의 번역이 원문을 보다 충실하게 번역
하고 있는 것으로 생각된다.

한편 ㉯ 가운데 '開朱扉' 부분은, 다른 구절들이 모두 4자로 이루어
져 있는 것과는 달리 유독 3자로 이루어져 있는 바, 우리는 '開' 앞에
어떤 글자가 탈락되었으리라는 것을 어렵지 않게 짐작할 수 있다. 그
럼에도 임형택 이래 모든 연구자들은 이 점을 전혀 유의하지 않은 채

---

11) 해당 원문은 다음과 같다. "下有一小池, 綠波如鏡, 綵鴨一羣, 來往其間."(3장, 앞
　　쪽, 7~8행)

원문을 그대로 두고 작품을 이해하는 잘못된 태도를 드러내고 있다. "붉은 대문을 **활짝** 열고" 정도의 단어가 이에 해당되리라 보는데, 마침 저초본에는 해당 구절의 단어가 온전히 출현하고 있어 우리에게 한 도움이 된다. 바로 '洞'이 그것인 바, '洞開'의 뜻이 곧 '크게 열다'인 만큼, 이 경우 또한 분명히 '洞'이 탈락된 것임을 알 수 있었다. 앞에서 살펴보았듯이 마땅히 지적하고 넘어갔어야 할 이런 기초적인 사실조차 미처 수정이 이루어지지 않았다는 사실은, 역설적이게도 현재까지 이루어진 〈위경천전〉 교감 작업의 성과를 우리들이 액면 그대로 받아들일 수 없다는 점을 다시 한 번 증명한다 하겠다.

둘째, 원문을 교감자가 바로 잡아 넣은 경우

논의의 편의상, ①의 작업에서 드러난 임형택의 오류부터 지적하기로 하자. 그것은 첫째, 다음 문면, 곧 '丁年才薄 未致榮養, 壯而先懽, 不終侍奉. 人間地下, 兒罪難容, 重泉有冤, 豈敢瞑目'의 '壯而先懽'에서 드러나는 바, 그는 원문의 이 대목을 '壯而失懽'으로 읽어내는 한편, 교감을 통해서는 다시 '壯而成懽'으로 고쳐 읽고 있다. 그러나 이 문면의 원래 글자는 ③~⑤의 연구자들 모두 적절히 지적하고 있는 바와 같이 결코 '失懽'이 아니라, '先懽'임이 틀림없어 보인다. 그럼에도 이 부분의 오류를 놓아두고 다시 '成懽'으로까지 읽어내는 그의 태도는 옳은 교감의 자세가 아닌 것으로 여겨진다. 이러한 그의 독법이 후대의 연구자들에게 거의 무비판적으로 수용되고 있다는 사실을 유념할 때, 여기서 문제의 심각성을 애써 더 이상 외면만 할 수는 없다고 본다. 그점은 더 나아가 이 '壯而先懽'의 '懽'은 저초본을 통해볼 때, '摧'의 오기인 것으로 판명되었다는 점에서도 더욱 그렇다고 할 수 있다. 그렇다면 이 부분에 대한 이왕의 독해, 곧 "젊어서는 재주가 없어 부모님을 영예롭게 봉양하지도 못하고, **장성해서 장가를 들기는 했으나** 끝내 받들어 모시지도 못했으니, 이 세상은 물론 지하에서도 저의 죄는 용서받을 수 없을 것입니다. 저승에 가더라도 이 원통함이 남을 것이니, 어떻게 감히 눈을 감을 수 있겠습니까?"(이상구, 앞의 책, 94쪽)나, "나이 젊어서는 재분이 박하여 영예롭게 어버이를 봉양치도 못하옵고, **장성하여 장가 들어서는** 즐거움을 우선 드려야 하는데 끝까지 모셔 봉양치도 못하였사오니, 인간이나 지하에서 저의 죄는 용서받기 어려울 것이요, 중천에도 원한이 있으리이다. 어찌 감히 눈을 감음이…"(정민, 앞의 논문, 288쪽)란 해석이 작품의 실상과 얼마나 큰 괴리가 있는 것임을 우리는 충분히 짐작할 수 있다. 곧 이 부분은 '장성하여서는 (부모보다 앞서) 먼저 죽고 말았으니'에 다름 아닌 것이다.

한편 다음 부분 또한 문제의 소지가 있어 보인다. 곧 '人間地下, 兒罪難容, 重泉有冤, 豈敢瞑目? 異於荒山孤魂, 無取殘骨, 歸葬故山.'이란 문맥인 바, 임형택은 ①을 통하여 위와 같이 읽는 가운데, 이 문맥을 "전후 문맥으로 미루어" 다음과 같이 바로잡을(?) 것을 제안한다. 곧 '**無**異於荒山孤魂, **願**取殘骨'이 그것이다. 그러나 이 제안에 대해 ③과 ④는 원전의 문맥을 그대로 따르고 있다는 점에서 그와는 달리 조금 조심스러운 태도를 견지하고 있는 듯하다. 반면 ⑤는 임형택의 주장을 그대로 수용하는 태도를 보여주고 있어 ③, ④와 차이를 드러내고 있다. 그러나 실상 이 부분은 저초본과의 비교를 통해볼 때, '人間地下, 兒罪難容, 重泉有冤, 豈敢瞑目? **異土荒山, 孤魂無托**, 急取殘骸, 歸葬故山.'의 오기에 다름 아닌 것으로 확인되었다. 그런 점에서 원문을 그대로 수용한 가운데 이루어진 "저는 황량한 산에 버려진 외로운 혼백과는 다르니, 남은 뼈를 수습하여 고향에 돌아가 先山에 묻지도 마십시오"(이상구, 위의 책, 94쪽)나, "어찌 눈을 감음이 荒山의 孤

魂과 다르리이까? 남은 뼈를 취하여, 돌아가 옛 산에 장사 지내지도 마옵소서"(정민, 위의 논문, 288쪽)란 해석은 작품의 의미와 완전히 배치되는 잘못된 번역으로 생각된다.

그럼에도 임형택의 위와 같은 교감 작업은 정확한 작품 읽기를 위해 그가 얼마나 고심했는지를 여실히 보여준다. 그에 의해 이루어진 ①에서의 교감 문맥은 사실 의미상 큰 잘못이 있다고는 생각되지 않는다. 그럼에도 여기서 굳이 그 문제점을 지적하는 까닭은 이런 그의 태도가 뒷날 일부 언구자들[12]에게 반발을 낳아 작품의 의미와 전혀 다른 엉뚱한 해석을 낳는 한 계기로 작용했다는 사실을 부인할 수 없다는 점 때문이다. 이 부분은 곧 '낯선 땅과 거친 뫼에 (묻힌 자신의) 외로운 혼백은 의탁할 곳조차 없으니 급히 남은 뼈를 거두어 고향 선산에다 묻어주소서.'로 해석해야 마땅한 것으로 여겨진다.

⑤에서 드러난 박희병의 교감의 문제점을 마저 살펴볼까 한다. 그것은 다음 세 부분에서 찾아진다. 첫째, '張生皺眉良久曰 "僕本平生慷慨之人也. 目及遺篇, 尚且殞淚, 今來此地, 可堪余懷?'의 '余懷' 부분과 둘째, '俄而綠幘武夫, 排戶而出 鎖斷中門, 收銀鑰而入. 催喚謂兒輩, 高宿內廂,'의 '高宿' 부분, 그리고 셋째, '凡人一念之差, 萬事戛然. 雖有後悔, 噬臍無及, 唯子勉之!'의 '戛然' 부분이 바로 그것이다. 첫째, 둘째 부분에 대해 ①, ③, ④는 모두 원문 그대로 표기하고 있는데 비하여, 유독 박희병만은 ⑤에서 '余懷'를 '餘懷', '高宿'을 '齊宿', '戛然'을 '戛然'으로 바꾸어 교감하고 있다. 그 가운데 첫째 부분에 대해서는 그 자신이 별다른 근거를 제시하고 있지 않아 그 근거가 무엇인지 여기서 분명히 알 수는 없지만, 굳이 그것을 추론하자면 그는 앞 뒤

---

12) 정민, 위의 논문, 288~290쪽 참조. 그는 여기서 여러 문면에서 드러나는 임형택의 교감 작업의 오류를 조목조목 지적한 바 있다.

문면을 고려하여 '나의 회포'가 아니라, '남은 회포'로 교감해야 마땅
하다고 여긴 듯이 보인다. 그러나 이 문면은 원문 그대로 '이제 (내가)
이곳에 왔으니 나의 회포를 감당할 수 있겠느냐?'로 풀이한다고 하더
라도 사실 크게 잘못된 해석은 아니라고 생각된다. 그런데도 그 자신
이 굳이 이 문면을 '나의 회포'가 아니라, '남은 회포'로 교감했던 태도
는 이상적인 교감의 기본자세와 일견 거리가 있는 것으로 여겨진다.
한편 둘째 부분에 대해 그 자신은 "草書의 字樣이 비슷한 데 따른 誤寫
로 보"면서 이 문면을 '高宿'이 아니라 '齊宿'일 것으로 교감하고 있는
바, 이 부분 또한 첫째 경우와 마찬가지로 유독 박희병만 이와 같이
주장하고 있다. 물론 이러한 그의 지적은 서체(書體)를 고려하면서 나
온 주장으로 생각된다는 점에서 일단 경청할 필요가 있을 듯하다. 그
러나 사실 이 부분은 저초본을 통해 살펴보면, '直宿'(머뭇거리지 않고
바로 들어가자는 것)에 다름 아닌 것이다. 한편 그와 달리 셋째 부분에
대해서는 임형택이 ①에서 행한 교감, 곧 '誤矣'를 ③~④의 작업은 그
대로 수용하는 태도를 보여주고 있다. 그런데 여기서 다시 박희병은
앞의 경우들에서와 같이 '謁然'을 '憂然'으로 교감하고 있다. 임형택,
박희병이 교감한 '誤矣'나 '憂然'(金石이 서로 부딪혀 나는 소리 또는 어긋
난 모양이란 뜻)은 의미상 서로 큰 차이가 있어 보이지는 않는다. 그렇
기는 하지만 이 부분을 저초본의 해당 문면과 비교할 때, 분명 사소한
차이가 존재한다. 곧 '謬矣'로 나타나고 있다는 사실이 그것으로, 문장
의 형태 등을 고려할 때 임형택의 교감이 박희병의 교감보다 더 정곡
을 얻은 것으로 생각된다. 이런 점에서 본다면, ⑤처럼 굳이 원문을
교감하는 것보다는 임형택의 ①과 ③~④의 작업과 같이 원문을 그대
로 놓아두는 편이 연구자들이 취해야 할 보다 더 이상적인 자세가 아
닐까? 이는 뒷날 새로운 이본의 출현을 기대하면서 시일을 조금 더 기

다려 완전한 의미의 교감을 행하는 것이야말로 작품 이해의 폭과 깊
이를 보다 굳건히 하는 것이라는 사실을 말하는 것이기도 하다.

셋째, 원문을 교감자가 잘못 띄어 쓴 경우

〈위경천전〉을 학계에 처음으로 소개한 임형택은, 해당 작품의 원문
을 나름의 교감 과정을 거치며 현대 활자로 옮겨 제시한 바 있다. 물
론 그것은 많은 노력을 쏟은 작업임에 틀림없다. 그러나 아래와 같은
몇몇 예문은 분명 원전의 띄어쓰기에서 임형택이 오류를 범하고 있다
는 사실을 우리에게 보여주고 있다. 여기서는 먼저 그 구체적인 실례
를 들어보이기로 한다.

> ㉮ 挺身超出一念 耿〃臥不成眠. → 挺身超出, 一念耿〃, 臥不成眠 (41쪽)
> ㉯ 中外寂〃了無蚉音. → 中外寂〃, 了無蚉音 (41쪽)
> ㉰ 矢死無他更卜他生之約. → 矢死無他 更卜他生之約 (42쪽)
> ㉱ 饋以盛饌酒酣, 離席, → 饋以盛饌, 酒酣離席 (45쪽)
> ㉲ 蘇娚命謌, 兒輩數人, 唱採蓮曲 → 蘇娚命謌兒輩數人, 唱採蓮曲
> (45쪽)

그런데 문제는 이와 같은 분명한 오류조차 아무런 여과 과정 없이
후대 연구자들에게 상당히 오랜 기간 그대로 받아들여졌다는 사실에
있다. 이는 곧 원전에 대한 철저한 검토가 상대적으로 그간 미비했음
을 보여주는 결정적 증좌에 다름 아니다. 이런 안타까운 현실은 뒷날
⑤에 이르러서야 겨우 비로소 바로잡혀지게 되었다. 시기적으로 뒤늦
은 감이 없잖아 있지만, 〈위경천전〉에 대한 정확한 독해를 가능케 하
였다는 점에서 ⑤의 작업은 부분적으로나마(?) 그 성과를 인정받을 수

있다고 본다.

　임형택에 의한 이러한 띄어쓰기의 오류를 거의 그대로 답습한 성과로는 ③과 ④을 들 수 있다. 특히 ③의 작업은 임형택이 ①에서 범한 오류를 거의 그대로 답습하고 있다는 점에서 문제가 아닐 수 없다. 한편 ④의 작업은, ㉮~㉰까지는 ③과 마찬가지 양상을 드러내고 있는 가운데, ㉰는 오른쪽의 경우와 같이 바로잡혀지고 있다는 점에서 ③에 비하여 조금 진전된 논의라 할 수 있다. 물론 이러한 면모는 극히 사소한 오류이기에 큰 문제가 아니라고 할 수도 있다. 그러나 작품에 대한 보다 깊이 있는 분석은 원전에 대한 정확한 이해에 있다는 기초적인 사실을 유념한다면, 이런 오류는 비록 사소한 것이라고 해도 결코 허용될 수 없는 문제 가운데 하나라고 본다. 그런 가운데서도 ㉮~㉰에서 드러났던 띄어쓰기 상의 오류가 뒷날 ⑤에 이르러서 완벽하게 수정되고 있다는 사실은, 작품에 대한 정확한 이해의 토대를 비로소 우리에게 마련해주었다는 점만으로도 ⑤의 작업은 그 성과를 인정받아 마땅하다.

　한편 다음 예문은 보다 세심한 주의 아래 살필 필요가 있다.

　　㉮ 張生令篙童, 掛席東下, 倏如流星之疾也. 回泊錢塘, 則岸天欲曙矣.

　㉮ 가운데 '回泊錢塘, 則岸天欲曙矣' 부분에서, 문제가 되는 부분은 바로 '岸天'이다. 먼저 나름의 이해를 돕기 위해 이 구절을 어떻게 연구자들이 번역하고 있는지를 살펴보도록 하자. "전당으로 돌아와 배를 정박하니, **강가의 하늘**이 밝아오려 하였다"(이상구, 앞의 책, 83쪽)와 "돌아와 전당에 정박하니, **언덕 하늘**엔 동이 터오려 하였다"(정민, 앞의 글, 327쪽)로 각기 번역하고 있다. 선행의 작업에서 우리는 '안천(岸天)'

을 '강가의 하늘'과 '언덕 하늘'로 번역하고 있음을 볼 수 있는데, 이 가운데 특히 '언덕 하늘'은 대체 무슨 뜻인지 쉽게 파악되지 않는다. 그들이 번역하고 있는 것과 같이 '안천(岸天)'이란 단어의 용례가 과연 존재하는지조차 의문이 없지 않아 있다. 여러 사서(辭書)를 두루 고찰해보아도 '안천(岸天)'이란 단어는 전혀 나타나지 않는 것으로 보인다. 차라리 이 부분을 '돌아와 錢塘의 언덕에 정박하니 하늘이 밝아오려 하였다.'고 해석해야 무리가 없는 것이 아닐까? 곧 해당 원문 가운데 '則'은 잘못 들어간 단어이고, 그 대신에 '錢塘'과 '岸'을 연결시켜 주는 단어가 들어가야 마땅한 것으로 생각된다. 마침 이 부분을 저초본에서도 '回泊錢塘古岸, 天欲曙矣'로 끊어 읽고 있음이 확인되는 바, '岸天'으로 띄어 읽으며 해석해 왔던 기존의 주장들은 모두 잘못된 것이었음이 이를 통해서도 거듭 확인된다 하겠다.

넷째, 원문의 글자(체)를 교감자가 잘못 이해한 경우

거듭 앞에서도 밝혔듯이, 임형택의 교감 작업이 이후의 연구자들에게 상당히 많은 영향을 끼쳤다는 점은 결코 부인할 수 없는 사실이다. 이점은 본 항에서도 어렵지 않게 확인된다. 그 오류의 정도가 심한 대표적인 예들을 들어 보이면 다음과 같다.

   ㉮ 吹秦樓鳳笙回響徹雲宵
   ㉯ 雲山杳行

㉮의 문맥을, 임형택은 우선 '吹秦樓鳳笙, 回響徹雲宵'로 띄어 읽고 있다. 이런 띄어쓰기 또한 다른 대부분의 것들과 마찬가지로 ③과 ⑤의 작업에 그대로 수용된다. 여기서 그는 다시 한 걸음 더 나아가서

'回'자에 대해 "불필요한 글자로 생각된다"고 하면서, 교감 과정을 거쳐 '吹秦樓鳳笙, 響徹雲宵'로 읽어낸다. 이런 독법은 다시 ④에 그대로 수용되는 것으로 보인다. 한편 ③은 이를 '吹秦樓鳳笙, 回響徹雲宵'로 읽는 가운데, 해당 원문을 이렇게 번역하고 있다. "처녀는 시렁 위에서 푸른 구슬로 만든 퉁소를 꺼내어 〈秦樓鳳笙曲〉을 부니, 그 소리가 **돌아 나와** 하늘까지 사무쳤다."(이상구, 위의 책, 80쪽과 주)47)을 참조. 단 굵은 글자 : 필자 표시) 이어 〈진루봉생곡〉에 대해 주(註)까지 붙여가면서 〈진루봉생곡〉에 대한 정보를 친절하게 우리들에게 제시해주고 있다. 위의 번역문을 읽다보면, 우리는 그가 '曲'과 '回'를 절묘하게 (?) 연계시키는 가운데 번역을 하고 있다는 느낌을 갖게 된다. 이 원문은 이상구가 이미 주를 붙이고 있는 데서도 그 단서의 일단을 구할 수 있지만, 바로 '吹秦樓鳳笙曲, 響徹雲宵'의 오기에 다름 아닌 것이다. 이런 오류는 '曲'과 '回'의 글자체가 지닌 유사함을 제대로 간파하지 못한 데에서 비롯된 결과로 생각된다. 이는 해당 원문의 경우, 저초본에서 '吹秦樓鳳笙曲, 響徹雲宵'와 같이 나타나고 있는 데서도 익히 확인된다. 물론 이런 오류는 임형택본 〈위경천전〉을 필사한 장본인으로부터 초래된 것이다. 설령 그렇다고 하더라도, 이렇듯 사소한 오류조차 바로 잡아내지 못하는 일련의 교감 작업[<위생전>을 포함, 다른 작품까지도 아우르는]에 대해 우리가 과연 그것을 어느 정도 신빙해야 하는가에 대한 의문까지도 불러일으킬 수 있다는 점에서, 향후 조금 더 세심한 교감이 요청된다고 하겠다.

한편 ㉟의 문맥 '雲山杳行' 가운데 '杳行'을 두고, 먼저 임형택은 교감을 통해 그것을 '杳漠'으로 고쳐 읽을 것을 제창한다. 그러나 ③은 원문 그대로(?)인 '杳行'으로 읽고 있다. 한편 ④와 ⑤는 이 글자를 임형택과는 달리 '杏行'으로 읽고 있다. 이러한 이들의 주장은 일견 매우 정확한 원전 읽기로부터 비롯된 것이라는 점에서 나름의 타당성을 인정받을 수 있다. 그런데 여기서 이 둘의 주장은 이 단어를 각기 다르게 읽으면서 다시 나누어진다. 곧 장효현은 ④에서 이 단어를 임형택의 주장과 같이 그대로 '杳漠'으로 읽어낸다. 한편 박희병은 ⑤를 통하여 이 단어를 '杳然'으로 읽는 차이를 드러내고 있다. 그러나 이러한 주장들조차 실상은 모두 '盉'자를 제대로 읽지 못한 오류에서 비롯된 것으로 보여진다. 곧 '盉'자는 곧 '鬱'자의 약자에 다름아닌 것이다. 이는 저초본과의 비교를 통해서도 분명한 사실로 확인된다. '行'자 또한 '行'자가 아니라, 흘려 쓴 '紆'자를 잘못 필사한 탓에 발생한 오류로 생각된다. 이점 또한 저초본에서 마찬가지로 확인된다. 곧 '杳行' 또는 '盉行'으로 읽으면서 이 단어를 고쳐 '杳漠', '杳然'으로 읽을 것이 아니라, 앞으로는 '鬱紆'(=鬱悒)로 바로잡아야 하리라 본다. 이는 이 자체를 잘못 판독한 임형택본 〈위경천전〉의 필사자와 아울러 뒷날 이에 대해 진지한 고민을 수행하지 아니하고 교감을 행한 연구자들 모두 함께 나누어가져야 할 몫이라 하겠다.

다섯째, 교감자의 분명한 잘못으로 보여지는 경우

여기서는 교감자들이 교감을 행하면서 의도했든, 아니했든 간에 오류를 저지른 경우로만 한정하여 그 문제점을 살펴보기로 한다. 임형택은 ①에서 '自憤含恨而終 遂成一律'의 문면 가운데 '終'에 대하여 "불필요한 글자이므로" 실제 교감 과정에서는 '自憤含恨, 而遂成一律'로 고쳐, 곧 '終'을 삭제해서 읽고 있다. 이런 그의 주장은 ③에서는 띄어쓰기를 달리하는 가운데 —곧 '自憤含恨, 而終遂成一律'— 수용되고 있다. 그에 반해 ④에서는 '自憤含恨, 而終成一律'로 그 근거도 제시하지 않은 채 '遂'를 삭제하고 있다. 원문 그대로의 표기는 ⑤에 이르러서야 비로소 가능해졌지만, 그러나 이 문면은 사실 하등의 오류를 찾아볼 수 없는 완벽한 문장으로 생각된다. 곧 '스스로 한을 머금고 죽게 됨을 분하게 여겨 드디어 율시 한편을 이루었다'거나, '스스로 한을 머금고 죽게 됨을 헤아려 드디어 율시 한 편을 이루었다'(저초본: '自分含恨而終 遂成一律')로 해석하더라도 모두 문제가 없다는 점으로부터 그 점 익히 확인된다.

또한 다음 부분의 경우에서 드러나는 오류도 지적받아 마땅한 것이라 하겠다. 물론 이점 사소한 오류로 보고 대충 넘어갈 수도 있겠지만, 이런 오류가 이후의 연구자들 모두에게 그대로 무비판적으로 수용되고 있다는 사실을 유념한다면 결코 그냥 넘어갈 일만은 아니라고 본다. 곧 '憂懼實深. 然而事已謬矣' 부분의 '憂懼'가 바로 그것이다. '憂懼'가 원문에 있는 표기인데도, 모든 연구자들은 임형택이 ①에서 제시한 잘못된 원문을 그대로 수용, 위의 단어를 '憂懼'로 한결같이 표기하는 오류를 범하고 있다. 곧 원문에 대한 정확한 읽기가 너나없이 부족했음을 말해주는 한 결정적 증좌가 아닐 수 없다.

한편 ③과 ④는 그 오류의 상당 부분이 겹쳐 나타나고 있다는 점에서 함께 묶어 논의해도 별 무리는 없을 듯하다. 이상구는 ③을 통하여 다음 3개처에 대한 교감을 행하고 있다. 곧

⑦ "張生皺眉久良, 曰
⑭ 羣一時娥, 應聲連袂而入.
⑮ 韋生其家馳到, 將軍欲鳴鼓發軍行. 生僅能隨其後.

이 그것이다. 위 문맥 가운데 '久良'을 '良久', '羣一時娥'를 '羣娥一時', '其家馳到'를 '馳到其家'의 오기라고 밝히고 있는 것이 그것이다. 그러

나 원문의 해당 부분을 유심히 살펴보면, 해당 글자 옆 부분에 이러한 오류를 바로잡는다는 일련의 표시가 나타나고 있음을 알 수 있다. 그렇다면 이런 교감은 별 소용이 없는, 분명 잘못된 작업이 아닐 수 없다. 이런 오류는 ④에서도 거듭 되풀이되고 있다. 위의 예에 덧붙여 그는 다시 다음 예문, 곧 '以手撫其額日而間' 가운데 '日而間' 부분도 '以手撫其額而間日'의 '而間日'의 오기라고 친절히 밝히고 있으나, 이 부분 또한 앞서의 지적처럼 그 오류를 수정한다는 표기가 나타나고 있는 바, 잘못된 교감이 아닐 수 없다. 또한 '踏淸佳辰 三月一日也' 부분에서 원문의 '一日也' 부분이 이유없이 탈락되어 있는 바, 이 또한 허용될 수 없는 오류임에 틀림없다고 하겠다.

3. 맺는말

한 작품에 대한 교감 작업은 궁극적으로 그 작품에 대한 보다 깊은 이해를 꾀하는 방향으로 진행되어야만 한다. 나아가 그 교감의 근거가 되는 객관적인 여러 정황과 사실에 바탕할 때, 그것은 그 나름의 타당성을 인정받을 수 있다고 본다. 그간 유일본으로만 알려졌던 임형택본 〈위경천전〉은 여러 가지 점을 고려할 때, 사실 그렇게 좋은 자료라고는 할 수 없다. 해당 자료에서 "誤書는 물론 脫字·衍文 및 앞뒤 바뀐 곳도 더러 있다"는 선학의 주장이 그것을 익히 증명하고 있다. 이런 점에서도 임형택본 〈위경천전〉의 서술문면에서 확인되는 숱한 오류를 적극적으로 교감하려는 태도가 요청된다고 하겠다. 기존의 교감 작업들을 통하여 임형택본 〈위경천전〉에 나타난 오류의 상당 부분이 바로잡혀지게 되었지만, 그와는 달리 또 다른 오류를 그들이 의도

했든 아니했든 간에 범하였다는 사실을 근자에 입수한 몇 종의 〈위생전〉과의 비교 검토를 통하여 확인할 수 있었다.

앞에서 논의해 온 바를 요약하여 결론으로 대신하고자 한다.

선행 연구에서 진행된 교감 작업의 문제점을, 첫째, 원문의 빠진 글자를 교감자가 채워 넣은 경우. 둘째, 원문을 교감자가 바로 잡아 넣은 경우. 셋째, 원문을 교감자가 잘못 띄어 쓴 경우. 넷째, 원문의 글자(체)를 교감자가 잘못 이해한 경우. 다섯째, 교감자의 분명한 잘못으로 보여지는 경우로 나누어, 이상의 경우에서 드러나는 오류의 실례를 먼저 구체적으로 지적한 뒤, 이어 그 오류의 많은 부분을 새롭게 발굴한 다른 이본과의 비교 검토를 통하여 정확히 교감할 수 있었다.

보다 분명한 근거나 객관적 사실 등에 바탕하지 않고, 의욕만이 앞서 교감 작업을 수행하다 오류가 발생하는 것보다는 새로운 이본이 출현하기까지 조금 더 기다려 완정한 의미의 교감 작업을 행하는 것이야말로 우리들이 향후 견지해야 할 현명한 자세라고 생각된다.

『고소설연구』 22, 한국고소설학회, 2006.

〈위생전(韋生傳)〉(〈위경천전(韋敬天傳)〉) 이본 연구

1. 들어가는 말

본고는[1] [2] 「〈韋生傳〉 교감의 문제점」에 이어지는 후속 작업[3]으로서의 성격을 띠고 있다. 본고를 통하여, 필자는 근자에 새롭게 발굴한 〈위생전(韋生傳)〉 이본들에 대한 본격적인 소개·검토를 시도하고자 한다. 여기서 새로이 소개·검토하려는 자료는 〈위생전〉으로, 이 작품은 바로 그동안 유일본으로만 알려졌었던 〈위경천전(韋敬天傳)〉의 이본에 해당한다. 필자가 입수한 〈위생전〉 자료[4]는 모두 3종에 달한다.

---

1) 필자가 여기서 굳이 우리 학계에 널리 알려진 〈韋敬天傳〉 대신 〈韋生傳〉이라는 명칭으로 작품의 제명을 고쳐 사용하려는 근거는 필자의 「〈韋生傳〉 교감의 문제점」 (『고소설연구』 22집, 한국고소설학회, 2006)을 참조하라. 한편 필자는 개별 이본으로서의 작품을 논할 경우에 한해서 〈韋敬天傳〉 또는 〈韋生傳〉을 구별해서 사용하되, 앞으로 이 작품을 대표하는 명칭으로는 〈韋生傳〉을 사용해야 한다고 본다.

2) 이 연구가 보다 구체적으로 진전될 수 있도록 귀한 자료를 후학에게 선뜻 제공해주신 유재영 교수의 큰 배려에 대해 이 자리를 통해 다시 한 번 고마움을 표하고자 한다.

3) 이하의 작업으로는 「〈위생전〉 이본의 교감」, 「〈위생전〉 원문과 번역」, 그리고 〈위생전〉에 대한 작품론 등을 고려하고 있다.

4) 2006년 8월 26일(토)에 있었던 Kobay 제80회 삶의 흔적 경매전에 〈閑骨董〉이란 필사본이 출품된 바 있는데, 해당 작품집에 수록된 작품 가운데 하나가 바로 본고에서 논의의 대상으로 삼고 있는 〈위생전〉이었다. 해당 소설책에는 이 자료 이외에도 〈왕

이 가운데 2종은 한문본, 1종은 한글본으로 전해지고 있다[이 이본들에 대한 자세한 검토는 후술한다]. 이 이본들의 존재를 통하여 우리는 이제 껏 유일본으로만 알려졌던 〈위경천전〉이 사실은 유일본이 아니었다 는 점뿐만이 아니라, 이 이본의 도처에서 드러났던 많은 오·탈자 (誤·脫字) 등을 토대로 해당 이본이 〈위생전〉 이본 가운데 선본(善本) 이 될 수 없다는 점, 한편 이 작품의 생성과 전파, 유통과정 나아가 그 번역양상 등에 대한 일련의 정보까지도 충분히 추출해낼 수 있을 것으로 기대하고 있다.

물론 여기서 필자가 검토의 대상으로 삼고 있는 이본만이 현전하는 〈위생전〉 이본의 전부라고는 할 수 없을 듯하다. 왜냐하면 여기서 검 토하는 자료 이외의 또 다른 이본이 현존하고 있다는 사실을 필자 또 한 분명히 알고 있기 때문이다. 그러나 현재 해당 자료의 소장자가 누 구인지, 나아가 해당 작품의 전모 또한 현재의 여건 아래서는 구체적 으로 확인할 수 없는 실정이다. 비록 이러한 한계는 갖고 있지만, 그 렇다고 하더라도 해당 이본이 본고에서 논의하는 범위로부터 크게 벗 어나는 면모를 지니고 있을 것으로는 여겨지지 않는다. 이런 사실만 으로도 여기서 새롭게 소개·검토하는 〈위생전〉 이본들의 존재 가치 는 충분히 확보되리라 본다.

2. 〈韋生傳〉의 이본 소개

여기서는 먼저 그동안 필자가 직·간접적으로 입수한 〈위생전〉의

경룡전〉, 〈주생전〉, 〈상사동전객기〉 등의 작품과 그 외 다수의 잡문이 수록되어 있 었다.

이본들을 표기 형태를 고려하여 한문본과 한글본으로 나누어 해당 이본들의 서지 상황을 간략히 소개할까 한다.

A) 한문본

가) 유재영본 〈韋生傳〉

이 이본은 전 원광대학교 교수인 유재영 소장의 『御眠盾』('禦眠楯'의 誤記)에 〈御眠盾〉, 〈雲英傳〉, 〈慶尙道星州朴孝娘事蹟〉 등과 합철되어 있다. 가로 17.5cm × 세로 22.5cm의 1책으로 이루어진 달필의 한문 필사본으로, 〈위생전〉은 그 가운데 22장 뒷면 5행에서 25장 뒷면 3행까지 약 3면에 걸쳐 필사되어 있다. 어떠한 이유에서인지는 분명치 않으나 원 〈위생전〉 가운데 앞 1/3까지만 전사된 채 중단된 이본이다. 중단된 문면을 바로 이어 〈운영전〉의 일부 부분이 나타나고 있다. 매면 11행, 매행 15자 균일로 이루어져 있으며, 맨 마지막 장에 '庚申夏 軍器膽 可觀'이라는 필사기(?)가 나타나고 있는 바, 이 필사기를 이 작품집 전체에 대한 것으로 해석할 수 있다면, 여기서 보이는 '경신(庚申)'은 1800, 1860, 1920년 가운데 어느 하나에 해당할 것으로 추단된다. 그러나 이 가운데서 어느 연대가 그에 해당되는지는 현재의 상황 아래서는 분명히 파악할 수 없는 실정이다. 현재 남아 있는 부분까지를 살펴본 결과, 이 자료는 임형택본 〈위경천전〉보다는 저초본 〈위생전〉과 친연성이 강한 이본인 것으로, 또 그에 비하여 시대적으로 뒤에 출현한 이본이 분명한 것으로 확인되었다.

나) 임형택본 〈韋敬天傳〉

이 이본은 일찍이 이명선이 『조선문학사』[5]에서 소개한 〈장경천전

(章敬天傳)〉[6]에 다름 아닌 것으로 여겨진다. 그 근거로는 이 이본이 이명선이 언급한 바 있는『고담요람(古談要覽)』이라는 동일 제명의 작품집에 실려 있다는 사실을 들 수 있다. 이명선이 소장하고 있던 위의 자료를 뒷날 임형택이 통문관에서 입수하여 학계에 소개하면서 비로소 우리에게 알려지게 된 것으로 생각된다. 이를 통하여 〈장경천전(章敬天傳)〉이 〈위경천전(韋敬天傳)〉의 오기라는 사실 또한 분명히 확인되었다. 이 자료는 이미 학계에 영인으로 몇 차례 소개된 바 있어 이용에 별다른 어려움은 없다. 여기서는 문범두의『석주 권필 문학의 연구』[7]에 부록으로 실린 자료를 이용하였다. 총 13장으로 되어 있다. 정자 자체로 쓰여 있는 1책의 한문 필사본으로, 매면 8행, 매행 22~26자로 이루어져 있다. 한편 이 이본은 다른 이본들과는 달리 작품의 제명 아래에 '權石洲製'라고 하여 그 작자를 분명히 밝히고 있다는 점과 아울러 작품명이 여타의 이본들과 달리 〈위경천전〉으로 되어 있다는 점에서 색다른 면모를 지니고 있다고 하겠다.『고담요람』에는 〈위경천전〉이외에도 〈영영전(英英傳)〉, 〈운영전(雲英傳)〉 등이 합철되어 있다. 이본의 필사년대라든가 필사자를 알 수 있는 내적 정보는 전혀 나타나 있지 않다.

고찰의 대상이 되는 다른 이본들이 모두 〈위생전〉(국문본의 경우 〈위싱뎐〉)이라는 제목과 주인공의 자가 '경천(擎天)'['警天']으로 나타나고

---

5) 이명선,『조선문학사』, 조선문학사, 1948, 139쪽의 〈古代小說年表〉 참조.

6) 현재 이명선이 남긴 저작물을 총정리하고 있는 김준형 선생의 전언에 따르면, 그가 지은『朝鮮文學年表』가 현재 노트 형태로 온전히 남아 있다고 한다. 그 年表에 따르면, 광해군조의 기사 가운데 "許筠이 〈洪吉童傳〉을 짓다"라는 다음 항목으로 "權韠이 〈韋敬天傳〉(漢文,『古談要覽』中)을 짓다."는 언급이 나타나는 것으로 되어 있다. 이런 점에서 본다면 〈章敬天傳〉이란 명칭은 당시『조선문학사』를 간행한 출판사 측의 誤植으로부터 비롯된 오류임이 분명하다고 하겠다.

7) 문범두,『석주 권필 문학의 연구』, 국학자료원, 1996.

있는데 비하여, 이 이본은 다른 이본들과 작품의 제명과 아울러 '경천'의 자(字)가 '경천(敬天)'으로 달리 표기되고 있다는 차이를 드러내고 있는 바, 이점은 곧 〈위생전〉 계열이 둘로 나뉘어 전승되었을 가능성이 높음을 보여주는 좋은 증좌라 하겠다[후술한다].

다) 覆初本 〈韋生傳〉

이 자료는 필자가 근자에 입수하여 소장하고 있는 이본으로, 원 표제는 『古傳』이다. 가로 18cm × 세로 26cm의 1책으로 이루어진 달필의 한문 필사본이다. 작품집 전체에 걸쳐 한국식 토가 나타나고 있다는 형태적 특징을 지니고 있다. 이 작품집에는 〈임장군전(林將軍傳)〉(1~15장 1행), 〈마무전(馬武傳)〉(15장 뒷면 2행~22장 뒷면 3행), 〈손빈전(孫臏傳)〉(22장 뒷면 4행~34장 앞면 7행), 〈위생전(韋生傳)〉(34장 앞면 8행~39장 뒷면 11행), 〈침향전(沉香傳)〉(39장 뒷면 12행~59장 앞면 11행 이하 반면 정도 낙장 ?) 등의 작품이 합철되어 있다. 이 가운데 〈침향전(沉香傳)〉은 학계에 그 존재조차 전혀 알려지지 않은 자료로 보인다. 매면 12행, 매행 36자 내외로 된 이본으로, 안 표지 여백에 '咸平郡 新光面 伏興里', '李龍逸'이라는 낙서가 적혀 있다. 그가 이 이본의 필사자(거주지)인지 아니면 원 소장자(거주지)인지 또한 정확히 알 수 없다. 나)의 이본과 마찬가지로 이본의 필사년대를 알 수 있는 어떠한 정보도 나타나 있지 않다.

B) 한글본

라) 김일근소개본 〈위싱뎐〉

년전에 김일근이 모씨의 소장본이라고 하면서 학계에 소개함으로

써, 비로소 알려진 이본으로, 아직까지 그 전모가 공개된 바 없다. 그의 증언에 따르면, 이 이본은 〈쥬싱뎐〉이란 표제로 되어 있으며, 1책(총 102장)으로 이루어진 한글 필사본으로, 〈위싱뎐〉은 〈쥬싱뎐〉의 뒷부분에 합철되어 있다. 궁체로 쓰여 있고, 후궁용(後宮用)의 서책(書册) 인장(印章)인 '椒掖寶章'이 찍혀있는 바. 궁내에서 유통, 향유되던 자료 가운데 하나로 보여진다. "用語와 筆體가 太平廣記 諺解와 十分 相似한 점에서 諺解年代는 景宗代를 下限線으로 보고, 筆寫年代는 純祖 이전까지로 추정할 수 있"는 자료로 보여진다[그러나 이에 대한 보다 구체적인 논의는 아직 제시된 바 없는 듯하다.] 이 이본은 본고에서 살피는 여타의 이본들과 달리 그 표기 형태가 한글로 이루어져 있다는 점에서, 한문본이 한글본으로 전화하면서 일어날 작품의 향유양상까지도 구체적으로 살펴볼 수 있는 기회를 우리에게 제공해준다는 점만으로도 그 나름의 특징적 면모를 지니고 있다 하겠다. 곧 〈위생전〉이 한문으로만 유통되던 것이 아니라, 시대가 내려와서는 한글로까지 번역되어 궁중에서도 향유되었다는 사실을 구체적으로 실증한다는 점이 바로 그것이다.

그 전모가 아직껏 소개된 바 없기에, 〈위생전〉 이본(한문본과 한글본을 포함한)의 관련양상, 그 유통과 향유양상 등을 본격적으로 살펴볼 수 없다는 한계에 직면하게 된다. 빠른 시일 내에 해당 이본의 전모가 학계에 드러나기를 연구자의 한 사람으로 간절히 바라마지 않는다.

이상 소개한 〈위생전〉〈위경천전〉 이본들의 서지상황을 간추려 표로 보이면 다음과 같다.

〈韋生傳〉 이본의 서지상황

	유재영본	임형택본	蠹初本	김일근소개본
표제	御眠盾	古談要錄	古傳	쥬싱뎐
원 제목	韋生傳	韋敬天傳	韋生傳	위싱뎐
작자 표기	未出	權石洲製	未出	未出
크기	17.5×22.5cm	미상	18×26cm	14.9×19.8cm
책수, 면수	1책/총 3면(중단본) 매면 11행, 매행 15자 균일 달필 흘림체	1책/총 26면 매면 8행, 매행 22~26자	1책/총 12면 매면 12행, 매행 36자 내외 달필. 吐 있음	1책/총 84면 매면 10행, 매행 20자 내외
합철 여부	〈어면순〉/〈운영전〉/ 〈박효랑사적〉 등과 합철	〈영영전〉 〈운영전〉 등과 합철	〈임장군전〉, 〈마무전〉, 〈손빈전〉, 〈침향전〉 등과 합철	〈쥬싱뎐〉과 합철
표기 문자	한문	한문	한문	한글(궁체)
소장자	柳在泳	林熒澤	鄭明基	某氏

3. 〈위생전(韋生傳)〉 이본의 계열과 그 근거

앞에서 필자는 이미 〈위경천전〉이 유일본이 아니라는 사실과 아울러 3종에 달하는 〈위생전〉의 이본들을 새롭게 발견했음을 밝힌 바 있다. 이런 점에서 그동안 유일본이라는 평가 아래 〈위경천전〉이 누려왔던 위상에 대한 근본적인 재검토가 필요한 시점이 되었다고 해도 과언은 아니라고 본다. 이들 이본들에 대한 구체적인 검토는 〈위생전〉을 보다 정확히 이해하기 위한 초석으로서의 가치를 지닌다는 점에서 꼼꼼히 살펴볼 필요가 있다.

해당 이본들에 대한 구체적인 검토에 앞서서, 여기서 하나 분명히 짚고 넘어가야 할 사항이 있다. 일반적으로 학계에서는 한문본 소설의 경우, 이본들 사이에서 두드러진 차이가 크게 발생하지 않는 것으

로 여겨 왔다. 그것은 본고에서 살펴보고자 하는 〈위생전〉 이본들에
서도 또한 마찬가지인 것처럼 보인다. 그렇다고 〈위생전〉 이본들 모
두가 그에 해당한다고는 할 수 없을 듯하다. 특히 그 점은 〈위경천전〉
이본에서 드러나는 몇몇 문면으로부터 익히 확인된다. 검토 결과 이
들 문면은 〈위생전〉 이본의 그것에 견줄 때 분명히 다른 양상을 띠고
있는 것으로 드러났다는 점에서 이본사의 측면에서 볼 때 분명 이질
적인 것임에 틀림없어 보인다. 따라서 〈위생전〉 이본은 크게 두 계열
–곧 이미 우리에게 널리 알려진 〈위경천전〉 계열과 본고에서 새롭게
소개·검토하는 〈위생전〉 계열–로 나누어 살필 때, 그 이본적 성격과
위상을 보다 분명히 파악해낼 수 있으리라 본다. 그 구체적인 근거를
들면 다름과 같다.

　첫째, 작품 제명에서의 일정한 차이

　둘째, 서술문면에서의 일정한 착종

　셋째, 시의 내용뿐만 아니라 형식에서의 일정한 변이와 오류

등이 바로 그것이다. 위의 사항을 하나하나 구체적으로 살펴보면 다음
과 같다.

　첫째의 경우, 〈위경천전〉을 제외한 여타의 모든 이본들이 〈위생전〉
이라는 제명으로 이루어져 있다는 점은 이미 앞에서 지적한 바 있다.
이런 사실은 곧 〈위경천전〉이 〈위생전〉 이본의 일반적인 유통·전승
경로와는 분명 다른 경로 아래 유통되는 과정에서 파생된 계열의 이
본일 가능성이 높음을 보여주는 좋은 증거라 하겠다. 이는 나아가 여
타 〈위생전〉 계열의 이본들에 비하여 〈위경천전〉이 시대적으로 뒤에
출현한 이본일 가능성이 높다는 사실을 반증하는 경우로도 이해된다
[자세한 논의는 후술한다].

둘째의 경우, 아래에 보이는 다음 예문에서 그 구체적인 차이가 드러나는 바, 앞·뒤 문면의 자연스러운 전개와 그에 따른 유기적인 서술 양상 등을 고려할 때 〈위경천전〉의 서사문면은 여타 〈위생전〉 계열의 이본들의 그것에 비하여 분명히 결정적인 착종(錯綜)이 발생하고 있는 것으로 보여진다. 이를 통해서도 〈위경천전〉이 여타 〈위생전〉 계열의 이본들과 그 계열을 달리하는 이본이라는 점이 거듭 확인된다고 하겠다. 문제의 해당 예문을 제시하면 다음과 같다.

　　吟罷, 江烟半斂, 峽日初斜, 千峰散亂, 萬象星羅, 二人豪逸之氣, 將欲羽化而登仙也. 噫! 楚國, 非凉之地也, 蒼梧巡斷, 竹老三湘, 此非二妃之寃泣耶? 離騷吟罷, 泪羅波鳴, 此非三閭之忠魂耶? 酒行數籌, 朱顔半酡. 韋生唱然嘆曰 : "楚人多情, 長謌竹枝, 過客聞之, 熟不沾衿?"(임형택본 〈韋敬天傳〉)

　　吟罷, 江烟半斂, 夕月初斜, 二人豪岩之氣, 如欲羽化而登仙也. 酒行數籌, 朱顔半酡. 韋生忽唱然起嘆曰 : "楚鄕, 盡是悲凉之地, 蒼梧巡罷, 竹老湘江, 此非二妃之寃泪耶? 離騷吟罷, 泪羅波鳴, 此非三閭之忠□耶? 楚人多情, 長歌竹枝, 過客聞來, 誰不□襟?" (유재영본 〈韋生傳〉)

　　吟罷, 江烟半斂, 怜月初斜, 千峰散亂, 萬象星羅, 二人豪逸之氣, 將欲羽化而登仙也. 酒行數籌, 朱顔半酡. 韋生唱然嘆曰 : "噫! 楚國, 悲凉之地也, 蒼梧巡斷, 竹老湘南, 此非二女之寃淚耶? 離騷吟罷, 泪羅波鳴, 此非三閭之忠魂耶? 楚人多情, 長歌竹枝, 過客聞來, 孰不沾襟?"(저초본 〈韋生傳〉)

　　吟罷, 江烟半斂, 峽月初斜, 千峯散亂, 萬象星羅, 二人豪逸之氣, 將欲羽化而登仙也. 酒行數籌, 朱顔半酡. 韋生唱然長嘆曰 : "噫! 楚國, 悲凉之地, 蒼梧巡斷, 竹老湘南, 此非二妃之寃淚也? 離騷吟罷, 泪羅波鳴, 此非三閭之忠魂耶? 楚人多情, 長歌竹枝, 過客聞來, 孰不沾

襟?"(한골동본 〈韋生傳〉)

위의 문면에서 굵은 글자로 표시하고 있는 부분이 바로 문제의 서술 문면인 바, 〈위경천전〉의 서술 문면을 여타 〈위생전〉 계열의 이본들의 그것과 비교할 때, 이 가운데 어느 하나에서 나름의 착종이 발생하고 있다는 것은 분명한 사실로 파악된다. 어떠한 연유에서 이러한 면모가 나타나게 되었는지는 분명히 단정 지어 말할 수는 없지만, 그것은 이 문면의 발화 주체를 잘못 이해하고 이루어진 선행 자료를[현전 여부가 불명확한] 그대로 전사한 〈위경천전〉의 필사자가 비의도적으로 범한 오류에서 비롯되었을 가능성이 높아 보인다. 서술 문면의 자연스러운 전개와 아울러 그 유기적인 서술 양상 등을 고려할 때 〈위경천전〉의 서술 문면은 분명한 오류로 여겨진다. 이는 곧 "噫! 楚國, 非凉之地也, 蒼梧巡斷, 竹老三湘, 此非二妃之寃泣耶? 離騷吟罷, 汨羅波鳴, 此非三閭之忠魂耶?"란 서술 문면의 발화자가 누구여야 하는가에 다름 아니다. 다시 말하면 곧 이 서술 문맥이 작품의 서사전개상 어느 곳에 놓여야 보다 자연스러움을 확보하게 되는가라는 문제에 직결되는 것이라 하겠다. 문제의 서술문면의 발화자가 누구인지를 따져볼 때, 〈위경천전〉의 서사전개 문면보다는 아무래도 저초본, 유재영본, 한골동본의 그것이 보다 합리적인 것으로 생각된다. 이런 하나의 예문만을 통해서도 우리는 〈위경천전〉의 유통 경로가 여타 〈위생전〉 계열의 이본들과 분명히 다른 것임을, 또한 해당 자료가 여타의 〈위생전〉 이본들에 비하여 후대에 이루어졌을 가능성이 높음을 익히 확인할 수 있다고 본다. 한편 유재영본 〈위생전〉은 후술하겠지만, 〈위생전〉 계열의 다른 이본들에서 두루 나타나는 '千峰散亂, 萬象星羅'이라는 특정한 문면이 탈락되어 있는 바, 이를 통해서도 〈위생전〉 계열 가

운데서 비교적 후대에 출현한 이본이라는 사실을 어렵지 않게 확인할
수 있다고 하겠다.

　셋째의 경우, 〈위경천전〉 또한 여타의 전기소설들과 마찬가지로 많
은 시(詩)와 사(詞)가 나타나고 있다는 점에서 그 단서를 구해볼 수 있
다. 그런데 문제는 〈위경천전〉에서 확인되는 시와 사의 구체적인 내
용과 형식이 여타 〈위생전〉 계열 이본들의 그것과 견줄 때 상당히 많
은 차이와 아울러 몇몇 결정적인 오류까지도 나타나고 있다는 사실이
다. 만약 〈위경천전〉이 여타 〈위생전〉 계열의 이본들과 같은 유통 과
정을 거치며 전승된 이본이라면, 이러한 차이는 전혀 발생할 수 없다
고 생각된다. 차이와 아울러 오류로 확인되는 몇몇 대표적인 보기만
을 들어 그 점 증명해 보일까 한다.

　㉮ 桂掉蘭槳沂碧波, 岳陽城北是回頭 香風十里桃花裡, 多小珠簾上玉
　　鉤. (임형택본 〈韋敬天傳〉)
　　　桂棹蘭槳泝碧流, 岳陽城北始回頭 香風十里桃花裡, 多小珠簾■玉
　　鉤. (유재영본 〈韋生傳〉)
　　　桂棹蘭槳泝碧流, 岳陽城北始回頭. 香風十里桃花裡, 多少珠簾上
　　玉鉤. (저초본 〈韋生傳〉)
　　　桂棹蘭槳泝碧流, 岳陽城北始回頭. 香風十里桃花裡, 多少珠簾上
　　玉鉤. (한골동본 〈韋生傳〉)

　㉯ 花枝柳影動春城, 江上遊人捻玉笙. 欲待夜深謌舞罷, 月高山峽聽猿
　　聲. (임형택본 〈韋敬天傳〉)
　　　□枝柳影弄春城, 江上游人捻玉笙. 欲待更深歌舞罷, 月高三峽聽
　　猿聲. (유재영본 〈韋生傳〉)
　　　花枝柳影弄春城, 江上遊人捻玉笙. 欲待夜深歌舞罷, 月高三峽聽

猿聲. (저초본 <韋生傳>)

　花枝柳影弄春城, 江上流人捻玉笙. 欲待夜深歌舞罷, 月高三峽聽猿聲. (한골동본 <韋生傳>)

㉰ 玉樓飛閣入江天, 誰捲珠簾弄綵絃. 日暮長沙人更遠, 臨風斷腸木蘭舡. (임형택본 <韋敬天傳>)

　玉樓飛閣入江天, 誰捲珠簾弄綵絃. 日暮江█人更遠, 臨風腸斷木蘭船. (유재영본 <韋生傳>)

　玉樓飛閣入江天, 誰捲珠簾弄彩絃. 日暮江州人更遠, 臨風腸斷木蘭舡. (저초본 <韋生傳>)

　玉樓飛閣入江天, 誰捲珠簾弄綵絃. 日暮江州人更遠, 臨風腸斷木蘭舡. (한골동본 <韋生傳>)

** 이하 시는 유재영본 미출현 **

㉱ 楊柳依〃水滿池, 百花深處囀黃鸝. 悲來却奏相[思]曲, 曲兮琴瑟今斷絲.

　梨花風動玉樓寒, 金ǁ鴨香消晚漏響. 燈前淚痕人不識, 暗均紅脂獨憑欄.

　燕語彩簾花亂飛, 東ǁ風吹夢入羅帷. 一年芳草日南恨, 千里王孫去不歸.

　寶鴨香消烟盡水, 鸚鵡金籠夢幾圓. 吹斷玉簫人不見, 碧桃花影回欄前.

　小院池塘荷氣香, 春波欲暖舞元央. 碧窓俱鎖朦朧裡, 何處啼蛩又斷腸. (임형택본 <韋敬天傳>)

　楊柳依〃水滿池, 百花深處囀黃鸝. 愁來却奏琴瑟曲, 〃苦琵琶又斷絲.

　梨花風動玉樓寒, 金風吹夢入羅幃. 一年芳草江南恨, 千里王孫去不歸.

　寶鴨香烟盡水沉, 鸚鵡金籠夢幾圓. 吹斷玉簫人不見, 碧桃花影曲
欄前.

　小院池塘荷葉香, 春波欲暖舞元央. 碧窓深鎖朦朧裏, 何處啼鸎又斷
腸. (저초본 <韋生傳>) ＊ ‖표시: 저초본 누락)

㉤ 吳鉤錦葉靑絲馬, 龍沙千里迷歸途. 薊門烟樹遠依俙, 滿庭黃葉掩柴
扉. (임형택본 <韋敬天傳>)
　吳鉤錦帶靑絲馬, 龍沙千里迷歸程. 薊門烟樹遠依俙,
　心隨邊月歸, 魂逐塞鴻飛,
　蟄思碧草秋風晩, 君去隻影爲誰依, 滿庭黃葉掩柴扉,
　鶴關音信斷, 何處寄寒衣 (저초본 <韋生傳>) ＊ 굵은 표시: 임형택
본 누락)

　㉠의 둘째 구에 대해 선행 연구자들은 각기 "악양성 북편에서 고갤
돌리니"(정), "악양성 북편에서 잠시 고개를 돌려보니"(이)로 해석해 왔
다. 그러나 이 부분은 임형택본 <위경천전>을 제외한 여타 <위생전>
이본들 모두에서 '是'가 아니라 '始'로 나타나고 있는 바, "악양성 북편
에서 비로소 고개를 돌려보니"로 해석해야 마땅하다고 본다. 이렇게
해야 비로소 문맥의 자연스러움을, 나아가 대다수 이본의 서술문면에
서 확인되는 나름의 면모를 온전히 대우하는 것이라고 여겨진다. 이
는 곧 임형택본 <위경천전>의 필사자가 여타 <위생전> 이본에서 공통
되게 나타나고 있는 '始'를 '是'로 오기한 결과 나타난 현상에 불과한
것으로 생각된다.
　㉡의 넷째 구에 대해 선행 연구자들은 각기 "골짜기에 달은 높고 잔
나비 울음 들리네"(정), "달 밝은 산골짜기에서 잔나비 울음 들려오네"

(이)로 해석해 왔다. 그러나 이 부분은 임형택본 〈위경천전〉을 제외한 여타 〈위생전〉 이본들 모두에서 '산협(山峽)'이 아니라 '삼협(三峽)'으로 나타나고 있는 바, "三峽에 달이 높이 돋았으니 잔나비 소리 들리네"로 해석해야 마땅하다고 본다. 이는 곧 임형택본 〈위경천전〉의 필사자가 여타 〈위생전〉 이본에서 공통되게 나타나고 있는 '삼협(三峽)'을 '산협(山峽)'으로 오기한 결과[그 이유는 자세히 알 수 없지만] 나타난 현상에 불과한 것으로 생각된다.

㉰의 셋째 구에 대해 선행 연구자들은 각기 "날 저문 장사에 사람 자취 아득하니"(정), "날 저문 장사 땅에 사람들은 멀어져 가고"(이)로 해석해 왔다. 그러나 이 부분은 임형택본 〈위경천전〉을 제외한 여타 〈위생전〉 이본들 모두에서 '장사(長沙)'가 아니라 '강주(江州)'로 나타나고 있는 바, "날 저문 강주 땅에 사람들은 멀어져 가고"로 해석해야 마땅하다고 본다. 이러한 차이가 어떠한 요인에서 발생했는지는 자세히 알 수 없지만, '장사(長沙)'가 호남성에 위치하고 있는 지명인 반면에 '강주(江州)'는 호북성 무창현(武昌縣)과 한천현(漢川縣)의 동남(東南)에 위치하고 있는 지명이라는 점에서 둘 가운데 어느 하나는 분명한 오기일 것으로 여겨진다. 필자는 대다수 이본의 서술문면에서 확인되는 공통의 면모, 곧 '강주(江州)'가 원래 〈위생전〉의 서술면모가 아닐까 생각하고 있다.

한편 ㉱의 시는 여주인공 소랑(蘇娘)이 지은 시로써, 임형택본 〈위경천전〉에는 모두 5수가 나타나고 있는데 반하여, 저초본 〈위생전〉의 경우[유재영본은 중단본인 관계로 이 부분이 나타나 있지 않기에 비교 대상이 되는 이본은 오직 저초본밖에 없으므로] 임형택본과는 달리 모두 4수로 이루어져 있는 차이를 드러내고 있다. 이런 차이의 양상은 바로 2수와 3수로부터 확인되는 바, 임형택본 〈위경천전〉에서 ' ‖ '로 표시한 부분이 저초본 〈위생전〉의 문맥에서 찾아지지 않는 것이 바로 그것이다.
문제의 2수와 3수에 대해 선행 연구자들은 각기 "배꽃에 바람 불고 옥
루는 서늘한데 金鴨 향로 식어지고 물시계 소리 더디 갈 제, 등불 앞
눈물 자욱 그 님은 모르시니 심지 기름 고르며 홀로 난간 기댄다오."(2
수)와 "채색 주렴 제비 지저귀고 꽃은 어지러이 날리는데 봄바람 꿈을
불어 비단 장막 찾아드네. 일년의 방초는 강남을 한하건만 천리라 왕
손은 가고 오지 않느니."(3수: 이상 정), "배꽃은 바람에 나부끼고 옥루
는 서늘한데, 金鴨 향로 불꺼지고 저녁 물시계 소리만 들리네. 등불
아래 눈물 자국 님은 모르리니, 그윽이 붉은 연지 바르고 홀로 난간에
기대었네."(2수)와 "제비는 채색 주렴에서 지저귀고 꽃은 어지러이 날
리는데, 봄바람은 꿈을 싣고 비단 휘장 안으로 들어오네. 꽃다운 풀은
일 년 내내 강남의 한을 품었으나, 천 리 밖 왕손은 한 번 가더니 돌아
오지 않네."(3수: 이상 이)로 해석해 왔다. 그러나 앞에서도 이미 밝힌
바와 같이 저초본 〈위생전〉에서는 이 두 수의 시가 다음과 같이 달리
나타나고 있어 흥미를 끈다고 하겠다. 바로 '梨花風動玉樓寒, 金風吹
夢入羅幃. 一年芳草江南恨, 千里王孫去不歸.'가 그것인 바, 위 시는
임형택본 〈위경천전〉의 '梨花風動玉樓寒, 金//鴨香消晩漏響. 燈前淚
痕人不識, 暗均紅脂獨憑欄. 燕語彩簾花亂飛, 東//風吹夢入羅帷. 一年
芳草日南恨, 千里王孫去不歸.'와 비교할 때, 이 시 가운데서 '鴨香消
晩漏響. 燈前淚痕人不識, 暗均紅脂獨憑欄. 燕語彩簾花亂飛, 東' 부분
이 탈락, 합성되는 가운데 출현한 것으로 볼 여지도 충분히 가능하다.
만약 이와 같이 본다면, 결국 저초본 〈위생전〉의 시구는 임형택본 〈위
경천전〉의 시구를 생략한 것으로밖에 달리 설명할 수 없게 된다. 그러
나 두 이본의 서술문면의 자연스러운 면모와 아울러 칠언시의 형태적
특성 등을 두루 검토해볼 때, 이럴 가능성은 전혀 없는 것으로 드러난

다[이 부분을 제외하고서는 저초본 〈위생전〉의 경우 임형택본 〈위경천전〉에 비하여 축약되거나 생략된 부분이 거의 나타나지 않고 있다는 점에서도 이점 증명된다고 하겠다]. 결국 임형택본 〈위경천전〉의 시구는 저초본 〈위생전〉의 시구를 수용하는 가운데 특정한 시구를 잘못 덧붙인 데서 이런 현상이 나타난 것으로 이해해야 보다 온당한 해석이 아닐까 한다. 그렇다면 이 시의 2수는 "배꽃은 바람에 나부끼고 옥루는 서늘한데, 가을바람(=金風, 秋風)은 꿈을 불어 비단 장막으로 찾아드네. 꽃다운 풀은 일 년 내내 강남의 한을 품었으나, 천 리 밖 왕손은 한 번 가더니 돌아오지 않네."로 해석해야 마땅하다고 본다. 이러한 추론을 하는 또 하나의 근거로 다음에 살필 ㉴의 사(詞), 곧 〈임강선(臨江仙)〉[8]의 존재를 제시하고자 한다. 위의 사(詞)에 대해서 선행 연구자들은 각기 "칼 차고 비단 띠 한 푸른 고삐의 준마는 龍沙 천리 길에 돌아올 길 잃었네. 薊門의 내 낀 나무 저 멀리 희미한데 뜰 가득 누런 잎에 사립문 닫아

---

8) 이 작품은 아래 두 편 〈剪燈新話〉 소재 '翠翠傳'과 〈剪燈餘話〉 소재 '芙蓉屛記'에서 찾아지는데, 이해를 돕기 위해 편의상 여기서는 후자만을 제시해둘까 한다. 〈少日風流張敞筆 寫生物數黃荃 芙蓉畵出最鮮妍 豈知嬌艶色 翻抱死生寃 粉繪凄凉疑幻質 只今流落誰憐 素屛寂寞伴枯禪 今生緣已斷 願結再生緣〉(젊은 날 풍류스런 장창의 필치로 그림은 황전에 뒤지지 않았다네. 그림 중에 부용을 가장 잘 그렸나니 어찌 알리오! 화려한 그 빛깔에 생사의 원통함을 품고 있던 것을. 채색한 그림 처량하니 환생하였는가? 지금의 영락한 처지 누가 불쌍히 여기리. 흰 병풍 적막한 곳에 말없이 참선하네. 금생의 인연 이미 끊겨졌으니 재생의 인연 다시 맺어지기를)으로 달리 나타나는 바, 그 구체적인 내용에서 〈韋生傳〉의 그것과 나름의 차이를 드러내고 있다. 다만 여기서는 7, 7, 7, 5, 5(1수), 7, 7, 7, 5, 5(2수)로 이루어져 있는 〈韋生傳〉의 그것과 달리 그 형식이 7, 6, 7, 5, 5(1수), 7, 6, 7, 5, 5(2수)로 달리 나타나고 있다는 사실 ―이점은 전자의 경우 또한 같은 형식을 지니고 있는 것으로 확인된다.―만을 주목하고자 한다. 반면 〈韋敬天傳〉의 필사자는 이와 같은 詞 양식의 형식적 특성을 이해하지 못한 채, 이 작품을 무리하게 칠언절귀의 형태로 변개시킨 결과 이런 오류의 면모를 파생시키게 된 것으로 생각된다. 작품에 대한 자세한 내용은 최용철, 〈전등삼종(상)〉, 소명출판사, 2005.10.30, 243쪽과 〈전등삼종(하)〉, 377쪽을 참조하라.

거네."(정)과 "吳鉤를 비단 띠에 비껴 차고 靑絲馬를 탔으나, 머나먼
龍沙에서 돌아올 길 잃었네. 안개 낀 薊門의 나무 저 멀리 희미한데,
누런 잎 뜰 가득히 떨어져 사립문을 가렸네."(이)로 해석한 바 있다.
그러나 문제의 이 구절은 여타 〈위생전〉 이본들[여기서는 저초본과 한골
동본을 모두 포함]과 견줄 때, 분명한 차이가 있는 것으로 드러났다. 다
음 문면에서 그 점을 익히 알 수 있다. 〈위경천전〉의 필사자가 '吳鉤錦
葉靑絲馬, 龍沙千里迷歸途. 薊門烟樹遠依俙, 滿庭黃葉掩柴扉'라는 7
언 絶句로 표기하고 있는 바, 위의 시는 원래 '吳鉤錦帶靑絲馬, 龍沙
千里迷歸程. 薊門烟樹遠依俙, **心隨邊月歸, 魂逐塞鴻飛, 蟄思碧草秋
風晚, 君去隻影爲誰依**, 滿庭黃葉掩柴扉, **鶴關音信斷, 何處寄寒衣**'의
곧 7, 7, 7, 5, 5자(1구)와 7, 7, 7, 5, 5자(2구)로 이루어진 사(詞)의 내
용 가운데 굵게 표시한 부분을 탈락시킨 데서 발생한 오류로 생각된
다. 곧 사(詞)에 대해 이해가 부족했던 〈위경천전〉의 필사자가 원문을
자의적으로 굴절 수용한 결과 파생한 오류에 다름 아닌 것으로 검토
결과 드러났다.

  이제껏 앞에서 논의해 온 바를 토대로, 우리는 〈위생전〉 이본 가운
데 유독 〈위경천전〉만이 여타 〈위생전〉 이본과 다른 계열로 파악해도
좋을 정도로 몇몇 이질적인 면모-그 대부분은 〈위경천전〉 필사자의
오류로부터 비롯된 것으로 파악된-를 지니고 있는 자료라는 사실을
보다 분명히 확인하게 되었다. 나아가 그것이 〈위생전〉 이본에 비하
여 시대적으로 뒤에 출현한 이본이라는 사실과 아울러 많은 오류로
점철된 이본이라는 사실이 드러난 만큼 앞으로의 〈위생전〉 연구는 여
기서 새롭게 소개하는 〈위생전〉 계열의 이본으로 이루어질 필요가 있
다고 하겠다.

4. 〈위생전〉 이본의 관련 양상

논의의 편의상, 우선 한문본 〈위생전〉 이본들부터 검토해보기로 하자. 이미 알려진 임형택본 〈위경천전〉과 새롭게 발굴한 저초본 〈위생전〉, 유재영본 〈위생전〉이 그에 해당된다. 그런데 앞서 밝힌 바 있듯이 유재영본 〈위생전〉은 작품의 앞 1/3 정도까지만 필사되어 있는 중단본이다. 이에 해당 이본을 여타 이본과 본격적으로 비교하기에는 적절하지 않은 자료로 치부하고, 논의의 범주에서 제외해버릴 수도 있겠지만, 그것은 〈위생전〉 이본들에 대한 검토를 통하여 〈위생전〉 이본의 생성, 전파, 유통양상을 살피려는 본고의 의도에 비추어볼 때 그리 효과적인 태도라고는 여겨지지 않는다. 왜냐하면 남아있는 부분에 대한 검토만으로도, 유재영본 〈위생전〉의 이본적 성격과 그 계열 등에 대한 나름의 정보를 어느 정도는 밝혀낼 수 있을 것으로 기대되기 때문이다.

검토 결과, 유재영본 〈위생전〉은 임형택본 〈위경천전〉보다는 저초본 〈위생전〉과 친연성이 더 강한 이본으로 판명되었다. 그 근거로는 임형택본 〈위경천전〉에 비하여 두 이본이 서사전개, 서술문면 등에서 완전히 부합하거나 거의 유사한 면모를 보이는 부분이 많다는 사실을 들 수 있다. 몇몇 예문을 들어보이면 다음과 같다.

⑦ 況名山引興, 天假良辰, 今不可見岳州形勝乎! (임형택본 <韋敬天傳>)
　況名山引興, 天假良辰, 今不見岳州形勝 可乎! (저초본 <韋生傳>)
　況名山引興, 天假良辰, 今不見岳州形勝 可乎! (유재영본 <韋生傳>)

④ 韋生曰 "知我者, 子也." (임형택본 <韋敬天傳>)
　韋生卽顧笑曰 "知我者, 子也." (저초본 <韋生傳>)

　　　韋生卽顧笑曰 "知我者, 子也." (유재영본 〈韋生傳〉)

　㉐　翌日早朝, 急扣江村, 賖酒俱舡 (임형택본 〈韋敬天傳〉)

　　　翌日早朝, 歸扣江村, 賖酒賃船 (저초본 〈韋生傳〉)

　　　翌日早朝, 歸扣江村, 賖酒賃船 (유재영본 〈韋生傳〉)

　㉑　又吟 玉樓飛閣入江天, 誰捲珠簾弄綵絃. 日暮長沙人更遠, 臨風斷腸
木蘭舡. (임형택본 〈韋敬天傳〉)

　　　--- 玉樓飛閣入江天, 誰捲珠簾弄綵絃. 日暮江州人更遠, 臨風腸
斷木蘭舡. (저초본 〈韋生傳〉)

　　　又吟 玉樓飛閣入江天, 誰捲珠簾弄綵絃. 日暮江州人更遠, 臨風腸斷
木蘭船. (유재영본 〈韋生傳〉)

　㉒　二人豪逸之氣, 將欲羽化而登仙也. 噫! 楚國, 非凉之地也, 蒼梧巡斷,
竹老三湘, 此非二妃之寃泣耶? 離騷吟罷, 汨羅波鳴, 此非三閭之忠魂
耶? 酒行數籌, 朱顔半酡. 韋生喟然嘆曰："楚人多情, 長謌竹枝, 過客聞
之, 熟不沾衿?" (임형택본 〈韋敬天傳〉)

　　　二人豪逸之氣, 將欲羽化而登仙也. 酒行數籌, 朱顔半酡. 韋生喟然
嘆曰："噫! 楚國, 非凉之地也, 蒼梧巡斷, 竹老三湘, 此非二妃之寃泣
耶? 離騷吟罷, 汨羅波鳴, 此非三閭之忠魂耶? 楚人多情, 長歌竹枝, 過
客聞來, 孰不沾襟?" (저초본 〈韋生傳〉)

　　　二人豪岩之氣, 如欲羽化而登仙也. 酒行數籌, 朱顔半酡. 韋生忽喟
然起嘆曰："楚鄕, 盡是悲凉之地, 蒼梧巡罷, 竹老湘江, 此非二妃之寃
汨耶? 離騷吟罷, 汨羅波鳴, 此非三閭之忠□耶? 楚人多情, 長歌竹枝,
過客聞來, 誰不□襟?" (유재영본 〈韋生傳〉)

　이상의 예문만을 통해 보더라도, 우리는 유재영본 〈위생전〉이 임형택본 〈위경천전〉에 비하여 저초본 〈위생전〉과 보다 더 밀접한 관련성을 지니고 있는 자료라는 점을 알게 되었다. 특히 ㉰의 경우는, 앞에서도 이미 거론한 바와 같이 임형택본과 저초본, 유재영본을 통틀어 서사전개 상황에서 거의 유일하게 차이가 있는 부분으로, 그 친연성의 정도가 어떠한지를 구체적으로 보여주는 좋은 예라 하겠다.

이외에도 저초본과 유재영본의 친연성은 서술문면이 대체, 또는 첨가되는 부분을 통해서도 거듭 확인이 가능하다. 나아가 이러한 대체, 첨가들조차 대부분 큰 의미상의 변화를 초래할 만큼의 변이로는 생각되지 않는다는 사실 또한 그 점 잘 말해준다고 하겠다.

위에서 밝혀졌듯이 친연성이 강한 것으로 드러난 두 이본, 곧 유재영본 〈위생전〉과 저초본 〈위생전〉 가운데 어느 이본이 시대적으로 선행하여 나온 이본인지 또한 관심의 대상이 된다. 검토의 결과를 먼저 제시하면, 유재영본 〈위생전〉은 저초본 〈위생전〉에 비하여 결코 시대적으로 선행하여 출현한 이본은 아닌 것으로 판명되었다. 논의의 번거로움을 피하기 위하여 여기서는 대표적인 몇몇 예문만을 들어 그 점 증명해보일까 한다.

㉮ 吟罷, 江烟半斂, 怜月初斜, 千峰散亂, 萬象星羅 (저초본 〈韋生傳〉)
　　吟罷, 江烟半斂, 怜月初斜, ------, ------ (유재영본 〈韋生傳〉)

㉯ 歌竟, 酒闌, 盡醉窮歡, 相與枕藉乎舟中 (저초본 〈韋生傳〉)
　　歌竟, 酒闌, ------, 相與枕藉乎舟中 (유재영본 〈韋生傳〉)

㉰ 俄而有綠幘武夫, 排戶而出 鎖節中門, 收銀鑰而入. 催喚歌兒輩, 直宿內廂, 群娥一時, 底聲連袂而入. 雲牕霧閣, 如隔千里, 更無可俟 (저초본 〈韋生傳〉)
　　俄而有綠幘武夫, ------ 鎖節中門, --------. 催喚歌兒輩, 直宿內廂, -----, ------ ---, 雲牕霧閣, 如隔千里, 更無可俟 (유재영본 〈韋

生傳〉)

㉥ 江邊畫屋, 遠近參差, 縹緲笙歌, 皆如鳴上仙也 (저초본 〈韋生傳〉)

　　江邊遠近, 畫屋參差, 縹緲笙歌, 皆如鳴上仙也 (유재영본 〈韋生傳〉)

㉫ 草綠蘋香江水多, 蘭舟搖下洞庭波. 春風無恨瀟湘意, 收拾新篇入棹歌. (저초본 〈韋生傳〉)

　　花枝柳影弄春城, 蘭舟搖下洞庭波. 春風無恨瀟湘意, 收拾新篇入棹歌. (유재영본 〈韋生傳〉)

㉺ 張生皺眉良久, 曰：“僕本平生慷慨人也. (저초본 〈韋生傳〉)

　　張生皺眉良久, 曰：“僕本恨人. (유재영본 〈韋生傳〉)

㉭ 韋生遽曰：“…(전략)… 遂酌綠蟻一卮, 酬于張生, 扣舷而歌曰：巴陵東兮岳陽北, 楚山高兮湘水碧. 竹枝歌兮哀怨多, 蕩蘭槳兮江之波. 春風起兮渚蘋青, 懷古人兮不能忘. 係玉壺兮唱金縷, 醉眼擡兮乾坤暮. 張生倚棹 歌曰：吳歌怨兮楊柳青, 遠目送兮傷春情. 搴杜若兮江之邊, 採紫菱兮香滿船. 日欲暮兮湘江波, 懷美人兮淚如雨. 望綺樓兮天一涯, 春愁起兮奈爾何? 歌竟酒闌, 盡醉窮歡, 相與枕藉乎舟中 (저초본 〈韋生傳〉)

　　韋生遽曰：“…(전략)… 遂酌綠蟻一卮, 酬于張生, 扣絃歌曰：彼此歌竟酒闌, ------, 相與枕藉乎舟中 (유재영본 〈韋生傳〉)

위에 든 예문 가운데서, ㉮~㉰는 유재영본 〈위생전〉이 저초본 〈위생전〉에 비하여 서술문면이 누락된 경우를(---로 표시한 부분이 그것이다.), ㉥~㉫는 유재영본 〈위생전〉이 저초본 〈위생전〉, 혹은 그와 같은 계열에 속하는 선행의 모본을 전사하는 과정 속에서 나타난 오류의 경우를(그것은 특히 ㉫에서 위생의 시에 화답하는 가운데 나타난 장생의 시구 곧 “□(花)枝柳影弄春城, 江上游人捻玉笙. 欲待更深歌舞罷, 月高三峽聽猿聲.” 가운데 첫째 구가 잘못 들어간 데에서 익히 확인된다. 원래 이 부분에 들어가야 할 시구는 바로 '草綠蘋香江水多'인데, 유재영본 〈위생전〉 필사자가 아래 구의

첫째 구를 그곳에다 잘못 적어넣은 데에서 이런 오류가 발생한 것으로 생각된
다.) 한편 ㉗~㉘는 저초본 〈위생전〉, 혹은 그와 같은 계열에 속하는 선
행 모본의 문면을 나름대로 대체하여 나타난 경우를 가리킨다.

　위에 보인 예문만으로도 우리는 유재영본 〈위생전〉이 저초본 〈위생
전〉에 비하여 시대적으로 결코 앞서 출현할 수 없는 이본이라는 사실
을 확인할 수 있다. 특히 이런 점은 ㉙의 경우―곧 저초본에 나오는 위
생과 장생의 詩인 "巴陵東兮岳陽北, 楚山高兮湘水碧. 竹枝歌兮哀怨
多, 蕩蘭槳兮江之波. 春風起兮渚蘋靑, 懷古人兮不能忘. 係玉壺兮唱
金縷, 醉眼擡兮乾坤暮."(파릉 땅 동편, 악양성 북쪽 초산은 우뚝하고 상수는
푸르렀네. 죽지가 노랫가락 애원이 많아 목란 삿대로 강 물결 헤친다오. 봄바람
건듯 불고 물가 부평 푸르르니 고인을 그리며 차마 잊지 못하네. 옥호를 두드리
며 금루를 부르니 몽롱히 취한 눈에 건곤이 어둑하도다[9]) "吳歌怨兮楊柳靑,
遠目送兮傷春情. 搴杜若兮江之邊, 探紫菱兮香滿船. 日欲暮兮湘江波,
懷美人兮淚如雨. 望綺樓兮天一涯, 春愁起兮奈爾何?"(오가 구슬퍼라. 버
들은 푸르른데 아련한 눈길 속에 춘정이 서글퍼라. 강 가에선 두약을 건져 올리
고 자릉까지 캐고 나니 온 배 가득 향기롭네. 상강의 물결 속에 날은 저무는데
미인을 그리는 맘, 눈물만 비오듯. 하늘 끝 저 편을 누각 기대 바라보니) 부분
이 유재영본에서는 탈락된 뒤, 이 부분을 문맥상 전혀 연결도 되지 않
는 '彼此'라는 단어로 대체, 축약을 행하고 있다는 사실 ―를 통하여
거듭 증명된다. 그 역의 경우가 현실적으로 존재할 가능성이 전혀 없
다는 사실은 위 예문만을 통해서도 익히 확인된다고 하겠다. 나아가
㉗의 예문 가운데 저초본의 서술문면은 검토 결과 임형택본과 거의 차
이가 없는 것으로 드러나는데 비하여, 유재영본의 그것은 이 두 이본

---

9) 해당 번역문은 정민의 작업을 그대로 따와 사용하는 것을 원칙으로 하되, 새롭게
　발견된 저초본의 문면을 고려하여 필자가 부분적으로 고친 부분도 있음을 밝혀둔다.
　이하 다 같다.

들과 완전히 다른 모습을 보이는 방향으로 대체되고 있다는 점을 통해서도 유재영본이 세 이본 가운데 시대적으로 가장 뒤늦게 나타난 이본이라는 사실 또한 어렵지 않게 짐작할 수 있다.

이어 임형택본 〈위경천전〉과 저초본 〈위생전〉의 관련 양상을 살펴보도록 하자. 논의의 번거로움을 피하기 위하여, 여기서는 두 이본 사이에서 확인되는 차이를 중심으로 그점 간략히 검토하려 한다. 아래 제시하는 예문 가운데 먼저 ㉮에서 ㉲ 부분은 저초본 〈위생전〉이 임형택본 〈위경천선〉에 비하여 문면이 더 나타나는 경우를, 한편 ⓐ에서 ⓕ 부분은 이와는 반대로 임형택본 〈위경천전〉이 저초본 〈위생전〉에 비하여 문면이 더 나타나는 경우를, 나아가 ㉠ 부분은 앞에서 이미 검토한 바와 같이 저초본 〈위생전〉과 임형택본 〈위경천전〉에서 유일하게 확인되는 서술문면의 도치 부분을 뜻한다.

일견 이런 면모를 피상적으로만 본다면, 우리들은 저초본 〈위생전〉과 임형택본 〈위경천전〉 모두 나름의 결락을 지니고 있는 이본인 것으로 여길 수 있다. 곧 이들 이본들 모두에 대해 선본에서 멀리 떨어진 자료라고 여기기 쉽다. 그러나 해당 문면들의 형태적 특성과 그 내용 등을 꼼꼼히 검토하여 보면, 임형택본 〈위경천전〉에서 드러나는 ⓐ~ⓕ 부분은 저초본 〈위생전〉의 해당 문면에 대한 연문(衍文)-보기 ⓐ, ⓓ, ⓔ 등- 내지는 오첨(誤添)-보기 ⓒ, ⓕ-의 결과 나타난 것으로 파악된다는 점, 나아가 저초본 〈위생전〉에서 드러나는 ㉮~㉲ 부분에서 확인되는 두 이본 사이의 차이 등을 함께 묶어 고려할 때 저초본 〈위생전〉이 임형택본 〈위경천전〉에 비하여 보다 선본임은 어렵지 않게 확인되리라 본다(특히 보기 ㉰와 ㉱에서 그 점 잘 드러난다.)

그러나 〈위생전〉의 원본이 무엇인가에 대한 탐색은 앞으로 좀 더 시간을 두고 따져봐야 할 듯하다. 두 이본 내에서 서술문면의 상호 넘나듦이(위에서 제시한 예문들 가운데는 과연 어느 서술문면이 원본의 면모를 온전히 지니고 있는 것인지를 쉽게 파악하기 어려운 경우-보기 ⓑ-도 분명히 있기에) 발생하고 있는 면모를 결코 무시할 수 없다는 점 때문에도 그렇다. 이런 점에서 저초본 〈위생전〉과 임형택본 〈위경천전〉을 아우르는 선행 자료가 있었을 것으로 봐도 별 무리는 없을 듯하다.

해당 예문들을 아래에 제시하는 것으로써 이에 대한 자세한 검토를 줄인다.

㉮ 저초본 : 韋生卽顧笑曰 "知我者, 子也."
  임형택본 : 韋生-----曰 "知我者, 子也."

㉯ 저초본 : 生還攬綏綵裘, 解錦纜, 下船回顧,
  임형택본 : 生還攬繡綵裘, -----, 下舡回顧,

㉰ 저초본 : 下有一小池, 綠波如鏡, 荷葉初生, 綵鴨一群, 往來其間.
  임형택본 : 下有一小池, 綠波如鏡, ------, 綵鴨一羣, 來往其間.

㉱ 저초본 : 妾非娼流, 素是良族
  임형택본 : 妾本   素是良族

㉲ 저초본 : 其餘僕徒, 亦皆酣酊不起.
  임형택본 : 其餘僕徒, ---酩酊不起.

㉳ 저초본 : 說盡前夜事 細陳無隱, 則生, 風流徒也. 素有淸虛之習, 故張生疑其辭, 姑未信也.
  임형택본 : 因盡敍前夜之事. 張生疑其辭, 姑未信.

㉴ 저초본 : 吳鉤錦帶靑絲馬, 龍沙千里迷歸程. 薊門烟樹遠依俙, 心隨邊月歸, 魂逐塞鴻飛, 蟄思碧□秋風晚, 君去隻影爲誰依, 滿庭黃葉掩柴扉, 鶴關音信斷, 何處寄寒衣.
  임형택본 : 吳鉤錦葉靑絲馬, 龍沙千里迷歸途. 薊門烟樹遠依俙, --------, --------, -----------, -----------, 滿庭黃葉掩柴扉, ----------, --------.

㉮ 저초본 : 異土荒山, 孤魂無托, 急取殘骸, 歸葬故山.

　　임형택본 : 異於荒山, 孤魂---, 無取殘骨, 歸葬故山.

㉯ 저초본 : 楚人聞之, 爲掌記云.

　　임형택본 : ----聞之者, 爭爲掌記.

ⓐ 저초본 : 回顧---, ---長程, 闃無人蹤.

　　임형택본 : 回顧巘上, 錦纜長程, 寂寞無人蹤.

ⓑ 저초본 : 床上彩鴨---, 銜水沉香一炷　香烟裊〃如縷.

　　임형택본 : 床上綵鴨一群, 唧--沉香一炷, 香烟裊〃如縷.

ⓒ 저초본 : 與子成誓. 只恐賤棄小妾. --------.

　　임형택본 : 與子成誓. 只恐賤棄--妾, 終不相顧也.

ⓓ 저초본 : 生偶得佳偶, -------, 雖以藍橋之會, 不過此也.

　　임형택본 : --偶得佳偶, 偕老盟甘, 雖以濫橋之奇遇, 不過是也.

ⓔ 저초본 : 雙親---, ---繼殞. 爾有何心, 匿而不吐?

　　임형택본 : 雙親役慮, 將終繼殞. 爾有何心, 匿而不吐?

ⓕ 저초본 : 梨花風動玉樓寒, 金-------, ----------, ----------. ----------, --風吹夢入羅幃. 一年芳草日南恨, 千里王孫去不歸.

　　임형택본 : 梨花風動玉樓寒, 金/鴨香消晚漏響. 燈前淚痕人不識, 暗均紅脂獨憑欄.

　　燕語彩簾花亂飛, 東/風吹夢入羅帷. 一年芳草日南恨, 千里王孫去不歸.

㉠ 저초본 : 二人豪逸之氣, 將欲羽化而登仙也. 酒行數籌, 朱顔半酡. 韋生喟然嘆曰 : "噫! 楚國, 悲凉之地也, 蒼梧巡斷, 竹老湘南, 此非二女之冤淚耶? 離騷吟罷, 汨羅波鳴, 此非三閭之忠魂耶? 楚人多情, 長歌竹枝, 過客聞來, 孰不沾襟?

　　임형택본 : 二人豪逸之氣, 將欲羽化而登仙也. 噫! 楚國, 非凉之地

也, 蒼梧巡斷, 竹老三湘, 此非二妃之寃泣耶? 離騷吟罷, 泪羅波鳴, 此非三閭之忠魂耶? 酒行數籌, 朱顔半酡. 韋生喟然嘆曰 : "楚人多情, 長謌竹枝, 過客聞之,

 마지막으로 미비하나마 한글본 〈위싱뎐〉의 이본적 성격과 그 계열을 살펴볼까 한다. 여러 어려움으로 인하여 필자는 현재까지 한글본 〈위싱뎐〉의 전모를 입수, 검토할 기회를 갖지 못했다. 그렇기는 하지만, 이 자료의 이본적 성격과 그 계열을 탐색하려는 필자의 작업이 완전히 무망한 것만은 아니다. 다행이 우리에게 해당 자료의 일 부분이나마 접할 수 있는 기회가 주어졌기 때문[10]이다. 비록 부족한 범위 내에서의 추론이라는 한계는 있겠지만, 현재의 제한된 상황 아래서도 그 이본적 성격과 계열화의 양상을 어느 정도는 밝혀낼 수 있을 것으로 기대된다. 그러나 여기서 제한된 범위 내에서 얻어진 결과를 일반화시키는 것이 과연 타당한가 하는 논란의 여지가 있음에도 굳이 그것을 밝힌다면, 한글본 〈위싱뎐〉은 임형택본 〈위경천전〉보다는 저초본 〈위생전〉에 보다 가까운 이본인 것으로 드러났다. 그 근거를 들면 다음과 같다.

 ㉮ 저초본 : 大明萬曆間, 有韋生者, 名岳, 字擎天, 金陵人也.
　임형택본 : 大明萬曆間, 有韋生者, 金陵人, 名岳, 字敬天.
　김일근본 : 대명 만력간의 위싱이라 호리 이시니 명은 악이오, 주는 경텬이니 금능인이라.

---

10) 김일근, 「<周生傳>과 <韋敬天傳> 諺解의 連綴本(쥬싱뎐·위싱뎐) 出現에 따른 書誌的 問題」, 『겨레어문학』 25집, 건국대 겨레어문학회, 2000, 253~260쪽, 위 논문, 259~260쪽에 <위싱뎐>의 첫 면과 마지막 면이 영인으로 수록되어 있어 편의를 얻을 수 있다.

㉯ 저초본 : 誰家旅櫬, 遠向何山?

임형택본 : 誰家旋櫬, 遠向何處?

김일근본 : 집 업순 **나그내 관**이 멀리 **어닉 뫼호로** 니르느뇨?

㉰ 저초본 : 東西兩墳, 宛然路左. 楚人聞之, 爲掌記云.

임형택본 : 東西兩丘, 宛然路左. ---聞之者, 爭爲掌記.

김일근본 : 동셔의 두 분뫼 완연히 길 ᄀᆞ의 이시니 **초인**이 듯고 슬허 ᄃᆞ토와 긔록ᄒᆞ노라.

　그렇다면, 여기서 한글본 〈위싱뎐〉과 저초본 〈위생전〉의 시대적 선후 관계는 어떠한 것인가 하는 의문이 제기된다. 앞서도 밝혔듯이, 그러나 필자는 현재까지 한글본 〈위싱뎐〉의 전문을 입수, 본격적으로 검토하지 못한 관계로 이 문제에 대해 뭐라 단정지어 말할 처지에 있지 않다. 굳이 그것을 밝혀야 한다면, 필자는 우리 고전소설의 생성, 전파, 유통과정 등에 대한 일반론적 견해를 수용하여, 저초본 〈위생전〉 또는 그 모본에 해당하는 한문본 〈위생전〉이 먼저 출현하였고, 시대적으로 조금 더 내려와서 한글본 〈위싱뎐〉이 출현했다고 보는 편이 온당한 해석이 아닐까 생각하고 있다.

　한편 여기서 한글본 〈위싱뎐〉의 이본적 성격을 보다 온당히 파악하기 위해서는, 본 이본이 선행하는 저초본 〈위생전〉 또는 그 모본에 해당하는 한문본 〈위생전〉의 단순한 직역인지, 아니면 어느 정도의 개작이 발생하고 있는 자료인지를 또한 살펴볼 필요가 있다. 여기서 그 정확한 면모에 대해 분명히 단정지어 말할 수 없다는 한계는 여전히 남아있지만, 아래의 예문은 그 추론의 일단을 우리에게 제공한다 하겠다.

㉮ 저초본 : 風烟已欠, 人事亦變,

임형택본 : 烟風已久, 人事旣變,

김일근본 : **풍경은 녜 굿티여시되** 인셔 불셔 변흐엿더라

㉯ 저초본 : 行到津頭, 問蘇相國家, 則有一茜裙兒女, 愕然來問, 具述厥由, 其女奔遑入告.

임형택본 : 行到津頭, 問蘇相國家, 則有一□ 兒女, 愕然來問, 具述厥由, 其兒奔遑入告.

김일근본 : **샹국 집의 니르니** 흔 아히 놀라와 뭇거늘 즈시 니른대 섈리 드러가 고흐식

위의 예문은, 한글본 〈위싱뎐〉이 저초본 〈위생전〉 또는 그 모본에 해당하는 한문본 〈위생전〉의 단순한 직역이 아님을 단편적으로나마 보여주는 보기로 생각된다. 이 자료에 대한 보다 구체적인 검토는 뒷날의 과제로 미루고, 이제까지 앞에서 논의해 온 〈위생전〉 이본들의 관련 양상을 요약해보이면 다음과 같다.

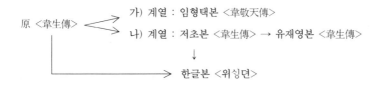

5. 맺는말

근자에 새롭게 발굴한 몇 종의 〈위생전〉 이본을 대상으로 이본들의 관련양상을 검토한 결과, 임형택본 〈위경천전〉에서 확인되는 몇몇 징표와 오류를 통하여 그것이 〈위생전〉 이본군 내에서 주류를 차지하지

못하는 이본으로, 앞으로 있을 〈위생전〉 연구에서의 연구대본으로는 부적합한 자료라는 사실을 확인할 수 있었다. 곧 임형택본 〈위경천전〉의 이본적 한계를 여실히 보여주는 몇몇 징표와 오류로는 다음 세 가지 사실,

첫째, 작품 제명에서의 일정한 차이.
둘째, 서술문면에서의 일정한 착종.
셋째, 시의 내용뿐만 아니라 형식에서의 일정한 변이와 오류.

가 나타나고 있다는 점을 확인하였다.

그러나 본고에서 살펴본 〈위생전〉 이본에 대한 검토만으로 모든 논의가 종결되었다고는 할 수 없다. 왜냐하면 앞에서 검토의 대상으로 삼은 〈위생전〉 이본만이 현전하는 자료의 모든 것이 아니기 때문이다. 이런 점에서 아직껏 그 전모가 알려지지 않은 몇 종의 이본들, 예컨대 한글본 〈위싱전〉과 한골동본(閒骨董本) 소재 〈위생전〉이 빠른 시일 내에 우리 학계에 소개되어 〈위생전〉 연구에 대한 보다 깊은 이해의 폭을 불러일으키기를 연구자의 한 사람으로 빌어마지 않는다.

『어문학』 95, 한국어문학회, 2007.

〈최척전(崔陟傳)〉

1. 들어가는 말

이명선(李明善)이 그의 『조선소설사』[1]에서 학계에 최초로 소개하면서 알려진 조위한(趙緯韓)의 〈최척전〉은, 고소설 발달 과정에서 볼 때 비교적 이른 시기에 출현한 몇 안 되는 작품 가운데 하나라는 점과 아울러 작품의 서사문면이 지니고 있는 몇몇 특성 등으로 해서 최근 들어 논의가 활발히 진행되고 있는 작품이다.

본 소고는 〈최척전〉에 대한 이왕의 연구 성과를 소개한 뒤, 이들 연구 성과가 기대고 있는 나름의 연구 방법에 대한 반성적 시각을 통하여 앞으로 있을 〈최척전〉 연구에서 새롭게 진행되어야 할 방향과 과제가 무엇인가를 간략히 제시하는 순서로 전개된다.

2. 〈최척전〉에 대한 연구 성과

〈최척전〉에 대한 논의는 일찍이 김기동[2]에 의해 이루어진 성과를

---

1) 이명선, 『조선소설사』, 조선소설사, 1948, 135쪽.
2) 김기동, 「불교소설 최척전 소고」, 『불교학보』 11집, 동국대 불교문화연구소, 1974.

시발로 하여 본격적으로 마련된 듯 보인다. 이후 최근까지 이루어진 13편[그 구체적인 목록은 이하의 논의에서 자세히 소개·검토된다]에 달하는 〈최척전〉에 대한 연구 성과는 〈최척전〉을 보다 심도 있게 이해하는 데 많이 공헌한 것으로 보인다. 이들 연구 성과들을 하나하나 살펴보는 작업은 〈최척전〉을 사이에 두고 제기되었던 몇몇 차이나는 견해들을 알아보는 데 그다지 효과적인 방법으로 생각되지 않는다. 이에 몇몇 차이나는 견해들을 중심으로 해당 연구 성과를 항목별로 묶어 검토하여 논의의 효율성을 확보할까 한다.

1) 조위한(趙緯韓)에 대한 작가론적 구명

조위한은 〈최척전〉의 작가로 그 존재가 일찍부터 알려졌음에도, 그에 대한 작가론적 접근은 민영대의 일련의 계속된 작업[3] 이전까지는 본격적으로 마련되지 않았던 것으로 보인다. 김기동이 「불교소설 최척전 소고」[4]란 글에서 '作者의 考究'라는 항목을 통해 소략하게 진술했던 것이 조위한이라는 작가에 대한 거의 유일한 언급이었다는 사실을 통해 그 점 확인된다. 곧 김기동은 명확한 근거를 제시하지 않은 채, 조위한에 대해 "明宗 13년(1558)에서 仁祖 27년(1649)까지 91세로 卒한 文臣"이라고 한 뒤, 『국조인물지(國朝人物志)』를 참고하여 "벼슬

이 논문은 뒤에 『한국고전소설연구』(교학사, 1983), 252~263쪽에 再錄된다.

3) 민영대, 「최척전에 나타난 작가의 애정관」, 『국어국문학』 98호, 국어국문학회, 1987.
   민영대, 「최척전의 작가, 玄谷 趙緯韓論」, 『한남어문학』 15집, 한남대, 1989.
   민영대, 「최척전의 작가와 작품과의 관계」, 『논문집』 20집, 한남대, 1990.
   민영대의 이들 연구 성과는 뒤에 『조선조 寫實系小說 연구』(한남대출판부, 1991)와 『최척전 연구』(경남대 박사학위논문, 1991)에 재록된다. 편의상 민영대의 성과는 『최척전 연구』를 통해 살펴볼까 한다.
4) 김기동, 앞의 논문.

은 공조참판에 그치고 말았으나 항상 天下를 博觀하고자 했고, 世事에는 뜻을 두지 않았으며 致仕하고는 石洲 權韠과 같이 지"[5]냈던 인물로, "賢人을 높이고 交友에 있어서는 律己制行하는 規度가 놀라웠고, 天性으로 타고난 孝子요, 友愛가 지극했"[6]음을 밝힌 바 있다.

이런 김기동의 주장은 그 뒤 학계에 의해 무비판적으로 수용되었다. 민영대는 여러 차례에 걸친 현장답사와 탐문 조사를 통해 조위한의 문집과 아울러 그의 작가적 면모를 밝혀 줄 몇몇 자료, 예컨대 『한양조씨세보(漢陽趙氏世譜)』, 「현곡조위한묘표(玄谷趙緯韓墓表)」, 「지중추부사현곡조공행장(知中樞府事玄谷趙公行狀)」, 「현곡공신도비명(玄谷公神道碑銘)」, 「현곡공연보(玄谷公年譜)」 등을 입수한 뒤, 조위한의 생몰연대가 이제껏 알려졌던 것과 달리 1558~1649년이 아니라 중종(中宗) 25년(1567)~인조(仁祖) 27년(1649)이라는 사실을 새롭게 밝혀내는 성과[7]를 거둔다. 나아가 그는 위에 든 자료를 치밀하게 분석하여, 그간 우리 학계에 제대로 알려지지 못했던 조위한의 작가적 면모, 곧 가계(家系)·생애·위인(爲人)·저술·작가정신·연보[8] 등을 심층적으로 밝혀냄으로써 〈최척전〉의 이해에 많은 도움이 될 정보를 우리에게 제공하는 성과를 거두었다. 민영대에 의해 조위한이라는 작가의 제반 면모가 어느 정도 확연하게 드러났다고 해도 지나친 말은 아니다.

2) 〈최척전〉 이본에 대한 접근

김기동 이래로 많은 연구자들이 〈최척전〉 이본의 존재에 대해 별반

---

5) 김기동, 『이조시대 소설의 연구』, 성문각, 1974, 313쪽.
6) 김기동, 같은 책, 313쪽.
7) 민영대, 앞의 논문, 23~35쪽.
8) 민영대, 앞의 논문, 21~95쪽.

주의를 기울이지 않은 채, 두 군데에 걸친 상당한 결락(缺落) 부분을 지니고 있는 일사본(一簑本) 〈최척전〉만을 대상으로 하여 그 작품론을 전개해 왔던 것이 저간의 실정이었다. 최근에 이르러, 박희병[9]에 의해 고대본 〈최척전〉의 존재가 새롭게 학계에 알려지면서 〈최척전〉 또한 본격적인 이본 대비 작업의 발판이 마련되었다. 두 이본의 대비 작업은 민영대에 의해 구체적으로 이루어졌다.[10] 곧 그는 두 이본 사이에서 나타나는 첨삭(添削) · 이사(異寫) · 탈락(脫落) 등의 현상을 통해 "고려대학교 소장본이 서울대학교 소장본보다는 비교적 善本"이라는 사실을 밝혀내는 가운데, 나아가 "고려대학교 소장본만으로는 완벽한 작품이라고 할 수 없기"에 "앞으로의 본 작품 연구는 두 사본을 합쳐 만든 자료 〈최척전〉을 텍스트로 해야" 한다고 조심스럽게 주장하고 있다.

박희병 · 민영대에 의한 〈최척전〉 이본에 대한 접근은, 이본들 간의 대비 작업을 통한 정본(定本) 〈최척전〉의 확정이 하루빨리 이루어져야 한다는 과제를 학계에 제기했다는 점만으로도 충분히 그 성과가 인정될 수 있다.

3) 〈홍도(紅桃) 이야기〉와 〈최척전〉의 관계

이에 대해서는 일찍부터 학계의 논의가 진행되어 왔으나, 아직 정설로 확정된 주장은 없는 것으로 보인다. 그 주장은 다음 세 갈래로 전개되었는 바, 첫째 〈홍도 이야기〉가 〈최척전〉의 모화(母話)에 해당된다는 주장, 둘째 〈홍도 이야기〉는 〈최척전〉을 축약한 것이라는 주

---

9) 박희병, 「최척전」, 『한국고전소설작품론』, 집문당, 1991, 85쪽.
10) 민영대, 앞의 논문, 96~114쪽.

장, 셋째 〈홍도 이야기〉와 〈최척전〉은 서로 교류의 경로 없이 각기 별
도로 출현했으리라는 주장 등이 그것이다. 첫째의 주장을 펴고 있는
선학으로는 김기동[11], 소재영[12], 김장동[13], 강진옥[14], 박일용[15] 등이
있다. 소재영과 김장동의 주장을 통해 그 일단이나마 살펴보자. 소재
영은 "이 작품[필자 주: 〈최척전〉]은 아마도 於于野譚의 紅桃傳이 그 母
話인 듯"하다고 하면서, 플롯과 모티프를 서로 비교하여 "그 主脈은
꼭 같"되, "다만 多少의 삽화들이 첨가되었을 뿐"이라는 사실을 밝혀
내고 있다. 한편 김장동의 경우, 〈최척전〉은 "『於于野譚』의 '紅桃'가
전이되었"다고 하면서, 그 건거로 다음 두 사실을 들고 있다.

> 柳夢寅의『於于野譚』이 나온 후인 光海君 13년(1621)에 〈崔陟傳〉
> 이 세상에 알려졌으므로, 趙緯韓은『於于野譚』을 읽고 이를 제재로 썼
> 다.[16]
> 『於于野譚』의 '紅桃'와 〈崔陟傳〉의 등장인물이나 사건의 전개에 있
> 어 매우 유사하다.[17]

두 번째 주장은 김균태[18]에 의해 제기되었으나, 명시적 근거 제시가

11) 김기동, 앞에 든 책, 258쪽.
12) 소재영,「奇遇錄과 被虜文學」,『임병양란과 문학의식』, 한국연구원, 1980, 269쪽.
13) 김장동,『조선조 역사소설 연구』, 이우출판사, 1986.
14) 강진옥,「최척전에 나타난 고난과 구원의 문제」,『이화어문논집』8집, 이화여대 한국
    어문학연구소, 1986.
15) 박일용,「조선후기 애정소설의 서술시각과 서사세계」, 서울대 박사학위논문, 1989.
16) 김장동, 앞의 책, 151쪽.
17) 김장동, 같은 책, 151쪽.
18) 김균태,「조선후기 인물전의 야담취향성 고찰」,『한국한문학연구』12집, 한국한문학
    연구회, 1989, 54쪽. "실제로 이 작품[필자 주: 〈홍도 이야기〉]은 趙緯韓(1558~1649)
    의 〈崔陟傳〉으로 전하며, 〈紅桃〉는 이것을 축약한 것에 지나지 않는다."는 진술이

없기에 여기서는 더 이상 살피지 않는다.

한편, 마지막 세 번째 주장은 박희병·민영대에 의해 제기되었다. 박희병은 이에 대하여 "〈紅桃 이야기〉는 崔陟의 이야기가 유포되는 과정에서 기록된 것이고, 〈崔陟傳〉은 崔陟에게서 직접 들은 이야기를 소설화한"[19] 것이기에, 〈홍도 이야기〉가 〈최척전〉의 모화라는 기존 견해는 오류일 수밖에 없다고 주장한다. 박희병의 연장선상에서 민영대는 두 작품의 작자에 대한 고찰, 작품의 성립시기에 대한 고찰, 나아가 두 작품의 정확한 대비 고찰이 선행 연구에서 제대로 수행되지 않았음을 지적하면서 이들을 구체적으로 대비·고찰하여, 다음과 같이 주장한다.

> 당시에 널리 퍼졌을 같은 내용의 사건이 거의 같은 시기에 하나는 사실 중심의 보고적 기술인 <紅桃傳>으로, 하나는 사실을 바탕으로 허구화한 플롯 중심의 <崔陟傳>으로 나타나게 된 것이라고 볼 수밖에 없다.[20]

그러나 그는 "〈崔陟傳〉이 먼저 세상에 나오고 이를 요약한 〈紅桃傳〉이 그 뒤에 나"왔을 가능성 또한 제시해 두고 있다.

박희병·민영대에 의해 제기된 주장은 선학들의 그것에 비해 진일보된 견해임에 틀림없다. 그러나 "『於于野譚』의 완성 시기는 1622년 이후"이고, "『於于野譚』은 1621년 가을에서 1622년 사이에 비교적 많은 양이 저술"되었다는 최근의 또 다른 논의[21]를 참조할 때 이들의 주

그것이다.

19) 박희병, 앞의 논문, 98쪽.

20) 민영대, 앞의 논문, 216~217쪽.

21) 이경우, 「초기 야담의 문학성 연구」, 서울대 박사학위논문, 1991, 8쪽.

장 또한 결정적인 것으로는 생각되지 않는다. 두 작품의 관계 구명은 분명히 그것을 밝혀 줄 기록의 출현 이전에 섣불리 해결될 성질의 문제는 아니다. 따라서 이에 대한 앞으로의 천착이 기대된다고 하겠다.

4) 〈최척전〉 후미의 가탁(假托) 여부

이것은 곧,

> 내가 南原의 周浦에 머물고 있을 때 崔陟이 나를 찾아와 이와 같은 일을 말하며, 그 전말이 사라지지 않도록 기록해 줄 것을 부탁했기에 마지못하여 대략 그 줄거리를 적었다.[22]

는 서술문면이 가탁(假托)인지 아닌지에 대한 논란이 있던 사정을 말하는 것이다. 가탁적 수법으로 보는 견해는 김기동·소재영에 의해 제기되었다. 소재영은 "이러한 가탁의 수법은 權韠의 〈周生傳〉에서도 찾아볼 수 있다."고 밝힌 뒤

> 이 가탁법은 당시 작가들로부터 이른바 醇正文學이 아닌 패관문학이란 천대를 면하기 위한 방법이기도 했지만 현실에 대한 강한 풍자성을 호도하기 위한 방법이기도 했다.[23]　　　　　　　　　(밑줄: 필자 표시)

고 주장하여, 〈최척전〉을 풍자성을 띤 작품으로 보는 시각의 일단을 드러낸다. 이에 반하여 차용주[24]와 민영대의 경우, 조위한에 대한 호

---

22) 일사본 <최척전>의 원문은 다음과 같다. "余流寓南原之周浦 陟時來訪余 道其事 如此 請記其願末 無使湮滅 不獲已 略擧其槪"
23) 소재영, 앞의 논문, 276쪽.

보(號譜)의 기록에 "그가 光海政亂 때 南原으로 돌아갔다"는 기사가 나
오는 부분과 위 서술문면이 일치하고 있는 것을 들어, "다른 작품에서
흔히 볼 수 있는 것과는 달리 가탁된 것은 아닌"[차용주, 218쪽] 것으로,
"崔陟이 찾아와 들려주었던 것을 토대로 해서 작품화했던 것을 사실적
으로 나타낸 기술"[25]로 파악하는 입장을 드러낸다.

최척 부자의 탈출을 도와준 삭주(朔州) 토병(土兵) 출신인 후금(後金)
군사의 입을 통해 서술된 문면[26]에서 이지러진 "당대 역사 현실의 본
질적 계기를 풍부히 포착하고 있"[27]는 것은 이느 면 사실이지만, 그것
을 통해 드러나는 풍자성이 작품의 주제를 전반적으로 통어할 정도로
는 생각되지 않는다는 점과 〈주생전〉의 주생 또한 실존인물일 가능성
이 높은 것으로 밝혀진 점 등을 묶어 생각해 볼 때, 위 문면은 가탁이
아닌, 사실성을 띠고 있는 부분으로 이해되어야 할 것이다.

5) 〈최척전〉의 주제 파악[유형 분류(類型分類)]

김기동은, 〈최척전〉이 "佛敎의 靈驗思想을 바탕으로 한 佛敎小說의
성격을 내포하고 있다"고 하여 〈최척전〉을 불교소설로 파악한다. 한
편, 소재영의 경우, 〈최척전〉은,

---

24) 차용주, 『한국한문소설사』, 아세아문화사, 1989, 216~221쪽.

25) 민영대, 『조선조 사실계소설 연구』, 한남대출판부, 1991, 37쪽.

26) 일사본 〈최척전〉의 원문 "無怖 我亦朔州士兵也 以府使侵虐無厭 不勝其苦 擧家
入胡 已經十年 性直 且無苛政 人生如朝露 何必苟趣於揷楚鄕吏 …(下略)…"[밑줄:
필자 표시]의 밑줄 부분에 주목하여 보라.

27) 박희병, 앞의 논문, 93쪽.

壬辰亂을 전후한 역사적 사실성을 바탕으로 하여 그 위에다 가공적인 인물들을 등장시켜 만들어낸 하나의 피류으로, 역사소설의 성격을 띠면 서 가정소설의 형태로 결구[28]

된 작품이라는 상이한 견해를 주장했다. 김기동은 또 다른 논저에서 〈최척전〉을 역사소설로 분류한 뒤,

남녀 주인공이 전란으로 인하여 이산했으나, 온갖 고난과 역경을 극 복하여 재회에의 꿈을 성취시키는 남녀 주인공의 사랑을 표현[29]

한 것이 그 주제이기는 하나,

그 사랑의 꿈은 오로지 부처님의 가호에 의해 성취되었다는 것을 제 시하고 있으므로 이 작품의 주제는 불교적인 요소를 띠고 있[30]

는 것에서 구해야 한다고 주장하여 〈최척전〉을 불교소설로 보는 시각 을 견지하고 있는 듯하다.

한편, 차용주·박희병·민영대의 경우, 이들과는 달리 〈최척전〉을 애정소설로 보는 관점을 드러내고 있다. 차용주는,

임진왜란으로 인한 가족의 이산을 소재로 하여 한 여인의 의지와 집 념으로 어려운 난관을 극복하게 되는데, 그것은 숭고한 사랑이 있었기 때문에 가능했다는 것을 반영한 작품[31]

---

28) 소재영, 앞의 논문, 276쪽.
29) 김기동, 앞의 책, 263쪽.
30) 김기동, 같은 책, 263쪽.

으로, 박희병은 〈최척전〉이 "전쟁의 고통과 그 극복을 위한 당대인의 노력이 얼마나 처절한 것이었던가를 집중적으로 드러내보이는 데에" 그 초점을 맞추고 있다고 하면서, "당시의 전란이 초래한 가족 이산의 고통과 강한 가족애에 의한 재회의 달성"[밑줄: 필자 표시]으로, 민영대는 "부부의 변함없는 애정을 중심으로 한 아름다운 삶을 소설화"한 작품으로 〈최척전〉을 이해하고 있는 바, 논자에 따라 약간의 편차는 분명하지만, 크게 묶어볼 때 애정소설로 보는 견해에서 벗어나는 것은 아닌 듯하다.

한편, 강진옥은 위에 살핀 논자들의 시각과는 다른 시각에서 옥영(玉英)이 겪는 고난과 장육불(丈六佛)의 출현이 갖는 의미에 주목하면서 그 고난과 구원의 상징성을 밝혀내는 가운데, 〈최척전〉의 주제는 바로

　　부처 현신(내적 본질의 현현)은 강한 의지와 고난 현실의 대결 과정에서 실현되는, 끝없는 자기 부정과 갱신을 거쳐 존재론적 전환을 이룬 존재의 자기 표백[32]

이라고 주장하였다.

〈최척전〉의 주제에 대한 선학들의 논의 또한 〈최척전〉의 서사구조에 대한 나름의 분석 아래 도출된 것이겠지만, 위에서 보이듯 주제 파악에 있어 제각기 상이한 견해를 드러내고 있다는 사실은 〈최척전〉에 대한 정확한 독서행위가 앞으로도 계속 진행되어야 함을 바로 보여주는 것이라 하겠다. 결연(만남)과 이산(이별)의 반복적 현상이 〈최척전〉

---

31) 차용주, 앞의 책, 221쪽.
32) 강진옥, 앞의 논문, 250쪽.

이란 작품에서 갖는 문학적 의미와 구원자로서의 장육불이 갖는 문학 내적 기능이 무엇인가를 새삼 꼼꼼하게 읽어갈 때 〈최척전〉의 주제가 보다 온당하게 드러나지 않을까 한다.

6) 〈최척전〉의 소설사적 위상

김장동과 민영대에 의한 소략한 언급이 있은 연후, 근자에 들어와 박희병과 박일용은 이에 대한 진지한 논의를 시도한 바 있다. 김장동은 〈최척전〉을 "실화를 소설화하는 논픽션의 새로운 소설의 분야를 개척해서 후대 기록문학의 전형적인 선례로" 그 소설사적 위상을 드러내고 있다. 한편, 민영대는 〈최척전〉에 형상화되어 있는 조위한의 애정 의식이 "편협적이거나 고루하지 않고 남성 중심을 탈피한 건전한" 그것으로 나타난다고 주장한 뒤, "이러한 애정관은 후대에 〈雲英傳〉, 〈春香傳〉, 〈彩鳳感別曲〉 등의 애정소설 발달에 적지 않은 영향을 미쳤을 것[33]이라고 하여, 애정소설을 낳을 수 있었던 점에서 〈최척전〉의 소설사적 위상을 구하고 있다.

한편, 박희병과 박일용은 〈최척전〉의 상이한 두 서술 태도를 주목, 그 소설사적 위상을 밝혔다는 점에서 김장동·민영대보다 더 진전된 성과를 거둘 수 있었다. 박일용은 〈최척전〉에 대해,

> 현실의 갈등을 사실적으로 반영하면서도 현실의 단면적 갈등만을 부각시키는 데서 나아가 지속적인 갈등의 연속인 인물의 일대기 형식을 취한다는 데서 후대의 일대기적 형식을 갖는 대중소설과의 관계를 예시해 주는 소설[34]

---

33) 민영대, 앞의 논문, 81쪽.

이며, 나아가

초기의 사실적인 서술시각으로 현실의 갈등을 그리는 초기소설의 특
징을 견지하면서도 초기소설이 후대의 통속적인 일대기 소설로 이행하
는 모습을 가장 잘 보여주는 형식을 취하고 있[35]

는 작품이라고 밝혀, 〈최척전〉의 소설사적 위상을 일대기 소설, 곧 허
구적 영웅소설을 낳는 데서 구하고 있다. 박희병은 박일용에 비해 조
금 다원적 경로를 드러내며 〈최척전〉의 소설사적 위상을 밝혔다. 그것
은 다음 문면, 곧

〈崔陟傳〉에 공존하던 두 가지 지향 중 초현실적 요소는 영웅소설 등
의 국문장편소설에 계승되었고, 사실주의적 서술 태도는 야담계 한문단
편이나 傳系 한문단편에 발전적으로 계승되었다.[36]

에서 익히 확인된다.

박희병·박일용의 이러한 접근은 고소설사의 계맥(系脈)을 파악하는
데 한 도움이 될 많은 시사점을 우리에게 제공하는 것으로 보인다. 그
러나 그 주장이 실증적인 차원에서 검증된 것이 아니라는 점은 앞으
로의 연구가 극복해야 할 대상이 무엇인지를 충분히 일러준다 하겠다.

---

34) 박일용, 앞의 논문, 23쪽.
35) 박일용, 같은 논문, 24쪽.
36) 박희병, 앞의 논문, 103~104쪽.

3. 반성적 시각 및 앞으로의 전망

앞에서 필자는 〈최척전〉에 대한 그 동안의 연구 성과에서 나타났던 몇몇 차이나는 견해를 중심으로, 논자들의 주장을 번다한 감이 들 정도로 살펴보았다. 제한된 매수로 인해 여기서는 부득이 앞의 세 부류에 드는 성과를 통해 기존 연구 성과의 문제점과 아울러 앞으로의 전망을 간략히 제시해 두는 것으로 그친다.

민영대에 이르러, 〈최척전〉의 작가 조위한에 대한 실증주의적 접근이 치밀하게 이루어졌음에도 〈최척전〉의 작가가 조위한이라는 사실을 전하는 기록은[37] 전혀 찾아지지 않고 있다. 물론 민영대에 의해 그가 작가일 개연성은 더욱 확보되었으며, 그것은 좀체 부정될 수 없는 성과임에 틀림없다.

그러나 민영대의 주장은 애써 얻어진 성과임에도 〈최척전〉의 서술 상황 전부를 작가 조위한의 삶의 궤적과 철저할 정도로 대응되는 것으로만 파악하고 있다는 데서 그 성과의 의미는 반감된다. 곧 〈최척전〉에 대하여 그가 지니고 있는 시각, "조선 시대의 다른 고소설에서 찾아보기 쉽지 않은 體驗文學의 대표작이라 할 수 있으며, 寫實主義 작품이라"는 주장은 작가로서의 삶 그것에 〈최척전〉의 서사 세계가

---

37) 근자에 들어, 그 사실의 일단을 전하는 자료가 밝혀졌기에 이에 밝혀둔다. 이수봉 소장 『於于野譚』 〈鄭生〉條 말미의 細注에 "此[필자 주: 〈최척전〉]乃趙玄谷緯韓所 著 時玄谷寓居于南原之周浦 陟時往來 道其事 玄谷述其言而記之 …(下略)"라고 기록된 부분과 李德懋의 『雅亭遺稿』에 "…(前略)… 남원 鄭生이라 한 것이 있는데 崔陟이지 鄭이 아닐세. 그의 며느리는 紅桃이고, 아내는 玉英이네. 내가 일찍이 素翁 의 崔陟傳을 읽어서 아네. …(下略)…"란 부분이 그것인 바, 비록 시대적 선후의 문제는 있을지언정 이 기록으로부터 〈최척전〉의 작가가 조위한이라는 사실이 일군의 독자계층들에게 널리 알려졌던 것을 알 수 있다. (이경우, 앞의 논문, 107~109쪽 재인용)

철저히 대응되는 것에 불과하다는 고착된 이해의 소산으로 여겨진다.

여기서 민영대의 조위한에 대한 소중한 연구 성과를 애써 폄하할 의도는 전혀 없다. 그것은 우리 학계의 소담한 성과이기도 하다. 문제의 초점은 작가론에 의거한 작품론의 이해의 기준·척도가 지나칠 정도로 일방적인 데에 있다. 여기서,

> 소설 연구의 한 중요한 영역은, 경험적 자아의 현실 인식 방법은 어떠한 것이며, 그것이 또한 어떻게 굴절·반영되어 나타나 있는가, 그리고 그 작품은 어느 만큼의 문학성을 지니고 있는가 하는 점 등을 검토하는 데 있다.[38]

는 논의는, 민영대가 거둔 조위한이란 작가에 대한 연구 성과가 앞으로 〈최척전〉이란 작품의 연구에 어떻게 기여해야 하는가에 대한 많은 시사를 던져주는 것으로 생각된다. 나아가 조위한의 인간상·교류관계[39]·문학관·사상 등의 제반 면모를 보다 꼼꼼하게 분석하여 〈최척전〉과의 상관성을 찾는 창작심리학적 접근이 더욱 보완될 때, 〈최척전〉 작자에 대한 논의는 어느 정도 소기의 성과를 거둘 수 있을 것으로 기대된다.

한편, 박희병·민영대에 의해 비로소 주목의 대상이 된 〈최척전〉 이본에 대한 관심은 그간 학계에 보고된 두 이본 모두 완본(完本)이 아니

---

38) 성현경, 「작가의 현실안과 작품과의 상관관계」, 『한국소설의 구조와 실상』, 영남대 출판부, 1989, 324쪽.

39) 조위한은 〈주생전〉·〈韋敬天傳〉을 지은 권필, 〈홍길동전〉을 지은 許筠과 돈독한 관계를 맺었던 인물로 보인다. 상호간의 문학적 교감이 일정하게 작용하여 각기 나름대로 소설 작품을 창작하게 되었을 가능성도 충분히 인정된다. 특히 상호간에 오고간 서간 또한 이 경우 매우 유용한 자료일 수 있다.

라는 점에서 아직 본격적인 단계에 들어선 것으로는 생각되지 않는다. 여기서 〈최척전〉 이본에 대한 계속적인 탐색 작업의 필요성이 제기된다. 일사본·고대본에 비해 후대적 소산이 분명한 이본이라는 점에서 자료로서의 존재 의의는 이들보다 상대적으로 뒤떨어지기는 하나, 이들 두 이 본들과 달리 결락처(缺落處)가 한 군데도 없는 이본이 천리대학 도서관에 현재 소장되어 있음을 밝혀둘까 한다. 해본(該本)[40]에 대한 자세한 검토는 뒷날로 미루고, 여기서는 단지 이 이본의 많은 부분에서 후대적 개변 양상이 나타나고 있다는 점만을 우선 지적해 둔다. 그 가운데 가장 두드러진 차이는 작품의 후미 부분에서 나타난다. 곧 일사본·고대본의 후미 부분은 평결부(評決部)와 본작품을 지은 동기로 이루어져 있는 데 비하여, 천리대본의 경우 이와는 달리

> 官衙에서 狀文을 올리매 조정에서 듣고 陟에게 특별히 正憲大夫를 내리고, 그 아내 玉英은 貞烈夫人으로 봉하였다. 二年 뒤인 辛酉年에 釋·禪 형제가 함께 무과에 올라 석은 벼슬이 湖南兵馬節度使에 이르고, 선은 벼슬이 海南縣監에 이르렀다. 이 때에 척의 부처가 다 살아 있어 (후손으로부터) 많이 榮養을 받으니 드문 일이로다.[41]

로 나타나고 있는 바, 앞으로 이 문면의 사실성 여부뿐만 아니라 후대의 영웅소설과의 유사성[42] 문제는 충분히 검토될 필요가 있는 과제로

---

40) 그 서지상황을 소개하면 다음과 같다. 舊 今西龍 소장본. 〈金華寺記〉와 合綴된 한문필사본으로 총 21장, 매면 10행, 매행 20-23자로 이루어진 1권 1책본이다.

41) 해당 원문은 "自官狀聞 朝家以陟 特資正憲大夫 其妻玉英封貞烈夫人 後二年辛酉 釋禪兄弟 俱登武科 而釋官至湖南兵馬節度使 禪官至海南縣監 是時陟夫妻俱存 多受榮養 可稀事夫."와 같다.

42) 이런 면모는 〈홍도 이야기〉의 類話 가운데 하나인 『逸事遺事』卷之五에 있는 鄭生 妻 紅桃의 결미 부분에서도 거듭 나타난다. "나이가 다 같이 80여 세가 되매 조정

생각된다.

위에 든 세 이본들을 통한 정본(定本) 〈최척전〉의 확정 또한 매우 중요한 작업이기는 하지만, 이제 "깊이 있는 이본의 특징 분석을 통해 이본 상호간의 구조적 변이나 이본의 성격적 특징 파악"[43] 등에 대한 심도 있는 작업이 마련될 때 〈최척전〉 이본 연구는 새로운 전기를 맞이할 것으로 기대된다.

〈홍도 이야기〉와 〈최척전〉의 관계를 밝히려는 작업은 박희병·민영대에 이르러 보다 본격적인 단계로 접어들었다. 곧 이들은 이전의 선학들이 다만 두 작품의 모티프의 유사성을 들어 단선적으로 그 관계를 구명하고자 했던 것에 비하여, 두 작품의 산출 상황에 따른 제반 여건을 두루 고려한 뒤 두 작품이 별도의 경로를 거쳐 이루어진 것임을 밝혀냈다는 점에서 보다 진전된 논의를 제기했다고 할 수 있다. 그러나 『어우야담』의 간행 연대가 아직 분명하게 확정되지 못한 이상, 이에 대한 논의는 여전히 미해결의 문제로 남을 수밖에 없을 듯하다. 이 두 작품의 변별적 특성이 무엇인가를 밝혀 각각의 상대적 의미를 살펴보는 논의가 보다 생산적인 작업이 될 것으로 생각된다.

한편, 〈홍도 이야기〉의 유화에 대한 논의가 진지하게 이루어지지 않은 것이 저간의 실정이었다. 그러나 〈홍도 이야기〉의 유화는 한번쯤 진지하게 검토해 볼 필요가 있다고 본다.

〈홍도 이야기〉의 유화로는 『동야휘집(東野彙輯)』 소재 〈역삼국일가단취(歷三國一家團聚)〉와 『일사유사(逸士遺事)』 소재 〈鄭生 妻 紅桃〉를

에서 그것을 듣고 불러 보고 僉中樞 벼슬을 내려주었다."는 문면이 그것인 바, 야담과 소설의 엇물림 현상을 보여주는 좋은 자료로 여겨진다. 이런 점에서 <홍도 이야기> 의 유화에 대한 진지한 관심이 새삼스럽게 요청된다. [후술된다.]

43) 여세주, 「홍길동전 연구의 현황과 쟁점」, 『계명어문학』 6집, 계명어문학회, 1991, 339쪽.

들 수 있다. 여기서 전자만을 살펴보더라도, 박일용의 주장과 같이 "『於于野譚』 소재 설화와 동일한 것으로서 필사의 과정에서 나타나는 일부 구절의 차이만 지니는 설화"[44]는 결코 아닌 것으로 드러난다. 〈역삼국일가단취〉의 서사문면을 살핀 결과, 『어우야담』 소재 〈홍도 이야기〉와 크게 네 부분에 걸친 차이를 지니고 있음을 알 수 있었다. 첫째, 『어우야담』의 경우 정생이 단지 "걸식을 하며 浙江에 이르러 두루 홍도를 찾는" 것으로 나타나는 데 비하여, 『동야휘집』에서는 정생의 홍도에 대한 애정의 끈끈함이 보다 자세히 서술되고 있다는 점. 둘째, 『어우야담』의 경우 홍도가 "南蠻으로부터 절강에 이르른 것은 조선으로 돌아가고자 했던 뜻이었던 것"으로 간략히 서술되는 데 비하여, 『동야휘집』에서는 조선으로 돌아갈 계략을 치밀하게 모의·준비하여 다른 포로들을 설득·회유하는 홍도의 적극적 면모가 구체적으로 서술되고 있다는 점. 셋째, 『동야휘집』의 경우 『어우야담』과는 달리 몽현(夢賢) 모자(母子)가 조선에 돌아가리라는 예시적 기능의 꿈을 꾸는 장면이 서술되고 있다는 점. 넷째, 둘째 아들의 이름이 몽진(夢眞)이 아닌 몽현(夢賢)으로 나타나고 있다는 점 등이 그것이다.

〈홍도 이야기〉 유화에 대한 논의는 〈홍도 이야기〉의 후대적 변모 양상뿐만 아니라 그에 투영되어 있을 개작자의 개작 의식을 살피는 데 일정한 기여를 할 것으로, 나아가 소설과 야담의 엇물림 현상을 밝히는 데에도 많은 도움이 된다는 점에서 앞으로 보다 본격적인 검토가 수반될 필요가 있다.

---

44) 박일용, 「장르적 관점에서 본 최척전의 특징과 소설사적 위상」, 『고전문학연구』 5집, 한국고전문학연구회, 1990, 74쪽의 주)5를 보라.

4. 맺는말

본고는 〈최척전〉의 연구사를 검토하여 앞으로 있을, 보다 심화된 논의의 방향을 제공하는 데 일차적 목표를 두었기에, 연구 성과의 소개·검토에 많은 부분이 할애된 것은 부득이한 일이었다. 그런 점에서 자연적으로 연구 성과에 대한 비판적 검증과 앞으로의 전망이 소략하게 다루어진 감이 있는데, 이는 본고의 성격을 유념할 때 미흡한 것이 아닐 수 없다.

본고에서 제기한 논의를 요약하면,

첫째, 〈최척전〉의 작가 조위한에 대한 작가론이 〈최척전〉을 온당히 이해·분석·평가하는 유일한 기준이 될 수 없다는 점. 창작심리학적 접근이 보다 옹글게 이루어져야 한다는 점.

둘째, 〈최척전〉의 이본으로 새로이 천리대본을 소개하면서 후대 영웅소설과의 유사성 문제를 제기했다는 점.

셋째, 〈홍도 이야기〉 유화에 대한 접근이 요청된다는 점을 『어우야담』 소재 〈홍도 이야기〉와 『동야휘집』 소재 〈역삼국일가단취〉의 차이 나는 부분에 주목하면서 제기했다는 점 등이다.

본고에서 채 검토하지 못한 남은 문제는 뒷날의 과제로 미룬다.

화경고전문학연구회 편, 『고전소설연구』, 일지사, 1993.

〈용문몽유록(龍門夢遊錄)〉 연구*

1. 들어가는 말

본고는 근자에 들어와 새롭게 소개된 〈용문몽유록(龍門夢遊錄)〉을 대상으로 이 작품의 짜임새와 그 의미를 밝히는 데 그 목적이 있다. 〈용문몽유록〉은 몽유록(夢遊錄) 계열의 작품들 가운데 비교적 이른 시기에 이루어진 작품이라는 점과 아울러 이 작품의 역사시대적 배경이 정유재란(丁酉再亂)이라는 점, 나아가 작자 또한 분명히 밝혀져 있다는 점 등만으로도 한번쯤 검토의 대상이 될 자료로 생각된다. 그러나 〈용문몽유록〉에 대한 연구 성과는 아직껏 본격적으로 이루어진 것은 없는 것으로 보인다. 강동엽의 간략한 해제[1]와 아울러 필자의 발표 요지가 〈용문몽유록〉에 대한 관심의 전부인 것으로 여겨진다.[2]

본고는 먼저 〈용문몽유록〉의 작자인 신착(愼諿)의 생애와 그 위인됨을 관계 자료를 통해 살펴본 뒤, 이어 〈용문몽유록〉의 창작배경이 된

---

* 이 논문은 한국고소설연구회 1991년 하계발표회(강원대학교, 1991년 7월 15일~16일)에서 한 발표요지를 수정·보완한 것임을 밝혀둔다.

1) 강동엽, 「龍門夢遊錄에 대하여」, 『한국문학연구』 14집, 동국대 한국문학연구소, 1992.

2) 최근에 들어와 강동엽과 필자의 논의에 힘입어 장효현, 소재영, 차용주 등이 이 작품에 대한 간단한 언급을 시도한 바 있음을 밝혀둔다.

정유재란 당시의 안의(安義) 황석산성(黃石山城) 함몰에 따른 역사적 사실에 대한 이해를 통하여 〈용문몽유록〉에 대한 자세한 글 읽기의 과정을 수행하는 방법으로 진행된다. 그 과정은 〈용문몽유록〉의 짜임새가 어떻게 이루어져 있는지를 작품의 서사문면에 최대한 주의를 경주하면서 도출해낸 뒤, 이를 통해 작자인 신착이 〈용문몽유록〉이라는 작품에서 어떠한 의미를 우리들에게 전달하려 했었던 것인가를 알아보는 순서로 이루어진다.

본고에서 검토 대상이 되는 〈용문몽유록〉은 대판시립도서관(大阪市立圖書館)에 소장되어 있는 단권 단책의 한문 필사본으로, 가로 17.5cm × 세로 25cm의 크기로 이루어진 책이다. 총 19장이며 매장 10행, 매행 18자 균일의 체재로 이루어져 있는 바, 그 표제는 '夢遊錄'으로 되어 있고 그 우측 상단에 '金烏'와 '龍門'이라 적혀 있는데, 12장 이하 부분이 바로 〈용문몽유록〉이다. '금오(金烏)'는 홍재휴 교수에 의해 연전에 학계에 소개된 바[3] 있는 〈금생이문록(琴生異聞錄)〉의 이본인 것으로 확인되었다.

2. 〈용문몽유록〉의 작가에 대한 탐색

〈용문몽유록〉이라는 작품의 제목 아래에 세자(細字)로 '신착'이라고 쓰여있는 바, 이 사람이 바로 〈용문몽유록〉의 작자일 것으로 생각된다.

여기서 『거창신씨세덕보(居昌愼氏世德譜)』[4]에 실려있는 신착에 대한 관계 기록은 고소설의 작가로 전혀 거론된 적이 없는 인물에 대한 새

3) 홍재휴, 「琴生異聞錄에 대하여」, 『국어교육연구』 2집, 경북대 국어교육과, 1972.
4) 『居昌愼氏世德譜』, 居昌愼氏大邱花樹會, 보전출판사, 1981.

로운 정보를 제공하는 것과 동시에 그 인물의 사람됨에 대한 어느 정
도의 자료를 제시해주고 있다는 점에서 새삼 그 가치를 크게 인정받
아야 될 자료라 하겠다. 관계 기록은 다음 두 사실을 우리들에게 분명
한 어조로 전달해주고 있다. 곧 "(그는) 평생에 黃石城 陷事를 奮臂歎
息하며, 夢遊錄을 저작하여 후인에게 감화 시킨 바 많았다.[5]"라는 문
면과, "문학이 있어 黃石山夢遊錄이 安義邑誌에 실려 있다[6]"라는 문
면에서 그 점 확인되는 바, 이들 기록과 앞서 밝힌 바 있는 자료 기록
이 거의 부합하고 있다는 점에서 〈용문몽유록〉의 작가가 신착임에 틀
림없으리라는 점을 추단할 수 있다는 점, 또한 〈용문몽유록〉이 그 당
시에 '황석산몽유록(黃石山夢遊錄)'이라는 이칭(異稱)으로도 독자들에게
알려졌었다는 점 등이 그것이다. 여기서 필자가 현재까지 입수한 몇
몇 자료를 토대로 미비한 나름대로 작가 신착의 삶을 재구해보면 다
음과 같다.

신착은 야천(夜川) 신복진(愼復振, 1536~1619)의 4남 2녀 가운데 장남
으로 선조 신사년(辛巳年, 1581)[7]에 태어난 인물이다. 자(字)는 이임(而
任), 호(號)는 황계자(黃溪子)[8]로 문학에 재질이 있었던 인물로 생각되
나, 그가 문집을 남겼는지조차 현재로서는 알 수 없고, 또한 그 후손
들에 의해 이루어졌을 『황계공유고(黃溪公遺蹟)』조차 현재 전하고 있
지 않다는 점[9] 등으로 해서 그의 작품을 통한 정신세계의 재구는 거의

---

5) 전게서, 59쪽.
6) 전게서, 59쪽.
7) 『安義邑誌』學行條, 안의향교, 1966, 94장 뒷쪽.
8) 『居昌愼氏世德譜』와 『居昌愼氏世譜』에는 그 호가 '黃溪齋'로 달리 나타나고 있어
   어느 것이 옳은지는 현재 정확히 알 수 없다.
9) 필자가 1991년 6월 8~9일에 걸쳐 현지를 방문하여 그 후손인 愼寅範 翁과 면담한
   결과 그 점 확인할 수 있었다.

불가능한 것으로 보여진다. 또한 그의 저술은 "병화의 끝에 열에 하나도 남아있지를 않으니…"[10]란 기록에서도 확인되듯이 거의 부전(不傳)하는 것으로 생각된다.

그는 "天賦가 英毅하고 일찍이 家庭之學을 답습하여 孝友로 齊家하고 詩禮로 律己한[11]"인물로서, "의리상에 이르러서는 티끌을 나누고 실오라기를 갈랐는데 그릇됨과 바름, 정숙과 간특의 구별에는 더욱 엄하여 베고 자르고 쪼개고 찢음에 위풍이 늠름하여 범하지를 못하였다.[12]"라는 기록을 통해 볼 때, 신작이라는 인물의 사람됨이 어떠했으리라는 것을 어렵지 않게 짐작할 수 있으리라 본다. 여기서 신작의 삶의 과정에 일정한 이상으로 영향을 끼쳤을 것으로 보이는 '가정지학(家庭之學)'의 면모를 살펴보는 작업은 그가 남긴 작품이 〈용문몽유록〉을 제외하고서는 현전하지 않는다는 점에서 일단 나름의 의의를 지닐 것으로 생각된다.

이것을 살펴보기에 앞서서 먼저 신작의 가계를 관련 자료를 토대로 밝혀볼까 한다. 시조인 수(修)는 송 나라 개봉부(開封府) 사람으로 고려 문종 때 귀화하여 수사도(守司徒) 좌복야(左僕射) 참지정사(參知政事)를 지낸 인물로, 시호(諡號)는 공헌(恭獻)이다. 6대조인 후경(後庚)은 음직(蔭職)으로 집경전직(集慶殿直)에 보임되었고, "수양대군이 다른 뜻을 품었음을 알아채고 벼슬을 물리치고 장인인 崔德之와 함께 靈光 땅으로 낙향한[13]" 인물이다. 한편 고조부인 영수(榮壽)는 갑오(甲午, 1474)에 진사가 되어 수차 벼슬하기를 권유받았으나 모두 거절하고 처사로 살

---

10) <黃溪公諱諱行錄>, 『居昌愼氏世譜』 6권 上, 106쪽 참조.

11) 상게 자료 참조.

12) 상게 자료 참조.

13) 『居昌愼氏世譜』 1권 上, 24쪽 참조.

다가 생을 마친 인물이다. 증조부인 우맹(友孟) 때에 이르러 안의(安義) 황산촌(黃山村)으로 이주, 현재도 그 후손들이 그 곳에서 집성촌을 이루고 살고 있다. 한편 조부인 권(權)은 1501년에서 1573년에 걸쳐 살다간 인물로, 자(字)는 언중(彦仲), 호(號)는 요수(樂水)로 "科名의 얻고 잃음에는 또한 命이 있는 것이요, 또한 人爵은 다른 사람들에게 있는 것이요, 天爵은 나에게 있는 것이거늘 어찌하여 나에게 있는 것을 버려두고 반드시 남에게 있는 것을 구하리요?"[14] 하면서 과거에 뜻을 두지 않고 임천(林泉)에 물러나 안빈낙도(安分樂道)하며, 항상 자제들에게 "함께 앎에 이르렀음에도 행하지 않은즉 알아도 이익됨이 없는 것이요, 행하고도 알지 못한즉 행하되 작용치 못하는 것이라[15]"고 설파하면서 소학(小學)을 '평생율신(平生律身)'의 근본으로 삼고 생을 살다간 인물이었다. 이러한 가계에서 삶을 누린 작가 신착이었기에 자기의 생활 터전이었던 안의에서 일어났던 황석산성(黃石山城) 함몰에 따른 역사적 상흔에 대해 애써 외면할 수는 없었던 것이 아닐까 한다. 황석산성 함몰을 어느 누구보다도 더 분비탄식(奮臂歎息)해 마지않았던 작가[16], 또 그의 선대들이 꾸려갔던 부정적 현실에 대한 나름대로의 대결 의식[17] 등이 작가 신착에게 일정 정도 작용한 결과로 해서 그가 정유재란 당시의 황석산성 함몰에 따른 비극적 사건을 나름대로 문학적으로 형상화할 수 있었던 것으로 생각된다.

---

14)『樂水先生實記』<行狀>, 龜淵書院, 4304.

15) 상게서, <行狀> 참조.

16) 여기에는 丁酉再亂 당시 겪어야 했던 가정적 참화, 곧 妻叔 유명개와 妹弟 柳榎의 전몰 등이 그 계기가 되었을 가능성 또한 충분하다는 점을 우선 지적해 둔다.

17) 이것은 작가의 가계를 살펴볼 때 그 아들인 景稷의 경우를 제외하고는 작가 자신을 포함하여 그 선조들의 대부분이 處士로서 삶을 마친 현상에서도 어느 정도 짐작되고도 남음이 있다고 하겠다.

신착은 계유(癸酉, 1633)에 생원시에 급제한 경직(景稷)을 포함하여 2
남 2녀를 두었는데, 동계(桐溪) 정온(鄭蘊)이 사망한 해인 1641년도까
지는 생존했던 것[18]으로 보여진다. 조부 권(權)과 부친 복진(復振)이 장
수했던 것(73세와 84세)으로 보아 신착 또한 약 1650년 경까지는 생존
했을 가능성도 있으나 단언할 수는 없다.

한편 〈용문몽유록〉은 작품 내의 다음 두 문면에 의거할 때, 그 창작
년대의 상한선을 어느 정도 짐작할 수 있다.

"을해년 11월에 黃溪子가 남쪽 교외에 살더니 丙子年 정월에 …[19]"
"하물며 이제 변방에 경계함이 있어 나라의 운명에 어려움이 많고 肉
食이 분분하여 오랑캐를 막을 계책이 없으니…[20]"

위에 든 예문을 통해 〈용문몽유록〉의 창작년대는 병자호란이 일어
나던 즈음에 이루어진 것으로 추단할 수 있으리라 본다.

3. 〈용문몽유록〉의 역사적 배경에 대한 이해

어떠한 문학작품이든지간에 역사적 시대 상황에 나름대로 대응하는
모습을 견지하고 있다는 것은 이미 주지된 사실이다. 특히 몽유록계
작품 가운데 이런 점이 두드러져 보인다는 사실에 대해 이미 많은 선
학들이 논의를 펼쳐 보인 바[21] 있다.

---

18) 『桐溪集』 續集 2권, 28쪽 앞-뒤에 실린 <誠信契 祭文>에 契員으로 劉弘甲 등과
함께 신착이 명기되고 있는 점을 통해 이 점 확인된다.
19) <용문몽유록>. 1쪽 2-3행. "歲在乙亥 黃鍾之月 黃溪子 僑寓南郊 丙子攝提辰"
20) 상동, 14쪽 3-4행. "況今邊鄙有警 國步多艱 肉食紛紛 禦戎無策"

이런 점에서 〈용문몽유록〉에 대한 꼼꼼한 글 읽기의 과정을 수행하기 위해서라도 작품의 역사적 배경에 대한 깊이 있는 천착이 요구된다고 하겠다.

〈용문몽유록〉은 앞서 밝힌 바와 같이 정유재란 당시 삼남의 요로였던 안의 소재 황석산성 함몰에 따른 비참한 역사적 상황을 그 배경으로 하여 이루어진 작품인 만큼 황석산성 함몰에 따른 전후 사정을 관계 자료를 토대로 살펴보는 작업이 선결적으로 요청된다. 이 작업은 『조선왕조실록』, 『재조번방지(再造藩邦誌)』, 『난중잡록(亂中雜錄)』, 『징비록(懲毖錄)』, 『안의읍지(安義邑誌)』 등을 통해 구체적으로 이루어질 수 있다. 여기서는 논의의 편의상 몇몇 예문만을 제시해둘까 한다.

1) "…(前略)… 安陰縣監이 南門을 지키다가 피살되었다. 金海府使가 성을 넘어 도망쳐 달아나 그 생사를 알지 못했다. 당초에 부사가 백성들과 더불어 약속하기를 비록 죽더라도 성 가운데에 앉아 있겠다고 하니 백성들이 金石과 같이 굳게 믿고는 성 가운데에 들어왔더니 적들이 오는 것에 미쳐 (부사가) 먼저 스스로 달아나 한 성 안에 든 사람들이 그 기미를 알지 못하고 다 적의 손에 함몰되게 하였으니 痛憤치 아니함이 없습니다."[22]

---

21) 차용주, 『몽유록계 소설의 구조분석적 연구』, 창학사, 1978.

유종국, 『몽유록 소설 연구』, 아세아문화사, 1988.

서대석, 「몽유록의 장르적 성격과 문학사적 의의」, 『한국학논집』 3집, 계명대, 1975.

정학성, 「몽유록의 역사의식과 유형적 특질」, 『관악어문연구』 2집, 서울대 국문과, 1977.

장효현, 「17세기 몽유록의 역사적 성격」, 『호서대 논문집』 10집, 호서대, 1991. 등을 대표적인 업적으로 들 수 있다.

22) 『선조실록』 권92, 선조 30년 정유 9월, 286쪽. "…(前略)… 安陰縣監 守南門被殺 金海府使越城遁走 不知生死 當初府使與民約束曰 雖死坐於城云 而百姓等 恃於金石 入在城中 而及其賊來 先自出走 使一城之人 不知其機 盡陷賊手 被虜族類 莫不

2) "…(前略)… 咸陽郡守 趙宗道가 처자를 이끌고 들어와 성을 지키더니 적의 세력이 이미 급하여 성중이 궤멸되어 흩어지매 宗道가 白士霖에게 달려가 의를 강론코자 하였더니 그가 이미 도망갔는지라. 南門으로 가 郭䞭을 보고 손을 잡아 서로 아뢰기를 판세가 이미 이에 이르렀으니 죽음만이 있을 뿐이다 하고 드디어 그 아들 英混과 郭䞭과 더불어 다 (적에게) 피살되었다. …(下略)…"[23]

3) "…(前略)… 白士霖이 山城守門將으로서 그 위급한 날을 당하여 家屬을 데리고 몰래 도망하여 성 가운데의 士女들로 하여금 남김없이 죽음을 당하게 한 참혹한 경상에 이르게 하였으니 차마 듣고 볼 수 없습니다. …(下略)…"[24]

4) "…(前略)… 다음날 적병이 고함쳐 말하기를, 성을 비워두고 나가면 쫓아가 죽이지는 않겠다 하니 白士霖이 줄을 타고 성에서 매달려 내려가고 군사는 무너져 달아났다. 적이 入城하여 마구 죽이니, 咸陽郡守 趙宗道, 安陰縣監 郭䞭 등은 가족과 함께 죽었으며, 근처 疊入官과 장졸 등 죽은 자가 5백여 명에 달했다."[25]

5) "…(前略)… 趙宗道는 …(中略)… 전 군수로서 집에 있었는데, 항상 말하기를 '나는 國祿을 먹은 사람인지라 달아나 숨는 사람들과 함께 풀 사이에 죽지는 않을 것이고 죽더라도 마땅히 大義를 명백히 할 것이다 하더니 妻子를 거느리고 성에 들어왔다. …(下略)…"[26]

6) "…(前略)… 安陰縣監 郭䞭이 黃石山城에 들어갔는데, 전 金海府使

痛憤"

23) 『선조실록』권94, 선조 30년 정유 11월, 339쪽. "…(前略)… 咸陽郡守趙宗道妻子入守山城 賊勢已急 城中潰散 宗道馳往白士霖要有講義(細註 士霖以金海府使爲守城主將者也) 已爲逃行 往見郭䞭於南門 執手相告曰 勢已至此 有死而已 遂與其子英混及郭䞭 皆被殺 …(下略)…"

24) 『선조실록』권113, 선조 32년 기해 5월, 622쪽. "…(前略)… 白士霖以山城守城將當其危急之日 率家屬潛逃 致城中士女 無遺見? 慘酷之狀 不忍聞見 …(下略)… "

25) 『亂中雜錄』卷3, 정유년 8월 15일조, 153쪽. (『대동야승』권28)

26) 『燃藜室記述』17권, 선조조 고사 본말, 219쪽.

白士霖이 또한 성중으로 들어오니, 士霖은 武人이므로 여러 사람이 마음속으로 의지하여 소중하게 여겼다. 그런데 적병이 성을 공격하자 하루는 士霖이 먼저 도망가니 모든 군사가 모두 무너졌다. 적이 성으로 들어와 준과 그 아들 履祥과 厚祥을 모두 죽였다. 준의 딸은 柳文虎에게 시집을 갔었는데, 문호가 왜적에게 사로잡히게 되자 곽씨가 이미 성 밖에 나갔다가 그의 남편이 사로잡혔다는 말을 듣고 종에게 이르기를, '아버지가 죽으셔도 죽지 아니한 것은 남편이 살아있기 때문이었는데, 이제 남편도 잡혔으니 내가 살아 무엇하겠느냐? 하고 스스로 목 매어 죽었다. …(下略)… [27]"

7) "박세홍이 패림을 읽으며 일찍 과업을 폐하고 오로지 부모 봉양을 일삼았다. 정유년에 부자가 황석산에서 죽었다. 호는 금천이다.[柳世弘 讀書林下 早廢學業 專以養親爲事 丁酉父子死於黃石山 號金川[28]]"

이제까지 앞에서 번다한 느낌이 들 정도로 정유재란 당시 일어났던 안의 황석산성 함몰이라는 비극적 사건의 전후 상황을 여실히 보여주고 있는 관계 자료를 제시해두었다. 이들 자료를 통해 우리는 위기에 처한 동족의 어려움을 몰각(沒覺)하고 자신과 가족의 안위만을 꾀해 마지않았던 백사림(白士霖)으로 대표되는 부정적인 인간 군상이 산성 수성장(山城守城將)이라는 중대한 직임을 맡고 있다는 아이러니를 충분히 끄집어낼 수 있다. 나아가 조종도(趙宗道), 곽준(郭䞭)으로 대변되는 올곧은 신하들이 자신 뿐만 아니라 가족들까지도 함께 비극적인 죽음을 종내 겪게 된다는 데서 우리는 정유재란 당시 극히 일부분이기는 하겠지만 웃지 못할 전도된 현실이 사회의 일각에서 제기되고 있는 문제적 현상을 여실히 보게 된다.

---

27) 『再造蕃邦誌』 권4, 418쪽. (『대동야승』 권38)
28) 『安義邑誌』 인물조 本朝項 20쪽.

맡은 바 책무를 내팽개치고 자신의 안위만을 꾀하는 데 급급했던 무장 백사림으로 인해 황석산성에서 억울한 죽음을 겪게된 숱한 혼령들의 이에 대한 읍소(泣訴)와 항변(抗辯), 한편으로 그들이 겪어야 했던 처지에 대한 위무(慰撫), 그것이 〈용문몽유록〉에서 구현되고 있는 서사의 중심 줄거리이리라는 것은 그리 어렵지 않게 짐작된다. 항을 달리 하여 〈용문몽유록〉에서 이러한 문제의식이 어떻게 문학적으로 형상화되고 있는지를 살펴볼까 한다.

4. 〈용문몽유록〉의 짜임새와 그 의미

〈용문몽유록〉 또한 대부분의 다른 몽유록계 소설들과 마찬가지로 작가 자신이 몽유자로 설정되어 있다.[〈대관재기몽(大觀齋記夢)〉과 〈부벽몽유록(浮碧夢遊錄)〉은 예외] 이 작품의 몽유자인 황계자(黃溪子)는 몽중세계(夢中世界)에 등장하고 몽중사건(夢中事件)에 개입하는 참여자형[29]의 인물에 다름 아니다.

〈용문몽유록〉이 도입부 – 전개부(내부이야기) – 종결부의 구성방식을 지니고 있는 여타의 몽유록 작품들과 동궤의 구성방식을 지니고 있다는 점은 췌언을 필요로 하지 않는다. 여기서는 다만 입몽과 각몽에 해당되는 장면만을 제시하고 이에 대한 더 이상의 논의는 생략할까 한다.

入夢 場面: "드디어 '달 밝고 바람 맑은 밤에 客의 회포를 묻는 이 없도다'라는 시구를 마치매, 모르는 사이에 슬그머니 졸음이 와 나비가 앞에

---

29) 서대석의 논문에서 사용된 용어를 끌어 쓴 것이다.

있고 훨훨 높이 들려 행하여 한 곳에 이르니 옥같이 아름다운 나무는
璁瓏하고 푸른 그늘은 바야흐로 짙어 있고, 대숲은 깊고 그윽한데 띠로
엮은 집이 쓸쓸이 서있으니 한 仙界이었다.[30]"

覺夢 場面: "말을 마치지 못해 새벽닭이 한번 울매 인하여 홀연 사라져
보이지 않았다. 이내 하품하고 기지개를 켜다가 깨니 朴生이 곁에 있어
코를 고는 소리가 우레와 같았다.[31]"

이제 먼저 〈용문몽유록〉의 서사단락을 살펴보는 작업이 필요할 듯
하다. 〈용문몽유록〉이 우리 학계에 소개된 것이 극히 최근의 일이고,
또 아직은 이 작품에 대한 구체적인 접근이 시도되지 않고 있다는 점
을 고려할 때 가능한 한 자세하게 서술하는 것도 결코 도로(徒勞)는 아
닐 것이다.

1. 黃溪子가 막내 누이를 보기 위해 길을 나선다.
2. 한 孤館에서 침음하다가 入夢하게 된다.
3. 황계자가 정자 위의 모임에 참여하여 그들로부터 환대를 받는다.
4. 黃石 諸公과 약속이 있던 그들이 자신을 정자로 맞이한 것임을 비로
소 알게 된다.
5. 황계자가 黃石 諸公의 신분을 묻고, 그들로부터 자초지종을 듣고자
한다.
6. 黃石 諸公이 각기 차례대로 황석산성 함몰로 인하여 죽게 된 자신들
의 억울한 정회를 토로한다.
7. 붉은 옷을 입은 키가 큰 사람(=白士霖)이 이르렀다가 柳橿으로부터

---

30) 〈용문몽유록〉, 1쪽 6-9행. "遂得月白風淸夜 無人間客懷之句 吟訖 居然思睡 胡
蝶在前 翩翩高擧 行到一處 琪樹璁瓏 碧陰方濃 竹林深邃 茅屋蕭然 無何一世界也"
31) 〈용문몽유록〉, 15쪽 3-4행. "言未卒 晨鷄一唱 因忽不見 乃欠伸而覺 朴生在傍 鼻
息如雷矣"

심한 질책을 받고 부끄러워하며 물러간다.

8. 저녁이 되어 헤어짐을 아쉬워하는 郭越에게 이 사이에 황계자가 있으니 다음날 龍門院에서 그를 모시겠다고 하며 위로한다.

9. 柳橿이 자신의 문호를 扶植시켜줄 것을 황계자에게 부탁하며 시를 남긴다.

10. 이에 황계자가 柳世泓, 柳橿 父子의 참혹한 죽음을 새삼 슬퍼하고, 白士霖과 그를 구호하려는 자들의 그릇된 처사를 공박하니 諸公들이 이 말을 듣고 혀를 차며 슬퍼한다.

11. 한편 麗末 사람 朴叔善이 그 사이에 있다가 당시의 일들에 대해 어제 일인 것 같이 자세히 말하자 황계자가 그 또한 同鄕人인지를 묻고 그의 무덤이 후사가 없어 황폐해진 것을 알게 된다.

12. 이어 박숙선은 산수를 논하며 안의의 3洞의 유래를 밝혀 이야기하고, 자신이 산수를 편벽되게 밝힘을 전해준다.

13. 香木에 香이 없는 것을 의아해하며 중의 이야기를 전하는 황계자에게 박숙선이 부처의 헛됨을 들어 그것을 부정한다.

14. 猿鶴洞이 勝境이라고들 하나 尋眞洞 또한 그곳에 못지않다 하고 박숙선이 世人들의 山水勝境에 대한 무지를 비난한다.

15. 박숙선이 황계자의 시가 귀신을 울릴 정도라고 칭찬하고, 자신의 처지를 丁令威에 비기며 탄식해 한다.

16. 함께 모여 있던 諸客들이 황계자를 위해 축수하자, 이에 황계자가 그들에게 사례의 뜻으로 시 1구를 지어 바치다가 꿈을 깨게 된다.

17. 황계자가 다음날 夢中의 일을 아는 이들에게 두루 이야기하자 그들은 다 놀라마지 않았다.

위에 보인 〈용문몽유록〉의 서사단락 가운데 3)에서 16)까지가 꿈속에서 벌어지는 내부 이야기인데, 이 부분이 〈용문몽유록〉의 총 15면 가운데 13면[行數로는 145行 가운데서 133行]을 차지하고 있음을 볼 때,

여기서 이 작품의 주제를 충분히 찾아낼 수 있을 것으로 기대된다. 그런데 이 내부 이야기는 그 성격상 크게 두 가지로 나누어지는 것으로 보인다. 곧 3)에서 10)까지의 전반부와 11)에서 16)까지의 후반부로 내용상 분리될 수 있음을 말한다.

전반부의 서사 내용은 정유재란 당시 황석산성에서 몰사한 원혼(冤魂)들이 출현하여 각자의 억울한 심회를 시(詩)와 사(詞)로써 표출하는 내용으로 이루어져 있는데 비하여, 후반부의 서사 내용은 박숙선이란 사람과 황계자 사이에 오간 안의 주위에 있는 승경(勝境)에 대한 나름의 견해 표출과 망각된 존재로서의 자신에 대한 신세 한탄이 그 중심을 이루고 있다. 이러한 이질적이기까지 한 전, 후반 내용의 상이한 면모는 〈용문몽유록〉의 주제가 과연 무엇인지를 탐구하려는 작업을 힘들게 하는 것으로 생각된다. 주제 파악을 어렵게 하는 이러한 이원적 면모는 〈용문몽유록〉 작가인 신착의 서사 역량의 정도를 보여주는 것으로도 이해된다.

그러나 앞 절에서 이미 살펴보았듯이 〈용문몽유록〉의 서사 중심 내용이 황석산성 함몰로 인해 비극적 죽음을 맞이한 숱한 사람들의 읍소와 항변, 그리고 그 혼령들에 대한 위무에 있는 것이라는 점을 유념할 때, 그 주제가 무엇인지는 쉽게 알 수 있다고 본다. 이에 〈용문몽유록〉의 서술 문면을 주의 깊게 살펴가면서 이 작품의 주제가 무엇인지를 밝히는 작업이 요청된다고 하겠다. 위에서 보인 〈용문몽유록〉의 서사단락 가운데서 특히 우리들의 관심을 끄는 부분은 서사단락 6)인 것으로 파악된다. 조종도(趙宗道), 곽준(郭䞭)과 그의 두 아들 이상(履常)·이후(履厚), 그리고 유세홍(柳世泓)과 그 아들 강(橿), 정언남(鄭彦男)의 순으로 잇따라 나타나면서 각기 그들 자신의 원통한 정회를 시와 사를 매개로 하여 주정적(主情的)으로 토출(吐出)해내고 있는 부분이 바로 그것이다. 이들 인물들이 토로하고 있는 내용은 그 성격상 크게 두 가지로 나누어질 수 있을 것으로 생각된다. 곧 억울한 죽음을 맞이한 데서 온 개인적 한의 토출과 그릇된 사회 현실로 인해 자신들이 죽음을 맞게 된 것으로 인식하는 데서 오는 사회적 한(恨)을 담지하고 있는 내용이 바로 그것인 바, 여기서는 이러한 면모를 여실하게 보여주고 있는 몇몇 서술문면을 통해 그 점 살펴볼까 한다.

"대개 일찍이 山城의 싸움 그것을 논하면, 士霖이 郭侯(곧 郭起)로 孤注로 삼아 마침내 그를 죽을 땅에 두고는 城을 버리고 먼저 도망하였으니 어찌 홀로 곽후에게만 죄인이 되리요? 문득 또한 한 나라의 죄인이 되리로다. 士霖의 고기를 먹고자 하지 않는 사람이 없으되 士霖을 일시나마 救護코자 하는 이는 또한 홀로 어떠한 마음으로 그러한 것이냐? 이 또한 곽후에게 죄인이 되는 것이라.[32]"

"옛날 張巡, 許遠, 南齊雲, 雷萬春의 忠勇으로도 江淮의 堡障을 保持할 수 없어 성이 함락되어 죽었는데, 곽후와 같은 우활한 유생과 士霖과 같은 용렬한 사내가 어찌 가히 더불어 城을 같이 하여 그 성이 깨어지지 않도록 보호할 수 있겠느냐? 이것은 어리석은 부인네라도 아는 바인데 …(中略)… 유독 黃城만이 깨어지지 않았음에도 홀로 도륙되는 참화를 겪었으되 士霖은 도망가 살고 곽후는 죽었으니 알지못게라. 여러 사람들이 이제 어떠한 功을 이루었는지?[33]"

"내가 본디 迂儒末學으로 군대에서 몸이 主將이 되어 남에게 속은

---

32) <용문몽유록>, 9쪽 8행-10면 1행. "盖嘗論之山城之役 士霖以郭侯爲孤注 終置死地 而棄城先逃 豈獨爲郭侯之罪人也 抑亦一國之罪人也 人莫不欲食其肉 而彼一時救護者 亦獨何心哉 是亦郭侯之罪人也"

33) <용문몽유록>, 6쪽 4-10행. "古之張巡許遠南齊雲雷萬春之忠勇 不能保江淮之保障 城陷而死 卽郭侯之迂儒 士霖之庸夫 豈可與同城 而保其不破者也 此愚婦之所知 …(中略)… 唯黃城不罷 獨被屠戮之慘 而士霖逃生 郭侯身死 不知諸人 今得何功"

바 되어 三邑 士夫人民의 父母妻兒로 하여금 肝과 腦를 땅에 쳐바르
게 한 것이 얼마나 되는지 알지 못한즉 사람들에게 죄를 얻은 것이라.
만 번 죽더라도 애석함이 없으니 장차 어느 면목으로 제군을 향하여 억
울한 가슴을 호소하겠느냐? 士霖이 도망가 산 것은 誅殺해도 족하지
아니한데, 汝昇(필자 주: 朴明榑의 字임)이 그를 褒揚함은 또한 지나치
지 않느냐? 이미 傳을 세웠고, 또 그를 義士라고 이름하였으니 이는 세
상을 속이는 한 噴矢에 지나지 않는 것이다.[34]"

위에 든 예문 가운데 첫째와 둘째 예문은 황석산성 함몰에 따라 억
울하게 죽어가야 했던 백성들이 그네들의 죽음을 야기한 백사림과 곽
준 등으로 표상되는 지배계층에 대한 공박의 의미와 더불어 백사림의
'개문납적(開門納賊)'한 부정적 행위를 처단하지 아니하고 도리어 그를
옹호하는 일군의 무리들에 대한 엄중한 논박의 의미를 담고 있는 것
으로 이해된다.

한편 셋째 예문은 무고한 삼읍(三邑) 사민을 죽게 한 곽준 자신의 무
능함에 대한 자기 탄식과 아울러 '개문납적(開門納賊)'하여 제 살 길만
도모했던 백사림에 대한 올바른 처단이 있지 아니하고 도리어 그를
기려 마지않는 얄궂은 현상에 대한 통매(痛罵)의 의미를 담고 있는 것
으로 보인다.

이런 몇 예문만을 보더라도 〈용문몽유록〉의 주제가 정유재란 당시
황석산성 함몰이라는 역사적 사건의 피해자들을 등장시켜 황석산성에
서 몰사한 자신들의 억울한 죽음에 대한 개인적 한의 토로와 함께 역

---

34) 〈용문몽유록〉, 4쪽 3-8행. "我本迂儒未學 軍旅身爲主將 見賣於人 使三邑士夫人
民之父母妻兒肝腦塗地者 不知幾級卽獲罪於人 萬死無惜 將何面目向諸君訴腦臆
也 彼士霖之偸生者不足誅也 汝昇之褒揚 不亦過乎 旣立之傳 又名之義士 此不過
欺世一噴矢耳"

사의 죄인으로 치부되어 마땅한 존재가 도리어 포양(褒揚)되고 의사(義
士)로까지 이름 붙여지는 올곧지 못한 시대 윤리를 가슴아파하는 사회
적 한(恨)의 토로를 주정적으로 진술하는 가운데 당대 지배 계층의 무
능력함을 드러내어 공박하는 데 있음을 어렵지 않게 확인할 수 있다.

이제 〈용문몽유록〉의 후반부의 서술문면에 관심을 돌려볼까 한다.
그런데 필자는 앞서 이 부분의 내용이 작품의 전반부에서 작가가 드
러내고자 했던 궁극적 의도와 크게 배치되는 이질적이기까지 한 것이
라고 말한 바 있다. 이 부분의 의미는 인의 주위의 숭경에 대한 작가
나름의 자부감을 박숙선이란 인물의 말을 통해 은연중 드러내 보이는
일방으로 산수 경개에 대한 인위적인 감상 태도를 비난하고 자연스러
운 완상 태도를 요구하는 동시에 나아가 역사의 피안(彼岸)에 묻히고
만 박숙선 자신의 안타까운 처지에 대한 탄식에 있는 것으로 생각된
다. 이러한 점이 잘 드러나고 있는 서술문면을 제시하고, 자세한 논의
는 여기서 이만 그칠까 한다.

> "그러나 흰 돌은 구름같이 깔려 있고, 激한 물여울은 어지러이 흘러내
> 리고 龍秋의 장대한 경관과 岩巒의 빼어남과 洞壑이 깊고 그윽한즉 尋
> 眞이 어찌 그 풍치가 猿鶴보다 아래에 있으리요? 그러나 산은 산대로
> 물은 물대로 무심히 산골로 흐르니 즐거움이 그 가운데 있는 것이거늘
> 사람들이 억지로 그것에 이름을 붙여 아무 바위, 아무 臺, 아무 못이라
> 하니 이는 뱀을 그리는 데 있어 발을 덧붙이는 격이니 그것이 어찌 山水
> 의 숭경에 뜻이 있어 그런 것이겠느냐?"[35]

---

35) 〈용문몽유록〉, 12쪽 6-10행. "然而 白石之雲鋪 激湍之奔流 龍秋之壯觀 岩巒之
秀出 洞壑之深邃 卽尋眞 亦豈風斯在下也哉 然山自山 水自水 無心流峙 樂在其中
而人强名之曰某岩某臺某淵 卽着足畵蛇 何有於山水之勝乎"

　〈용문몽유록〉의 저작 동기와 작가인 신착의 위인됨 등을 두루 고려
할 때, 〈용문몽유록〉의 진정한 주제는 앞서 누언(屢言)한 바 있듯이 이
작품의 전반부에서 구해져야 마땅할 것으로 생각된다. 그런 점에서
이와 같은 이원적으로까지 보이는 작품의 구성방식은 분명 높은 수준
의 것으로는 보이지 않는다. 이 점은 〈용문몽유록〉의 작가 신착의 문
학적 역량의 미흡함에서 초래된 것으로, 〈용문몽유록〉의 작품 내적
완성도를 떨어뜨린 결정적인 한계로 지적되어도 무방할 듯하다.

　그러나 정유재란 당시의 황석산성 함몰이라는 역사적 사건을 소재
로 하여[몽유록계 작품 가운데 정유재란을 문학적으로 형상화한 작품은 오로
지 <용문몽유록>뿐이다] 백사림으로 대변되는 올곧지 못한 인물 군상과
그러한 인물을 처단하지 못하고 도리어 옹호, 포양하기조차 하는 부
정적인 당대의 이지러진 시대 윤리에 대한 엄중한 고발을 통해 무능
력한 지배 계층에의 통매와 전도된 가치질서에 대한 회복을 일정하게
서술해 보이고 있다는 데서 〈용문몽유록〉의 문학적 가치는 어느 정도
인정되어야 한다고 본다.

5. 맺는말

　앞에서 논의된 바를 간추려 요약하면 아래와 같다.

　〈용문몽유록〉은 1581년에 태어난 신착에 의해 병자호란을 전후한
시기에 지어진 작품으로, '황석산몽유록(黃石山夢遊錄)'이라는 이칭(異
稱)으로도 불려졌다. 이 작품은 신착의 사람됨과 그에게 크게 영향을
끼친 것으로 보이는 '가정지학(家庭之學)'의 상호 작용으로 인해 제작
될 수 있었던 것으로 파악되었다.

이 작품의 역사적 배경을 이해하기 위해 관련 자료들을 검토한 결과, 산성수성장(山城守城將)이라는 중임을 맡은 백사림(白士霖)이 '개문납적(開門納賊)'의 행위를 한다는 웃지못할 역설적 아픔을 확인할 수 있었다.

한편 〈용문몽유록〉의 짜임새를 살펴본 결과, 이 작품이 그 내용상 크게 둘로 나누어짐을 알 수 있었는데, 작가 신착이 견지했던 삶의 자세 등을 통해 전반부의 서술문면에서 주제가 구해져야 함을 밝히고, 그 주제는 개인적 한과 사회적 한으로 대별되는 주정적 토로를 통해 드러나는 지배계층의 무능력함을 공박하는데 있다고 주장하였다.

마지막으로 여기서 정유재란 당시 안의 황석산성 함몰 사건을 입전(立傳)하고 있는 몇몇 작품들, 예컨대 〈곽안음전(郭安陰傳)〉, 〈곽존재전(郭存齋傳)〉, 〈서곽의사전후(書郭義士傳後)〉, 〈정대익대유형제전(鄭大益大有兄弟傳)〉과 〈용문몽유록〉을 대비, 고찰할 때 정유재란의 문학적 형상화에 대한 본격적인 성과가 마련될 터인데 미처 다루지 못했음을 밝혀 두고, 그 점 뒷날의 과제로 남겨둘까 한다.

『다곡 이수봉 박사 정년기념 고소설연구논총』, 경인문화사, 1994.

제3부

소설 연구와
새로운 자료

고소설 후기(後記)*의 성격고 일(一)

1. 머리말

고대소설사를 재구하기 위한 일련의 시도로써 몇몇 선학들이 고소설의 독자와 작자에 대해 관심을 표명한 것[1]은 70년대에 들어서부터이다. 천태산인 이래의 고소설사·론이 독자의 편향관계를 무시한 채 씌여졌다고 하는 지적[2]에서 볼 때, 그러한 반성은 매우 큰 공명을 지닌다고 하겠다.

그러나 이제까지의 연구 성과는 후기의 영역 자체를 명확히 설정하지 못하고, 그로부터 후기 그 자체의 구조적 특성을 간과했기 때문에 제한된 후기의 의미 속에서 마련된 그들의 논거는 스스로 어떤 한계

---

* 後記는 필사자에 의해 기록된 것과 독자계층에 의해 기록된 것으로 살필 수 있으나, 독자계층에 의해 기록된 후기는 세책본(나손본「조웅전」, 연대본「하진양문록」)의 경우에 드러나므로, 여기서는 주로 전자의 경우만으로 그 개념을 확정지을 수 있지 않을까 한다.

1) 김동욱,「이조소설의 작자와 독자에 대하여」,『장암 지헌영선생 회갑기념논총』, 호서문화사, 1971; 김동욱,「고소설 연구의 문제점 및 기본소설 종별시고」,『기헌 손낙범선생 회갑기념 논문집』, 한국국어교육연구회, 1972; 성현경,「유충렬전 검토」,『고전문학연구』2, 한국고전문학연구회, 1974; 최철,「이조소설 독자에 관한 연구」,『연세어문학』6, 연세대 국어국문과, 1975.

2) 김동욱,「고소설 연구의 문제점 및 기본소설 종별시고」.

를 내포하고 있는 것으로 보인다.

이에 필자는 독자와 작자의 문제를 앞으로 보다 심층적으로 다루기 위해서는–이런 노력은 고대소설사를 재구하려는 과정에서는 필수적임에 틀림없다고 본다–후기 그 자체의 영역 설정은 물론, 후기의 구조적 특성에 대한 구체적이고 치밀한 검증이 요구된다고 하겠다. 나아가 그 구조적 특성이 필사본·판각본·활자본을 통해서는 여하한 변이 양상을 그리는지를 살펴볼 필요가 있다.

이와 같은 기초 작업으로부터 얻어진 결과는 이후 고소설의 독자와 작자의 관계를 밝히려는 필자의 작업에 매우 큰 시사를 줄 수 있지 않을까 한다. 필자는 본고의 밑바탕에 서지학적인, 그리고 문학사회학자인–L.Goldmann류의 구조발생론적인 입장이 아니라 세 개의 주된 양식에 따라 곧 서적·독서·문학 등에 따라 문학 사실의 특수성을 다루는 R.Escarpit[3]에 경도된–방법론을 두고 논지를 전개하려 한다.

소설명	이본수	소설명	이본수	소설명	
**옥루몽	31	뉴효공현행록	3	곽씨전	오싀우전
**삼국지	27	진듸방전	2	조싱원전	현씨쌍연기
창선감의록	21	장풍운전	2	정영제구절	금수전
**유씨삼대록	15	싁독각시전	2	홍연전	수매청심녹
유충렬전	14	징셰비틔록	2	사심보전	춘향전
조웅전	9	담랑전	2	경화수궁전	박태보전

3) 『Sociologie de la littérature』(Paris, P.U.F, 1958)에 대한 비판은 그것이 주로 사회적·경제적 현상에 입각하여 문학의 예술적·미학적 특성을 충분히 고려하고 존중하지 못한다는 사실에 쏠리고 있다. 그러나 일단 우리의 고소설사를 재구하기 위해서는 그의 입장–(서적·독서·문학)에 따라 문학 사실의 특수성을 다루는–또한 검토의 대상이 될 수 있다고 본다.

소설명	이본수	소설명	이본수	소설명	
**옥린몽	8	**삼사명행녹	2	**취취전	홍영선북경긔
황운전	6	옥단츈전	2	봉내신선록	유씨젼
숙영낭자전	6	복선화음녹	2	방주전	셜홍전
구운몽	6	경태비전	2	당태종전	이춘풍전
정을선견	5	초한전	2	숙향전	김대비훈민전
적셩의젼	5	장한림전	2	강릉추월전	이대봉전
홍계월전	5	유한당사씨언행녹	2	개과몽선록	장일셩젼
장익셩젼	5	유백노전	2	화진전	소향난전
사씨남졍긔	5	매화전	2	장경전	이운션젼
두쩝전	4	주여득전	2	윤지경전	사안전
박씨전	4	최치원전	2	팔선녀록	화씨츙효록
쇼대셩젼	4	정비전	2	몽유록	일락졍긔
육미당기	4	홍백화전	2	오호대장기	소운전
금산사몽유록	4	육신전	2	한중녹	옥난기
초한연의	4	김진옥전	2	홍길동전	최랑전
남정팔난긔	3	이해룡전	2	셤회루	쒱젼
별주부전	3	*서상기	2	금강산유상녹	이등상강녹
옥난긔봉	3	**소설명**		왕경룡전	훈실전
*전등신화	3	금무전	서유기	권장군전	양신당전
백학선전	3	진성운전	김성운젼	리진사전	팔양경전
화용도	3	김윤전	최익셩전	셤호셜전	未詳
**설씨이대록	3	정빈전	부용전	古小說	정해경전
현씨양웅쌍린기	3	정수경전	양소저전	졔호연록	원감소설
최현전	3	장학사전	이어사젼	인현왕후	덕행록
장국진전	3	이태을전	홍낭전	(이상 73종, 73책)	
심쳥전	3	유광전	셔대주전		

*: 중국소설.   **: 대작(大作)소설

총 128종 333책

한편, 본고는 그 자료로 나손소장의 필사본-128종 338책[4]-을, 또
『영인고소설판각본전집』5책과『활자본고전소설전집』12책을 택했음
을 아울러 밝혀둔다.

2. 후기의 개념과 구조적 특성

앞에서 이미 든 바 있지만, 후기에 대한 명확한 영역 설정은 그 구
조적 특성을 밝히기 위한 작업의 선결 과제가 된다. 이제까지의 연구
결과를 놓고 볼 때 후기는 주로 간지(干支), 책주(冊主), 달·졸필여부
(達拙筆與否), 겸사(謙辭)를 지칭하고 있는 듯이 보인다.[5]

그러나 간지(干支)의 경우는 그것이 60년을 단위로 가변성의 진폭을
지니고 있다는 점에서 작품의 생성연대를 밝히는데 있어 절대적인 기
준이 될 수 없고, 독자와 작자의 상관관계를 다루려는 훗날의 작업에
별반 도움이 안 된다는 점[6]에서, 또한 달·졸필여부(達拙筆與否)는 그
자체가 개인의 사고능력과 결코 비례하지는 않는다는 점-곧 그것이
숙련의 문제로 보여지기도 한다는 점, 또 그것이 과학적인 검증에 따
라 준별되어진 것이 아니라, 주관적 인식에 의해 판명되었다는 점-에
서 후기의 영역으로부터[7] 제외되어 마땅하다고 본다. 이렇게 볼 때,

---

4) 이것을 독자의 편향관계-이본 수 통계에 의해 어느 정도 밝혀질-에 대해 살펴보기
   위해 그것을 도표화하면 앞 쪽과 같다.
5) 이것은 김동욱, 최철님의 전게 논문에 나타난 후기의 내용을 종합화한 것이다.
6) 간지(干支)의 한계에 대해서는 조동일님의『한국소설의 이론』, 411쪽에 간략히 기
   술되어 있다.
7) 이능우「이야기책 구활자본 저작자의 辨說들」(『고소설 연구』所收, 선명문화사,
   1974)에서 '변설'이라 하여 필자의 권계지사에 해당하는 용어를 쓰고 있으나, 그 개념
   에 있어서는 필자의 용어가 더욱 포괄성을 띠므로 이에 포함시켰다.

후기의 영역 내에서는 책주(册主), 겸사(謙辭)만이 놓인다.

그러나 그 자체만으로는 후기의 구조적 특성과 그 구조물의 변이 양상을 살필 수 없는 한계를 지닌다. 이와 같은 이유로부터, 필자는 후기의 영역 속에 권계지사(勸誡之辭)와 광고지사(廣告之辭)를 덧붙이고자 한다. 이러한 배려는 후기 내용의 변이양상을 살피기 위한 시도로써 마련된 것이다. 구체적인 준거는 본항과 차항에서 마련되어진다.

곧 후기가 '겸사(謙辭)·책주(册主)·권계지사(勸誡之辭)·광고지사(廣告之辭)'로 이룩되었다는 전제로부터 본고는 출발한다. 이러한 후기를 지닌 작품은 필사본의 경우, 물론 나손소장본에 국한한 것이지만 72종 120책[8]에 달하며, 판각본의 경우 30종 44책에 달하고, 마지막으로 활자본의 경우 41종에 달한다.

1) 겸사(謙辭)

후기의 겸사는 그 발생동인을 먼저 당시의 유학자들의 대소설 관념으로부터 구할 때 그 해답을 얻을 수 있다. 겸사가 판각본이나 활자본에는 나타나지 않는다-물론 구조적 변이물의 출현은 있지만-고 하는 상식적인 논의로부터도 그 양상은 설명되어진다.

즉, 이 겸사는 서민층이 주된 독자계층으로 대두되기 전까지는 주로 유학적 세계관을 지닌 당대의 사대부 계층과의 의식 상의 충돌을 막기 위한 타협책의 성격을 지니며 나타났다고 하는 점에서 파악돼야 한다. '不語怪力亂神'의 신봉자들인 이조의 정통적 유학자들은 소설에 대해 이중적 태도를 견지하고 있었다. 소설 그 자체를 이단시하고, 또

---

8) 본고에서는 72종 72책만을 그 자료로 제시한다. 이하에 열거되는 자료 번호는 필자 소장 5책과 『고전소설선』 소수 5책만을 포함한 72종 120책의 일련번호임을 밝혀둔다.

한 소설금지령을 내리기까지 한 그들이 역설적으로 소설의 열렬한 독자였다고 하는 사실은 여러 문헌에서 익히 증명된다.[9]

그들의 사고수준으로부터 볼 때, 소설 그 자체는 "雖小道, 必有可觀者焉, 致遠恐泥, 是以君子弗爲也. 然亦弗滅也"한 존재물이었다. 여기에서 그들이 소설의 효용성을 어느 정도는 인식하고 있었음을 알 수 있다. 그러나 한시(漢詩)의 논리적 구조에 익숙해 있던 그들의 시선으로 볼 때, 가공허구지설(架空虛構之說)인 소설은 문리(文理)가 통하지 않는 글이었고, 그들의 필수적인 독서물이었던 제 한적(諸漢籍)들이 거의 대부분 판본으로 출판되었던 것에 반하여 소설의 대부분은 18C 방각본의 출현이 있고, 또 그것이 일반화되기 전까지는 그 전승의 형태를 주로 필사에 의존하지 않을 수 없었다는 점에서 '오주낙셔(誤字落書)'가 있을 가능성은 배가된다고 하겠다.

이에 대해 최철님은 독자계층의 변모양상을 다루면서 '중국계(中國界) 소설과 한문본(漢文本) 소설들은 주로 남성으로 그 독자들은 주로 양반 서리(胥吏)나 사대부들이 되겠다'[10]고 하여 극히 온당한 견해를 표명하고 있으나, 중국계 소설이나 한문본 소설들 역시 전기한 사유로 해서 그들 나름의 겸사를 지니지 않을 수 없었다고 본다. 이에 사대부 계층을 대상으로 한 겸사의 실례를 자료 (21), (22), (38), (49), (67), (119)에서 구할 수 있다.

이에 그들을 약인(略引)하면 「……以拙毫謄出」(21), 「秋波戲毫」(22), 「……弄筆作矣也」(38), 「以拙筆揮汗寫之」(49), 「……故戲書」(67), 「噫

---

9) 황패강은 『조선왕조소설 연구』 서설, 10쪽에서 소설의 기본적인 성격의 하나로 "젊은 세대와 부녀, 서민층의 기호에 영합하는 것이었고, 이를 반대하는 식자층도 실제로는 읽었다"를 들어 필자의 논의를 더욱 논리적으로 보태주고 있다고 하겠다. 그 각 개별적인 문헌은 번다한 느낌이 있기에 생략한다.

10) 최철, 전게 논문.

是書之作 雖出於架空虛構之說」(119)인 바, 이중에 (21)과 (49)는 완전한 의미의 겸사로써 이들은 고소설 후기의 전형적인 한 국면을 지닌 것으로 봐야 한다. 반면에 (22), (38), (67), (119)는 당대 사대부 계층의 소설관을 잘 보여주는 또 하나의 방증이 아닌가 한다. 그것은 즉 완롱(玩弄)의 기분으로 소설을 대하는 태도를 말하는 것으로 이는 이미 앞에서 든 공자의 견해에 접종하는 선상에서 이해될 수 있다. 특히 (119)의 경우는 더욱 그러한 입장에 접근하는 것으로 보인다. 여기에서 소설에 대한 유학자군들의 인식의 한계를 보게 된다.

사대부들의 세계 관념과 상충하면서 나타난 겸사는 이후 독자계층의 변화에 따른—사회적 상황과의 연관 하에서 보면 당연한 귀결이랄 수 있는—표기 수단의 차이와 작자·필사자·독자의 의식의 차이 속에서 재구되었다고 하겠다.

이에, 의식의 차이란 면에 국한해서 살펴볼 때, 전기(前記)한 (22), (38), (67), (119)의 경우와는 달리 그들의 문학적 태도가 상대적으로 탈유가적(脫儒家的) 입장임이 자료 (5)와 (7)의 경우에 잘 나타나고 있다. 탈유가적이라고 하는 용어는 후기(後期)의 독자층—서민층이 대종을 이루는—들의 소설에 대한 태도가 전기 유학자군들의 견해와 상반되는 면을 중시하여 명명한 것이다. 즉 이것은 그들이 유학자군들의 파한 의식(破閑意識)에 따라 수재(收載)·완상(玩賞)된 소설과는 달리 소설을 소설로서 보려는, 물론 유학자군들의 입장을 따르는 경우는 있으나, 여기서는 기록 전달자로서의 인식을 지녔음을 강조하기 위한 우회적 표현일 수도 있다.

그 구체적 자료는 필사본의 경우 자료 (5)와 (7)에서 나타나며, 판각본의 경우 자료 (1), (4), (5), (6), (7), (10), (12), (14), (15), (17), (19), (29), (30), (35), (37), (48), (51)에서 나타나며, 활자본의 경우

자료 (2), (9), (12), (13), (14), (15), (18), (23), (26), (27), (33), (37), (38), (40), (41)에서 나타나는 바, 그 출현의 배경은 어떠한지를 살펴볼까 한다.

첫째, 기록 전달자(사적 채록자)로서의 의식을 지니고 있었다는 점, 둘째, 교훈성-효용성과도 어느 의미에서는 통하는 것으로 보이는-을 지닌 것들을 전달할 필요가 있었다고 하는 점 등이 그것인데, 차항(次項)에 대해서는 2. 2) 이하에서 자세히 논급코자 한다. 이와 같은 역사물 채록자로서의 의식은 위에서 이미 드러났듯이 시대를 거치면서 더욱 두드러지게 나타난다. 그것은 인쇄술의 발달이란 부수적 요인을 바탕으로 하여 그 의식이 더욱 현저화된 것이라고 본다.

그러면, 이제 상기한 의식 밑에서 형성된 겸사는 고소설 속에서 어느 정도의 출현 빈도수를 가지는지를 살펴보자. 이에 대해서는 최철 님이 "필자가 본 나손본(羅孫本) 소설과 국립도서관, 필자 소장본 등의 필사본을 두고 볼 때, 필사본의 경우 약 10%에 해당하는 소설에 그 후기에 그 같은 겸사의 기록을 발견했다. <u>羅孫本 300餘冊 중에서 31種이나 되는 小說이 後記에 그 같은 겸사를 기록했다.</u>"[11](밑줄: 필자 표시)고 한 바 있으나, 이러한 그의 주장은 전적으로 김동욱님의 「이조 소설의 작자와 독자에 대하여」 부록 고소설 자료 목록에 근거하여 나온 것으로 보인다. 그러나 김동욱님의 자료 목록을 살펴볼 때, 그것이 온전히 소설만을 대상으로 하지 않았음을 볼 수 있다. 곧 〈소시가승셰 계총론〉, 〈긔유육월초육일오시연설〉, 〈김한님부인나씨경계록〉, 〈유빅아종자기금슴음〉, 〈조부훈계〉, 〈청학동문답〉, 〈효성지로가〉 등이 포함된 것으로부터 그것은 익히 설명되어진다.

---

11) op cit., 22쪽.

그런데 최철님은 김동욱님이 조사 정리한 자료 목록의 이와 같은 약점을 간과하고 그에 대해 아무런 비판 없이 일방적으로 의존하고 있음은 유감스런 일이 아닐 수 없다.[12] 필자의 조사 결과와 비교할 때 많은 차이가 있는 점에서 그런 오류는 마땅히 지적되어야 한다. 후기를 지닌 작품-총 120책-중에서 자료 (2), (3), (4), (7), (8), (9), (10), (11), (14), (15), (16), (20), (21), (25), (27), (28), (32), (34), (37), (41), (42), (53), (54), (55), (56), (57), (63), (64), (65), (66), (72), (78), (80), (82), (83), (84), (85), (86), (87), (88), (89), (90), (91), (92), (95), (97), (98), (101), (100), (103), (107), (108), (109), (112), (113), (115), (120)에 걸쳐 즉 45종 59책에 겸사가 나타남을 볼 수 있다.

그럼, 이제 마지막으로 겸사의 실체는 어떠한지를 간략히 살피고자 한다. 이것은 이미 앞에서 겸사의 발생 동인을 다루면서 어느 정도 드러난 바 있다. 첫째, 필사자 자신의 단문(短文)·난필(亂筆)의 문제, 둘째, 기록물의 전사 과정에서 필연적으로 발생하기 쉬운 '오ᄌ낙셔(誤字落書)'의 문제, 셋째, 사건 서술의 말단(末端) 자체가 불분명하다고 하는 문제가 곧 그것인데, 각 항에 해당하는 자료를 제시하는 것으로써 상론을 피할까 한다. 첫째 항에는 자료 (2), (7), (11), (21), (25), (28), (34), (37), (41), (42), (54), (57), (79), (82), (83), (84), (87), (91), (92), (97), (98), (101), (103), (107), (109), (112), (113), (115), (120)이 포함되며, 둘째 항에는 자료 (2), (3), (4), (8), (9), (10), (11), (14), (15), (16), (20), (25), (27), (28), (32), (34), (37), (53), (54),

---

12) 김동욱님의 전게 논문에 의하면 총 247책 중에 상기했듯이 고소설의 영역에 들기 어려운 작품명을 제하고 보면 31종에 걸쳐 겸사가 나타나고 있음을 보아 최철님이 그대로 그의 조사를 답습하고 있는 것은 거기에서도 증명된다고 하겠다.

(55), (56), (57), (63), (64), (65), (66) 〈추정〉, (68), (72), (80), (84), (85), (86), (87), (88), (89), (90), (91), (92), (95), (97), (100), (101), (108), (109), (112), (120)이 포함되고, 셋째 항에는 자료 (11), (79)가 포함된다.

이런 설명에서부터 겸사의 내용은 주로 첫째 항－필사자 자신의 단문·난필의 문제－과 둘째 항－'오ᄌ낙셔'의 문제－으로 이루어져 있음을 볼 수 있다. 곧 자료 (11)의 경우는 그 항이 세 문제 전체에 걸쳐 출현하고 있다는 점, 자료 (79)의 경우는 그 항이 첫째·셋째 문제에만 출현하고 있다는 점을 제외하고 나머지 43종 57책이 모두 첫째, 둘째 문제에 분포되어 있다는 데서도 그것은 증명된다고 하겠다.

2) 권계지사(勸誡之辭)

고소설의 작자·필사자들이 소설 자체에 대해 어느 정도의 효용성을 인정하고 있었다고 하는 것은 이미 앞에서 보인 바 있다. 그 구체적 양상을 후기의 내용을 더듬어 살펴볼까 한다.

'권계지사(勸誡之辭)'는 그것을 받는 주체에 따라 곧 향유(享有) 계층에 따라 그 대상을 자손과 일반 독자로 나누어 생각할 수 있다. 물론 그 의미는 전자의 경우에 더욱 배가되는 것이 사실이다. 고소설의 작자·필사자들은 '권계지사'의 기준을 교훈성－효용성에 통할－에다 두고 있다. 곧 효용성을 지닌 작품들만이 '수이물실(守而勿失)'의 대상이 되었고, 또 '권계지사'를 촉발시키는 직접적인 매체가 되기도 했다.

한편, 이러한 '권계지사'는 독자 계층과의 관련 밑에서 살피면 대체로 교훈을 목적으로 하는 공안류 소설(公案類小說)이거나 종교계 소설(宗敎界小說)－필사본에 국한해서 예를 들면 〈금무젼〉(일명: 졔마금무젼,

<계마무전>의 이본?), 〈창선감의록〉, 〈졍을션젼〉, 〈증셰비틱록〉, 〈진
딕방젼〉, 〈알낙국젼(安樂國傳)〉, 〈젹셩의젼〉, 〈唐太宗傳〉 등-과 결부
될 때 더욱 큰 효과를 기약할 수 있다.[13] 이러한 소설들은 당대의 사회
적 배경과 관련해서 살필 때 크게 유교 덕목의 재현을 바라는 소설-
〈창선감의록〉, 〈졍을션젼〉, 〈진딕방젼〉, 〈증셰비틱록〉-과 불교적 성
격을 지닌(이미 속화된 의미로 포장된)[14] 소설로 나누어진다. 이에 대해
서는 이미 필자가 「고소설에 나타난 내세관」[15]에서 다룬 바 있다.

한편, '권계지사'가 발생할 수밖에 없었던 이유를 김동욱님은 그 당
시의 출간 형태의 특수성에 찾고 있는 바, "작자(作者)의 창작(創作)이
서사(書肆)에 들어가 바로 출간(出刊)되는 상황(狀況)이었다면 작자는
사회(社會)에 대하여 그들 나름대로의 발언(發言)을 할 수 있었을 것이
다. 이 가정(家庭)을 여과(濾過)해서 사회에 나가기 때문에 작자는 이중
삼중(二重三重)으로 제약(制約) 당하였다."가 곧 그것이다. 이에 그 발
생 양상을 살필 때,[16] '권계지사'는 나손본 중 25종 33책에 출현하며,
한편 판각본과 활자본에는 각기 14종 23책과 14책에 나타난다.

이제 필자는 '권계지사'를 유교성을 지닌 내용과 불교성을 지닌 내
용으로 양분하여 그 실체가 어떠한지를 살펴볼까 한다. 먼저 유교성
을 지닌 내용의 작품-*〈진딕방젼〉, **〈창선감의록〉, 〈졍을션젼〉,
〈증셰비틱록〉, 〈이대봉젼〉, 〈春香傳〉, 〈洪吉童傳〉, 〈沈淸傳〉, 〈조웅
젼〉, 〈토별가〉, 〈李海龍傳〉, 〈謝氏南征記〉, 〈華山奇逢〉, 〈형산빅옥〉,

---

13) 李朝 當代人들의 내세관이나 연관 속에서 그 점은 파악되어질 수 있다고 본다.
14) 聖的 관념을 타기한 채, 기자, 기복신앙으로 전락해 간 상황 속에서 발생한 일군의
    소설을 지칭하는 것이다. 여기에서 巫ㆍ佛 습합의 양상도 또한 추적할 수 있지 않을까
    한다. 이에 대해서는 후고 「한국의 서사문학에 대한 총체적 연구」에서 다룰까 한다.
15) 필자의 학부 졸업논문, 1979, 70쪽.
16) 김동욱, 전게 논문(지헌영 所收), 53쪽.

〈림화졍연〉, 〈장익셩젼〉, 〈류효ㅈ젼〉, 〈월영낭ㅈ젼〉, 〈옥낭자젼〉, 〈숙녀지긔〉, 〈박씨부인젼〉-가운데서 *표시한 것은 필사본과 판각본에 공통으로, **표시한 것은 필사본과 활자본에 공통으로 '권계지사'의 내용을 지니고 있으므로, *, **표시한 작품의 '권계지사'만을 다루어도 유교적인 성격은 포괄적인 의미를 띠며 드러나지 않을까 한다.

천태산인(天台山人)은 〈창선감의록〉에 대해 "元來 忠孝節義와 嘉言善行을 極端으로 崇奉하던 儒學國인만큼 이를 高唱하는 勸懲類가 많이 文壇에 낱아났으니-(23개 소설 명 略) 彰善感義錄 等……그리하야 오날은 거의 彰善感義錄만이 殘存하였으니 이로써 淘汰의 勝利者요 個中의 傑作이라고 본다."[17]고 하여, 그 가치를 유교적 체제와의 관련 밑에서 높이 평가하고 있으며, 〈진딕방젼〉에 대해서는 "이 說話의 核心은 太守가 大方의 家族을 懲戒한 곳에 있을 것이니 法窓의 閑話에 지나지 못할 것이며, 法廷에서 說論한 說明도 많이 典故를 引用하여 實證하며 東洋倫理로써 批判한 것이다."[18]고 하여, 해전(該傳)에 대해 정곡을 기하는 설명을 하고 있어 필자의 앞으로의 논의에 큰 받침이 되었다고 하겠다.

이제 검토해야 할 자료는 필사본의 경우 자료 (18), (19), (21), (22), (23), (24)[이상 <창선감의록>], (33), (35)[이상 <진딕방젼>]이 있다. 이 조소설(李朝小說)의 권선징악적(勸善懲惡的) 요소는 애초에 창작 동기에서부터 배태했다는 사실을 전제로 하여, 먼저 〈창선감의록〉의 '권계지사'를 살펴보면,

---

17) 天台山人, 『증보 조선소설사』, 학예사, 1939, 161~162쪽.
18) 天台山人, 전게서, 190쪽.

"…(전략)… 이로 보건디 암실지니와 죠차지간의도 마음을 변치 못흘 지라. 성현교훈이 잇스니 아모리 향곡의 우부우여(愚夫愚女)라도 이 일을 드러거든 엇지 진실을 힝ᄒ여 일을 효측지 아니ᄒ리요 …(하략) ….''(18), "…(전략)… 이디로 본바다 착흔 일을 비와 힝ᄒ고 악흔 일은 증계ᄒ야 본밧지 말지여다"(19), "…(전략)… 今之觀古者 默量 此心之本然 善無終始而庶有補於自省耳"(21), "行惡甚厚者 天而罰之"(22), "어화 셰숭ᄉ럼더라 부귀을 발릴진듸 젹덕을 허라셔라 젹덕이라 ᄒ난거션 션심이 젹덕이라 무암(?)긔 말허지 말고 졍심으로 힝셰ᄒ면 ᄌ연이 되난이다 …(중략)… 불망ᄎᄉ 헐지여다"(23), "…(전략)… 셰숭ᄉ람이 힝실을 즐 닥그면 위틱한 곳의 평안ᄒᄂ 그 쳐ᄉ 불민ᄒ면 조금 편안ᄒᄂ 위틱ᄒ니 이ᄂ 텬이(天意)라 ᄉ람이 엇지 숨갓치 아니ᄒ리요"(24) [이상 필사본], "희라 춤효는 ᄉᄅᆷ의 본셩이요 ᄉ싱화복은 명이니 명은 알 비 아니요 다만 본셩을 ᄯᄅᆷ이라 …(중략)… 엇던 ᄉ람이던지 화씨의 춤효와 우ᄋᆡ를 본바다 힝ᄒ면 지양(災殃?)은 날ᄂ 졔ᄒ고 복록은 날마다 올거시니 힘써 힝홀지어다"(활-7)

가 있는 바, 이들 제 자료들은 한결같이 유교의 제 덕목들인 충효(忠孝)[19], 본성지리(本性之理)·선행(善行) 따위의 항목들을 나열하여 '권계지사'의 면모를 드러내고 있다.[20] 이로부터 또한 작자 또는 필사자들이 소설의 효용성을 강하게 의식하고 있었음은 충분히 증명된다고 하

---

19) 성현경은 전게 논문에서 유충렬전이 독자에게 호소력을 지녔던 사실을 충효(忠孝)에서 찾고 있다. "李朝와 같은 父子中心社會에 있어서의 忠이란 其實 孝의 延長에 不過한 것이다. …'惡者必滅'이라든다 '事必歸正'이라든가 하는 勸善懲惡要素는 이 조소설이 독자들에게 호소력을 가질 수 있는 하나의 共有要素(共通基盤)에 該當하는 것이기 때문이다"고 한 바, 이 점은 필자의 견해와 더불어 같은 입장에 놓이는 것으로 생각된다. 55쪽.

20) 이러한 양상은 晩窩翁의 <一樂亭記> 序에 실린 "…而其中所謂南征記感義錄數篇, 令人設法, 便有感發底意矣……"란 기록에서 <창선감의록>의 교훈성을 인식하고 있는 사실로부터도 발견된다.

겠다.

다음 〈진딕방젼〉의 '권계지사'는 "실푸다 셰상스람이 직물만 구지 ᄒ여 ᄌ손의게 젼ᄒ믄 혼 쩌 쓴이요 효향(孝行)으로 ᄌ손의게 젼ᄒ면 쳔만고의 유젼ᄒ는이라 엇지 효향을 심씨지 안이ᄒ리요. 실푸다 셰상 스람이 이 길을 아지 못ᄒ는쏘다 군ᄌ들은 딕방의 일 본바다 효향을 심쎠 ᄌ손의게 젼ᄒ면 몸이 벼살이 올나 복녹이 진진ᄒ여 어진 일홈 이 만딕유젼ᄒ여도 셕지 아니ᄒ는이 이 칙 보는 사람마다 다 쳔지말 근 졍긔를 타 낫스니 ᄒ날이 쥬신 졍긔를 물욕의 가리지 말고 쳔셩을 ᄭㅣ쳐 외오기를 심쎠 ᄒᆞ옵쇼셔. 이 칙 말슴 장장이 쥴쥴리 ᄌᄌ이 심 득ᄒ면 ᄭㅣ닥기 쉬우니 만일 ᄭㅣ치지 못ᄒ는 유(類)야 어찌 말ᄒ는 김 싱을 면ᄒ리요 부딕부딕 셰상을 죠심ᄒ야 효향을 심씨옵쇼셔"(35)라 하여 효행(孝行)·천성(天性)에 의한 삶을 누리도록 하고 있음을 알 겠다.

그러나 그것은 필자 소장의 〈진딕방젼〉[21]과 그 '권계지사'를 비교해 볼 때 유교적 교훈의 질량감에 있어서 보다 약한 의미를 지니고 있다 고 해도 과언은 아니다. 이에 필자 소장의 〈진딕방젼〉을 들어 간략히 비교할까 한다.

"…(전략)… 미사을 역덕으로 하면 가쩐 앙화가 도로 오난이라 셰상 법이 군신유의 모로면 션참후계할 거시요 부모 불효하면 쳔벌이 닉릴 거시요 형우졔공 못하면 졍빅당할 죄요 부부유별 못하면 법졍으로 당 할 거시요 붕우유신 못하면 졔 일신이 곤궁하여 사방의 벗이 업난이 라 …(중략)… 이 칙이 비록 언문이나 젼후 사상이 다 자고로 유젼하난 일노 젼한이라. 이 말을 귀에 이기고(익히고) 힝실의 발켜 싱각을 죠심

---

21) 필사본, 縱 30cm × 橫 16cm, 28張, 통문관에서 1977.7 구입.

하여 인간 만사을 착하기로 쥬쟝하게 하옵. 일싱 졔마을 쑤지져 악한 일을 바리고 착한 도리로 하면 졀노 몸과 마음이 평안하난이라. 죠심하야 듯고 보옵"이라 하여 조선 유교의 전형적 산물인 '오륜(五倫)'의 의미를 강조하고 있으며, 또한 '천순지리(天順之理)'에 따른 생을 영위하도록 교시하고 있다고 하겠다.

한편, 판각본(板刻本)의 경우는 전기한 자료 (5), (6), (22), (23)이 모두 약간의 자구(字句)의 출입이 있을 뿐 대동소이하므로, 이에 자료 (6)-경판(京板) 28장, 대영박물관장(大英博物館藏) B본, 일련번호 〈168〉-을 제시하는 것으로써 대치할까 한다. "이런 말을 등한ᄒ게 보미 올치 아닌 고로 듸강 긔록ᄒ여 세상 사람으로 ᄒ여금 알게 젼ᄒ고 쏘 싯히 조흔 말삼을 죠목죠목이 모아 닉훈이라 ᄒ여 (셰상) 사람으로 ᄒ여금 보아 알게 ᄒ니라."[22]고 한 바, 이것은 필사본 (35)에 근접하는 성격을 지닌 판본으로 생각된다. 더군다나 여교(女敎)의 일환으로 나타난 '내훈(內訓)'을 덧붙인 것으로도 〈진듸방젼〉의 독자층이 여성계층임을 알 수 있다. 더욱이 이 점은 〈창선감의록〉이 초기에는 서리(胥吏) 이상의 계층을 독자로 하다가 이후 대중독자층이 발생으로 인하여 부녀층의 독서인구가 증대된 점과 비교해 볼 때 매우 특색있는 현상이 아닐 수 없다.(이 점은 주로 표기문자(表記文字)의 변천에 주목한 결과이다)

이제, 불교적 성격을 지닌 작품들-〈금무젼〉, 〈알낙국젼〉, 〈唐太宗傳〉-의 '권계지사'는 그 내용이 어떠했는지를 살펴볼 차례다. 본고에서는 〈알낙국젼〉, 〈唐太宗傳〉의 작품 만을 들어 논지를 전개할까 한다. 〈알낙국젼〉은 미타정토사상의 영향 밑에서, 〈唐太宗傳〉은 인과응보와 재생관(再生觀, 他界)의 결합 밑에 형성된 소설[23]이라 하겠다. 먼

22) 〈陳大方傳〉, 16장b, 12행~15행. 『영인고소설판각본전집』 5권, 919쪽.
23) 사재동, 『불교계 국문소설의 형성과정 연구』; 김기동, 『국문학상의 불교사상』에서의

저 〈알낙국젼〉은 "…(전략)… 사람은 아지 못하도 닉몸 직힌 청강신(?) 과 일체 보살리 알의시고 번기갓치 염닉듸왕젼의 쇼쇼역역키 젹어올 인니 어듸가 발명ᄒ며 엄양ᄒ리오. 지하의 만만 고통한들 어이할니 …(중략1)… 날마다 션언(善한?) 말삼과 션언 힝실을 잇지 말고 힝ᄒ면 말연영귀(末年榮貴) 후셰발원은 졔왕도 앗지 못ᄒ난이 부듸 션심션힝 을 ᄒ야 죄를 짓지 아니ᄒ면 왕싱극낙 연화듸로 간나이다 …(중략2)… 글어한니 션심션힝을 ᄒ야지닉고 날마닥 식벽이면 셔방을 힝ᄒ야 아 미타불 열 번 식 모시고 …(중략3)… 션언 마음먹고 션언 힝실ᄒ면 불 공도 안니ᄒ고 즁놈을 쓰외쏙지 보듯 ᄒ여도 ᄌ연 부쳬임이 명감ᄒ 야 극낙셰계로 인도허난이 부듸 염블말삼 안이하고라도 션심을 싱각 ᄒ옵쇼셔 나무아미타블[24]"이라 하여 알낙국(安樂國, 곧 安養世界 · 極樂) 에 들기 위해서는 불교적 사상에 입각한 선심과 선행을 행하고, 또 미 타염불을 외야 한다고 하여 미몽에 든 많은 독자(優婆夷, 優婆塞)들에게 여러 가지 예를 제시하고 있으나 번다한 느낌이 있기에 생략한다.

한편, 〈당태종젼(唐太宗傳)〉은 "이 일을 쳔만 인의 일인도 법바듬직 ᄒ 스룸이 일만 인의 쳔인 · 일인도 업스이 엇지 의답지(애닯지) 아니 리오 셰민황졔는 무슨 일노 초연의ᄂ 그다지 션심이 업수션고"(107) 와 판각본의 경우 자료 (56), (57)이 있으나 약간의 자구의 출입이 있 을 뿐 대동소이하므로 자료 (56)만 들겠다. 곧 "듸져 스룸의 션악보응 ᄒ미 불가의만 잇슬 쓴 아니라 유가의도 잇셔ᄂ니 쥬역의 일너시되 젹션지가의 필유여경이요 젹불션지가의 필유여앙이라 ᄒ고 한나라 쇼열황졔 유훈의 일너시되 착ᄒ미 젹다ᄒ고 아니치 말거시오 악ᄒ미

주장을 요약 · 정리한 것임.

24) 필자 소장의 〈알낙국젼.〉 縱 31cm × 橫 20cm, 15장, 청계천 교문사, 1977년 8월 구입, 14장b 2행~15장b 10행 끝.

적다ᄒ고 ᄒ지 말나 ᄒ여시니 이 ᄯᅩᄒᆫ 쳔고의 효측ᄒᆞ미니 이 글 보ᄂᆞᆫ 지 어진 ᄉᆞ룸은 더욱 어진디 나아가고 악ᄒᆞᆫ ᄉᆞ룸은 허물잇ᄂᆞᆫ 거슬 곳 칠지니 명심ᄒᆞ고 보감홀지여다"[25)]라 하였다.

특히 그런데, 이것은 기화(己和)의 〈현정론(顯正論)〉과 궤를 같이하는 것으로써 여기서 후자의 경우는 일견하여 유우불열(儒優佛劣)한 양상을 띤 듯하나 작품 전체의 밑바탕을 이루는 사상을 살펴볼 때 그것은 극락이라는 이계(異界)에 재생하기 위한 하나의 선결 과제로서 포괄적으로 제시된 것으로 봐야 한다. 곧 후기 또한 불교적 세계관을 지녔음이 인지된다.

한편으로, 상업주의의 발달 밑에 형성된 세책본(貰册本)의 문제를 중시해야 한다. 세책본 또한 상기한 유·불교적 성격을 지닌 작품들의 '권계지사'와 그 내용 면에서 별반 차이가 없다고 할 수 있다. 이것은 세책본 역시 타본(他本)들과 같이 일반 독자의—불·유의 세계관에 젖어있는—애독 속에서 전승되었다는 사실에서 이해될 수 있다. 이덕무는 그의 『사소절(士小節)』에서 그 폐해를 지적하고 있다. 또한 이방인인 모리스 쿠랑 역시 『한국서지(Bibliographie Coréenne)』에서 세책가(貰册家)와 세책본에 대한 흥미있는 진술을 펴고 있다. 이에 그 부분을 인용하면 "책을 비는 값은 꽤 싸서 하루 한 권에 10분의 1~2문(文) 정도이며, 때로는 현금이나 물건을, 이를테면 돈으로 몇 냥(兩), 물건으로 화로나 남비 따위를 보증으로 받는 일도 있다. …(중략)… 이 직업은 박하지만 점잖은 일로 인정이 되어 있는 까닭에 영락(零落)한 양반들이 자진해서 택하는 생업(生業)이 되었다. 한국사람들은 빌었던 책을 잘 반환하지 않기 때문에 세책가의 책들은 금방 그 수가 줄어들어……

25) 〈唐太宗傳〉, 경판, 26장본, 26a 5~11행(終). 『영인고소설판각본전집』 1권, 377쪽.

(이하 약)"[26]가 그것인데, 곧 그로부터 세책가는 몰락양반들에 의해 주도되었고, 또한 그것은 많은 여성독자층 '화로·남비 따위로부터도 알 수 있듯이'의 증가를 촉발하였고, 또 독자의 자연적 증가와 병행해서 세책본의 유실이 불가피하게 발생했음을 알 수 있다.

본고에서는 마지막 경우만을, 즉 세책가들이 일반 독자에 대해 어떠한 태도를 견지하여 세책본의 회전율을 높이려 했는가 하는 것을 다루는데서 그칠까 한다. 나손 소장의 세책본에 대해서는 이미 신학들의 간략한 언급[27]이 있으므로 그에 미룬다. 여기서 자료 (32), (39), (53), (54), (55), (57), (63), (69), (72), (77), (86), (100), (108), (117)은 세책본 또는 그 잔재적인 성격을 띤 것으로 보인다. 본고에서는 자료 (55), (69), (72), (128)에 국한하였음을 밝힌다.

"칙쥬을 곳 젼ᄒ옵쇼셔. 瑞山郡 瑞山面 西門里 路上洞 冊主 柳聖德"(55), "盜取去者 一母八父之者也 天安郡 廣德面 內新興里 冊主 池柄龍"(69), "이 칙 비러가시는 사람은 일야을 보옵시고 장난을 마옵시고 즉시 젼ᄒ옵쇼셔, 이 칙 비러가시는 사람은 일야을 보옵시고 즉젼(卽傳)ᄒ옵심 쳔만 발압나이다"(72), "보시난니 눌러보시고 즉시 젼ᄒ옵소셔 칙 쥔언(主人은) 오류 유서방의 칙니라"(108).

특히 상기한 자료들 중 (69)와 (72)의 경우에서 세책가의 고민을 잘 엿볼 수 있다. 아무리 시대의 변천에 따라 가치관의 변모가 있는 것이 기정사실이라 해도, 전형적인 유교 치하의 사회였던 이조사회에서 책을 훔쳐간다고 해서 '一母八父之者也'라고까지 한다는 사실에서 세책가의 궁박한 세계관이 잘 나타나 있다. 세책이 곧 생계유지의 생명선이었던 점을 생각해 볼 때 그것은 십분 이해될 성질의 것이다.

---

26) 모리스 쿠랑 저, 박상규 역, 『한국의 서지와 문화』, 신구문화사, 1974, 18쪽.
27) 주1)의 논문 참조할 것.

그러나 '열녀불경이부(烈女不更二夫)' 표상으로 했던 이조의 유교사회가 그 근본이념을 밑바탕에서부터 뿌리 뽑히게 된 것이 크게는 과거의 치자(治者)들이었던 몰락 양반에 의해서였다고 하는 사실은 이미 세책본의 한계를 나타내는 것이라고 하겠다. 한편 후자의 경우 거듭 두 번씩 언급하지 않을 수밖에 없었던 실정에서 몰락양반들[28]의 또 다른 상업상의 어떤 제약성을 엿보게 된다. 세책본의 외형적 형식에 대해서는 최철님의 전기 논문으로 미룬다.

이제까지는 주로 일반 독자에 의한 '권계지사'를 살펴왔다. 마지막으로 자손에 대한 '권계지사'를 간략히 다루어보겠다. 이렇게 가정간(家庭間)에 소설의 영역을 축쇄한다는 것 자체가 "장자(莊子)의 '飾小說以干縣令'란 기록과 모순되는 명제이지만 이것이 통용될 수밖에 없었던 이조사회의 여건 속에 한국 고대소설의 또다른 장(場)이 마련된 것이다.[29] 이제 자료 (40), (44), (58), (59), (60), (67), (75), (105), (107)에서 그 양상은 드러난다. 본고에서는 (58)~(60)과 (105)만을 취급하는 것으로 번다함을 덜까 한다.

"등셔 안오장되의셔 한여신니 슈이물실(守而勿失)ᄒ고 잘 간슈ᄒ여 보게 ᄒ라"(58), "하동 안오장되 등셔ᄒ논니 셔실말고 유젼하여 보라"(59), "안오위장되 부듸 슈이물실ᄒ라"(60), "이ᄂᆫ 어미 슈적(手蹟)이니 타일 반기려니와 시속 아희들이 싱면치도 아닌 싀어한미 필젹이라 그리 앗기널지 모ᄅᆞ겟다 잣달게 시죽ᄒ여 죠희를 다 듯지도 아녀

28) 김동욱님은 (72) "「玉丹春傳」은 吳世昌翁의 부친 吳慶錫筆이 아닌가 하거니와"라 하며 중인계통에서 읽혀진 것으로 보고 있으나, 그 후기의 문면을 검토할 때 '오경섭'의 부분이 인위적으로 삭제된 듯한 감이 있다. 그 전체 구조로 봐서 '석'이라기보다는 '선'이 더 타당할 것으로 보며, 이에서 자료의 인위적 조작이 얼마나 심한가 하는 것을 엿볼 수 있겠다. 자료에는 일체 인위적 가공이 가해져서는 안된다고 본다.
29) 김동욱, 전게 논문.

것추고 슈튱(收充)ᄒ라", …(전략)… 부딕 앗겨보고 혹 모번도 ᄒ고 보
닉니 딕딕로 젼ᄒᆞᆯ 츳 보아라"(105)인데, 자료 (58)~(60)은 〈육미당기
(六美堂記)〉 권1~3이다. 이 본은 안오위장딕에서 전승되던 선본(善本)
필사본이다.

조상의 유품은 과거 찬연했던 조상들의 숨결을 느끼게 하는 매체였
다. 연대 도서관 소장의 〈이시백전(李時白傳)〉의 후기 "안산동 막골평
강능딕칙이라. 삼딕분이 쓰신 거시니 우리 집의 귀한 글시니 보기도
셩이 보되"란 기록에서 그런 양상은 익히 추찰되어진다. 조상들의 손
때 묻은 한적본들과 함께 (오위장은 중인 계급의 직분이므로 그다지 많은
책은 없었을 것이지만) 필사본들도 그 틈에 덧붙여 전래되었던 것이 아
닐까 한다. 자손들에 대한 '권계지사'는 일반독자에 대한 '권계지사'가
엄정한 효용성-교훈성-의 의미를 띠고 전개되었던 반면에, 대체로
'守而勿失'의 영역으로부터 벗어날 수 없었다.

그러나 그것이 완전히 교훈성의 의미를 배제하지는 않았다고 하겠
다. 그것은 〈일락정기〉의 서(序)에 "……(전략)……但願勿令人見之, 使
家庭間婦孺輩, 眞諺讀之, 則庶幾有補於敎誨之一助云爾."(밑줄: 필자 표
시) 부분에서 잘 나타난다. 이러한 성격에 대해 김동욱님은 "이조소설
은 계시해주는 것이 아니라 설명해주는 것이다"[30]고 하며 적절한 설명
을 가하고 있다.

3) 책주(冊主)[31]

---

30) 김동욱, 전게 논문, 46쪽.

31) 고(稿)를 달리하여 「고소설 독자 재검토」에서 다룰까 한다. (『연세어문학』 12집 수
록 예정).

4) 광고지사(廣告之辭)

'광고지사(廣告之辭)'는 필사자(또는 출판사) 나름의 상업적 태도에 근거하여 살펴져야 한다. 그것은 대체로 먼저 연작소설의 하나라는 것과 그 출전을 밝히는 것으로 나타난다. 일단 확보해 둔 독자층을 계속 유지하기 위한 나름의 고육지책이었다. 필사본 (102), (111), 판각본 (12), (18), (33), (58), (62), 활자본 (22), (31), (35)에서 그 양상의 궤적을 살필 수 있다.

필사본 (12)와 판각본 (62)는 〈소대셩젼〉으로 이것이 〈용문젼〉의 전편(前篇)임은 이미 천태산인 이래 누누이 지적되어 왔다. "ᄒ회ᄂᆞᆫ 뇽문젼의 보면 인년이라"(필 102), "뒤말은 하권 용문젼을 ᄉᆞ다 보소셔"(판 162)에서 잘 나타난다. 그런데 〈박시젼〉과 〈님장군젼〉의 연작소설 여부에 대한 논의는 검증을 요하는 문제의 하나이다. 한편 필사본 (111) 곧 〈현씨양웅쌍린기〉의 후기로부터 〈명쥬긔봉(明珠奇逢)〉이 그 연작소설의 하나임을 알 수 있는 바, 이에 대해서 조희웅님은 「고전소설연구서설(1)」에서 이미, "…(전략)… 장서각에는 이 외에도 연작소설이 몇 개 더 있으니, 즉 현씨양웅쌍린기(10책) → 명주기봉(일명 쌍린자녀별전, 20책) → 명주옥연기합록 → 현씨팔용기……(이하 약)"[32]라고 하여 〈현씨양웅쌍린기〉의 연작소설의 양태를 잘 밝히고 있다.

그것은 후기의 "다 소셜의 잇ᄂᆞᆫ고로 발히고 그 ᄃᆡ강만 긔록되엿ᄂᆞᆫ지라 승샹부부 졸제(?)ᄒ던 설화와 웅린 쳔린 취실ᄒ던 긔긔흔 설화ᄂᆞᆫ 다 후록 명쥬긔봉의 잇ᄂᆞᆫ고로"(밑줄: 필자 표시)란 기록에서 어느 정도 살필 수 있다. 조희웅님이 또한 〈소대셩젼〉과 〈용문젼〉이 연작소설임을 거듭 밝히고 있는 점은 인정해야 하겠지만, 그러나 그가 활자본의

---

32) 조희웅, 「고전소설연구서설(1)」, 『한양어문』 1집, 1974, 37쪽.

연작소설 여부에 대한 구체적인 언급을 피하고 있다는 점에서 그 논문의 한계는 지적되어야 한다. 활자본 소설 자체가 활자화되면서 나타난 경우가 주종을 이룬다가 보다는 그것이 '필사본 → 판각본 → 활자본'이라는 출판방식의 변화과정을 거치며 발생했다는 점을 생각해볼 때, 그 점은 간과할 성질의 것이 아니라고 본다.

활자본 (22), (35)는 〈옥난빙〉과 〈일딕용녀 남강월젼〉인데 이들은 그 후기에서 각기 〈진문츙의록(陳門忠義錄)〉과 〈황경량문록〉과 연작소설의 형태를 지니고 있음을 밝힌다. 그러나 〈진문츙의록〉, 〈황경량문록〉 모두가 M. Courant의 『한국서지』의 목록과 천태산인 이래의 제 소설사의 서목에서 나타나지 않는 희귀본이라는 점에서, 그것은 간혹 오기(誤記)된 작품명이 아닐까 한다. 곧 〈황경량문록〉의 경우, 이것은 가문소설(家門小說)[33]로써 M. Courant의 자료 번호 931 〈황경긔딕록〉[34]과 작품명이 유사성을 띤다는 점에서도 그런 추측은 가능하다고 본다. 또한 판각본 (58)은 〈도원결의록〉인 바, 그 말미에 "하회는 제 갈무후젼을 보라"는 지시로부터 이 또한 연작소설의 구성체계를 지닌 것으로 봐야 한다. 한편 활자본 (31) 〈부용의 상사곡〉은 『부용집(芙蓉集)』에 근거하여 나온 것으로 밝히고 있다.

상기한 지시적 기능을 지닌 '광고지사'와는 판연히 다른 완전히 상업적 기능을 지닌 '광고지사'는 활자본에 들어와서 노골적으로 드러나고 있다. "목판(木板)으로는 도저히 수용에 응할 수 없어 결국 구활자본(딱지본)으로 인쇄의 방법을 바꾸었다"[35]는 선학의 주장이 타당성을

---

33) 이수봉, 『가문소설연구』(형설출판사, 1978)의 용어를 차용한 결과다.

34) M. Courant은 그 작품의 부수하는 설명을 'Histoire de Hoang Keui Tai'이라고 하고 있는 바, '황경'과 '긔딕'의 양문(兩門)의 기록물임을 알 수 있는데, 이런 점에서 또한 그것이 〈황경량문록〉과 동일 작품의 이칭이 아닐까 한다.

35) 최철, 전게 논문, 26쪽.

지닌 것이라면 그러한 기운에 편승하여 한층 광고의 효과를 얻고자 하는 것은 당연한 일이라고까지 할 수 있으나, 상업적 영리만을 목적으로 그 '광고지사'의 내용이 치달렸기에 이미 고소설의 종착점은 마련될 소지를 지녔던 것이라고 하겠으며, 이것은 또한 신소설이 후기에 들어와 상업주의와 동조·결탁함으로써 통속물의 남발을 낳게 한 현상[36]과 더불어 동일선상에서 파악될 성질의 것이 아닐까 한다. 이에 그러한 현상이 잘 드러난 예를 제시하겠다.

"참 이러케 잘 보시니 곰맘슘니다. 그러나 이 척보담 더 지미스러운 것슬 보시려면 이 척 뒤 판권장에 긔록흔 번 셔림 발힝목록을 보시고 쥬문ᄒ시면 갑슬 싸게ᄒ야 속속히 보닉기를 자미잇게 홀 ᄲᅮᆫ더러 요시 발간흔 화쥬자히 화쥬역이라는 척이 잇스온딕 그 닉용은 옛날 당ᄉ쥬의 비교할 빅 안이요 ᄯᅩ 보시기 미우 쉽게ᄒ야 아모라도 보시면 평싱 길흉화복을 판단ᄒ야 초년과 즁년 말년까지 셰 면상에 지닉가는 형상을 오싴으로 그림을 그린 것시 썩 신통ᄒ고 직미 잇스오니 흔번 사다 보시기를 바라나이다."

5) 소결(小結)

이제까지 논의되어 온 것을 간략히 언급하면 다음과 같다.

첫째, 이왕의 소설사 집필이 독자의 편향 관계를 무시한 채 쓰여졌기 때문에 작품 배열의 공정성을 잃었다고 하는 점.

둘째, 이왕의 후기 개념의 모호성과 부정확성에서 벗어나야만 독자와 작자의 관계를 정확히 파악할 수 있다는 점.

---

36) 이재선, 『한국 개화기 소설 연구』, 이재선 외 공저, 『개화기 문학론』에서 그러한 주장이 전면에 걸쳐 나타나고 있음을 볼 수 있다.

셋째, 후기의 제일 개념인 겸사는 필사자 자신의 단문·난필의 문제와 '오즈낙셔'의 문제로 구성되었고, 또한 그것은 이조의 전형적인 유학자군과의 상호 충돌을 방지하기 위한 타협책으로 나타났다고 하는 점.

넷째, 후기의 제이 개념인 '권계지사'는 유교적 효용성과 불교적 효용성과의 관련 밑에서 파악할 때 해답을 얻을 수 있다는 점. 또한 세책본 역시 그러한 범주를 벗어나지 않는 '권계지사'를 지녔으며, 세책본의 회전율을 높이려는 세책가들의 태도 속에서 그들의 고민과 한계를 엿볼 수 있었다는 점.

다섯째, 후기의 제삼 개념인 '광고지사'는 대체로 초기에는 연작소설의 여부와 그 출전을 지시하는 지시적 기능을 띠었으나 후기에 들어와 상업주의에의 지나친 경도에 따라 상업적 기능이 작품 후기 내에 팽배하게 되었다는 사실과 또 그것은 신소설이 마침내 통속애정물로 되어 간 과정과 동일선상에 놓이는 현상이라는 점 등이 그것이다.

3. 후기의 출현 양상: 그 변이의 탐색

앞항에서 필자는 후기의 구성 요소에 겸사(謙辭)·권계지사(勸誡之辭)·책주(冊主)·광고지사(廣告之辭)가 있음을 보았고, 또 그들 각각의 성격을 살펴보았다. 이제 후기를 이루는 그것들이 '필사본-판각본-활자본'이라는 출판 과정의 변이를 겪으며 어떻게 나타났는가 하는 출현 양상과 그 발생 동인을 간략히 다루어 보겠다. 이해의 편리를 위해 도표로 먼저 그 양상을 제시할까 한다.

출판 형태 후기 내용		필사본	판각본	활자본
겸사		45종 59책		
권계지사		25종 33책	14종 23책	14책
광고지사	지시적 기능	2종 2책	4종 5책	3책
	상업적 기능	-	-	10책

상기한 도표로부터 다음과 같은 몇 개의 사항들을 유추해 낼 수 있지 않을까 한다.

첫째, 판각본이나 활자본에는 나타나지 않는 겸사가 필사본에만 나타난다고 하는 사실에서, 겸사의 구성요소가 어떠했다는 앞서의 주장이 보편성을 지니는 것이라면, 필사 시의 주위 환경이 어떠했는지를 살필 수 있다고 본다. 여기서 주위 환경이란 말은 외현적(外顯的) 요소에 따라 지배되는 여건을 지시하는 것이 아니라 필사자 자신의 내재적 결함─전사과정(轉寫過程)에서 어쩔 수 없이 지니게 되는─을 가리키는 것으로 국한 사용된다. 여기서 판각본이나 활자본에 겸사가 나타나지 않는다고 하는 사실은 필사본과 비교할 때 상대적인 면에서 오류가 적은 그것들의 지나친 상업주의의 표현으로도 이해되어져야 한다고 믿는다.

둘째, '권계지사'가 후기의 내용 중 가장 큰 비율을 점유하고 있다는 사실로부터 다음과 같은 설명이 가능해진다. 즉 그들이(작자든 필사자든지 간에) 소설 자체에 대해 철저할 정도로 효용성을 인정하고 있었으며, 또 그에 부수하는 교훈성이란 의미를 무척 강조해 왔다고 하겠다. 그러나 시대를 내려오면서 그 출현 빈도수가 적게 나타난다고 하는 점은 먼저 독자들의 의식 세계에 변화가 있었다는 사실과 함께 출판 과정의 변이를 겪으면서 상업성이 점차 겉으로 드러난 현상과 결부되

어야 그 해답을 구할 수 있게 된다. 다시 말하면 이 문제는 문학의 효
과가 무엇이냐는 질문으로 회귀할 성질의 것이다. 효용성-어느 면에
서는 교훈성과 통하리라 보는-과 쾌락성이란 것이 곧 그것이다.

　이조 왕조의 유교윤리는 철저할 정도로 효용성의 입장을 띠고 전개
되었다고 할 수 있다. 세책본에 들어와 일기 시작한 상업주의적 색채
는 이후 독자의 확보와 그들의 의식 세계-유형화된 작품이 아니라 무
언가 다른 유의 작품을 갈망하는-에의 합치를 위한 수단으로 자의든
타의든 간에 쾌락적 요소를 계속 타기해 둘 수는 없었지 않나 한다.
이에 〈홍계월전〉을 주로 한 일군의 '여호걸계' 소설 또한 그런 관점에
서 살필 수 있다고 본다.

　그것들은 "이조시대의 소설독자층이었던 여성들의 흥미와 갈채를
사기 위한 의도에서[37] 쓰여졌다고 하겠다. 여기서 A. Thibaudet의 '여
자의 논의(querelle des femmes)는 소설의 융성과 독창성에 엄밀하게 결
부되어 있다. 소설은 여자라는 것이 존재하는 문학형식으로서, 그곳
에서는 세계가 여성을 중심으로 해서 회전하며, 여성의 편을 들든지
그렇지 않으면 여성에게 반항해서든지 그 어느 것으로써 인간의 정열
이 발전해 나간다는 형식인 것이다."[38]라는 지적은 이러한 논의에 큰
도움을 제공해준다.

　한편 I. Watt는 산업혁명 이후 전에 비해 일감이 줄어든 부녀층들이
소설의 독자로 등장하는 좋은 예를 그의 저서를 통해 명쾌히 보여주
고 있다.[39] 판각본이나 활자본 모두가 상업자본의 형성 밑에 간행되었

37) 김기동, 『이조시대 소설론』, 선명문화사, 1975, 298~299쪽.
38) A. Thibaudet, 유억진 역, 『소설의 미학』, 신양사, 1960, 18쪽.
39) I. Watt, *The Rise of the Novel* II, The Reading Public and the Rise of the Novel,
　38~65쪽.

음은 이미 아는 사실이다. 자연 그로부터 독자의 존재-곧 재산 증식
의 기저를 이루는-를 무시할 수 없었고, 이에 따라 쾌락성이란 당의
정으로 소설을 무장하게 되었던 것이 아닐까 한다. 그것은 활자본의
서목에서 충분히 구해진다.[40] 독자라는 존재를 의식하게 됨에 따라서
고소설은 그 자체가 목표로 했던 효용성의 울타리를 벗어나 쾌락성-
상업적 목표에 따라 야기된-이란 면에 치중할 수밖에 없었고,[41] 거기
에 고소설의 시대적 한계가 놓임을 볼 수 있다. 상업성의 면에 대해서
는 '광고지사'의 내용을 다루면서 어느 정도 취급되었다고 믿기에 여
기서는 생략할까 한다.

셋째, '광고지사'는 크게 지시적 기능을 지닌 것과 상업적 기능을 지
닌 것으로 나눌 수 있다. 물론 지시적 기능 또한 상업적 기능을 완전
히 배제하지는 못한다. 그러나 그 자체의 성격을 살펴볼 때, 전달하려
는-연작소설명-을 성향이 강한 점에서 이와 같이 양분될 수 있지 않
을까 한다. 지시적 기능을 지닌 '광고지사'의 성격에 관해서는 이미 앞
에서 다룬 바 있으므로, 본항에서는 상업적 기능을 지닌 '광고지사'에
대해서만 그 출현 양상을 간략히 살펴볼까 한다.

그것은 필사본이나 판각본에는 나타나지 않는 '광고지사'가 활자본
의 경우 10책에 드러난다고 하는 사실은 무엇을 말하는 것이며, 필사
본(세책본으로 한정된)과 판각본 또한 상업 자본의 투사 밑에 그 성립이

---

40) 이능우,『고소설 연구』소수(所收)「고대소설 활자본 조사목록」참조, 선명문화사,
　　1974.
41) A. Thibaudet는 독자계층에 대한 견해-즉「렉테에르」와「리레에르」로 나눈-에서
　　「렉테에르」의 성격을 "소설에다 오락, 청량제, 일상생활에서의 휴식과 같은 것밖에는
　　요구하지 않는다. … 소설 독자의 대다수는 이러한 계급에 속한다. 아닌 게 아니라
　　어느 시대를 막론하고 대다수의 인간들은 예술이라는 것은 일시적인 破寂을 위한 도
　　구로 생각했던 것이다"로 하는 데서 그런 현상은 동서양을 막론하고 일관되는 것임이
　　드러난다고 하겠다.

가능했었다는 사실로 볼 때, 왜 그들 두 형태에는 '광고지사'가 출현하지 않았는가 하는 두 문제를 다루는 과정에서 충분히 밝혀지리라 믿는다.

먼저 필사본의 경우에 '광고지사'가 출현할 수 없었던 원인은 크게 다시 둘로 나누어서 살펴볼 수 있다. 곧 독자층의 형성이 미약한 위치에 머무르고 있었다는 점, 또 양반들의 세계관이 '광고지사'의 출현을 용납하지 않았다는 점이 그것이다. 그런데 독자층은 세책본의 출현이 있었던 후에도 그다지 대단한 것은 아니었다고 한다.[42] 더욱이 세책본이 형성되기 전의 필사본들은 주로 가정간으로 독자층이 제약되어 있었다는 사실에서 '광고지사'가 별반 큰 의미를 지닐 수 없었다고 하겠다.

필사본의 독자층이 가정간으로 제약되었다는 사실을 알려주는 몇몇 예를 인용한다. 자료 (53)의 "이 칙은 정씨딕이 임즌딕 조씨딕의셔 갓다 보앗습니다"와 자료 (107)의 "…(전략)…지금은 단 삼십의 칠세 먹은 일여을 두엇스나 즈여 만당ᄒ거든 두고 보며 반길지라"란 것이 그것이다. 또한 자료 (18), (40), (44), (67), (75), (105), (111), (114), (119)에서도 그런 양상은 익히 찾아진다. 한편 세계관의 충돌을 막기 위한 방책으로 '광고지사'를 사용하지 않았다는 것은 세책본의 경우로 설명이 가능하다.

앞에서 이미 언급한 바 있지만 세책가들의 대부분이 몰락양반들이었다고 하는 점이 문제 해결의 지름길이 된다. 몰락양반들이라고 해도 그들은 결코 그들이 표방했던 이념인 사·농·공·상(士農工商)의 최하위에 속한 상업적인 행위를 표면에 내놓고 할 수는 없었다. 비록

---

42) 최철, 전게 논문, 22쪽에서 "… 간혹 세책의 수단으로서 이용되기는 했으나 대단한 것은 못 되었던 것"이라고 하고 있다.

그들은 경제적으로 궁핍한 상황에 처해있다고 해도 의식적으로는 계속 양반이고자 했다. 이에 소설의 세책을 드러내놓고 할 수 없었으며, 또한 그를 둘러싼 주위 양반들의 시선이 그것을 허락하지 않았다. 여기에 덧붙여 몰락양반들의 양반으로 계속 남고자 하는 의식은 그들 자신이 스스로 '광고지사'를 하는 행위를 용납할 수 없었다고 하겠다.

한편, 판각본의 경우에 '광고지사'가 출현하지 않는 것은 어떻게 설명되어질까? 필자는 그것을 상업적인 이유에서 구하려 한다. 곧 판각본의 출판자들은 판본 자체를 크게 변형시키지 않는 범위 내에서 또 하나의 이본을 만들 수 있었으므로,[43] 다른 '광고지사'가 필요 없었으리라고 보아진다. 곧 독자들에게는 새로운 판본으로 인식시키기 위해—상업적 이윤의 폭을 늘이기 위하여— 약간의 노력을 기울이면 되었던 것에 기인한다. 그와 같은 예를 〈장경전〉 35장본[44]에서 찾아볼 수 있다.

판본이 두 종이 있는데, 하나는 단권 단책으로, 다른 하나는 2권 단책으로 되어 있다. 그들 모두는 '壬子七月美洞重刊本'이며 또한 동일본이다. 그런데 하나는 단권 단책으로, 다른 하나는 이권 단책으로 되어있는 것은 무슨 이유에서 비롯된 것일까? 그것을 살피기에 앞서서 그 차이의 양상을 아래에 적기(摘記)한다.

"만고의 드문 일이라 ᄒ고 치하ᄒᄂ 소문이 열노의 ᄌᄌᄒ지라. 「녀시 이 말을 듯고 문득 쳐ᄉ와 댱경을 싱각ᄒ고 슬픈 ᄆᄋᆷ을 금치 못ᄒ여 실셩통곡ᄒ거늘 진부인과 시비 향난 등이 말뉴ᄒ여 위로ᄒ더

---

43) 최철의 전게 논문, 26쪽, 주47)에서 '소설 한 권을 만드는데는 판본의 경우 400여 원이나 들었다'는 지적이 있음을 볼 때, 경제성을 고려한 그들의 입장 또한 이해될 수 있다.

44) A. 경판, 단권. 파리 동양어학교장본(『영인고소설판각본전집』 5).
B. 경판, 2권 단책. 현 연대 도서관장본. 前 友愛會文庫所藏本.

니」 ≠ 원쉬 부인의 곡셩을 듯고 「ᄌ연 감챵ᄒ여 모친을 싱각ᄒ고 즉
시 쇼교를 불너 그 우는 연고를 아라오라ᄒ되 쇼교 우는 곳슬」"[45]의
부분이 그것인 바, 후자는 「ᄌᄌᄒ지라」라는 대목에서 상권이 끝나고
있으며, 「 」 표시한 대목이 탈락된 채 ≠ 표시한 부분으로부터 '화셜'
로 하권을 시작하고 있다.

그것은 전체 5행의 첨삭에 지나지 않는 개변이지만 그 의미는 그 이
상의 것을 지닐 수 있다고 본다. 곧 독자들은 후자를 새로운 판종으로
인식할 수밖에 없었고, 그에 따라 독자의 자연 증가란 면이 발생했다
는 점에서도 그렇다. 이런 현상은 판각본의 경우에 빈번히 노출된다.
〈황운전〉 또한 그와 같이 설명될 수 있다.[46]

이제 마지막으로 활자본에 '광고지사'가 나타난 현상에 주의를 쏟아
야 할 때다. 본고에서 인용된 전집이 완전한 의미의 전집이 아니라는
점에서 통계 수치의 정확성이 문제되는 것이기에 이런 '광고지사'는
앞으로 더욱더 많이 현 조사의 수준을 넘어 나타날 것이 틀림없다. 여
기서 활자본에만 '광고지사'가 나타난다고 하는 사실은 대중독자들의
수요에 따른 일련의 처사로 간주되어야 한다. 독서 인구의 수요가 서
민 측으로 번져갈 때 발생한 목판본만으로는 그들의 요구를 충족시켜
줄 수 없게 되자, 활자본으로 출판 형태를 바꾸게 되었고, 또한 그들
의 기호에 영합하기 위해 울긋불긋한 채색의 표지를 사용하여 그들의
호기심을 끌었다고 하는 점도 그러한 선상 위에서 파악될 수 있다고
본다. 이윤 추구에의 경도로 인해 '광고지사'는 과도할 정도로 노골적

---

45) A본 17장b. 12행~18장a. 2행.
46) 경판 59장본(권지일, 이, 파리 동양어학교본, 『영인고소설판각본전집』 5)와 경판 59
    장본(권지일, 이, 삼, 『영인고소설판각본전집』 3)의 관계 또한 上記 〈장경전〉의 경우
    와 같다고 하겠다.

인 내용을 후기에 나타내고 있다. 또한 그것이 고소설의 종말을 고하
는 계기가 되기도 했음은 이미 드러난 바 있다.

4. 맺는말

이제까지의 소략한 논의를 정리하면 다음과 같다.

후기는 겸사(謙辭)·권계지사(勸誡之辭)·책주(冊主)·광고지사(廣告之
辭)로 이루어져 있는데, 먼저 겸사는 45종 59책에 걸쳐 나타나며, 이
것은 또한 필사자 자신의 단문·난필의 문제와 '오ᄌ낙셔'의 문제로
구성되어 있음을 밝혔다. 한편, 권계지사(勸誡之辭)는 당시의 종교적
상황과의 연관 하에서 그 효용성의 정체를 드러나게 된다고 보았으며,
그 실례를 유교적 성격의 소설로는 〈진딩방젼〉과 〈창선감의록〉을, 불
교적 성격의 소설로는 〈알낙국젼〉, 〈당태종젼〉에서 구한 바 있다. 또
한 여기서 세책가의 그것으로부터 그들의 한계를 지적했으며, 마지막
으로 광고지사(廣告之辭)의 경우 지시적 기능을 지닌 것과 상업적 기능
을 지닌 것으로 나누어 살필 수 있었고, 특히 상업적 기능의 경우는
고소설 자체의 종말을 획책하는 역할을 했음을 보았다.

한편, 후기의 출현 양상에서는 먼저 필사본에만 겸사가 나타나는
원인을 필사 시의 주위 환경으로부터 구했고, 아울러 그것이 판각본·
활자본에 나타나지 않은 현상을 상업주의의 표현으로 보았다. 또한
'권계지사'가 후기의 내용 중 세 출판 형태에서 가장 큰 비율을 점유하
고 있는 원인을 소설 자체에 대한 당대인들의 관념-효용성과 쾌락성
의 상호교호적 면-에서 찾았다. '여호걸계' 소설은 쾌락성의 요소 속
에서 배태되었는 바, 이것은 부녀 독자층의 증가에 따른 일 현상이라

고 할 수 있다.

'광고지사'는 후기의 다른 구성 요소들보다 극히 적게 나타나는 바-활자본의 경우는 예외지만-그 원인을 필사본에서는 독자층의 형성이 미약했다는 점, 양반들의 세계 관념과의 상충이라는 점에서 구했으며, 판각본의 경우에 있어서는 그 자체가 지닌 상업적 이유로부터 그 해답을 구했는 바 〈장경전〉·〈황운전〉에서 그것이 잘 드러난다. 한편, 마지막으로 활자본의 경우, 그 원인이 대중독자층의 수요의 증가에 있음을 살핀 바 있다.

이제 본고를 마치면서 하나 덧붙일 일은 본고가 문학 본질적인 것이 아니라, 문학 현상학적인 것을 다루는 데 그쳤다고 하는 점이다. 그러나 이 자체는 '후기'가 지닌 성격상 어쩔 수 없었던 본고의 한계이기도 했다.

▶ 부록: 고소설 후기 자료

1. 『금무젼』

셰상ᄉᆞ름들은 션심ᄒᆞ여 복을 밧고 심 염불ᄒᆞ여 무량복낙글 셩취ᄒᆞ옵쇼셔 남무아미타불 관셰염보살 ᄃᆡ셰지보살.

2. 3. 4. 5주(註)[47] 『桂月傳』

신유 동월 십팔일의 계월젼을 등셔ᄒᆞ엿시ᄂᆞ 글시도 변〃찬코 ᄯᅩᄒᆞᆫ 글ᄌᆞ도 간혹 ᄲᅡ져시니 그ᄃᆡ로 보옵쇼셔. 보면 졔우 심심 면ᄒᆞᆯ 거시니 금 셰샹ᄉᆞ람덜 드러보쇼. 쳔쳡 간의 ᄯᆞᆯ ᄂᆞᆺ커던 셜어말 여자ᄅᆞ도 이러저러 귀ᄒᆞᆯ ᄊᆡ 잇ᄂᆞᆫ이라.

6. 7. 8. 9. 10 『劉忠烈傳』

글시 용열ᄒᆞ고 금칙ᄒᆞ니 남이 보면 우슬 듯 보ᄂᆞᆫ ᄉᆞ름은 물논 눌여 보압고 웃지말기 히망ᄒᆞ오.

11. 『진셩운젼』

이 ᄎᆡᆨ이 본ᄃᆡ 오락(誤落)이 만은 즁의 졸필노 써ᄌᆞᄒᆞ니 자연 신통치 못ᄒᆞᆯ ᄲᅮᆫ더러 말단이 ᄯᅩᄒᆞᆫ 히미ᄒᆞ고 다른ᄃᆡ 통힝ᄒᆞᄂᆞᆫ ᄎᆡᆨ이 업기로 자서이 〃정ᄒᆞ지 못ᄒᆞ고 인ᄒᆞ여 마추니 일후 보시ᄂᆞᆫ 니가 침작[짐작] ᄒᆞ옵시기를 바ᄅᆡᄂᆞ이다.

12. 『謝氏傳』

가셜이라. 사부인이 ᄉᆞᄌᆞ 훈계ᄒᆞᆫ ᄉᆞ젹을 지어 열여젼 상권의 븟쳐 셰상의 유젼ᄒᆞ고 ᄯᅩᄒᆞᆫ ᄉᆞ뷔 왕씨 · 양씨 · 이씨 · 두씨을 교훈ᄒᆞ여 다 어진 덕힝이 계〃승〃ᄒᆞ니 능히 부인의 은덕을 분[본] 바들지라 이러함으로 별노[別] 상ᄒᆞ권 ᄎᆡᆨ을 ᄆᆡᆫ드러 긔록ᄒᆞ니라.

---

47) 2~5의 번호에 걸쳐 『홍계월전』의 후기가 나타나는 바, 그 대표적인 것을 앞에 들고 나머지는 생략했다. (이하 표기 같음).

13. 14. 15. 16. 『황운설연전』

남녀읍시 셰상이 나믜 불의지힝을 힝치 말고 남의 임덕을 싱각하여 갑기을 명심ㅎ면 천지 감동ㅎ여 복녹을 쥬건만은 선졔셩덕과 황운·셜연의 츙셩 곳 안이면 진권·진형의 난을 형황과 화히공쥬 옥즁의셔 썩을 몸이 후덕을 비반ㅎ고 황운·셜연을 속여 졔위를 탈취하이 웃지 천지신명이 무이[밉게] 여기지 안이ㅎ리요. 졔 아비 불칙ㅎ여 흉계을 힝ㅎ거든 굿쎠의 자결ㅎ여더면 지ㅎ의 도라가도 조종의 조회ㅎ고 꼿다운 일홈을 후셰(後世)의 젼할거셜 흔갓 부귀을 탐ㅎ여닷가 속졀읍시 되여스니 졔 아비 불의을 간치 안이ㅎ여 도로혀 붓그러워 자결ㅎ여스면 심원공쥬을 보건딕 몹실 일홈을 쳔추만셰의 깃치이 남자여던 형왕과 엄평의 일을 보아 불의을 힝치만[말]고 여자여던 형왕의 왕비와 엄평의 쳐자을 보아 부귀을 탐하여 불의지사을 본밧지 말엿싸. 일러함으로 일후 사람더리 션심만 먹고 악심을 먹지 말나. 슨심[善心] 먹으면 즈연 부귀복녹이 도라올 거신이 부딕 명심 불망ㅎ여라.

17. 『金成運傳』

옛 스람이 다 마음이 어진 고로 천상의 신선도 도와 쥬고 명산의 신령이 도으시니 웃지 그러흔 영화 부귀가 읍스리요. 딕져 스람이 착흔 마암을 가졋시면 누가 안이 그러흔 부귀가 읍시리오. 지금 스람들도 이러흔 스젹을 슉독ㅎ여 본바드면 그와 가치 부귀영화를 누릴 거시니 범연이 듯지 말고 명심ㅎ라.

18. 19. 20. 21. 22. 23. 24. 『彰善感義錄』

평왈 슬푸다. 효도의 마음과 천하 츙셩은 고금의 지나는 비 업고 복녹은 쏘한 일역이라 범한 장평의녀는 마음이 비록 간흉 극악ㅎ나 화공의 부귀 쌍젼을 쌔르게 ㅎ고 스스로 명을 직쵹ㅎ여 셰상의 몹시 쥭으미라. 하샹셔·셔각노·유장군은 강직흠과 의긔를 힝ㅎ여 맛참닉 복녹을 누리니 엇지 윤회보용[輪廻報應]지물이 업스리요. 이로 보건딕 암실지닉와 죠차지간의도 마음을 변치 못할지라. 성현 교훈이 잇스니 아모리 향곡의 우부우여(愚夫愚女)라도 이 일을 드러거든 엇지 진실을 힝ᄒ여 일을 효측지 아니ᄒ리요. ᄌ식을 가라쳐 화〃공 갓지 ᄒ며 여ᄌ거든 남부인의 힝실을 본바다 세상의 유전케ᄒ라. 이 일이 비록 쇼셜이나 창션감의흠이 진실노 한 번 보고 들어둘 만ᄒ니 명심불망ᄒ여 ᄃᆡ〃 견손ᄒ여 본바드라.

25. 26. 『슈경낭ᄌ전』

각셜. 이 글씨 부정하와 오ᄌ낙셔 만ᄉ오니 보시나 니 눌너 보시압고 칙망하지 마옵소셔.

27. 28. 『沈淸傳』

이 칙의 말리 잇ᄡᆞᆫ이고 글시 분명치 못ᄒ고 외ᄌ낙셔 만하오니 누구시든지 눌여 보시기를 바릭옵ᄂᆡ다.

29. 30. 31. 32. 『鄭乙善傳』

셰샹 사람이 다 이러ᄒᆞ이 아무 말을 그릇 듯고 그릇 보아도 남의 음히 말고 적악도 말며 넘의게 모되여도 전실 ᄌ식을 어질게 질너ᄂᆡ면 ᄌ식을 나ᄒ도 효성잇난 ᄌ식을 낫코 죽을 ᄯᅥ에도 봄시(?) 죽지 아이ᄒ며 그러치 아이허면 봄시 죽을 ᄯᆞᆫ 아이라 후ᄉ도 ᄯᅩᄒ 업나니 이 칙을 ᄌ시 듯고보아 부ᄃᆡ〃〃현짐(?)으로 힝홀지라.

35. 33. 34. 『진ᄃᆡ방젼』

실푸다 셰상사람이 ᄌᆡ물만 구지ᄒ여 ᄌ손의게 젼ᄒᆞᆫ 흐향 ᄲᆞᆫ이요 효ᄒᆡᆼ[孝行]으로 ᄌ손의게 젼ᄒᆞ면 쳔만고의 유젼ᄒᆞ는 이라. 엇지 효ᄒᆡᆼ을 심씨지 안이ᄒ리요. 실푸다 셰상사람이 〃 길을 아지 못ᄒᆞᄂᆞᆫ또다. 군ᄌ들은 ᄃᆡ방의 일 본바다 효ᄒᆡᆼ을 심쎠 ᄌ손의게 젼ᄒᆞ면 몸이 벼살의 올나 복녹이 진〃ᄒ여 어진 일홈이 만ᄃᆡ 유젼ᄒ여도 셕지 아니ᄒᆞᄂᆞᆫ 이, 〃 칙 보ᄂᆞᆫ 사람마닥 다 쳔지 말근

경긔를 타 낫스니 흥날이 쥬신 경긔를 물욕의 가리지 말고 쳔셩을 씨쳐 외오기를 심써 흥옵쇼셔. 이 칙 말슴 장 〃 이 줄 〃 리 ㅈ 〃 이 심득흥면 씨닥기 쉬우니 만일 씨치지 못흥는 유(類)야 엇지 말흥는 김싱을 면흥리요. 부듸 〃 〃 셰상을 죠심흥야 효향을 심씨옵쇼셔.

36. 『알낙국젼』

악을 지의면 그 보을 밧고 어즌 힝을 하면 공을 밧다. 부귀공명의 자챵 셩난이 사람은 아지 못하도 뇌몸 직힌 쳥강신(?)과 일졔 보살리 알의시고 번기갓치 염늬듸왕젼의 쇼 〃 역 〃 키 젹어 올인니, 어듸가 발명흥며 엄양흥리오 지하의 만 〃 고통한들 어이할니. 엄한 혱벌 할 졔난 역사라도 당치 못허거든 허물며 하로살니 갓탄 인싱이야 일너 무엇할니요. 날마닥 션언[善한] 말삼과 션언 힝실을 잇지 말고 힝흥면 말연영귀(末年榮貴) 후셰 발원은 졔왕도 앗지 못흥는이 부듸 션심 션힝흥야 죄을 짓지 안니흥면 왕싱극낙 연화듸로 간나이라. 슬푸다 금 셰상사람덜니 즘시 분업만 싱각하고 존악흥 사람 업슈리 예겨 악담 픠셜흥니 기 죄 어디 같이요. 글어면셔 잘 살기을 볼릭고[바리고] ㅈ숀 업시물[있음을] 발릭니 불싱헌 거 인싱이라. 염늬듸왕 션악을 조상이 알어 죄도 주고 복도 준니 슈원슈귀할야만은 불상한 인싱들이 져의 죄난 싱각지 못흥고 잘못 사난 겻만 실어흥야 남무[남의] 직물을 욕심닌니 기역(其亦) 죄가 큰지라. 글어한니 션심 션힝을 흥야 지닉고 날마닥 시벽이면 셔방을 힝흥야 아미타블 열 번 식 모시고 범젼의샹유샹이망약견졔샹비샹(의미해독 미상) 직견여릭 말삼 셰 번 식 모시면 삼쳔듸쳔 셰계여셔 알의시고 휘셰의 국왕을 졈지흥야 만종녹을 울니난니 부듸 션심을 힝흥야 후셰 발원흥기를 싱각흥소. 염블을 심쓰허기난 후 셰상의 쇼원 셩취를 발익미라. 글어허나 염불 말삼 안니하고도 션심을 싱각흥야 션언 힝실을 허면 후셰발원 한난 거시오 염블말삼 구블졀셩(?)흥며 부쳬임게 치셩흥여도 악한 마음 속의 두고 악흥 일을 힝흥면셔 염불 말삼허난 여즈난 죄 덕옥[더욱] 만흥야 굴엉이 되고 남무결[남의 것을] 만이 돌나 먹으면셔 염블말삼헌난 여즈난 셰 번 쇼가 되난이라. 염블말삼 안이하야

도 션언 마음 먹고 션언 힝실ᄒ면 블공도 안니ᄒ고 즁놈을 원두장이 쓰외쪽지 보 듯ᄒ여도 ᄌ연 부쳬임이 명감ᄒ야 극낙셰계로 인도허난이 부ᄃᆡ 염블 말삼 안이하고라도 션심을 싱각ᄒ옵쇼셔. 나무아미타블.

37. 38. 39. 『격셩의젼』

갸륵ᄒ다 셩의 효셩이야 블칙ᄒ다 향의예 심슐리야 긔묘ᄒ다 져(笛) 만드던 ᄃᆡ남기야 신통하다 호승상 만나미야 이상하다. 긔력기 그동(擧動)이야 놀납쏘다. 공쥬의 용밍이야 반갑쏘다. 편지 왕복함이야 의기잇짜. 티연의 일이야 신통 긔이 놀납다. 자륵[갸륵]ᄒ다 어둔 눈 다시 발갓도다. 그즌말도 만회도다. 그러ᄒ나 셰상사람의 일을 싱각하면 근심을 할 거시요 이 칙[冊]을 보와도 사람이 그런 일을 경영ᄒ면 어리셕은 소견의난 아모 일리라도 다 될 듯ᄒ여 못된 일을 ᄒ건마난 명쳔이 발그시고 신영이 살피난 고로 그른 일은 ᄌ악이 나고 바른 일은 셩사난 더디여도 필경 복을 반나이 향의 셩의……(破字 임) 사람을 경형ᄒ여도 신슈가 곤궁할 사람 마음을 바로 가질 거시요 부귀을 할사록 마음을 순이ᄒ고 니덕을 남을 입피고 남의 힘을 바라지 말면 그거시 ᄌ연 ᄃᆡ이가(?) 되난이……(破字 임) 사을 긱별 조시[操心]ᄒ고 정신을 발켜 창엄ᄒ소셔.

이 칙이 단문ᄒ여 오ᄌ낙셔가 만은이 보시난 이 눌너 보압.

40. 『張豊雲傳』

하 긔(奇)하고……(破張)……이 칙을 등셔하이 부ᄃᆡ 효측ᄒ여 이 일을 본바들지녀다. 이 책 번역하기 공부 족지 안니 부ᄃᆡ 유실치 말고 잘 간슈하압.

43. 41. 42. 『뉴긔녹』 33

이 이리 칙은 업셔 못 등셔ᄒ니 어ᄃᆡ고 이 말을 이어보려면 이 칙을 광문(廣問)ᄒ여 이 아릭을 치우라.

44.『증셰비티록』
이 칙니 츙회 견비ᄒ시고 그 ᄉ젹이 천만고에 희한 〃 일인 고로 하권 셔실
되고 읍셔 등셔 못ᄒ고 지죤 상권만 변등ᄒ야 유젼ᄒ눈니 게 〃 승 〃 ᄒ야 셔실
말고 잘 간슈하라.
필등셔우안오장ᄃᆡ(畢謄書于安五衛將宅)

50.『김윤젼』
이러모로 후셰 ᄉ람이 이 일을 본바다 졍졀과 효힝을 본밧게 ᄒ미라 허
더라.

51.『張國振傳』
金氏夫人 옮김

52.『楊小姐傳』
윤슝희 씀.

53.『최익셩젼』
이 칙니 별노이 ᄌ미난 업시나 볼 만ᄒ오니 보시난 이는 눌녀 보시압. 외ᄌ
낙셔 맛ᄉ와 보시기 좀 어려오실 듯 ᄒ압.
이 칙은 졍씨ᄃᆡ이 임죤ᄃᆡ 조씨ᄃᆡ의셔 갓다 보앗습니다.

54. 55.『崔賢傳』
본ᄃᆡ 단문의 현혼감츙ᄒ여 외ᄌ 낙셔 만사오니 남녀노슈[男女老少] 읍시
보시난 니난 눌녀 보고 칙 넘어 상치 말게 보읍소셔. 칙주은 ᄃᆡ명죵ᄃᆡ이라.

56.『鄭彬傳』
니 칙[冊]니 외ᄌ 낙셔가 만ᄉ오니 톔군ᄌ은 칙지 마을시고 믈니[文理]로

보시기를 쳔만 붕망이외다.

57.『三事名行錄』
츙급 번역의 글시 고약 낙즈 무슈 눌너볼지어다.
츙쳥남도 직산군 동편 리쥬스딕 칙 보ᄂᆞ니 고이 보고 쇽히 신젼(迅傳)ᄒᆞ라
칙쥬 리경즈

58. 59. 60.『六美堂記』
등셔 안오장딕의셔 한여신니 슈이물실(守而勿失)ᄒᆞ고 잘 간슈ᄒᆞ여 보게
ᄒᆞ라.

61.『담랑젼』
모든 빅셩들이 듯고 긔이히 듯고[(예겨)의 오기가 아닐까?] 즈〃히 긔록ᄒᆞ
여 젼ᄒᆞ니라.

62.『졍슈졍젼』
아녀즈의 깁흔 궁량 딕장부가 당흘소냐. 쳔만인이 놉히 보고 뉘 아니 칭찬
흘고. 졍한님과 리소져가 텬뎡 빅필노 원노지연을 미져 빅년히로ᄒᆞ고 부귀다
남ᄒᆞ고 복록이 무궁ᄒᆞ여 쳔만고의 경스로다.

63. 64. 65.『趙雄傳』
니 칙은 급피 등셔하나라고 오즈낙셔가 만ᄒᆞ온니 칙망 마옵시고 눌너 보옥
고 칙쥬을 곳 젼ᄒᆞ옵쇼셔. 됴웅젼은 쳔ᄒᆞ의 드문 칙이라 으더 보기가 어려옵
도다.

67. 66.『金華寺夢合錄』(一名: 金華寺記)
碧溪欲罷眊 故戱書于永平一東面沙光幕

守而勿失

69. 68. 『張翼星傳』

이러함으로 익성의 전후 사적을 천 권의 빅켜 천ㅎ 만민으로 ㅎ여금 표진영의 찬역을 싯씨고 익성의 덕힝을 일커러 그 츌쳔 혼을 본밧긔 함미니 뒤야 뉘 알이요 ㅎ노라.

盗取去者 一母八父之者也

天安郡 廣德面 內新興里 冊主 池柄龍

70. 『李御史傳』

이러험으로 스긔을 등셔ㅎ여 천하 스람이 보게 ㅎ오니 부디 악한 일을 향(行)치 말고 착한 일을 슝상ㅎ여 후일을 싱각ㅎ고 츙효 졍절을 본바다면 지쳔이 읍스오니 귀ㅎ 스람도 불효불츙ㅎ오면 남녀 읍시 문호을 보젼치 못ㅎ고 쳔한 스람도 츙효졍절을 슝상ㅎ고 빈한허고 고단허[한] 스람을 능멸 말며 몸니 귀히 도고[되고] 문호가 창셩헐 거시니 부디〃〃 츙효을 슝상ㅎ여 즈손과 복녹이 쳔추만디라도 본바다 스람마다 마음니 변치 말고 니 칙만 본을 부다 볼지여다. 니 칙을 디강 긔록ㅎ오니 니 칙 보시난 니 싱각ㅎ여 볼지여다. 즈손니 디〃로 만당ㅎ오나 디강 긔록.

71. 『쏙독각시젼』

곡씨의 향뎍(行跡)을 디강 긔록허난니 후인들은 부디 웃지 말고 효측허라. 지경지심(至敬之心)은 쳔지신명니 감동안니 허난디 읍난 것시요 만물리 다 와도 즈연 복을 밧고 즈손니 창셩허난이라.

72. 73. 『玉丹春傳』

지금도 무학지 넘어 옥단츈의 비각이 잇스이 보는 스람 허황헌 말노 아지 말지여다.

오경선이 농필셔라.

이 칙이 외셔 낙즈 만싸오니 보시난 사람이 눌너보고 시비 마옵.

이 칙 비러가시는 사람은 일야을 보옵시고 장난 마옵시고 즉시 젼ᄒ옵소셔.

이 칙 비러가시는 사람은 일야을 보옵시고 즉젼ᄒ옵심 쳔만 발압나이다.

74. 『南征八難記』三

이후스는 이로 기록지 못ᄒ여 밀셩인 박경회 화묵을 히롱ᄒ여 즈최를 후셰의 젼코즈 ᄒ미런니 농셩인 지득학이 가셕다ᄒ여 슈습셩편ᄒ나니 후인은 짐작ᄒ쇼셔 ᄒ엿더라.

75. 『李太乙傳』

傳之子孫 守而勿失

76. 『이히룡젼』

되져 사람마다 부모가 잇고 어진 마음을 가져 츙효을 셰우고자ᄒ나 진셰 욕심의 뭇쳐 이럿치 못ᄒ나 히룡과 심씨의 츙효을 본바들지어다.

77. 『홍낭젼』

보시나 니들 신뎐ᄒ시압

78. 『셔듸쥬젼』

리런 일노 볼진듼 은혜ᄒ기가 웃듬리라

79. 『봉듸신션녹』

간후 일은 아지 못허엿기로 긔로(記錄)치 못허노라.

싱이 홀노 안져 젹〃 무요허기로 니 칙을 지엿슨즉 말도 아니되고 글시도 용열허미 눌너 보시옵.

81. 80. 『鄭太妣傳』

그만 긋치온니 물론 남녀ᄒ고 이 칙 보시난 니난 착ᄒ 스람는 본밧고 악ᄒ 스람을 증게을 ᄉ으시오 복션화음이라 ᄒ는 말이 헛말이 안인가 보오니 부듸 미드시요.

오산 구쥬사젹이라.

82. 『빅학션젼』

글씨가 되지 못타여숫니 그듸로 눌너 보시ᄋᆸ소셔

洪碩士宅

83. 『霍氏傳』(一名: 곽씨회힝녹)

못ᄒ난 언문으로 못씨난 글씨로 계우 등셔ᄒ야시미 보난 니딀니 아라 보옵 소셔.

84. 『楚漢傳』

변〃 츤헌 글시로 오ᄌ낙셔ᄀ 만ᄒ온니 눌너 보옵쇼셔.

85. 『둑겁견』

오ᄌ낙셔을 만니 ᄒ여시니 다 그듸로 눌너 보라.

86. 『장한림젼』

이 칙을 보시는 여러분는 칙을 보실 딋의 혹 오ᄌ와 낙셔가 잇삽거든 지 근〃 눌너 보옵소셔. 칙을 보실 딋의 구기거나 짓거나 기외(其外) 불규칙ᄒ 일이 잇사오면 이 칙 믄든 사람도 공효가 읍삽고 삑긴 사람도 노비 심역의 지닐 샏이오니 우션 정신 차려 야기(이야기)의 종두지미(從頭至尾)를 거두어 말 구결을 차근〃 보옵시면 자미가 옥실〃〃ᄒ와 잠이 오지 아니ᄒ겟삽고 상ᄒ를 연ᄒ여 보옵시면 기록(?) 일ᄌ 무식ᄒ(無識漢) 써타 ᄒ엿다 ᄒ드리도

물리가 환연(渙然)ᄒ와 나자 쓸 듸다가 난자을 씨드리도 나자로 고쳐보는 슈
가 잇사오니 첨군ᄌ는 ᄒ량ᄒ시와 보와 쥬옵시믈 쳔만 응망이옵나이다.

87. 『華容道』
변〃츈허[은] 글시로 오ᄌ낙셔ᄀ 만ᄒ오니 눌너 보옵쇼셔.
冊主 金竹賢

88. 『오싁우젼』
이 칰이 옴은(?) 오싁쇼여치견나나 오ᄌ낙셔얼 만니 ᄒ여시니 후셰 인싱은
그듸로 눌너 보압쇼셔.
칰쥬난 츙쳥남도 보령군 목츙면 즁보리 최씨家

89. 『셜홍젼』
할 말리 여산여히 갓터나 여러 말을 ᄒ면 잔〃(屑屑)ᄒ여 못 씬다 ᄒ엿
더라.
여러 날 씨자ᄒ니 졍신니 혼미ᄒ여 오자 낙셔가 만사오니 누회[뉘우]치지
마러시고 오자 낙셔를 단〃니 여허 보옵쇼셔.

90. 『뉴빅노젼』
외ᄌ 낙셔 만ᄒ이 보시는 이 눌너 보시옵

91. 『미화젼』
죠고만한 이니 몸이 왼갓 일이 분〃ᄒ야 밤으로 틈을 타셔 등ᄒ옵기로 오셔
늑ᄌ흔듸 한 것도 또흔 졸필이라 남보기 붓그렵ᄉ오니 그듸로 보옵쇼셔.

92. 『未詳』
이 칰 글시도 잘못 쓰고 외셔 낙ᄌ 만ᄉ오니 보시난 이더리 눌너 보압고

숭보지 마압쇼셔.

이런 이리 셰상에 드물기로 여츠니 기록ᄒ노라.

93. 『박씨젼』

이 칙은 빅진삿딕 칙이라(表題)

94. 『劉光傳』

姜生員宅

95. 『쥬여득젼』

보시난 쳠군ᄌ난 오자 낙셔가 만쓰오니 글이 알아 눌너 보옵소셔.

96. 『김딕비훈민젼』

이만 굿치나니 딕강 기록ᄒ야 보기를 바라노라.

권소제 열두ᄉ리(十二歲)에 벅겨노라.

97. 『江陵秋月傳』

이후 셰상 사람덜라 이닉 말삼 드러보쇼. 쵸연고상 ᄌ랑 말나. 말연분복(分福) 졔일리리라. 이런 일노 효칙하여 후셰에 젼하여라.

하로밤 쇼일은 넉넉히 함직하나 죨필 쑨 안니라 밧비슬 등셔 하엿쓴니 오ᄌ 낙셔 만하온니 이후 보는 이 노쇼읍시 눌너 〃 〃 보압쇼셔.

99. 98. 『玉樓夢』十六

이 웃지 고금의 희한 〃 일리 안이리오. 차회라 ᄉ람이 셰송의 나미 상슈는 빅셰오 즁슈는 팔십이오 하슈는 육십이라. 부운유수 갓혼 즁 이락과 궁달노 분 〃 요 〃 (紛紛擾擾)하이 엇지 가련치 안이리오. 십삭을 자모복즁(慈母腹中)의 잇셔 틱극ㆍ오힝지긔를 품슈하이 오긔칠졍은 져마다 잇난 비라. 난지 일

셰의 강보의 잇셔 졋슬 디이면 먹고 이 셰의 물졍을 분간하여 희로가 싱기고
삼 셰의 말삼을 빅와 욕심이 싱기고 오륙 셰의 글을 익고 십여 셰의 쳐자지나
을 알며 공명의 뜻을 두니 속담의 삼십 젼 지물리이오 사십 젼 공명이라. 인싱
이 미혹하여 쳔싱인연을 막디히 모로고 다만 인녁으로 부귀을 자취코자 하여
비희 · 이오(悲喜 · 哀喜)의 망상이 무슈하이 이는 다 일력만 상할 싸름이라.
슈간 파옥의 소슬리 안져 셩근 울타리의 가을바람리 삽〃(颯颯)하고 씌여진
지와의 밤비 소슬 졈〃하이 무료한 흉금을 어니 곳시 붓치리오. 명산디쳔의
계승지구(?) 읍고 풍유빅작이 지귀지붕이 누군요. 칙상을 디하여 고금인스의
득실셩쇠(得失盛衰)을 녁〃 교계하면 츙효가 웃듬이요 슈복이 둘지라. 충효
를 닥가 입신양명하면 슈복은 그 가온디 잇난니 양창곡갓튼 스람도 그 훤텬부
귀(暄天富貴)와 평싱 안낙이 구기본즉 불과 츙군효친으로조차 나오민이 셰
상 사람리 충효 두 글자을 잇지 말거시요 충효을 쥬장하여도 효홈(效驗)이
그져 민멸치 안이하느니 디계 증싱은 힘쓸지어다. 픽관소셜의 한 마를 다 미
들 거시 안이로디 인싱이 일몽이라 몽즁사의 허실을 웃지 분변하리오. 실사라
도 쑴으로 보면 다 허탄하고 허스라도 쑴으로 말하면 실상이 잇난 거신니
이 칙이 다른 소셜과 다른니 슌젼이 허황한디 들여보니지 말지어다.

100. 『마두녕젼』(一名: 曲獨角氏傳)→ 71. 『쇡독각시젼』
　이 칙이 비록 죠턴 못하느 가이 우슬만흔 말이 만키로 셔라.
　이 칙이 별노 볼 것 읍시나 보신 후 유치(留置) 말고 본디으로 젼홀 차
광터골이라.
　오즉 낙셔 만스오나 룰어 보시읍.

101. 『니디봉젼』
　글시도 츄졸하고 외즉 낙즉 만스오니 보시는 곳마다 눌너 보시고 흉 보지
마시읍소셔.
　칙쥬인은 십사 셰의 등셔하노라.

102. 『딕셩젼』
ᄒ회는 농문젼의 보면 인년이라.

103. 『뉴효공현행록』 사
차칙 김부인 무직 졸필노 심ᄉ가 안온치 못 더옥 긔괴히 등셔ᄒ니 쳔산이
유이(留意)ᄒᄉ 복녁이 구ᄎᄒ고 ᄌ손이 만당ᄒ여 빅ᄌ쳔손의 오복이 무량무
진 ᄎ시의 구곡간즁 츈셜이 될지어다.

104. 『뉴회공젼』
시셔ᄒ여 두고 혹 심〃ᄒ면 틈〃 쓰노라……(未詳) 싀〃원〃ᄒ.

105. 『복선화음녹』
ᄯᆞᆯ이 이 칙을 며ᄂᆞ리 쥬게 벗겨달나 ᄒ여시나 닉 그득 뉵십의 안혼은 극심
ᄒ고 셔녁이 극난ᄒ니 아조 쇠여더니 다시 싱각ᄒ니 만치도 아니ᄒ니 시죡이
반이라 벗겨시나 손으들 작난 듕 겨유 그려시나 낙ᄌ도 더러 닛고 긔칠도
마니 ᄒ여 뎡(淨)치가 못ᄒ니 잇들고 이는 어미 슈젹이니 타일 반기려니와
시속 아회들이 싱면치도 아닌 싀외한미 필젹이라 그리 앗기널지 모ᄅ겟다
잣달게 시죡ᄒ여 죠희를 다 듯지도 아녀 것추고 슈튱(收充)ᄒ라.
ᄎ 칙이 만치 아니ᄒ나 우리 어마님 뉵십지년의 벗기신 것시니 셜화가 죠코
비록 노필이시나 ᄌ손의게 젼코져 ᄒ여 벗겨쥬쇼셔 ᄒ엿더니 벗겨쥬시니 부
듸 앗겨 보고 혹 모번도 ᄒ고 보닉니 듸〃로 젼홀 ᄎ 보아라.

106. 『뉴씨젼』
이런 일은 셰상의 처음이라. 마리 ᄌ연 젼파ᄒ니 가업시 쳔하 사람이 〃말
노 젼할 고지 업기로 칙으로 져(著)ᄒ온이 그러나 보옵소서.

107. 『唐太宗傳』
이 일을 쳔만 인의 일 인도 법바듬직ᄒ온 ᄉ람이 일말 인의 쳔 인·일 인도

업스이 엇지 의답지 아니리오. 셰민황졔는 무슨 일노 초연의는 그다지 션심이
업스선고.

　여러 가지 불안ㅎ기 소일겸 몃 장 번역ㅎ엿스나 미련흔 필직로 힝셜수셜
ㅎ오나마 보시ᄂᆞ니 눌너 짐작 보실지어다. 지금은 단 삼십의 칠 셰 먹은 일여
을 두엇스나 ᄌᆞ여 만당ㅎ거든 두고 보며 반길지라.

　108. 『니츈풍젼』
　딕쳬 스람니 안히을 어드미 갓치 못ㅎ면 그 집이 빅수불상ㅎ고 쏘흔 가□곤
궁ㅎ이라. 무론반상(毋論班常)ㅎ고 안히을 어질게 만나면 쳔신이 감응ㅎ여
집안니 졀노 되는 것시요 스람의 신슈 불길ㅎ여 쵸연 곤궁홀지라도 마음이
유슌ㅎ고 즉비을 즐ㅎ면 □□의 부귀영화 극진ㅎ고 마음니 고약ㅎ고 불양ㅎ
면 □□ㅎ나니 셰샹 스람 남여와 아희들니라도 니련 칙을 보아 부귀 어진
안히을 구ㅎ면 셰샹의 보빈 쥴 아슐펴(?) ㅎ기로 츈풍은 그 안히의 덕으로
직물을 실산ㅎ여다가 도로 긔가ㅎ여 부귀공명 영화 극진ㅎ게 조여신니 그런
희흔ㅎ고 깃분 일니 또 어딕 잇슬손가. 그려홈으로 셰샹의 유젼ㅎ노라.
　글씨 외ᄌᆞ낙셔 넛슨니 보시난 니 눌너 보시고 즉시 젼ㅎ옵소셔. 칙쥔언(主
人은) 오류 유셔방의 칙니라.
　니 칙은 오자낙셔가 만으니 잘 보시옵소셔.(註: □은 破字임)

　109. 『九雲夢』四
　니 셜운 심회을 진졍치 못ㅎ여 일월을 그거ᄂᆞ(?) 위로ㅎ여 번셔ㅎ니 쇽종
모라 니ᄂᆞ(모르는 사람은) 우슐게오 아ᄂᆞ 이ᄂᆞ 이 일을 아오리니 낙셔 외ᄌᆞ
무슈ㅎ니 가탄이라……(미상) 노안 망필노 긋치노라.

　110. 『淑香傳』
　嗚呼異哉

111. 『玄氏兩態雙麟記』五

오직 냥공의 종젼 슈말과 주녀 졍혼ᄒ던 셜화와 긔셰ᄒ 츙효의 관졀(冠絶)
ᄒ미 무궁ᄒ되 다 소셜의 잇는 고로 발히고 그 되강만 기록 되엿는지라. 승샹
부〃 졸졔(?)ᄒ던 셜화와 웅린·쳔닌 취실ᄒ던 긔〃ᄒ 셜화는 다 후록 명쥬긔
봉의 잇는 고로 츠련은 수지시녁(未詳) 헤가스(該) 낫〃치 일긔ᄒ여닉미 후
인니 젼을 지어닉니 냥현공의 위인니 일쌍 용인갓튼 고로 슈씨(?) 양웅쌍닌긔
라 일홈ᄒ여나니 츠 유젼만셰홀지어다.

112. 『薛氏二代錄』二

닉의 험〃 츄필 오즈 늑셔 츠경불영(且驚??) ᄒ오니 ᄒ인 못면취 면치 못홀
지어다.

113. 『張學士傳』二

한소져 심슴 세에 셧씨나 지죠 둔ᄒ여 글씨 ᄋ름둡지 못ᄒ느 칙셜 □□보쇼
셔. (□□: 未詳)

114. 115. 116. 117. 118. 『劉氏三代錄』뉵

김틱슈 자친 필젹

金宅洙 慈親 安東 金氏筆蹟

子孫代〃 保□事(□: 未詳)

119. 『一樂亭記』序

噫, 是書之作, 雖出於駕空構虛之說, 便亦有福善禍淫底理意, 則此豈非
罪我知我者乎? 但願勿令人見之, 使家庭間婦孺輩, 眞諺讀之, 則庶幾有補
於敎誨之一助云爾.

120. 『鄭海慶傳』

冊主 兪鎭亨

본인은 본듸 단문둔필(短文鈍筆)노 망영되이 셔칙을 등쵸ᄒ노라고 오ᄌ낙 셔도 만씁고 협서도 누〃ᄒ오니 이 칙 보시난 여러 당상 당ᄒ 쳠위난 ᄭ지럼 너모 마시고 용서ᄒ시와 보시압기 경오홈늬다.

『원우론집』 1, 연세대 대학원, 1979.

〈유씨부인전〉에 나타난 열과 재생

1. 머리말

필자가 본 소고에서 간략히 소개하고 다루려는 〈유씨부인젼〉[1]이라는 소설은 필자 자신의 과문의 탓인지는 몰라도 이제까지 나왔던 소설사·론의 연구서에서도 아직껏은 그 제명조차 언급되지 아니했던 희귀본 소설 가운데 하나로 보여진다.

필자는 이 작은 글을 통하여 〈유씨부인젼〉이 지니고 있는 두 개의 근간되는 기둥, 곧 열(烈) 의식과 재생(再生) 관념이 궁극적으로 작품 자체 내에서 어떠한 면모로써 작품의 유기적인 통일에 이바지하고 있는지, 또한 〈유씨부인젼〉이 지닌 바 작품의 미적 의미는 무엇인지를 간략하게나마 다루어보고자 한다.

〈유씨부인젼〉은 여타의 고전소설들이 대부분 그러하듯이 그 지은이와 그 지어진 연대를 정확히 살펴볼 수 없는 작품이나, 그 중 이 작품의 지어진 연대에 대해서는 그것을 어느 정도로나마 추심해 볼 수 있는 대목이 본문 가운데 나오는 바, 곧 "이미흔 슝낭ㅈ도 내킹옥의 갓

---

1) 필자가 지난 1982년 6월 부안 거주 강판선씨의 호의로 그 댁에서 입수한 한글소설로, 그 책의 어느 부분에서도 이 제명을 찾아볼 수 없었으나, 전 소장자 강판선씨와 그의 자당 및 인근 古老 등의 증언을 통해 이와 같이 명명했음을 밝혀둔다.

처쓴니 안조의 편조 붓쳐 낭군님 반긔 만나 죽을 목심 살라씬니"[2][32쪽 4-5행]라는 대문을 통해 〈유씨부인젼〉은 〈숙향젼〉보다는 이후에 지어진 것임을 알게 된다.

본고에서 대본으로 삼은 〈유씨부인젼〉의 서지 상황을 들어 보이면, 가로 22cm × 세로 24.5cm로 이루어져 있으며, 총 66면 분량으로 제1면의 하단부가 파손되어 있을 뿐 선본(善本)이라 할 수 있다. 매면은 10행, 매행은 22자 안팎의 순한글 필사본으로 군데군데 오자가 나타나고 있다. 후기(後記)에 "庚戌年 二月 初 二日"이란 간기가 기록된 것으로 보아 1850년 또는 1910년 가운데 어느 하나에서 필사된 것으로 보여진다. 또 표제의 내면에는 "슝모님 소일(의미 모름)을 갓다 사우양반이 잘 보시고 이년만으 가져와 듸리온니 듸단 황공미안오니다. 그러나 이러케 씬 글언 엇던 양반니 보시면(던-든의 誤記?) 탄본 안니 허실 양븐 업소."란 기록이 있는 바, 〈유씨부인젼〉 또한 다른 고전소설들과 같이 많이 윤독되었음을 짐작할 수 있다.

2. 작품의 순차구조

① 옛적 광흥 시절에 유영낙이란 재상이 높은 벼슬을 다 지내고 고향에 내려와 살고 있었는데, 그에게는 뛰어난 재색을 지닌 여식이 있어 그녀의 부모들은 그에 합당한 배필을 두루 찾는다.

② 전 승상 니우송[손]의 아들 춘매와 혼인을 맺은 지 일년 만에 시부와 친정아버지를 잃고 유씨 부인은 시모와 친정 모친을 모시고 광흥으로 옮겨 산다.

---

2) 띄어쓰기만 필자가 하고 표기는 원전에 나타난 그대로임. 이하 같음.

③ 그 후, 춘매는 과거길에 올라 장원급제하여 한림학사를 제수 받고, 고향에 내려가 기쁨을 나누던 춘매는 임금의 명을 받아 올라가며 후일을 기약한다.

④ 임금의 총애 아래 벼슬이 점점 높아가던 춘매는 간신들의 시기를 받아 정배 가게 된다. 정배 길에 모친께 들러 이 사연을 이르고 충복 청산·영노를 데리고 길을 나선다.

⑤ 석 달 만에 정배지에 이른 춘매는 그 곳에서 동방급제했던 정몽윤[양옥]을 만나 기쁨을 나누지만, 노모와 유씨 부인을 그리워하다가 병이 들어 그 곳에서 운명하고 만다. 이에 몽윤은 춘매가 데리고 온 노복들로 하여금 이 사연을 상전께 아뢰도록 하고 자신은 그 시신을 지킨다.

⑥ 한편 유씨 부인은 창 밖의 앵도화가 슬피 우는 것을 보고는 혹 부군에게 좋지 않은 일이 생긴 것이 아닌가 하여 걱정하며 지낸다.

⑦ 노복들이 와 상전인 춘매가 쓴 부고서를 바치고, 상전이 이미 세상을 떠난 사연을 아뢰니 충격을 받은 유씨 부인은 기절하고 만다.

⑧ 양 모친의 간곡한 정성으로 이윽고 깨어난 유씨 부인은 한림의 유지를 받들어 망부를 선산에 안장하려는 뜻으로 아뢰어 허락 받고, 두 노복과 시비를 데리고 길을 나선다.

⑨ 중도에 함평읍에 이른 유씨 부인은 태수 한씨돌이 보낸 편지를 통해 그가 작고한 망부와 동방급제한 사람임을 알고, 그가 베푸는 은혜를 고마워하며, 그가 청하는 대로 하루를 더 그 곳에서 유숙하게 된다.

⑩ 그 날 밤이 깊어 씨돌은 드디어 흉심을 드러내어 유씨 하인들을 결박지우고, 유씨 방으로 뛰어들다가 그 때까지 수심으로 잠 못 이루던 유씨 부인에게 한 팔을 잃고 분함을 못 이기어 그녀를 옥에 가두고

는 거짓 사연의 장문을 나라에 올린다.

⑪ 씨돌의 장문을 본 왕은 곧 사관으로 하여금 일의 진위를 알아보도록 명한다. 씨돌의 대답에서 뭔가 석연치 아니함을 느낀 사관은 씨돌의 만류를 뿌리치고 직접 유씨 부인을 불러 문초하게 된다.

⑫ 자신의 근본과 겪은 바 고통을 얘기하는 유씨 부인을 통해 씨돌이 한 팔을 잃게 된 사정을 확연히 알게 된 사관은 한씨돌을 크게 꾸짖고, 이어 그 때 함께 행동했던 씨돌의 하인들도 태장으로 다스린 후이 사연을 왕에게 알린다.

⑬ 사관과 헤어져 다시 길을 나선 유씨 부인은 여러 곳을 지나며 다니다, 또 오자서를 만나 원통함을 듣는 가운데, 어느새 절도에 이른 유씨 부인은 그간 망부의 치상범절과 제청수호를 돌보아준 양옥의 은공을 치하하고 신체 앞에 나아가 제문을 지어 망부를 치제한다.

⑭ 양옥의 만류에도 불구하고 직접 망부의 시신을 보고 난 유씨 부인은 그 시신의 상태와 자신의 처지를 생각하며 더욱 애통해하다가 비몽사몽간에 울음소리를 듣고 깨어보니 망부가 숨을 통하고 있었다.

⑮ 유씨 부인의 정성이 지극한 데 감동한 염왕이 특별한 배려로 잠시 숨을 통한 춘매는 이 사연을 이르고는 다시 숨을 거두고 만다. 기쁨도 잠깐, 보다 더한 슬픔으로 인해 유씨 부인마저 잇따라 숨을 거두게 된다.

⑯ 유씨 부인의 혼은 달아나는 춘매의 혼백을 쫓아가며 자신도 함께 데려가기를 청하고, 실랑이 끝에 마지못해 춘매는 그녀의 혼과 더불어 염라국으로 들어간다.

⑰ 한편 염왕은 춘매가 약속한 들어올 시간에 들어오지 않자 사자를 명해 춘매를 잡아오도록 명하고, 그를 잡으러 나선 사자들은 중도에서 춘매를 만나 그로부터 늦어진 연유를 듣게 된다.

⑱ 사자를 통해 춘매가 늦어진 사정을 들은 염왕은 유씨 부인이 수명이 다하지 않아 염라국에 들어올 수 없음을 고하며 바삐 나가도록 명하나, 유씨 부인은 세상만물 모든 것이 짝이 있는데, 어찌하여 자신만은 그렇지 않느냐고 하면서 여필종부에 따라 자신도 죽으려 한다고 얘기한다.

⑲ 이에 염왕은 유씨 부인에게 다시 새로운 배필을 점지해 주겠으니, 생각을 돌려 나가도록 설득한다. 이 말에 노한 유씨 부인은 염왕의 무례불칙함을 들어 항변한다. 염왕은 드디어 유씨 부인의 정절이 깊음을 기특하게 여겨 춘매의 수명을 더 늘려주어 못다한 인연을 다시 누리도록 조치한다.

⑳ 이에 춘매와 유씨 부인은 사자가 이끄는 대로 따라 나와 절강에 이르러 시비와 양옥이 자신들의 치상범절을 차려놓고 통곡하며 넋두리하는 것을 보고 몸을 한번 뒤움쳐 숨을 통하게 된다.

㉑ 소생한 춘매와 유씨 부인은 양옥의 정성이 지극함을 칭사하고 유씨 부인은 양옥에게 오누이를 맺자고 청해 허락을 받는다.

㉒ 한편 절도의 문첨사는 춘매와 유씨 부인이 재생한 연유로 나라에 장계를 올리고, 이 소식을 들은 왕은 유씨 부인의 높은 정절을 기려 정열후 겸 숙부인 직첩을 유씨 부인에게 내리고, 이 한림을 좌승상의, 정 한림은 우승상의 벼슬로 봉작한다.

㉓ 상의 명을 받은 사관이 절도로 가서 이 연유로써 그들에게 아뢰니, 이정 양 승상은 국은을 사례하고 광흥으로 치행한다.

㉔ 한편 유씨 부인의 시모와 친모는 유씨 부인을 절도로 떠나보낸 후 그 소식을 몰라 눈물로 세월을 보내다가 춘매와 유씨 부인이 의외로 살아 돌아옴을 듣고 일가가 기쁨을 감추지 못한다.

㉕ 왕을 뵙고, 이후 영화로움을 극진히 누리던 이 승상은 영의정까

지 다 지낸 후, 고향에 내려와 노후를 7남매와 더불어 지내며 온갖 부
귀영화를 누린다는 내용의 이야기.

3. 〈유씨부인젼〉에 나타난 열과 재생

하나의 문학 작품은 문학적 전통 자체의 독자적이거나 내재적인 발
생 요인에 의해서만 다루어질 개연성은 지니고 있지 않다.[3] 그것에 그
와 같은 하나의 문학 작품이 배태되어질 수밖에 없는 사회적 토양으
로서의 여러 자양분이 모도아져 알게 모르게 그 영향과 수용의 과정
을 거치며 문학 작품이 산생될 수 있으리라는 추단이 허용된다면, 비
로소 하나의 문학 작품에 대한 극히 온당하고도 총체적인 파악과 접
근이 용이해진다고 하는 지적은 이미 주지된 사실로 우리에게 인식되
어 있다.

〈유씨부인젼〉에서 궁극적으로 추구하는 작품의 의미가 현실 논리로
서의 유교 이념이 실천적인 구현체로서 동반해야 할 충·효(忠孝)와 더
불어 또 하나의 커다란 덕목인 열(烈)의 선양에 있다고 하는 점에 생각
이 미칠 때, 이와 같은 열 관념이 사회 지도 이념률의 하나로써 유교
의 실천적 덕목에만 공허하게 머물러버린 데에 그친 것이 아니라, 그
것이 한 문학 작품 속에 내재된 주된 의미망으로까지 정립·확산되어
표출된다고 하는 점에서 위에서 언급한 사실은 어느 정도 타당성을
얻게 된다고 하겠다.

---

3) 이러한 견해는 문학 자체의 발생 논리에 따라 다루지 아니하고, 역사·사회·경제
  등과 '그 문학을 낳게 한' 문학을 너무 밀착시켜 다루고 있는 것에 대한 반발로 나타난다.
  그러나 이런 각도에서의 접근이 한국 문학에서는 별반 이루어져 있지 않은 것 같다.

여말(麗末) 성리학의 수입 이후, 조선조 사회에 들어와 그것이 사회 지도 이념과 제 정책의 실행 척도로서 마련되고, 나아가 그것이 사회 제도의 모든 면면을 지배하는 성격을 띠게 되면서부터는 사회에서 발생할 수 있는, 또 발생하는 여러 사상(事象)들에 이러한 현상이 표면적이거나 이면적으로라도 숨쉬며 꿈틀대고 있었을 것이라는 가정은 이미 가정(假定)의 영역에 머무르는 것이 아니라 사실 인식에 가까운 지적인 감마저 없지 않다. 이러한 점에서 비로소 그간 애기되어 왔던 고전소설이 지니고 있는 유교 윤리의 소재 확인 작업[4]이 설명될 수 있는 것이라 본다.

〈유씨부인젼〉은 이런 면에서 그 작품의 특징이 파악되어야 할 작품이다. 그에 대한 자세한 검증은 논의를 진행시켜 나가면서 밝게 드러나리라 본다.

본론으로 되돌아가 이야기를 전개시킬 차례이다. 앞에 들었던 작품의 줄거리 소개에서 이미 살펴볼 수 있었듯이, 〈유씨부인젼〉은 열이라는 도그마(dogma)로 무장된 유씨 부인을 등장시켜 그 인물의 행동에서 결과적으로 얻게 되는 열의 사회적인 선양과 그에 따른 사회적 보상심리로서의 재생에 대한 문제를 아울러 모도아 이야기하고 있는 작품인 바, 이 작품 또한 여러 선학들이 그간 고전소설이 지니고 있는 주제 영역의 하나로 설정했던 열을 표상한 작품 가운데 하나임에는 틀림 없다.

그러나 〈유씨부인젼〉은 열을 주제 이념으로 지니고 서술된 다른 많은 고전소설들과는 달리 열의 주체적 행위자로서의 당자뿐만이 아니라 객관적 대상자인 남편까지도 주체적 행위자에 의해 신봉되고 준수

─────────────

4) 김미란, 「국문학에 나타난 열 윤리와 좌절」(『국어국문학』 82호, 1980)도 이러한 작업의 하나로 들 수 있다.

되었던 열이라는 현실 논리에 따라 결국 재생이라는 비현실(?)이기까지 한 매제를 불러일으켜 같이 재생한다고 하는 점에서, 〈유씨부인전〉이 지닌 작품 내적인 질량감과 대사회적인 외침의 진폭은 같은 주제로 이루어진 여타의 고전소설들에 비해 더욱 더 크다고 할 수 있다.

이제 이러한 지금까지의 견해를 보다 구체적으로 진술해 보일까 한다. 〈유씨부인전〉은 두 개의 큰 갈등 구조가 앞서 언급된 주제 아래 용해되어 있는 작품인 바, 그 갈등 구조는 현실성 위에 토대를 두고 전개되는 함평읍[5] 태수의 흉계에 의해 야기된 서사 진술과 초현실적 장소로서의 염라국을 배경으로 취해 벌어지는, 남편의 죽음을 둘러싸고 유씨 부인이 염왕과 벌이는 첨예한 대립을 통해 초현실적 의미를 극복하여 현실성으로 회귀[이것 또한 '적강소설'이 지닌 형태적 특질로 이미 지적되어 왔다. 천상으로의 재환(再還)을 의미하는 것으로의 현실성을 말한다.] 한다는 내용의 서사 진술로 이루어져 있다. 이에서 비로소 양 갈등 구조를 통해 현현화하고 규정되어질 〈유씨부인전〉에 대한 올바른 탐색의 길이 마련된다. 여기서 먼저 함평읍 태수에 의해 마련된 갈등 구조의 성격을 다루어보자. 전기 ⑨단락에서 문제의 발단이 서술된다.

"니 날 밤 숨겡(三更)의 수다흔 관속을 다리고 뉴씨 스쳐의 나와 뉴씨 흐닌을 결박"[30쪽 3-4행]한 씨돌은 유씨 부인을 욕보이려 하다가 "흔 팔니 닉려지"[30쪽 9-10행]는 신세가 된다. 이에 씨돌은 "엇써흔 제집[계집의 오기?]니 션감 출닙할 제 질을 막고 셧던 츳의 션감니 꾸지신

---

5) 〈유씨부인전〉 또한 地所 설정의 파탄이란 근본적인 약점을 지닌 고전소설로 보여진다. 강판선씨 자당의 증언에 따르면 유씨 부인이 제주도로 찾아나서는 것으로 얘기되고 있다. 그런 점에서 본전에 나오는 광주, 함평 따위의 지소는 나름대로의 설득력을 지니나, 그 곳으로 가는 도중에서 유씨 부인이 겪는 도정은 중국적인 地名의 나열에 불과함을 볼 수 있다. 이 점에서 지소 설정의 파탄이 운위된다. 이 점에 대해서는 김태준의 『조선소설사』를 참조할 것.

빈 그 연니 칼을 쎅여"[31쪽 7-9행] 그리 되었다고 거짓 장계를 나라에 올리고, 유씨 부인을 옥에 가둔다. ⑫단락에 이르러 씨돌의 음흉한 흉계에 의해 야기되었던 갈등 구조는 일단 '잠정적으로나마' 해소되게 된다. 여기서 잠정적이라 함은 사건의 추이를 지켜볼 때, 그 해결이 유씨 부인이 지니고 있는 열로 인한 직접적인 반응으로 마련되어지는 것이 아니라, 천상적인 인물인 유씨 부인이 지상세계로 내려와 겪게 되는 일시적인 고난의 성격을 그 갈등 구조가 지닌다는 데서 그렇게 주장할 수 있다. 이 점은 다음과 같은 작품의 문면을 살필 때 익히 찾아진다. 곧 "익기씨 '지흥의 귀양와게'[귀양 와 게셔, 혹은 귀양 와셔의 오기?] 니러흔 고싱을 적셰라괴[겪으라고?] 승졔게옵셔 흥신 반니[바니?]"[33쪽 6-7행]가 그것이다. 이것은 또한 나아가 〈유씨부인젼〉이 지니고 있는 형태적 특징을 살펴볼 때도 증명된다. 곧 죽음의 터전인 염라국이 축(軸)에 놓이고 그 앞뒤로 삶이 각각 자리잡고 있는 바, 그 각각의 삶이 지닌 바 의미는 일률적으로 취급될 수 없는 차이점을 지닌다. 이것을 간단히 표로 보이면 아래와 같다.[6]

	삶 1	천상 죄업을 지워가는 지상에서의 고난스런
유씨부인젼	죽음	삶1 · 삶1'의 상대적 의미를 얽어보이기 위해 하나의 장치물로 마련된 것이며, 여기서 앞서 얘기한 바 있는 사회적 보상 심리로서의 재생 · 현실성으로의 회귀가 이해될 수 있는
	삶 1'	완전한 의미에서 새롭게 태어난 표면적 시선: 지상, 이면적 시선: 천상

이러한 표를 통해 보더라도 삶1에서의 갈등을 불러일으키는 요인과 그의 반작용으로서의 해결을 완벽하고 심화된 의미를 띤 매제일 수도

---

6) 이런 점으로, 〈유씨부인젼〉 또한 적강소설의 하나로 산입될 특성을 지닌다.

없으며, 나아가 그 해결 또한 조그만치의 하자도 없는 완벽한 해결이
아니라, 덜 성숙된 갈등 요인과 뭔가 꺼림칙함을 뒷전에 남겨둔 해결
에 불과함을 알 수 있다. 환언하면 일상적 인물인 씨돌에 의해 야기되
는 갈등은 천상적 인물인 유씨 부인에게는 그리 큰 문제를 지울 수 없
는 한계를 지닌다. 그것은 영속적이고 감도 강한 고난으로 유씨 부인
에게 다가오는 것이 아니라, 유씨 부인이 겪어야 할 일시적인 고난의
한 도정에 불과하다. 이 점은 다시 유씨 부인의 시비 옥단의 다음과
같은 진술에서도 확인되어진다.

> 익기씨 구든 절기의 곤익기 도라와셔 분ᄒ기야 엇다 칭양할 수 업쓰
> 온나 익기씨 지극 정셩 창숑갓치 놉픈 절힝 천신니 감동ᄒ여 황상니 알
> 르시면 불구의 영니 딜려 씨돌의 죄악긔 낫타나면 흔 칼의 목을 베여
> 만닌 소시ᄒ올진딕 그 안니 상쾌ᄒ오. 넘며 셔러 마르소셔 [33면 7행-
> 34면 2행]

앞서 첫 갈등 구조가 잠정적으로 해결된, 즉 일시적인 고난의 의미
를 지닌 데 불과하다고 한 바 있다. 이 점은 다시 첫 갈등 구조에 나타
나는 인물들의 상호 관계를 통해서도 거듭 설명되어진다. 곧

이 그것인 바, 위 표에서도 찾아볼 수 있듯이 피해자인 유씨 부인은 가해자인 씨돌에 의해 마련된 고통을 일방적으로 감내할 뿐인 나약한 존재에 불과하다. 그러나 유씨 부인은 일상적이고 평범한 일차원적 인간인 한씨돌과는 여러 가지 면에서 근본적으로[7] 동질시될 수 없는 인물이다. 이미 한씨돌은 엄밀한 의미에서 유씨 부인에 대한 가해자일 수는 없다. 곧 가해자로서의 결격사항을 원초적으로 지니고 있는 인물에 불과하다. 여기서 유씨 부인의 간접투사체로서 사관이 설정되는 까닭이 있다. 곧 왕으로 대표되는 사관과 유씨 부인의 관계는 여타의 관계들과는 달리 '오고가는' 양상을 지니고 있음이 도표에서 드러난다. 바로 이것에서도 앞서 언급된 사실은 거듭 증명된다. 유씨 부인이 첫 갈등 구조에 직면할 때까지도 유씨 부인은 아직 신성적 인물로의 전신이 허용되지 않은 나약한 존재로 머문다. 천상인으로 지녔던 바 능력을 펼쳐 보이기에는 때가 이른, 꿈을 유보 당한 인물에 지나지 않는다. 그 꿈을 미약하게나마 펼쳐 보이기 위한 매체로 마련된 것이 바로 사관이다. 사관에 의해 유씨 부인은 일시적으로 봉착했던 고난을 덜게 되고, 천상세계로 다시 한 번 돌아가고픈 꿈을 어느 정도로는 회복하게 된다. 그러나 그 꿈의 완전한 성취는 염왕과의 대립을 거치면서 얻어진다.

이제 유씨 부인과 염왕이 벌이는 대결을 통해 드러나는 갈등 구조의

---

7) 한씨돌과 유씨 부인이 근본적으로 처해 있는 처지가 지상계와 천상계로 나뉘어져 있다는 데서도 그렇지만, 씨돌이 유씨 부인에게 음모를 품는 계기가 문면에 뚜렷이 드러나지 않지만, '色'으로 미루어볼 수 있는 점에서 내면보다는 외면의 허상만을 볼 줄 아는 형이하학적인 인물이라고 한다면, 그 반면에 유씨 부인은 '烈'이라는 형이상학적 논리 아래 자신의 삶을 꾸려나가고 있다는 데서도 그 양자 간의 대결[비록 그것이 한씨돌 개인에 의해 일방적으로 마련된 것이기는 해도]은 대결 그 자체의 엄정성을 지니지 못한다는 한계를 지닌다.

양상과 그 의미를 살펴볼 차례이다. 그것은 전기 ⑮단락에서 ⑲단락에 걸쳐 출현한다. ⑮단락에서 춘매를 매체로 하여 염왕과 유씨 부인의 만남이 필연코 있으리라는 복선이 내재된 도입부를 보게 된다. 여기서 먼저 비현실계와 현실계의 자연스런 만남의 의미와 그 만남을 가능케 한 요인은 또 무엇인지, 비현실계(?)로서의 염라국의 성격 따위를 살펴볼 필요가 있다.

기실 우리의 고전소설 작품군 가운데는 이와 같은 소재를 밑바탕으로 하여 전개되고 있는 작품들, 예를 들면 〈당태종전〉, 〈제마무전〉, 〈왕랑반혼전〉, 〈남염부주지〉, 〈삼사횡입황천기〉, 〈이계룡전〉, 〈목시룡전〉[일명 <목시룡정충기>], 〈유광전〉 등이 있다. 이들 작품에 대한 성격의 파악은 선학들의 해당 논문[8]으로 미루고, 〈유씨부인전〉만을 들어 위에 제시된 문제들에 대한 논의를 전개할까 한다. 〈유씨부인전〉의 경우 또한 여타의 작품들과 마찬가지로 염락국으로 상정된 이역(異域)으로 가는 계기가 서술되어 있다. 잠시 회생한 남편 춘매로부터 그가 그리 된 연유—이것은 유씨 부인의 열행에 감동한 염왕의 배려로 마련된 것으로써, 이후 염왕을 비현실적 인식의 주체자로 머물게 내버려두는 것이 아니라, 현실적 상황 인식의 주체자로 탈바꿈시키는 '비의도적 부산물'로도 파악된다. 이에 대해서는 후술된다—를 듣고 이에 춘매가 다시 숨을 거두자 유씨 부인은 슬픔이 극해 "주검을 붓들고 긔절ᄒ 던니 홈씌 쌀란니 누어 운명"[53쪽 2-3행]하는 정황만이 서술되고 있다. 여기서 비로소 현실적 인물인 유씨 부인이 열을 매체로 하여

---

8) 소재영, 「재생설화고」, 『아세아연구』 32호, 1968.
  이헌수, 「고전소설에 나타난 명부설화 연구」, 『한국문학연구』 4집, 1982.
  이 작품들에 대한 간단한 해제는 김기동, 『한국고전소설연구』(교학사, 1981)에서 찾아볼 수 있다.

염라국에 이르는 길이 가능해진다. 그러나 유씨 부인이 이르른 염라
국은 〈당태종전〉, 〈제마무전〉, 〈남염부주지〉에서 묘사하고 있는 염라
국과는 판이한 느낌을 주는, 이 세상과 완전히 차단된 어둠과 공포의
느낌만을 지니고 있는 그런 곳이 아니라, 이웃 마실 같은 감마저 감도
는 그러한 장소로 드러난다.[9] 이 점뿐만이 아니라 그 염라국의 주재자
인 염왕의 사고관이라든가 당시대 사람들의 재생관 따위를 아울러 생
각해볼 때도 〈유씨부인전〉에 그려지고 있는 염라국은 현실 세계의 연
장선상에서 파악될 소지를 지닌다. 자세한 논의는 또한 후에 드러난다.

이에 앞서서 거론되었던 문제제기에 대한 해명이 밝혀져야 이제까
지의 논의는 타당성을 부여받게 된다. 여기서 염라왕의 일방적 횡포
에 의해 유씨 부인에게 닥쳐온 고난의 실상과 그 의미를 밝혀봐야 할
필요성이 선결적으로 요청된다. 자아에 대한 세계의 우위 내지 세계
의 우위에 대한 자아의 대결·갈등을 통한 우위 획득 등이 소설문학을
배태하는 동인이 된다면,[10] 여기서 다루는 〈유씨부인전〉의 경우는 전
자의 후자에의 융해라는 각도에서 이해될 소지를 지닌다. 그 점을 간
략하게 다루어보면, 염라왕에 의해 자행된 세계의 횡포와 그에 대응
하는 유씨 부인의 관계는 시초에는 어느 한 편도 꿀리지 아니하는 상
등성(相等性)을 지니며, 그것은 크게 합리적인 의사 표명에서 밝게 드
러난다. 이러한 상등성은 작품의 이후 부분의 전개에 뭔가의 긴장감
을 독자들에게 주기 위하여 고도의 기법을 지닌 작가에 의해 마련된
것으로, 상등성이 와해되면서 점진적으로 양자 간의 대결과 대응이

---

9) 정명기, 「〈향두가〉에 나타난 죽음관」, 『연세』 16호, 1982, 98∼100쪽 참조.

10) 이 점에서 필자는 조동일의 『한국소설의 이론』과 견해를 달리한다. 필자 나름의 생
    각으로는 조동일이 마련했던 4개의 도식은 어느 면에서 볼 때 한정성을 지닌 견해에
    불과하다. 고전소설이 지닌 보편성과 특수성을 아울러 생각해 보더라도 그렇다고 하
    겠다. 자세한 논의는 별고로 미룬다.

더 이상 상등성을 지닐 수 없는 단계로까지 나아갈 것을 예시하는 면모를 지닌다. 춘매의 혼을 뒤따라 염라국에 이른 유씨 부인에게 염왕은 "춘믹난 제 원명으로 달려와것니와 뉴씨난 들여올 쩍가 머러난듸 엇지 미리 들어온다"[54쪽 8-10행]고 대책한다. 곧 염라국은 그 성질상 이승인이 이승인으로 남아 있는 이상 이승인들을 거부해야만 하는 곳이다. 비록 차사 등의 실수에 의해 이승인들이 그릇 염라국에 들어올 수는 있을지 몰라도[이러한 예가 문학적으로 형상화된 경우를 우리는 <삼사횡입황천기>나 오늘날도 전승되고 있는 많은 동종의 민담에서 찾아볼 수 있다.], 이승인이 저승계인 염라국에 하루 한시도 머문다는 것은 이미 염라국 본연의 성격을 상실해버린 것임을 말해준다. 이 점에서도 거듭 <유씨부인젼>에서의 염라국이 비현실 장치물로 설정된 것이 아님이 확인된다. 곧 <유씨부인젼>에 나타난 염라국은 이승 세계의 윤리관이 왜곡되지 아니하고 그대로 통용되며, 또 그 호소력을 충분히 발휘할 수 있는 곳으로 그려진다. 유씨 부인의 다음과 같은 진술에서도 그 양상의 일단은 드러난다.

> <u>대왕게옵셔 만민을 다 싱게쥬실 쩍애 부부지별과 부즈지친을 말련ㅎ옵실</u> 제 엇지 첩은 부부지별니 업시 말련ㅎ오며 춘믹난 엇지 부즈지친을 업시 말련ㅎ시닉가. 첩도 듸왕의 명을 바더 셰승의 나갑쏘온나 비금쥬수도 쏙니 익고 벌거지도 쏙니 익고 힝즈라도 마죠 셔고 미독도 쏙니 익고 문돌쏙구도 쏙니 잇습난듸 허물며 사름니아 비필니 업쏘오며 몸을 엇다 붓쳐 살나 ㅎ시익가. <u>에필리 종부난</u> 인간의 졔닐이라 ㅎ여쏘온니 첩도 춘믹을 써지[떠러지지?] 못ㅎ게닉다. [54면 10행-55면 9행]

에서 현실적 인물인 유씨 부인이 비현실적 존재인 염왕에게 현실 논리로서의 '여필종부(女必從夫)'와 자기 자신만이 짝이 없는 외로운 정황임을 운위한다는 것에서도 그것은 다시 밝게 드러난다. 곧 우위에 놓인 염왕의 밀어내는 자세에서 그것이 문제되어지는 것이 아니라 유씨 부인의 진술을 받아들이는 자세에서 염왕이 비현실적 속성을 이미 어느 정도로는 상실해 버렸음을 쉬 보게 된다. 그만큼 현실 논리에 대해 수용적이 되어버린 염왕은 유씨 부인의 “첩은 청춘니라. 부부가 잇쓱와아 영화라 ᄒᆞ옵졔 공방독숙 청츈니 어이ᄒᆞ리요.”[56쪽 2-4행]라는 말을 듣고 유씨 부인에게 “그러ᄒᆞ면 다른 ᄇᆡ필을 정ᄒᆞ여줄 써신니 어셔 나가라.”[56쪽 4-5행]고 회유하는 극히 일상적이고 표피적인 인물로 완전히 전신을 하게 된다. 그 근원을 알지 못하고 미망에 물들어버린 존재로 화한다. 그러나 어떠한 존재이든지 자신이 그때까지 몸담고 있었던 여러 환경으로부터 벗어나고자 할 때나, 탈바꿈을 꾀할 때도 그 일탈 변화를 쉽사리 감행하고 맞아들일 수 없는 것임을 우리는 통과의례(initiaitiion) 양식을 지니고 있는 많은 서사문학 작품을 통해 익히 알고 있다. 그것은 불안스러움, 공포감, 두려움, 전율 따위와 동반되어 출현한다. 이 양상은 ⑲단락을 살필 때 어느 정도 드러난다. “아무리 뉴명은 달나신나 ᄃᆡ왕게옵셔 그니 무례ᄒᆞᆫ 말노 인간ᄌᆡᄉᆼ[인간세상?]의 여ᄌᆞ로 더부러 ㉮그리 무도ᄒᆞᆫ 말노 긔롱ᄒᆞ시며 ⓐ쳡의 말리 만타 ᄒᆞ고 풍도의 보닐지아도 ㉯말솜니 져러ᄒᆞ고 염ᄂᆡ지졍을 엇지 ᄒᆞ오며 ᄃᆡ왕도 ㉰본ᄃᆡ 셰상의 영혼으로셔 은예예지을 엇지 모로시고 무도ᄒᆞᆫ 말솜을 하신닉가 ᄒᆞ면[ᄒᆞ며?] 쳔연니 ᄉᆞ직”[56쪽 5행-57쪽 1행]는 유씨 부인의 태도는 일상적인 차원에 머무는 존재로서는 감히 머금을 수조차 없는 강력한 대응을 보여준다. ⓐ에서 드러나듯이 풍도옥에 가서 영원히 삶과는 절연된 채 살지라도, 현실적 유교 윤리에 대한 절대 추종자인 유씨 부인은 ㉮에서 ㉰로 점차 강도를 높이며 염왕을 몰아세우는 입장에 놓임을 스스로 택한다. 이로 인해 갈등 구조의 시발점에서 마련된 상

등성의 위치는 흔들리게 된다. 유씨 부인이 재생을 약속 받기 위해서
는 자신이 지닌 바 열 의식을, 나아가 "은예예지"까지도 굳건히 지켜야
했고, 또 지킬 수밖에 없는 존재였다. 그러나 유씨 부인은 그것을 지키
는 것에만 안주해 버린 소극적이고 나약한 인물이 아니라, 그것을 제3
자인 염왕에게도 그대로 적용시켜 염왕의 무도함을 공박하고 있는 적
극적인 인물로의 전이를 꾀한다. 이것은 사태의 정확한 실상을 헤아려
보지 못하는 염왕으로 하여금 크게 불안감을 지우는 기제로 작동하고
도 남는다. "념닉지경을 엇지 ᄒᆞ오며"라는 유씨 부인의 대매(大罵)에서
그것은 익히 찾아지고도 남는다. 열의 수호와 견지가 곧 적강되어 이
지상에서 온갖 고난을 겪던 유씨 부인을 더 이상 세속적인 차원의 세
계에 머물게 하지 아니하고 신성 세계로의 회귀를 다시 한 번 가능케
한 중요 인자로 작동한 것이며, 나아가 염왕의 전신을 마련케 한 직접
적인 매제이기도 했다. 그와 같은 선상에서 염왕의 "그듸의 빅옥갓든
정절과 철셕갓튼 마음을 싱각ᄒᆞ여 춘민 명을 더 빌어 니언(因緣)을 다
시 민졔[맺어?] 닉보닉니 인간빅셰을 살고 부귀영화를 ᄌᆞ식의게 견수
ᄒᆞ고 훈날 흔시의 드러오라."[57쪽 2-5행]는 조치가 이해될 수 있다.

　그러면 이러한 첨예한 갈등·대립이 해소된 근원적 이유는 어디에
있는 것일까? 그것은 〈유씨부인젼〉이 지니고 있는 작품의 지닌 바 내
적인 의미와 이에 대응한 독자 계층의 참다운 독서 행위가 아울러 고
려될 때 그 해답이 드러난다. 곧 참다운 문학적 대화는 작가와 작품과
독자가 일직선상에 놓이고, 그 각각의 분담되어진 역할에서 오는 공
동향유(共同享有)이어야 한다.[11] 이 점에서 본다면 여기서는 작가와 독
자를 논의의 출발로 삼게 될 수밖에 없다.[작품이 안고 있는 의미에 대해

---

11) 차봉희 편저, 『현대사조』 12장, 문학사상사, 1981, 67~81쪽.

서는 앞서 살핀 바 있으므로] 작가가 〈유씨부인젼〉을 통해 그려낸 유씨
부인은 유교 이념의 실천적 구현체의 하나로 나타나 열의 화신이었다.
그럼에도 불구하고 유씨 부인은 부상을 받지 못한, 거듭되는 고난으
로 인해 좌절을 상처를 입은 가녀린 존재였다. 혼례를 올린 지, 즉 "우
니[우리?] 양닌니 만나 쟤 불과 삼연간의"[10쪽 5-6행] 헤어진 남편 춘매
는 불귀의 객이 된다. 또 열의 드높은 기치 아래 유씨 부인 또한 남편
의 죽음을 뒤따라 그 곳으로 가는 상황이 벌어진다. 이것은 〈유씨부인
젼〉을 지은 작가나 그 작품을 읽고 무언가를 느껴야 할 독자로의 완전
한 합일을 불러일으키지 못한다. 유씨 부인을 그 차원에 계속 머물러
두는 한에 있어서는 결코 작가와 독자의, 작품을 통한 서로의 만남은
이루어지지 않는다. 유씨 부인 자신이 견지하고 있었던 열 의식이 반
사회적 의미를 지닌 것이 아니라면, 그 열행(烈行)에 대한 사회적 보상
심리가 어떠한 형태로든지 간에 이루어져야 한다. 곧 열 의식의 선양
이란 기치 아래, 그에 따른 작용으로서의 재생이 마련된다. 이 점에서
〈유씨부인젼〉의 작가나 독자들 또한 그 당시의 문학적 전통의 전습성
(傳襲性) 또는 당시대인들의 저승과는 또 다른 세계에 대한 인식 따위
의 연장선상에 한껏 놓이면서 서사문학 작품들 가운데서 항용 끌어
써왔던 비현실계로서의 염라국을 작품 내에 도입한 것이 설명된다.
그러나 앞서 말한 바와 같이 〈유씨부인젼〉에 설정된 염라국은 현실계
를 넘어서고, 그 곳과 차단된 그런 곳이 아니라, 어디까지나 현실계의
제 양상과 특성이 그대로 굴곡 없이 받아들여지는 또 하나의 현실세
계일 뿐이다. 그만큼 〈유씨부인젼〉의 유씨 부인이 지니고 있는 열행
은 시공적(時空的) 초월성을 띠고 있다. 이 점에서 유씨 부인이 남편
춘매와 더불어 재생이 가능케 되는 상황이 설명될 수 있다고 본다.
　이제까지 소박한 나름의 견해로 갈등 구조가 해소된 이유를 살펴보

았다. 이 논의는 독자사회학, 독자심리학의 면에 기댈 때 보다 정치하게 이루어질 수 있으나, 그에 대해서는 훗날로 미룰까 한다.

필자는 〈유씨부인젼〉을 염라국이 축이 되어 서로 상대적인 의미를 띤 삶의 양상의 표현이란 점에 주목하여 다루어왔다. 곧 전자의 삶이 불완전하고 세속적인, 일방적으로 받아들이는 존재로서의 삶을 그리고 있다면, 후자의 삶은 완전하고 신성적이며, 밀어내는 존재로서의 삶으로 그려지고 있다 하겠다.

이제까지 〈유씨부인젼〉이 지닌 갈등 구조와 그 의미를 간략히 다루어보았다. 이 밖에도 미처 언급되지 못한 많은 면모를 〈유씨부인젼〉은 갖고 있다. 그러나 본고는 어디까지나 〈유씨부인젼〉이란 이제껏 다루어지지 않았던 작품에 대한 소개란 성격이 더 강한 글이기에, 본고에서는 그 주된 갈등 구조만을 다루었을 뿐, 이 밖에도 아울러 생각해봐야 할 많은 면모를 채 다루지 못했다는 점은 이 소고가 지닐 수밖에 없는 근본적인 한계로 남는다.

4. 맺는말

〈유씨부인젼〉은 죽음을 축으로 한 상대적인 의미를 지니고 전개되는 삶의 양상을 그려낸 작품이다. 곧 그 작품은 천상선인이었던 유씨 부인이 지상세계에 적강하여 불완전하고 세속적인 의미의 삶을 사는 유씨 부인과 나름의 완전한 신성적인 삶으로의 합일이 약속된 유씨 부인의 일원이이원(一元而二元), 이원이일원(二元而一元)의 삶을 염라국이란 비현실적(?) 장치물을 통해 그려보이고 있는 작품이다. 〈유씨부인젼〉이 지닌 가치는 당시 사회윤리로서의 열행의 선양과 그로 인한

사회적 보상심리로서의 재생을 아울러 얘기하고 있는 점에서 찾아
진다.

한 작품이 지니고 있는 구조 자체에 대한 현상 파악과 그 의미가 완
벽히 파악될 때, 한 문학 작품에 대한 논의는 타당성을 얻게 된다. 그
러나 본고에서는 그러한 의미에서의 완벽한 작업이 이루어지지 못한
듯싶다. 이 점 본고의 성격상 부득이했음을 덧붙이고, 자세한 논의는
훗날로 미룬다.

『연세어문학』 14 · 15합호, 연세대 국어국문학과, 1982.

〈방쥬젼〉의 짜임새와 의미

1. 머리말

본고는 아직껏 고전소설사나 소설론의 연구 서적에서 언급되지 아니했던 작품들을 찾아 정리, 분석하고자 하는 필자의 의도적 작업의 하나로, 「〈유씨부인전〉에 나타난 열과 재생」이란[1] 논문에 이어 마련된 작업이다. 이러한 작업은 고전소설 작품들에 대한 다양한 방법론 아래서의 접근 못지않은 나름의 중요함을 지니고 있는데, 그 점은 우리 국문학계가 특히 고전소설의 연구의 기초적 분야로 마땅히 해결했어야 할 분야의 하나로 완벽하다고 할 정도의 고전소설의 서지목록[2]을 갖고 있지 못하다는 저간의 사실에 생각이 미칠 때, 경시될 수도 또 경시되어서도 아니 될 중요성을 갖는 문제로 여겨진다. 이러한 작업의 필요성을 크게 느끼면서 하나 유의해야 할 문제는 자료 발굴에 급급한 나머지 새롭게 조명을 받는 잊혀졌던 우리의 문학 유산이 실체 이상으로 과대평가를 받는, 즉 쇼비니즘적 의식의 산물로 문학 유

---

1) 정명기, 「<유씨부인전>에 나타난 열과 재생」, 『연세어문학』 14·15합호, 연세대 국어국문학과, 1982, 53~69쪽.

2) 김동욱, 소재영, 스킬랜드, 『국어국문학사전』 등에 그것이 정리되고 있으나 모두 완벽한 것으로 보이지는 않는데, 순천대 임성래 교수에 의해 그것이 다시 정리되고 있는 것으로 알고 있다.

산을 바라보아서는 아니 된다는 점이다. 그것은 곧 잊혀졌던 문학 유
산 또한 이왕의 고전소설들이 공통적으로 지니고 있는 아름다움을,
또 나름의 문학적 의미를 지닌 것으로 파악될 때, 이러한 작업은 한국
고전소설의 실제적인 장을 확대시킬 수 있는 의미를 비로소 갖게 된
다. 이런 점에서 필자는 〈방쥬전〉의 실상을 온전히 전달해 보이려는
의도 아래 〈방쥬전〉이 갖고 있는 나름의 짜임새를, 그 짜임새를 통해
〈방쥬전〉의 작가가 독자들에게 전달하려 했던 작품의 궁극적 의미는
무엇인지를 본고를 통해 간략하게나마 살펴볼까 한다.

본고에서 다루려는 〈방쥬전〉의 서지상황은 다음과 같다. 총 47장
[원고지로 옮기면 225장의 분량임], 매면 11-15행으로 일정하지 않으나,
매행 평균 30자 내외로 이루어져 있으며, 책의 크기는 가로 21cm ×
세로 32.5cm의 크기로 되어 있는 단권 단책[3]의 한글로 쓰여진 필사본
으로, 그 필사년대는 작품의 후기에 "경자 납월"로 적혀 있는 것에서
1900년 또는 1840년 가운데 어느 한 해에 필사된 것으로 생각되어지
나 필사본의 지질이라든가 그 보존 상태 따위로 미루어볼 때 전자의
해에 이루어진 것으로 여겨지나 확실히는 알 수 없다.

현재 그 소장자는 김동욱 교수인데 많은 부분에 걸쳐 오자가 나타나
고 있는 것으로 보아서 원본 자체는 아닌 것으로 여겨진다.

2. 줄거리[작품의 순차구조]

① 방도진[방진으로도 표기되어 있음]과 원씨 부인 사이에서 방쥬는 만

---

3) 〈방쥬전〉 후기의 뒷 여백에 "방쥬전 일권 종"이라 적혀져 있으나, 책의 서술된 부
분으로 보아 뒷부분이 없는 단권 단책의 것으로 보여진다.

득자로 태어난다.

② 방쥬는 부모로부터 지나친 사랑을 받으며 점차 패자로 성장한다.

③ 방쥬의 부모는 옛 친구 정흥의 여식으로 방쥬의 배필을 삼는다.

④ 방쥬는 이후 더욱 더 행패를 부려대나 정씨 부인은 구고(舅姑)를 위하여 참는 일방으로 지아비 방쥬를 정성을 다해 섬기며 나날을 보낸다.

⑤ 옥황상제가 방쥬의 죄악을 치죄코자 방쥬를 염라국으로 잡아드려 이치와 위겁으로써 크게 꾸짖어 방쥬로 하여금 전의 잘못을 회개하도록 만든다.

⑥ 방쥬는 염라국에서 나온 후 부인에게 전의 잘못을 사과하고 부모를 지성을 다해 섬기며 지내고, 또 부인의 간언을 받아들여 이후 학업에 힘쓰게 된다. 방쥬 내외가 지성으로 양친을 섬겨 이로 인해 인리 친척으로부터 기림을 받게 된다.

⑦ 부모가 1차 득병했을 때, 방쥬 내외는 지성을 다한 결과로 노루고기와 잉어를 얻어 병든 부모를 쾌차하도록 한다. 이어 부모가 다시 득병했을 때 백호(白虎)의 도움을 받아 이계(異界)에 이르러 그 곳에서 선관을 만나 바둑 두 개를 얻어 나와 부모에게 드려 생도를 찾게 한다. 이로 인해 일가가 화락하게 지내던 중 정씨 부인이 인아라는 아들을 낳게 된다.

⑧ 서융(西戎)이 침경(侵境)함으로 해서 방쥬 내외는 부모와 인아로 더불어 피란하다가 형주 백화섬에 이르러 도적을 만나 도망치다가 정씨 부인의 미색에 반한 도적에게 시모와 더불어 잡혀가게 된다.[인아와 헤어지며 정씨 부인은 옥환 일쌍을 남겨둔다.]

⑨ 설학의 소굴에 갇힌 정씨와 그 시모는 신세를 자탄하며 지내던 중 설학이 꼬이자 그 불가함을 이치로써 꾸짖다가 노여움을 사게 되

어 행형(行刑) 당할 지경에까지 이르렀다가 설학의 아들 설불해의 도움을 입어 적굴의 후원에 갇히게 된다.

⑩ 정씨 부인과 시모는 적굴에 갇혀 서로 먼저 죽고자 실랑이하다가 지쳐 눕게 된다. 이 때 상제의 명을 받은 선녀의 도움을 입어 목숨을 유지하게 되니 이를 본 적장 설학은 두려움을 크게 느껴 정씨 부인과 그 시모를 효열당에 고쳐 모시고, 전일의 무례함을 사죄하기에 이른다.

⑪ 구멍에 갇혔던 방쥬와 그 부친은 뚫려진 굴을 통해 나와 이화촌 유진사의 집에 의탁하게 되고 방쥬는 그 곳에서 걸식을 하며 부친을 극진히 봉양하는데, 전일의 백호의 도움으로 큰 어려움 없이 나날을 보내게 된다.

⑫ 유진사의 여식이 방쥬로 지아비를 삼아주도록 그 부친께 계속하여 청하자, 유진사는 방쥬를 설득하다가 얻지 못하자 방쥬의 부친에게 이 사연을 고하고 드디어 허혼을 받아낸다.

⑬ 결연 후, 유소저는 시부를 극진히 섬기고 방쥬는 지효로 소문이 들려 상께서 불러들여 그에게 삼도 도어사 벼슬을 내린다.

⑭ 선처하여 내려가다가 연주 땅에 이르러 정월녹의 딸 계화를 만나 그녀의 부친이 억울하게 형을 당하게 되었다는 사연을 계화로부터 듣고, 방쥬는 자신의 신분을 감추고 그녀에게 원정하도록 권한 후 떠나간다. 정월녹을 치죄할 지음에 어사 출도하니, 계화는 그의 지시에 따라 원정을 지어 바치고, 이에 방쥬는 정월녹을 하옥하도록 한 연후에 두 가지 명정을 베풀어 뛰어난 신이력을 드러내게 된다. 이에 놀란 원범 김포맹은 달아나려다가 잡혀와 그 죄를 실토하게 된다. 어사가 전일의 행객임을 알게 된 계화는 방쥬의 은덕을 칭송하고, 방쥬는 그녀에게 상금을 내리고 떠나간다.

⑮ 방쥬는 그녀와 헤어진 후 길을 행하다가 한 곳에 이르러 갇히는 처지에 놓인다. 방쥬가 찬 마패를 보게 된 한낭자는 방쥬에게 자신의 궁박한 처지를 이르고 그 곳이 곧 도적 소굴임을 아뢴다. 이에 여인의 도움으로 적굴을 빠져나온 방쥬는 군졸들에게 다음 날 진시까지 그 곳으로 대령토록 한 후 다시 적굴로 돌아와 한낭자와 더불어 동침한다.

⑯ 한낭자의 지시대로 하여 자신에게 닥쳐올 죽음을 피하던 방쥬는 군병들이 약속된 시간에 이르러 도적의 무리를 다 잡음으로 해서 위기를 모면한 후, 적장 부자를 한데 베이려 하니 그 곳에 잡혀 왔던 많은 여인들이 각자의 원정을 지어 바칠 때, 그 무리들 가운데 있던[그들은 한결같이 어사에게 재생지은을 칭송하던 여인이었다.] 꿈에도 그리던 모친과 정씨 부인을 극적으로 상봉하게 된다.

⑰ 정씨 부인의 지극한 효성을 칭찬하며 방쥬는 그 사이의 전후수말을 이르고, 정씨 부인 또한 적장 설학의 아들 설불해의 도움을 입어 목숨을 보지했음을 이르니 방쥬는 설학 부자를 용서하여주게 된다. 방쥬는 이 사연을 황제에게 아뢰고 모친, 정씨 부인, 한낭자와 더불어 서울을 향해 떠나간다.

⑱ 이화동에 이르러 부친에게 모친과 정씨 부인을 만난 사연을 아뢰고, 한편 황제는 그 사연을 듣고 기이하게 여겨 방쥬 일가에게 직첩을 내려준다. 이후 방쥬 일가는 그런대로 태평세월을 보내게 된다.

⑲ 그 때 청학산 백운동에 마대영이라는 큰 도적이 있어 나라의 큰 근심거리가 되자, 황제는 방쥬에게 관서진무사 벼슬을 제수하며 인의로써 도적을 다스리도록 명한다.

⑳ 방쥬가 단기(單騎)로 적진에 나아가 오륜지론(五倫之論)으로써 그들을 설득하다가 그들에게 노여움을 사 베어질 지경에 처한다. 이 때

마침 마대영의 중군장으로 있던 전일의 설학이 이치로 마대영을 설득하여 방쥬는 동옥에 갇혀지게 된다.

㉑ 전일 방쥬에게서 도움을 받았던 계화는 마대영에게 잡혀와 그의 첩이 되었는데, 동옥에 갇힌 이가 전일의 어사 방쥬임을 알고 나아가 그를 위로하고 이후 밤마다 몰래 음식을 보내어 구명한다.

㉒ 하졸로부터 방쥬가 갇혀진 신세에 있음을 들은 황제는 조원태로 하여금 나아가 싸우게 하니, 조원태는 나가 싸우다가 도리어 마대영에게 잡혀 죽임을 당하고, 이에 황제는 친정(親征)하고자 서평관에 이르렀다가 마대영 군사에게 포위를 당하여 7일 간이나 아무 것도 먹지 못하는 곤경을 당하게 된다.

㉓ 한편 정씨 부인은 방쥬가 성공하고 돌아오기를 지성으로 축원하다가, 방쥬가 옥에 갇혔음을 듣고 유부인, 한낭자와 더불어 신세를 한탄하다가 어느 날 꿈에 산신령이 나타나 그 곳에 나아가 부군을 구하도록 지시하며 기운이 나는 약수와 백호를 내어준다. 이어 또 선관이 나타나 급히 황제와 부군을 구하도록 지시하며 무기를 내어준다.

㉔ 정씨 부인이 백호와 더불어 서평관에 나아가 위기에 처한 황제를 구하고, 옛 신하인 정홍의 아들이라고 거짓으로 꾸며대며 방자히 출전한 것을 황제에게 사죄하니 황제는 정씨 부인에게 대원수 벼슬을 내린다. 이에 정씨 부인은 적을 칠 계책을 제장들에게 지시하는 일방으로 심야에 나아가 적을 깨친 후 정씨 부인은 이어 황제에게 적굴 중에 갇힌 방쥬 또한 구해오겠다고 하며 황제와 헤어져 혼자 적진 중으로 나아간다.

㉕ 적굴에 가 부군을 구한 정씨 부인은 자신의 신분을 감추고, 부군을 골탕 먹이나 방쥬는 대원수가 자신의 부인임을 미처 알아보지 못하고 함께 돌아올 때, 백호는 문득 사라진다. 방쥬는 자신이 적굴 가

운데서 살아난 것은 계화의 덕이라고 하니, 이에 정씨 부인은 계화와
더불어 교자를 타고 돌아온다.

㉖ 부람 땅에서 어미를 찾아 울던 인아는 강서 사람 노의국에게 도
움을 받아 자라게 되고, 그가 15세에 이르렀을 때 한 꿈을 얻게 되자,
그것을 빌미하여 전일에 어미가 자신에게 남겨두었던 옥지환을 찾아
내 품에 감추고 노새가 가는 대로 가다가 대원수의 진중으로 들어가
게 된다. 이로 인해 원수의 앞에 잡혀오게 된 인아는 군법을 어긴 죄
로 형을 당하려다가 잠시 갇혀지는 처지에 놓이게 된다. 마침 그날 밤
꿈을 꾼 원수가 인아를 불러 그에게 자세한 전후곡절을 물으니 틀림
없는 자기 자식인지라. 이에 노의국 부부와 인아의 유모를 불러 진위
를 캐니 틀림없는 자기 자식이었다. 기쁨에 넘쳐 통곡하는 대원수를
보고 진무사가 또한 자신의 처지를 생각하고 비감에 젖음을 보고 대
원수가 비로소 실정을 진무사 방쥬에게 아뢰어 일가는 다시 재회하게
된다. 방쥬 내외는 노의국 부부와 유모의 공을 치하하고 잔치를 마련
하여 재회의 기쁨을 같이 누린다.

㉗ 서울에 올라온 원수는 황제에게 기군(欺君)한 죄를 청하니 황제
는 도리어 그 공을 치하하며 방쥬 부처의 충절을 기린다. 이에 황제는
방쥬를 제왕으로 봉하니 사양 끝에 받아들인 방쥬는 제국으로 가는
길에 부모 양친과 유부인, 한낭자를 모시고 제국에 이르러 그 곳에서
인효(仁孝)로 나라를 다스려 백성들로부터 기림을 받고 나아가 일가
모두 극진히 영화를 누린다는 내용의 이야기.

3. 〈방쥬젼〉이 지닌 짜임새의 몇 국면과 그 의미

〈방쥬젼〉이 어떠한 짜임새로 이루어져 있는지를 살피는 작업은 그 작품의 지은이가 짜임새를 통해 드러내보이고자 했던 작품 내적 의미를 밝히는 데 있어 선결적으로 요청되어지는 점이라 할 수 있다. 그런데 이 작업은 말처럼 쉬운 것만은 아닌데, 그 점은 〈방쥬젼〉이 보기에 따라서는 매우 많은 이질적인 요소들의 혼합체로 언뜻 드러난다는 점에서 그러하다. 그러나 여기서 〈방쥬젼〉의 작가가 우리에게 보여주려 했던 바가 무엇이냐에 생각이 미칠 때, 그 어지러움은 쉽사리 정체를 드러내게 된다. 그것은 〈방쥬젼〉을 통해 제시하고자 했던 바가 효의 연장선상에 놓이는 규범으로서의 충(忠)과 그에 대한 심리적 보상의 면모를 한데 어울려 펼쳐 내려던 것으로 이해될 때, 위에 말한 이질적으로조차 보이던 여러 국면들은 더 이상 이질적인 것이 아니라 〈방쥬젼〉의 짜임새를 보다 효과적으로 펴 보이기 위한 하나의 문학적 기법으로도 이해되어질 수 있다.

그러면 먼저 여기서는 위에 얘기한 〈방쥬젼〉의 전체적 의미망을 극명하게 보여주고 있는 후기 부분을 제시할 필요가 있겠다. 앞으로의 논의 전개를 위해 그 전문을 보일까 한다.

슬푸다. 세상 사람덜이 다 방쥬 부부의 본을 바다 충효를 심써더라. 사람마다 부모의게 효도ᄒ며 지아비게 공경ᄒ야 임군의게 츙성ᄒ면 복녹이 ᄌ연이 오거니와 만일 부모의게 불효ᄒ며 임군의게 불츙ᄒ며 지아비의게 불경ᄒ면 집안도 망코 제의 모[몸의 오기인 듯]도 젼ᄒ지 못ᄒ난이 웃지 두렵지 안리ᄒ며 잠□ᄒ지 안이ᄒ야 부귀를 구□□□□□ 마음이 불충커던 이 약을 □□□□탄 말고 충효을 심써 ᄒ라.[4]

위의 예문을 통해 보면 〈방쥬젼〉 또한 '충과 불충', '효와 불효'의 대
비를 통해 독자들을 권징하려는 의도를 강하게 지니고 있는 작품으로
일단 이해되어질 수 있다. 이 점에서 〈방쥬젼〉 또한 여타의 많은 고전
소설들과 궤를 같이하는 것으로 드러나게 된다. 그렇다고 하여 〈방쥬
젼〉의 문학적 가치가 이에서 그치는 것은 아니다. 여기서 바로 이 작
업의 필연성이 대두된다. 그 점은 곧 〈방쥬젼〉이 선행하던 많은 고전
소설들에 비해 어느 만큼의 이질성을 간직하고 있느냐에 대한 물음이
기도 하다. 논의를 진행해 나가면서 드러날 이질성의 폭이 크면 클수
록 〈방쥬젼〉이 지닌 문학적 의미는 상대적으로 크게 인정될 필요가
있다. 앞서의 논의로 되돌아가, 〈방쥬젼〉의 짜임새의 실제적 국면을
다루어야 할 차례다.

위에 보인 예문을 통해 드러난 〈방쥬젼〉의 전체적 의미망을 바탕으
로 하더라도 〈방쥬젼〉이 지니고 있는 짜임새의 면모가 옹글게 드러나
지는 아니한다. 그것은 곧 〈방쥬젼〉이 그만큼 한 마디로 싸잡아 이야
기할 수 있기에는 너무나 많은 이질적인 요소들을 지니고 있다는 점
을 가리키는 것으로, 앞서 필자는 이런 면모를 긍정적으로 보아 하나
의 훌륭한 문학적 기법으로 다룬 바 있는데, 그 점은 짜임새란 용어가
지니고 있는 의미 자질에서 익히 찾아진다. 기실 짜임새란 용어 자체
가 '하나의 문학 작품이 지닌 구성 요소들의 상호 관계의 총합'이란 것
으로 이해될 때, 〈방쥬젼〉을 이루고 있는 많은 이질적으로조차 보이
는 부분으로서의 재료들이 〈방쥬젼〉의 전체적 의미망에 어떻게 맺어
져 있는가를 살피는 작업은 그러한 이질적인 요소들을 더 이상 부분
적인 재료로 다루려는 자세는 아니다. 부분적인 재료를 넘어선, 〈방쥬

---

4) 원 표기 그대로 옮겼고, 띄어쓰기만 필자가 가함. 원문에 붙인 한자 또한 필자가 표
시했음. □ 표는 책 자체가 파손되어 알아볼 수 없는 부분임을 밝혀둔다. 이하 같음.

젼〉이란 작품의 뼈대를 이루는 근간으로 그것들을 이해할 때, 이미 그 부분적인 재료들은 더 이상 부분적인 재료가 아니다. 이런 점에서 볼 때, 각기의 부분적인 재료들이 이 〈방쥬젼〉의 짜임새 내에서 어떠한 모습으로 용해되어 있는지를 살펴보려는 작업은 본고에서 논의의 대상으로 삼고 있는 하나의 구체적인 언어 진술로서의 〈방쥬젼〉이란 작품이 갖고 있는 실상을 정확하게 파악하는 과정으로 마련된 것이라 할 수 있다.

그럼 이제부터 〈방쥬젼〉을 이루고 있는 부분적인 재료로 다음의 네 가지를 들어 그 각각의 재료들이 어떠한 모습으로 전체적 의미망 속에서 작동하고 있는지, 또 그것들이 전체적 의미망 내로 녹아들 때, 그 주지를 어그러뜨리지 않는 가운데 어떻게 각각의 의미를 드러내고 있는지를 살펴볼까 한다. 네 가지 재료로 1) 불효에서 효로 옮긴 과정. 2) 남녀 간의 만남의 문제. 3) 작품의 주인공들에게 마련된 고난의 문제. 4) 은혜를 받았다가 갚는 문제 따위를 들어 하나하나 그 각각의 의미를 다루어볼까 한다.

1) 불효에서 효로 옮긴 과정. 〈방쥬젼〉은 방쥬라는 불효자가 염라국에 잡혀갔다가 돌아온 후[그는 그 곳에 말로 형언할 수 없는 고통을 겪게 된다. 이 점은 뒤에서 자세히 다루겠다.], 효자로 변신한다는 데서 이야기로서의 실마리를 끄집어내고 있는데, 이 부분은 〈방쥬젼〉이란 작품의 전반에 걸쳐 가장 큰 의미를 지니고 있는 부분으로 보여진다. 이 부분이 갖는 문학적 진폭을 알아보기 위해 먼저 불효자로서의 방쥬의 면모와 효자로서의 방쥬의 면모를 살펴보면 다음과 같다.

　　됴동[필자 주: 교동(驕童)의 오기]으로 ᄌ라나셔 으른 아히 몰라보고
욕ᄒ기로 일을 삼고 장난으로 ᄌ라나셔 (이하 줄임)
　　장부난 교동으로 질너닉셔 셩취ᄒ 후 졈졈 부모의 은덕을 젼혀 잇고
바득 장긔을 위업ᄒ며 부모 공양 싱각 안코 방탕지심이 고이ᄒ여 부모
압희 포악하기와 부모 영 거역하니 (이하 줄임)

위에 보인 방쥬의 불효로 졈철된 생은 방쥬를 염라국으로 끌어들이
는 결정적 동인으로 작용한다. 그 점은 방쥬를 염라국으로 나치한 후
방쥬를 꾸짖는 염라왕의 다음과 같은 부분을 통해 익히 찾아진다.

　　닉가 너을 위ᄒ여 부모 즁한 말삼을 셜화할 거시이 드어라. 익비난 하
날 갓고 어미난 ᄯ 갓트이 쳔지 싱긴 후의 만물이 싱기고 만물이 싱후
[싱긴 후의 오기인 듯] ᄉ름이 싱기난이 만물이 쳔지 곳 아니면 어듸서
싱겨나며 사람니 부모 아이면 어듸서 싱겨낫시리요. 그럼으로 ᄉ름의
ᄌ식이 되여 부모의 은덕을 갚풀진듸 쎼를 갈고 살 쌀가도 만분지일도
갑지 못ᄒ난니 ᄉ름 되고 부모을 몰라보면 금슈와 달음 읍난이 그 언고
로 인간 퇴읙 즁의 불호위듸(不孝爲大)ᄒ이 (이하 줄임)

현실적인 인물 방쥬와 비현실적인 인물인 염라왕의 만남은 어디까
지나 현실적인 이념의 문제에 근거를 두고 가능한 것으로 여겨진다.
비현실계로서의 염라국이 비현실계로서 설정된 것이 아니라 또 다른
현실계로 마련된 듯하다. 염라국의 이러한 면모에 대해서 이미 필자
는 다른 지면을 통해 다룬 바 있기에 여기서는 그에 대한 논의를 약하
고 다른 방면에서의 논의를 펴 보일까 한다. 그것은 즉 방쥬란 개인의
면모의 의미를 파헤치려는 것으로, 이것은 앞서 말한 바와 같이 〈방쥬
젼〉 전편에 걸쳐 큰 역동성을 띠고 있는 성질의 것으로 여겨진다. 한

인물이 그가 애당초 지녔던 부정적 작태로부터 벗어나 긍정적인 인물로 그려지고, 또 그것을 가능케 하는 장소로 염라국이 설정된다는 문제는 훗날 방쥬란 개인에게 나타난, 전이된 삶의 공고성을 마련하기 위한 작가 나름의 하나의 배려로 여겨진다. 이런 점에서 염라국이 마련된 까닭이 확연히 드러나는데, 이 점은 여타의 대부분의 고전소설들이 구사하고 있는 방법과 궤를 같이하는 것으로 생각된다. 앞에서 염라국이 이미 비현실적 속성을 상실하고 있음을 말한 바 있는데, 그런 점에서 또 다른 고전소설에서는 그 장소가 염라국이 아닌 장소로 나타나기도 한다. 〈진대방전〉의 경우에 있어 관정으로 나타나는 것도 그러한 선상에서 이해될 수 있다. 이와 같은 점에서 한 인물이 지니고 있는 부정적 작태를 징치하는 또 다른 외부 세력을 작품 내에 등장시킬 필요성이 요구되어진다. 그것은 특히 한 인물의 반사회적이기까지 한 행위를 통해서는 더욱 요구되어진다. 이런 면모를 우리는 〈흥부전〉에서 놀부가 겪는 고통을 통해서도 확인할 수 있다.

위에 든 예문을 통해 살펴볼 수 있는 방쥬의 패행은 그 작품이 산생되어진 조선조 사회의 이념적 특질과 조응시켜 볼 때, 결코 어느 누구로부터도 긍인되어서는 아니 될 하나의 제거되어야 할 사회악이었다. 당시 사회의 이념적 특질에 비추어볼 때, 효는 유교 이념률 가운데 하나로 그것이 만행(萬行)의 근본으로까지 당시인들에게 강요되고 또 준수되었다는 점에서 방쥬 개인이 지니고 있는 이와 같은 비사회적 성격은 결코 용납되어서는 아니 될 것으로 드러난다. 이런 점에서 비로소 독자와 지은이의 만남의 장이 가능한 것으로 보여진다. 독자들이 작품에 대해 기대하고 있는, 작품을 통해 얻어내려 했던 교훈적 의미를 〈방쥬전〉의 지은이가 크게 의식하고 있었음을 드러내 보이는 좋은 예라고 할 수 있는데, 그것은 즉 이왕의 문학 유산이 견지하려 했던 교화론적 의도를 이 작품 또한 갖고 있음을 말하는 것이라 할 수 있겠다. 〈방쥬젼〉은 앞서 언급했던 〈진대방전〉에 비해 삶의 공고성을 크게 지니고, 사회에 대한 목소리 또한 그에 비례하여 그 진폭을 크게 하고 있음을 볼 수 있다. 이 점은 〈진대방전〉[일명: 〈충효전〉]의 경우 불효자 진대방과 그의 아내인 불효부가 관정에서 엄히 다스려진 연후에 진대방 내외의 시선이 사회로 돌려지는 것이 아니라 다시 문제된 가정, 문제된 개인의 완전한 회복이란 점에 고작 머물고 만다는 점에서 〈방쥬젼〉의 지닌 바 진폭에 비해서는 상대적으로 미약하다고 할 수 있다. [여기서 물론 진대방이 훗날 강릉 태수가 되어 행하는 선정의 의미를 무시하는 것은 결코 아니다. 이 경우는 진대방 개인의 인격적 완성을 보다 극대화하려는 장치로 보여지기에 〈방쥬젼〉의 주인공 방쥬가 전과(前過)를 닦은 연후에 펼쳐 보이는 많은 사상(事象)에 비해 상대적으로 의미를 별다르게 갖고 있지 않다는 말이다.] 그것은 즉 방쥬의 효자로 전신한 이후의 삶을 살펴보면 자명하게 드러난다. 방쥬의 경우에 있어서는 개인적 인격의 완성에 머물러버리는 것이 아니라 사회 나아가 국가적 차원에 이르기까지 그 시선을 확산시킨다는 것을 이름이다. 이 양 작품의 메꿀 수 없는 듯한 큰 차이는 어디서 야기되는 것인지를 살펴야 〈방쥬젼〉이 〈진대방전〉과 같은 작품에 비해 큰 진폭을 지니고 있다는 이제까지의 이야기는 나름의 타당성을 얻을 수 있는 바, 그것은 다시 방쥬와 염라왕의 만남의 장에서 찾아진다. 전과는 다른 방쥬의 삶은 그가 염라국에 잡혀가 염라왕을 만난 데서 비로소 가능해진 일이다. 이런 점에서 방쥬 그에게 부과된 고통의 양상을 살펴보는 일은 매우 중요한 문제가 아닐 수 없다. 방쥬의 죄목을 열거하던 끝에 염라왕은 방쥬가 짐승과 다름이 없다고 아래와 같이 지시한다.

돗슬 만들나 ᄒ신듸 귀쫄리 달여들어 방쥬을 잡아 셕장의 안치고 일시의 쥬므르이 쌔가 옥글여 키가 쫄라 슈 쳑이 되고 입슐이 당기어 거들어져며 두 손을 짓지이 □□□□□ 들며 항문이을 비여 쏠이을 만들고 거문 탈노 긧치이 완연한 돗시라. 나쫄이 무슈이 능장으로 쌀이며 돗 쇼릭을 하라 ᄒ이 방쥬 미의 못 이권여 입을 열어 쑬쑬 ᄒ며 셜셜 권여 가이 (이하 줄임)

방쥬 개인이 지닌 반사회적 성격의 내용이 결코 긍인될 수 없음을 이야기한 바 잇는데, 따라서 방쥬 개인에 대한 염라왕의 치죄는 한 치의 양보도 있어서는 아니 될 엄정성을 띠어야만 당시의 문학 관습상 수용되었을 듯하다. 이런 점에서 염라왕은 방쥬를 돗(돼지)으로 만든 것에 그친 것이 아니라 나아가 그를 뱀으로 다시 또 소로 만들었다가 이내 아주 "형적 읍시 질음[기름의 오기인 듯]의 살무라"고 하는, 방쥬 개인의 존재가치를 완전히 이 지상에서 지우려는 강한 대처의 몸짓을 볼 수 있다. 그만큼 방쥬가 지닌 반도덕률은 사회와 도저히 화해할 수 없는 강도를 지닌 그것이었다. 이런 점에서 볼 때, 문제적 인물로서의 방쥬와 문제적 인물을 둘러싸고 있는 이념률이면 이념률, 사회 환경이면 사회 환경 따위의 만남이 빚어내는 결과가 양자 간의 어울림보다는 차라리 맞섬의 성격을 지니게 되리라는 것은 췌언을 요치 않는 문제인 바, 이런 선상의 언저리에서 염왕의 조처가 어려움 없이 이해되어질 수 있다. 물론 이러한 면모가 〈방쥬젼〉만의 것이라는 이야기는 결코 아니다. 주인공이 자의든 타의든 지옥에 가서 여러 일을 겪는 데서 야기되는 갈등은 우리의 고전소설에서 흔하게 찾아볼 수 있는 삽화로, 그러한 예를 우리는 〈당태종전〉, 〈제마무전〉, 〈왕랑반혼전〉, 〈삼사횡입황천기〉, 〈이계룡전〉, 〈목시룡전〉, 〈유광전〉, 〈유씨부인전〉

등의 작품에서 찾을 수 있다.

〈방쥬젼〉에 그려지고 있는 염라국은 〈유광전〉, 〈유씨부인전〉 등의 작품과는 달리 훨씬 더 어두움과 공포와 전율로 가득 찬 장소로 나타난다. 〈방쥬젼〉에서 방쥬가 겪는 고통은 고통을 받는 주체가 누구냐의 차이만이 있을 뿐이지 〈당태종전〉에서 여러 사람들이 겪는 고통과 너무나 혹사한 양상을 띠고 있다. 결코 현실적이지 아니한 지나칠 정도의 그러한 묘사의 양상과 그 의미에 대해서는 이미 이재선 교수가 『개화기문학론』에서[5] 다룬 바 있으므로 본고에서는 자세한 언급은 피할까 한다.

다시 앞서의 논의로 돌아가 방쥬가 염라왕이 내민 카드에 어떻게 대처하는지를 살펴야 불효에서 효로 옮긴 과정이 자연스레 이해될 수 있고, 나아가 그 후의 생활에 있어 방쥬가 보여주는 효로 점철된 이후의 삶이 무리 없이 이해될 수 있다. 방쥬는 염라왕이 내민 카드에 대해 어떠한 양태로라도 반응을 보일 필요가 있다. 그들 사이의 만남은 어떻게라도 결판나야 한다. 결국 방쥬는 다음과 같은 약속을 염라왕에게 하는 것으로 해서 이전의 삶을 내던지게 된다. 그로 인해 방쥬 그는 재생을 하게 된다. 그러나 그 재생은 전제가 있는 재생에 불과한 것으로 언제든지 다시 염라국으로 잡혀갈 수 있는 재생에 지나지 않는다. 이런 점에서 방쥬 그는 재생 후의 삶에 있어서 한 치의 오점도 남겨서는 아니 된다. 방쥬의 이후의 삶은 염라왕에게 한 약속을 행하기 위한 삶에 지나지 않기에 자연 모든 행위에 있어 적극성보다는 수동성을 띠게 된다. 이 점은 후술할 만남의 부분과 고난 부분에서 익히 찾아진다. 자세한 내용은 그 부분으로 미루고 다시 방쥬의 염라왕에

---

5) 이재선 외, 『개화기 문학론』, 형설출판사, 1978, 제1편 3장, 111∼116쪽을 참조하라.

게 한 약속을 끌어보이면 다음과 같다. 즉 "승상의 너부신 덕틱이로[덕틱으로의 오기인 듯] 다시 셰상의 닉보닉어 쥬시면 기과쳔션ᄒ여 부모을 지셩으로 셩길이다. 바라건딕 쇼신의 뢰를 ᄉᄒ옵쇼셔. 만일 말과 갓지 안이ᄒ거던 다시 잡아들여 즉시 살무압"도록 간청하여 재생하게 된다는 데서 그 재생은 유보적 성질을 지니고 있는 재생에 불과함이 밝히 드러난다.

이제 불효에서 효로 옮긴 과정의 결과로 나타난 방쥬의 삶에 점철된 효의 근본적 면모가 작품 내에서 구체적으로 어떻게 진술되고 있는지를 살피는 작업이 마련되어질 때, 부분1)이 작품의 전체적 의미망에 있어 어떻게 역동성을 맺으며 구실하고 있는가 하는 문제에 대한 해답이 비로소 마련된다. 방쥬가 염라국에 다녀온 후의 삶이 가지는 의미는 앞서 〈진대방전〉의 경우와 비기면서 간략히 다룬 바가 있다. 그러한 면모를 〈방쥬젼〉의 문면에서 직접 알아보는 작업을 통해 위에 제시했던 〈방쥬젼〉의 이질성과 나름의 특성이 제대로 얻어질 수 있다. 방쥬가 염라왕을 만나고 돌아온 후의 삶이 그 이전의 삶과 궤를 달리하고 있음은 이미 앞에서 재생의 본질적 의미를 다루면서 언급한 바 있는데, 그것을 개인적 차원에서 얻어져야 할 효의 완결성이란 면과 그것을 통해 가능해진 사회적, 국가적인 여러 제도적 장치와의 만남의 면으로 나누어 자세히 살펴보면 다음과 같다. 먼저 개인적 차원에서의 효의 완결이 무엇을 전제로 하여 그것이 가능해지고, 그것은 다시 어떠한 모습으로 그려지고 있는지를 끌어 보일까 한다. 다음에 드는 예문을 통해 그 물음에 대한 해답이 가능해진다.

세월여유ᄒ야 진ᄉ 부부 칠십여 세라. 노병으로 즘즘 침즁ᄒ와 빅약이 무효ᄒ야 회츈지명이 읍난지라. (중략) 일일은 진ᄉ 노로 고기을 먹어지라 ᄒ시거날 방쥬 이웃집의 그물을 비러 산곡 간의 치고 비어 왈 오호 창쳔은 구벼보사 노로 일슈을 즘지ᄒ와 병친을 살여쥬옵쇼셔. 그물을 붓들고 울기을 마지 안이ᄒᆞᆯ이 지셩이면 감쳔이라. 난ᄃᆡ읍난 노로 한 말리 쑤여오다가 그물의 걸이거날 □□□ 또 모친이 잉어를 먹어지라 ᄒ나 셜풍승한의 어ᄃᆡ 가 구ᄒ리요. 방쥬 부부 앙쳔탄식ᄒ고 무슈히 축슈ᄒ더니 덩씨 시암의 물 질녀가ᄆᆡ 난ᄃᆡ업난 잉어 한 쌍이 시암 위의 써놀거날 (중략) 이난 효셩의 감동한 비라.

위에 들어 보인 예문[방쥬 부모의 1차 득병]만으로는 방쥬 개인의 지효(至孝)가 옹글게 드러나지는 아니한다.

그것은 현세적 차원에서의 부분적 완결에 불과하다. 이런 점으로부터 방쥬 그에게 보다 지고(至高)하게 상승된 완결성을 부여하기 위해 〈방쥬전〉 작가는 또 다른 차원에서의 이적을 그로 하여금 겪게 한다. 이로 인해 방쥬의 지효는 완결성을 획득할 수 있는데, 그것을 가능하게 하는 시련[곧 부모의 2차 득병]을 들어 보이면 아래와 같다.

그러나 병환이 츰실치 못ᄒ거날 방쥬 부쳐 쥬야우구ᄒᆞ야 상분도 ᄒ고 단지도 ᄒ고 살도 베혀 메기되 회츈지망니 음난지라. 방쥬 ᄂᆡ외 목욕재계ᄒ고 산쳔의 긔도을 지셩으로 ᄒᆞ야 봉황산하의 단을 모흐고 정밤중의 쳥슈발원ᄒ고 비어 왈 쳔지후토와 일월셩신은 ᄒ감ᄒ옵쇼셔 (중략) 이 갓치 비기을 지셩으로 ᄒᆞ야 장찻 한 달이라. 할로밤은 비기을 다ᄒᆞᄆᆡ 난ᄃᆡ음난 빅호가 단ᄒ의 안져거날 (이하 줄임)

백호를 만나 그의 도움으로 별천지에 이르고 그곳에서 다시 청조 일 쌍의 안내로 요지의 서왕모를 만나 왕모로부터 "한 무졔 시졀의 동방식이 도독ᄒᆞ여 먹고 삼쳔갑자을 살던 바둑 두 ᄀᆡ를 받아와 극중(極重)

하던 부모를 불과 사사 일의 쾌복되"게 하는 데서 방쥬의 개인적 차원
에서의 효는 일단 완결되어진다. 곧 방쥬의 지효는 이제 이미 현세적
사회의 것만은 아니다. 비현세적 질서 또한 감응시킬 수 있는 강도를
띠고 있는 것으로 보여진다. 여기서 이미 완결되어진 개인적 차원의
효가 그 자체에 머물러 있지 아니하고 사회 나아가 국가로까지 그 반
향의 폭을 넓힌다는 점이 곧 〈방쥬전〉의 특색이라 할 수 있다. 이것은
곧 방쥬 개인이 비로소 지효를 완전히 갖춘 것으로 해서 황제로부터
삼도 도어사 벼슬을 또 나아가 훗날 관서 진무사 벼슬을 얻게 되는 결
정적 동인이라 할 수 있겠다. 여기서 그러면 방쥬가 지효를 갖추고 난
후 얻게 된 벼슬을 통해 방쥬 개인이 구현코자 했던 바가 무엇인가를
곰곰이 생각해 볼 필요가 있겠다. 그 구체적 양상을 방쥬와 계화, 방
쥬와 김포맹, 방주와 마대영 간에 오갔던 대화를 통해 살필 수 있는
데, 그것을 한 마디로 요약한다면 효라는 유교 이념률의 언저리에 놓
이는 충의 발양이라고 할 수 있다. 효나 충이 결국 내포 외연의 관계
로 파악될 수 있다는 선학의 주장[6]이 타당한 것이라면, 그것은 곧 효
와 충이란 이념률의 구현을 통한 완전한 자아성취라고 할 수 있다. 그
러나 완전한 자아성취는 방쥬 개인의 힘만으로 얻어지는 것은 아니다.
방쥬 그는 효행을 준수하는 일상적 인물에 지나지 않는다. 그 일상성
을 벗어날 때, 방쥬를 축으로 한 방쥬 일가뿐만 아니라 방쥬가 소속되
어 있는 사회 집단이 어느 정도로나마 그 원상을 회복할 수 있게 된
다. 그러나 방쥬의 경우에 있어서는 앞서 살펴본 바와 마찬가지로 극
히 일상적인, 나아가 현실 논리에 집착하고 있는 인물로 나타난다는

---

6) 賀麟 외, 『儒家思想新論』, 正中書局, 1958, 74쪽에 "人敎孝卽所以敎忠, 對父學者,
則對君當忠, 君臣與父子之關係, 同居五倫之首, 孝之提唱倡, 實際卽忠之提倡"이란
언급에서 그 실상이 확인된다.

점에서 방쥬 그를 일상적인 차원에서 끄집어내기 위해서는 방쥬 그와
는 다른 세계관을 가진 인물이 마련되어야 한다. 그러한 책무를 지닌
유형을 우리는 방쥬가 얻게 되는 여인들을 통해 쉽게 찾아볼 수 있다.

　2) 남녀 간의 만남의 문제: 방쥬 또한 많은 고전소설 가운데의 남주
인공마냥 많은 처첩을 거느리고 있다. 이 까닭은 여러 각도에서 설명
이 가능하겠지만 앞서의 논의에서 미루어본다면 효행에 대한 당시 사
회의 배려, 곧 이것은 환언한다면 작품이 산생되어진 시대적 환경 내
지는 문학적 관습을 작가 자신이 묵인하는 가운데 나타난 구체적인
행위로서의 보상심리적 의도로 보여진다. 이와는 다른 각도에서 완전
한 자아의 성취의 과정에서 절대적으로 요청되는 의미로도 그 파악이
가능한 것으로 보여진다. 여기서는 후자의 의미에서 그 까닭을 살펴
볼까 한다. 방쥬와 만나는 여인들은 방쥬에 비해 한결같이 그 삶의 기
본 자세를 달리하는 인물로 그려지고 있는데, 세 명의 여인들의 경우
를 하나하나 살펴보면 다음과 같다.
　먼저 제1부인인 정씨 부인의 경우, 불효자 방쥬와 대비되는 선상에
서 그녀의 뛰어남이 확연하게 드러난다. 방쥬가 패악을 일삼으며 사
는 부정적 인물로 작품 속에 그려지고 있는 데 반하여 정씨 부인은
"짐짓 요됴슉여라. (중략) 신부[필자 주: 정씨 부인]도 지셩으로 구고를
셩겨 공양을 극진니 ᄒ니 일가친척 뉘 안니 칭찬ᄒ리요." "뎡씨 민망
ᄒ여 시시로 규간ᄒ되 종시 듯지 안이ᄒ고 돌호여 호여ᄌ심ᄒ니 뎡
씨 ᄌ결코ᄌ ᄒ되 구고 양위을 위ᄒ여 ᄎ마 못ᄒ고 눈물로 세월을 보
ᄂㅣ며 의복지졀과 슉슈지공을 극진이 공양ᄒ며 구고의 마음을 승순ᄒ
는 현부"로 그려지고 있다는 점에서 양자 간의 사이에서 정씨 부인이
우위에 놓임은 이후 부분에 있어서도 그러하리라는 것을 은연중 드러

내 보이는 것이라 할 수 있다. 남성에 비해 여성이 우월한 면모를 지니고 있음은 정씨 부인에게만 국한된 것이 아니라는 점에서 이 작품의 감추어진 속뜻을 어느 정도 헤아려 볼 수 있다. 시초부터의 양자 간의 메꿀 수 없는 차이는 훗날 정씨 부인이 직접 출정하여 위기에 놓인 황제와 지아비 방쥬를 구하게 한다는 정황을 나름대로 합리적 견지에서 설명하고자 작가가 마련했던 한 뛰어난 복선으로 생각되어진다. 그러면 왜 당시 사회 여건에 비추어 볼 때 극히 낯설기까지 한 '어리석은 남편과 뛰어난 아내'란 등식을 〈방쥬전〉의 작가가 사용할 수밖에 없었는가에 대한 의문이 생겨날 수 있다. 그 의문을 해결하기 전에 일단 우리는 우리의 문학 유산 가운데서 이러한 등식이 찾아지지는 않는지 진지하게 검토해 볼 필요가 있다. 특히 고전소설로 시선을 국한시키더라도 이 등식은 꽤 많이 잉용되고 있음을 볼 수 있는 바, 필자는 '여호걸계 소설'로 불려질 수 있는 작품에서 이미 이 낯설기까지 한 등식이 어떠한 의도 아래 사용되고 있는지를 나름대로 밝힌 바가 있다.[7]

여기서 김열규, 김윤식, 김현 교수의 주장을 통해 그 의문의 일단이 해결될 수 있는 것으로 보여진다. 먼저 김열규님은 위에 든 것과 같은 '어리석은 남편과 뛰어난 아내'란 등식이 민담과 이조 소설에 공존하고 있음을 밝히면서 (여성 우위의) "여성 대 남성이라는 인간계층은 초자연 대 자연이라는 우주적 계층에 대응됨으로"[8] 가능하다고 언급한 바 있다. 그는 또 "이조 소설 가운데 군담류로 지칭되는 여자충효록, 여장군전, 이대봉전 등 일련의 작품에서는 부부 중 부인이 그 남편인 장군보다 한결 더한 전공을 세우고 있다. 남존여비가 심하던 이조시

---

7) 정명기, 「여호걸계 소설의 형성과정 연구」, 연세대 석사학위논문, 1981.
8) 김열규, 『한국 민속과 문학 연구』, 일조각, 1975.

대의 작품으로서는 초시대적이라는 느낌마저 없지 않다. 그러나 이러한 여성 우위의 서사문학의 전통은 서동·온달 전승에까지 소급할 수 있는 것이므로 전혀 당돌한 것은 아니다."⁹⁾는 견해를 내어 놓았다. 한편 김윤식·김현님은 같이 지은 『한국문학사』에서 "임진란 이후에 대두되기 시작한 여자 장사의 무용담은 비인간적인 대우를 받은 여자들의 의곡된 자기표현이다."¹⁰⁾라고 한 바, 필자의 논리 전개에 있어 큰 도움이 되었다.

〈방쥬젼〉에 사용되고 있는 여상의 등식 또한 동궤의 선상에서 이야기되어질 수 있겠다. 이러한 선학의 주장이 타당성을 지니고 있는 것으로 생각되어지는 이상, 〈방쥬젼〉에 사용되고 있는 위와 같은 등식의 성격이 어느 정도 밝히 드러날 수 있다. 그것은 즉 완전한 자아성취의 실현을 방쥬에게 부여하려는 의도적 배려라 하겠다. 여기서 일단 우리는 다음과 같은 의문점을 생각할 수 있게 된다. 왜 작가가 '어리석은 남편과 뛰어난 아내'라는 등식을 〈방쥬젼〉 내에 사용하면서 결국은 유교 윤리의 준수와 그에 대한 기림의 의미로 이해된 자아성취라는 문제로 〈방쥬젼〉의 주제를 한정했는가 하는 점이다. 그것은 작가가 지닌 세계관의 한계로부터 지적되어질 수 있겠다. 〈방쥬젼〉의 작가는 〈방쥬젼〉을 통해 유교 윤리의 재확인과 그에 따른 기림을 교훈론적인 의도 하에 일반 독자들에게 제시하려 하고 있다. 그만큼 그는 유교 윤리를 사회의 지도 원리로 생각하고 있는 인물이다. 이와 같은 점은 '여호걸계 소설'로 불려지는 일군의 작품과 그 성격을 같이하는 것으로 보여진다. 즉 '여호걸계 소설'의 경우도 위와 같은 등식을 사용하면서도 종내는 유교 윤리의 재정립이라는 방향으로 틀어잡고

---

9) 김열규, 앞의 논문, 1975, 47~48쪽.
10) 김윤식·김현, 『한국문학사』 민음사, 1977.

있다는 점에서 그렇다. 남성에 비해 상대적으로 뛰어난 인물로 그려지는 여성 인물들이 한결같이 나중에 가정이라는 제한된 의미의 사회로 귀속하고 만다는 사실은 애초의 창작의도와는 거리를 띠고 있는 것으로 여겨진다. 이것은 그만큼 사회 지도 이념으로서의 유교 윤리란 토양이 두터움을 이야기하는 것이라 할 수 있다. 〈방쥬젼〉의 작가 또한 이런 점으로 볼 때, 당대 사회를 통어하던 그러한 이념률의 언저리에서 고민하던 인물이다. 그것은 '어리석은 남편과 뛰어난 아내'라는 등식이 지향해야 할 바를 완전한 의미에서 문학적으로 형상화하지 못하고 있는 데서 찾아진다. 곧 나름대로 가능했던 바를 얻지 못하고 종내 유교 윤리의 영역 내로 침잠해 버린 사실에서도 〈방쥬젼〉 작가가 지닌 세계관의 한계가 여실히 찾아진다. 그것은 다시 다음과 같은 작품의 면모를 통해서 익히 찾아진다. 제1부인인 정씨로 하여금 위기에 처한 황제와 가군을 구하게 한다는 점이다. 여기서 제2, 제3부인들로 하여금 그것을 가능케 하는 것이 아니라 어디까지나 정실부인인 정씨로 하여금 그 행위를 하게 한다는 것은 곧 이 작품을 통해 그 작가가 우주 질서의 정립을 다시 한 번 펼쳐 보이려 했기에 그러한 것으로 생각되어진다.[11] 곧 그것은 이 작품의 작가가 가정 질서의 유지에 깊은 관심을 형상화하고자 했음을 말하는 것이기도 하다. 제2부인, 제3부인들 또한 방쥬와는 여러 면에서 차이를 지니고 있는 인물이라고 앞서 말한 바 있다. 그 구체적 양상을 살펴보면 다음과 같다.

제2부인 유씨와의 만남은 유씨가 그 만남을 주도하는 것에서 비로소 가능해진 일이다. 서융의 난으로 인해 모친, 부인, 자식과 헤어져 부친을 뫼시고 유리개걸하던 방쥬는 이화촌 유진사의 집에 몸을 의탁

---

11) 설성경, 「관념적 삶과 그 공감의 지평」, 『현상과 인식』 1권 4호, 1977 가을, 121쪽.

하여 지내게 된다. 마침 유진사에게 딸 하나가 있었다. 그녀는 "용모
지덕이 겸젼ᄒ고 효셩이 지극ᄒ니 짐짓 효녀라. 방쥬 효셩으로 셩김
을 듯고 흠모ᄒ던" 인물이었다. 양자 간의 만남은 어떠한 위상을 띠고
있으며 또 거기서 찾아지는 의미는 어떠한 지를 살펴볼 필요가 있다.

> 진ᄉ 왈 나도 그 사람을 아옴다이 역인지라. 그러ᄒ나 너난 궁즁쳐여
> [규중처녀의 오기]요, 방쥬난 외인이라. 그 사람의 취실을 엿부아셔 무
> 엇ᄒ리요.
> 네 말리 오활ᄒ도다. 그 사람니 비록 힝실이 잇스나 문별[문벌의 오
> 기]이 엇더함도 아지 못ᄒ고 쏘한 걸인을 취하여 ᄉ위를 삼으리요.
> 쇼졔 변ᄉᆡᆨ듸왈 부친 말삼이 맛당치 안이하야이다. 인간부귀난 뜬구름
> 갓스오이 웃지 지금 궁궁함을 셤의[혐의의 오기]ᄒ오리가. 옛덕의 듸슌
> 도 역산의 밧슬 갈고 ᄒ빈의 그르구어 부모을 공양ᄒ야스오이 잇쎠을
> 당ᄒ여 궁곤함이 막심ᄒ되 요셩이 감견ᄒᄉ 귀함이 쳔ᄌ가 되시고 부함
> 은 하희을 두시며 셕숑은 쳔ᄒ거부로되 그 ᄌ식이 ᄀᆡ걸ᄒ야스오니 웃지
> 궁곤함을 혐의ᄒ오니가

만남이 있기 이전의 부녀 갈등의 면모를 위에 들어 보인 바, 유진사
와 그의 딸 사이의 메꾸어질 수 없을 정도로 큰 세계관의 차이[12]를 충
분히 엿볼 수 있다. 아버지 유진사가 지닌 세계관이 당대 사회에 통용
되는 보편적 인식을 묵수하는 것이라고 한다면, 그의 딸이 지닌 세계
관은 아버지의 경우와는 달리 당대 사회의 보편적 인식을 강하게 거
부하는 또 다른 차원에서의 몸짓이라 할 수 있다. 곧 아버지 유진사가

---

12) 이런 면모를 띠고 있는 고전소설은 예거하기 어려울 정도로 많다. 이런 면모는 당대
　　사회의 이지러져 가는 유교 윤리의 본체를 크게 의식하면서 배태되어진 것이다. 자세
　　한 논의는 다른 글로 미룬다.

보편적 인식의 노예가 되어 한 인물을 드러난 상태의 것으로밖에 볼
수 없는 가시적 차원의 1차원적이고 형이하학적 인물이라 한다면 그
에 반해 그의 딸은 그 본연의 시선을 아버지 유진사에 비해 크게 달리
하고 있는 인물로 보여진다. 이 점은 다시 방쥬의 경우와 비교할 때
보다 확연히 드러난다.

① 그딕 부친이 쇠노ㅎ시고 죠셕 슉슈지공의 쥬장니 읍시니 ᄂᆡ 임의 쥬
  긱이 되엿시ᄆᆡ 보기 민망ㅎ온지라. 원켄딕 뎡씨를 위ㅎ야 고집 믈고 다
  시 취ㅎ랴 노친을 봉양ㅎ옴만 갓지 못ㅎ온니 그딕의 뜻지 엇더ㅎ온닛가
② 쥬인의 말삼이 감격ㅎ온나 뎡씨의 졀힝은 츌쳔지효라. 쇼싱이 쥭수와
  도 그 의을 져발리지 못ㅎ오며 모친의 ᄉᆞ싱도 아지 못ㅎ옵고 웃지 취쳐
  ㅎ오릿가. 다만 졀박ㅎ옴이 부친의 봉양할 도리 읍ᄉᆞ와 불효을 면치 못
  ㅎ오나이다.
③ 방쥬 황공ㅎ되왈 쥬인은 웃지 이런 말삼을 ㅎ시난잇가. 쇼싱갓튼 유이ᄀᆡ
  졀ㅎ옵난 사람을 사랑ㅎ야 쳥혼ㅎ시니 송황ㅎ옵기 칭양 읍습고 사셰
  당연치 못ㅎ온니 봉힝치 못난니다.

위의 든 ①과 ②, ③은 유진사와 방쥬 간의 대화인 바, 그들은 앞서
든 유씨녀가 지닌 세계관과 동렬에 놓일 수 없는 세계관을 지닌, 곧
관념에 지나칠 정도로 얽매인 인물에 불과함이 드러난다. 이 점은 다
시 유진사와 그 딸, 또 방쥬의 부친과 방쥬 사이에 오간 대화를 통해
서도 확인될 수 있다. 그것을 끌어 보이면 다음과 같다.

그 사람의 말이 당연ㅎ오나 쇼졔 임의 싱임을 즁ㅎ여ᄉᆞ오니 만일 그
  사람을 셩기지 안니ㅎ오면 규즁의 늘걸지라도 딩셰코 다은 가문의ㅎ 가
  지 안니ㅎ며 그 사람의 힝실이 일엇튼 ㅎ온니 방문(方門)의 죵니 되여

도 쇼여의 영광이 족ㅎ오리이 부친은 ㅎ양ㅎ옵쇼셔.
방쥬 일러나 지비왈 부명이 여ᄎㅎ온니 웃지 거역ㅎ오리가

앞 부부은 유진사의 딸이 아버지 유진사로부터 방쥬가 거듭 허혼하지 아니함을 듣고 자신의 마음을 결연히 표명하는 부분이고 뒤의 부분은 방쥬가 부친의 명을 듣고 자신의 이제까지의 생각을 고쳐먹는 장면인 바, 여기서도 유씨녀가 지닌 세계관은 방쥬, 또 그녀의 부친과 그 의미 자질을 완전히 달리하는 것으로 여겨진다. 이것은 즉 유씨녀가 방쥬와의 만남에 있어 주동적 위치에 놓이게 만든 것으로 우리는 유씨녀와 같은 세속적 전범에 얽매이기를 거부한 탈세속적 세계관을 지닌 여인들을 여타의 고전소설에서도 어렵지 않게 볼 수 있는 바, 〈신유복전〉, 〈낙성비룡〉, 〈장경전〉, 〈소대성전〉 따위에 나오는 여인들을 들 수 있다. 그러한 양상에 대한 면모는 훗날의 별도의 작업으로 미루기로 하고 여기서는 일단 유씨녀와 방쥬의 만남이 위에 든 '어리석은 남편과 뛰어난 아내'의 등식으로 이해될 수 있음만을 지적하고 논의를 줄일까 한다.

이제 만남의 문제에서 마지막으로 한낭자와의 만남의 의미를 다루어볼까 한다. 여기서 다룰 한낭자와 방쥬의 만남은 이제껏 다루어온 만남과는 약간 그 의미를 달리하는 것으로 보여진다. 물론 위에 든 등식은 여전히 지속되어 나타난다. 그것은 양자 간의 만남이 제1, 제2부인들의 경우와는 달리 양자가 모두 다 같이 어려운 상황 아래서의 만남을 말하는 것으로, 이 만남이 그 둘 사이의 만남에만 그치는 것이 아니라 서융의 난으로 해서 헤어졌던 모친과 정씨 부인과의 만남 또한 불러일으키는 기제 구실을 한다는 점에서 일단 그 의미는 중시될 필요가 있다. 여기서 방쥬 그가 적굴에 갇혀 있으면서 어떻게 그 화를

모면하게 되는가를 위에 말한 등식을 통해 살펴보면 다음과 같다.

쇼여 일즉 보오미 아무 되이라도 먹어지라 ᄒ난 거션 다 먹언 후에 죽이난니 으ᄉ도 아참 식후의 적장이 불너들여 쇼원을 쳥ᄒ올 거시니 으ᄉ도 약쥬을 쳥ᄒ옵쇼셔. 그 안쥬난 되포육을 쳥ᄒ옵쇼셔. 그 되포넌 장니 삼 척이오며 광이 일 척이오니 약쥬 마신 후의 되포로 안쥬 ᄒ되 죠금식 써여 잡슈시며 아모쪼록 시을 넘기쇼셔. 군병이 일러어야 살기을 바라올 거시니 아모리 ᄌ촉흘지라도 연타ᄒ와 진시을 기달리옵쇼셔.

방쥬가 겪는 고통은 엄밀한 의미에서 고통은 아니다. 그 점은 그 고통을 통해 방쥬가 한낭자를 얻게 되고 나아가 헤어졌던 모친, 정씨 부인을 만나게 되는 데서 기쁨을 뒤로 한 고통에 지나지 않는 데서도 확인된다. 방쥬가 어사임을 우연히 알게 된 한낭자에 의해 방쥬는 자신에게 닥친 화를 모면하게 된다. 나아가 헤어졌던 가족을 부족한 대로나마 재회하게 된다는 점은 방쥬로 하여금 어느 정도 자아의 성취를 가능하게 하려는 〈방쥬젼〉 작가의 의도된 계산이라 할 수 있다. 그것이 어려운 상황에 놓여있을 때 일어난다는 점은 독자들에게 보다 큰 극적 효과를 주기 위한 수법으로 이해될 수 있겠다.

이상에서 필자는 만남의 양상과 의미를 살펴 보았는 바, 우리의 서사문학 전통에서 흔히 보아온 '어리석은 남편과 뛰어난 아내'라는 등식이 이 작품에서도 줄기차게 쓰이고 있음을 알 수 있었다. 그런데 그 등식이 지니고 있는 애초의 의도와는 달리 〈방쥬젼〉의 주제를 꾸며주기 위한 수법으로 사용되고 있음을 또한 알 수 있었다. 곧 방쥬 개인에게 완전한 자아성취의 확립을 부여하기 위한 수법으로 그것이 쓰이고 있음을 알게 되었다.

여기서 앞서 우리가 의문의 하나로 제기했던 문제를 풀 차례다. 그

것은 즉 왜 낯설기까지 한 '어리석은 남편과 뛰어난 아내'란 등식을
〈방쥬젼〉의 작가가 문면의 주된 부분으로 사용했느냐 하는 점이다.
그것이 왜곡되어 사용되고 있음은 앞서 살핀 바 있기에 여기서는 보
다 근본적인 문제로 왜 그러한 등식을 문면 내에 끌어 썼느냐 하는 것
을 다룰까 한다. 그것은 작가가 독자와의 만남을 꾀하고자 잉용한 수
법으로 여겨진다. 고전소설의 독자가 여성이라는 사실에 생각이 미칠
때 이 문제는 쉽게 해결되어진다. 억눌리고 완전한 개아로서의 삶을
누릴 수 없었던 조선조 시대의 여인들을 정신적으로 위무하고자 작가
가 애써 문면 내에 수용한 것으로 보여진다. '어리석은 남편과 뛰어난
아내'란 등식 속에서 고전소설 독자의 대다수를 점유하고 있었던 여성
들은 자신을 작품의 주인공과 동선상에 놓는 치환을 할 수 있었음으
로 해서 어느 정도 현실이라는 질곡에서 벗어날 수가 있었던 것이 아
닐까 한다. 곧 〈방쥬젼〉의 독자는 그 작품을 통해 자신들을 그 주인공
에다 비김으로써 남성에 대한 정신적인 승리를 얻고자 했으며, 작가
는 독자들로 하여금 그렇게 오해할 수 있는 작품 외적 출구를 마련하
는 한편 작품 내적인 질서 속에다 그 등식을 완전하게 용해시켰다는
점에서 작가와 독자가 작품을 매개항으로 해서 만날 수 있었던 저간
의 사정이 드러난다. 이러한 예를 우리는 앞서 살핀 바 있는 '여호결계
소설'에서도 찾을 수 있다. 자세한 것은 이미 필자가 「여호결계 소설
의 형성과정 연구」에서 다룬 바 있기에 그리로 미룬다.

3) 작품의 주인공들에게 마련된 고난의 문제: 고전소설은 대체로
'행복 – 고난 – 행복'의 서술구조를 지닌 것으로 이해되고 있다. 여기
서는 방쥬 내외에게 마련된 고난의 양상과 그 의미를 살펴볼까 한다.
먼저 방쥬와 그 부친이 겪는 고난의 면모를 살피면 다음과 같다.

방쥬는 서융의 난으로 인해 모친, 정씨 부인과 헤어져 부친과 함께 갖은 고초를 겪는다. 그는 부친과 함께 "천만장ㅎ의 써으진" 처지에 놓였다가 우연히 생도를 얻어 개걸하며 지내는 것으로부터 그에게 마련된 고난이 일상적이고 세속적인 성격을 띠고 있다고 한다면, 정씨 부인과 그 시모가 겪는 고난은 그와는 달리 이해되어야 한다. 그것은 다음의 경우를 통해 쉽게 찾아진다. 설학에게 잡혀 고난을 겪던 정씨와 시모는 적장의 아들 설불해의 도움을 입어 "후원 절굴 중의 별치" 되어 지내나 그들이 "엄식[음식의 오기]을 갓다 쥬지 안나" 곤고를 겪던 중 선녀의 구원에 힘입어 살아난다. 이에 정씨의 비범함을 알게 된 설학은 "후원의 쵸당 삼간을 졍히 지여 일홈을 효열당이라 ㅎ며 션관의 써붓치고 부인 고부를 뫼시"게 된다. 이 점은 정씨가 천상적 차원의 인물임을 은연중 드러내고 있는 것으로 보여진다. 즉 정씨에게 마련된 고난은 방쥬의 경우와는 달리 신성성을 회복하기 위한 통과제의적 성격을 지닌다. 이것은 훗날 정씨 부인이 직접 출정하여 도적 마대영에게 사로잡힌 부군을 구하기 전의 상황에서도 찾아진다. 그 부분을 끌어 보이면 다음과 같다.

> 효열부인[필자 주: 곧 정씨 부인임]이 밤마다 축슈함을 삼삭이 지나도록 극진이 ㅎ니 할놈밤[하루밤의 오기]은 빌기을 다ㅎ민 ㅈ연 곤ㅎ야 단ㅎ의 잠간 조흐더니 비몽스몽 간의 학발노인이 숀의 구졀쥭장을 잡고 몸의 황금포를 입고 머리의 쳥나관을 쓰고 은연이 와 부인 곗회 안져 왈 나난 이 산 실령이러니 (중략) 옥호 약슈 한 잔을 부어 부인을 쥬며 왈 이 술은 긔운이 나난 약이라 (중략) 젼장의 나아가 되공 셰우고 낭군을 구완ㅎ라.
> 그 잇튿날 밤의 쏘흔 축슈홈을 맛지 아하던이 단장의 오운이 자욱ㅎ며 쏘흔 션관이 졍포옥되의 완연이 안자거날 부인이 반가이 나아가 졀

ᄒ고 뵈인ᄃ 션관 왈 나난 천상 화덕진군일너니 상졔의 명을 밧즈와 그
ᄃ을 뵈느[뵈러의 오기] 왓노라 (중략) 홍포와 화관을 쥬어 왈 이난 천
상 보비라. 창금도 안이 들며 불의 들어가되 타지 안이ᄒ고 물의 들어도
졋지 안이ᄒ난지라. 속히 ᄃ공을 일우라 ᄒ고 또 영여금과 홍션을 쥬며
왈 이 부치은 죠화무궁ᄒ니 적진을 향ᄒ여 붓치면 일시의 불리 일어날
거시니 부ᄃ 잘 간슈ᄒ여다가 급ᄒ멀 당ᄒ겨든 붓치라 ᄒ며 국가 ᄉ세
급박ᄒᄆ 씩을 일치 말나 ᄒ고 인ᄒ야 간 ᄃ 읍거날 (이하 줄임)

설학에게 사로잡혀 있을 때 드러난 정씨 부인의 탈일상적 면모는 두
차례의 꿈을 통해 더욱 현현화되어 나타난다. 이것은 여타의 고전소
설들에 나오는 남주인공이 위기에 빠진 국가를 구하기 전에 도사나
이인들로부터 많은 도움을 받는 것과 궤를 같이하는 것이다. 그는 천
상적 질서 속에서 거듭 태어나는 인물이다. 현실의 어지러움을 천상
적 질서의 테두리에서[주인공 자신에게 내재된 능력을 펼쳐 보이든가, 아니
면 천상적 질서를 전하는 메신저로서] 해결해야 할 인물들이 그들이다. 이
점에서 방쥬의 일상적 면모와 정씨의 천상적 면모는 그 위상을 달리
한다. 방쥬의 일상적 면모는 그가 마대영을 설유하다가 종내 동옥에
갇히는 데서 확연히 드러난다. 그가 기대고 있는 세계 인식의 실체와
방쥬 개인의 일상성을 다음 문면은 잘 보여주고 있다.

　너의등은 분의를 모러고 감히 불슌지심을 먹은니 웃지 드러운 일옴을
천츄의 ᄭ치고져 ᄒ난요. ᄉ람이 셰상의 나셔 ᄌ식이 아비를 몰나보면
불효를 면치 못ᄒ고 신ᄒ가 임군을 비반ᄒ면 력적의 범ᄒ며 쳔지 간의
요납[용납의 오기]지 못ᄒ나니 (중략) 너의등은 죠혼 긔을 벌리고 견인
힝참[천인행참]의 들고ᄌ ᄒ난다. 너희등이 ᄀ과쳔션ᄒ야 의리례 도라
오면 황제 명승ᄒᄉ 너의등의 되을 사ᄒ시고 만호후을 봉ᄒ시리니 ᄂ

말을 의심치 말고 흥거 말나.

닉 인의로쎠 효유ᄒ거늘 네 죵시 듯지 안코 나을 항복 밧고즈 ᄒ니 닉 웃지 긔갓탄 너의게 무릅을 쑤리요. 밧비 죽여달나 (중략) 진무ᄉ을 푸러 동옥의 뇌슈ᄒ고 음식을 쥬지 안이ᄒ니 진무ᄉ 분긔팅츌ᄒ랴 먹지 안이ᄒ야도 쥴임을 아지 못ᄒ며 슈삼일 지나미 정신니 혼미ᄒ야 살 끼리 망연ᄒ야 (이하 줄임)

위의 번다하게 끌어 쓴 예문에서 익히 드러나듯이 방쥬가 지니고 있는 근본적인 삶의 시선은 현실 논리로서의 유교 윤리에 머물고 있다. 마대영이란 도적이 내걸고 있는 기치 또한 현실 논리의 한계를 지적하고 있다는 점에 생각이 미칠 때, 일단 방쥬가 내걸고 있고 현실 논리와의 대결은 불가피한 것으로 보인다. 여타 대부분의 고전소설과 같이 선(善)으로 드러난 선은 일단 선이 아닌 듯이 여겨진다.[13] 이에서 방쥬에게 마련된 고난의 성격이 이해될 수 있다. 방쥬에게 마련된 고난은 완전한 자아성취의 도정에서 점점 점층성을 띠며 나타난다. 완전한 자아성취는 방쥬 개인뿐만 아니라 방쥬가 소속된 사회까지도 아무런 문제가 없을 때, 비로소 가능해질 문제이다. 방쥬에게 마련된 고난은 또한 자신이 지니고 있는 일상성을 만남의 과정을 통해 지워나가는 의미를 지니고 있다. 제2부인 유씨를 만나면서 그러했고 또 한낭자를 만나면서 그러했음을 우리는 위에서 보아 왔다. 재차 방쥬가 정씨를 만났을 때 방쥬는 비로소 완전한 자아성취를 얻게 된 셈이다. 한낭자를 만나는 동시에 헤어졌던 모친, 정씨 부인을 만나고 정씨에게 구함을 당하면서 그는 또한 헤어졌던 자식 인아까지도 만나는 하나의

---

13) 이에 대한 자세한 논의는 조동일의 『한국소설의 이론』(지식산업사, 1977, 288~340쪽)을 참조하기 바람.

짜여진 틀을 통해 그것을 얻게 된다. 방쥬 개인의 문제만이 아니라 방쥬가 소속된 사회, 국가의 문제까지 모두 완결되는 점에서 방쥬가 겪는 제2차 고난은 완결을 포함하고 있는 고난으로 보여진다. 여기서 그 완결이 방쥬 개인의 의지에 의해 가능한 것이 아니라 뛰어난 여인들에 의해 그것이 가능해진다고 하는 점에서 방쥬가 지닌 일상성은 거듭 확인되어진다. 특히 정씨 부인의 신성성 또한 방쥬의 자아성취를 낳기 위한 도구로 사용했다는 데서 〈방쥬젼〉 작가의 편협한 세계관을 엿볼 수 있고, 그것은 나아가 〈방쥬젼〉의 전체적 의미망을 축소시킬 수밖에 없었던 결정적 요인으로 보여진다.

4) 은혜를 받았다가 갚은 문제: 이 재료의 범위에 들 인물은 정계화[방쥬], 적장 설학 부자[방쥬, 정씨, 방쥬 모], 노의국, 유모[방쥬] 등을 들 수 있는데, 적장 설학 부자의 경우만 받았다가 갚는 문제가 거듭 나타날 뿐, 나머지는 한 차례만 일어난다. 먼저 정계화와 방쥬 사이에 있었던 받고 갚는 문제를 살펴보면 다음과 같다.

정계화의 부친이 "이외례 살인 뉘명을 듯삽고 지금 옥중의 계슈ᄒᆞ와 슈일 후면 당형홀" 지경에 놓였음을 계화로부터 들은 방쥬는 두 차례의 명정(明政)을 베푼 끝에 원범 김포맹을 잡아 처결하고 정월녹을 내어 보낸다. 훗날 방쥬가 마대영에게 노여움을 사 동옥에 갇혔을 때 마침 도적에게 잡혀와 첩이 되었던 계화는 동옥에 갇힌 이가 전일의 삼도 도어사 방쥬임을 알고 적장 몰래 심야에 날마다 음식을 보내어 조석을 잇게 한다.

적장 설학 부자와 방쥬의 주고받는 양상을 먼저 살펴보자. 그것을 정씨를 축으로 해서 가능했었던 설학과 방쥬의 만남, 또 설학을 축으로 한 방쥬와 마대영의 만남으로 나누어 살펴볼까 한다.

먼저 정씨를 축으로 한 설학 부자와 방쥬의 만남을 살펴보면 다음과
같다. 이 면에 대해서는 앞재료를 다루면서 약간 언급한 바 있다. 여
기서 방쥬의 처에 대한 설학의 시선은 일단 현세적인 것이었다가 초
현세적인 것으로 옮아간다. 정씨의 미색을 보고 흑심을 품었던 설학
은 정씨를 둘러싸고 있는 초현세적인 존재를 본 설불해[곧 설학의 아들]
에 의해 그것이 미망(迷妄)인 것을 알게 된다. 이로 인해 그는 정씨에
대한 이제까지의 태도에서 벗어나 우호성을 지니게 된다. 이 우호적
태도가 훗날 방쥬로부터 가해오는 화를 모면하게 된 요인이다. 그 부
분은 다음의 대문에서 익히 찾아진다.

　　쇼첩과 모친이 도적의 잡핀 비 되어 곤욕을 무슈히 보오나 우리 고부
이곳의셔 무쥬고혼이 되기을 면치 못할넌니 젹장의 아들 셜불히의 구함
을 입어 잔명을 보젼ᄒ오며 쏘 졍열당을 지어 우리 고부을 극히 공구ᄒ
여ᄉ오니 오히려 웬슈가 도로혀 은인이 된지라. 발라옵건듸 셜불히의
부지 죄을 짐작ᄒ옵쇼셔. ᄒ야금 기과쳔션ᄒ옵[게 ᄒ옵]쇼셔.
　　설학의 부ᄌ을 효열당 ᄒ로 잡아들여 슈죄ᄒ여 왈 너히 죄악은 당장
베힐 거시되 효열당의 삼연 공구ᄒ 은혜 잇기로 특별 용셔ᄒ오니 (중략)
결곤 오십도로 방츌ᄒ니라.

다시 은혜의 보답이 주체가 바뀌어 일어난다. 곧 방쥬가 마대영을
설유하러 갔다가 도리어 베어질 처지에 놓였을 때 설학은 마대영의
중군장으로 있었다. 설학은 "결곤 오십도을 맛고 나와 으ᄉ의 은덕을
츅슈ᄒ고 도명ᄒ고" 다니다가 방쥬가 위기에 처했을 때 마대영을 다
음과 설득하여 그에게 닥칠 화를 모면하게 한다.

이제 방쥬 우리을 효류함은 제 임군을 위ᄒᆞ야 츙졀을 다하야 죽기을
사랑치 안이ᄒᆞ니 본원[복원(伏願)의 오기] 장군은 다시 싱각ᄒᆞ옵쇼셔.
방쥬의 뫼을 용납ᄒᆞ야 군률을 거두압고 ᄌᆞ연 회심케 ᄒᆞ옵쇼셔.

이로 인해 방쥬와 셜학은 서로가 진 빚을 지울 수 있게 된다. 한편
노의국 부부와 유모는 인아를 매개로 하여 인아의 부모 방쥬 내외를
만나게 된다. 서융의 난 때 헤어져 생사를 모르던 인아를 길러준 은공
을 방쥬는 후히 갚는다. 만남을 가능하게 한 것은 몽조였고 그 가능한
만남을 보다 의미 있게 한 것은 난 때 헤어지며 인아의 옷고름에 달았
던 옥지환이다. 곧 옥지환은 만남이 필연적으로 있으리라는 것을 은
연중에 드러내고자 했던 작자에 의해 마련된 하나의 문학적 장치로
보인다. 이러한 문학적 장치를 우리는 〈소지현나삼재합〉계 소설[14]에
서 어렵지 않게 볼 수 있다. '옥지환'이 고전소설 내에서 어떻게 기능
하고 있는지를 밝히는 작업은 매우 흥미 있는 과제이다. 그 점 또한
훗날로 미루어 논의하겠다.

그러면 이제까지 위에서 든 은혜를 받았다가 갚는 실제적인 예문이
〈방쥬젼〉 전체의 의미에 어떻게 작용하느냐를 살펴봐야 할 필요가 있
겠다. 필자는 앞서 〈방쥬젼〉이란 작품이 완전한 자아성취란 문제를
문제적 인물 방쥬를 통해 그려 보이고 있는 작품이라고 말한 바 있다.
이런 각도에서의 접근은 부분과 전체, 전체와 부분의 지닌 바 함수관
계를 〈방쥬젼〉이란 작품을 통해 밝히려는 필자의 의도에 부합되는 방
법이다. 완전한 자아성취는 그것이 토대로 하고 있는 기존의 여러 윤
리, 또는 기존의 여러 관습과 충돌하지 아니할 때 비로소 가능한 일이

---

14) 이 계통에 속하는 소설들의 연변 양상은 서대석의 「소지현나삼재합계 번안소설 연
   구」(『동서문화』 5집, 계명대 동서문화연구소, 1973)에서 밝히 드러난 바 있다.

다. 이런 점에서 은혜를 받았다가 갚는 문제가 〈방쥬젼〉 전체의 의미
에 맥락이 닿을 수 있다.

고전소설의 대부분이 유교 윤리의 선양이란 한정된 주제를 지니고
있다는 사실[15]에 생각이 미칠 때 위에 보인 보은담 형식의 존재는 〈방
쥬젼〉의 궁극적 의미를 보다 살찌우려는 의도 밑에 드러난 것이라 할
수 있다. 1회에 한한 것이 아니라 3회에 걸쳐 사슬 구조를 지니며 계
속 그것이 출현한다는 점에서 〈방쥬젼〉 작가가 지닌 유교 윤리에의
경도가 큼을 알 수 있다. 은혜를 받았다가 갚는다는 문제는 그 자체의
한정된 의미만을 띠는 것이 아니라 〈방쥬젼〉 전체의 주제 내에 용해
되어 나타난다는 점에서 이 문제가 결코 방기되어서는 아니 될 문제
로 여겨진다. 유교 윤리를 몸소 실천해 보이려는 몸짓으로 〈방쥬젼〉
의 작가는 방쥬에게 자아성취란 짐을 떠맡기면서 일방으로 보은담의
객체로 또 주체로 만드는 작업을 통해 자아성취의 확립을 가능케 하
고자 했던 것으로 보여진다.

4. 맺는말

위에서 이제까지 논의해 온 바를 요약하면 다음과 같다.

〈방쥬젼〉의 짜임새를 옹글게 드러내보이고자 필자는 먼저 〈방쥬
젼〉의 후기를 통해 〈방쥬젼〉의 전체적 의미망이 교훈론적인 의도를
지니고 있음을 밝혀본 연후에 그것이 재생이라는 하나의 장치의 의해

---

15) 김태준의 『조선소설사』 이래 소설에 대한 이왕의 논의는 위와 같은 주장을 한결같
　　이 펴 보이고 있음을 일일이 매거할 수 없을 정도이나, 특히 김동욱 교수의 「고전소설
　　의 작자와 독자에 대하여」(『장암 지헌영선생 화갑기념논총』, 호서문화사, 1971)란 논
　　문은 그것을 특히 요약하여 보이고 있어 참조가 될 수 있다.

더욱 더 강조되고 있음을 보였다. 여기서 재생이 하나의 유보적 재생의 의미를 띠고 있음을 보이면서 그로 인해 〈방쥬전〉이 궁극적으로 펴 보이려 했던 바가 완전한 자아성취의 확립이란 점에 있음을 밝혔다. 자아성취의 확립은 방쥬 개인의 힘만으로는 가능한 것이 아니었기에 그것을 가능케 하는 인자로 다음과 같은 네 가지 재료를 들어 그 각각의 재료가 어떻게 작품의 전체적 의미에 어울리는지를 밝혀 보았다.

먼저 불효에서 효로 옮긴 과정은 〈방쥬전〉이란 작품의 전반에 걸쳐 가장 큰 의미를 지니고 있는 부분으로 염라국이라는 배경을 통해 그것이 가능함을 보였고 염라국을 다녀온 이후의 삶은 다시 개인적 차원에서의 효의 완결성과 그것을 통해 가능해진 심리적 보상으로서의 사회적, 국가적 차원으로의 전이된 효를 출현하고 있음을 보인 바 있다. 이러한 점에서 〈방쥬전〉의 의미가 효와 충이란 유교 이념률의 구현을 통한 완전한 자아성취를 제시하는 데 있음이 다시 한 번 드러난다. 남녀 간의 만남의 문제는 〈방쥬전〉의 경우 '어리석은 남편과 뛰어난 아내'라는 등식이 애초의 의도로부터 벗어나 어리석은 남편의 자아성취를 가능하게 하려는 수법으로 사용되었다고 하여 〈방쥬전〉의 작가가 당시의 사회 제 관념으로부터 벗어나지 못한 인물일 것이라고 추정했다. 작품의 주인공들에게 마련된 고난의 문제는 위에 든 도식이 계속되어 나타나면서 방쥬가 지닌 삶의 시선, 곧 현실 논리로서의 유교 윤리에 머물고 있는 그의 삶이 그와는 다른 삶의 궤적을 그리고 있는 여러 부인들의 입김을 입어 일상성을 뛰어넘어 자아성취를 이루게 된다고 하면서 이로 인해 〈방쥬전〉의 전체적 의미망은 축소될 수밖에 없었던 것이라고 하였다. 은혜를 받았다가 갚는 문제는 당대의 유교 윤리 나아가 고전소설이 밑바탕으로 하고 있는 세계관과의 타협 아래 나타난 것으로 이것은 방쥬 개인의 자아성취를 보다 완벽하게 하려는 의도 아래 쓰여진 것임을 보였다.

〈방쥬젼〉에 대한 논의를 맺으면서 하나 덧붙이고자 하는 것은 고전 소설에 대한 완전한 분석은 연구자의 주관을 최대한으로 숨기면서 접근해야 가능하리라는 극히 상식적인 사실이다. 이 점을 크게 인식하면서 하나의 작업이 이루어질 때 그 작업은 나름의 의미를 띨 수 있다. 이런 점에서 필자의 작업 또한 작품의 실상을 완진히 전하지 못했을 가능성이 크다. 만약 그렇다면 그것은 전적으로 필자 개인의 시선이 옳지 못한 것에서 기인한 것이지 〈방쥬젼〉이란 작품이 지니고 있는 아름다움이 미약한 결과는 결단코 아니다.

[※ 초교를 넘긴 아주 최근에 필자는 〈방쥬젼〉이라 題되어 있는 동종의 필사본을 구했으나 여러 사정으로 김동욱 교수 소장의 그것과 미처 대조하지 못했음을 아울러 밝혀둔다.]

『국어교육연구』 3집, 원광대 국어교육과, 1983.

〈지선젼〉의 짜임새와 의미 소고

1. 들어가는 말

본 소고는 아직껏 학계에 소개·보고되지 아니한 고소설 자료에 대한 간략한 탐색을 목적으로 한다. 이러한 미발표 소설들에 대한 학계의 관심은 그것들이 우리 고소설의 편폭과 아울러 그 의미망을 나름대로 확장할 수 있는 계기를 갖고 있을 수 있다는 일말의 가능성 때문에도 여전히 유효한 작업이고 앞으로도 간단없이 계속되어야 하리라 필자는 믿고 있다. 필자는 이와 같은 관점에서 몇 년 전부터 계속해서 이러한 작업을 진행해 온 바 있는데, 본 소고 또한 이들 작업과 같은 선상에 놓이는 작업이라 할 수 있다.

본 소고에서 간단하게나마 소개·검토하고자 하는 〈지선젼〉은, 필자의 과문한 탓인지는 몰라도 그간 몇 차례 이루어졌던 우리 관계 학계의 고소설 자료 서목을 통해서도 일찍이 언급된 바 없는 자료인 것으로 여겨지는데, 여기서는 먼저 이 작품의 서지상황과 이본, 나아가 그 서사단락의 검토를 통한 작품의 짜임새와 그 의미를 소략하게나마 제시해 보는 것으로 논의를 그칠까 한다.

본 소고에서 논의·검토의 대상이 될 〈지선젼〉은 필자 소장의 3종의 이본으로 국한한다. 이들 이본들은 1988·1994년 여름에 전주 모고서사와 개인을 통하여 구입한 것임을 밝혀둔다. 해당 이본들의 서지상황과 이본간의 관계에 대한 언급은 다음 항으로 미루어둔다.

2. 〈지선젼〉의 서지상황과 이본

필자 소장의 『지선젼』은 다음 3종인데, 이들 이본들의 서지상황을 먼저 간략히 제시하면 다음과 같다.

　가) 〈지선젼〉 : 1권 1책, 한글 필사본, 22장본, 매면 11행, 매행 15-20자 내외. 필사자와 필사시기 미상.

　나) 〈지선젼〉 : 1권 1책, 한글 필사본, 23장본, 매면 11행, 매행 12-19자 내외. 필사자와 필사시기 미상.

　다) 〈지선젼〉 : 1권 1책, 한글 필사본, 15장본, 매면 9행, 매행 15-22자 내외, 표제('사딜여셔라': 〈사딜여원별亽〉와 합철), 필사시기: 병오계춘 쵸칠일. (중단본임)

이들 세 이본의 문면을 자세히 검토해본 결과, 각 이본들 모두 여러 군데에 걸쳐 오자(誤字), 탈자(脫字) 내지 중복 서술 등이 두루 출현하고 있다는 공통성을 우선 지적할 수 있겠는데[그런 가운데서도 (가)본의 경우 다른 두 이본에 비하여 그 오류의 정도가 상대적으로 그렇게 큰 것이라고는 할 수 없다.], 이런 점에서 본다면 이들 세 이본은 원(原) 〈지선젼〉과는 어느 정도 거리가 있는 이본이라고 할 수 있다. 이러한 점을 고려할 때, 이들 세 이본에 대한 교합 과정이 우선적으로 이루어져야 할 필요성이 제고되지만, 그것은 본 소고의 궁극적 목적과 어느 면 거리가 있기에 여기서는 해당 작업을 생략하고, 다만 앞서 언급한 면모 가

운데 각 이본에서 드러나는 가장 두드러진 오류 한, 두 군데의 예문만
을 들어 보이는 것으로 그것을 대신할까 한다.

> 가)본 : "인간 셩민이 슈한ᄒ여 이딕도록 닉게 원망니 옛날 초한 시졀의"
> (중복 서술)(8.a)
> 나)본 : "져 놈은 계집 두고 남의 아비 계집 어더 만나 웃쥴긔난 놈이요,
> 져 연은 지아비 두고(밑줄 부분이 탈락?) 남의 아비 어든 연과 남 계집
> 엇은 놈을 져러ᄒ온니(12.a)라."
> "오상이라 ᄒ은 거산 아비와 자식은 친히 하고 임군과 신하 의로 하고(밑
> 줄 부분이 탈락)(15.a)"
> 다)본 : "쳔틱왕니 옥황씌 조회ᄒ려 하고 위위 호령이 딘동하더라. 니윽
> 고 빅(옥*)연을 타고 젼후의 뫼신 (조신*)드리 옥황씌 영을 나려 두 관
> 원의게 올이고(져*)ᄒ거늘 디션이 업져보니 쳔틱왕니 옥왕씌 조회하려
> (하고*) 위위 호령이 츄슨(상?)갓더라. 니윽고 빅(옥*)연을 타고 젼후의
> 뫼신 조신드리 옥황씌 가 영을 나려 두 과(관?)원의게 읍ᄒ고졍ᄒ읍거
> 늘 디션이 업져보시이(밑줄 부분은 잎 부분에 이어 거듭 두번 나오는
> 오류임)(4.a)"

이러한 한 예문만을 통해서도, 우리는 (나)·(다)이본의 경우 (가)이
본에 비해 원(原) 〈지선전〉과는 거리가 더 멀어진 상태에서 출현한 이
본이라는 사실을 어렵지 않게 발견할 수 있다고 본다. 그런 가운데서
도 특히 (가)이본은 우리의 관심을 끄는 다음과 같은 서술 문면을 갖
고 있어 흥미를 끈다고 하겠다. 그것은 곧 다음과 같은 부분에서 잘
확인된다.

1) "<u>수히 가쟈 어셔 가쟈</u> 직촉ᄒ며 모라서거날"(1.b)

2) "너난 인간을 간다마은 우리난 부모친척을 영결하고 무지한 산천을 어듸라고 날마닥 이리 괴로니 가난고. <u>익고 익고 원통히라. 셔룬지거 저 물아.</u> 우리 눈물 가져다가 우리 부모님긔 젼하여라. 어나 시의 우리 부모ᄌ식 다시 만나볼고 하며 눈물을 ᄲ리더라."(2.b)~(3.a)

3) "마약(매양?) <u>익고익고 하난 임아 셜워라</u> 하니 조호나 구지나 허물은 디(다?) 늬게 도라보닛니 이거시 다 너의 허물인 쥴 안다?"(8.a)

4) "<u>익고 익고 압펴라 ᄒ닌 소릭</u> 쳔지가 진동ᄒ거날"(12.a)

5) "<u>익고 익고 압펴라 죽노라 ᄒ난 소릭</u> ᄎ마 못들을네라."(12.b)

6) "<u>익고 익고 압펴라 못견듸여 ᄒ난 소릭</u> ᄎ마 못들을네라."(13.a)

7) "<u>부듸 부듸 족키 족키 보아 쥬옵소셔</u> 비압고 ᄯ 비온듸"(19.a)

8) "남의 죄여 <u>아니 익고 익고 원통하오리잇가</u>"(19.a)

이러한 예문은 다른 두 이본에서는 전혀 찾아지지 않는 부분인 바, 여기서 우리는 (가)이본의 필사자가 어느 면 주정적 서술 상황의 충실한 재현과 묘사라는 임무를 나름대로 구현하려 했었던 인물이 아닌가 추정할 근거를 갖게 된다.

한편 (다)본은 어떠한 이유에서인지는 정확히 알 수 없지만, 다음 부분 "어엽분 빅셩을 믹질ᄒ고 ᄉ람을 만니 죽이고 흉연니ᄂ 딘횰 아이흔 지라. 쇠 긔동으로 누르니 숨을 못쉬게ᄒ더라. 무릇니 사ᄌ 이로대 "갈나가ᄂ 길리 닛거날 ᄉ람이 팔ᄌ가 초분 즁분 후분디빈쳔과 장수관의 질병 오활(우환?)과 유ᄌ무ᄉ ᄒ야"에서 중단(中斷)된 이본(異本)인 바, 그 자료적 가치는 상대적으로 다른 두 이본에 비해 낮다고 할 수 있다.

(다)본의 필사시기가 '丙午'로 명기되고 있는 바, 그 지질 상태라든가 기타 여러 가지 정황 등을 통해 그것은 1906년으로 보인다. 다른

두 이본들의 경우에는 앞서 말한 대로 필사시기와 필자에 대한 정보가 실려 있지 않아 그 자세한 출현 연도를 추정하기가 어려우나, 작품의 내용이라든가 미적 가치 등을 고려할 때, 결코 (다)본의 필사시기와 그리 멀리 떨어져 나온 작품인 것으로는 생각되지 않는다. 곧 〈지선전〉의 창작시기는 아무리 올려잡는다고 하더라도 조선 후기를 결코 넘어서지 못할 것으로 생각된다. (이 점 후술된다.)

3. 〈지선전〉의 짜임새와 의미

한 작품에 대한 정확한 이해는 해당 작품이 어떠한 서사단락 아래 이루어져 있는가를 우선적으로 검토할 때 가능한 것으로 생각된다. 여기서 〈지선전〉의 서사단락을 간략히 정리해 보이면 다음과 같다.

1) 서사주인공 지선의 처지(옥용산 백학사 중)
2) 入夢에 의해 지부로 들어가 두루 구경하는 지선.
3) 지선은 전일에 서측에서 자신이 수륙재를 지내 주어 은혜를 끼쳤던 천태왕과 그 곳에서 재회한다.
4) 천태왕이 이에 염라왕에게 지선과 사이에 있었던 전일의 사연을 이르며 그를 놓아주도록 청하나 거절당한다.
5) 이에 지선은 월광궁(전)에 나아가는 처지에 빠진다.
6) 옥황이 염라왕과 십이대왕 그리고 후토부인과 시녀들을 친견한다.
7) 옥황이 염라왕과 동해왕에게 각기 맡은 직임을 잘 하도록 엄중히 당부한다.(1)
8) 여러 군왕들이 의복 치레만 하고 인간을 돌보지 않는 무심함을 꾸짖는 옥황이 거듭 그들에게 자신의 말대로 따르도록 재삼 당부하게 된다.(2)

9) 천태왕이 자신과 지선과의 전세의 인연을 아뢰며 옥황에게 그를 선처해 주도록 부탁한다.

10) 옥황이 이에 천태왕의 주청을 받아들여 지선을 다시 인간 세상으로 돌아가게 하라고 염라왕에게 명한다.

11) 지선이 이에 염라국을 구경하고 나갈 것을 청해 허락받는다.

12) 염라국에서 치죄당하는 인간 군상들의 제반 면모와 지옥에서 행해지는 여러 형벌에 대한 서술.

13) 옥황이 좌기한 뒤에 환생하는 인간들에게 삼강오상의 윤리를 들어 그들을 타이른다.(보상과 징계의 논리)

14) 서신의 횡포로 죄 없이 죽게 된 아이가 옥황에게 서신의 횡포를 고발하매 옥황이 이에 서신의 죄를 추궁하자, 서신과 아이가 각자 자신들의 무죄를 발명하며 다툰다.

15) 옥황이 그 전후 상황을 물어 안 뒤에 그 아이를 다시 세상에 나가도록 조처하고, 이어 인간 세상에 다시 나가는 인간들에게 잘 나가도록 거듭 당부한다.

16) 지선이 인간 세상으로 나오다가 한 도사를 만나 그로부터 옥황과 염라국에 대한 제반 정보를 들어 알게 된다.

17) 지선이 도사와의 문답 말을 다 기록하여 내게 된다.

위에 보인 서사단락을 통하여, 우리는 〈지선전〉이라는 작품이 한 전통적 문학 관습이기까지 했던 꿈의 형태를 빌어 와(서사단락 2) 지선으로 하여금 염라국으로 대변되는 이계 여행(타계 여행)을 누리게 하고(서사단락 3~16), 이어 그 전후 과정을 서술하게 하고 있는(서사단락 17) 구조로 이루어진 작품이라는 사실을 어렵지 않게 찾아낼 수 있다. 이것은 곧 〈지선전〉의 경우 비록 각몽(覺夢)의 과정이 문면에 명시적으로 나와 있지는 않지만, 액자 구조로 이루어진 작품임을 보여주는 좋은 보기로 생각된다. 곧 〈지선전〉은 개방적인 감싸기 구조로 이루어진 작품이라고 할 수 있다. 〈지선젼〉이 이러한 감싸기의 짜임새를 지닌 작품이라는 점을 분명히 인식하고, 우리는 이제 『지선젼』을 통하여 그 작가가 우리들에게 제시하려 했었던 궁극적인 의미가 어디에 있는지를 꼼꼼히 살펴볼 필요가 있다고 본다. 〈지선젼〉은 결론부터 이야기한다면, 인간들이 지상에서 행한 선행(善行)·악행(惡行)이 내세에서의 그들 삶을 통어하는 절대적인 기준이 된다는 인과론적·순환론적 인식 체계를 보여주는 작품에 다름아닌 것이라고 할 수 있다. 이런 연장 선상에서 작품 내에 지상의 인간들로 하여금 선행[三綱五常]을 닦도록 권계하는 교훈적 의도 또한 내재되어 있음은 당연하기까지 한 사실이라고 하겠다. 이 점을 해당 작품의 문면을 좇아가며 간략히 살펴볼까 한다.

먼저 지선이란 인물이 염나국에 잡혀갔다가 돌아 나오게 된 과정을 살펴보면,

"지션니 가마니 업져보니 천듸왕니 옥황긔 조회하려 하고 위위 호령이 진동하더라. 이윽고 빅옥연(3.b)을 트고 젼후 뫼신 조신드리 옥황긔 영을 나려 두 관원의게 올니고 졍하거날 지션니 업졋스니 그 관원니 얼골을 보고 무르진듸 네 익쥬 짜 옥용산 빅학사 지션니란 즁니라. 네 셔촉 가 슈륙하고 늬 가삼의 못시 박켜 음식을 삼켜도 먹지 못하고 일싱 셜워하더니 네 어진 덕으로 늬 가삼의 살못 쌔여 준 은혜 갑기을 오미의 삭엿더니 오날날 너을 보니 기라. 지션니 듯고 이윽키 싱각하여 올소니다 한듸"(4.a)

에서 드러나는 바와 같이, 지선이 '전세에 서촉 땅에서 가슴에 못이 박혀 음식을 삼켜도 먹지 못하고, 일생 설워 하던' 천태왕에게 '가슴에 (박힌) 살못 빼어준 은혜'를 끼친 인물임이 드러난다. 이 점은 뒷날 천

태왕으로 하여금 전후 두 차례에 걸쳐 염라왕과 옥황에게 지선을 다시 인간으로 내보내도록 주청토록 하고, 결국 지선을 인간 세상에 다시 나가도록 하는 결정적 계기로 작용하고 있다. 이는 곧 지선에 의한 은혜 베풀기에 대한 천태왕의 은혜 갚기에 다름 아닌 것이라고 할 수 있다. 여기서 비로소 지선은 환생의 계기를 얻게 되고, 이어 지부 순례를 하게 된다. 지선의 지부 순례 과정 가운데 〈지선전〉을 통하여 작가가 드러내고자 했던 작품의 궁극적 의미가 잘 드러나고 있는 부분은 서사 단락 (13)으로 생각된다. 서사 단락 (13)은 인간들이 지상에서 행한 선행(善行)과 악행(惡行)에 따라 그들이 어떻게 지부(地府)에서 형벌을 받게 되고, 나아가 다시 인간으로 환생하게 되는가를 구체적으로 보여주는 부분이라 하겠다. 여기서 해당 문면을 적시(摘示)하여 이해를 돕기로 한다.

1) "사람이 되기난 삼가(강?) 오상 가져야 사람니 되난 거시니라. 삼강니란 거슨 님군은 신하의 부모 되고 지아비난 지어미게 상이 되고 아비난 즈식의게 승니 되난 거시요, 오상니란 거슨 아비와 자식은 친히 하고 임군과 신하 의로 하고 지아비와 지어미난 각별하고 어진 아히난 츠리가 잇나니라. 너희난 빅사을 닷가 일치 말게 하라."(15.a) (밑줄: 필자 표시)

2) "보니 한 사람을 불너 일너 왈 너난 인간의 벼살하야 님군으게 츙성하고 빅성으게 은덕을 만니 써거날 인간으로 도로 보닉디 딕감 집 귀즈로 겸지하여 복녹을 갓치 겸지하여 쥬나니 셰상의 나아가 공명을 딕딕로 유젼하라.(가) 또 보시다가 스람을 불너 이로딕 너난 인간의셔 부모긔 효도하고 형제간의 화목하고 가난한 스람을 어엿비 역닌드 하니 너을 다시 인간의 보닉여 팔즈을 정하노라. 불(?)히 쎤 빅화연의 아들 되여 영웅호걸 되여 복녹니 즁원하리라.(나) 또 한 놈은 인간의셔 가난한 상

견의게 경성으로 위하다가 죽으니 극한 흉노라. 허빅니 무자하더니 그 집 아들 되여 셰상의 나아가 장원급졔하고 아들 셋 두리라 정하더라. (다) 또 한 게집을 불너 이로디 너난 인간의셔 부모긔 효도하고 지아비을 공경하다가 (열)여 도(되?)여 죽으니 경성의 상셔 아들을 되여 이십의 벼살을 하고 아들을 셋 두고 똘은 둘 두고 일싱복녹니 만사 여의ㅎ더라.(라) 또 한 게집을 보고 만(판?)셔을 불너 슈중하여 이로디 네 어니 인간의셔 너을 보닌다? 또 한 게집니 인간의셔 싀부모긔 불공하고 어니 안니 쥬난 것과 하□이 두 아비을 도적하엿난 게집을 어니 인간의다 보닌나요 하신디 판셔 두 변 졀하고 엿자오디 그리하오면 두 입을 벼혀 얼쳥니을 만드라 보닌오릿가 하더라.(마) 또 한 놈을 불너 가로디 네 인간의셔 유여하노라 호환하고 가난한 사람 나리 보고 제(게?)집만 무한니 하고 슐만 무한니 먹고 남 슈히 넉인 죄 만하니 가난한 양반 쌀 되여 열일곱의 혼닌하여 열일곱의 상부한디 하리 양식 다 섭식 졔한다 하고(바) 또 한 사람을 불너 이로디 인간의셔 간난하나 남의 거날(살?) 부러라 안니하고 남다려 욕 아니코 남과 차(싸?)호지 아니하여시니 이(상?)셔 짤리 되여셔 셜운 하나의 부인 가자 타고 『아달 다섯 짤 둘 두고 평싱을 부귀공명』을 누리고 지닌다가 열 히 후 드러오라 하시고 (사) 또 한 사람을 불너 이로디 너난 인간의셔 잇실 쩍 상젼을 소기고 일 안니하여 쥬고 일마닥 불숭한 일만 하니 인간의 못가게 하노라.(아) 또 한 사람을 불너 이로디 너난 인간의셔 구퇴여 죽난 사람을 다섯 사람을 살인 일 업나냐 하신디 그러한 닐 업나니다 한디 네 졍 그런 일 업나야? 옥황니 가로디 정월 쵸파일 날 길 가나(난?) 사람 다섯시 비러 먹다가 물 가의셔 니틀을 굴머셔 말을 못하고 비러먹을 슈도 업셧 다 업드러져 죽게 되얏난 거슬 네 쳐가의 셰빅 가며 음식을 가졋다가 그을 보고 놀닉여 불상니 역기며 그 음식을 닉여 먹겨 살여 다리고 말(마을?)을 가셔 살게 하니 공덕도 아니 즁하야 하신디 그 사람니 이윽고 싱각한즉 과연 제가 그리 하엿나니다. 올소니다 하니 옥황니 이 말을 칙으 쓰라

하시고 너난 쇼젼국 양반의 아들을 되여 아들 오 형졔 두고 이십 젼의
급졔하고 ᄌ손니 만단(당?)(ᄒ매) 부귀공명니 당듸의 밋차리 업더라."
(자)(15.a∼17.b)

위에 번다하게 보인 예문은 〈지선젼〉에 대한 정확한 작품 읽기를
위해서는 부득이한 과정이었다. '사람이 되기난 삼가(강?) 오상 가져야
사람니 되난 거시니라.'는 구체적 언표는 이후 작품에 드러나는 많은
인간군상들에 대한 평가의 척도가 됨을 은연중 드러내고 있다. 삼강
오상(三綱五常)이라는 도덕률의 구(具)·불구(不具)라는 이념이 인간군
상들에 대한 가치 척도로 줄기차게 작용하고 있음을 〈지선젼〉은 잘
보여주고 있다. 특히 (2)의 (가)∼(라), (사), (자)에서 서술되고 있는
선행의 주체들[忠臣·孝子·忠奴·烈女 등]로 하여금 한결같이 인간이라
면 누구나 꿈 꿀 수 있는 많은 복록을 누리도록 설정하고 있다는 것은
그들 행위의 옳음에 대한 적극적 보상의 차원에 다름 아닌 것이라고
할 수 있다. 반면 (2)의 (마), (바), (아)에서 서술되고 있는 악행의 주
체들로 하여금 한결같이 쉽게 극복하기 어려운 고난을 맛보게 한다는
것은 곧 그들 행위의 그름에 대한 적극적 징계의 차원에 다름아닌 것
이라고 할 수 있다.

곧 〈지선젼〉은 앞에서도 말한 바와 같이, 인간들이 현세와 내세에
서 향유하는 모든 화난(禍難)과 복록(福祿)은 인간 자신들의 도덕률 구
현의 유무에 전적으로 달려 있다는 사실을 우회적으로 달리 표현하고
있는 작품이라고 하겠다. 여기서 〈지선젼〉의 작가는 그가 제시하고자
하는 이념을 상대적으로 보다 두터이 하기 위해서 지옥에서 행해지는
제반 형벌에 대한 생생한 묘사와 아울러 인과론적 환생 논리라는 수
법을 차용하고 있다. 이런 문면이 구체적으로 잘 드러나고 있는 두 문

면을 제시하여 이해를 도울까 한다.

> 가) "니 스람드리 인간의셔 벼살ᄒ야 녹을 탐ᄒ여 먹고 님군을 아당ᄒ야
> 안으로 나라ᄒ을 어ᄌ럽게 ᄒ고 밧기로 나라ᄒ을 망케 하난 죄인과 또 남의
> 종이 되이(øø) 되여 제 상젼 위ᄒ난 쳬ᄒ고 안으로난 픠케 ᄒ난 놈을
> 연이 두 번식 비양 독스을 너허 만신을 쑥기드라."(12.a)
> 나) "인간의 잇실 젹이 스람을 죽이며 남의 것슬 도젹ᄒ여 먹은 스람이라
> ᄒ고 읫갓 독스을 쓰더 먹이니 이고 이고 압펴라 못견듸여 ᄒ난 소리
> ᄎ마 못들을네라. 스ᄌ 지션다려 이로듸 져 죄인은 져리ᄒ다가 슬리 다
> 얼□ 가리나고 나즁이난 읫갓 김싱이 되여 인간의 닉치노라."(13.a~b)

마지막으로 〈지선전〉의 또 다른 값어치는 작품 내에 조선 후기 사
회에서 실제적으로 일어나고 있었던 몇몇 부정적 현상에 비의할 수
있는 서사 상황들이 미약하기는 하지만 분명히 언급되고 있다는 점에
서 찾을 수 있다고 본다. 해당 부분을 먼저 적시하여 이해를 돕기로
하자.

> 가) "아릭로 잇난 죄인은 인간의셔 벼살ᄒ며 슈령 살며 빅셩으겨 불츅겨
> ᄒ고 <u>환숭을 져근 말노 쥬고 큰 말노 바든 죄라.</u> 어엿분 빅셩으겨 미질
> ᄒ고 스람을 만너 죽이고 흉연의난 진휼(휼?) 아니ᄒ 죄라. 쇠 지동으로
> 누르니 숨을 못쉬고 쌔르젹 쌔르젹ᄒ더라."(14.a)(밑줄 : 필자 표시)
> 나) "쏘 셔신 하나 잡편 든 아히 일곱살 먹엇난듸 옥황압히 쑤러 업져
> 엿자오듸 나난 셔촉셔 사난 김슌빅의 아들되압더니 민망한 발괄을 알외
> 나니다. 상졔 무르신듸 아히가 듸답ᄒ되 <u>나도 독ᄌ요, 아비도 독ᄌ요
> 듸듸로 독ᄌ로 나리오니 원근 친쳑니 업삽고 아비자 날을 나하삽다가</u>
> 셔신니 닉게 드러온 후 나도 죄 업삽고 부모도 죄 업사오나 다만 집의

부리난 종 아히가 밧긔 나가삽다가 기 잡난 거슬 보고 왓삽던니 셔신니
글노 탈을 잡아 드리니 날을 잡아드리오니 부모 극히 비오며 부모 날을
보듬고 우러 이로딕 우리도 너쎤니라. 너을 빅연만 역여더니 나난 죽어
도 뉘셔 간슈하며 뉘게 의하리□ 죽으니(나?) 스나 엇지 할고 이지 업시
니 하날과 쌍니 알건만은 하고 『부모』 날을 부르며 하 우르시니 인자지
정의 영결하고 불효가 되오니 노아쥬압소셔 한딕 옥황니 드르시고 셩
닉여 즉시 깃 갓씬 사령을 명하여 쌜니 가셔 셔신을 잡아드리라 하신딕
사령니 영을 듯고 문 밧긔로 나기더니 아모 딕로 간 쥴 모르더니 이윽하
야 한 □□이 옥황 압히 업지니 옥황니 엄슉한 수중니 츄산(상?)갓더라.
가로딕 네 셔신니 되여 인간의 인물을 쳔도하니 사람니 다 너을 공경하
거날 엇지 남의 젹은 허물노 익민한 아히을 죽이니 네 죄 무지하듯 하시
니 일곱 셔신니 수려 엿자오딕 그러치 안니하오니다. 쇼신니 인간의셔
아러 딕졉들 아니하압고 업슈니 역여 보기 아니 슌슈한 일리 업삽긔의
아히을 잡아 왓삽난이다 한딕 그 아히 다시 수러 업지면(셔) 알욀딕 그
러치 안니하엿쇼니다. 인간의셔 엇지 셔신을 업슈니 역긔리잇가? 손님
니 집의 안니 와셔도 동닉의 드러왓다 하오면 사람니 다 공경하여 딕졉
하엿거날 하물며 닉 집의 드러오신 손님늬을 어니 박딕(딕?)을 하오리
잇가? 닉들 무삼 죄 잇사오며 손님 닉 집의 오신 졔 삼일만의 머리마
(모?)욕하고 극진니 비온딕 부딕 부딕 족키 족키 보아 쥬옵소셔 비압고
쏘 비온딕 마춤 집의 종 아히 잇슨들 상젼이야 어니 하오리잇가? 무죄
날을 잡아오신니 남의 죄여 아니 익고 익고 원통하오리잇가 한딕 셔신
니 이난 그러하거니와 네 집의 슐리 잇시되 봉하여 두고 날을 아니 쥬니
네의 속이고 날을 조곰나나 존딕니 할 일리 잇더야? 그 아니 업슈머
(이?) 넉이난 일리야? 그 아히 다시 딕답한딕 인간 쳬면니 그러하오나
손님 졔 집의 오시지 아니하셔 부딕 마지못라야 쓸 딕 잇셔 조곰 장만한
즁식기 잇삽더니 손님니 집의 드러오시기의 예당하와 위하고 음식이
이(아?)이라 하압고 허물하실가 드(두?)려워 그 음식을 간슈하엿삽더

니 그걸 실로 앗기난 거시 아니오나 허물하실가 드(두?)러워하야 음식
을 간슈하엿삽던니 그걸 업슈니 역닌다 하시난잇가? 셰상 천하의 팔딕
독자 아니라도 잡기가 불축하압거든 하믈며 팔딕 독자로셔 부모 날만
밋고 잇삽다가 부모 날을 죽으니 우리 쳘윤지정의 참아 못하온 일리오
니 갑 쥬고라도 살일 테이면 갑을 앗기지 아니려든 참아 엇지 이런 일을
하시난니잇가 한딕 셔신니 만만 이미하여라 발명하여도 무익하리이다
하니 옥황니 셔신을 꾸지져 이라스딕 네 져러한 일 잇거든 인간의 가셔
작폐을 온(오?)작이 하랴 하시고"(17.b~20.a)(밑줄 : 필자 표시)

위에 보인 두 예문은 〈지선젼〉이 갖고 있는 당시대적 의미를 확보
하는 데에 일정 정도 도움이 된다고 여겨지기에 번다한 감이 있지만
제시해 두었다. 위의 밑줄 친 부분에서 드러나고 있는 서술 상황은 바
로 조선 후기 사회에서 빈번하게 나타나고 있던 부정적 사회 현상
가운데 하나임에 틀림없다고 생각된다. 이런 문면은 다른 장르, 예컨
대 야담류에서도 흔히 설정되고 있는 것으로써, 해당 부분이 갖는 작
품내적 의미는 당대 사회의 이지러진 병리 현상(還償과 천연두 문제로
대변되는)에 대한 미약한 정도의 고발을 통하여 그 현상에 대한 광정
(匡正) 욕구라고 지적해 두고, 보다 자세한 논의는 뒷날의 과제로 미룰
까 한다.

4. 맺는말

본 소고는 아직껏 우리 학계에 소개·보고된 적이 없는 〈지선젼〉이
라는 작품의 존재를 통하여, 그 짜임새와 의미를 간략히 살펴본 정도
에 불과하다는 근본적인 한계를 지닌다. 그렇기는 하지만, 〈지선젼〉

이 개방적인 감싸기의 짜임새를 갖고 있는 작품으로 지선이라는 등장 인물의 이계여행(異界旅行[他界旅行])을 통하여 그 작품내적 의미를 전달하고자 하는 작품임을 발견할 수 있었다. 곧 〈지선전〉은 인간들이 지상에서 행한 선행(善行)·악행(惡行)이 내세에서의 그들 삶을 통어하는 절대적인 기준이 된다는 인과론적·순환론적 인식 체계를 보여주는 작품임에 틀림없다. 이런 연장선상에서 작품 내에 지상의 인간들로 하여금 선행(三綱五常)을 닦도록 권계하는 교훈적 의도 또한 내재되어 있음은 당연하기까지 한 사실이라고 하겠다. 마지막으로 〈지선전〉이 갖고 있는 또 다른 미적 값어치로 우리는 이 작품의 작가가 미약한 나름대로나마 조선 후기 사회의 병리 현상(還償과 천연두 문제로 대변되는)에 대한 고발을 통하여 그 현상을 광정하고자 하는 암묵적 의도도 가진 인물이 아닌가 추론해 보았다.

본 작품에 대한 보다 정치(精緻)한 논의는 훗날의 과제로 남길까 한다.

▶ 부록: 〈지선전〉 3종

[일러두기]

　□ 표시는 불분명한 부분임

　(?) 표시는 바로 잡아야 할 부분임.

　(*) 표시는 여타 이본과 견주어 볼 때 빠진 부분임.

　「 」 표시는 여타 이본과 견주어 볼 때 많은 부분에 걸쳐 빠져 있는 부분을
　가리킨 것임.

가)『지선전』 권지단니라(22장본)

"빅학사 지선 관원이라. 옛 송 시절의 익쥬 쯔 옥용산 빅학수 지선니란 즁니
호런 잠니 드럿더니 수자 왕방울 츠고 쇠수슬 들고 압히 와 이로딕 염나왕니
너을 슈히 압아오라 하더라 하고 홀목을 잡아 뵈거날 지선니 이로되 무죄한
나을 불의예 잡펏스니 너난 나을 잠간 노으라 하니 사자 놋거날 지선니 그
잠 고히 넉여 졔 상자을 불너 이로딕 닉 잠간 너의게 가사을 맛기니 수즈
날을 잡으려 왓스니 닉(1.a) 아마도 가게 되엿시니 닉 등신니 잇시니 조셕
밥을 닉 압히 노으라 하고 잠을 드니 수즈 직쵹하며 슈히 가자 어셔 가자
직쵹하며 모라서거날 지선니 싸라가 한 모히 가거날 지선니 사자다려 무른딕
수자 답 왈 영별산니라 하더라. 쏘 한 고기을 너머가니 한 문니 잇셔 황금으로
쎠시니 영별문니라 하엿더라. 그 고기에셔 안져보니 바람과 안기 자옥하여
인간니 아모른 쥴 모르고 사람 우난 소릭 기 진난 소릭갓더라. 쏘 한 고기을
너머가니 한 모이 잇셔 문을 싸고 글 쎠 이르딕 통곡산이라(1.b) 하엿더라.
그 고기에 안져보니 으런과 아히들이 엄마 압바하고 나오며 눈물리 비오난
듯하더라. 쏘 한 모히 잇거날 올나가보니 글 쎠 다라스되 망향산니라 하엿더
라. 그 고기에 너머가니 곽누산니라 하엿더라. 그 고기 너머가니 눈물 바회가
만히 잇거날 무른딕 수자 이로딕 니 바회가 져승으 가난 사람니 눈물 쌔린
바회가 되엿난니라 하고 쏘 한 고기 너머가니 큰 바람니 불거날 수즈다려

무른티 스람니 죽어 드러오면 안져 눈물 쑤리고 한슘을 한업시 하긔의 바람니
되엿나(2.a)니라. 망졀산의 올나가니 셰상니 아모란 쥴 모르더라. 쏘 한 닉히
가렷거날 무른티 은하슈라 하더라. 가난 사람드리 물을 보고 이로티 져 물은
세상을 간다마은 우리난 무삼 죄로 갈 기리 업난고? 눈물을 쑤리며 이로티
져 물아 이닉 눈물 가져다가 우리 부모님긔 젼하여라. 어엿분 자식들은 죡케
살고 나난 무삼 죄로 이리 오난고? 발 압파 못가고 우더라고 하여라. 슉졀업
시 눈물만 쑤리면 우리난 아(어?)나써나 닌간의 다시 나가 우리 부모 즈식들
츠즈볼고? 너난 인간을 간(2.b)다마은 우리난 부모친쳑을 영결하고 무지한
산쳔을 어티라고 날마닥 이리 괴로니 가난고. 이고 이고 원통히라. 셔룬지거
져 물아. 우리 눈물 가져다가 우리 부모님긔 젼하여라. 어나 시의 우리 부모즈
식 다시 만나볼고 하며 눈물을 쑤리더라. 그 물을 지닉고 한 고티 드러가니
광목졔라. 쏘 한 집니 잇셔 황금으로 문을 크게 하고 글 쎠 붓쳣난티 보니
초혼젼니라 하엿더라. 그 집을 즈시 살피니 구살로 집을 짓고 문을 쥬옥으로
쑤몃더라. 그 가온티(3.a) □편의 관원니 잇셔 쇠관을 쥬며 쓰고 부슬 잡고
칙을 피고 금홍으로 졈을 치며 가로티 오날 인간의 일만을 보닉고 일만은
잡바오라 하시니 어셔 다 드러가셔 졈고하라. 일시의 졈고하고 회혼젼으로
보닉더라. 회혼젼의셔 졈고하고 염나왕으게 모시니 염나왕니 셩책하야 옥황
상졔긔 올여 죄한 놈 죄하고 노흘 놈 놋코 영화부귀을 염나왕니 결단하더라.
지션니 가마니 업져보니 쳔티왕니 옥황긔 조회하려 하고 위위 호령이 진동하
더라. 이윽고 빅옥연(3.b)을 트고 젼후 뫼신 조신드리 옥황긔 영을 나려 두
관원으게 올니고 졍하거날 지션니 업졋스니 그 관원니 얼골을 보고 무르진티
네 익쥬 짜 옥용산 빅학사 지션니란 즁니라. 네 셔쳑 가 슈륙하고 닉 가삼의
못시 박켜 음식을 삼켜도 먹지 못하고 일싱 셜워하더니 네 어진 덕으로 닉
가삼의 살못 쌔여 쥰 은혜 갑기을 오믹의 삭엿더니 오날날 너을 보니 기라.
지션니 듯고 이윽키 싱각하여 올소니다 한티 왕니 좌우을 보고 이로티 밧(4.a)
비 할 일 잇나니다. 왕니 이로티 네 날을 싸라오라 하고 염나왕안(한?)틔 가니
염나왕이 이려 읍하고 가로티 티왕니 엇지 오신나닛가? 쳔티왕니 황망니 답

한디 나난 승계긔 조회하려 갓삽던니 왕을 보압고 청할 일리 잇소니다. 왕니 가로디 네 무삼 일인고? 쳔틔왕니 엿자오되 옥용산 지션니란 즁을 어니 잡아 왓난닛가? 염나왕니 가로디 옥황긔셔 상별당을 다으지고 치셕(싁?)못하엿삽더니 이 즁이 그림을 잘한다 하압긔(4.b)의 자부왓난니다. 쳔틔왕니 가로디 져 즁니 날을 위하여 셔촉 가 슈록하압긔의 늬 가삼의 살못 쎼쥰 은혜 잇사오니 이 즁을 위하여 다른 니라도 잡피시고 지션을 노으사 염나왕니 가로디 비록 그러하나 발셔 옥황게셔 잡어오신니 엇지 하리요? 또 명이 날노셔난 취사치 못하리로소니다. 그리할 젹의 회혼젼의셔 북 소릐 진동하며 불너 이로디 지션니 졈고아니하나야? 옥황긔셔 직촉하거날 쳔틔왕이 회혼젼으셔 기별한디(5.a) 초혼젼으셔 지션니 왓삽거날 다리고 이예 (왓)사오니 옥황긔 가리다 하고 옥황긔 다다르믜 그 집을 옥으로 셩을 싸고 오싁 그림니 비겻난디 그 집 도량은 인간의셔 보지 못한 비라. 다 기록지 못할네라. 또 그 안으로 도라가보니 큰 집니 잇스(되) 유리로 짓고 황금으로 글 쎠 붓쳣신디 월광궁니라 하고 또 한 집니 잇셔 비단으로 장을 하고 옥으로 지동하고 집 일홈은 월광젼이라 하엿더라. 모든 조신드리 얼골리 관옥갓더라. 염나왕니 수(5.b)죄하고 그졔난 지광왕 소광왕 삼왕 등니 연하여 죄하야 위염니 가작하여 다른 조츳더라. 셔우 쌔진 하인니 와 가로디 왕니 오시나니다 한디 열두왕의 다 옥황긔 명합하거날 이윽하여 한 관원니 나와 이로디 옥황긔셔 오신다 하니 열두왕과 모든 조신니 례빅을 들고 츠례로 느러셔니 모든 관원니 좌우로 옹위하니 위의 엄슉하니 감히 우러러 보지 못할너라. 멀니 안니 가메 또 옥황니 옥슝의 좌기하야 홍포을 입고 머리의(6.a) 관을 쓰고 안졋쓰니 뫼신 상은 열이요, 옥을 씌치난 듯하난 소릐 셰상의셔난 보지 못하던 비라. 단졍니 하고 관을 쓰고 홀목을 들고 좌졍하고 거동니 씩씩하더라. 조신드리 츠례로 셔며 형조만한 관원니 쓸에셔 엿자오디 열두왕과 소소니 모든 왕니 다 직빈하고 나온디 또 후토부인과 월궁의 모든 시여 칠보장염으로 셔며 또 관원니 엿자오디 눌로소니다 하고 직빈하고 나오더니 조회 다한 후의 염나왕을 불너 이로디 맛든 역환(할?)을 잘(6.b) 할 거시니 너을 어니 인간의 질병도 보늬여 무죄한

사람을 죽게 하여 네 직님을 못한다 여섯 왕니 스례하여 가로딕 불민한 죄어
니 다 알외리잇가 하고 물너가거라. 또 동해왕을 불너 이로딕 세상의 싱활한
빅셩을 병드리고 갑 바드리라 하고 인간을 보치니 어닌 일고 하신딕 충히왕니
가로딕 그런 일리 업난니다. 옥황니 노으차 크게 쑤지겨 이로딕 일정 그런
닐 업나야? 조정 춤납니 동역의 갑 바든 일 업나야? 동히왕니 머리을 쑤(7.a)
다리며 스례하거날 옥황니 가로딕 너을 죄 쥴 일리라 아니 쥬니 이후난 인간
의 가 그리 하난 일리 잇시면 큰 죄을 쥬리라. 옥황니가로딕 동남북 명산니
천하의 버럿난졔 후왕과 만조빅관드리 다시 말을 드르라. 너히 어니 어지지
못하야 직님을 일헛난다. 인간 셩민이 슈□하야 이딕도록 늬게 원망하니 옛날
소한 시졀의 빅셩과 귀신니 한도니 넉여 달회지 못하엿스니 조지안니로딕
다시 니리 나니 또 칠월 초싱부(7.b)터 스무날 못되여 빗 봉마닥 직님을 헛난
다. 인간 셩민니 슈한하여 이딕도록 늬게 원망니 옛날 초한 시졀의 빗 봉마닥
억만장니 남셔 올나오며 아비도 죽어간다. 어미도 죽어간다. 쳐자식도 죽어간
다. 머리도 아푸다. 빅도 알난다 하며 욋(왼?)갓 병을 다 늬게 와 괴로니 원망
하니 너히 군왕도 인간의 이런 화을 근지지 못하여 엇지 이럿타 한다. 또 드르
라. 그 히 흉연니 춤혹하냐 부모을 바리고 지아비도 게집을 바리고 졔집도
지아(8.a)비을 바리고 가각 홋터지면 졔 어더 먹으려 단니며 마약(매양?) 이
고이고 하난 임아 셜워라 하니 조흐나 구지나 허물은 디(다?) 늬게 도라보니
니 이거시 다 너의 허물인 쥴 안다? 나난 봄과 여름을 보아 늬여 초곡을 무장
케 하고 가을 겨울 보(아)늬여 만물지운을 각(갖?)초오게 하거던 너히난 각자
방으로 인간의 나가 다사리라 하니 다사리던 아이코 바람과 비을 모시고 져
왕은 춤을 보늬여 빅곡을 춤직화을 늬여 빅셩을 쥬리게 하니(8.b) 옛날 초왕
졔난 빅셩을 위하여 춤을 늬니 황춤 일시의 업셔진 쥴 너히 모르난다? 너의
군왕드리 이복 치례만 하고 인간을 도라보디 아니하니 어니 그리 무심하냐?
너히을 죄을 쥴 거시니로딕 아니 쥬오니 이후의난 흉연도 업시 하고 질병도
업시 하야 늬 말딕로 하라 하고 나가더라. 쳔틱왕 황양니 옥황 압히 드러가
엿자오딕 소신은 쳔틱왕 황양니압더니 알외난 말삼니 잇소니다. 옥황니 딕답

흥신듸 익쥬 짜 옥용산 지션니란 즁을 어니 잡앗시잇가? 옥황니(9.a) 가로듸
상별당을 짓고 치셕을 못하기의 지션니가 그림을 잘 한다 하긔의 잡안노라.
쳔틔왕니 ᄭᅮ려 엿자오듸 다름니 안이로다. 소신니 인간의 이실 졔 난시가 되
여 소신으로 하여곰 도젹을 잡으라 하시오니 셔쵹 가셔 싸호다가 소신니 살을
마져 명믹니 ᄭᅳᆺ쳐오니 인간 졍 영결하고 흉한 고혼니 되엿싸오니 뉘라셔 가삼
의 박킨 살을 ᄲᅦ여 쥬리잇가? 입 업난 븩골을 뉘라셔 거두오리잇가? 고향은
누쳘리 밧기고 외로온 영혼니 되얏(슬) 졔 향연인(9.b)들 뉘라셔 흐리잇가?
쳔금우슈흐고 셜리한풍의 치워도 셕삽고 혹시 어든 음식도 가삼의 븩킨 몸으
로 먹글 젹그 싱각이 엇더흐리잇가? 그러무로 쥬야이 의지난을 싱이여 이
즁이 소신을 위흐와 다만 그를 앗기지 아니코 슈록을 흐오니 가삼의 못슬
ᄲᅦ여쥬고 오살 겹으로 슝고(흐여) 다슌 듸 무더 일싱 활발케 흐여 쥬오니 은
해 갑기을 오믜의 불망흐압더이 맛참 소승이 초혼견이 오오니 지션을 잡아
드리거날 소신니 다리고 왓스오니 소신니 승졔긔 덕을 입스와 지션을 노으시
면 보은을 갑(10.a)기 바라나이다. 상졔 가로듸 네 은해 갑기을 지극히 싱각흐
니 기특흐나 지션의 일도 기특 기특흐긔이 너을 위흐여 노흐니 염나왕외게
기별한듸 지션의 일리 긔특흐고 쳔틔왕이 발괄리 쟝양(잔잉?) 가련흐니 지션
을 도라보닌고 하리 양식 두 되식 졍하라 흐여 염나왕이개 보닌니 염나왕니
죽시 칙을 닌셔 펴고 지션의 셩명을 씨고 옥용손 븩학수 지션은 두시 인간이
나가 이십연을 살고 흐류 양식 두 되식 틱흐노라 흐듸 지션니 두 번 지빅흐고
엿즈오듸 져근 은혜로써 듸은을 입스와 인간을 나가라 흐시니(10.b) 황송흐오
나 귀경이나 흐고 나가 인간 스람드리 무를 거시니 주시 귀경코져 흐나니다,
쳔틔왕니 염나왕ᄃᆞ려 이려물 쳥흐와 수령시겨 지션을 귀경흐라. 지션니 보니
옥황니 죄인을 염나왕의계 나리와 슝고흐고 즁흔 죄난 지옥으로 보닌고 헐흔
죄난 지광왕이계로 보니더라 흔 게집이 연마왕이계 발괄한듸 나난 아모 죄도
업스오나 옥황긔셔 즁옥으로 보닌시이 닌 무슴 죄 잇나잇가? 네 일졍 죄 업나
야? 그 게집이 죽다록 악씨며 거스리려 죄 업노 업노(øø)라 흐니 네 일졍 죄
업나야? 연쳔 짜 니승셕(셔?) 듸 죵으로셔 네 승젼을(11.a) 슐여(에?) 약 셕겨

먹여 죽인 비야 잇다. 옥황니 너을 중옥으로 보닉여 아모데(셕?)도 셰샹이 못나가리라 ᄒ고 윗(윈?)갓 비얌 김싱으로 ᄒ여곰 비슬을 쓰더 먹게 한ᆯ 쳔만연이라(도) 셰샹의 ᄃ시 못나가게 하더라. 흔 문이 잇셔 ᄌ시 보니 쳘영문이라 ᄒ엿거날 드러가 보니 문직이 눈을 부릅쓰고 무러 가로ᄃ 엇더흔 즁니관ᄃ 이리 깁푼 ᄃ로 왓나야 ᄒ니 지션이 졀ᄒ고 이로ᄃ 인간이셔 드러왓습더니 귀경ᄒ러 왓나니다 ᄒ니 그 스람이 가라쳐 져리로셔 이리 가면 귀경ᄒ물 쳥ᄒ나니라 ᄒ거날 지션이 죽시 구리 드러가니 스람 우난 소리 쳔지가 진동ᄒ거날 (11.b) 보니 죄인 십여명을 닉여 치고 윗갓 김싱으로 만신을 쓰니니 익고 익고 압펴라 ᄒ난 소리 쳔지가 진동ᄒ거날 지션이 무른ᄃ ᄉᄌ 이라ᄃ 니 스람드리 인간의셔 벼살ᄒ야 녹을 탐ᄒ여 먹고 님군을 아당ᄒ야 안으로 나라흘 어ᄌ랍게 ᄒ고 밧기로 나라흘 망케 하난 죄인과 ᄯᅩ 남의 죵이 되이(ᄡᄉ) 되여 졔 샹젼 위ᄒ난 쳬ᄒ고 안으로난 픽케 ᄒ난 놈을 연이 두 번식 비얌 독스을 너허 만신을 쑥기드라. ᄯᅩ 지옥이 가니 죄닌이 무슈이 잇난ᄃ 가니 칼노 가죽을 벽겨닉며 눈도 키며 귀도 곳치로 쒜매 슈족을 불의 틱우거날 무른ᄃ(12.a) 져 가죽 벅기난 스람은 졔 샹젼이 것 도젹질ᄒ던 이요, 져 귀 쒜매 슈족 굽난 놈은 졔 숭젼이 말 듯고 못든난 쳬ᄒ고 일가라도 아니 가난 놈을 ᄯᅩ 평동왕 인난ᄃ가□ 죄인이 무슈이 잇시니 톱으로 목도 쎨며 허리을 쎨거날 지션니 무른ᄃ ᄉᄌ 이로ᄃ 져 놈은 겨집 두고 남이 계집 어더 만나 웃쥴긔난 놈이요, 져 연은 지아비 두고 남이 아비 어든 연을 져리ᄒ나니라. ᄯᅩ 지옥이 가니 죄인니 무슈흔ᄃ 쇠로 평승을 ᄒ고 숫불을 피고 죄인을 ᄎ려로 안치이 노린닉 진동ᄒ며 익고 익고 압펴라 죽노라 ᄒ난 소리 ᄎ(12.b)마 못들을네라. 왕이 가로ᄃ 져 사람은 인간이셔 살아 남이 셔룬 일 만니 ᄒ고 조흔 음식 먹고 빗난 이복 입고 놉흔 집이 안져 다슌 방이 잘 지닉노라 가난ᄒ고 어엿분 스람을 업슈이 넉인 죄을 아는다? 무슈이 다사리더라. ᄉᄌ 이로ᄃ 이 죄인은 져리ᄒ다가 난죵의 우마을 만드라 도로 인간으로 보닉더라. 별셔왕이 독숭지옥의 가니 죄인니 무슈흔ᄃ 왕니 슈죄한ᄃ 인간의 잇실 젹이 스람을 죽이며 남의 것슬 도젹ᄒ여 먹은 스람이라 ᄒ고 윗갓 독스을 쓰더 먹이니 익고 익고 압펴라

(13.a) 못견듸여 흐난 소릭 춤마 못들을네라. 스즈 지션다려 이로듸 져 죄인은 져리흐다가 슬리 다 얼□ 가리나고 나즁익난 윗갓 김싱이 되여 인간의 닉치노라. 또 틱스왕니 지옥의 잇나니 쏘닉 물가족과 가죽은 업고 김싱을 빈드다가 스즈 못씨게 흐여 닉치며 최로 듸□하더라. 스즈 이로듸 속낙왕 지옥의 가니 죄인을 닉(ø)닉여 숫불이 구이며 눈을 듸룽으 다히고 츠니 두 눈이 다 빠지고 비을 짜고 창을 닉여 여물익 시여 비을 버리고 도로 너커날 스즈다려 무른듸 져 놈은 제 상견의 것도 도젹질흐고 망(13.b)치며 승견의 눈을 기여 보던 놈을 두 쥴(노) 안치고 쇠 지동으로 누르며 칼노 지르니 숨도 못쉬고 죽으락 씩락흐더라. 웃 질노 잇난 죄닌은 님군도 죽이며 승견도 죽닌 놈이라. 쥬야 일싱 져러하나니라. 아릭로 잇난 죄인은 인간의셔 벼살흐며 스령 살며 빅셩으겨 불츅겨 흐고 환승을 져근 말노 쥬고 큰 말노 바든 죄라. 어엿분 빅셩으겨 미질흐고 스람을 만니 죽이고 흉연의난 진휼(휼?) 아니흔 죄라. 쇠 지동으로 누르니 숨을 못쉬고 쌔르젹 쌔르젹흐더라. 무르이 스즈 이로듸 갈나가난 기리 잇거날 스람이 팔즈(14.a)가 초분 즁분 후분 지변(빈?)쳔과 즁수관이 질병 우환과 유즈무즈하야 갈겨나 팔즈난 가난이라 흐더라. 잇쩐 옥황이 좌긔흐듸(다?)흐거날 보니 빅관니 압픠 느려셔며 흐인드리 옹위하고 승졔난 금년 타고 철관을 쓰고 단졍이 안져 호령이 진동하더라. 죄으로 든 상공이 차례로 안지며 압히 빅관이 슈업이 못단난듸 옥황이 무르신듸 오날은 인간의 가난 사람이 얼마요 하시니 관원이 엿자오듸 일만이로소이다. 옥황이 가로듸 져 사람들 다 닉 말을 드르라 하신듸 한 관원이 용쌍(상?) 밋헤 업젓다가 이로듸 인간 사람들아 분부하신다 하이 옥황이 가로듸(14.b) 사람이 되기난 삼가(강?) 오상 가져야 사람니 되난 거시니라. 삼강니란 거슨 님군은 신하의 부모 되고 지아비난 지어미게 상이 되고 아비난 즈식의게 승니 되난 거시요, 오상니란 거슨 아비와 자식은 친히 하고 임군과 신하 의로 하고 지아비와 지어미난 각별하고 어진 아힉난 추리가 잇나니라. 너히난 빅사을 닷가 일치 말게 하라. 보니 한 사람을 불너 일너 왈 너난 인간의 벼살하야 님군게 츙셩하고 빅셩으게 은덕을 만니 쎠거날 인간으로 도로 보닉듸 듸감 집 귀즈로 졈지하여

복녹을 갓치 겸지하여 쥬(15.a)난니 세상의 나아가 공명을 듸듸로 유전하라.
또 보시다가 스람을 불너 이로듸 너난 인간의셔 부모긔 효도하고 형제간의
화목하고 가난한 스람을 어엿비 역닌듯 하니 너을 다시 인간의 보닉여 팔즈을
정하노라. 불(?)히 쩌 빅화연의 아들 되여 영웅호걸 되여 복녹니 즁원하리라.
또 한 놈은 인간의셔 가난한 상젼의게 정성으로 위하다가 죽으니 극한 츙노
라. 허빅니 무자하더니 그 집 아들 되여 세상의 나아가 장원급제하고 아들
셋 두리라 정하더라. 또 한 게집을 불너 이로듸 너난 인간의셔 부모긔 효도하
고 지아비을 공경하다(15.b)가 (열)여 도(되?)여 죽으니 경셩의 상셔 아들을
되여 이십의 벼살을 하고 아들을 셋 두고 쏠은 둘 두고 일셩복녹니 만사 여의
ㅎ더라. 또 한 게집을 보고 만(판?)셔룰 불너 수즁하여 이로듸 네 어니 인간의
셔 너을 보닌다? 또 한 게집니 인간의셔 싀부모긔 불공하고 어니 안니 쥬난
것과 하□이 두 아비을 도젹하엿난 게집을 어니 인간의다 보닉나요 하신듸
판셔 두 변 결하고 엿자오듸 그리하오면 두 입을 벼혀 얼쳥니을 만드라 보닉
오릿가 하더라. 또 한 놈을 불너 가로듸 네 인간의셔 유여하노라 호환하고
가난한 사람 나리 보고 제(게?)집만 무(16.a)한하고 술만 무한니 먹고 남
슈히 넉인 죄 만하니 가난한 양반 쌀 되여 열일곱의 혼닌하여 열일곱의 상부
한듸 하리 양식 다 섭식 졔한다 하고 또 한 사람을 불너 이로듸 인간의셔
간난하나 남의 거날(살?) 부러라 안니하고 남다려 욕 아니코 남과 차(싸?)호
지 아니하여시니 이(상?)셔 쌀리 되여셔 셜운 하나의 부인 가자 타고 『아달
다셧 쌀 둘 두고 평싱을 부귀공명』을 누리고 지닉다가 열 히 후 드러오라
하시고 또 한 사람을 불너 이로듸 너난 인간의셔 잇실 쩌 상젼을 소기고 일
안니하여 쥬고 일마닥 불슌한 일만 하니 인간의 못가게 하노라.(16.b) 또 한
사람을 불너 이로듸 너난 인간의셔 구틱여 죽난 사람을 다셧 사람을 살인
일 업난냐 하신듸 그러한 닐 업나니다 한듸 네 졍 그런 일 업나야? 옥황니
가로듸 졍월 쵸파일 날 길 가나(난?) 사람 다셧시 비러 먹다가 물 가의셔 니틀
을 굴머셔 말을 못하고 비러먹을 슈도 업셧 다 업드러져 죽게 되얏난 거슬
네 쳐가의 셰비 가며 음식을 가졋다가 그을 보고 놀닉여 불상니 역니며 그

음식을 늬여 먹겨 살여 다리고 말(마을?)을 가셔 살게 하니 공덕도 아니 중하
야 하신디 그 사람니 이윽고 싱각한즉 과연 제가 그리 하(17.a)엿나니다. 올소
니다 하니 옥황니 이 말을 칙으 쓰라 하시고 너난 쇼젼국 양반의 아들을 되여
아들 오 형제 두고 이십 젼의 급졔하고 즈손니 만단(당?)(ᄒ매) 부귀공명니
당디의 밋차리 업더라. 또 셔신 하나 잡펴 든 아히 일곱살 먹엇난디 옥황압히
쑤러 업져 엿자오디 나난 셔쵹셔 사난 김슌빅의 아들되압더니 민망한 발괄을
알외나니다. 상졔 무르신디 아히가 디답ᄒ되 나도 독즈요, 아비도 독즈요 디
디로 독즈로 나리오니 원근 친쳑니 업삽고 아비자 날을 나하삽다가 셔신니
늬게 드러(17.b)온 후 나도 죄 업삽고 부모도 죄 업사오나 다만 집의 부리난
죵 아히가 밧긔 나가삽다가 ᄀ 잡난 거슬 보고 왓삽던니 셔신니 글노 탈을
잡아 드리니 날을 잡아드리오니 부모 극히 비오며 부모 날을 보듬고 우러
이로디 우리도 너쑨니라. 너을 빅연만 역겨더니 나난 죽어 도 뉘셔 간슈하며
뉘게 의하리□ 죽으니(나?) 스나 엇지 할고 이지 업시니 하날과 쌍니 알건만
은 하고『부모』날을 부르며 하 우르시니 인자지졍의 영결하고 불효가 되오니
노아쥬압소셔 한디 옥황니 드르시고 셩 늬여 즉시 깃 갓쓴 사령을(18.a) 명하
여 쌜니 가셔 셔신을 잡아드리라 하신디 사령니 영을 듯고 문 밧긔로 나가더
니 아모 디로 간 줄 모르더니 이윽하야 한 □□이 옥황 압히 업지니 옥황니
엄슉한 쑤즁니 츄산(상?)갓더라. 가로디 네 셔신니 되여 인간의 인물을 쳔도
하니 사람니 다 너을 공경하거날 엇지 남의 젹은 허물노 익미한 아히을 죽이
니 네 죄 무지하다 하시니 일곱 셔신니 쑤려 엿자오디 그러치 안니하오니다.
쇼신니 인간의셔 아러 디졉들 아니하압고 업슈니 역여 보기 아니 슌슈한 일리
업삽긔의 아(18.b)히을 잡아 왓삽난이다 한디 그 아히 다시 쑤러 업지면(셔)
알윈디 그러치 안니하엿쇼니다. 인간의셔 엇지 셔신을 업슈니 역긔리잇가?
손님니 집의 안니 와셔도 동늬의 드러왓다 하오면 사람니 다 공경하여 디졉하
엿거날 하물며 늬 집의 드러오신 손님늬을 어니 박디(디?)을 하오리잇가? 닌
들 무삼 죄 잇사오며 손님 늬 집의 오신 졔 삼일만의 머리마(모?)욕하고 극진
니 비온디 부디 부디 죡키 죡키 보아 쥬옵소셔 비압고 또 비온디 마츰 집의

종 아히 잇슨들 상전이야 어니 하오리잇가? 무죄 날을 잡아오신니 남의 죄여 (19.a) 아니 익고 익고 원통하오리잇가 한디 셔신니 이난 그러하거니와 네 집의 슐리 잇시되 봉하여 두고 날을 아니 쥬니 네의 쇽이고 날을 조곰나나 존디니 할 일리 잇더야? 그 아니 업슈머(이?) 넉이난 일리야? 그 아히 다시 디답한디 인간 체면니 그러하오나 손님 제 집의 오시지 아니하셔 부디 마지못 라야 쓸 디 잇셔 조곰 장만한 즁식기 잇삽더니 손님니 집의 드러오시기의 예당하와 위하고 음식이 이(아?)이라 하압고 허물하실가 드(두?)러워 그 음식 을 간슈하엿삽더니 그걸 실로 앗기난 거시 아니오나 허물하실가 느(두?)러워 하야(19.b) 음식을 간슈하엿삽던니 그걸 업슈니 역닌다 하시난잇가? 세상 천 하의 팔디 독자 아니라도 잡기가 불축하압거든 하믈며 팔디 독자로셔 부모 날만 밋고 잇삽다가 부모 날을 죽으니 우리 철윤지졍의 춤아 못하온 일리오니 갑 쥬고라도 살일 테이면 갑을 앗기지 아니려든 춤아 엇지 이런 일을 하시난 니잇가 한디 셔신니 만만 익민하여라 발명하여도 무익하리이다 하니 옥황니 셔신을 꾸지져 이라스디 네 져러한 일 잇거든 인간의 가셔 작폐을 온(오?)작 이 하랴 하시고 아히(20.a)다려 이로디 져그 가난 사람니 인간을 가난 사람니 이 너도 역시 부귀을 두어 볼 거시니 네 져 사람을 싸라가라 하신디 그 아히 다시 꾸려 업져 엿자오디 부귀을 귀히 역니난 거시 아(니)라 팔디 독자로 나 리압다가 닉게로 도라와 망총절사하오니 그을 참혹 셜워하압난 거시 아이오 나 누디 봉사을 이우겟사오니 덕니 황감사하오니다. 상졔 우어 네 말니 가장 긔특 긔특하다 하시고 셔신을 불너 이로디 닉 네 죄을 짐작하고 이 죄을 놋난 거시니 즉시 져 아히을 다리고 졔 집의 가셔 역환을 잘 보아쥬라. 이후의 다시 그런 이리 이셔셔난 죄(20.b)을 입으리라 하니 셔신니 스죄하고 나오거날 그 아히 두 번 졀하고 나오더라. 쏘 옥황니 인간의 나가난 사람을 불너 이로디 팔자을 졈지하야 닉난 거시니 너히 다 조히 나가라 하고 분분을 긔기이 하시 더라. 지션니 다 귀경하고 인간의로 나오다가 초혼젼 압피 쉬엿더니 한 도스 한 사람니 푸른 막디을 집고 갈나다가 지션을 보고 무른디 네 어린 즁니관디 이리 깁푼 디 왓나야 하니 지션니 졀하고 이로디 나난 익쥬 짜 옥용산 빅학사란 즁니압더니 옥황긔 잡펴삽긔의 드러왓삽더니 옥(21.a)황니 도라 나가라 하압긔에 다 귀경하고 나가난 길리압난니다 한디 도사 가로디 네 인간의셔 옥황 상제 게신 디가 구말니(만리?) 철리 길이 몃 말인(만리인?)가 되며 또 모든 졔후 왕의 연(현?)부을 알고 가난다? 후왈 어니 다 오리잇가? ᄌ시ᄌ시 갈쳐 쥬옵쇼셔 한디 도사 가로디 인간의셔 영별산니 말리요, 영별산의셔 통곡 산니 삼말리요, 통곡산의셔 망향산니 삼말리요, 망향산의셔 낙누산니 오말리 요, 낙누산의셔 눈물 바회가 오말이요, 눈물 바회셔 한슘지가 육말리요, 한슘 (21.b)지에셔 마열산니 칠말리요, 망졀산의셔 은하슈가 팔말리요, 철연문이 삼말이라. 또 져 깁푼 집은 상졔궁이요, 또 죄(좌?)편 놉혼 집은 상별당이요, 예셔 상졔궁가지 기잇난 집은 츔악문니라. 동셔남북 츔악문니 인간의셔 다 나오니라. 또 옥황 상제 스난 짱은 황성 사람 잡어올여 결단하리라. 빅학ᄉ 가다 귀경하고 문답 말을 다 기록하여 니시더라.(22.a) 끝

나) 『지션젼』 권지단니라(23장본)

"빅흑사 지션 관원이라. 옛 송 시졀(의*) 익듀 짜 옹용산 빅흑ᄉ 지션니란 즁이 호련 잠이 드럿더니 사ᄌ 왕방울을 츠고 쇠쳐을 들고 압히 와 일로디 "염닉왕전의(φφ) 젼의셔 너을 급히 부르시니 가자" ᄒ며 홀목을 잡아 니거날 지션니 일로디 "무죄ᄒ 날을 불이(의?)예 잡펴시니 너ᄂ 날을 잠간 노으라" ᄒ니 사ᄌ 놋커날 지션니 가장 고히 역여 졔 상직을 불너 일로디 "가사람(1.a) 잠간 막기고 사ᄌ 날을 잡으로 왓스니 닉 아미도 가게 되여시나 닉 등신은 잇시니 조셕 밥상을 닉 압히 노으라" ᄒ고 잠을 드니 사ᄌ 직쵹ᄒ며 모라닉거 늘 디션니 짜라가다가 ᄒ 모히 가려거날 사ᄌ다려 무란디 사ᄌ 답 왈 "영별산 니라 ᄒ더라." 또 ᄒ 고기을 너머가니 ᄒ 문니 잇셔 황금디ᄌ로 셧스니 영별문 니라 ᄒ엿쩌라. 그 고기에 안자보니 구람과 안기 ᄌ욱ᄒ여 인간니 아모란 쥴 모라고 □□□□ 사람 우ᄂ 소릭 긔 짓듯ᄒ더라. 또 ᄒ 고(1.b)기랄 너머가니 ᄒ 모히 잇셔 문의 글 셔(써?) 일라디 통곡산니라 ᄒ엿더라. 그 고기의 안자보

니 어련과 아히들리 엄아(엄마?) 아바ᄒ고 나오며 눈물이 비오덧ᄒ더라. 또 흔 미이 잇거날 게유 올나가보니 글 셔 일라되 마(망?)향산니라 ᄒ엿더라. 그 고기 너머가니 낙누산니라 하여더라. 그 고기 너머가니 눈물 바회가 만니 싸엿거날 물은듸 사직 갈오듸 "이 바회가 져싱의 가난 사람들리 눈물을 쌜린 바회가 되엿ᄂ니다" ᄒ고 또 흔 고기을 너머가니 큰 바다 하고 또 흔 고기 너머ᄀ니 (밑줄 부분은 오류 첨입) 큰 바람니 불(2.a)거날 ᄉ직다려 물은듸 듸 왈 "사람니 죽어 드러오며 안져 눈물 쌜리고 흔심을 흔업시 짓기로 바람이 극흠이요, 그런고로 이 직랄 흔숨지라 ᄒ더라." 망셜산의 올나가니 셰상니 아모란 줄 모랄네라. 또 흔 나(늬?)히 가려거날 무란듸 은ᄒ슈지라 하더라. 가은 사람들리 물을 보고 이라되 "져 물은 우리 셰상 가ᄃ만은 우리ᄂ 무산 죄로 갈 질(기?)이 업ᄂ고?" 눈물을 쌜리며 일라되 "져 물아! 요늬 눈물 가져다가 우리 부모게 견ᄒ여라. 어엿분 자식들은 좃케 살고 나(2.b)ᄂ 무삼 죄로 이리 가며 발리 압퍼 못가고 우더라고 ᄒ여라." 쇽졀업시 눈물만 부(쌜?)리며 '우리 은 언나졔나 인간의 다시 가 우리 부모 자식들 차자볼고? 너는 인간을 간다만은 우리ᄂ 부모친쳑을 영별하고 무지흔 산쳔을 어듸라고 날마닥 이리 괴로이 간단 말가? 원통 원억 셜은지고. 져 물아! 우리 눈물 가져다가 우리 부모기 젼ᄒ여라. 언나 희의 우리 부모자식 다시 만나볼고' ᄒ며 눈물을 쌜리더라. 그 물을 지늬여 한 고기 너머가니 광목졔라. 또 흔 고기(3.a)의 흔 집이 잇셔 황금으로 문을 크게 ᄒ고 글 셔 붓첫ᄂ듸 쵸혼젼니라 ᄒ엿더라. 그 집을 댜시 살피니 구실노 집을 짓고 문을 쥬옥으로 쑴몃더라. 그 가온듸 □□의 한 관원 (늬*) 잇셔 쇠관(?)을 쓰고 부슬 들고 칙을 펴고 쥬홍으로 졈을 치며 글오듸 "오날날 인간의 일만을 보늬고 일만을 잡바오라 ᄒ시니 어셔 다 둘가셔 졈고 하라." 일시의 졈고하고 회혼젼의로 보늬더라. 회혼젼의셔 졈고ᄒ고 넘늬왕 의게 보늬니 염늬왕이 셩칙ᄒ야 옥(황*)상계게 올여 죄흘 놈 죄ᄒ고 노흘 놈 놋코 영화부귀랄 넘늬왕니(3.b) 결단ᄒ더라. 지션니 가만니 업지여보니 쳔듸 왕이 옥황긔 죠회차로 가며 위위 호령이 진동ᄒ더라. 이윽고 빅옥연을 트고 젼후의 뫼신 조신드리 옥황게 영을 나려 두 관원의게 올니고 졍ᄒ거날 지션니 구경월 ᄒᆞᄂᆞ 차의 천틱왕이 지션의 거동을 보고 무르딕 "네 익쥬 싸 옥용산 빅흑ᄉ란 즁 지션니라. 네 셔촉 가 슈륙ᄒᆞ다가 닉 가삼의 뭇시 빅켜 음식이 싱겨도 먹지 못ᄒᆞ고 일싱 셜워ᄒᆞ드니 네 덕의 살못슬 ᄭᆡᆫ고 은혜을 갑기ᄅ 불망니더니 오날날 너랄 보니 기라." 지션니 듯고 이윽키 싱각하여 "올사이다" ᄒᆞᆫ딕, 왕니 좌위랄 돌라보(4.a)며 "잠간 할 일이 잇노라" ᄒᆞ고. 네 날을 ᄯᆞ라오라 ᄒᆞ며 넘닉왕흔틱 가니 넘닉왕이 일어 읍ᄒᆞ고 갈오딕 "왕이 엇지 오나뇨?" 쳔틱왕이 황망 딕 왈 "나은 상졔게 죠회차로 갈 차의 딕왕게 쳥홀 일이 잇난니다." 딕왕니 일로딕 "네 무삼 일인고?" 쳔틱왕니 엿자오되 "옥용산 지션니란 즁을 어니 잡아 게신잇가?" 넘닉왕이 갈오딕 "옥황게셔 상별당을 디으시고 쳑쇽을 못ᄒᆞ엿삽더니 이 즁이 그림을 잘흔다 ᄒᆞ기로 잡아왓노라." 쳔틱왕니 갈로딕 "져 즁니 날을 위흔(4.b) 일리 슈륙의 갓삽다가 닉 가삼의 살못 ᄭᆡᆫ닌 은혜 잇스니 날을 위ᄒᆞ여 다른 사람을 잡피시고 지션을 노으쇼셔." 넘닉왕이 갈오딕 "비록 그러ᄒᆞ나 발셔 옥황게셔 즙아와겨스니 엇지 ᄒᆞ리요? ᄯᅩ 졔 명이라. 날노셔은 취사치 못ᄒᆞ리니(다*)." 그러홀 젹 들라니 회혼젼의셔 북 쇼틱 나며 불너 일로딕 "지션니 졈고안니ᄒᆞ나야?" 옥황게셔 직촉ᄒᆞ시거날 쳔틱왕이 회혼젼의 기별ᄒᆞ딕 "초혼젼의 지션니 왓거날 예 다리고 왓스니 옥황게 가니다" ᄒᆞ고 옥황게 다다라니 그 집을 옥으로 셩을 싸(5.a) 오싴 구람이 비겻ᄂᆞᆫ딕 그 집 도량은 인간의셔 보지 못ᄒᆞ엿시니 다 기록지 못홀너라. ᄯᅩ 그 안으로 드러가보니 큰 집이 잇셔 류리로 짓고 황금으로 글 셔(쎠?) 붓쳣시되 월광궁이라 ᄒᆞ고, ᄯᅩ 흔 집이 잇시되 비단으로 장을 ᄒᆞ고 옥으로 기동ᄒᆞ고 집 일홈은 월광젼이라 ᄒᆞ여더라. 모든 죠신드리 얼골이 다 옥ᄀᆞᆺ더라. 여(염?)닉왕이 슈죄ᄒᆞ고 그계ᄂᆞᆫ 지광왕 쇼광왕 별삼왕 등니 연ᄒᆞ여 죄ᄒᆞ야 위염이 가작ᄒᆞ여 다이조쥴츳(?)답더라. 지션을 마진 ᄒᆞ닌드리 살로딕 "왕니 오시나니다" ᄒᆞᆫ딕 열두왕(5.b)이 다 옥황게 명협ᄒᆞ거날 이윽ᄒᆞ여 흔 관원니 나와 리로딕 "옥황게셔 오신다" ᄒᆞᆫ딕 열두왕과 모든 죠신니 폐빅을 들고 차려(차례?)로 느러셧시니 모든 관원니 좌우의 옹위ᄒᆞ여 위의 엄슉ᄒᆞ니 감히 울러러 보지 못홀너라. 멀이 안니 가셔 ᄯᅩ 옥황이 옥상의 좌기ᄒᆞ야 홍포랄 입고 머리의 관을 스(쓰?)고 안졋시니 뫼신 상은 열리옥을 식치는 듯한 쇼리 세상의셔는 보지 못하던 일리라. 단졍이 (하고*) 관의(을?) (쓰*)고 홀목을 들고 좌졍한 거동니 싁싁하더라. 죠신드리 차례로 셔며 형죠만한 관원(6.a)니 쓸이의셔 엿즈오딕 열두왕이며 쇼쇼의 모든 왕니 다 직비하고 날(나?)(온*) 딕 또 후토부인과 월궁의 모든 신예 칠보장염으로 셔셔 또 관워니 엿즈오딕 물너쇼의(?) 하고 직비하고 죠회 두 한 후의 셔역이(∅)왕을 불너 일라딕 "맛든 역완(할?)을 잘홀 거시여날 어이 인간의 질병도 보닉여 무죄한 사람을 죽게 하여 네 직임을 못하도나." 셔역왕니 사례하여 살뢰딕 "불민한 죄랄 어이 다 알뢰리요" 하고 물너가더라. 또 동해왕을 불너 일라딕 "이 쥬이 한하야셔 빅셩을 병들리고 갑 바드리라 하고 인간 보치니 어인(6.b) 일인고?" 하신딕, 동희왕이 살외딕 "글런 일리 업습나이다." 옥황 크게 셩닉여 글로딕 "일졍 그런 일리 업는냐? 네 근졍졍 츙남이 동혁의 갑 바든 일리 업는냐?" 동희왕니 머리랄 쑤다려 스례하거날 옥황이 글로딕 "너랄 죄 줄 일이나 안니 쥬니 이후은 인간의 가 그러하온 일이 잇스면 큰 죄랄 쥬리라." 옥황이 갈오딕 "동셩(셔?)남북과 명산의 쳔하 벼런는 졔 후왕과 만조빅관들리 다 닉 말 들르라. 너히 어이 어지지 못하야 직임을 일어난다? 인간 싱민이 슈련야 이딕다록 닉게 원망하니 넷날 쇼흔 시졀의 빅셩이며 직신니 잡(7.a)도의 녀셔 달희지 못하엿시니 도지안니로딕 다시 이러나니 또 칠월 죠싱브터셔 스무날 못하여 밋 봉마다 직임을 헛는다? 인간 셩민니 인간니 슈란하여 이딕드록 닉게 원망이 옛날 죠흔 실(시?)졀의 밋 봉마다 억만양니 남겨 올나오며 아비도 죽어간다. 어미도 죽어간다. 쳐자식도 죽어간다. 머리도 알푸다. 허리도 알푸다. 빅도 알는다 하며 왼갓 병을 다 닉게 와 괴로이 원망하니 너히 군왕도 인간의 이런 화랄 싯치지 못하여 엇지 일럿틋 한득?" 또 들르라. "그 히 흉연이 참혹(7.b)하야 부모룰 바리고 지아비도 게집을 바리고 게집도 지아비을 바리고 각각 훗터다니며 졔 어더 먹으며 단니며 마양 익고하물 셜워라 죠흐나 구즈나 허물은 닉게 도라보닉니 니거시 다 너의 허물인 줄 아난다? 나난 봄과 여람을 보닉여 쵸목을 무셩케 하고 가을과 겨울 보닉여 만물기운을 갓쵸오게 하거늘

너히은 각각 각상방으로 인간의 나가 다사리라 ᄒ니 다사리던 못ᄒ고 바람과
비랄 보닉고 셩왕은 츙을 보닉여 빅곡을 츙숀 지화랄 닉여 빅셩을 죽으리게
(쥬리게?)ᄒ니 녯날 쵸황졔ᄂ 빅셩을 위ᄒ여 츙은(을?) 닉니 황츙 일시예 업
(8.a)셔진 줄 너히도 모로ᄂ다? 너의 군왕들이 의복 칠례(치레?)만 ᄒ고 인간
을 돌보지 아니ᄒ니 어이 그리 무심ᄒ야? 너히랄 죄랄 줄 일이나 아니 쥬니
이후ᄂ 흉연도 업시 ᄒ고 질병도 업시 ᄒ야 닉 말딕로 ᄒ라” ᄒ고 나ᄀ더라.
천틱왕 황양니 옥황 압히 드러 엿ᄌᆞ오딕 “쇼신은 천틱(왕*) 황양니옵더니 알
윌 말삼니 잇셔이다.” 옥황이 딕답ᄒ신딕 “익쥬 ᄶᅡ 옥용산 지션니란 즁을 어
이 잡펴게신잇가?” 옥황이 갈오딕 “상별당을 짓고 치셕을 못ᄒ여 지션니 그
림을 잘 ᄒ다기로 잡편(8.b)노ᄅᆞ.” 천틱왕이 ᄭᅮ려 엿ᄌᆞ오딕 “다람이 아니라
쇼신니 인간의 잇실 졔 난셰가 되여 쇼신으로 ᄒ여곰 도격을 잡으라 하시기로
셔촉 가셔 싸호다가 쇼신니 살을 마자 명믹니 ᄭᅳᆫ쳐지니 인간 영결ᄒᆞᆸ고 흉ᄒᆞᆫ
고혼 되오니 뉘라셔 가삼의 박힌 살을 ᄲᅢ여쥬리오? 입 업산 빅골을 뉘라셔
거두오릿가? 고향은 누쳘이 밧기고 외로온 영혼니 되오니 졔향년니인들 뉘라
셔 ᄒ리잇가? 우슈ᄒ고 셜리ᄒᆞᆫ풍의 치워도 셤삽고 혹시 어든 음식도 ᄀ삼의
빅킨 못스로 못먹을 겪그 경식이 엇더ᄒ오릿가? 그러무로 쥬야 우지즈딕(9.a)
일식의 이 즁 쇼신을 위ᄒ와 다만 슈고을 앗기지 안코 슈륙ᄒ든 ᄎ의 가삼의
살못슬 ᄲᅢ여쥬고 옷슬 겹으로 상고ᄒ여 다슨 딕 무더 일셩 활케 ᄒ니 즐거온
은혜롤 갑기 오믹 불망ᄒᆞᆸ더니 맛참 차승을 쵸혼젼의 오니 지션을 잡아 드리
라 ᄒ시거날 쇼신니 다리고 오기은 상졔께 덕을 입사와 지션을 노의시면 보은
을 갑기 바라나이다.” 상졔 글오딕 “네 은혜 갑기랄 지극히 싱각ᄒ니 기특ᄒ
거니와 지션니 일도 기특ᄒ다.” 너을 위ᄒ여 노ᄒ니 넘닉(9.b)왕의게 기별ᄒ
되 “지션의 일리 기특ᄒ고 천틱왕의 발괄리 잔잉ᄒ니 지션을 돌아보닉고 ᄒ
리(하루?) 양식 두 되식 졍ᄒ라.” ᄒ시니, 넘닉왕니 직시 칙 펴고 지션의 셩명
을 스고 옥용산 지션은 다시 인간의 나가 이십연을 살고 ᄒ로 양식 두 되식
졍ᄒ노라 ᄒ니 지션니 두 번 직비ᄒ고 엿ᄌᆞ오딕 “젹은 은혜로써 딕은을 입어
인간을 나가라 ᄒᆞᆸ시니 황숑ᄒᆞ오나 귀경(이나 ᄒ고*) 나가 인간 사람들리

물랄(무릎?) 거시니 즈시 귀경코져 ᄒᆞᆸ나니다." 천틔왕니 넘늬왕다려 일러
물 청ᄒᆞ니 사령불너(10.a) "지션을 귀경시기라." 지션니 보니 옥황이 인근을
넘늬왕의게 나리와 상고ᄒᆞ고 즁흔 죄ᄂᆞᆫ 지옥으로 보늬고 헐흔 죄ᄂᆞᆫ 지광왕의
게 보늬니더라. 흔 게집이 넘늬왕의게 발을 굴너 발괄ᄒᆞ되 "나은 아무 죄도
업사오나 옥황게셔 즁옥으로 보늬시니 늬 무산 죄 잇난잇가?" "네 일졍 죄
업난다?" 그 게집이 죽도록 악시며 거사리되 "죄 업노라 (ᄒᆞ니*) 네 일졍 죄
업난다?" "영쳔 짜 니상셔 썩 죵으로셔 상젼을 슐의 약 셕거 먹여 죽인 비
안인다?" 옥황의게셔(10.b) 너랄 즁옥(으*)로 보늬여 아모쩌도 셰상의 못나
가리라 ᄒᆞ고 온갓 비암 즘싱으로 ᄒᆞ여곰 네 슐을 쓰더 먹게 한다. 쳔만연니라
도 셰상의 다시 못나가게 ᄒᆞ더라. 흔 문니 잇거든 자시 보니 쳘영문니라 ᄒᆞ엿
거날 드러가 보니 문직이 눈을 불름드(부릅쓰?)고 무러 갈오듸 "엇더흔 즁이
관듸 일이 깁푼 듸로 왓ᄂᆞᆫ다?" ᄒᆞ니, 지션니 졀ᄒᆞ고 일로듸 "인간이셔 들러왓
삽더니 귀경하려 왓난니다." ᄒᆞ니, 그 사롬이 ᄀᆞ르쳐 일로듸 "일로 가면 귀경
ᄒᆞ물 청ᄒᆞ니라." ᄒᆞ거날 지션이 즉시 그리(11.a)로 들러가니 ᄉᆞ람 우은 쇼릭
쳔지의 진동ᄒᆞ거날 보니 죄인 십명을 늬여 놋코 온갓 즘싱으로 만신을 다
드더닉니 압퍼ᄒᆞ은 쇼릭 쳔지 진동ᄒᆞ거날 지션니 물은듸 ᄉᆞ즈 일라되 "이 사
람들리 인간의셔 벼살ᄒᆞ야 녹을 탐ᄒᆞ야 먹고 임군(을*) 아당ᄒᆞ야 안으로 날라
(나라?)을 어즈럽게 ᄒᆞ고 밧그로난 나라을 망케ᄒᆞ은 녹과 쏘 남의 죵(이 되여
*) 제 상젼 위ᄒᆞ은 쳬ᄒᆞ고 안으로ᄂᆞᆫ 픽케 ᄒᆞ온 놈을 일 연의 두 번식 비양
독싀을 너허 만신을 쯧기드라." 쏘 지(11.b)옥의 가니 죄인(이*) 무슈이 잇ᄂᆞᆫ
듸 가히 칼노 가죽을 벗겨늬며 눈도 키며 귀도 쏜치 쓸며 슈죡을 불의 틔우거
든 일로듸 "져 가둑 벗기은 놈은 제 상젼의 말 듯고도 못둘란 쳬ᄒᆞ고 일 가라
ᄒᆞ여도 ᄋᆞ니가은 놈을 즘싱 만드라 인간의 보늬니라." 쏘 졍동왕 인난듸 가니
죄인(이*) 무슈이 잇시니 톱으로 목도 셔(썰?)며 허리도 셔(썰?)거날 지션니
물론듸 사지 일오듸 "져 놈은 게집 두고 남의 아비 게집 어더 만나 웃쥴긔난
놈이요, 져 연은 지아비 두고(밑줄 부분이 탈락?) 남의 아비 어든 연과 남
게집 엇은 놈을 져러ᄒᆞ온니(12.a)라." 쏘 지옥의 가니 죄인(니*) 무슈ᄒᆞ되 쇠

로 평상 미고 밋틱 슛불 피우고 죄인을 차례로 안치니 노린닉 진동ᄒ며 압퍼라 죽노른 ᄒ은 쇼릭 차마 못들을너라. 왕이 갈로딕 "네 인간의 잇실 쩌 남의 셜룬 일 만니 ᄒ고 죠혼 음식 먹고 빗는 의복 입고 놉푼 집의 안자 다슌 방의 잘 지닉노라 간안ᄒ고 어엿븐 사람을 업슈이 넉인 죄랄 아난다?" 무슈이 다슷리더라. 스직 일로딕 "이 죄인은 져리ᄒ드ㄱ ㄴ종(12.b)의 우마을 만드라 도로 인간으로 도로 보닉니라." 별셔왕의 독상지옥의 가니 죄인(니*) 무슈ᄒ되 왕니 슈죄 왈 "인간의 잇실 적의 사람을 죽이며 남의 거살 도적ᄒ여 먹은 살람이라." ᄒ고 온ㄱ 즘싱 독스랄 쓰더 먹니니 압파라 못견딕여 ᄒ은 쇼릭 차마 못들를네라. 사직 일로딕 "져 죄인은 져리ᄒ다가 살리 다 업거든 신슈로 쌕며 흔풍을 쏘이면 얼골리 나고 나죵의 온갓 즁싱이 되여 인간의 닉치노라." 쏘틱사왕이(13.a) 지옥의 잇나니 쇠인 물가쪽과 가쪽옷 입고 즘싱을 만들다 사지 못스게 ᄒ(여*) 닉치며 치로 딕미ᄒ더라. 사직 일오딕 숑낭왕의 지옥의 가니 죄인을 닉여 숫불의 부의며 (눈을*) 딕룽딕히 못치니 두 눈니 쌔지고 비랄 타(싸?)고 창을 닉여 염물의 싯쳐 비랄 버리고 도로 넛커날 사직다려 물른딕 "져 놈은 제 상젼의 것 도적질ᄒ고 망치며 상젼의 눈을 기여 보던 목을 두 질(길?)노 안치고 쇠 지동으로 누르며 칼노 잘로니 슘(13.b)을 못슈고 쎄락 죽으락 ᄒ더라. 웃 길노 인는 죄인은 임군도 죽이고 상젼도 죽인 놈이라. 쥬야 일싱 져리ᄒ나니라. 아릭로 인은(ᄂ?) 죄인은 인간의셔 벼살ᄒ며 슈령 살며 빅셩의게 불측게 ᄒ고 환상을 겨근 말노 쥬고 큰 말노 바든 죄라. 어엿븐 빅셩을 미질ᄒ고 사람을 만니 죽이고 흉연의은 진휼 안니ᄒ 죄라. 쇠 지동으로 누르니 슘을 못쉬더라. 물른딕 스직 일라딕 "갈나가은 길리 (잇거날*) 사람이 팔자가 쵸분 즁분 후분지빈쳔(14.a)과 당슈관의 질병 후(우?)환과 유즈무자ᄒ야 갈졔 다 팔자로 나가니라." ᄒ더라. 잇쩌 옥황이 좌기흔다 ᄒ거날 보니 빅관니 압픽 느려셔며 하닌드리 옹위ᄒ고 상졔은 금연을 타고 쳘관 쓰고 단졍이 안져 호령이 진동ᄒ더라. 죄우□□□ 상공이 차례로 안즈며 모든 빅관니 슈업시 모단난딕 옥황이 물라시되 오날날 인간의 갈 사람이 언마나 되나뇨? ᄒ신딕 관원니 엿자오딕 "일만니로쇼이다." 옥황이 글로딕 "져 사람들라. 다

(14.b) 늬 말을 들르라." ᄒ신듸, 혼 관(원*)이 용쌍(상?) 밋틔 업졋다가 일라
되 "인간 사람들라. 분부ᄒ신다." 하니, 옥황이 갈로듸 "사람이 되기난 삼강오
상을 가져야 사람이 되난 거(시니*)라. 삼강이란 거산 임군은 신ᄒ의 부모
되고 지아비난 지어미게 상이 되고 아비난 자식으게 상이 되고, 오상이라 ᄒ
은 거산 아비와 자식은 친히 하고 임군과 신하 의로 하고(밑줄 부분이 탈락)
(지*)아비와 지어미(난*) 각별ᄒ고 어런 ᄋ희은 차례가 잇나니라. 너희은 빅
ᄉ를 닥가 일치 말게 ᄒ라." 보니 혼 사람을 불너 일로듸 "너은 인간의(15.a)셔
벼살ᄒ야 임군의게 츙성ᄒ고 빅셩의게 은덕을 만니 섯거날 인간의 늬보늬며
듸감 집 귀자로 졈지ᄒ야 복녹을 ᄀᆺ쵸 □□늬여 공명이 당듸여(에?) 유젼ᄒ
라." ᄯᅩ 보시다가 사람을 불너 일라되 "너난 인간의셔 부모ᄭᅵ 효도ᄒ고 형제
화동ᄒ고 간ᄒᄒᆫ(가난한?) 사람을 어엿비 녁인다 ᄒ니 너랄 인간의 보늬며
팔자(을*) 졍ᄒ노라. 물히 ᄶᅡ 빅화연의 아달 되여다가 영웅호걸 되여 복녹이
즁원ᄒ리라." 도(ᄯᅩ?) 혼 놈은 인간의(15.b)셔 간난ᄒᆫ 상젼의게 졍셩으로 위
ᄒ다가 쥭으니 극ᄒᆫ 츙노라. "허빅이 무자ᄒ오니 그 집 아달 되여 세상의 (나
아가*) 장원급졔ᄒ야 아달 셋 두리라." 졍ᄒ며, (ᄯᅩ*) 혼 게집을 불너 일로듸
"너난 인간의셔 너난 부모ᄭᅵ 효도ᄒ고 지아비랄 공경ᄒ다가 열여 되여 쥭으
니 경셩 이상셔 아달 되여 이십의 벼살 ᄒ고 아달 셋 두고 ᄯᆯ 둘 두고 일싱복
녹니 만사 여의ᄒ더라." ᄯᅩ 혼 게집을 (셔*)랄 놀너 ᄉᆞ즁ᄒ여 일로듸 " 너여
(어니*) 인간을 보닌다?" ᄯᅩ(16.a) 혼 게집을 불너 "너난 인간의셔 부모ᄭᅵ 불
공ᄒ고 시어미 아니 쥬고 것과 □□의 두 아비랄 도젹질ᄒ 게집을 어이 인간
의 다시 보늬나뇨?" ᄒ신듸, 판셔 두 번 졀ᄒ고 엿자오듸 "그리ᄒ오면 두 입슐
을 벼혀 얼쳥이를 되여 보늬오리다." ᄒ더라. ᄯᅩ 혼 놈을 불너 ᄀᆯ로듸 "네 인간
의셔 유여ᄒ노라 호환ᄒ고 가난ᄒᆫ 사람을 나(낮게?) 보고 게집만 무ᄒ니 ᄒ고
슐만 무ᄒ니 먹고 남 슈히 녁난 죄 만ᄒ니 가난ᄒᆫ 양반의 ᄯᅡᆯ 되여 열일곱의
혼인ᄒ여 열일(16.b)곱의 상부ᄒ되 ᄒ리 양식 닷 홉식 졍ᄒ노라." ᄒ고, ᄯᅩ
혼 사람을 불너 일오듸 "인ᄀᆫ셔 간난ᄒ나 남의 거살 불러라(부러워?) 아니ᄒ
고 남다려 욕 안코 남과 싸호지 안ᄒ여시니 이상셔 ᄯᅡᆯ 되여 셔룬 ᄒᆫ나의 부인

과자(가자?) 타고 아달 다섯 쌀 둘 두고 평싱을 부귀공명으로 눌이고 지닉다 열 히 후의 드러오라." ᄒ시고, ᄯᅩ ᄒᆫ 사람을 불너 일로딕 "너(난*) 인간의 잇실 딕(씩?) 상견을 쇽이고 일 (안*)이ᄒ고 일마닥 불슌ᄒᆫ 일만 ᄒᆞ니(17.a) 인간의 다시 못나ᄀ게 ᄒᆞ노라." ᄯᅩ ᄒᆫ 사람을 불너 일로딕 "너난 인간의셔 굴머 죽ᄂᆫ 사람 다셧셜 살여다." ᄒᆞ신딕 "그러ᄒᆫ 일리 업나니다." "네 일정 그런 일 업난다?" 옥황이 갈로딕 "정월 쵸팔일의 길 가은 사람 다셧시 븨러 머(먹?)다 물 가의셔 업드러져 마을언 멀고 빌러먹을 길 업셔 다 업더져 ᄃᆞ 죽게 되엿난 거살 네 쳐가의 셰비 가며 음식을 가져가다가 그를 보고 놀닉(여*) 불상이 녁여 그 음식을 닉여 먹여 살(ф)살여(17.b) 들리고 마읠례 ᄀᆞ 살게 ᄒᆞ니 공덕이 장ᄒᆞ다." ᄒᆞ신딕 그 사람(니*) 이윽키 싱각ᄒᆞ니 "과연 졔가 그러 ᄒᆞ엿난니다. 올사이다." ᄒᆞ니 옥황이 이 말을 췩의 쓰라 ᄒᆞ시고, "너난 쇼견궁 양이 양반의 (아들*)되여 아달 다섯 나ᄒ다 이십 젼의 급졔ᄒᆞ고 자손니 만당 (ᄒᆞ매*) 부귀공(명*)이 당딕의 밋차리 업더라." 도(ᄯᅩ?) 셔신의게 잡피든 아 히 ᄒᆞ나가 일곱살 먹어난딕 옥황 압픠 업져 엿(자*)오딕 "나은 셔쵹셔 사은 김슌딕의 아들 되옵더니 민망(18.a)ᄒᆫ 발괄을 알외난니다." 상졔 물른신딕 아 히 딕답ᄒᆞ되 "나도 독자요, 아비도 독ᄌᆞ요, 딕딕 팔딕 독ᄌᆞ로 날리오니 원근 친쳑 업삽고 아비 날을 나하습다가 셔신니 드러온 후 나도 죄 업삽고 부모도 죄 업사오나 다만 집이 부리은 종 아희가 (밧긔*) 나가삽다가 ᄀᆞ 잡은 거살 보고 왓삽더니 셔신니 글노 탈을 잡아 더러이 녀여 날을 잡아드리오니 부(모 *) 극키 비오며 부모 날을 보듬고 울러 왈 '우리도 너쑨니다. 너랄 빅연만 녁 (18.b)엿더니 나은 죽어도 뉘라셔 간슈ᄒᆞ며 뉘게 의지ᄒᆞ며 죽의나 (ᄉᆞ나*) 의 지홀 딕 업사니 하날과 쌍이 알건만은' ᄒᆞ고 부모 날을 브(르*)며 울라실 거시 니 인자지졍의 영결ᄒᆞ고 불효가 되오니 노아쥬옵쇼셔." ᄒᆞᆫ딕, 옥황이 드라시 고 셩 닉여 즉시 깃 갓씬 사령을 명ᄒᆞ야 "쌜이 가셔 셔신을 잡아드리라." ᄒᆞ신 딕, 사령니 영을 듯고 문 밧그로 나가드니 아모 딕로 간 줄 모로더니 이윽ᄒᆞ야 ᄒᆫ 상특(?)이 옥황 압히 업(19.a)지니 옥황니 엄슉ᄒᆫ 슈죵ᄒᆞ야 글로딕 "네 셔 신니 되여 인간의 인물을 쳔도ᄒᆞ니 사람이 다 너랄 공경ᄒᆞ거날 엇지 남의

젹근 허물노 인미흔 아히랄 죽니니 네 죄 무거ᄒ다." ᄒ시니 일곱 셔신니 쑤러
엿자오ᄃ "그러치 아니ᄒ노니다. 쇼신을 인간의셔 아라 ᄃ졉들 아니ᄒ옵고
업슈이 넉여 □□□□ 슌슈흔 일이 업삽기여 아히를 잡아 왓나니다." ᄒᄃ,
그 아히 다시 업져지며 알외ᄃ "그러치 아니(19.b)ᄒ여니다. 인간니 엇지 셔신
을 업슈히 넉이리요? 손임 늬 집 아니와도 동늬의 드려다 ᄒ오면 사람이 다
공경ᄒ여 ᄃ졉ᄒ옵거날 ᄒ물며 늬 집의 드러오신 손임을 어이 박ᄃᄒ오릿가?
닌들 무산 죄 잇사오며 손님 늬 집의 들어□□ 삼일만의 머리 모욕ᄒ고 극진
니 븨오ᄃ 부ᄃ 부ᄃ 죳케 죳케 보아 쥬쇼셔 비오ᄃ 맛참 집이 부린 죵 아히
잇사온들 상젼니야 어이 ᄒ오릿가? 무죄흔 날을 잡아오니 남의 죄여 아니
(20.a) 원통ᄒ오릿가?" 흔ᄃ, 셔신니 "그난 그러ᄒ오나 네 집의 슐이 잇시ᄃ
봉ᄒ여 두고 날을 아니 쥬니 너의 날을 쇽이고 날을 죠곰이나 죤ᄃᄒ은 일이
잇더야?" 그 아히 업슈히 넉이난 일리 아니라. 다시 ᄃ답ᄒ되 "인간 쳬면니
일러ᄒ여이다. 손임 늬 집이 오시지 안ᄒ여셔 부ᄃ 마지못ᄒ야 슬(쏠?) ᄃ
잇셔 죠곰 장만흔 즁식이 잇삽더니 손임이 집이 들러오시기예 예 당ᄒ와 위흔
음식니 안나라 ᄒ옵고 허물(20.b)ᄒ실가 둘려ᄒ야 그 음식 간슈ᄒ여사오니
그랄 실노 앗기난 거시 아니라, 그랄 업슈히 넉인다 ᄒ시난잇가? 세상 쳔ᄒ의
팔ᄃ 독자 아니라도 잡어가기랄 측ᄒ옵거든 ᄒ믈며 팔ᄃ 독자로셔 부모 날만
밋고 잇삽다가 부모 나을 죽이오니 쳘윤지졍의 차마 못볼 리(일?)리오니 갑
쥬고도 살일 이오면 갑슬 앗기지 안너려던 차마 엇지 일런 일을 ᄒ시난가?"
(한ᄃ*), 셔신니 만만 인미ᄒ여라 발명ᄒ여도 무익ᄒ리(21.a)라 ᄒ니옥황이
셔신을 쑤지져 왈 "네 져러흔 일리 잇거든 인간의 가셔 작폐랄 오작ᄒ랴."
ᄒ시고 아히랄 다려 일라되 "져 가은 사람이 인간의 가은 사람이니 너도 역시
부귀랄 두어 볼 거시니 네 져 사람을 쌀라가라." ᄒ신ᄃ, 그 아히 다시 구러
엿자오ᄃ "부귀랄 귀히 역니옵난 게 아니라. 팔ᄃ 독자로 나리옵다가 늬게
나리와 망춍셜(졀?)사ᄒ니 그랄 참하 셜워하옵난 거시 아니오나 누ᄃ 봉사랄
이우것사오니 덕(21.b)이 황공감사ᄒ오니다." 상졔 울러 갈로ᄃ "네 말리 가
장 기특ᄒ다." ᄒ시고, 셔신을 불너 일라되 "네 죄랄 짐작ᄒ고 이 죄랄 놋난

거시니 즉시 져 아히랄 다리고 졔 집의 가셔 역환을 죠히 보아쥬라. 이후의 다시 그런 일리 잇시면 큰 죄랄 입으리라." 셔신니 사죄ᄒᆞ고 나오거날 그 아히 두 번 졀ᄒᆞ고 나오더라. 쏘 옥황이 인간의 나ᄀᆞ난 사람을 불너 일라되 "팔자랄 졈지ᄒᆞ여 닉ᄂᆞ 거시니 너(22.a)히 다 죠히 나가라." ᄒᆞ고 분불 ᄀᆞ기히 하시더라. 지션니 다 귀경ᄒᆞ고 인간으로 나오다가 죠혼젼 압픠 쉬엿더니 ᄒᆞᆫ 도사란 사람이 푸룬 막ᄃᆡ랄 집고 오다가 지션을 보고 무른ᄃᆡ "네 어인 즁이관ᄃᆡ 이리 깁푼 ᄃᆡ로 완다?" 지션니 졀ᄒᆞ고 일라되 "나은 (익쥬 ᄯᅡ*) 옥용산 빅흑사른 즁이옵드니 옥황이 잡펴게신다 ᄒᆞ옵기의 드러왓습드니 옥황 도라 나가라 ᄒᆞ옵기의 다 귀경ᄒᆞ고 ᄂᆞᄀᆞ온 길리옵나니다." 도(22.b)사 ᄀᆞ로되 "네 인간의셔 옥황졔 게신 ᄃᆡ가 구말 이쳘이 되난 길리 말이 되며 쏘 모든 졔후 왕 안부랄 알고 가온다?" 후왈 "어이 다 ᄒᆞ오릿가? 자시 가라치쇼셔." ᄒᆞᆫ듸, 도사 갈오(듸*) "인간의셔 영별당이 말니요, 영별산의셔 통곡산니 삼말이요, 통곡산의셔 마(망?)향산니 삼말이요, 마(망?)향산의셔 낙누산니 오말이요, 낭(낙?)누산의셔 눈물 바회가 오말이요, 눈물 빅(바?)회셔 ᄒᆞᆫ슘직가 육말이요, ᄒᆞᆫ슘직의셔 망졀산니(23.a) 칠말이요, 망졀산의셔 은ᄒᆞ슈가 팔말이요, 쳘연문니 삼말이라. 쏘 져기 놉푼 집은 상계궁이요, 쏘 좌편 놉푼 집은 상별당이요, 예셔 상별궁가지 인은 집은 창ᄋᆞᆼ문니라. 동셔남북 창앙문니 인간의셔 다 오나니라. 쏘 옥황 상졔 사은 ᄯᅡᆼ은 황셩 사람 잡어올여 결단ᄒᆞ니라." 빅흑사 가다 귀경ᄒᆞ고 나와 문답 말을 다 길(기?)록ᄒᆞ여 닉다.(23.b) 끝

다) 『지션젼』 권지단이라

표제(『사딜여셔라』:『사딜여원별ᄉ』와 합철) : 병오계춘쵸칠일

"빅학사 디션 권원니라. 옛 숑 시졀 익쥬 다(ᄯᅡ?) 옥용산 빅학ᄉ 지션니란 즁니 호련 즁이 드러셔니 사자 왕방울 차고 쇠ᄉᆞᆯ 들고 압히 와 이라딕 "염나왕이 너를 수히 잡아드리라." ᄒᆞ고 홀목을 주아 내거늘 디션니 니라대 "무죄한 날을 불의예 즙펴시니 너난 날을 잠깐 노으라" ᄒᆞ니 ᄉᆞ직 노커늘 디션니

가장 고히 넉여 네(졔?) 승직을 불너 이라대 "내 쥼짠 너의게 가스랄 맛(1.a)
겨시니 사직 날을 줍으려 왓시니 내 아미도 가게 되엿시나 내 둥신이 넛시니
조셕 봅을 닉 (압*)히 노으라." ᄒ고 잠을 드니 ᄉ직 직촉ᄒ며 수히 가자 어셔
가자 직촉ᄒ며 모라여(닉?)거늘 지션니 싸라가 ᄒ 모히 가려거날 지션니 ᄉᄌ
다려 무로대 사자 답 왈 "영별슌이라 하더라." ᄯᄋ ᄒ 고기 너머가니 ᄒ 문니
잇셔 황금으로 써시이 영별문니라 ᄒ엿더라. 그 고기예셔 안ᄌ보이 구름과
안기 ᄌ옥ᄒ여 인간니 아모론 쥴 모로고 ᄉ름 오는 소릭 기 진는 소릭갓더라.
ᄯᄋ ᄒ 고기을 너머가니 ᄒ 모히 잇셔 문을(1.b) 닷고 글씨 니라듸 통곡슌이라
ᄒ엿더라. 그 고기예 안ᄌ보니 어룬과 아히들리 어머(엄마?) 아바ᄒ고 나오며
눈물리 비온닷ᄒ더라. ᄯᄋ ᄒ 믹히 잇거날 게유 올나가보이 글 써 다라신대
망찬(향?)산니라 ᄒ엿더라. 그 고기 너머가이 낙누슌이라 ᄒ엿더라. 그 고기
너머가니 눈물 ᄇ회가 만히 ᄊᆞ엿거늘 무로대 ᄉ자 니라대 "니 ᄇ회가 져승이
가는 사람의 눈물 ᄲᆞ린 바회가 되엿ᄂᆞ이라." ᄒ고, ᄯᄋ ᄒ 고기 너머가니 큰
바다 하고 ᄯᄋ ᄒ 고기 너머ᄀ니 (밑줄 부분은 오류 첨입) 큰 ᄇ름니 불거날
ᄉᄌ다려 무르듸 "사람 죽어 드려오면 안ᄌ 눈물 ᄲᆞ리고 흐숨을 흐업시 ᄒ긔
의 ᄇ름의 되얏소이라." 망졀슌의 올나가니 셰상의(2.a) 아모란 쥴 모라더라.
쫄(ᄯᄋ?) 한 니(닉?)히 가렷거날 무론듸 은ᄒ수라 ᄒ더라. 가난 사람들리 물을
보고 니라듸 "져 물은 셰상을 간다마난 우리난 무슨 죄로 갈 길니 업는고?"
눈물을 ᄲᆞ리며 니라대 "져 물아! 니내 눈물 가져다가 우리 부모님ᄭᅴ 젼ᄒ여라.
어엿분 ᄌ식들은 조켜(좃케?) 슬고 나는 무슨 죄로 이리 오난고? 볼 압파 못
가고 우더라고 ᄒ여라." 쇽졀업시 눈물만 ᄲᆞ리며 '우리난 어나졔니(나?) 인간
의 다시 나가 우리 부모 자식들 차자볼고? 너ᄂᆞ 인간을 간다마ᄂᆞ 우리(2.b)ᄂᆞ
부모친척을 영결하고 무지ᄒ 슌쳔을 어듸르고 날마닥 니리 괴로이 가ᄂᆞᆫ고?
익거 익거 원통 원낙(억?) 셜문지고. 져 물아! 우리 눈물 가져다가 우리 부모
ᄭᅴ 젼ᄒ여라. 어나 ᄒᆡ의 우리 부모ᄌ식 다시 만나볼고' ᄒ며 눈물을 ᄲᆞ리더라.
그 물을 디내고 한 고대 드러(가니*) 광목졔라. ᄯᄋ 한 집 니셔 황금으로 문을
크게 하고 글 써 붓쳔ᄂᆞᆫ듸 보니 쵸혼졘니라 하엿더라. 그 집을 ᄌ시 슬피니

구슬노 집을 덧고 문을 주옥으로 꾸몃더라. 그 가온대 두편의 관원이 니셔 쇠관(?)을 쓰고 부슬 줍고 칙을 펴고(3.a) 주홍으로 졈을 치며 갈오대 "오날 인간의 일만을 보내고 일만을 잡아오라 하시니 어셔 다 드러가셔 졈고흐라." 일시의 졈고(흐고*) 회혼젼으로 보내더라. 회혼젼의셔 졈고(흐고*) 염나왕니게 보내니 염나왕이 셩칙흐야 옥황상뎨긔 올여 죄흔 놈 죄하고 노홀 놈 노코 영화부귀랄 염나왕니 결단흐더라. 디션니 가마니 업져보니 쳔틔왕니 옥황씌 조회하여 흐고 위위 호령이 진동흐더라. 이윽고 빅옥연을 타고 젼후 뫼신 조신드리 옥(3.b)황씌 영을 나려 두 관원의게 올니고져흐거늘 지션니 업져보이 쳔틔왕니 옥황씌 조회흐려 하고 위위 호령이 딘동하더라. 니윽고 빅(옥*)연을 타고 젼후의 뫼신 (조신*)드리 옥황씌 영을 나려 두 관원의게 올이고(져*)흐거늘 디션이 업져보니 쳔틔왕니 옥왕씌 조회하려 (하고*) 위위 호령이 츄슨(상?)갓더라. 니윽고 빅(옥*)연을 타고 젼후의 뫼신 조신드리 옥황씌 가 영을 나려 두 과(관?)원의게 읍흐고졍흐읍거늘 디션이 업져보시이(밑줄 부분은 잎 부분에 이어 거듭 두번 나오는 오류임) 그 원이 얼골(4.a)을 보고 무라신디 "네 닉주 싸 옥용손 빅흑스 디션니란 즁이라. 네 셔촉 가 슈로(류?)흐고 내 가슴 못 북켜 음싁니 삼(싱?)겨도 먹지 못하고 일싱 셜워흐더이 네 어딘 덕으로 내 가슴의 슬못 쎅여준 은혜 갑기랄 오미의 삭여더니 오늘날 너를 보니 기라." 디션이 듯고 니윽이 싱각흐여 "올스오니드" 흔디, 왕이 좌위랄 보고 이라디 "네 날 홀 일 잇난니라." 왕 이라디 "네 날을 싸라오르." 흐고 염나왕안(흔?)틔 가니 염나왕이 일(어*) 읍흐고 가라디(4.b) "듸왕이 엇지 오신는잇가?" 쳔틔왕이 황양(망?)이 디답흐디 "나는 샹졔씌 조회흐려 갓슈어니 왕을 보압고 쳥할 일이 잇셔시니(다*)." 왕이 가로디 "네 무산 이린고?" 쳔틔왕이 엿자오디 "옥용손 지션니란 즁을 어니 잡아 왓난잇가?" 염나왕니 갈오대 "옥황씌셔 샹별당을 디으시고 칙(칙?)싁 못하엿슴더이 이 즁니 그림을 줄흔다 하압기의 주부왓다(나?)니다." 쳔틔왕니 갈오디 "졍(져?) 즁니 날을 위흐여 셔촉 가 수록(슈류?)흐압기여 내(5.a) 가슴의 슬못 쎅주온 은혜 잇사오이 니 즁을 위하여 다란 이랄 즙피시고 디션을 노으사(쇼셔*)." 염나왕니 갈오디

"비록 그러하나 불셔 옥황계셔 압(즙?)아오시이 엇디하리요? 또 데 멍다. 늘노셔는 취소치 못하리로소이다." 그리홀 적 드라니 회혼전의셔 북 소리 딘동하며 불너 니로대 "지션이 졈고아니하나야?" 옥황긔셔 직촉하거늘 천틔왕니 회혼전의 기별흐되 "초혼전의 지션이 왓삽거날 다리고 니예 왓스오이 옥황긔 기리(5.b)니다.(?)" 하고 옥황씌 다다라이 그 집을 옥으로 셩을 쓰고 오식 구람이 비겻난대 그 집 도랑(랑?)은 인간의셔 보지 못하든 비라. 다 기록지 못흐너라. 또 그 안으로 도라가보이 크(큰?) 집이 닛셔 유리로 짓고 황금으로 긔동흐고 (붓*)쳐신대 '월광궁이르.' 흐고, 또 흔 집이 닛시되 비단으로 장을 흐고 옥으로 기동하고 집 을(일?)홈은 '월광젼니라.' 흐엿더라. 모든 소(조?)신 드리 얼골이 관옥갓더라. 염나왕니 수직흐고 그졔난 지광왕 소광왕 (별*)삼왕 등(6.a)이 연흐여 직흐야 위엄니 가작흐여 다 니를 조차더라. 셔을 마딘 하인니 와 스로대 "왕니 오시나이다" 한듸, 열두왕니 다 옥황씌 병흡(?)하거날 니윽하여 흔 관원이 나와 이라대 "옥황씌셔 오신다" 흔대, 열두와(왕?)과 모든 조신니 폐빅을 들고 (차*)려(차례?)로 느러셔이 모든 관원니 좌우로 옹위흐여 위의 엄숙흐니 감히 우러러 보지 못흐너라. 멀이 아니 가며 또 옥황이 옥상의 죄(좌?)긔흐야 홍포랄 닙고 머리의 관을 쓰고 안져시이 뫼신 상(6.b)은 열니요옥을 씌치는 닷한 소리 세상의셔는 보디 못흐던 비더라. 단졍니 하고 관을 쓰고 홀목을 들고 좌졍흔 거동니 싁싁흐더라. 조신들니 차례로 셔며 형조 만흔 안(관?)원니 쓸이셔 엿즈오디 열두왕과 소소니 모든 왕니 다 직비흐고 느온듸 또 후토부인과 월구(φ)궁의 모든 시여 칠보장엄으로 셔며 또 관원니 엿즈오대 "(물?)너쇼니다." 흐고 직비흐고 나오더니 (조*)회 다 흔 후의 역니왕을 불너 이로디 "맛든 역황(할?)을 잘흘 거시너늘(여날?) 어이 인(7.a)간의 딜병도 보내여 무죄흔 사람을 죽게 흐여 너 직님을 못흐는다?" 여셕왕니 샤례하여 스로대 "불민흔 죄랄 어니 다 알외오릿가?" 흐고 물너가더라. 또 동희왕을 불너 니라디 "세상의 싱활한 빅셩을 병드리고 갑 부드리라 흐고 인간을 보챠이 어닌 이웃고(일인고?)?" 흐신대, 동희왕니 슬(로*)디 "그런 일리 업난이다." 옥황니 노흐사 크게 꾸디져 니라대 "일졍 그런 일 업나야? 네 자졍

충남 이동역의 갑 ᄇ든 일 업나야?" 동히왕이 머리랄 쑤다려 스레ᄒ(7.b)거날 옥황니 갈오듸 "너랄 죄 줄 닐리나 아이주이 이의난(이후는?) 인간의 가 그리 하난 일리 니시면 큰 죄랄 주리라." 옥황니 갈오대 "동셔남북 명슌이 쳔하 ᄇ렷난 졔 후왕과 만조빅관들리 다 내 말을 드르라. 너히 어미(이?) 어지(*)지 못하야 지(직?)임을 니히(일어)난닷, 인간 셩민니 수련ᄒ야 니대다록 늬게 원망니 (녯날*) 소흔 시졀의 빅셩과 귀신이 흠도이(?) 넉여 달희지 못ᄒ엿시니 조디아니로대 (다*)시 니려나이 또 칠월 초싱부터 시무날 못하여 밋 봉마다 직님(8.a)을 헛난다? 인간 셩신니 수한ᄒ여 니듸다록 내게 원망니 엿날 소흔 시졀의 밋 봉마다 억만쟝이 남기 올나오면 '아비도 죽어간다. 어미도 죽어간다. 쳐자식도 죽어간다. 머리도 압푸다. 빅도 알난다.' ᄒ며 왼갓 병을 다 내게 와 괴로이 원망ᄒ니 너히 군왕도 인간의 니련 화랄 쏘치디 못ᄒ여 엇지 니럿탓한다?" 쏘 드르라. "그 히 흉연니 참혹ᄒ야 부모랄 ᄇ리고 디아비도 제딥을 바리고 게딥도 지이(아?)랄 ᄇ리고 각각 훗텨지며 졔 어더 먹으러 단니며 마양 익고ᄒ나 님(8.b)아 셜워라 하니 조흐나 구다나 허물은 다 내게 도ᄅ보내이 니거시 다 너니의 허물인 줄 아난다? 나는 봄과 여람을 보다 늬여 쵸목을 무병케 ᄒ고 가을 겨울 보내여 만물긔운을 갑(갓?)초오게 ᄒ거든 너히난 각각 각 스방으로 인간의 나ᄀ 다슬리라 ᄒ니 다사리딘 아니코 ᄇ름과 비랄 보내고 졍왕은 중을 보내여 빅곡을 츙직화을 내여 빅셩을 즈으리게(쥬리게?)ᄒ니 엿ᄂᆞᆯ 초황졔ᄂ 빅셩을 위ᄒ여 츙을 내니 황츙 일시의 업셔딘 줄 너히 모로ᄂᆞᆫ다? 너의 군왕드리 의복 치려(치레?)만 ᄒ고 인간을 돌보디 아니ᄒ이 어이 그리(9.a) 무심ᄒ야? 너히랄 죄을 줄 거시니로대 아니 주나니 니후ᄂᆞᆫ 흉연도 업시ᄒ고 딜병도 업시ᄒ야 늬 말대로 ᄒ라" ᄒ고 나가더라. 쳔틔왕 황양니 옥황 압히 드러가 엿즈오듸 "소인은 쳔틔왕 황양니업더이 알외ᄂᆞᆫ 말ᄉᆞᆷ니 잇셔니다." 옥황니 듸답ᄒ신듸 "익주 다(싸?) 옥용슌 디션니란 중을 어니 흠어게시니잇가?" 옥황이 갈오듸 "샹별당을 딧고 취식을 못ᄒ긔의 디션니 그림을 잘 ᄒ긔의 잡펴노라." 쳔틔왕이 쑤려 엿즈오대 "다람니 아니오라, 소신니 인간의 니실 데 ᄂᆞᆫ시가 되여 소신으로 ᄒ여곰 도젹을 줍으라 ᄒ시(9.b)

오니 셔츅 가셔 싸오다가 소신니 말(살?)을 마져 명믹니 갓쳐지오니(슨쳐지
니?) 인간 영결하압고 흉흔 고혼의(이?) 되엿스오이 뉘라셔 가삼의 붓킨 슬을
쌔여주리잇가? 입 업슨 빅골을 뉘라셔 거두오리잇가? 고향은 누쳘니 붓기고,
외로온 영혼이 되아 데향연인들 뉘라셔 흐리잇가? 쳔금은 소소흐고 셜니한풍
의 치위도 셥습고 혹시 여(어?)든 음식도 가삼의 빅킨 못스로 못먹을 젹그
경식니 엇더흐오릿가? 그려무로 주야 우지지을 싀의예 니 즁이 소신을 위흐
와 단간(다만?) (슈*)고랄 앗기디 아니코(10.a) 수록(슈륙?)을 흐오니 가슴이
못슬 쎄여주고 오슬 겹으로 샹고흐고 든슌 듸 무더 싱활 발케 흐여주오니
은혜갑기랄 오믹의 불망하압더니 마츰 차승이 초혼젼의 오오(니?) 지션을 잡
아 드리거날 소신니 다리고 왓스오이 소신니 샹뎨씌 덕을 입스와 디션을 노으
시면 보은을 갑기 브라나이다." 샹뎨 다 갈오대 네 은혜 갑기랄 디극히 싱각하
니 긔특하나 디션의 일도 긔특하긔의 너랄 위흐여 노흐이 염나왕이게 긔별흔
대 "디션이 일니 긔특흐고 (쳔*)태왕이 불쾌니 쟝양(잔잉?)가련흐이 (디*)션
을 도라보내고 하레(하루?) 양식(10.b) 두 되식 졍하라." 하여, 염나왕의게 보
내이 염나왕니 즉시 칙을 펴고 디션이 셩명을 쓰고 옥용슨 빅흑스 지션은
다시 인간의 나가 이십연을 슬고 학(흐로?) 약식(양식?) 두 되식 틱오그라(?)
한대 지션니 두 번 직비흐고 엿즈오대 "져근 은혜로써 대은을 업스와(입어?)
인간을 나가라 하압시이 황송하오나 긔(귀?)경이라(나?) 하고 나가 인간 스람
드리 무를 거시이 즈시 귀(경*)코져 하압나이다." 쳔틱왕니 염나왕다러 니러
물 쳥흐와 사령시겨 "디션을 귀경흐라." 디션니 보니 옥황니 죄인을 염나왕니
게 나리와 샹고흐(11.a)고 즁흔 죄난 디옥으로 보내고 헐흔 죄는 지광왕의게
로 보내더라. 흔 데딥(계집?)니 염나왕이게 불쾌한대 "나는 아모 죄도 업스오
나 옥황긔셔 즁옥으로 보내시니 내 무슨 죄 잇난가?" "너 일졍 죄 업난다?"
그 제집니 죽다록 악쓰며 거스리되 「"되 업노라 (흐니*) 네 일졍」 되 업는다?"
"영쳔 짜 니샹셔 찍 죵으로셔 샹젼을 술의 약 셔거(섞어?) 식여(먹여?) 「죽인
빅 안인다?" 옥황의게셔 너랄 즁옥(으*)로 보닉여」 아모데 셰상의 못나리라
흐고 왼갓 빅암 김싱으로 흐여곰 네 믈(살?)을 쓰더 먹게 흔다. 쳔만연니라도

세승의 부(φ)다시 못나가게 ᄒ더라. 흔 문 잇셔 자시 보니 철(11.b)영문니라 ᄒ엿거늘 드러가 보니 문직이 눈을 부람쓰고 무려 가로듸 "어더흔 중이관듸 이리 깁푼 듸로 왓난다?" 하니, 디션니 절하고 니라듸 "인간의셔 드러왓삽더 니 귀경ᄒ랴 왓나니다." ᄒ니, 그 사람니 가라쳐 져리로셔 이리 가면 귀경하물 쳐(청?)하사니다." ᄒ거늘 디션이 즉시 그리 드러가이 사람 오난 소릭 쳔디 진동ᄒ거날 보이 죄인 십여명을 내여치고 왼갓 김싱을만신을 쓰기니 읍퍼라 ᄒᄂ 소릭 쳔디의 딘동ᄒ거늘 지션니 무란대(12.a) 사자 니라대 "이 사람드리 인간의셔 벼슬ᄒ야 녹을 탐하야 먹고 님군을 아당ᄒ야 안으로 나라흘 어즈랍 게 하고 밧기로 나라흘 망케ᄒᄂ 죄인과 도(쪼?) 남의 종니 되여 네샹데 위ᄒ ᄂ 테ᄒ(고*) 안으로난 픽게(케?) 하난 놈을 일 연의 두 번식 비암 독사랄 너허 만신을 쓰기더라." 도(쪼?) 디옥의 가니 죄인니 무수히 잇난가(대?) 이 칼노 가족을 (벗*)겨내며 눈도 킈며 귀도 쏜치로 궈며 수족을 불의 틱우거던 무로대 "져 가족 볏기ᄂ 사람은 데 샹젼의 것 도적(12.b)질 ᄒ던니요, 져 귀 쎄며 수족 굽난 놈은 샹젼의 말 듯고도 못든난 테ᄒ고 일 가랄 「ᄒ여도 으니 가은」 놈을 김싱을 믄드라 인간으로 보내이라." 또 평동왕 잇난듸 가이 죄인 이 무수이 니시이 톱으로 목도 쎠(쎨?)며 허리랄 쎠(쎨?)거늘 지션니 무르니 사즈 이로대 "져 놈은 게딥 두고 남의 데집 어더 만나 우즐기ᄂ 놈니요, 져 연은 지아비 두고 남의 디아비 (어*)든 연을 져리하ᄂ니라." 또 디옥의 가이 죄인니 무수ᄒ듸 쇠로 평싱(평샹?)을 ᄒ고 미태 슘불(슛불?)을 위우오고(피 우고?)(13.a) 죄인을 츠례로 안치니 누린닉 딘동ᄒ며 읍파라 (죽노라*) ᄒᄂ 소래 차마 못드랄너라. 왕니 갈오대 "져 사람은 인간 니실 세의 남의 셜운 일 만니 ᄒ고 조흔 음식 먹고 빗ᄂ 의복 입고 놉푼 딥의 안ᄌ 다슌 방의 잘 지내노라 가ᄂ하고 어엿샌 사람을 업수이 넉인 죄랄 아난다?" 무수이 다스리 더라. 스ᄌ 이(라*)대 "니 죄인은 져리ᄒ다가 다죵(ᄂ죵?)의 우마랄 마(만?) 드라 도로 인간을 보내더라." 별셔왕이 독샹디옥이 가니 죄인니 무수(13.b)ᄒ 대 왕이 수죄하대 "인간의 이실 (격*)의 사람을 죽이며 남의 거살 도젹ᄒ여 먹은 스람이라." ᄒ고 왼갓 독스로 ᄒ(여*) 쓰더 먹이니 압파라 못겨(견?)대여 ᄒᄂ 소래 참아 못드랄너라. ᄉ지 디션다려 이로대 "져 죄인은 져리ᄒ다가 슬이 다 업거든 신수로 썩며 한풍을 쏘이면 얼고리 나고 나소의난(나중에는?) 왼갓 즘싱니 되여 인간의 ᄂ치노라." 쏘 "태ᄉ왕니 디옥의 잇나이 쇠인 물가 족과 가족은 업고 즘싱을 밍그다가 마(14.a)ᄌ 못쓰게 ᄒ여 내치며 ᄉ로 대미 (?)ᄒ더라." ᄉᄌ 이로대 속낭왕 디옥의 가이 죄인을 ᄂ여 숫불의 구으며 눈을 대롱다히고 치이 두 눈니 다 바디고(빠지고?) 비랄 파고 장을 내여 염물의 시(싯쳐?) 비랄 버리고 도로 너커늘 사자다려 무란대 "져 놈은 졔 샹젼의 것 도격딜ᄒ고 맣치며 샹젼의 눈을 기여 보던 놈을 두 질(길?)노 안치고 쇠 긔동 으로 느르며 칼노 지르니 숨을 못쉬고 셔락 주그락 ᄒ더라. 웃 길노 잇ᄂ 죄인 은 님군도(14.b) 죽이며 상젼도 죽인 놈니라. 주야 일싱 져려(리?)하나이다. 아리로 잇ᄂ 죄인은 인간의셔 벼슬ᄒ며 수령 슬며 빅셩의게 불측게 ᄒ고 완상 (환상?)을 져근 말노 주고 큰 말노 바든 지라. 어엽분 빅셩을 미질ᄒ고 사람을 만니 죽이고 흉연니ᄂ 딘휼 아이ᄒ 지라. 쇠 긔동으로 누르니 숨을 못쉬게ᄒ 더라. 무르니 사자 이로대 "갈나가는 길리 넛거날 사람이 팔ᄌ가 초분 중분 후분디빈쳔과 장수관의 질병 오활(우환?)과 유ᄌ무ᄉᄒ야((以下 中斷本임))

『열상고전연구』 9집, 열상고전연구회, 1996.

〈여동선전(呂童仙傳)〉 연구

- 그 소개와 해제를 중심으로 한 -

1. 들어가는 말

본(本) 소론(小論)에서 새로이 소개·검토하려고 하는 〈여동선전(呂童仙傳)〉은 이제껏 이루어졌던 고소설 관계 서지 목록에서도 전혀 언급된 적이 없었던 작품 가운데 하나로 생각된다. 문학적으로 훌륭한 몇몇 작품들에 대한 깊이 있는 연구 또한 마땅히 필요한 것이기는 하지만, 우리 고소설 연구자들은 이에 못지않게 우리들 주위에서 잊혀져 가고 있는 고소설 작품들을 발굴, 소개하는 작업에 참여하여 우리 고소설의 편폭을 넓히려는 자세를 새삼 가다듬을 필요가 있다고 본다.

근자에 들어와 한때나마 우리들의 시각에서 벗어나 있었던, 그러나 고소설사에서 매우 중시되어야 할 몇몇 작품들, 예컨대 『기재기이(企齋記異)』, 〈무숙이타령〉, 〈강릉매화타령〉 등이 몇몇 연구자들의 적극적인 관심에 힘입어 우리들 연구자 앞에 소개된 점이야말로 우리 고소설의 지평을 넓히는 데 크게 공헌한 것이었음을 우리들은 적극 인정할 필요가 있다. 이들 작품들 가운데서 특히 『기재기이』와 같은 작품의 경우, 우리 고소설사의 시대 편년까지도 새삼 다시 엮어야 할 만큼의 가치를 지니고 있는 작품인 것으로 평가되고 있다.

한편 여기서 필자가 소개하고자 하는 〈여동선전〉은 고소설 가운데 다수를 점유하고 있는 영웅소설 유형에 속할 수 있는 작품인 것으로 사료된다. 그러나 다음과 같은 몇 가지 점에서 그 나름의 가치를 인정 받을 수 있는 작품일 것으로 보인다. 첫째, 〈여동선전〉에서의 반동인 물이라고 할 수 있는 장인걸의 인물형상이 여타의 작품들에 나타나는 동일 유형에 드는 인물들과는 그 면모와 성격을 달리하고 있다는 점, 곧 주동인물, 나아가 주동인물이 속한 국가에 대항하여 모반하는 많 은 반동인물들의 최후와는 달리 장인걸의 경우 그 스스로 자신의 목 숨을 끊는다고 하는 데서 드러나는 이색적인 면모에서 이 점 잘 드러 난다. 둘째, 〈여동선전〉에서 나타나는 인물들 가운데서 기녀(妓女) 설 매(雪梅)란 여인이 드러내 보이는 독특한 면모에 주목할 필요가 있다 는 점, 셋째, 〈여동선전〉의 경우, 작품의 주조가 철저할 정도로 화해 지향의 선상 위에서 마련되고 있다는 점, 넷째, 〈여동선전〉의 세계관 이 지나칠 정도로 천상계의 개입에 따르고 있다는 점 등이 그것이다. 이와 같은 〈여동선전〉이 지니고 있는 제반 면모에서 드러나는 문학적 의미에 대한 검토는 본 소론이 자료의 소개에 치중하는 태도를 갖고 있기에 자세히 이루어지지는 않을 것임을 먼저 밝혀 둔다.

본 소론의 작업은 먼저 〈여동선전〉의 서사단락을 살펴보고, 이어 작품의 짜임새와 그 의미를 간략히 밝혀나가는 차례를 밟아 진행된다. 그런데 여기서 〈여동선전〉이 우리들에게 전혀 알려지지 않았던, 극히 낯선 작품인 점을 고려하여 우리는 이 작품의 면모가 여실히 드러나 도록 작품의 서사단락을 가능한한 자세히 제시해야 할 필요성을 갖 는다.

여기서 먼저 〈여동선전〉의 서지 상황을 간략히 제시해둘까 한다. 표지는 너무 낡아 표제를 알아볼 수 없으나 내제에 '녀동션젼'이라

고 분명히 명기되어 있어 이 작품의 제명을 알 수 있었다. 그런데 '동
선'이라는 이름의 한자 표기는 이 자료의 본문에서 동선을 일러 '아희
신선'이라고 이르고 있는 문면이 나오고 있다(53쪽, 앞면 9행)는 점을 유
의하여 필자가 명명한 것이다. 1권 1책의 한글 필사본으로 총 59장인
데, 앞의 석 장까지의 상단부와 맨 뒷장의 상단부 약간이 일부 파손되
어 있을 뿐 대체로 양호한 상태의 자료라 할 수 있다. 그러나 작품의
작가나 창작년대, 간기 등을 밝힐 수 있는 사료는 전혀 없다. 매면 12
행, 매행 평균 18-20자 내외로 이루어져 있으며, 가로 19cm × 세로
17cm의 크기로 이루어져 있는 자료로, 필자가 1993년 5월경에 전주
고서점에서 수종의 다른 고소설 사본과 함께 입수한 작품들 가운데
하나임을 밝혀 둔다.

2. 〈여동선전〉의 서사단락과 그 얼개

논의의 편의를 위하여 〈여동선전〉의 서사단락을 먼저 간추려 보이
면 다음과 같다.

1. 대명 시절 양주 운빅동에 사는 각로 벼슬을 하던 녀운상은 사십
이 되도록 자식이 없자 그 처 조씨와 함께 조정을 하직하고 귀향한다.
2. 조씨 부인이 부군에게 자신의 죄가 重함으로 無子하다고 아뢰며,
후처를 둘 것을 청한다. 그러나 부군은 故事를 들어 부인을 위로하고,
'발원정성이나 하여 보자'고 하면서 그 날부터 '불쌍한 사람을 구하고
명산대천을 찾아 무수히 기도하며' 세월을 보내게 된다.
3. 각로가 得夢을 통하여, 자신이 前生의 重罪로 인하여 呂家의 불

효자로 태어나게 되었다는 사연과 아울러 자신이 개과천선한 공으로 인하여 仙童을 得子하리라는 것을 上帝로부터 듣게 됨.

   ① 한편 선동은 녀각로의 후처와 '전생혐의'가 있음을 들어 '그 害를 볼 듯하다'고 하면서 그것을 회피코자 하나, 상제는 그 것 또한 天定이라고 하면서 녀각로를 따라가도록 명함.

   ② 녀각로가 '구면목 선관들'과 정회를 펴는 가운데, 자신이 인간에 적강된 연유를 비로소 알게 되고 '무슨 敍懷를 잠깐 하다가' '황정경 외우는 소리'에 꿈을 깨게 됨.

  4. 부인 또한 신세를 한탄하다가 부군이 잡혀가는 夢事를 꾸고, 잉태하여 남아(=동선)를 출산하게 된다.

  5. '幼兒豪傑'의 면모를 드러내던 동선은 모친을 일찍 여의게 된다.

  6. 동선은 효성으로 모친 궤연에 조석 공궤를 극진이 하니, 부친이 '耳目에 견디지 못하겠다'고 하면서 식음을 전폐하자, 동선은 이내 그것을 그치고, 부친과 서로 의지하며 세월을 보낸다.

  7. 각로가 원근 친척들의 재취 권유를 거절하다가 동선이 지성으로 권하자, 결국 '청주 양주촌 유천사의 딸'로 혼취하게 된다.

  8. 유씨 부인이 '동선이 너무 총명함을 혐의'하는 가운데, 각로의 마음을 두루 시험하자, 각로는 결국 유씨에게 고혹되어 동선을 '심상이 보아 살피지 않는' 지경에 이르른다.

  9. 이에 동선이 심사가 불안하여 주야 애통해 하니, 동선은 옛 얼굴의 자태를 잃고, 유씨 부인은 동선이 '계모를 없이 하야 가도를 편케 하고자' 했다고 동선을 참소하는 한편, 거짓으로 '자수코자' 한다. 각로가 이에 동선을 집에 두지 아니하겠다고 하자, 유씨는 거짓으로 거듭 자신의 몸을 없이 하는 것이 옳다고 한다.

  10. 동선에게 외삼촌 댁에 가, 모친을 그리는 정회를 펴고 오도록

명하는 부친의 처사에 대해 '계모의 주의'로 단정한 동선이 연복 후에
갈 것을 청하나 부친은 동선을 대책하고, 노자 복석을 딸려 보내며 '決
科를 하여 가지고 오라'고 거듭 명한다. 유씨 또한 '조금도 외친내소하
는 기색'이 없이 동선을 타이르니, 좌우인들 모두 동선에게 잘못이 있
는 것으로 여기게 된다. 이에 동선은 '모친 산소의 올라 일장통곡하고
길을 떠나'게 된다.

11. 유씨 부인은 친정 사촌 유철에게 백금을 주며 동선을 중로에서
처치하도록 명한다.

  ① 유철의 設計.− 함께 주점에서 유숙하던 중, 거짓 帶痛해 하
    며 복석을 자기 집으로 보내 기별토록 하고, 동선에게 빨리
    함께 떠나도록 강요함.

  ② 유철은 동선의 거듭되는 간청에도 불구하고, 그를 물에 집
    어던짐.

  ③ 동선은 무죄한 자신을 구해줄 것을 하늘에 축원함.

12. 동선은 '남경에 사신 갔다가 오던' 유주자사 홍대업에 의해 구출
되고, 그 실정을 묻는 홍대업에게 혹 '부모에게 좋지 못한 광경이 있을
까 하여' 거짓으로 응대하고, '자사를 갈고' 설양촌으로 동선과 함께
귀향하는 홍대업.

13. 동선을 己出과 같이 사랑하는 홍대업이 동선을 자신의 여식인
추월의 배필로 삼으려 하고, '택일 성례하기를 의논'하던 중 자사 부부
일시 득병하여 기세하게 된다.

  ① 홍자사가 이에 '저희들을 상면이나' 시키고자 하고, '삼년 후
    에 禮를 갖추도록' 하라는 부친의 명령으로 추월은 동선에게
    배례를 함.

  ② 홍자사는 '부디 여아와 황운을 잊지 말' 것을 동선에게 당부함.

③ 홍자사가 거듭 동선과 여아에게 인간 팔자의 측량할 수 없음을 몇몇 고사를 들어 설유하며, 삼년 내에 액운이 있기 쉬울 것이라고 하고는 '성명 사주며 봉서를 써서' 그들에게 주며 뒷날의 信을 삼도록 명함.

④ 자사 부인 또한 황운의 배필이 없음을 통곡하다가 이내 기세함.

⑤ 자사 또한 바로 뒤 이어 기세함.

14. 동선의 주관 아래 상례를 치룬 뒤, 동선은 황운과 외당에 거하며 가중사를 총찰하고, 종상을 만나매 추월의 나이는 18세, 동선의 나이는 16세가 된다. 이에 그들은 담제, 길제 후에 성례하려고 한다.

15. 홍자사 딸이 절색임을 들은 강남 수적 장인걸이 모사 조천의 꾀에 따라 부하들에게 그녀를 얻을 조처를 강구하도록 하니 부하들이 홍자사댁으로 찾아간다.

16. 홍자사 딸을 강탈하려는 반동 인물들의 모계.

① 설양촌에 괴변이 발생하여 촌중이 소요해짐.

② 한 사람이 와 문복을 자청하고, 이내 '동네 오리 밖의 산신령'의 작난이라 일컫고 '산제를 하면 관계치 아니하다'고 하며 '남자위명자는 무론노소하고 다 가서 정성하라'고 함.

17. 동인들이 占者의 지시대로 다 산제를 지내러 가니, 동선 또한 황운과 함께 그곳에 갔다가 점자가 없음을 뒤늦게 알고 의아해 하다가 도적의 꾀에 빠졌음을 깨닫고 동네로 오게 된다.

18. 소저와 시비 춘매가 도적들에게 사로 잡혀갔음을 비복들로부터 듣게 된 동선이 그제서야 홍자사의 글월을 떼어보고 그 명감에 탄복하고, 노복에게 '수 년 후에 올 것이니 산소와 가사를 착실이 수리하라'고 당부한 뒤, 황운과 함께 선생을 찾아 떠난다.

① 홍자사의 글월-'아무 날에 변을 당할 것이니 찾으려 말고 황
운과 어진 선생을 만나 공부에 진취하여 공명을 이루면 자연
만날 날이 있을' 것이라는 내용.

19. 한편 홍추월은 도적들에게 사로잡혀 갈 때 짐짓 희색을 띠면서
'급히 가자'고 하니 수적 장인걸은 못내 그것을 기꺼워한다. 죽고자 하
나 기회를 얻지 못하던 소저는 부친의 유언 봉서를 생각하고 악양루
를 기다린다.

① 부친의 유언 봉서-곤액은 '도시 天定이라.' 굳이 죽으려 말고
'악양루에 당하여 이리이리하면 자연 生道가 있'을 것이라는
내용.

20. 악양루에 이르른 장인걸이 후일에 와 놀자고 하는 모사 조천의
권유를 물리치고 흥에 겨워 그곳에서 즐기고자 하니 홍소저는 꾀를
써서 자신과 춘매를 묶었던 결박을 풀어줄 것을 요구한다.

21. 인걸과 제적이 대취한 틈을 타 소저와 춘매가 물에 몸을 던
진다.

22. 물에 투신한 두 여인은 낭낭부인의 명을 받은 선녀를 따라 한
곳에 이르러 후사를 전해 듣는다.

① 아황, 여영을 만나 자신이 구출 받게 된 사연을 듣게 되고,
이어 꿈을 통하여 자신들을 구원할 사람이 있을 것이니 그곳
에서 안과태평하라는 말을 듣게 됨.

② '삼년을 고생으로 지내면 좋은 시절을 보'리라는 말을 듣게 됨.

23. 夢事와 같이 '東으로 수십리를 가'다가 여식 하나만을 둔 노고
를 만나 그 여식과 '수양형제지의'를 맺고 同處하게 된다.

24. 한편 두 여인을 잃은 장인걸은 여각로의 아내의 색태가 출중함
을 듣고 그녀를 약탈하고자 제적과 함께 여각로의 선산으로 향한다.

25. 노복들로부터 어떤 사람들이 투장코자 한다는 말을 듣고 그곳에 갔던 여각로는 도리어 그들에게 결박당하게 되고, 도적들은 이에 바로 동네로 들어가 여각로의 후처를 잡아 도망가던 중 如山大虎를 만나매 혼비백산 흩어지고 유씨는 호랑이에게 물려간다.

26. 이에 대분한 장인걸은 난을 일으키고, 겨우 결박을 풀고 돌아온 여각로는 유씨를 찾고자 하나 그 간 곳을 알지 못해 하던 중, 환난을 만나 백성들과 함께 피란 가다가 도적에게 사로잡히는 처지에 놓이게 된다.

27. 양주자사의 표를 본 임금이 정병을 보내 토죄하니 인걸은 회군한다.

28. '오봉산 중에 한 도사'가 있음을 알게 된 동선과 황운이 '누일 목욕 정성 후에' 그를 찾아 나선 끝에 '배운선생'을 만나 수학하기를 청하여 허락받는다. 이후 동선은 '천문지리와 풍운조화며 육도삼략에 진퇴용병하는 법'을 배우며 뛰어난 재주를 드러내게 되매, 배운선생은 동선에게 '세상에 나가 때를 잃지 말라'고 하며 '바로 경성으로 가라'고 명하고 '성공일에 개탁하라'고 하면서 '일 봉서를 주'게 된다.

29. 선생의 가르침대로 경성으로 행하던 동선은 이전의 부친 명을 생각하고 고향 운백동을 찾아가나, 쑥대밭이 된 고향을 보자 여러 회포에 젖어 두루 배회 탄식하다가 바로 경성으로 향한다.

30. 한편 도적을 근심하던 천자가 과거령을 내리자 동선은 이에 응과하여 급제하고 바로 한림사를 제수받게 된다. 동선의 부친이 전일의 여각로임을 물어 알게 된 천자가 그 부친의 안부를 묻고 동선에게 '경도 충성 다하야 짐을 도우라'고 당부하자, 동선은 '천은을 축사하고 낙루국축'해 한다.

① 천자가 '의사 있는 선비를 보시려고 글제는 아니 걸고 용과 범

을 그려 현제판에 거'니 아무도 그 연유를 알지 못해 却筆함.

② 동선은 그것을 '일견에 깨쳐 알고 일필휘지하여 일천에 받'

　침.-'용은 군왕의 형상이요, 표는 도적의 형상이라. 폐하께

　옵서 도적을 근심하시는 듯하'다고 아뢰는 내용.

31. '도적 도모할 계책을 내어 짐의 근심을 덜게 하라'는 천자의 명에 대해 동선은 장인걸이 水戰에 익숙함을 들어 美人計로 도모할 것을 아뢰니 천자는 그 계교대로 행하라고 명한다.

32. 동선은 이에 익주의 名妓 설매를 어명으로 초패하여 그 사연을 이르고 의향을 탐문하니 설매가 그 제의를 받아들이고, 이에 동선은 설매에게 그 계교를 지시하고 남해 도중으로 그녀를 떠나보낸다.

33. 남해에 이르른 설매는 계략을 써서 장인걸에게 구호된다.

34. 소생한 설매가 연유를 묻는 인걸에게 거짓 사연을 이르고, 자신의 목숨을 구해 준 은공을 찬탄해 하다가 그의 존호를 묻고 이내 그를 입이 닳도록 추켜 세우며 '나와 연분 되어 화중왕 모란같이 부귀번화를 누릴 격이라'고 하니 인걸이 설매에게 대혹한다. 이에 인걸이 백년해로할 것을 설매에게 청하니, 설매가 '천생인연을 어찌 감히 사양하오리까'라고 하면서 쾌락한다.

35. 모사 조천이 설매의 정체를 의심하여 '살펴 하'도록 인걸에게 청하나, 인걸은 설매와의 만남이 天緣이라고 하면서 염려치 말라고 이른다.

36. 설매가 이에 짐짓 노여워하며 인걸에게 조천의 말을 따르라고 하고 자수코자 하니, 인걸이 그녀의 마음을 위로한다.

37. 설매가 조천이 있어 성사치 못할까 염려하며 거짓으로 조천이 자신을 유혹하려 했다고 인걸에게 이르며 體禮에 어찌 그럴 수 있느냐고 하고는 기절한다. 이에 인걸이 그녀를 위로하는 한편으로 조천

을 없앨 모책을 그녀에게 묻게 된다.

38. 설매가 짐짓 계속 '죽어 모르고자 한'다고 하면서 고집을 피우자, 인걸이 그녀를 달래는 한편 조천을 '남의 이목에 요란치 않게 획책'할 것을 거듭 청하자, 이에 설매가 비로소 그 방법을 지교하고 인걸은 그녀의 꾀를 찬탄한다.

39. 설매의 지교대로 하여 조천에게 '한잔 술로 깊은 정을 표'한다고 하면서 술을 주니, 조천이 그것을 받아 먹고 '복통을 하며 상하로 토사를 하'다가 결국 죽게 된다.

40. 설매는 인걸에게 악양루를 구경하고 싶다고 아뢰어 쾌히 허락을 받아낸 뒤, '잠깐 춤을 추워 장군을 위로코자' 한다고 하며 인걸의 칼을 빌려 칼춤을 춘다.

41. 설매가 청가 일곡을 '진양'으로 읊조리다가 인걸에게 군사의 재주를 보여줄 것을 청하니, 꾀에 빠진 군사들이 죽기로 싸워 傷하는 자가 태반이나 되매 거짓 놀란 설매가 칼을 물에 빠뜨리고는 인걸에게 청죄하나 인걸은 그것을 용서한다.

42. 설매 이에 인걸의 멸망을 암시하는 청가 일곡을 다시 읊지만, 인걸은 설매의 거동을 눈치채지 못하고 군사의 칼을 빼어 들고 칼춤을 추고, 한편 설매는 '여한림의 소식이 망연하'매 인걸이 회군령을 놓을까 염려하여 지닌 재주를 다해 시간을 끌며 '인걸의 흥을 여축없이 자어내'려고 한다.

43. 한림(=동선)이 '설매를 보내고 군사를 날로 연습하며 악양루를 살피'던 중, 인걸이 왔음을 알고 '군사를 몰아' 악양루로 쳐 들어간다.

44. 인걸은 설매에게 빠져 다만 즐기다가 한림의 공격을 받게 되매, 도망도 치지 못하고 악양루 위에서 한림과 싸우다가 30여 합에 이르자 설매가 인걸에게 '죽기는 반드시 내 손에 있다'고 하면서 '달려들어

인걸의 허리를 끼어 안어 몸을 임의로 놀리게 못하니' 인걸이 그제서
야 비로소 꾀에 빠졌음을 깨닫고는 미인계를 동원한 한림의 녹녹한
처사에 대해 대책하고, 이어 설매에게 '너를 죽여서는 나의 혼백을 붙
일 곳이 없기로 살려 두니 이후라도 잊지 말면 충신되고 열녀되리라'
고 꾸짖고 이내 자결한다.

45. 한림이 '도적을 다 파 한' 뒤에 설매의 공을 치하하자, 설매는
한림에게 '(자신의) 몸을 베어 後 사람의 행실을 두게 하'여 달라고 고
청하니, 한림이 '그 충렬을 탄복하여 눈물을 흘리며' 설매의 머리를 베
어 황성으로 보낸 뒤 설매의 죽은 사연을 상달하고 군사를 호령하여
회군한다.

46. 한편 도적에게 잡혀 있었던 여각로는 중국 군사들에게 사로잡
혀 '군문효시' 될 지경에 놓이자 '涙水如雨'한다. 이에 그것을 의아히
여긴 한림이 계속 그 사연을 묻고 여러 탐색 과정을 거친 끝에 부친임
을 알게 되어 극적인 상봉을 하게 되고, 이어 기절한 부친을 약으로
구원한다.

47. 한림이 부친을 모시고 還京하던 중 '악양루로 작로하여 잠깐 귀
경'하며 그 경개를 탄상하고 글을 짓다가 전일 선생이 준 봉서를 개탁
하니 한림의 성공과 부친과의 재회를 일러주고, 이어 '악양루 귀경 후
에 한산사를 찾아가면 평생 恨이 없으리라'는 내용의 글이었다.

48. 한림은 그 말대로 한산사를 찾아가나 그 말씀을 깨닫지 못해 한
다. 한편 소저와 춘매는 노고의 권유를 따라 한산사에 가 법당에 배례
하고, '여생과 황운을 쉬 만나보게' 해 줄 것을 불전에 간구한다.

49. 한림이 법당에 들려다가 세 여인이 그곳에 있음을 보고 물러나
나아오나, 춘매의 눈에 띄게 된다. 춘매가 한림에게 그 거주성명을
묻자, 한림은 자신이 여동선임을 밝히고 '남녀 체통 없이 한 바는 아니

니 怒를 참어 허물두지 말'도록 당부한다.

50. 이에 한림이 그리던 소저와 상봉하게 되고, 기색한 소저를 한림이 구완하니 정신을 차린 소저가 한림에게 황운의 안부를 묻는다. 이에 한림이 황운은 '선생을 잘 만나 학업을 착실이 하며 편이 있'다고 알려 준다.

51. 한림과 소저가 서로 이별 후에 겪었던 전후 사정을 설파하며, 소저가 '여기와 상봉하게 된 것은 노고의 덕'이라고 하자, 한림이 이에 치하하고자 할 때 그 노고가 문을 열고 공중으로 올라가며 '이는 다 天定이니 내게 치하치 말고 안과태평하라'고 이른 뒤 갑자기 사라진다.

52. 한림이 이에 부친께 소저를 다시 만난 사연을 아뢰며 전일 소저와의 관계를 비로소 밝힌다. 이에 부친이 그 모든 것(몽사와 命名)이 천정이라고 하며 서로 위로한 뒤, 權道로 소저를 찾아 법당에서 상면한다.

53. 각로가 소저를 보고 그 기꺼움을 측량치 못해 하고, 한편 한림은 부친과 소저를 만난 사연을 상달하고 경성으로 올라가니 열읍 수령이 다 그들을 맞이한다.

54. 上이 표문을 보시고 조정백관을 지휘하여 한림을 영접하게 하니 한림이 들어가 숙배한다. 이에 상이 그 공과 '부모와 아내를 상봉한' 일을 축하하고, 이어 한림을 좌상으로, 각로를 안평군으로 승차하고, '택일하여 좌상과 홍소저로 예를 지낸 후에 정열부인 직첩을 내리시니' 부귀번화가 천하에 진동한다.

55. 좌상 일가가 '상이 사급하신 궁'에서 화락하게 살다가, 홍씨의 소청으로 좌상이 춘매를 첩으로 삼는다. 이어 좌상이 상에게 설매의 '충열을 혈로'해 줄 것을 청하자, 상이 '즉시 설매로 충열문의 성명을

올려 천하에 아름다운 말을 알게'한다.

56. 좌상이 부친에게 '선생과 처제 황운을 찾아 보'려는 뜻을 아뢰고, 수유를 얻어 오봉산을 찾아가고자 할 때, 집으로 찾아온 황운을 만나 선생의 기후를 묻게 된다. 이에 황운이 선생의 말씀을 전하고 '일봉 서찰과 퇴함 하나를' 좌상에게 전해 준다.

　　① 선생의 정체 확인과 당부-'나난 인간 스람이 아니라 슘신슨 적숑잘(赤松子ㄹ)너니 청명(天命?)을 밧ᄌ와 너의 남ᄆᆡ을 구제ᄒᆞᄆᆡ니 쌀리 도라가 네 ᄆᆡ형 좌승을 보고 츠져오지 말고 부모 쳐ᄌ와 희낙ᄒᆞ다가 후ᄉᆡᆼ의 청도로 맛나보기로 일으라'고 하는 내용.

57. 좌상이 서찰을 통해, 선생이 자신에게 일어났던 모든 일들을 이미 알고 계신 것을 깨닫게 된다. 아울러 선생이 계모 유씨를 '개과천선하여 보내니 부디 前嫌을 생각하지 말고 친모와 같이 섬겨 안과하라'고 당부하는 내용이었다. 선생의 말씀대로 처방하여 함에서 '자는 듯이 사지를 모으고 누워 죽어' 있는 계모를 소생시키고 이 사연을 부친께 아뢴다.

58. 유씨가 이내 소생하여 전일을 회과자책하고, 이후 각로와 승상을 지극히 공경하니, 각로와 화합케 되고 승상 또한 더욱 효도하여 세월을 보내던 중 유씨가 一男을 낳으매, 승상은 아우를 얻게 되어 그를 더욱 사랑하며 지내나 각로와 유씨 부인이 우연히 득병하여 기세한다.

59. '담사와 길제 다 지낸 후에' 승상이 '부귀가 너무 과망함을 염려'하여 벼슬을 사직한 황운과 함께 운백동에 내려와 별유선경에서 자족해 하며 '인간시비를 物外에 던져'둔 채 한가하게 여년을 보내니, 그 '재미를 의논하면 신선이 부럽지 않고 부귀를 의논하면 세상에 으뜸'이었다.

우리는 이제까지 앞에서 번다한 느낌이 들 정도로 〈여동선전〉의 서
사단락을 제시하여 왔다. 제시된 서사단락을 다시 구조화하여 〈여동
선전〉의 전체적인 얼개를 파악하는 것이 작품의 실제적 면모에 접근
하는 지름길이 아닌가 생각된다.

〈여동선전〉은 다음과 같은 서사 얼개를 갖는 작품인 것으로 여겨진
다. 곧 (1)에서의 주인공의 가계 상황, (2)~(4)까지의 기자정성(祈子精
誠)과 주인공의 탄생-주인공의 운명 예징-, (5)~(6)까지의 주인공 모
친의 기세(棄世)와 처신, (7)~(11)까지의 주인공 부친의 재혼과 그로
인해 야기된 주인공의 고난, (12)~(14)까지의 주인공에 대한 구원자
의 출현과 구원자의 여식(곧 여주인공)과의 정혼 예비, (15)~(21)까지
의 여주인공의 고난과 투신, (22)~(23)까지의 여주인공의 전정(前程)
예시(豫示)와 구원자의 출현, (24)~(27)까지의 주인공 부모의 고난과
장인걸의 기란(起亂), (28)~(45)까지의 주인공의 등과와 장인걸의 난
을 토평하는 데서 확보되는 입공 과정, (46)~(52)까지의 주인공의 부
친·여주인공과의 상봉, (53)~(55)까지의 주인공(가속)의 환경(還京)과
임금의 그 공로에 대한 상사(賞賜)- 주인공과 여주인공의 결연 및 설
매의 행위가 포양(褒揚)됨. (56)~(57)까지의 처남 황운과의 재회 및
오봉산 도사의 정체와 당부의 말,[후일을 기약하고, 또 계모 유씨를 잘 섬
기도록 하는 도사의 말씀과 그 지교를 따라 유씨를 소생시키는 주인공].
(58)~(59)까지의 주인공 가문의 복력(福力)과 후일담 등이 그것이다.
여기서 우리는 〈여동선전〉이 주인공 여동선의 입공 과정[이 점 서사단
락 (28)-(45)의 많은 부분에 걸쳐 나타나고 있는 점에서 익히 확인된다.]과 헤
어졌던 가족의 재결합[이 점 서사단락 (46)-(52)에서 드러나는 주인공과 부
친, 그리고 여주인공 -곧 전일 정혼을 맺기로 했던 여인임-과의 재상봉과 (56)
단락에서의 처남과의 재상봉 등]이라는 서사상황을 이야기의 중심 축에

두고 있는 작품임을 어렵지 않게 확인할 수 있다. 이런 점에서 〈여동선전〉 또한 여타의 많은 영웅소설 등과 같이 주인공 여동선의 출생, 고난, 결연, 입공, 재결합과 부귀영화에 이르는 일대기적 얼개를 지니고 있는 작품임이 드러난다. 이러한 점에서 본다면, 이 작품은 여타의 영웅소설 등과 대차 없는 면모를 지니고 있는 작품인 것으로 언뜻 생각되기 싶지만, '고난'과 '입공' 과정에서 드러나는 나름의 면모는 이 작품에 나름의 변별성을 갖게 하는 특성으로 결코 간과되어서는 아니 된다고 본다. 이들 두 면모에서 드러나는 〈여동선전〉 나름의 의미에 대해서는 항을 달리 하여 간략히 제시해두는 것으로 그칠까 한다.

3. 〈여동선전〉의 작품내적 질서와 인물 형상

1) 천상적 질서의 세계와 화해 지향성

〈여동선전〉이 가지고 있는 가장 두드러진 작품내적 특성으로 우리는 작품 내에서 일정한 역할을 담당하고 있는 대부분의 인물들이 어느 정도이든지 간에 천상적 질서 내지 천상적 세계관으로부터 한 발자국도 벗어나지 않는 면모를 지니고 있다는 점을 지적할 수 있다. 그것은 남주인공인 여동선과 뒷날 그의 정실부인이 되는 홍추월의 경우에 두드러져 보이는데, 여기서는 논의의 편의상 이들 두 인물 가운데 여동선의 일대기적 삶에 주안점을 두는 가운데, 나아가 부수적으로 홍추월의 경우에는 그것이 어떻게 구현되고 있는지를 이들 인물들의 삶의 순차적 단위에 입각하여 간략히 살펴 보고자 한다. 먼저 여동선의 경우, 그것은 그의 출생에서부터 시작하여 계모 유씨에 의하여 촉발된 고난과 홍자사에 의한 구원과 그 여식인 추월과의 정혼 예비, 나

아가 그의 수학 과정에서의 또다른 구원자의 존재, 뒷날 계모 유씨의
소생 과정과 그의 가족들과의 재결합 등에 이르기까지의 전 과정에
걸쳐 지속적으로 작용하고 있는 것으로 보여진다. 이러한 천상적 질
서(또는 세계관)가 여동선에게 작용하고 있는 실제적 서술문면을 먼저
제시하여 이해를 돕고자 한다.

① "샹졔 가라ᄉ딕 네 젼싱의 즁죄(重罪)잇기로 젹ᄒ인간(謫下人間)ᄒ
야 세상의 용납못할 여가(呂家)의 불효ᄌ(不孝子)을 되게 ᄒ엿더니 근
간(近間)의 들은즉 기과쳔션(改過遷善)ᄒ야 젹션(積善)을 죠와ᄒ고 무
ᄌᄒ멀 원(怨)ᄒ야 쳔지일월(天地日月)의 츅원을 혼다 ᄒ니 ᄒ날이 비
록 노푸나 ᄂᆞ게 듯기 얼엽쥰코 귀신이 명〃ᄒ나 은밀ᄒ 일 아난 고로
네 말을 드을진이〃제 불우기난 일기 귀ᄌ 쥬워 녀가의 후ᄉ도 ᄉᆞ쇽ᄒ
고 훗ᄉ람을 효측케 ᄒ난니 부딕 귀이 길너 쳔위(天意)을 어귀지 마라
ᄒ시고, ᄒ낫 션동을 불너 가라ᄉ딕 졔 녀운싱과 너와 부ᄌ 인연을 증
(定)ᄒ여시니 ᄲᆞ리 ᄯ라가라. 션동이 복지(伏地) 듀(奏) 왈 쳔의을 웃지
항거(抗拒)ᄒ올잇가마난 져 녀 아모의 후쳐가 쇼동과 젼싱(前生) 혐의
(嫌疑) 좀간 잇스온즉 이졔 ᄯ라가오면 그 ᄒᆡ(害)을 볼 덧ᄒ오니 황샹
은 ᄒ졍(下情)을 살피옵쇼셔 샹졔 갈아ᄉᆞ딕 그난 ᄌ연 구ᄒᆞᆯ 도리 잇스
니 ᄒ려말며, ᄌ고로 세상의 나넌 ᄉ람이 다 ᄒᆡᆻ 고익(苦厄)은 인난니
ᄎ역쳔증(此亦天定)이라. ᄲᆞ리 가라".   (밑줄: 필자 표시)

② "틱일 셩예ᄒ기을 의논ᄒ더니 <u>동션의 여악(餘惡)이 미진ᄒ고 홍쇼졔
죠별부모(早別父母)ᄒ야 곤익을 격글 신슈라.</u>"   (밑줄: 필자 표시)

③ "잇딕 뉴씨 ᄯᆞᆺ박긔 젹변을 당ᄒ야 아모리 버셔나고ᄌ ᄒ나 뭇도젹이
옹위할 ᄲᆞᆫ더러 슈죡을 요동치 못게 ᄒ엿시니 할길읍시 비의 실여 가
더니 ᄒ 고딕 다〃러 육지(陸地)의 ᄂᆞ려 교ᄌ의 언져 살갓치 가더니
난딕읍신 여ᄉᆞᆫ딕호(如山大虎) 슈십마리 고함ᄒ고 닉다르니, 도젹이 딕
경ᄒ야 뉴씨을 바리고 남긔 올나 보니 뉴씨을 업고 가난지라."

④ "션싱의 봉셔을 싱각ㅎ야 급피 긔탁ㅎ니 ㅎ엿시되, 셩공ㅎ난 날의 부
지 상봉ㅎ엿시니 악양누 귀경후의 흔슨사을 차져가면 평싱 흔이 읍시리
라 하역거날"

⑤ "흘님 왈 당쵸의 그듸을 일코 즉시 빙부의 유셔을 본 후 황운을 다리
고 션싱을 추져 이리〃〃ㅎ야 셩공ㅎ고 부친을 상봉ㅎ고 션싱의 봉셔을
보와 오날 예 와 그듸을 또 상봉ㅎ니 웃지 쳔우신죠가 안릴이요?"

⑥ "반겨 문 왈 션싱쥬의 긔후 그시 웃더ㅎ시야? 황운이 듸 왈 지금까지
「??」ㅎ시고 일젼의 말슴ㅎ시되 나난 인간 스람이 아니라. 숨신슨 젹송
잘(赤松子ㄹ)너니 쳥(쳔)명얼 밧즈와 너의 남미을 구제ㅎ미니 쌀이 도
라가 네 미형 좌숭을 보고 추져 오지 말고 부모 쳐즈와 희낙ㅎ다가 후싱
의 쳥도로 맛나 보기로 일으라 ㅎ시며"

⑦ "뉴씨 그제야 승상의 숀을 줍고 시로이 눈물을 홀이며 왈 나난 너을
무슴 심졍으로 희코자 ㅎ야 닉치고 셰월을 보닉다가 도젹의 변을 당ㅎ
야 호환의 죽어더니 지금 와 싱각건듸 도시 쳔졍익슈라. 슈원슈우(誰怨
孰尤)ㅎ리요. 회과자칙(悔過自責)을 이제야 ㅎ노라."

한편 홍추월의 경우 또한, 추월이 겪어야 했던 고난과 그 극복의 언
저리에 얽혀 있는 모든 양상들이 여동선과 마찬가지로 천상적 질서에
좌단되는 것이었음을 아래의 문면들은 여실히 보여주고 있다.

㉮ "사람의 곤익언 도시 쳔졍리라. 님의로 못하난이 구차이 죽을여 말고
익양누의 당하여 릴이일이하면 자연 싱되 잇실인이 명염을 하라 하엿난
지라."

㉯ "나난 옛날 슌의 쳐 아황 녀영이라. 슌임군이 남으로 슌힝ㅎ다ㄱ 충오
슨의 일으러 붕ㅎ시미 우리 형졔 그 뒤을 좃쳐 쇼숭강의 당ㅎ야 이통으
로 쌕린 눈물을 일웟시미, 홋 스람이 숭강 짜의 스당을 셰워 일홈을 황
능묘라 ㅎ고 승군을 츙ㅎ며 갈 쌔가 읍셔 이 고듸 잇스미 기후의 결기

잇난 열녀더리 이 고딕 모여셔 세월을 보닉더니 악가 들은즉 뉴듀 셜양
촌의 홍쇼졔가 도젹의 화을 피흐야 동졍호의 투신흔다 흐기예 동졍 용
왕의게 통긔흐야 구흐여 니리 보닉라 흐여건이와 츠역쳔졍이라. 흐탄할
빈 아니 〃 이졔 슘연을 고숭으로 지닉면 죠혼 시졀을 보리라".

㉰ "낭즈의 잉(익)운언 쳔졍이라. 이리로 슈십리를 가면 즈연 구할 스람
이 잇슬 「거」시니 거긔 유흐다가 죠혼 씩을 당흐야 몃 히을 안과틱평흐
다구 이리 모와 옛 일을 셜화흐라".

㉱ "쇼졔 눈물을 거두고 딕 왈 쳡도 〃젹의 즙피여 가다가 부친의 봉셔을
보와 이리 〃〃흐야 져 노부인을 맛나 오날 예 와 승봉은 져 부인의 덕이
로쇼이다 홀넘이 쳥파의 그 노구을 향흐야 치흐코자 흐니 노구 문을
열고 공즁의 올나가며 일너 왈 이난 다 쳔졍인니 닉게 치흐치 말고 안과
틱평흐라 흐며 인홀불견일너라."

작품의 서사주인공인 여동선과 홍추월에게 간단없이 작용하고 있는
천상적 질서가 갖는 작품내적 의미에 대해서는, 영웅소설들에서의 그
것을 다루고 있는 선행 연구들의 성과에서도 이미 익히 주목된 바가
있다. 여기서는 이들 선행 연구 성과들을 긍정적으로 수용하는 가운
데 필자 나름의 견해를 간략히 덧붙여 두는 것으로 이에 대한 자세한
논의를 피할까 한다. 〈여동선전〉 내에서의 천상적 질서 또한 여타의
영웅소설에서의 그것과 같이 문제적 주인공 여동선이라는 영웅적
인물이 겪어야 했던 현실적인 제반 행위와 그외의 모든 현상들이 인
간의 일원적 세계 인식의 선상에서 이미 벗어나 있다는, 곧 한 인물을
움직이고 지배하는 절대적 기준은 일원론적 세계관에서 배태된 인간
적 척도가 아니라, 이원론적 세계관에서 배태된 천상적 척도임을 에
둘러 말하는 숙명적이고도 낭만적 세계 인식이 일정하게 작용한 결과
로서의 문학적 관습의 차용에 다름아닌 것이라 할 수 있다.

이러한 천상적 질서가 작품의 주된 논리로 작용하고 있는 〈여동선전〉이 갖는 또 다른 작품 내적 특징으로 우리는 이 작품에서 마련되고 있는 모든 서사 상황들이 치열한 갈등을 담보하고 있는 것이 아니라, 화해의 지평이라는 시각을 일관되게 견지하고 있다는 점을 들 수 있을 듯하다. 그것은 이 작품이 천상적 질서의 바탕 위에서 전개되고 있다는 점을 생각할 때 어느 면 지극히 당연한 결과로까지 여겨진다고 하겠다. 대부분의 영웅소설들의 경우 그 작품적 질서가 〈여동선전〉의 경우와 같이 천상적 세계관으로 이루어져 있다고 하더라도 작품의 지향성은 심각할 정도의 갈등을 극복한 뒤의 궁극적 결과로 체현되는 것이기에 화해의 지평으로 결과된다고 하더라도 각 작품 나름의 개별적 또는 유형적 의미를 담보하고 있다는 것은 이미 주지된 사실이기도 하다. 그에 반하여 〈여동선전〉의 그것은 작품 내에서 전혀 심각할 정도의 갈등을 드러내지 않는 가운데 구현되고 있다는 나름의 변별성을 갖는 것으로 보여진다. 이는 곧 문제적 인물인 장인걸에 의하여 두 차례의 난이 거듭 촉발되는 것으로 그려지고 있는데 비하여, 그 난이 몰고 오는 파장은 우리의 기대와는 전혀 어그러지는 방향으로 그려지고 있다는 점을 말하는 것이다. 해당 문면을 통하여 이해를 돕기로 하자.

> "장인걸리 두번 낭픽의 듸분ᄒ야 도젹을 모라 바로 양듀붓터 인신을 살히ᄒ고 골을 치니 쥬군이 요란이요, 빅셩이 분숸ᄒ야 ᄉ방으로 피난ᄒ더라. …(中略)… 잇듸 양듀 ᄌ시 표을 올엿시되 견일도 무쳐도젹이 밤으로 빅셩의 ᄌ물도 〃젹ᄒ야 간다 ᄒ더니, 지금언 긔병ᄒ야 듀군을 치미 빅셩이 요란ᄒ야 ᄉ지ᄉ방ᄒ오며 그 셰 가중 즉지 아니ᄒ오니 황승은 급피 쳐치ᄒ쇼쇼(φ)셔 ᄒ엿난지라. 쳔ᄌ 진로ᄒᄉ 졍병을 모라 토죄(討罪)ᄒ시니 인걸이 견듸지 못ᄒ야 회군ᄒ니라." (밑줄: 필자 표시)

"차셜 장인걸이 셜믜게 요흑흔 마음 칼을 일코 군ㅅ 죽으되 씌닷지 못ᄒ고 다만 질기더니 의외 슈쳔 군마 젼션이 강상의 덥폐 다라들어 치난 양을 보고 셜믜을 급피 도라보며 왈 미인아! 이 일을 어니 홀고? 슈 무ᄎᄀ금ᄒ고 군ㅅ 틱반 취도 ᄒ엿시니 〃 일을 어이ᄒ준 말가? 아모리 발광ᄒ야 도망코자 ᄒ나 젼후의 만경ᄎ파요 용ㅅ 달여드러 사면을 에워 ᄊ니 차쇼위 우물 든 고기요, 흠졍의 든 범이라. 제 여간 용역이 잇신덜 웃지 버셔날숀야. 흘님이 크게 워여 왈 남히 도적 중인걸아, 오날이 네 졀명이라. 닉의 칼을 바드라. 어(언)파의 칼을 날여 드러오니 장인걸이 셰궁ᄒ야 군ㅅ의 칼을 들고 흘님을 마져 ᄊ올시 악양누상이 젼장이 된지라. …(中略 1)… 장인걸이 그제야 씌닷고 눈을 부릅쓰며 크게 쇼릭ᄒ여 흘님을 딕칙 왈 딕장부 ᄊ홈을 졍딕이 ᄒ야 셩픽ᄒ미 젓 〃 ᄒ거날 간ㅅ이 기집을 보닉여 음슈을 ᄒ니 쇽난 닉가 어리셕건이와 너도 녹 〃 ᄒ도다. …(中略 2)… 제 칼노 자결ᄒ난지라."   (밑줄: 필자 표시)

위에 든 두 문면은 강남 수적 장인걸에 의하여 촉발된 난의 원인과 그 결말을 잘 보여주는 부분이라 할 수 있는데, 첫 번째 예문은 난의 원인이 장인걸 개인의 극단적이기까지 한 우발적 행위에서 기인하는 것임을, 두 번째 예문은 장인걸의 최후 상황을 단지 서술적으로만 제시하는 것에서도 익히 드러나듯이 장인걸과 여동선, 장인걸과 국가간의 첨예한 갈등은 애당초 거세된 성질의 것이라고 할 수 있다. 난에 의해 촉발된 상황이 첨예한 갈등을 거세한 상태에서의 그것이라고 할 때, 그것은 이미 어느 정도 일반적인 영웅소설들의 그것과는 성질을 달리 하고 있다는 점을 바로 말해주는 사실이라고 하겠다. 여동선 개인과 그의 가족 나아가 그가 속해 있는 국가에게까지 고난을 끼쳤던 장인걸에 대한 응징이 외부로부터 강제되는 것이 아니라, 장인걸 내부의 태도로부터 결과된다는 점에서도 이 작품이 지니고 있는 화해의

지평이라는 나름의 특성은 자연스럽게 이해된다. 이러한 〈여동선전〉
에서의 화해 지평이 가장 두드러지게 현시되는 부분으로 우리는 바로
여동선에게 숱한 개인적 고난을 불러 일으켰던 주인(主因)으로서의 계
모 유씨의 행위에 대해 '부정적인 거부를 통한 둘로 나뉨'이 아니라,
천상적 질서 내에서 필연적으로 예정되었던 과정의 하나였다는 '오봉
산 도사'의 언술을 통하여 확보되는 '긍정적인 수용을 통한 하나됨'이
라는 상황으로 해당 사건이 종결되고 있다는 점을 들 수 있다. 해당
문면을 제시하여 이해를 돕기로 하자.

1) "션동이 복지(伏地) 듀(奏) 왈 쳔의을 웃지 항거(抗拒)ㅎ올잇가마난
     져 녀아모의 후쳐가 쇼동과 젼싱(前生) 혐의(嫌疑) 즁간 잇ᄉ온즉 이졔
     싸라가오면 그 히(害)을 볼 덧ᄒ오니 황샹은 ㅎ졍(下情)을 살피옵쇼셔
     상졔 갈아ᄉ티 그난 ᄌ연 구홀 도리 잇ᄉ니 ㅎ려말며, 자고로 셰상의
     나넌 ᄉ람이 다 ᄒ 씩 고익(苦厄)은 인난니 ᄎ역쳔즁(此亦天定)이라.
     쌜이 가라".
2) "잇틱 뉴씨 뜻박긔 젹변을 당ᄒ야 아모리 버셔나고ᄌ ᄒ나 뭇도젹이
     옹위할 쑌더러 슈ᄌ을 요동치 못ᄒ게 ᄒ엿시니 할길업시 비의 실여 가
     더니 ᄒ 고틱 다〃러 육지(陸地)의 나려 교ᄌ의 언져 살갓치 가더니
     난틱읍신 여ᄉ틱호(如山大虎) 슈십마리 고함ᄒ고 늬다르니, 도젹이 틱
     경ᄒ야 뉴씨을 바리고 남긔 올나 보니 뉴씨을 업고 가난지라."
3) "다른 허다 셜화난 고ᄉᄒ고 그틱 게모 뉴씨 젼싱 혐의 잇셔 그틱을
     히쳐 외가로 보닌 후 남히 도젹의게 줍펴갈 졔 실영을 식켜 다려다 긔과쳔
     션ᄒ야 보닉니 부틱 젼혐을 싱각지 말고 친모갓치 셤겨 안과ᄒ라. 부틱
     명심ᄒ야 닉의 교훈을 져비(바)리지 말나. …(中略 1)… 약 두긔난 뉴씨
     ᄉ지의 바르고 회싱산 두 쳡만 머기면 여젼ᄒ리라 ᄒ엿난지라. …(中略
     2)… 승샹「이」 그 쓰졀 씨닷지 못ᄒ고 션싱이 보닉신 흠을 열어 보니,

　　게모 뉴씨 눈물을 먹음고 자난다시 사지을 모으고 누워 죽어난지라. 밧비 그 스연을 부친게 고ᄒ고 일변 뉴씨의 몸을 들어닉여 뉘운 후의 보니, 흠 안의 환약 두 기 잇거날 션싱의 말슴딕로 ᄒ니 과연 뉴씨 스지을 츠〃 펴며 졈〃 회싱ᄒ야 자다 ᄭᅵ난 모양으로 흡품을 ᄒ며 일어나난지라."

　'쇼동(곧 여동선임)과 젼싱(前生) 혐의(嫌疑) 즁간' 있는 유씨에 의해 촉발된 고통은 여동선과 그 부친에게 쉽게 지워지지 않을 傷痕으로 남기에 족한 것이었다. 사실 어동선은 살해의 위기에 처해지기도 하였고, 나아가 그 부친의 경우 장인걸에 사로잡혀 온갖 고생을 겪던 중, 정체 탐색이 있기 전에는 베어질 운명에 놓여 있기도 하였다. 그만큼 유씨에 의해 그들 부자에게 가해진 일련의 고통은 현실적인 중압감을 주기에 충분한 것이었다. 그러기에 뒷날 미색에 탐닉한 장인걸에게 유씨가 사로잡혀 가던 중 '난딕읍신 여슨딕호(如山大虎) 슈십 마리 고함ᄒ고 닉다르니, 도젹이 딕경ᄒ야 뉴씨를 바리고 남긔 올나 보니 뉴씨을 업고 가'는 문면은 어느 면 악을 쌓은 유씨 부인에 대한 응분의 처벌로 당대인들에게는 충분히 수용 가능한 것이었다. 그러나 〈여동선전〉의 작가는 이에 대한 당대인들의 수용 지평을 천상적 질서라는 보다 심원한 가치 체계로 쉽게 전환시키는 자세를 드러낸다. '실영을 식켜 다려다 긔과쳔션ᄒ야 보닉니 부딕 젼혐을 싱각지 말고 친모갓치 섬겨 안과ᄒ라. 부딕 명심ᄒ야 닉의 교훈을 져비(바)리지 말나.'는 문면이 바로 그것이다. 이는 곧 이제까지의 부정적이었던 면모로부터 일탈된 계모로 다시 소생하는 가운데 그녀에 대한 가족 성원들의 호의적 태도가 갖추어진다는 점에서 그 점 익히 확인된다고 하겠다.

2) 〈여동선전〉에 나타난 인물 형상

〈여동선전〉에 나타나는 인물군들 가운데 우리의 관심을 끄는 인물로 장인걸과 그를 사로잡기 위해 여동선에 의해 마련된 미인계의 책략으로 동원된 기녀 설매를 들 수 있다. 먼저 장인걸의 경우를 간략히 살펴보면, 그는 지나칠 정도-홍추월에 대한 약탈과 실패, 동선의 계모 유씨 부인에 대한 약탈과 실패, 기녀 설매의 미모에 빠져드는 데서 드러나는-로 호색하여, 모사 조천의 간언을 물리치고, 설매의 꾀에 빠져 그를 죽이고 마는 우둔한 인물로서 그려지고 있다. 그는 결국 설매를 이용한 미인계에 빠져 패몰하는 인물에 불과한 것이다. 그러나 우리가 주목하는 부분은 바로 다음 부분이다. 악양누 놀음에서 설매를 처단하지 않는 연유를 밝히며 스스로 목숨을 끊는 데서 드러나는 장인걸의 이색적인 면모는 우리의 충분한 관심을 불러일으킨다. 해당 예문을 제시해 이해를 돕기로 하자.

> "…(前略)… 셜미야, 너도 나라을 위ᄒ야 나을 이리ᄒ니 사직당연ᄒ나 충효열은 일반이라. <u>나라넌 위ᄒ니 츙셩일연이와 열녀난 되지 못ᄒ니 가쇼롭다.</u> 니 죽기난 오날 죽건이와 승피난 병가의 상사요, 사람이 셰숭의 일싱일ᄉ난 면할 지 읍난이 니 평싱의 흔이 쳔ᄒ미식을 다리고 놀기을 원ᄒ다가 셜미 너을 맛난 후로 주쇼의 잘 놀다가 오날 예 와 망종 놀앗시며 <u>너을 니 주먹의 파쇄ᄒ여 죽이면 셜분이 될연이와 너을 죽여셔난 니의 혼빅을 붓칠 고지 읍기로 살여두니 ″ 후라도 잇지 말면 츙신 되고 열녀 될이라</u> ᄒ고 제 칼노 자결ᄒ난지라." (밑줄: 필자 표시)

한편 기녀 설매의 형상 또한 우리의 주목을 끌기에 족한 것으로 보여진다. 해당 예문을 들어 이해를 돕기로 하자.

　　"셜미 할님게 비복 쥬 왈 쇼녀 비록 도젹을 졉어시나 이난 부모지국을 위ᄒ미련이와 ᄯ흔 셰승의 용납지 못홀 몸이 되온이 흘님은 쇼녀을 장 인걸 버인 칼노 목을 버혀 훗 ᄉ람의 힝실을 두게 ᄒ옵쇼셔. <u>제 비록 도젹이나 쇼녀 임의 셥겨ᄊ오니 ᄯ흔 지아뷔라. 유아유사ᄒ엿스오니 쇼 녀 웃지 살고자 ᄒ올잇가.</u> 쇼녀난 요망ᄒ온 기집이뇨, 져난 역시 남즁호 걸이여날 간사이 죽여ᄊ오니 쌜이 머리을 버혀 누츄ᄒ온 승명을 후세의 젼치 마옵쇼셔 울며 고쳥ᄒ니"　　　　　　　　　(밑줄: 필자 표시)

　　설매에 의하여 구현되는 이러한 인물 형상의 남다름은 뒷날 좌상이 된 여동선으로 하여금 상(上)에게 그녀의 '충열을 혈로'해 줄 것을 청 하게 되고, 이에 상이 '즉시 설매로 충열문의 성명을 올려 천하에 아름 다운 말을 알게' 한다는 결과를 낳는 원동력으로 작용하는 것으로 여 겨진다. 한편 여기서 설매에 의하여 진술되는 언명과 그녀가 미인계 를 책략으로 베푼 여동선의 꾀에 선뜻 응하여 그 일을 성취시킨다는 모습 등에서 나라의 어려움에 대해 기녀 신분이면서도 적극적으로 나 서 그것을 덜어버렸던 역사적 인물형―예컨대 논개형, 계월향형 인물 등― 과의 만남을 상정하는 것은 필자만의 편벽된 느낌에 불과한 것일 까?

4. 맺는말

　　본 소론의 궁극적인 목적은 어디까지나 아직 학계에 소개된 적이 없 는 〈여동선전〉의 실상을 온전히 전하는 데 있었다. 따라서 이 작품에 대한 본격적인 접근은 아직 이루어지지 않았다는 한계를 지닌다. 여 기서는 다만 해제적 차원에 불과한 것이기는 하지만, 필자는 앞에서

〈여동선전〉의 값어치를 크게 다음 두 가지 점에서 파악해 보았다는 점만을 밝혀둔다. 곧 〈여동선전〉의 지배 원리로서의 천상적 질서의 체현과 화해 지향성, 그리고 작품에 나타나는 두 주목할 만한 인물 형상, 즉 장인걸과 기녀 설매에게서 나타나는 그 점이야말로 바로 〈여동선전〉을 일반적인 영웅소설과 구별되게 하는 〈여동선전〉의 참된 가치라는 점만을 우선 지적해두는 것으로 소론을 마치고, 이에 대한 본격적인 접근은 뒷날의 과제로 남겨 둔다.

▶ 부록: 〈여동선전(呂童仙傳)〉

[일러두기]

가. 원문이 파상된 부분은 □로 표시하였다.

나. 원문에서 분명한 오기로 여겨지는 부분은 ( )하고 바로 조정(措定)하였다.

다. 띄어쓰기 및 부호, 한자는 필자가 붙인 것이다.

라. 원문 옆에 (?)한 부분은 의미가 불분명한 것을 나타낸 것이다.

마. 원문의 한시 부분 가운데 미처 기워넣지 못한 부분이 있다. 이 점 뒷날을 미루어둔다.

녀동선젼

옛 디명 시졀 양듀 운빅동의 일위명환(一位名宦)이 잇시되 셩은 녀요, 일홈언 운상인이 쇼연(少年) 등과(登科)ᄒ야 벼사리 강노(閣老)의 당ᄒ미 부귀번화 불을게 읍시되 다만 연광(年光) 오팔(五八)의 실ᄒ(膝下)의 ᄌ녀 읍셔 비

록 죠졍(朝廷)의난 츙신(忠臣)이요, 여염(閭閻)의 열ᄉ(烈士) 만허 시화연풍
(時和年豊)ᄒ고 국퇴민안(國泰民安)ᄒ여 억죠층싱(億兆蒼生)이 흠포고복
(含哺鼓腹)으로 격양가(擊壤歌)을 일숨으나 강노 부〃난 무즈(無子)ᄒ멀 흔
튼ᄒ며 듀운(?)의 쓰지 읍셔 죠졍을 ᄒ직ᄒ고 양듀 운빅동의 낙향(落鄕)ᄒ야
승명(姓名)을 감쵸고 출입(出入)을 뎐폐(全廢)ᄒ여 흔가니 셰월(歲月)을 흥
(興)읍시 보닉더니 잇딕난 춘삼월(春三月) 망간(望間)이라. 순천(山川)의 봄
춘□□□□ 꼿 화죠요(1.a) 더북〃〃 풀빗치며 슈양쳔만ᄉ(垂楊千萬絲)난
가지가지 풀우넉고(푸르렀고) 도화만졀(桃花??)은 봉〃(峯峯)이 붉거시며
말근 노릭난 쇠골이 쇼릭요, 묘흔 춤은 봉뎝(蜂蝶)의 날기로다. 고목(枯木)남
근 다시 즘고(젊어지고 ?) 말은 슌빗(?) 살졋시니 즁〃일식은 녹음(綠陰)의
머무루고 경〃(耿耿)흔 풍광(風光)은 천승의 가득ᄒ니 길거온 즈난 더옥 길
거ᄒ고 슬푼 즈난 더옥 슬풀 씌라. 됴부인이 무즈ᄒ멀 일염(一念)의 흔(恨)이
되여 일년 호졀(好節)을 당ᄒ나 만ᄉ(萬事)의 무심(無心)ᄒ고 후사(後嗣)을
싱각ᄒ니 비회(悲懷) 전과(前보다) 빅츌(倍出)ᄒ야 거름을 두로ᄒ여 후당(後
堂)의 다〃르니 쎅의 남〃ᄒ난 년즈(燕子)더리 식기을 쳐 좌우의 안치고 셔
로 길기난지라. 부인이 견물싱심(見物生心)으로 이걸 보미 심회(心懷) 쳡〃
ᄒ야 시(1. b)비로 강노을 쳥ᄒ니라. 강뇌 즈식 읍심을 오미불망(寤寐不忘)
병이 되야 약츠(若此) 춘경가긔(春景佳期)을 당ᄒ나 경황(驚惶?)읍시 셔칙
(書冊)으로 쇼일(消日)ᄒ니 부인이 쳥ᄒ멀 듯고 급히 들어가니 부인이 눈물
을 흘이며 영졉ᄒ난지라. 강노 왈 "부인은 무슴 불평ᄒ미 잇습관딕 져딕지
과슝(過傷)ᄒ난잇고?" 부인이 읍누(泣淚) 딕 왈 "쳡의 쬐악(罪惡)이 과(過)
ᄒ오와 연긔(年紀) ᄉ십의 일기 혈뉵을 두지 못ᄒ오니 칠거(七去)의 맛당ᄒ
오되 관인후덕(寬仁厚德)으로 지금가지 보죤ᄒ오니 더옥 불펼(평)ᄒ옵더니
오날 우연이 비회 나옵기예 두로 빅회ᄒ야 후당의 가온즉 여러 지비(제비)더
리 식기을 전후의 안치고 □□□□□ 승낙ᄒ오니 져 무지하온 식짐□(2.a)□
□ 식기을 두워 졔 죠종(祖宗)과 후ᄉ(後嗣)을 끈치 안커날 ᄒ물며 쳡은 슴직
의 동춤ᄒ오니 웃지 부즈뉴친(父子有親)과 젼즈젼손(傳子傳孫)ᄒ난 스리을

모로잇가마난 젼싱의 죄악 잇삽던지 지우금(至于今) 싱산을 못ᄒ오와 녀씨
쳥덕(淸德)이 불쵸ᄒ온 첩의게 와 ᄯᅳᆫ케 되오니 무슴 면목으로 살고ᄌ ᄒ올잇
가? ᄌ격지심(自激之心)이 싱불여ᄉ(生不如死)오니 군ᄌ난 악첩을 싱각지
마옵고 현찰(賢哲)ᄒ 슉녀을 으더 귀ᄌ을 두워 문호을 보젼ᄒ오면 첩이 ᄉ후
(死後)라도 ᄒ이 읍실가 ᄒ나이다. 군ᄌ을 쳥ᄒ옵기난 금일로 영결ᄒ올진니
망첩의 쇼원을 져바리지 마옵쇼셔” ᄒ며 무슈히 슬허ᄒ거늘 강뇌 쳥파(聽罷)
의 불승가련(不勝可憐)ᄒ야 십분(2.b) 위로 왈 “부인은 ᄌ격지심으로 그러ᄒ
건이와 오흘여(오히려) 모루도쇼이다. 녀필죵부(女必從夫)라 ᄒ오니 ᄌ식 뉴
무난 다 ᄂᆡ의 팔ᄌ 쇼관이거늘 편협히 싱각ᄒ오니 ᄂᆡ의 마음이 불안ᄒ여이다.
고셔의 일으기을 젹션지가(積善之家)의 필뉴녀경(必有餘慶)이요, 지셩쇼도
(至誠所到)의 금셕(金石)을 ᄯᅮ룬다 ᄒ엿ᄉ오니 우리 가신이 옛젹 도듀(陶朱)
의돈(猗敦)과 셕슝(石崇) 왕ᄀᆡ(왕개)의게난 비(比)치 못ᄒ오나 ᄯᅩᄒ 슈만금
이오니 만일 불힝ᄒ야 ᄌ식을 죵시 두지 못할진듸 불쇼(不少)ᄒ온 직물을 젼
할 고지 읍ᄉ오니 〃후의 허실(虛失)ᄒ올진듸 ᄎᆞ라리 젹션과 슌쳔의 공이나
두워 발원졍셩(發願精誠)이나 ᄒ여 보ᄉ이다. 칠십싱남 일넛시며 옛날 슉□
□(슉냥흘)이 그 안히 안씨로 더부러 이구신의 비러(3.a) □□□을 나핫시니
그난 바라지 못ᄒ련이와 쳔힝(天幸)으로 축원후(祝願後)의 ᄌ식을 두오면 쳘
원훈 심ᄉ을 풀고 그럿치 못ᄒ올지라도 ᄂᆡ두(內頭)을 보ᄉ이다”. 하고, 이날
노 직물을 훗터 불승훈 ᄉᆞ람를 구ᄒ고 명슨듸쳔(名山大川)을 ᄎ져 무슈히
긔도ᄒ며 셰월을 보ᄂᆡ더니 강뇌 츈쥰(?)의 반취(半醉)ᄒ야 쵸당 일침의 누워
줌간 죠흐더니 쳔승으로 일원션관(一員仙官) 학(鶴)을 타고 강노 압픠 나려
와 이로듸 “승제(上帝)계옵셔 그듸을 명쵸(命招)ᄒ시니 밧비 가ᄉ이다”. 강
뇌 황망히 답에(答禮)ᄒ고 션관을 싸라 흔 고듸 다〃르니 말리(萬里) 은ᄒ슈
(銀河水) 우의 십이옥누(十二玉樓)을 외〃이(嵬嵬이) 지엿고 여러 션관이
시위(侍衛)ᄒ여난지라. 강뇌 십분 죠심ᄒ야 옥게ᄒ(玉階下)의 일으러 비복
(拜伏)ᄒ온(3.b)듸, 승제 가라ᄉᆞ듸 “네 젼싱의 즁죄(重罪) 잇기로 젹ᄒ인간(謫
下人間)ᄒ야 셰상의 용납못할 여가(呂家)의 불효ᄌ(不孝子)을 되게 ᄒ엿더

니 근간(近間)의 들은즉 기과천슨(改過遷善)ᄒᆞ야 젹슨(積善)을 죠와ᄒᆞ고 무
ᄌᆞᄒᆞ멀 원(怨)ᄒᆞ야 천지일월(天地日月)의 축원을 흔다 ᄒᆞ니 ᄒᆞ날이 비록 노
푸나 ᄂᆞᆺ게 듯기 얼엽준코 귀신이 명〃ᄒᆞ나 은밀흔 일 아난 고로 네 말을 드을
진이〃졔 불우기난 일기 귀ᄌᆞ 쥬워 녀가의 후스도 스쇽ᄒᆞ고 훗스람을 효측케
ᄒᆞ난니 부듸 귀이 길너 천위(天意)을 어거지 마라". ᄒᆞ시고, 흔낫 션동을 불너
가라ᄉᆞ듸 "졔 녀운슝과 너와 부ᄌᆞ 인연을 증(定)ᄒᆞ여시니 ᄲᆞᆯ이 ᄯᆞ라가라".
션동이 복지(伏地) 듀(奏) 왈 "천의을 웃지 항거(抗拒)ᄒᆞ올잇가마난 져 녀
아모의 후쳐가 쇼(4.a)동과 젼싱(前生) 혐의(嫌疑) 줌간 잇스온즉 이졔 ᄯᆞ라
가오면 그 희(害)을 볼 덧ᄒᆞ오니 황슝은 ᄒᆞ졍(下情)을 살피옵쇼셔". 상졔 갈
아ᄉᆞ듸 "그난 ᄌᆞ연 구홀 도리 잇슨니 ᄒᆞ려말며, 자고로 세상의 나년 스람이
다 흔 ᄶᆡ 고익(苦厄)은 인난니 ᄎᆞ역천증(此亦天定)이라. ᄲᆞᆯ이 가라". 션동이
강노을 인도ᄒᆞ난지라. 강뇌 망극(罔極)흔 천은(天恩)을 축스ᄒᆞ고 션동을 ᄯᆞ
라 천문 박결(밖을) 나오니 잇듸 구면목(舊面目) 션관더리 강노을 젼숑홀ᄉᆡ,
오즉교슝 광흔젼의 올나 셔로 위로 왈 "그듸 천슝의 잇슬 ᄶᆡ 우리와 이 고듸
의셔 축일(逐日) 놀어더니 흔번 젹ᄒᆞ인간 후로 천양이 현슈(顯殊)ᄒᆞ야 슝봉
ᄒᆞ(홀) 길 읍더니 오날 슝봉언 실노 몽외(夢外)로다". 강뇌 답예하고 공경 문
왈 "닉가 무슴 죄로 인간으 귀양을 가나잇가?" 션관더리 답 왈 "아모 시졀
(4.b) 견우직녀 셩혼날의 군(君)으로 목안ᄌᆞ비을 니엿더니 희롱(戲弄)이 과ᄒᆞ
민 상졔 노ᄒᆞᄉᆞ 존젼의 무엄불경지죄(無嚴不敬之罪)로 '인간의 젹거(謫居)
ᄒᆞ야 불효의 구셜을 면치 못ᄒᆞ게 ᄒᆞ라' ᄒᆞ시미 우리등은 그ᄶᆞ을 당ᄒᆞ야 천위
(天威) 지엄ᄒᆞ시기로 뉴구무언(有口無言)ᄒᆞ와 슈〃방관(袖手傍觀)ᄒᆞ며 화
덕진군(火德眞君)을 불너 그듸 죄(罪)을 감(減)ᄒᆞ야 녀씨의게 지시ᄒᆞ여더니
오날을 당ᄒᆞ야 귀ᄌᆞ을 으더가니 듸힝(大幸)ᄒᆞ도다". ᄒᆞ며, 셔로 도라보와 왈
"젹연(積年) 이별흔 고인(故人)을 상봉ᄒᆞ야 그져 ᄯᅥ나기 홀〃ᄒᆞ니 무슴 셔회
(敍懷)을 줌간 ᄒᆞᄌᆞ". ᄒᆞ고, 구〃팔십 일광노난 일천연 천도로 안쥬노코 군슨
의 죠흔 슐을 일비〃〃부일비(一盃一盃復一盃)을 권ᄒᆞ고, 팔구칠십 이슨이
난 이슈즁□ 빅노듀의 안기싱(安期生) 젹숑ᄌᆞ(赤松子)로 쇼일(消日)ᄒᆞ던 바

독을 벌(5.a)여노코, 칠구뉵십 슴노공은 슴군호쇼 오른 말로 흔픽공을 권ᄒ던 인의을 셜화ᄒ고, 뉵구오십 ᄉ쳔왕은 ᄉ희지닉 충싱더를 ᄉ시로 의논ᄒ야 화복(禍福)과 슨악(善惡)을 공편으로 졍감ᄒ고, 오구ᄉ십 오ᄌ셔난 오복의 슈가 읍셔 오강ᄉ 빅마죠의 오ᄉ(誤死)흔 원(寃)을 슬어ᄒ고, ᄉ구슴십 뉵숀이 난 뉵화진의 잘분 지죠 졔갈양(諸葛亮) 팔진중(八陣中)의 뉵신이 죽을 쎈흔 병법을 의논ᄒ고, 슴구이십 칠연흔(七年旱)의 승임의 비을 비러 빅셩 구ᄒ던 은왕 셩탕은 승덕(聖德)을 평논ᄒ고, 이구십팔 ″션녀난 팔일무(八佾舞)의 고은 틱도 가무(歌舞)로 위로ᄒ고, 일구 ″천봉은 구듀을 편답ᄒ야 죠화을 능히 ᄒ난 위엄을 토셜흘 졔 졍회을 못다ᄒ야 쳔계오명ᄒ니 여(5.b)러 식ᄍ 션관의 황졍경의 오난 쇼릭의 ᄭᅵ다르니 침상편몽(寢上片夢)이라. 황홀심ᄉ(恍惚心思)을 졍(定)치 못ᄒ고 몽ᄉ(夢事)을 긔녹ᄒ야 닉당으로 들어가더니 잇다 부인이 ᄉ충얼 여러노코 ᄉ천의 노난 물식을 증금ᄒ니 황금갓탄 쇠골리난 녹음간의 북질ᄒ니 버들실을 졍이 ᄶᅡ고 빅셜갓탄 나븨덜은 흥화중의 치식되야 곳닙식의 슈을 노니 나도은 져 실과 져 치식으로 노닉자의 반의지여 실하 ᄌ미얼 볼이요. 마음이 ″예 밋치미 일편단심의 일만 근심 실마리언 버들가지와 갓치 흣트러지고, 두워줄 눈물을(은) 써러지난 곳숑이을 ᄯᅡ러 나금의 념식ᄒ엿도다. ᄒ념읍난 탄식으로 분벽을 의지ᄒ야 일ᄶᆼ호졉이 뉴″히 나러드러 즘(6.a)간 죠ᄒ더니 쳔승으로 일위션관이 나려와 강노을 다리고 가난지라. 부인이 혜오딕 이난 분명 우리 무ᄌ흔 죄로 빅듀(白晝)의 ᄌ버가도다 ᄒ야, 션관을 붓들고 익걸 왈 "강노난 무죄ᄒ오니 쳡을 즙어가쇼셔". 션관이 월픽셩관(?)을 숙이고 딕답읍시 가난지라. 부인이 낙담ᄒ야 ᄒ날을 우러「러」 빌어 통곡ᄒ더니, 강뇌 흔드러 씨워 왈 "부인은 무슴 일노 우난잇가?" 부인이 놀나 일어 공경 딕 曰 "몽식(夢事) 약차ᄒ옵기로 우려나이다". 강뇌 ᄯᅩ흔 몽사을 셜화ᄒ「고」 일월을 보닉더니, 부인이 홀연 잉틱ᄒ야 십삭이 ᄎ믹 일″은 가닉의 쇠기(瑞氣?) 영농ᄒ며 무슴 쇼릭 공중의 셰번 나며 일긔옥동을 슌산ᄒ거늘, 강뇌 아희을 살펴보니 표일(飄逸)흔 모양과 비범흔 골격이 몽중의 보던 션동(6.b)과 방불흔지라. 심중의 딕열과망(大悅過望)ᄒ야 일홈을 동션

(童仙)이라. 장듕보옥(掌中寶玉)으로 길너 오륙셰의 당ᄒᆞ미 동선의 지예 총명예지ᄒᆞ야 문일지십(聞一知十)ᄒᆞ기로 시셔을 가라치미 ᄒᆞᆫ번 들으미 능통ᄒᆞ고 언어동지(言語動止)와 인ᄉᆞ쇼견(人事所見)이 남듕의 쎄여나니 ᄎᆞ쇼위(此所謂) 유아호걸(幼兒豪傑)이라. 강노 부ᄱᅥ 노릭(老來)의 약츠ᄒᆞᆫ 귀ᄌᆞ 두워시니 전의 탁(탄)식으로 지닉다가 곳ᄱᅳ지 자미을 보니 그 깁분 마음이야 웃지다 말노 다 그록ᄒᆞ리요. 쥬쇼(晝宵)의 우슴으로 지닉더니 부인이 말닉(晩來)의 복이 과듕ᄒᆞ야 일죠득병(一朝得病)의 빅약(百藥)이 무효로다. 회츈(回春)할 길 젼혜 읍셔 강노을 딕ᄒᆞ아 이로딕 "ᄉᆞ람의 팔자와 싱ᄉᆞ난 ᄒᆞᆫ날이 증ᄒᆞ신비라. 웃지 일역(人力)으로 할이요? 첩이 젼ᄉᆞ을 싱각ᄒᆞ면 이졔 죽어도 ᄒᆞᆫ이읍건이(7.a)와 ᄉᆞ람의 욕심이 지리ᄒᆞᆫ지라. 아ᄌᆞ(兒子)의 셩취을 보지못ᄒᆞ니 여ᄒᆞᆫ(餘恨)이 집ᄉᆞ온덜 막비신운(莫非身運)을 웃지 ᄒᆞ올잇가? 군ᄌᆞ난 망첩를 싱각자(지) 마르시고 무모동션(無母童仙)을 잘 길너 첩의 명목지ᄒᆞᆫ(瞑目之恨)이 읍게 ᄒᆞ쇼셔". ᄒᆞ며, 동션의 숀을 즙고 뉴쳬(流涕) 탄식 왈 "닉 너을 으드미 깁분 심ᄉᆞ을 비할 셔 읍더니 죠물이 시긔ᄒᆞ고 슈복(壽福)이 그만이라. ᄉᆞ경(死境)의 일으럿시니 너난 죽난 어미을 싱각지 말고 외싹 부친을 효셩으로 셤겨 안과평싱(安過平生)ᄒᆞ라. 인간에 져문 숀이 일 말이 즈거로다". ᄒᆞ고, 인ᄒᆞ야 별셰ᄒᆞ니 강노의 망측함과 동선의 모양이야 웃지 다 셜(형)언ᄒᆞ리요. ᄉᆞ자(死者)난 불가부싱(不可復生)이라. 상예을 갓초와 안중ᄒᆞ니라. 슬푸다! 동션이 비록 뉴셰나 효셩이 딕슌(大舜)과 증ᄌᆞ(曾子)게 비할지라. 죠(7.b)셕(朝夕)으로 모친 궤연(几宴)의 통곡ᄒᆞ니 뉘 안이 충찬ᄒᆞ며 불상타 안이할요? 강뇌 츰아 그 모양을 보지 못ᄒᆞ야 동션을 불너 일오딕 "나난 너만 밋고, 너난 날만 밋넌딕 져딕지 슬허ᄒᆞ니 ᄱᅥ목의 견딕지 못홀 비라. 죽어 모로미 올타". ᄒᆞ고, 이 날노 식음을 젼폐ᄒᆞ니 동션 놀나 지셩으로 비러 왈 "쇼직 다시넌 안이ᄒᆞ올 거시니 무모쇼자(無母小子)을 보와 염예치 마옵쇼셔". 강뇌 다시 일오딕 "일후의 다시 그리ᄒᆞ다난 절단코 부지불목(父子不睦)ᄒᆞ리라". ᄒᆞ고, 셔로 의지ᄒᆞ야 날과 밤을 보닉더니 강노의 원근친척이 다 모와 강노을 권ᄒᆞ야 왈 "이졔 즁도(中途)의 환거(鰥居)ᄒᆞ미 불가ᄒᆞ고, 또 무모동션이 의탁

이 읍스니 속히 仝친 줄을 이셔 일윤(人倫)의 편벽되미 읍게 ᄒ라".(8.a) 강뇌 일오디 "닌덜 모로요마난 자고로 볼지라도 게모(繼母)의 젼실 ᄌ식을 투긔가 죵 〃 ᄒ지라. 이런 고로 디슌갓트신 효셩도 게모의 ᄒᆡ(害)을 면치 못ᄒ엿고, 강혁(강혁)갓튼 사람도 게모의 춤쇼 맛나시며 ᄉᆡᆨ게ᄉᆞ(色界上)의 영웅열ᄉᆞ(英雄烈士)가 읍다 ᄒ엿시니, 닉 만일 쇽현(續絃)ᄒ야다가 인심을 난측이요, 가운을 뉘 알이요. 져 무모동션을 투긔ᄒ거더면 이목의 춤아 보지 못할 바요. 닉 마음이 쏘 고혹ᄒ야 졔가을 못ᄒ면 셰숭의 용납을 못할지라. 고인덜도 후쳐의 혹ᄒ야 ᄌ식 박디흔 이가 간 〃 유지(間間有之)ᄒ니 〃난 젼감(前鑑)이 될지라. 후취(後娶)할 의ᄉᆞ ᄌ연 ᄌ근이 권치 말라". 동션이 부친게 나아ᄀᆞ 엿ᄌᆞ오디 "ᄉᆞ람마다 웃지 젼실 ᄌ식을 투긔ᄒ올잇가? 젼(8.b)실 ᄌ식을 난 ᄌ식보다 더 잘 질으넌 ᄉᆞ람도 읍지 안이 잇ᄉᆞ오니 현찰ᄒᆞᆫ 게모을 드러 무모쇼ᄌᆞ을 의지ᄒ게 ᄒ옵쇼셔". ᄒ며 울며 날노 권ᄒ니, 강뇌 동션의 졍상을 싱각흔즉 ᄉᆞ셰 그러할 듯ᄒ여 측흔 혼쳐를 구ᄒ더니, 흔 ᄉᆞ람이 일오디 "쳥듀양쥬춘 흔 ᄉᆞ람이 쌀을 두고 ᄉᆞ회을 가린다". ᄒ거늘, 강뇌 즉시 미파을 보닉여 쳥혼한즉 그 ᄉᆞ람의 승명은 뉴쳔ᄉᆡ라. 무남독녀을 두워시되 인물과 직질이 츌즁ᄒ고 겸ᄒ야 가셰 부요ᄒ나 다만 지체(地體) 부죡ᄒ기로 문벌 죠혼 ᄉᆡ회을 심방ᄒ더니 녀강노의 통혼을 보고 깃거ᄒ야 즉시 택일ᄒ야 보닉엿거늘, 강노 길일을 당ᄒ야(9.a) 교비 일모의 신인(新人)을 디ᄒ니 고흔 얼골은 명ᄉᆞ의 ᄒᆡ당화가 셰우즁의 년 〃 이 불거시며 가는 허리난 게변(溪邊)의 약흔 버들이 바람을 못이그여 요 〃 이 풀우넉고(푸르렀고), 셤셰흔 눈셥은 쏫보고 나난 나븨가 쳥순의 날이을 펴 팔즈을 일우워시며, 명낭흔 눈은 ᄉᆡ벽 ᄒᆞᆯ날의 ᄉᆡ난 빌(별?)이 벽히의 빗쳐시며, 방졍흔 닙슈월(입술)은 쥬ᄉᆞ을 읍시보고, 슈원흔 귀밋쳔 긔난 쏘각 구름이 낙죠(落照)의 걸여시니 진쇼위(眞所謂) 평ᄉᆞ(平沙)의 낙안(落雁)이요, 폐월슈화지틱(閉月羞花之態)라. 요라졍슌ᄒ니 강뇌 심즁의 과망ᄒ(흔)지라. 빅양으로 우귀(于歸)ᄒ니 강노의 족속이며 일이향당(隣里鄉黨)이 뉘 안이 층춘할이요. 뉴씨 강노 집의 와 본즉 빅ᄉᆞ 구비ᄒ야 아무것도 불안흔(9.b) 빅 읍시되, 동션이 너머 총명ᄒᆞᆯᄆᆡᆯ 혐의ᄒᆞᆫ나 강뇌 익즁

ᄒᆞ미 박뒤을 못ᄒᆞ고 외친ᄂᆡ쇼(外親內疎)ᄒᆞ며, 강노의 긔식을 보와 노쇼친척
이며 원근일니와 상ᄒᆞ노복을 화목ᄒᆞ고 인의ᄒᆞ니 강노도 신지무의(信之無疑)
ᄒᆞ고 타인도 ᄉᆞ랑ᄒᆞ야 기리난 쇼리 ᄌᆞ〃ᄒᆞ더라. 뉴씨 본시 심졍이 별노 악(惡)
지 아니ᄒᆞ나 동션은 벽히(癖히) 보기 시려 고흔 얼골을 가다듬고 보드라온
셔을(혀를) 언졍이슌(言正理順)ᄒᆞ게 놀여 강노의 마음을 두로 시험ᄒᆞ니, 강
뇌 후덕군ᄌᆞ연마넌 간증이 쳘셕이 안이여던 웃지 아니 혹할이요? 불과 슈월
지ᄂᆡ의 변통읍시 고혹ᄒᆞ지라. 젼의 그리 ᄉᆞ랑ᄒᆞ던 아ᄌᆞ 동션을 심슐이 보와
살피지 아니ᄒᆞ니, 뉴씨 마음을 동션의게 츅키 써도 동션(10.a)의 심ᄉᆞ가 불안
이 만을 씩, 부친은 븜연(泛然)ᄒᆞ고 계모난 미워ᄒᆞ이 신세 가장 곤궁ᄒᆞ미 비
창ᄒᆞᆫ 일신을 의지할 곳지 읍셔, 모친 궤연의 가 쥬야로 익통ᄒᆞ이 식음인덜
오즉할가? 먹지 못ᄒᆞ미 형용이 쵸췌(憔悴)ᄒᆞ야 옛 얼고리 읍더라. 뉴씨 됴흔
음식으로 강노을 공경ᄒᆞ며 동션을 참쇼ᄒᆞ야 일로듸 "음식을 쥬어도 먹지 안
코 계 모 궤연의 가 울며 ᄒᆞ난 마리 '부친은 아죠 잇고 계「모」난 미워ᄒᆞ이
모친은 홀영(魂靈)이 기시거던 계모을 읍시ᄒᆞ야 가도(家道)을 편케 ᄒᆞ랴'. ᄒᆞ
오이, 군ᄌᆞ 쇼견의 쳡이 무월 제계 악키(惡히)ᄒᆞ관듸 악담이 〃러ᄒᆞ오이 옛말
의 '악담 빅일의 언참(言讖)이 된다'. ᄒᆞ오이, 쳡이 남의 후쳐 되기도 원통ᄒᆞ옵
거날 악담이 약츠ᄒᆞ오이 남의 악담의 쥭난이 진즉 ᄂᆡ 숀으로 목슘을 ᄯᅳᆫ어
(10.b) 계 악담도 듯지 말고 가도〃 편이 함만 갓지 못ᄒᆞ「다 ᄒᆞ」고", 눈물을
흘이며 몸으로 좃차 칼을 ᄂᆡ여 ᄌᆞ슈코ᄌᆞ ᄒᆞ이, 강노 뉴씨 쇠예 ᄲᅡ져 살필 쥬를
모로고 놀나 말유ᄒᆞ여 왈 "부인은 염여말나. ᄂᆡ 이제 져를 집의 두지 아이ᄒᆞ리
라". 뉴씨 울며 듸 왈 "군ᄌᆞ의 말삼이 더욱 불가ᄒᆞ도쇼이다. 져을 집의 두지
안코 어듸로 보ᄂᆡ오리요? 쳡이 군ᄌᆞ의 건즐(巾櫛)을 밧든지 불과 발연(半年)
의 동션을 ᄂᆡ치오면 이난 허물리 다 쳡의계로 도라오리이 쳡이 편츠ᄒᆞ고 어린
아히을 어듸로 보ᄂᆡ오며 또 군ᄌᆞ의 졍체가 손상ᄒᆞ올지라. 일언폐지(一言蔽
之)ᄒᆞ고 쳡이 몸을 읍시ᄒᆞ오미 올토쇼이다". 강노 민망ᄒᆞ여 이로듸 "져을 ᄂᆡ
쳐도 타인 이목의 이쇼고연ᄒᆞ게 할 모칙이 잇시이 만집말고 안심ᄒᆞ라". ᄒᆞ고
즉시 동션을 부르이, 잇씩 동션이 부친게 혼졍신셩(昏定晨晟)을 ᄒᆞ(11.a)랴

ᄒ나 드러가딜 못ᄒᄆᆡ 모친 궤연의셔 날과 밤을 보ᄂᆡ다가 부르심을 듯고 밧비 드러가 모셔스이 반가온 마음이 도로여 비창ᄒ여 눈물 나리ᄆᆞᆯ 씌닷지 못할지라. 강녀 가로ᄃᆡ "전의 과이 스러 말나 이르으되 맛참ᄂᆡ 듯지 아이ᄒᆞ이 참아 보기 실리니 어무(어미) 보구시버 우난 마음 외삼촌을 보와도 죠금 죠흘 뜻하이 금일노 네 외가의 가 잇짜 오라". 동선이 중심의 혜오ᄃᆡ 이난 반다시 계모의 쥬의로다. 복지 ᄃᆡ 왈 "황공ᄒᆞ온덜 부명을 웃지 〃 체ᄒᆞ오릿가마은 모친의 쇼상(小祥)이 불원ᄒᆞ오니 년복 후의 가오미 웃더ᄒᆞ오릿가?" 강녀 ᄃᆡ칙 왈 "너난 ᄂᆡ 말을 ᄆᆡ양 좃지 안이ᄒᆞ이 ᄌᆞ식의 도리가 오른 일인야? 잡담말고 밧비 가라". 즉지(卽地)의 노ᄌᆞ 복셕을 불너 일봉 셔찰을 ᄂᆡ여 쥬며 왈 "공ᄌᆞ가 ᄆᆡ일 하 스러ᄒᆞ기로 외가로 보ᄂᆡ이 〃 편지을(11.b) 갓다 그 ᄃᆡᆨ의 드리고 네 구전으로 여ᄎᆞ이 ᄌᆞ상니 ᄒᆞ라". ᄒ고 써나기얼 직쵹ᄒᆞ이, 동선이 하릴읍셔 부친게 ᄒᆞ직ᄒ이, 강녀 다시 일너 가로ᄃᆡ "외가의 가셔 글 공부 심써ᄒᆞ야 결과(決科)을 ᄒᆞ여 가지고 오라. 만일 빅면(白面)으로 오다난 상면을 못ᄒᆞ리라". 동선이 봉명ᄒᆞ고 물너나 모친 졔쳥(祭廳)의 가 요란이난 우지 못ᄒᆞ고 쳬읍으로 일장이통 후의 뉴씨게 ᄒᆞ직ᄒᆞ이 뉴씨 불평한 모양으로 이로ᄃᆡ "너 부친이 우난 모양 ᄎᆞ마 보기 습다 ᄒ야 외삼촌 집으로 보ᄂᆡ이 외삼촌은 엄의 동싱이라. 어무 싱각ᄒᆞ야 슬푼 마음 외삼촌을 보와도 됴금 나을 터인니 편이 가 잇스면 네 지죠로 글 공부 심써 입신양명ᄒᆞ여 부모의 낫쳘 ᄂᆡ라". ᄒᆞ며, 됴금도 외친ᄂᆡ쇼ᄒᆞ난 긔식이 읍시이 좌우 보난 스람이 다 동선이가 잘못ᄒ다 ᄒ이 ᄎᆞ쇼위 "슈박을 것만 보고 좃타". ᄒ고, "관옥을 외(12.a)양(外樣)만 보와 보비라". ᄒᆞ미로다. 동선이 복셕을 압셰우고 모친 산쇼의 올나 일장통곡ᄒᆞ고 길을 써나가이라. 잇써 뉴씨 친정 ᄉᆞ촌 뉴쳘을 쳥ᄒᆞ야 빅금을 쥬며 왈 "동선이을 제 외가로 보ᄂᆡ이 중노의 가 이리 〃〃 ᄒᆞ라. 셩ᄉᆞ(成事)곳ᄒᆞ면 일후의 쏘 즁상을 쥬리라". 뉴쳘이 볼ᄂᆡ 마음이 착지 못ᄒᆞ야 오른 스람을 보면 미워ᄒᆞ고 악ᄒᆞ 일을 잘 힝ᄒᆞ난지라. 빅금의 욕탐(慾貪)ᄒᆞ야 뉴씨 지휘을 응낙ᄒᆞ고 즁노 쥬졈의셔 기다리다가, 동선을 보고 그즛 놀ᄂᆡ여 왈 "어듸을 가난다?" ᄃᆡ 왈 "외가의 가난이다". 뉴쳘이 왈 "나도 그 근쳐의 홍이ᄎᆞ(興利次)로 가던이 동힝이

죠토다". ᄒ고, 함ᄭᅵ 쥬졈의셔 밤을 지니던이 뉴쳘이 호련(忽然) 디통ᄒ야 죵야(終夜)토록 낫지 안코 졈〃(漸漸) 침즁(沈重)ᄒ야 동션다려 이로디 "니 병이 아마 회싱치 못할 ᄯᅳᆺᄒ이 복셕을 쳥쥬 니(12.b) 집의 긔별을 ᄒᄌᆞ". ᄒ고, 복셕을 불너 보닌 후 "병이 ᄎᆞ〃 낫다". ᄒ고, 동션을 권ᄒ여 왈 "니 병이 쾌ᄎᆞ ᄒ니 너도 예셔 여러날 머무지 말고 날과 함ᄭᅵ 가ᄌᆞ". ᄒ거늘, 동션이 왈 "복셕이을 기다려 가ᄉᆞ이ᄃᆞ". 뉴쳘이 왈 "외가을 갈진디 날갓튼 동힝을 바리고 헛노비을 쓸이요". 강잉ᄒ여 말게 티우고 쥬인다려 일오니 "쳥쥬 인마가 오거던 병이 즉ᄎᆞ 나셔 가더라 ᄒ고, 양듀 ᄒ인 복셕이 오거던 도로 가게 이르라". ᄒ며 말을 치쳐 가니, 칠셰 쇼아 웃지 그졀(拒絶)ᄒ리요? 말게 실여가더니 강변(江邊)을 당ᄒ민 뉴쳘이 불문곡직ᄒ고 동션을 말긔 나려 ᄉᆞ지(四肢)을 변통읍시 결박ᄒ야 물의 늘여ᄒ난지라. 동션이 디셩 문 왈 "무슴 일노 외슉은 일이ᄒ난잇ᄀᆞ?" 뉴(13.a)쳘이 왈 "네가 부모을 원망ᄒ니 〃난 불효라. 나을 원치 마라". 동션니 익걸 왈 "날을 권도(權道)로 살여쥬시면 장니 쳔금으로 갑ᄉᆞ오리다". 뉴쳘이 우워 왈 "장니 쳔금이 지금 빅금만 못ᄒ고 너를 살여두면 니난 양호유환(養虎遺患)이라". ᄒ고, 등의 돌을 지워 물의 집어더지이 동션이 할길읍셔 물 쇽의 드러가며 하날게 비러 왈 "무죄ᄒ온 동션이 셰샹의 난지 불과 칠셰의 만경창파 어복즁(魚腹中)의 무쥬고혼(無主孤魂)이 되온이 ᄒ날임은 이미이 죽난 쥬리나 아웁쇼셔. 어만이를 부르며 살여쥬쇼셔". 한덜 ᄉᆞ 아비가 ᄒ난 일을 죽은 어미가 웃지ᄒ리요? 슈즁(水中)의 드러 쇽으로 비난 마리 "멱나슈(汨羅水) 집푼 물의 굴삼녀(屈三閭) 고혼이며 오강상 빅마죠의 오ᄌᆞ셔의 원혼은(13.b) 무죄 동션을 구ᄒ쇼셔". ᄒ이, 〃난 뉴씨와 동션이 젼싱의 혐의보웅(嫌疑報應)이라. 가련ᄒᆫ 동션의 ᄉᆞ싱이 웃지 된고?

타셜(且說) 잇ᄯᅥ 유쥬ᄌᆞᄉᆞ 홍디업이 남경의 ᄉᆞ신 갓다가 오난 길의 돗쳘 놉피 달고 비을 급피 져허 ᄒᆫ 고디 다〃른이 물 쇽의셔 무삼 쇼ᄅᆡ 들이거날 ᄉᆞ공을 명ᄒ야 "그 연고을 아라보라". ᄒ여더이, 〃윽고 웃지ᄒᆫ 아희를 빗젼의 니여 뉘이거날 ᄌᆞ시 놀니여 ᄌᆞ상이 본즉 슈죡을 다 결박ᄒ고 닙으로 물을 토ᄒ며 졍신을 일헌난지라. 급피 약으로 구ᄒ야 반향의 호읍(呼吸)을 통ᄒ며

정신을 ᄎ리거날 자ᄉ 아희을 ᄌ상이 살펴 본니 긔골이 비록 어리나 비범ᄒᄆ
무러 왈 "웃지흔 아희관ᄃ 져 지경을 흐다?" 동선이 비로쇼 눈을 드러 공경
문 왈 "쇼동은 아무(14.a) 곳 ᄉ오며 승명은 녀동선이연이와 힝ᄎᆺ은 뉘시관ᄃ
죽은 인싱을 살리시난잇ᄀ?" ᄌᄉ 왈 "나난 뉴쥬ᄌᄉ연이와 무슴 일로 져리
흐다?" 동선이 ᄌᄉ난(라는) 말을 듯고 졉간 싱각ᄒ되 ᄉ단을 진실로 고ᄒ면
부모의긔 죠치 못할 광경이 잇슬가 ᄒ야 속여 ᄃ 왈 "월젼의 양친 부모을
일코 ᄉ고무친척ᄒᄆ 혈∥단신이 의퇴할 고지 업셔 약간 ᄌ물을 다 슈습ᄒ고
노복을 다리고 외가로 가옵더니 의외의 슈젹을 맛나 ᄌ물을 다 일습고 노복
다 물의 죽습고 쇼동언 이 모양으로 죽기만 바라고 물길을 좃ᄎ 가옵더니
천우신죠(天佑神助)ᄒ와 ᄃ인갓탄 활인공을 맛나오니 빅골이 되온덜 이 은
혜을 웃지 잇ᄉ올잇가?" 힝혀 눈물리 흘너 강슈을 보(14.b)틴난지라. ᄌᄉ 궁
칙ᄒ야 동선다려 왈 "외가을 간다 ᄒ니 외가은 어듸며 뉘요?" ᄃ 왈 "익쥬의
ᄉ난 시랑 베살ᄒ던 됴인셥 ᄃ이로쇼이다". ᄌᄉ 왈 "익쥬가 예셔 쳔여리라.
졀년 얼인 아희 ᄎ져가기 망연ᄒ니 아직 나을 싸러갓다가 일후의 ᄎ져가라".
ᄒ고, 즉시 비의 실어 뉴쥬로 도라와 ᄌᄉ을 갈고 셰샹 공명을 ᄒ직ᄒ야 셜양
촌으로 도라오니, 원ᄂ ᄌᄉ난 일녀일남을 두워시니 쌀의 일홈은 츄월이라.
그 모친 꿈의 가를(을)달이 품의 ᄊ여 보이기로 일홈ᄒ고 아ᄌ의 일홈은 황운
이라. 녀아의 나언 구셰요, 아ᄌ의 나흔 동선과 동연이라. 추월언 녀공(女工)
을 가라치고 황운과 동선은 학문을 심셔 가라치니 동선은(15.a) 본듸 쳔싱쳔
죠라. 시셔(詩書)을 일남쳑(쳡)긔(一覽輒記)ᄒ니 ᄌᄉ 더욱 짓거 긔츌(己出)
ᄌ식갓치 이휼(愛恤)ᄒ며 동선과 츄월의 상을 살펴 빅필을 삼고ᄌ ᄒ이 기간
의 셰월니 염∥ᄒ야 동선의 나히 십삼셰라. ᄌᄉ 일∥은 부인다려 왈 "동선을
다려온 졔 님의 육년이라. 장셩할슈록 비상흔 골격이 졉∥긔이ᄒ니 녀아와
셩혼ᄒ야 슬ᄒ의 두고 보미 웃더ᄒ온잇가?" 부인니 옹용 ᄃ 왈 "군ᄌ의 안목
ᄃ로 ᄒ시런이와 그 션셰 문벌을 모로온니 틴인 쇼시(所視)의 미안ᄒ여니다".
ᄌᄉ 우어 왈 "부인의 말슴도 올ᄉ오나 지체야 웃더ᄒ던지 ᄌ고로 왕후장싱
(王侯將相)이 씨가 읍난 비라. 비록 미쳔흔 후엘(後裔ㄹ)지라도 장ᄂ 귀이

되오면 지체 놉풀지이 부인은 닉의(15.b) 지감 읍심을 미리 혜치 말으소셔".
퇴일 셩예ᄒ기을 의논ᄒ더니 동션의 여악(餘惡)이 미진ᄒ고 홍쇼졔 죠별부모
(早別父母)ᄒ야 곤익을 격글 신슈라. ᄌᄉ 부々 ᄒ날 득병의 빅약이 무효ᄒ니
ᄌᄉ 부인다려 일오ᄃᆡ "우리 불힝ᄒ야 동일 득병의 회츈이 무긔ᄒ오니, 고셔
의 일으기을 사람이 오십은 요ᄉ(夭死)가 안니라 ᄒ온지라. 우리 나히 뉵십이
불원ᄒ니 슈의 요ᄉ지ᄒᆫ은 별노 읍ᄉ오나 말연의 ᄌ녀를 두워다가 ᄒ나도
셩예의 ᄌ미를 보지 못ᄒ고 ᄉ경의 당ᄒ오니 한이 되건이와 ᄎ역일역(此亦人
力)으로 못할 비라. 황운은 어리오나 츄월은 나히 임의 십오셰라. 동션과 셩예
코ᄌ ᄒ엿습더니 죠물이 시긔ᄒ고 슈복이 그만이라. 병(16.a)이 아마도 회싱
이 무긔ᄒ오니 비록 병즁이라도 동션과 녀아를 불너 츙등도 보고 빅연 가약을
우리 목견의 셩녜난 못할지라도 져의 승면이나 ᄒ엿다ᄀ 쳔힝으로 우리 병이
낫ᄉ오면 길녜를 후일의 힝ᄒ옵고 불힝할지라도 승연 후의 셩예ᄒ게 ᄒᄉ이
다". ᄒ고, 즉시 녀아며 황운과 동션을 불너 동셕의 안치고 녀아를 보와 왈
"너을 위ᄒ야 녀싱을 다려온 후 즉시 셩혼코ᄌ ᄒ나 피ᄎ 나히 어린 고로
이히 져히 ᄒ엿더니 불힝ᄒ여 우리 불ᄉ병를 으더시니 후회ᄒᆫ덜 막급이라.
오날 너와 녀싱과 승면ᄒ엿다ᄀ 승연 후의 예를 갓쵸와라". ᄒ시고 녀아을
명ᄒ야 녀싱의게 졀을 권ᄒ니, 쇼졔 아모리 슈괴ᄒ나 부친 엄(16.b)명이 병즁
의 이러ᄒ시니 감히 ᄒᆫ 말ᄉᆷ도 못ᄒ고 녀싱을 향ᄒ야 빈예ᄒ니 녀싱이 즁심의
미안ᄒ나 십분 공경ᄒ야 답예ᄒ고 셔로 좌졍 후의 눈을 들어 즘간 살펴보니
용용ᄌ약ᄒ야 녀틔의 진션진미즁(盡善盡美中)의 식덕이 겸비ᄒᆫ지라. 자사의
은덕을 암츅ᄒ더니 자싯 동션의 손를 줍고 일오ᄃᆡ "미ᄌᆡ(美哉)라. 그ᄃᆡ난 당
시 호걸군지라. 닉두의 반다시 죠션(祖先)를 빗닉린니 부ᄃᆡ 녀아와 황운를
잇지 말나". ᄒ며 부인를 도라보와 왈 "부인 쇼견의 웃더ᄒ온잇ᄀ?" 부인이
잇ᄃᆡ를 당ᄒ야 웃지 마음이 비충치 아니ᄒ리요. 경ᄉ을 보나 ᄉ경의 당ᄒᆷ
극히 이연ᄒ야 능히 말ᄉᆷ를 못ᄒ고 녀싱을 ᄌ싱이 볼 ᄯᆞ름이라. ᄌ싯 다시
동션과 녀아다려 일오ᄃᆡ "ᄌ고로 셰샹 사람의 팔ᄌ난 층양키 어려(17.a)온지
라. 그런 고로 공ᄌ난 딕승(大聖)이나 양호의게 욕을 보고 진ᄎ의 구ᄎ함를

맛나시며, 셔령이난 부〃 난듕의 실슌홀 씨 거울을 반파ㅎ야 가져다그 후일 숭봉의 신(信)을 슴어시니 너희 슴연 닉의 익운이 잇기 슈운지라". ㅎ고, 부셜 줍어 두 사람의 승명 사쥬며 봉셔를 써 각〃 연월 밋틱 망부난 셔호로라. 부용 은 셔호로라 ㅎ여 쥬며 왈 "간슈를 잘 ㅎ엿다가 이후 신를 슴으라". ㅎ고, 동션 을 보와 왈 "일후난 가듕빅만사(家中百萬事)를 녀싱을 미더 안과틱평ㅎ라". 부인은 으앙막켜 혼 말도 못ㅎ고 관광만 ㅎ다그 통곡 일셩으로 황운의 손을 줍고 왈 "여아난 어진 빅필을 졍ㅎ니 뉴혼(遺恨)이 즉건이와 너난 어이할고?" ㅎ며, 인ㅎ야 별셰ㅎ니 즈싱 또혼 듕탄 왈 "사람이 죽기의 당ㅎ면 측혼 말 (17.b)이 만타 ㅎ엿시나 허다 셜화를 갈 길리 밧븐 긱이 말을 틱강 혼다". ㅎ며 구몰ㅎ난지라. 황운 형졔와 노복이 망극ㅎ야 아모리 할 쥴 모로되 동션은 본 딕 〃의남즈(大義男子)라. 쵸죵을 예로 츠려 안즁ㅎ니 보난 지 츙츈안니리 읍더라. 동션이 황운을 다리고 외당의 거ㅎ야 가즁범빅(家中凡百)를 인의로 지휘ㅎ며 세월를 보닉더니 즈스 부〃의 죵승을 당ㅎ야 싱로이 이통ㅎ니 쇼졔 와 황운의 경승은 츠마 보기 슬푼지라. 잇틱 쇼졔의 나혼 십팔이요, 동션의 나흔 십뉵이라. 담졔 길졔 후의 셩예ㅎ기을 경영ㅎ더니,

각셜 강남의 흔 슈젹이 잇스되 승명은 증인걸리라. 아시(兒時)로부터 마음 이 크고 탐직호싴(貪財好色)ㅎ믹 향당이 다 훼원ㅎ니 도망ㅎ야 남히 슘즁 (18.a)의 들어가 도젹의 괴슈되여 불의을 힝ㅎ되 평싱 마음이 쳔ㅎ 일싴을 으더 두고 놀고즈 ㅎ야 두로 염탐ㅎ더니 뉴쥬즈스 홍딕업의 싸리 방연(芳年) 이 십팔이요, 아직 출가도 안이코 즈식이 당시 제일이라 함을 듯고 졔젹을 불너 의논 왈 "도즁(徒中)의 뉘 능히 슴간 집를 님으로 쑤여 늠난 지 잇난요?" 흔 도젹이 츌반(出班)ㅎ난지라. 다려 일너 왈 "홍딕업의 집을 츠져가 이 리〃〃ㅎ다가 약츠〃〃ㅎ라". ㅎ니 〃난 모스 죠쳔의 쐬라. 그 도젹이 즉시 셔나 홍즈스 딕를 츠져가니라.

타셜 잇틱 셜양쵼 빅셩과 즈스 딕 노쇼 인명이 일심이 되야 일월를 보닉더 니, 쵼즁의 괴변(怪變)이 잇시되 밤을 지닉고 본즉 집마다 용고싀을 벽기고 혹 벽도 쓸며 무슈히 죽난ㅎ니(18.b) 일쵼이 경아ㅎ야 슘어 본즉 슴경 후의

오치 영농흔 무워시 고이흔 소릭를 흐여 마을의 달여들어 횡힝흐거날 쇼릭을
흔즉 그거시 달여들어 사람을 무슈히 히치고 흔젹읍시 가미, 촌중이 쇼요흐야
밤의 줌을 일우지 못흐고 곡졀를 몰나 근심흐더니, 일〃은 흔 〈람이 동닉의
와 "졈을 줄 흔다". 흐고 문복(問卜)를 〈쳥흐거날, 동중이 모와 그 변을 문복
흔즉 그 〈람이 일오딕 "이난 달음이 안이라. 이 동닉 오리 박긔 〈 실영(神
靈)이 〃 동닉 무예(無禮)흐멀 노흐야 그러흐니 졍셩으로 〈졔(山祭)을 흐면
관겨치 아니흐리라". 동인(洞人)이 왈 "진실 그러흘진딕 무워시 어려우리요".
흐고 즉시 탁일를 쳥흐니, 졈직 일오딕 "아모 날로 〈졔를 흐되 남〈위명〈
(男子爲名者)난(19.a) 무론노쇼(無論老少)흐고 다 ㄱ셔 졍셩흐라. 만일 만홀
흐다난 이왕보다 변이 더흐리라". 동인이 허낙흐고 그 날을 당흐야 일촌이
남〈위명은 십셰 유아라도 다 가난지라. 잇딕 일촌이 동션다려 흠긔 가기을
쳥흐거날 동션이 헤오딕 졈을 집피 밋던 못흐나 동변이 여츠흘 져음의 졈〈의
말이 가 긔방흐고, 쏘 고셔의 '귀신은 공경흐여 멀리 흐라' 흐엿시며 '닙향슌쇽
(入鄕循俗)이라' 흐엿시니 명견은 못흐난 고로 황운을 다리고 동인를 싸라가
며 문 왈 "졈〈도 가난다?" 답 왈 "가나이다". 〈졔 고딕 다〃러 관광를 흐더
니 "졈직 읍다". 흐거늘, 동션이 의아흐야 동인다려 왈 "이난 반다시 도젹이
우리 일촌를 치우고 직물을 슈탐흐미니 밧비 가〈". 흐딕, 동인이 쏘흔 의
(19.b)심흐나 동션의 〃〈 너머 궁유흐멀 비양흐며 오더니, 과연 일동의 화광
이 등쳔흐고 직물를 도젹흐야 가난지라. 동션이 딕경흐야 나려와 본즉 여간
비복을 다 졀박흐고 셰간를 슈탐 중의 쇼졔 읍난지라. 졍신이 아득흐며 물은
즉 난딕읍난 도젹 슈빅명이 달여들어 쇼졔와 시비 츈민를 다려간난지라. 〈면
으로 살피나 간 고졀을 알 슈 읍셔 〈〈의 봉셔을 써여 보니 흐엿시되 "허다
셜화난 고〈흐고 아모 날의 변를 당할 거시니 츠질야 말고 황운과 어진 션싱
을 맛나 공부의 진취흐여 공명을 일우면 〈연 맛날 〃이 잇슬 거시니 부딕
명심흐라. 츠역 일시슈익인니 즁닉 일를 기달이라". 흐엿난지라. 명감을 탄복
흐며 노복을 불너 딕중을(20.a) 막겨 왈 "슈연 후의 올 거시니 〈쇼와 가〈을
츅실이 슈리흐라". 흐고 황운과 함긔 션싱를 츠〈가니라.

놀고ㅈ ㅎ나 평싱의 동고ㅎ던 우리 쇼졔난 슈쪽을 미여두고 길기오미 도리의
불가ㅎ고 또 쇼졔 음늘의 장단을 묘ㅎ게 치오니 민 걸 글너 쳡과 홈게 즘간
즁군(23.b)을 위로 후의 〃심이 나거던 도로 미라". ㅎ니, 인걸이 즉시 글너노
코 가무와 즁단을 직쵹ㅎ니 잇딕 인걸이 흥의 게워 졔격과 슐이 딕취ㅎ야
졔역(져亦) 노릭ㅎ며 우숨도 우스며 장단도 치난지라. 쇼졔 웃지 가무을 알이
요마은 도적의 욕을 면ㅎ랴 ㅎ고, 〃은 몸을 강잉ㅎ야 춤을 츄며 노릭ㅎ되
먼져 늬측편을 외오다ㄱ, 흔 곡죠 슬피 ㅎ니 그 쇼릭의 ㅎ엿시되 "구의봉의
구름 일고 황능묘의 두견 운다. 동졍호 달이 발고 쇼상강의 발암인다. 슬푸다.
홍쇼졔난 향흔다. 만경층파로다". ㅎ며 난간까의 당ㅎ믹 쇼릭을 크게 ㅎ여 왈
"츈미야 날 보와라". ㅎ고 물의 나려지니 잇딕 졔격이 노릭야 웃더ㅎ던지 쇼
졔의 고혼 틱을 즘심ㅎ야(24.a) 귀경ㅎ다가 물의 써러짐을 보고 달어가 구코
ㅈ ㅎ더니 츈미 쇼졔 죽음을 보고 급피 몸을 일어 셔편를 향ㅎ야 또 누의
써러지니 장인걸리 허희즁탄ㅎ고 졔 고즈로 가니라.

지셜 쇼졔와 츈미 물의 싸져 죽기만 바라더니 〃윽고 눈을 써보니 물은
읍고 일월리 명낭흔 별셰게라. 노쥬 셔로 붓들고 막지묘리(莫知妙理)ㅎ야 한
고딕 안져 동셔남북을 살피며 정신을 진정ㅎ더니 풍악 쇼릭 은〃이 들이며
슈쌍 션녀 쇼졔 압피 나려와 일오딕 "우리 낭〃 부인(娘娘婦人)이 쇼졔을
불으시니 밧비 가ㅅ이다". 쇼졔 답 왈 "나난 도적의 화를 피ㅎ야 물의 싸져건
이와 낭〃은 뉘신요?" 션녀 딕 왈 "가보시면 알거신이 ㄱㅅ이다". 쇼졔 즉시
츈미을 다리고 션녀을 좃ㅊ 흔(24.b) 고딕 다〃르니 쥬궁픽월(궐?)이 외〃ㅎ
고, 여러 부인더리 좌의 벌여거날 션녀 짜라 젼승의 올은이 그 즁 젼승 두
부인이 머리의 셩월 화관을 쓰고 몸의 용봉포을 닙고 손의 옥홀 쥬엿시니
위의 헌앙ㅎ야 보기 엄슉ㅎ나 옥갓탄 귀 밋틱 눈물 혼적이 완연흔지라. 쇼졔
십분 죠심ㅎ야 비예복지흔딕, 두 부인이 위로 왈 "나난 옛날 슌의 쳐 아황
녀영이라. 슌임군이 남으로 슌힝ㅎ다ㄱ 충오산의 일으러 붕ㅎ시미 우리 형졔
그 뒤을 좃쳐 쇼승강의 당ㅎ야 이통으로 쌕린 눈물을 일윗시미, 훗 ㅅ람이
승강 까의 ㅅ당을 셰워 일홈을 황능묘라 ㅎ고 승군을 층ㅎ며 갈 쌔가 읍셔

이 고딕 잇스미 기후의 졀기 잇난 열녀더리 이 고딕 모여(25.a)셔 셰월을 보늬더니 악가 들은즉 뉴듀 셜양촌의 홍쇼졔가 도젹의 화을 피ᄒ야 동졍호의 투신ᄒ다 ᄒ기예 동졍 용왕의게 통긔ᄒ야 구ᄒ여 늬리 보늬라 ᄒ여건이와 ᄎᆞ역쳔졍이라. 흔탄할 ᄇᆡ 아니 〃 이졔 슘연을 고슝으로 지늬면 죠흔 시졀을 보리라". ᄒ고 ᄎᆞ를 권ᄒᆞ되, 이윽키 놀닌 졍신을 말게 ᄒ며 좌우을 가라쳐 왈 "져난 위부인 쟝강이요, 져난 흔 무졔의 반쳡여요, 져난 죠픠왕의 우미인이라. 다 ᄶᆞᆨ을 맛나지 못ᄒ야 졀힝으로 죽어 이 고딕 모여 낭ᄌᆞ 갓탄 이을 각별 염문ᄒ노라". ᄒ고, 시아을 명ᄒ야 왈 "이 낭ᄌᆞ을 아모 딕로 보늬라". ᄒ며 쇼졔을 다시 보와 왈 "낭ᄌᆞ의 잉(익)운언 쳔졍이라. 이리로 슈십리을 가면 ᄌᆞ연 구할 스람이 잇슬(25.b)「거」시니 거긔 유ᄒ다가 죠흔 ᄶᆞᆨ을 당ᄒ야 몃 히을 안과팀 평ᄒ다ᄀᆞ 이리 모와 옛 일을 셜화ᄒ라". 쇼졔 쳥파의 일어 진비ᄒ고 스례코ᄌᆞ ᄒ더니 쥴염 나리난 쇼릐의 ᄭᆡ다르니 노쥬 셔로 붓들고 즘간즁의 비몽사몽이라. 쇼졔 츈믜다려 몽ᄉᆞ을 셜화ᄒ니 츈믜 딕 왈 "상강 실영이 쇼졔의 졍열을 악겨 이리 구ᄒ도쇼이다". ᄒ고 몽ᄉᆞ을 싱각ᄒ야 동으로 슈십리을 가더니 흔 고딕 다〃르니 흔 노괴 쥭즁를 의지ᄒ야 이훼방쵸 쳥〃ᄒ고 잉무공즉 노난 경을 귀경커늘 쇼졔 반겨 나아가 공경 이걸 왈 "인간 스람을 인도ᄒ쇼셔". 노괴 답 왈 "동졍 슈국이여날 웃지 인간 스람이 질을 늬리 발ᄒ리요". 쇼졔 딕 왈 "우리난 인간의 스옵더니 도젹의긔 즙펴가다(26.a)가 욕을 피ᄒ야 악양누의 나려져 죽기만 바라엿습더니 믈도 읍시믜 죽도 못ᄒ고 질도 일어 갈 ᄲᆡ을 모로와 이예 일으라나이다". 노괴 츙파의 쇼졔의 졍승을 측은이 여겨 왈 "간 밤의 이슝흔 몽식 잇기로 예 와 기다리더니 낭ᄌᆞ의 말슴을 들은즉 노신과 슘연 동거할 인연이 잇시니 노신을 ᄶᆞ루라". ᄒ고, 흔 고딕 일으니 슈간 쵸옥이 화류간의 졍결ᄒ지라. 노괴 ᄎᆞ과을 늬여 권흔 후의 가로딕 "노신은 본딕 강근친쳑과 ᄌᆞ식은 읍고 다만 녀식 ᄒ나를 둔 후 쇼쳔을 일코 의탁 읍난 늘근 몸이 〃 고딕의 약쵸을 키야 먹고 스더니 낭ᄌᆞ의 졍상 들어ᄒ즉 가련할 ᄲᆞᆫ아니라 상강 실영의 분부가 몽즁의 잇시니 다른 딕로 가려 말고 잇시라". ᄒ니, 쇼졔(26.b) 츈믜 불힝즁 다힝ᄒ야 공경 딕 왈 "죽게 된 인싱을 구ᄒ시니

은혜 실노 쇄골분신을 ᄒ야「도」, 다 갑지 못ᄒ리로쇼이다". 노괴 즉시 녀즈을
불너 쇼졔와 승면 후 연치 추려 슈양 형졔지의을 미져 셰월을 보니더라.

타셜이라. 장인걸이 홍쇼졔와 춘미을 일코 쪼 염탐ᄒ니 양듀 운빅동의 ᄉ난
녀강노의 안히 방연이 불과 삼십이요, 식틱 쪼흔 츌중타 ᄒ난지라. 졔격을
불너 일오딕 "녀강노의 친손이 졔 집 근쳐의 잇ᄃ ᄒ니 〃리〃〃ᄒᄌ". ᄒ고,
즉시 힝숭을 크게 추려 녀강노 션손으로 오니라. 잇딕 녀강뇌 후쳐의 혹ᄒ야
동션을 방츌ᄒ고 경향의 츌입을 젼폐흔지 님의 구연이라. 일〃은 노복 고ᄒ되
"아모 딕 산쇼의 웃지흔 ᄉ람더리 투장코(27.a)ᄌ ᄒ더이다". 강뇌 즉시 노복
을 거라리고 가본즉 과연 장졍 슈빅명이 늑장코ᄌ ᄒ난지라. 노복을 호령ᄒ야
"다 졀박ᄒ라". ᄒ니, 도적이 우워 왈 "이난 일은바 아가ᄉ창이라". ᄒ고 일시
의 달아들어 강노을 졀박ᄒ고 죵인을 다 졀박ᄒ난지라. 강노와 노복이 쇼리을
크게ᄒ야 동인을 불르여 ᄒ더니 도적이 바로 동중의 들어가 ᄉ람을 보넌 딕로
졀박ᄒ니 뉘라셔 당ᄒ리요? 강노 집의 돌님니졍ᄒ야 뉴씨을 다리고 풍우갓치
모라 남희의 당ᄒ미 비의 싯고 졔 고드로 바로 가니, 잇딕 뉴씨 쯧박긔 격변을
당ᄒ야 아모리 버셔나고ᄌ ᄒ나 뭇도적이 옹위할 쑨더러 슈쥭을 요동치 못ᄒ
게 ᄒ엿시니 할길읍시 비의 실여 가더니 흔 고딕 다〃러(27.b) 육지(陸地)의
나려 교ᄌ의 언져 살갓치 가더니 난딕읍신 여ᄉ딕호(如山大虎) 슈십마리 고
함ᄒ고 니다르니, 도적이 딕경ᄒ야 뉴씨을 바리고 남긔 올나 보니 뉴씨을 업
고 가난지라. 장인걸리 두번 낭픽의 딕분ᄒ야 도적을 모라 바로 양듀붓터 인
신을 살희ᄒ고 골을 치니 쥬군이 요란이요, 빅셩이 분숀ᄒ야 ᄉ방으로 피난ᄒ
더라. 잇딕 녀강노 졀박을 계오 버셔 집의 와 본즉 가손은 고ᄉ ᄒ고 뉴씨을
도적흔지라. 아모리 죽기로 ᄎᄉ고ᄌ 흔덜 발셔 쳔리 박긔 가 호환(虎患)을 당
ᄒ엿시니 쇼식인덜 들을손가. 이연흔 마음이 여광여취ᄒ야 ᄉ방으로 방심ᄒ
더니 셜숭가숭으로 의외 도적이 딕발ᄒ난지라. 동닉 빅셩을 싸러 피난ᄒ다ᄀ
도적의게 줍핀 배 되니(28.a)라. 잇딕 양듀 ᄌ식 표을 올엿시되 "젼일도 무쳐
도적이 밤으로 빅셩의 지물도 〃젹ᄒ야 간다 ᄒ더니, 지금언 긔병ᄒ야 듀군을
치미 빅셩이 요란ᄒ야 ᄉ지ᄉ방ᄒ오며 그 셰 가중 즉지 아니ᄒ오니 황숭은

급피 쳐치ᄒ쇼쇼(ф)셔". ᄒ엿난지라. 쳔지 진로ᄒᄉ 정병을 모라 토죄(討罪)
ᄒ시니 인걸이 견ᄃ지 못ᄒ야 회군ᄒ니라.

타셜이라. 동션 황운이 긔이ᄒ 션셩을 쳣더니 ᄒ 고ᄃ 다〃르니 드른즉 "오
봉순 즁의 한 도ᄉ 잇다". ᄒ거날, 누일 목욕 정셩 후의 도ᄉ을 ᄎᄌ 들어가니
만첩순즁의 빅운으로 집을 숨고 바람으로 문을 지여 두고 미록(獼鹿)과 원학
(猿鶴)으로 브졀(벗을) 숨아 물외건곤(物外乾坤)의 흔가ᄒ 일신이 신션으로
셰월을 보ᄂ난지라. 숑하(松下)의 일으어 동ᄌ다려(28.b) 션싱 뉴무을 물으
니, 동지 답 왈 "션싱은 이 순즁의 기시나 구룸이 집펴 모로노라". 송졍의 방황
ᄒ며 션셩의 쇼식을 기다리더니 셕양의 도시 ᄉ심을 타고 자지곡(紫芝曲)을
노릭ᄒ며 긔화요쵸 간으로 운무을 허쳐 나려오거날, 동션과 황운이 공경ᄒ야
나아가 빅알ᄒᄃ 도시 문 왈 "나난 이 순즁의 잇난 비(빅)운션싱이연이와 너
의난 어ᄃ 살며 무슴 일노 흠흔 고졀 ᄎ쳐온다?" 동션이 복지 ᄃ 왈 "쇼ᄌ의
승명은 녀동션이옵고, 져 아희난 쇼ᄌ의 쳐졔 홍황운이온ᄃ 죤호을 듯습고
불원쳔리ᄒ옵고 왓ᄉ오니 슬ᄒ의 이휼ᄒ심을 쳔만 복망ᄒ옵나이다". 도신이
(도사가) 미쇼 왈 "고셔의 일으기를 ᄂ지을 불거라 ᄒ니 비우러 온 ᄉ람을
ᄂ싴ᄒ리요?" ᄒ고, 동션은 쳔(29.a)문지리와 풍운죠화며 뉵도삼약의 진퇴용
병 ᄒ난 법을 가라치고, 황운은 션빅의 학업을 가라치니 동션의 직죄 날로
진취ᄒ니 ᄎ쇼위 일일불견(一日不見)의 괄목승ᄃ(刮目相對)라. 도시 동션다
려 왈 "네 직죠난 당시의 드문지라. 슐법을 그만 비와도 셩공의 무란(無難)ᄒ
니 셰승의 나가 쎠을 일치 말나. 황운은 아직 학업도 미진ᄒ고 쎠가 쏘흔 못되
엿시니 너난 바로 경셩으로 가라". ᄒ며, 일봉셔을 듀거날 바다보니 비봉의
쎠시되 '셩공일의 긔탁ᄒ라'. ᄒ여난지라. 동션이 도ᄉ와 황운을 못ᄂ 이별ᄒ
고 셰승의 출각ᄒ니 승연ᄒ 심ᄉ 곤흔 용이 ᄒ날의 올음갓더라. 션싱의 교훈
ᄃ로 경셩을 향ᄒ다ᄀ 다시 싱각ᄒ되 '칠셰의 부모 슬ᄒ을 쎠난 후 십여년의
이졔 공부(29.b)을 ᄃ득(大得)ᄒ엿시니 당쵸의 부명이 닙신양명(立身揚名)
후의 문안을 ᄒ라 기시나 웃지할 비리요. 좀간 부친게 문안ᄒ고 경ᄉ의 가셔
이헌부모(以顯父母)ᄒ미 올토다'. ᄒ야 고향 운빅동을 녀러 날만의 ᄎ쳐가니,

일동이 비여 쑥밧첼 일운지라. 천만낙심ᄒ야 ᄉ면을 살펴보니 ᄉ천은 의구ᄒ고 ᄉ쥭은 옛 빗치라. 웃지ᄒ야 니리된고. 왕ᄉ(往事)을 물누랴니 쵸목은 묵〃ᄒ고 유슈은 담〃이라. 져긔 우난 져 두견아. 네 쇼ᄅᆡ 반갑도다. 옛 듯던 쇼ᄅᆡ로다. 너은 분명 알 거시니 본ᄃᆡ로 일너 달나. 무정ᄒ 져 두견시 ᄃᆡ답읍시 날어가며 불녀귀라 울음 우니 ᄎ쇼위 인ᄌᆞᆼ심 슈ᄌᆞ유(인자상심 수자유)라. 왕시녀몽 죠공졔(왕사여몽조공제)ᄒ니 잘 시은 날아들고 시 달은 도다오니 집 읍난 셕양 ᄉᆞᆫ이 향할 고지 아득ᄒ야 일즁이통으로 두로 비회(30.a)ᄒ니 그 쵸충ᄒ 심ᄉ을 웃지 다 그록ᄒ리요? 즁심의 헤오ᄃᆡ '연젼의 션ᄉᆡᆼ 말슴이 인간의 날이 낫다 ᄒ시더니 필연 긋ᄶᅥ 일니 되도다'. 기리 탄식으로 경ᄉ을 향ᄒ니라.

　각셜 쳔ᄌᆡ 도젹을 근심ᄒ사 인ᄌᆡ을 보랴 ᄒ고 과죠을 쳔ᄒᆞᆯ 판표ᄒ니라. 동션이 열어 날만의 경ᄉ의 득달ᄒ야 과거 영을 듯고 과일을 기다려 댱즁의 들어가니, 잇ᄃᆡ 쳔ᄌᆡ 의ᄉ 잇난 션비을 보시랴고 글졔난 아니ᄒ고 용과 범을 그려 현졔판(懸題板)의 거러시니 뉘 능히 알이요? 만즁 션비 그 ᄯᅳᆺ졀 몰나 각필(却筆)ᄒ난 지 틱반이라. 동션이난 일견의 씨쳐 알고 일필휘지ᄒ야 일쳔의 밧쳐더니 ᄎ시 쳔ᄌᆡ 일쳔을 고ᄃᆡ하시더니 일즁 글을 올이거날 밧비 보시니 ᄒ엿시되, "고셔의 현용ᄌᆡ졍(現龍在庭)의 문명쳔ᄒ(聞名天下)라 ᄒ엿시니, ᄃᆡ쳬 용은(30.b) 사시로 우로풍상(雨露風霜)을 고루ᄒ야 쳔ᄒ창ᄉᆡᆼ을 죠화로 살여ᄂᆡ니 〃난 군왕의 형상이요, 표은 남ᄉᆞᆫ의 칠실지무라 ᄒ니 ᄃᆡ져 범(범)은 나지면 ᄉᆞ즁의 숨어싸ᄀ 밤이면 ᄉᆞ람을 히쳐 졔 욕심만 ᄉᆡᆼ각ᄒ니 〃난 도젹의 형ᄉᆞᆼ이라. 폐ᄒ거읍셔 도젹을 근심ᄒ시난 듯ᄒ오니 승지 웃더ᄒ시온지 감히 알외나이다". ᄒ지라. 쳔ᄌᆡ 그 지식과 의량를 탄복ᄒ시고 다른 글은 보시되 실졍를 알지 못ᄒ지라. 그ᄃᆡ로 등을 ᄡᅥ 방을 ᄂᆡ실ᄉᆡ 비봉을 ᄯᅥ여 보시니 녀동션의 나언 십팔이요, 거양듀요, 부의 강노 운상이라 ᄒ여난지라. 즉시 실ᄂᆡᄒ시니 동션이 호명얼 듯고 게ᄒ의 일으러 슉비ᄒᆞ온ᄃᆡ 상이 그 풍치와 용모얼 보시고 ᄃᆡ열ᄒᆞᄉ 가직이(?) 쵸픠ᄒ야 ᄉᆞᆫ을 줍으시고 갈아ᄉᆞᄃᆡ "경은 어ᄃᆡ 가 잇셔건ᄃᆡ 호ᄉᆞᆼ견지만야(互相見之晚也)오. 짐이 〃졔 경을 맛난(31.a)니 실노

ㅎ날리 양필을 듀시도다". 즉지의 할임「흑」스을 졔슈 후의 무르시되, "경의
아비 베살이 강노의 당ㅎ야 죠졍를 ㅎ직ㅎ고 갈 졔 ㅈ식이 웁다 ㅎ더니 기후
의 듯지 못ㅎ지 임의 십구연이라. 미양 싱각이 잇스나 쳔ㅎ스의 골몰ㅎ야 찻
지 못ㅎ엿시니 〃졔 경을 보니 더옥 반갑도다. 경의 집은 월닉 츌양지가라.
경도 츙셩 다ㅎ야 짐을 도으라". 동션이 복지 쥬 왈 "쇼신의 아비 페ㅎ을 셤기
웁다가 낙향ㅎ온 후 쇼신얼 나혼 뉵연의 신의 어미 죽습고 후취쩌지 ㅎ엿습더
니 쇼신이 외가을 갓다 와 보온즉 아모연 젹난의 피란 초로 집을 쩌난 후
사싱을 모로노라 ㅎ난 말을 고향 근쳐의 사난 노ㅈ의게 드러스오나 동셔남북
어듸을 향ㅎ야 무을 고지 웁스와 죽어 모로고자 ㅎ오며 신언 ㅎ향 쇼싱뿐아니
(31.b)라, 지극 뇌둔ㅎ옵난듸 페히 가지록 이즁ㅎ시오니 더옥 황공무지ㅎ오와
몸둘 곳졀 아지 못ㅎ리로쇼이다". ㅎ며 쳔은을 츅슈ㅎ고 낙누국츅ㅎ니, 쳔지
위로 왈 "왕스년 할슈웁건이와 짐이 듀야의 근심이 잇난니 근릭 남히 슈젹
장인걸리 왕〃이 빅셩을 쇼요ㅎ나 그 도젹 줍을 모칙을 획츌치 못ㅎ야 이번
과거의 〃스 잇난 ㅈ을 보랴 ㅎ고 용호로 글졔를 닉엿더니 경이 짐의 쓰졀
알아시니 츠쇼위 타인뉴심을 녀츤탁지라. 경은 급피 도젹 도모할 계칙을 닉여
짐의 근심을 들게 ㅎ라". 할임이 복지 듸 왈 "도젹 치기 어렵지 아니ㅎ니 페ㅎ
난 셕염ㅎ옵쇼셔. 댱인걸리가 슈즁의 잇스오니 쓰홈으로 ㅎㅈ ㅎ오면 슈젼의
익지 못흔 즁국 군시가 당키 어렵습고 졔 스스로 오기을 기다리오면 기간의
이히을(32.a) 혜지 못할 듯ㅎ오니 미인게로 ㅎ오미 맛당ㅎ올가 ㅎ나 아지 못
ㅎ나이다". 상이 가라스듸 "미인게로 ㅎㅈ ㅎ니 웃지 이름인고?" 듸 왈 이졔
"쳔ㅎ 미식 기집를 갈호여 보닉여 그 놈의 마음을 고혹게 흔 후의 여츠〃〃ㅎ
오면 도젹 파ㅎ옵기 여반장(如反掌)일 쯧ㅎ여이듯". 상이 왈 "도젹 파불파(破
不破)은 경의게 잇스니 게교을 쇽히 힝ㅎ라". ㅎ시고, 졔신를 도라보와 왈 "어
듸 당금 경국식이 인난다?" 한 신히 엿ㅈ오듸 "듯스온즉 익듀의 명기 셜미
인물과 가무며 직죄 츌즁타 ㅎ니 픠쵸ㅎ옵쇼셔". 상이 왈 "경이 익듀의 나려
가 댱인걸 도모할 쇠을 힝ㅎ라". 할님이 익듀의 나려가 셜미을 으명(御命)으
로 쵸닉ㅎ니 셜미 으명얼 뫼와 즉시 오난지라. 할임이 살펴 보니 옥안은 여운

간지명월(如雲間之明月)이요, 미목이 번혜며 교쇼쳔혜ᄒᆞ야 빅틔구비의 폐(32.b)월수화요, 평사낙안이라. 쥬슌(朱脣)을 반기하여 으명얼 뭇난 모양은 홍모란이 세우중의 반기(半開)ᄒᆞ여 어린덧 약ᄒᆞᆫ덧 긔 〃묘〃 사람의 정신을 희미케 ᄒᆞ고 안목을 어둡게 ᄒᆞ난지라. 할임이 중심 깃거 이로디 "황상이 남히 도적 장인걸을 근심ᄒᆞᄉᆞ 너을 셔시(西施)의 온나라 부차(夫差)게 가던 미인게을 힝코ᄌᆞ ᄒᆞ시니 쇼견의 웃더ᄒᆞ다?" 셜미 복지 쥬 왈 "쇼예 본시 쳔싱으로 각가의 근심이 잇사와도 긔구을 할길 읍사와 뉴구무언이옵더니 〃제 황상이 쓰시고자 할진디 죽사온덜 웃지 ᄉᆞ양ᄒᆞ올잇ᄀᆞ. 쇼녜 비록 못실 게집이온덜 국녹을 먹사오니 부모국을 돌보지 안이ᄒᆞ올잇가. 쳔ᄒᆞ온 몸이 일홈읍시 죽기을 흔탄ᄒᆞ오니 계칙을(33.a) 발키 가라치쇼셔". 할님이 셜미을 가족이 안치고 교두졉이(交頭接耳)ᄒᆞ야 일오디 "네 남히 도적 장인걸의게 가 지죠을 다ᄒᆞ여 그 놈 마음을 혹ᄒᆞ게 ᄒᆞᆫ 후의 여시 〃〃ᄒᆞ면 나난 이리 〃〃ᄒᆞ리라". 셜미 디 왈 "장인걸이 쇼녀의 힝식을 알아 쇽지 안이ᄒᆞ오면 웃지 ᄒᆞ올잇가". 할님 왈 "네 말도 혹 괴이치 안이ᄒᆞ나 장인걸이 탐지호식ᄒᆞᆫ다 ᄒᆞ니 옛날 ᄒᆞ걸의 모진 마음도 미희게 망ᄒᆞ엿고, 은쥬의 언죡이식비ᄒᆞᆫ 지혜도 달긔게 망ᄒᆞ엿시며 삼국 시졀의 녀포 동탁이 뉘만못ᄒᆞᆫ 영웅일야만넌 쵸션이 숀의 죽어시니 일언 고로 식게의난 영웅 열사가 읍다 일넛시니, 장인걸이 아모리 디젹인덜 너을 웃지 알고 쇽지 안이ᄒᆞ(33.b)리요. 네 지죠을 다ᄒᆞ여 성공ᄒᆞ면 이난 네 집의 효녀요, 나라의 츙신인이 죽빅의 일홈을 두워 훗ᄉᆞ람이 외오게 ᄒᆞ라". 셜미 두번 졀ᄒᆞ고 공순 디 왈 "할님은 쇼녀을 죠금도 불신치 마옵쇼셔. 장인걸이 만일 관형철식ᄒᆞᆫ 지인지감이 잇셔 쇼녀의 쇠의 쌔지 〃 안이ᄒᆞ오면 그난 쇼녀 알 비 아니연이와 그러치 안이ᄒᆞ오면 져 즙기을 근심ᄒᆞ올잇가?" ᄒᆞ며 가기을 지쵹ᄒᆞ난지라. 할님이 셜미을 ᄒᆞᆫ낫 비의 실어 남히 도중으로 보늬고 나라의 상달ᄒᆞ니 상이 층춘ᄒᆞ시고 할님의 쇼청을 시힝ᄒᆞ시고 셜미 쇼식을 날노 기다리더라.

각셜 잇디 셜미 남히의 일으어 사공과 빈난 도라보늬고 의복을 물의 젹시며 머리을 산발(34.a)ᄒᆞ고 물을 양의 넘도록 먹고 강 두던의 글쳐 업드려 도적

오기을 기다리더니, 셕양천의 도젹의 물 쏭이 물 길너 오다 보니 웃더흔 연쇼
녀직 강 어덕의 업더져 닙으로 물을 토흐며 정신이 웁난지라. 자상이 살펴
보니 비록 반사흔 사람이나 은ʺ흔 틱와 얼골이 평싱쵸견이라. 급피 도즁의
도라와 사연을 고흐니 장인걸이 고히흐여 제젹을 다리고 가 본즉 관(과)연
미싴 여인이 물을 토흐며 정신이 약존약무(若存若無)흔지라. 곡졀은 알 슈
웁시나 모양을 살펴 본즉 필야 산게야목(山鷄野牧)이요, 놀유장화(路柳墻
花)라. 제젹을 지휘흐야 졍흔 방의 뉘우고 약을 무수히 쓰니 그짓 죽은 사람
사라나기 어려올싸. 이윽(34.b)고 호흡을 통흐며 정신을 차리난지라. 인걸이
정신 차리멀 보고 무러 왈 "어딕 살며 무슴 연고로 이 지경흔다?" 셜믜 그짓
놀닉 왈 "나난 쵹나라 셩도의 사난 기싱 셜믜연이와 예난 어딕잇가?" 인걸이
답 왈 "예난 남히 슴즁(셤中)이건이와 웃지흐야 져리 된요?" 셜믜 공경 딕
왈 "동뉴덜과 빅을 타고 완화강의 션유흐다가 바람의 표박흐야 어딘지 모로
고 가다가 급흔 바람의 복션흐믹 살기을 바라잇가마넌 얼여셔붓터 완화강의
물 지쪼을 아난 고로 물길을 좃차 어덕 으더 나왓시나 긔사지경 되여습더니
천만몽외예 현인을 맛나 다시 살어쏘오니 은헤 흐희갓ㅅ온지라. 갑기을 총망
즁의 싱각지 못흐옵건이와(35.a) 이 슴즁의셔 살으신다 흐오니 존호을 뉘라
흐시난잇가. 졀어흐온 풍칙와 일엇텃흐온 활협지심을 가지시고 약츠흐온 히
즁궁쵹지ʺ(海中窮窄之地)의셔 사난잇가?" 흐며 옥안과 아미을 나직흐여 언
ㅅ을 쥬순 여난 딕로 호치 쇽의 나난 쇼릭 옥반의 진쥬가 구르고, 쳥순 겨문
날의 버들싀 우난 쇠고이 쳥냥흔 쇼릭 브결 부루난 형용으로 옥슈(玉手)을
즘간 들어 셜빈옥환(설빈옥환)을 졍제흐며 웃난듯 씽그리난듯 물의 겨신 의
상을 두로 손질흐니 연화셰우의 목욕을 바람웁시 졍이 흐고 히당화로 쪽을
지여 명월흐의 싴을 닷토난듯 관순강젹의 쪄러진 믹화 양뉴곡을 습다 흐고
나부슨 미인되여 동손작야(35.b)우의 봄쇼식을 젼차 흐고 만화방쳥 빅화즁의
도리난 질을 열고 양뉴난 춤을 출 제 목동이 요지힝화촌이라. 힝화난 쇼인이
라. 쇼인은 쑴박기요, 강남 치연 금이모의 연화난 군자로되 군자난 딕쳬 놉고
천수만수 이화기라. 이화난 노인이믹 노인은 자믜 웁고 요년 고원국의 국화난

은일식라. 은일사은 버지 읍고 한민셜즁기라. 셜즁미 져 미인이 홍도벽도난 풍유의 인걸이라. 풍유인걸이라. 날과 연분되여 화즁왕(花中王) 모란갓치 부귀번화을 눈일 격이라. 인걸이 일견의 디혹ᄒ야 깃거 문 왈 "그디 사정을 들은 즉 디강 짐ᄌᆨᄒ건이와 나난 이 고디 잇셔 부귀난 불을 게 읍시되,(36.a) 다만 쳐궁(妻宮)이 불길ᄒ야 지금까지 흡의ᄒ 스람을 보지 못ᄒ 고로 환거ᄒ더니 쳔우신죠ᄒ사 그디을 맛나시니 부지다언하고 날과 빅연히로ᄒ미 웃더ᄒ요?" 셜미 응용 디 왈 "쳡 살인 은혜을 싱각ᄒ오면 웃지 시양ᄒ올잇가. 비록 기집이나 평싱 흔이 호걸남자을 맛나 일신을 허차 ᄒ고 우금 수졀ᄒ엿습더니, 오날 장군의 동지을 보온즉 범인과 다르(른)지라. 반다시 후일의 귀이 되올 덧ᄒ오니 쳡 쇼견의난 화가 변ᄒ야 복이 될 써 쳔싱인연을 웃지 감히 시양ᄒ올릿가?" ᄒ며, 시별갓튼 눈을 들어 인걸의 눈을 맛츌 제긔 그 눈을 범연이 써볼손야? 져울눈갓치 경즁을 히아릴 제 인걸이 그 틱도와(36.b) 언사을 듯고 정신을 진정치 못ᄒ니, 잇디 모사 죠쳔이 인걸의게 알외되 "그 녀자의 힝싴과 언어을 듯스온즉 셔시의 모양인 듯ᄒ오니 비록 보기난 공슌ᄒ나 외침(친)니쇼ᄒ온지라. 살펴ᄒ쇼이다". 인걸이 우워 왈 "그난 너무 심ᄒ도다. 사람의 연분이 즁ᄒ면 비록 쵹월지간(楚越之間)이라도 상봉을 흔다 ᄒ니 〃런 고로 흔 무제 시절의 쇼무라 ᄒ난 이도 북호의 잇슬 써 호희을 협쳡ᄒ엿시니 기간을 싱각ᄒ면 근말이라. 차약쳔연(此亦天緣)인이 지금 져 여인을 본즉 실정이라. 무슴 염예할리요?" 셜미 이 말을 듯고 발연 디로ᄒ여 광좌즁의 일으디 "장군은 그 스람의 말을 신쳥ᄒ쇼셔. 디져 져 스람이 빅사을 분명이 모를진디 막여단 〃 (37.a)ᄒ오니 쳡이 비록 쳔싱인덜 웃지 타인의 〃심 쇽의 살기을 감심ᄒ리요. 쏘 난 장군이 차중의 잇셔 도젹의 말슴을 들을지언졍 이 고디 왕이라, 웃지ᄒ온덜 비필을 맛당히 두지 못ᄒ올잇가. 쳡은 쓸 디 읍스오니 바라옵건디 슈즁 구싱ᄒ온 은혜도 망극ᄒ오나 쵹즁 가난 길이나 갈으쳐 쥬시면 고향의 도라가옵고 그러치 못ᄒ올진디 이 몸이 죽어 남의 시비나 편케 흠만 갓지 못ᄒ다". ᄒ고 자수코자 ᄒ니, 인걸이 말뉴 왈 "낭자은 죠금도 불안이 싱각말라". ᄒ며 의복을 긔측하고 죠흔 보픠로 마음을 흡쪽히 위로ᄒ며 정신을 쏘난지라. 셜미 싱각ᄒ되 '됴쳔을 두워다넌 딕ᄉ을 일우기(37.b) 어려올지라'. ᄒ야 일〃언 인걸의게 불안ᄒ 긔식을 씌고 알외디 "첩이 비록 무식ᄒ오나 남려뉴별과 존비 귀쳔을 짐작ᄒ건니와 아지 못ᄒᆯ 일이 잇더이다". 인걸리 문 왈 "무삼 일고?" 셜믹 실피 긔식을 먹음고 디 왈 "오(φ)오날 아참의 셰수을 ᄒ옵더니 모사 조쳔이 담 박긔서 무워셜 더지오니 그 무슴 사긘지 몰오나 지가 첩의게 무단이 더질 거시 무에 잇삼난익가?" 인걸이 왈 "더진 걸 본다?" 셜믹 디 왈 "더진 그 쓰졀 지우지간의 곡졀을 몰오나 필연 무례ᄒ 빅여랄 비추한 걸 집어보리료?" 인걸(φφ)인걸이 왈 "드진 게 어딕요?" 셜믹 디 왈 "후당 아모 쓸 압픠 더지더이다". 인걸이 즉시 가 집어본즉 지남셕이라. 가져다 셜믹을 보여 왈 "이게 분명이 됴쳔의 더진(38.a) 빈다?" 셜믹 디 왈 "첩이 집어 보던 아니ᄒ여 사오나 게셔 집어스오면 달이 지남셕이 잇스올잇가?" 인걸이 딕분연 왈 "제 쇼위을 짐즉ᄒ즉 통히ᄒ지라. 져을 졍졔ᄒ면 ᄒ인 쇼시의 요란ᄒ니 웃지할고?" 셜믹 손을 둘너 일오디 "장군 말슴이 숑양지인이라. 옛 말슴의 인필자모(人必自侮) 이후의 인이모지(人以侮之)라. 사람이 남의게 읍슈히 역일게 잇신 후의야 사람이 읍슈 본다 ᄒᆞ엿난이, 첩은 예 온지 불과 긔일이라. 신졍지쵸의 자상이 알지 못ᄒ거이와 지금 싱각건디 장군의 영이 ᄒ인의게 엄치 못ᄒ야 그러ᄒ 덧ᄒ오니 〃러ᄒ고야 웃지 딕공을 바라잇? 장군 말슴이 죄로 다사리자 ᄒ야도 '타인 이목을 겨어ᄒ로라'. ᄒ시니(38.b), 이만ᄒ고 말면 죠슙건이와 됴쳔은 지죠가 잇난 남자라. 졔 심ᄉ디로 아니되오면 무슴 변을 지을지 모로니 첩이야 죽어 악갑지 안이ᄒ오되 장군은 이 고디 잇셔 큰 쓰졀 두옵다가 지금 첩으로 히야금 죠쳔과 원수 되오면 딕ᄉ가 허ᄉ가 될지라. 싱각건디 첩이 말읍시 몸을 읍시ᄒ야 즁군의 신셰을 온젼ᄒ만 갓지 못ᄒ오니 즁군은 보즁ᄒ쇼셔. 그러나 첩은 본토의셔 기싱인 연고로 사넌 직이라. 예 와셔도 본식을 말슴ᄒ여습더니 지가 읍수히 알기을 츙기난 셰승의 놀유장화라 ᄒ믹 그리 알아 읍수히 아난 듯ᄒ오나 쏘 졔가 체통읍난 바넌 첩이야 무논무워신던 지 임의 즁군의 비필이 도(39.a)여사온즉 졔게 즁쭐지간이어널 체예을 싱각지 안이ᄒ고 멸시가 약츠ᄒ오니 츙효열이 씨가 잇시올잇가? 지금 장군 말슴을 들은즉 죄을 죄틱로 못할지라. 웃지 열불경이 즁ᄒᆞ올잇가?" ᄒᆞ며 눈물을 샢리다가 〃슴을 치고 긔결ᄒᆞ니, 인걸이 놀나 일변 얼우만지며 일변 위로 왈 "낭자은 넘예말고 안심ᄒᆞ야 됴쳔 읍시할 모칙을 가라치라". ᄒᆞ며 민망ᄒᆞ여 좌불안셕ᄒᆞ난지라. 셜민 그 동졍을 살핀 후의 다시 일오틱 "장군이 아모리 쳡을 말슴으로 이리ᄒᆞ여도 쳡은 죽어 모로고자 ᄒᆞ오니 장군은 말유치 말으쇼셔". 인걸이 셜민의 손을 줍고 왈 "낭자은 너무 심ᄒᆞ도다. 낭자의 마음이 변ᄒᆞ야(39.b) 그 놈과 통의가 잇슬진틱 죽어 올컨이와 밋친 마음으로 범죄(犯罪)을 지가ᄒᆞ여ᄂᆞᆫ틱 낭자가 도로혀 죽고자 ᄒᆞ니 아모리 여자 쇼견인덜 이틱지 과ᄒᆞ요? 낭자난 지혜가 잇슬진니 됴쳔을 남의 니목의 요란찬케 획칙을 ᄒᆞ라". 셜민줌〃이 오릭 잇짜 일오틱 "져을 읍시 ᄒᆞ자 ᄒᆞ면 남 이목의도 고이치 안코 져도 죽난 줄 모로게 할 게 잇ᄉᆞ오니 춤아 못할 바라. 불시의 져을 읍시ᄒᆞ면 ᄒᆞ인 쇼시의 고히ᄒᆞᆫ지라. 필연 쳡의 쇠라 ᄒᆞ야 마음이 반할 거시요, 제 죄난 만사무셕이나 증인읍난 일을 시힝ᄒᆞ면 타인도 의심할 거시(요), 장군이 평싱 심복지인을 일죠의 싀살ᄒᆞᆫ다 할 거시니 마지 못ᄒᆞ오와 할진틱 여시〃〃ᄒᆞ야신니 웃더(40.a)ᄒᆞ온잇가?" 인걸이 쳥파의 손을 치며 충춘 왈 "알음답다. 그틱쇠여! 이 쇠난 숨국 시졀 졔갈양도 싱각지 못할 비로다. 쌜이 힝ᄒᆞ자". 약쇽을 증ᄒᆞᆫ 후 졔젹을 불너 일오틱 "닉 너의덜과 방심ᄒᆞ고 놀지 못ᄒᆞ엿더니 명일은 닉 싱일이라. 이왕은 말도 안이ᄒᆞ여건이와 이번은 싱각건틱 ᄒᆞ로 제군과 놀고자 ᄒᆞ니 그리 알고 ᄒᆞ나 쩌나지 말라". 명일을 당ᄒᆞ민 후원 화임 즁의 포진ᄒᆞ고 쥬효을 비셜ᄒᆞ야 종일 길기다가 셕양을 당ᄒᆞ여 인걸이 제 손죠 슐준을 들어 졔젹을 추예로 권ᄒᆞ여 왈 "ᄉᆞ람이 셰샹의 나셔 심졍이 상흡ᄒᆞᆫ ᄉᆞ람을 동ᄉᆞ지의로 맛나오면 무워시 얼여올이요. 오날은 파탈ᄒᆞ고 취포동낙ᄒᆞ고 (40.b) 훗날의 일방국을 으더 오날과 갓치 길길 터인이 제군은 들워어말고 양틱로 쥬효을 먹고 장기틱로 놀나". ᄒᆞ며, 다시 ᄒᆞᆫ 준을 부워 됴쳔을 권ᄒᆞ여 왈 "그틱난 날과 별반 심복이라. 흔준 슐로 지푼 졍을 포ᄒᆞ난니 슐이 과할지라도 마시라". 됴쳔이 바다 마시더니 잇다가 복통을 ᄒᆞ며 상ᄒᆞ로 토사을 ᄒᆞ난지라. 좌즁이 경황ᄒᆞ고 인걸도 놀닉 양으로 약을 쓴덜 죽을 약을 먼져 먹여시니 그 약이 쓸 써 잇슬이요. 여차반향의 됴천이 죽난지라. 인걸이 그짓 익통흔덜 뉘라셔 알이요. 제적이 다 체읍 익원흐더라. 셜미 됴천을 죽이고 기외난 념예 읍셔 곳〃지 인걸의 마음 요혹케 흔 후의 일〃은 종용이 일오딕 "첩(41.a)이 비록 못실 기집이나 평싱의 협긔가 잇습더니 천힝으로 장군의 빅필이 되온니 원이 읍난지라. 젼일 촉중의 잇실 써 악양누난 쳔ㅎ명승지라 ㅎ오나 볼 슈 읍습더니 예셔난 불원ㅎ올지라. 장군을 모시고 흔번 귀경을 바라오니 쳐분흐쇼셔". 인걸이 쾌이 허낙ㅎ고 즉시 군사 불너 일오딕 "닉일 악양누 놀음 갈 테인니 그리 알라". 졔적이 쏘흔 깃거ㅎ더라. 인걸이 졔적과 셜미을 다리고 악양누의 올나 각식 쥬효와 풍뉴을 비셜ㅎ니 씨가 쏘흔 춘삼월 호졀이라. 악양누 경이야 웃지 말노 일을손야. 셜미 인걸의게 알외되 "첩이 젼일의 약간 칼춤을 아옵더니 금일의 장군을 모셔 됴흔 경쳐의 질기(41.b)오니 줌간 춤을 츄워 장군을 위로코자 ㅎ오니 장군 초신 칼을 빌이쇼셔". 인걸이 더옥 깃거 일오딕 "이난 ㅎ날이 도으사 닉 용밍이 과인흔 중의 쏘 그딕 칼춤을 흔다 ㅎ니 우연치 아니ㅎ도다". 즉시 칼을 글너 쥬며 금무을 권ㅎ니 셜미 인걸의 칼을 들고 춤츄며 청가 일곡을 진양으로 을푸되 "딕인난 〃〃〃ㅎ니 축도지난이 불난코 딕인난이며 츌누망 〃〃〃ㅎ나 일오시 무쇼식이로다. 아마도 빅난중의 딕인난이라". 쏘 인걸의 알외되 "장군이 오릭지 안이ㅎ야 딕공을 일울 인이 군스의 직죠을 보스이다". 인걸이 딕답ㅎ되 "그리ㅎ라". 셜미 칼을 들고 군스을 호령ㅎ되 "닉 비록 녀즈나 남자을 겨어 안이ㅎ(42.a)난이 오날 너의 직죠을 귀경코자 ㅎ노라. 나도 춤을 츄워시니 수젼을 ㅎ되 셔로 졀입을 벽기라. 그 중의 만이 ㅎ난 지면 닉 손죠 슐 흔준으로 공을 표ㅎ리라". 군시 셜미 손의 슐 흔준 먹기을 탐션ㅎ야 츄벽ㅎ야 쌋호되 죽기로 졀입을 닷토난지라. 셜미 칼노 북을 자죠 치며 츄벽을 직촉ㅎ니 제적이 쥬흥도 나고 셜미 쇠의 쌔져 죽기로 쌋워 상ㅎ난 직 틱반이라. 셜미 더옥 북을 자죠 치다가 칼을 그즛 노쳐 물의 쌔쥬고 인걸의게 청죄 왈 "요망흔 기집이 장부의 칼을 일엇스오니 쥬겨 셜분을 ㅎ쇼셔". 인걸이 호면으로 딕답ㅎ되 "칼은 쏘 잇슨니 익쳐 말나". 셜미 제군을 불너 공을 표ㅎ고 쏘 인걸의 알오딕 "첩도(42.b) 셰승의 낫습다

가 일언 일이 몃 번이며 장군인덜 몃 번이요 첩이 마음을 다ᄒ야 장군을 위로
코자 ᄒ오니 허물치 마옵쇼셔". ᄒ고, 묘ᄒᆫ 틔을 가다듬어 춤 츄며 청가 일곡
슬피ᄒ되, "가련타 세상 스람. 싱각ᄒ면 쵸로갓다. 장군인덜 즁구ᄒ며 첩인덜
오닐쇼가(오랠 손가). 짐쥭건듸 오날이 흔갑인가". ᄒ며, 평싱 직죠을 다ᄒ니
장인걸이도 지각과 눈치을 웃지 모로이요마는 졀명일을 당ᄒ엿난지라. 마음
이 어둡고 졍신이 상막ᄒ야 셜미의 ᄒ난 거동을 겨여 망각ᄒ고 또흔 군ᄉ의
칼을 ᄲᅦ여들고 춤을 츄니, 셜미 즁심의 혜오듸 녀할님의 쇼식이 망연ᄒ니 그
곡졀을 몰나 일싴은 거의 반이 너머가믜 즁이(正히) 민망ᄒ야 인걸이 회
(43.a)군 영을 놀가 염예 젹지 못ᄒ여 아모쇼록 더 놀기을 자아닐 졔 무슴
노리와 무슴 춤을 안이ᄒ리요. 츈면곡 가사와 어부사 빗ᄶᅡ낙이 우죠 영산을
뒤셕거 풍뉴의 별다른 졔목 각싴으로 일홈지여 불너닐 졔 "츈면을 느지씌여
쥭창을 반기ᄒ니 화향은 습의ᄒ고 뉴싴은 눈금이라. 가난 나뷔 머무루고 우난
황여 청ᄒ도다. 빅마금편 져 쇼연아. 야뉴원 츠져가셔 청누미싴 죠흔 슐을
반취커 먹은 후의 고국순쳔 도라돈니 산싴은 의구ᄒ고 숑쥭은 싴로와라. 연엽
의 들인 슐을 와쥰의 가득 부워 양듸로 먹어노코 쵸당 월ᄒ의 누윗시니 천지
간의 일 읍신이 늬 몸을 뉘라셔 시비할가. 글낭은 그(43.b)만 두고 반나마 늘
는 몸이 강호의 노자 ᄒ고 강호의 도라드니 오호의 ᄯᅳ던 비 범녀난 어듸 간고.
심양강 노자ᄒ니 빅낙쳔 일거후의 비파셩 ᄲᅮ이로다. 취셕강 차져간니 〃청연
긔경후의 강남풍월이 흔단영이라. 젹벽강 가짜셔라 숨국 시졀 젼장될 졔 영웅
호걸 어듸간고. 죠밍덕의 픠진할 졔 오쥭남비ᄒ니 월명셩희로다. 기후의 풍유
문즁 쇼ᄌᆞ쳠의 별호난 쇼동파라. 님슐 칠월 긔망 밤의 비을 타고 오류ᄒ니
묘창히지일쇽이라. 아셔라, 쓸 듸 읍다. 봉황듸 귀경가자. 봉황듸상 봉황뉴터
니 봉거리공 강자유라. 황흑누 보짜셔라. 황흑일거 불부회라. 비(빅)운쳔지
공유 〃 로다. 인자상심 수자유ᄒ니(44.a) 아셔라, 못놀이라. 고쇼듸 가자셔라.
고쇼듸상의 오야졔ᄒ니 거긔도 맛당츤타. 고쇼셩의 취턴 슐이 흔손사 츤 바람
의 다 씌거다. 아셔라! 일엽편쥬로 동졍쇼상의 흘이노와 어쥬와 쪽을 지여
일편양쥬 오호빅이라. 쵸순오슈 도로난의 망부ᄒ난 져 미인아. 슴시출망 무쇼

식ᄒ니 은제나 쇼식올가. 님이 올가. 게슴호 야오경의 간중이 다 셕넌다. 달아 〃〃 발근 달아. 보넌야. 님게신듸", 이리 노릭ᄒ며 인걸의 흥을 여축웁시 즈어닐 제 칼춤을 셔로 비양ᄒ니 씌은 달오나 가위 홍문이로다.

　각셜 잇듸 할님이 셜민을 보닉고 군스을 날노 연습ᄒ며 악양누을 살피더니 〃날 밤 장인걸이 와셔 노난 줄을(44.b) 알고 군스을 모라 들어가니 츙금은 일월을 희농ᄒ고 고각흠셩은 천지을 진동ᄒ난지라.

　차셜 장인걸이 셜민게 요혹ᄒ 마음 칼을 일코 군스 죽으되 씌닷지 못ᄒ고 다만 질기더니 의외 슈천 군마 젼션이 강상의 덥폐 다라들어 치난 양을 보고 셜민을 급피 도라보며 왈 "미인아! 이 일을 어니 ᄒᄀ고? 슈무츙금ᄒ고 군스 튁반 취도 ᄒ엿시니 〃 일을 어이ᄒᄀ즌 말가?" 아모리 발광ᄒ야 도망코자 ᄒ나 젼후의 만경츙파요 용싀 달여드러 사면을 에워쌋니 차쇼위 우물 든 고기요, 흠정의 든 범이라. 제 여간 용역이 잇신덜 웃지 버셔날숀야. 홀님이 크게 워여 왈 "남희 도적 즁인걸아, 오날이 네 졀명이라. 닉의 칼(45.a)을 바드라". 어(언)파의 칼을 날여 드러오니 장인걸이 세궁ᄒ야 군스의 칼을 들고 홀님을 마져 쌋올시 악양누상이 젼장이 된지라. 슴십녀 흡의 셜민 ᄒ 구셕의셔 보다가 크게 쇼릭ᄒ여 왈 "장인걸아, 네 정신을 닉 몸의 쌔져신니 무슴 용역인덜 나멋시며 심신인덜 온견홀가. 죽기난 반다시 닉 숀의 잇슨니 이을 너머 씨지 말나". ᄒ며 달여드러, 인걸의 허리을 씨여 안어 몸을 님으로 놀이게 못ᄒ니 제 어이 견듸리요. 장인걸이 그제야 씌닷고 눈을 부릅쓰며 크게 쇼릭ᄒ여 홀님을 듸칙 왈 "듸장부 쌋홈을 정듸이 ᄒ야 셩픽ᄒ미 셧 〃ᄒ거날 간스이 기집을 보닉여 음슈을 ᄒ니 쇽난 닉가 어리셕건이(45.b)와 너도 녹 〃ᄒ도다. 셜민야, 너도 나라을 위ᄒ야 나을 이리ᄒ니 사직당연ᄒ나 충효열은 일반이라. 나라넌 위ᄒ니 츙셩일연이와 열녀난 되지 못ᄒ니 가쇼롭다. 닉 죽기난 오날 죽건이와 승픽난 병가의 상사요, 사람이 셰숭의 일싱일ᄉ난 면할 지 읍난이 닉 평싱의 흔이 천ᄒ미싴을 다리고 놀기을 원ᄒ다가 셜민 너을 맛난 후로 주쇼의 잘 놀다가 오날 예 와 망죵 놀앗시며 너을 닉 주먹의 파쇄ᄒ여 죽이면 셜분이 될연이와 너을 죽여셔난 닉의 혼빅을 붓칠 고지 읍기로 살여두니 〃후라도

잇지 말면 츙신 되고 열녀 될이라". ᄒ고 제 칼노 자결ᄒ난지라. 홀님이 순식
간의 도젹을 다 파ᄒ고(46.a) 군ᄉ을 졍졔후의 누상의 올나 셜미의 손을 줍고
왈 "너곳 안이던덜 이 도젹을 수이 줍어실이요. 너난 비록 녀자나 츙효 겸젼ᄒ
니 긔특ᄒ도다". 셜미 할님게 비복 쥬 왈 "쇼녀 비록 도젹을 줍어시나 이난
부모지국을 위ᄒ미련이와 ᄯᅩ흔 셰상의 용납지 못ᄒ 몸이 되온이 홀님은 쇼녀
을 장인걸 버인 칼노 목을 버혀 훗 ᄉᆞ람의 힝실을 두게 ᄒᆞ옵쇼셔. 제 비록
도젹이나 쇼녀 임의 셤겨ᄊᆞ오니 ᄯᅩ흔 지아뷔라. 유아유사ᄒᆞ엿ᄉᆞ오니 쇼녀 웃
지 살고자 ᄒᆞ올잇가. 쇼녀난 요망ᄒᆞ온 기집이뇨, 져난 역시 남즁호걸이여날
간ᄉᆞ이 죽여ᄊᆞ오니 ᄲᆞᆯ이 머리을 버혀 누츄ᄒᆞ온 승명을 후셰의 젼치 마옵쇼
셔". 울며 고쳥ᄒᆞ(46.b)니 홀님이 싱각ᄒ되 일변은 이연ᄒ나 사리 당연ᄒ지라.
그 츙열을 탄복ᄒᆞ야 눈물을 흘이며 머리을 버혀 인걸의 머리와 흠긔 즁군의
결영ᄒᆞ여 황셩으로 보닐시 셜미 도즁의 들어가 여시 〃 〃ᄒᆞ여 악양누의 와
줍핀 ᄉᆞ연과 셜미 ᄌᆞ쳥ᄒᆞ야 죽은 ᄉᆞ연을 승달ᄒᆞ고 즉시 군ᄉᆞ을 호령ᄒᆞ야 간
이라.

각셜 잇ᄃᆡ 녀강노 후쳐 뉴씨도 일코 슬엄으로 왕ᄂᆡᄒᆞ다가 도젹의게 줍펴온
후로 고문직이 되여 이날 악양누 놀임의도 춤예치 못ᄒ고 홀노 잇셔 젼의
일을 싱각ᄒᆞ미 후회 막심ᄒᆞ야 일즁통곡ᄒᆞ다ᄀᆞ 희승을 바라보니 젼션이 아츰
보다가 빅나 더 오난지라. 고히ᄒᆞ야 우름을 그치고 살펴 보니 〃난 본군이
안이요,(47.a) 즁국 군ᄉᆡ 달여들어 엄슬ᄒᆞ난지라. 여간 나문 군ᄉᆞ와 강뇌 일시
의 줍피니 홀님이 놉피 안고 군ᄉᆞ을 호령ᄒᆞ야 "닐시의 군문 쇼시ᄒᆞ라". ᄒᆞ니
강뇌 역츰기즁(亦叅其中)이라. 군문 쇼시ᄎᆞ로 나가며 가증 슬피 이통ᄒᆞ여 쇠
빈빅발의 누슈여우ᄒᆞ니 홀님이 마음이 자연 감동ᄒᆞ야 군즁의 문부ᄒ되 "져
도젹을 갓츠이 ᄂᆡ입하라". ᄃᆡᄒᆞ의 ᄭᅮᆯ여 안치고 호령 왈 "죽기의 당ᄒᆞ야 울기
난 여ᄉᆞ울년이와 악가 홀노 잇셔 울기난 무슴 일고?" 강뇌 쇼리을 크게 ᄒᆞ야
왈 "장군은 도젹의 쾌나 쳐결ᄒᆞ미 올커날 우난 곡졀 알아 쓸 ᄃᆡ 읍시니 사쇽
히 버이쇼셔". 홀님이 우던 연고을 고집피 물으미 강뇌 홀님의 강쳥ᄒᆞ멀 이긔
지 못ᄒᆞ야 젼일 후쳐(47.b) 뉴씨게 혹ᄒᆞ야 젼쳐 쇼싱 동션을 칠셰의 제 외가로

보닉엿더니 사싱을 자우금 아지 못ᄒ난 말과 그 후의 뉴써도 일코 도적의 즙펴 와 이리 고상ᄒ미 후회 막심ᄒ야 싱각건듸 자식 박듸흔 죄로 ᄒ나리 미워ᄒ사 이 지경의 보닉여 쳔신만고(千辛萬苦)을 빅 부르게 격게 ᄒ미라 ᄒ며, 누슈을 흘여 왈 "즁군은 쌜이 쳐츰ᄒ야 훗스람을 졍졔ᄒ쇼셔". 잇듸 〃 명쳔지면 흘님이 칠셰의 부친을 써나시니 안면을 알기가 쉬우련이와 밤이라. 얼골은 분간치 못ᄒ나 우난 셩음이 얼여셔 그 모친 승스시의 우던 부친 셩음과 갓틈을 듯고 자연 뎐일을 「싱각」ᄒ미 심회 격동ᄒ야 우난 연고을 놉피 안져 못다가 층파의 졍신이 상막흔지라.(48.a) 진졍ᄒ야 갓차이 나어가 촉을 발키고 용모을 살펴 보니 칠셰의 보던 부친이 완연흔지라. 연이나 다시 무러 왈 "자식을 외가로 보닐 쩌 흘노 보닉잇가?" 강뇌 고이ᄒ고 황숑 답 왈 "복셕이란 노자와 흠긔 보닉엿더니 즁간 쥬졈의셔 이러 〃 〃흔 일노 복셕은 도라오고 자식 동션은 나이 츰 이십이되 사싱쇼식을 몰나 지금 이즁의셔 글로 쳘쳔흔이 가슴의 막켜 죽지 못ᄒ옵더니 다힝이 장군을 맛나사오니 죄을 명빅ᄒ쇼셔". 흘님이 다시 의심흘 빅 읍난지라. 모셔 당상의 올이고 복지통곡ᄒ며 알외듸 "칠셰의 외가의 갓던 불효자 동션이 예 왓스오니 슬어마옵쇼셔". 강뇌 이 말을 들으믹 져승인지 이싱인지(48.b) 꿈인지 싱시지 어린다시 흘님을 바라 볼 싸름일너니, 여츳 반향의 닐셩통곡을 피을 토ᄒ며 싸의 업더져 긔졀ᄒ니 흘님이 듸경ᄒ야 급피 약으로 구ᄒ야 졍신을 차려 무슈이 슬어ᄒ시난지라. 흘님이 만단위로ᄒ니 기간의 아죠 영결흔 부지 상봉ᄒ미 그 질겁고 반가온 말이야 웃지 결을ᄒ야 긔록ᄒ리요. 흘님이 여간 나믄 도적을 다 제 고향으로 도라 보닉고, 직물은 군스의 호궤흔 후 즉시 부친을 모셔 도라올시 악양누로 즉노ᄒ야 즙간 귀경흘 제 사면을 살펴 보니 남탁건곤의 오쵸가 벌여잇고 양국의 자진 안기 월봉순의 써올으며 칠빅이 동졍호난 만경이 호탕ᄒ고 십이봉 무슨은 쳔쳡이(49.a) 아득한듸, 분 〃 이 나언 빅구난 빅셜이 비 〃 ᄒ고 촉 〃 이 쒸난 올이넌 즁 〃 이 쇼산난듸, 셕연(夕烟)은 쳐 〃(處處)의 일어 쳥운이 도여 가고 호월은 담 〃 ᄒ여 빙윤이 완연이라. 무슈한 쳔만 긔상은 흔 눈으로 다 볼 슈 읍더라. 흘님이 셩공도 ᄒ고 부친을 맛나시믹 흥이 층츌ᄒ야 글을 외오

니 ᄒ엿시되, "동정호상의 악양누요, 악양누하의 동정호라. 부지 상봉 셩공일
ᄒ니 희낙기 졍긔진언가". ᄒ며 고금문장의 글도 귀경ᄒ고 물싴을 왈남ᄒ다
가 션싱의 봉셔을 싱각ᄒ야 급피 기탁ᄒ니 ᄒ엿시되, "셩공ᄒ난 날의 부지
상봉ᄒ엿시니 악양누 귀경후의 흔슨사을 차져가면 평싱 흔이 읍시리라". 하
역거날(49.b) 즉시 발영ᄒ되 "예셔 흔슨사가 머지 안타 ᄒ니 즘간 귀경ᄒ리
라". ᄒ고, 군을 힝ᄒ야 슨문 박긔 유진ᄒ고 부친은 흔 나귀의 아희 종놈 말몰
이고 흘님은 션븨 모양으로 죽장망혜 셔힝ᄒ야 연계노젼 들어가니 슨악은
첩〃ᄒ야 만쳡병풍 둘너시며 계수난 즌〃ᄒ야 십이 폭포 흘너가고 빅(빅)운
은 봉두의 일어 낙〃장숑의 얼이엿고 바람은 쑐〃 불어 쏙〃화지 썰〃엿다.
슨고곡심 우난 두견 밤나지로 쇼릐ᄒ고 동셔의 노난 잉무 젼후의 날아들며
황여 환우ᄒ고 호졉은 춤을 츄니 측〃향화난 스람보고 반기반쇼ᄒ며 충〃긔
암은 젹막쳘연의 묵〃부답ᄒ고 풍편의 오난 경쇠난 구름 쇽의 은〃ᄒ니 물외
(50.a)건곤 여긔로다. 츈풍의 탐경긱이 셕양의 자로 거러 사문을 츠져가니 자
ᄒ난 미〃ᄒ야 셕탑을 덥펴시며 슈양은 요〃ᄒ야 동문을 막아시니 볼쇼록
싀로와라. 힝보을 둘우ᄒ야 션싱의 말슴을 쎄닷지 못ᄒ더니

  싀로이 각셜이라. 쇼졔와 츈믜 노고의게 의탁ᄒ야 셰월을 보닉더니 일〃은
노괴 일오듸 "이 근쳐의 흔슨사가 미오 죠타 ᄒ나 보지 못ᄒ엿시니 낭자난
날과 흠긔 츈풍의 심회을 쎄시미 웃더흔요?" 쇼졔 비록 몸은 고안ᄒ나 녀싱과
황운의 스싱을 모로고 승봉을 싱각흔즉 쑴이 아득ᄒ야 토셜은 안이ᄒ나 일심
의 병이 되니 웃지 풍경의 쓰지 잇실이요마는 닐신을 노구의게 의탁흔지라.
그 쇼쳥(50.b)을 그졀치 못ᄒ야 노구을 ᄯᅡ러 흔슨사의 가 승당의 들어 귀경
후의 법당의 들어가니 황금 교탑의 슴위 금불이 쇼졔을 보고 반기난 듯흔지
라. 쇼졔 각별 죠심ᄒ야 비예ᄒ고 쇽으로 비러 왈 "영특ᄒ온 불상은 녀싱과
황운을 쉬 만나 보게 ᄒ쇼셔". ᄒ더니 웃더흔 쇼년이 법당 문을 열고 들어오다
가 쇼졔와 츈믜와 노구 세 녀인 잇슴을 보고 퇴보ᄒ야 가난지라. 잇듸 쇼졔난
밋지 못ᄒᆞ야 보지 못ᄒ고 츈믜은 즘간 도라보니 구면목이 녀싱이라. 쇼졔 젼
의 엿조듸 "웃던 쇼년이 연젼의 약츄ᄒ던 녀싱공과 흡스ᄒ오니 알아보시

다". 쇼제 일오딕 "스람의 일은 층양치 못할연이와 녀상공이 웃지 여긔 왓스
올이요?" 츈믹(51.a) 왈 "쇼제난 규즁녀자라도 여긔 왓습난듸 녀상공 여긔
오기 얼여올잇ㄱ?" 쇼제 일오딕 "알아 보라". 츈믹 그 쇼연을 츄죵ㅎ야 일오
딕 "상공은 웃지흔 스람으로 체통읍시 남녀을 분별치 안코 스부딕 부녀 불공
ㅎ난듸 문을 열고 엿본다 ㅎ야 우리 노부인게셔 상공의 거쥬 승명을 알어
오라 ㅎ시니 기(가)리치쇼셔". 할님이 답 왈 "나난 사히로 집을 숨어 귀경의
신세을 붓쳐더니 거쥬난 읍고 승명은 녀동션일연이와 몰우고 들어갓지 남녀
체통 읍시 흔 비난 안이니 노을 츰어 허물두지 말나 ㅎ라". 츈믹 눈을 들어
그 스람을 살펴 보니 정연흔 녀싱이라. 다시 문 왈 "상공이 유쥬 홍자스 딕의
와 기시던 녀승공이 안이신잇ㄱ?" 홀님(51.b)이 의아ㅎ야 살펴 보니 쇼제 시
비 츈믹라. 반가온 심사을 죵치 못ㅎ야 급피 물어 왈 "나난 과연 그러ㅎ건이와
그딕난 홍즈사 딕 시비 츈믹 안이야?" 딕 왈 "그러ㅎ여이다". 홀님이 다시
문 왈 "웃지ㅎ야 예 왓시며 쇼제난 어딕 잇난요?" 츈믹 딕 왈 "쇼제도 여긔
기시오니 상공은 싸으쇼셔". 홀님이 츈믹을 싸라 법당의 일으니 츈믹 압셔
들어가며 쇼릭을 놉피 ㅎ야 왈 "녀상공이 여긔 왓스오니 쇼제난 보쇼셔". 쇼
제 놀나 도라보니 올육연 전의 즘간 상면흔 면목이 완연흔지라. 홀님 압희
업더져 긔식ㅎ거날 홀님이 급이 구ㅎ야 정신을 츠리믹 쇼제 울며 왈 "황운은
어딕 잇난익가?" 할님이 답 왈 "션성을 잘 맛나 흑업을 측실이 ㅎ며 편이
잇(52.a)스니 넘녜마쇼셔". 피츠 기간 씌고흔 스정이야 춍요즁의 웃지 다 ㅎ리
요. 홀님 왈 "당쵸의 그딕을 일코 즉시 빙부의 유셔을 본 후 황운을 다리고
션성을 츠져 이리〃〃ㅎ야 셩공ㅎ고 부친을 상봉ㅎ고 션싱의 봉셔을 보와
오날 예 와 그딕을 또 상봉ㅎ니 웃지 천우신죠가 안릴이요?" 쇼제 눈물을
거두고 딕 왈 "쳡도 〃적의 즙피여 가다가 부친의 봉셔을 보와 이리〃〃ㅎ야
져 노부인을 맛나 오날 예 와 승봉은 져 부인의 덕이로쇼이다". 홀님이 청파의
그 노구을 향ㅎ야 치ㅎ코자 ㅎ니 노구 문을 열고 공즁의 올나가며 일너 왈
"이난 다 천졍인니 닉게 치ㅎ치 말고 안과퇴평ㅎ라". ㅎ며 인홀불견일너라.
공즁을 향ㅎ야 비례 치(52.b)ㅎ〃고 즉시 쇼제을 별쌍의 안치고 부친게 이

슈연을 앙달혼 후의 그제야 "젼일 외가의 가다ㄱ 여시 〃 ᄒ야 죽게 되여습더니 천힝으로 홍자슈을 맛나 구ᄒ야 슈회을 슴어시나 이러 〃 ᄒ야 셩예난 못ᄒ고 기후의 도젹의 변을 맛나 피차 사싱을 몰나습더니 금일 상봉ᄒ온 사졍을 듸강 쥬달ᄒ나이다". 강뇌 층파의 허희 탄식 왈 "이 몸이 살아 쓸 듸 읍시나 이제 씬다라 싱각건듸 아모 시졀의 몽시 여ᄎ이 으든 후 너을 나허 일홈을 아희 신션이라 ᄒ기난 그쩌 몽시 여ᄎ 〃 ᄒ엿시니 도시 쳔졍이로다". 셔로 위로ᄒ고 홀님을 듸ᄒ야 일오듸 "힝예 젼의 자부을 보미 예졀의 미안ᄒ나 셰숭사의 권도가 잇난이 〃제 반가온 마음(53.a)을 것즙지 못홀지라". ᄒ고, 홀님을 압셰우고 쇼졔 잇난 별당의 숭면홀시 쇼졔 쏘혼 잇듸을 당ᄒ야 홀님을 맛나고, 쏘 그 부친을 숭봉혼다 ᄒ미 무슴 여혼 잇슬이요. 홀님과 셩예은 못 일읫시나 이날을 당ᄒ야 웃지 혐의ᄒ리요. 츈미을 다리고 강노의게 뵈옴을 할님젼의 뭇고자 홀 져음의 홀님리 그 부친을 모시고 별당의 와 보기을 쳥ᄒ난지라. 쇼졔 각별 죠심ᄒ야 지비ᄒ온 후 단좌져두ᄒ니 강뇌 좀간 살펴 본즉, 녀즁군ᄌ 인즁직덕이라. 혼번 보미 깃거옴을 층양치 못홀지라. 홀님을 도라보와 왈 "왕스난 말ᄒ야 쓸듸 읍고 너두의 늬 집 목역이 너의 부〃게 잇도다". 잇듸 홀님이 즁군의 분부(53.b)ᄒ야 부친과 쇼졔의 힝차를 경셩으로 올나갈시 먼여(져) 표을 올여 부친과 쇼졔 맛난 슈연을 상달ᄒ고 군을 힝ᄒ니 각도 열읍 슈령이 지경의 나 맛지 아리이 읍더라. 여러 날만의 양쥬의 득달ᄒ미 운빅동의 일으어 션산과 모친 숀쇼의 이통으로 쇼분ᄒ고 바로 경사의 올나오니, 잇듸 상이 표문을 보시고 츙츈을 마지 안이ᄉ 죠졍 빅관을 지위ᄒ야 홀님을 영졉ᄒ게 ᄒ니, 그 위의 즁ᄒ미 왕후을 비길너라. 궐늬의 들어가 슉비ᄒ온듸 상이 반기사 "원졍의 셩공을 슈이 ᄒ고 무사히 득달ᄒ니 〃만 큰 일이 희흔즁의 부모와 안희을 상봉ᄒ다 ᄒ니 쳔고의 읍난 빅라". ᄒ고, 즉시 공을 표홀시 홀님으로 좌상을(54.a) ᄒ이시고 강노난 안평군을 봉ᄒ시고, 퇴일ᄒ야 좌상과 홍쇼졔로 예을 지닌 후의 졍열부인 직쳡을 나리시니, 안평군과 좌상이 군을 축슈ᄒ고 젼일 베살홀 쩌을 싱각하니 비회 층싱ᄒ난지라. 잇듸 쳔ᄌ 좌상의 공을 더욱 잇지 못ᄒ야 부마공듀을 치워 좌슝 부자을 죠셕의 멀이 쩌나지

못ᄒ게 ᄒ시니 부귀번화 천ᄒ의 진동ᄒ더라. 좌승이 ᄉ급ᄒ신 궁의 부친을
모셔 지효로 봉양ᄒ고 홍씨난 정으로 화흡ᄒ고 춘민로 첩을 증ᄒ니 〃난 홍씨
의 쇼청일너라. 일〃은 좌승이 탑젼의 들어가 쳔ᄌ게 쥬달ᄒ되 "셜미 쳥춘의
국가을 위ᄒ야 금녜원혼이 되여ᄊ오니 그 츙열을 혈노ᄒ시오미 맛당(54.b)ᄒ올
까 ᄒ나이다". 상이 씨다르사 즉시 셜미로 츙열문의 셩명을 올여 쳔ᄒ의 알음
다온 말을 알게 ᄒ니라. 좌상이 션싱과 황운을 싱각ᄒ야 부인과 의논 후 부친
게 알오되 "션싱과 쳐졔 황운을 차져보시(ᄉ)이다". ᄒ고, ᄯ 쳔ᄌ젼의 수유을
바더 오봉ᄉ을 차져가고쟈 ᄒ야 힝장을 ᄎ리더니, 노복이 홀연 고ᄒ되 "웃지
ᄒ 공ᄌ 승상게 뵈옴 쳥ᄒ나이다". ᄒ거늘, 괴이ᄒ야 즉시 쳥ᄒ야 보니 〃난
황운이라. 반겨 문 왈 "션싱쥬의 긔후 그ᄉ 웃더ᄒ시야?" 황운이 되 왈 "지금
까지 「??」ᄒ시고 일젼의 말슴ᄒ시되 나난 인간 ᄉ람이 아니라. ᄉ심신ᄉ 젹숑쟐
(赤松子ㄹ)너니 쳥(쳔)명얼 밧ᄌ와 너의 남미을 구졔ᄒ미니 쌜이 도라가 네
미형 좌승을 보고 ᄎ져 오(55.a)지 말고 부모 쳐ᄌ와 희낙ᄒ다가 후싱의 쳥도
로 맛나 보기로 일으라 ᄒ시며 일봉 셔츌과 퇴흠 ᄒ나을 쥬시며 갓다 미형의
게 드리라 ᄒ더이다". 승상이 급피 셔츌을 써여 보니 ᄒ엿시되, "명나라 흘님
흑ᄉ 겸 졍남쟝군 의힝좌승 녀동션의게 부치노라. 사졔 이별니 임의 ᄉ연이
라. 그ᄉ 상되난 읍시나 쇼식은 알고 잇셔노라. 부모을 맛나며 안히도 상봉ᄒ
고 명망이 당셰의 유명ᄒ니 무슴 여혼이 잇슬이요 다른 허다 셜화난 고ᄉᄒ
고 그되 게모 뉴씨 젼싱 혐의 잇셔 그되을 힌쳐 외가로 보닌 후 남히 도젹의게
줍펴갈 졔 실영을 식켜 다려다 긔과쳔션ᄒ야 보닉니 부되 젼험을 싱각지 말고
친모갓치 셤겨 안과ᄒ라. 부되 명(55.b)심ᄒ야 ᄂ의 교훈을 져비(바)리지 말
나. 〃난 이졔 ᄉ심신산을 향ᄒ미 종젹을 찻기 얼여올지라. 차져와도 연분이
ᄭ쳐시니 오지 말나. 약 두기난 뉴씨 ᄉ지의 바르고 회싱산 두 쳡만 머기면
여젼ᄒ리라". ᄒ엿난지라. 승상이 남필의 일희일비ᄒ야 황운다려 문 왈 "모친
은 어되 게신야?" 황운이 되 왈 "아지 못ᄒ나이다". 승상 그 ᄯ졀 씨닷지 못ᄒ
고 션싱이 보닉신 흠을 열어 보니, 게모 뉴씨 눈물을 먹음고 쟈난다시 사지을
모오고 누워 죽어난지라. 밧비 그 ᄉ연을 부친게 고ᄒ고 일변 뉴씨의 몸을

들어닉여 뉘운 후의 보니, 흠 안의 환약 두 기 잇거날 션싱의 말슴티로 ᄒ니 과연 뉴씨 ᄉ지을 츳〃 펴며 졈〃 회싱ᄒᆞ야 자다 ᄭᆡ난 모양으로 흡품을 ᄒ (56.a)며 일어나난지라. 잇딕 강노 승상이 뉴씨 회싱을 보고 형용과 의복이 젼일 도젹의게 즙펴갈 제와 틀님이 읍난지라. 그 희흔〃 길검은 ᄭᅮᆷ을 ᄭᆡ로 ᄭᆡ듯ᄒ지라. 강노난 온연이 안져 볼 ᄯᆞ름이요, 승상은 약을 맛보와 권ᄒ며 위로 왈 "쇼ᄌᆞ년 아모 연의 외가로 공부갓던 동션이오니 모친은 안심ᄒᆞ쇼셔". 뉴씨 정신을 진졍ᄒᆞ야 좌우을 살펴 보니 동션은 의〃ᄒ고 쳥츈 두 부인은 싱면목이요, 강노난 빅발이 두 귀 밋틱 가득ᄒᆞ야 옛 얼골이 읍더라. 물어 왈 "쳡이 도젹의긔 즙펴 딕희을 월셥ᄒᆞ려 ᄒ다가 븜의게 죽어난듸 예 와 웃지 잇난잇가? 동션이라 ᄒ니 옛 일을 짐즉ᄒᆞ연이와 북그러온 마음은 죽어 모로고자 ᄒ며 져 부인넌 뉘요?" 승(56.b)상이 젼후 슈말을 낫〃 알오니 뉴씨 그제야 승상의 손을 줍고 ᄭᆡ로이 눈물을 흘이며 왈 "나난 너을 무슴 심정으로 히코자 ᄒᆞ야 닉치고 셰월을 보닉다가 도젹의 변을 당ᄒᆞ야 호환의 죽어더니 지금 와 싱각건디 도시 쳔졍익슈라. 슈원슈우(誰怨孰尤)ᄒ리요. 회과자칙(悔過自責)을 이제야 ᄒ노라. 강노 승상은 허물말고 이후나 각별 지나미 올홀지라". ᄒ고, 뉴씨 이날부터 가닉의 회긔을 지여 지난 일은 ᄭᅮ지시며 우숨을 도와 강노와 승상을 지극히 공경ᄒ니, 강노도 다힝이 여겨 화흡ᄒ고 승상은 더옥 효도ᄒᆞ야 셰월을 보닉니 잇딕 안평군이 연광이 늇십이요, 뉴씨의 나헌 사십이라. 뉴씨 말닉의 일남을 나흔니 직죄 ᄯᅩᄒ 긔이ᄒ지라. 승상이 독신을 흔탄ᄒᆞ다ᄭᅡ 아오(57.a)을 으드믹 더옥 ᄉ랑ᄒ더라. 강노와 뉴씨 우연 두(득)병의 빅약이 무효ᄒᆞ믹 승상이 쥬야 축쳔흔덜 ᄒ날이 졍흔 연흔이라. 웃지 일역으로 회츈ᄒ리요? 일죠(一朝)의 구몰(俱歿)ᄒ니 승상의 닉외 지효익통ᄒᆞ며 션션의 안중ᄒ고 셰월을 지닉더니 승상을 당ᄒ엿난지라. 승상 부〃 ᄭᆡ로이 익통ᄒ고 담사 길제 다 진닉 후의 복직ᄒᆞ야 물망이 죠졍의 진동ᄒ니 승상이 믹양 마음의 부귀 너머 과망흠멀 넘녀「ᄒ고」, 층병(稱病)ᄒᆞ야 벼살을 ᄉ양ᄒ고 운빅동의 나려와 황운은 명문그죡(名門巨族)의 취쳐ᄒ고 쳥운의 올나 벼살이 시랑 춤졍의 일으엇더니, ᄯᅩᄒ 벼살을 바리고 승상을 ᄯᅡ러 낙향ᄒ니 기

간의 유쥬 셜양촌의 가셔 자스 닉외 손쇼의 쇼분ㅎ고 노복을 상사(賞賜)ㅎ야
(57.b) 츈츄 향화을 극진이 밧들라 ㅎ다. 숭상이 즈손이 만당ㅎ고 부귀 극즁ㅎ
니 흔가이 여연을 보닉고자 ㅎ야 쳐스 귀향의 쳥풍숑월이요, 비숀임뉴(背山
臨流)흔 고딕 슈간모옥을 벽게숭의 지여두고, 용문손의 쳔쳑 오동을 비여닉
여 오현금 쥴을 믹여 벽숭의 거러두고 싱믹 즙어 길들여 곡손으로 쒬 손양
보닉고 빅마 네 굽통 솰질 솰〃ㅎ야 뒷동손 양유ㅎ의 츔바(?) 늘여믹고 압들
의 두루미 노코 뒷들의 게우노코 동편의 마구 일간이요, 남편의 셕가손 모와
두고 솔 심어 졍즈 숨고 뫼을 놉펴 딕을 숨고 물을 파 양어ㅎ고 압희 츈슈만스
틱이요, 두 손의 ㅎ운은 다긔봉ㅎ듸 취쥭창숑은 좌우의 숨열ㅎ고 긔화요쵸난
젼후의 울밀흔듸 바람 부(58.a)러 숑셩실ㅎ니 노졍쇄숑풍이요, 안긔되야 흑졍
홍이라. 꽂 표긔의 갈긔 울고 죽임의 긔 짓넌다. 계명옥상 슈셩입이요, 요〃일
견 페도원을 뉘라셔 일넛던고. 압 닉의 고기 놀고, 뒷 손의 실과 쳘 츤넌다.
빅곡은 풍양흔듸 우양은 자귀촌향이라. 도화난 흡노홍부슈요, 뉴셔표풍빅만
션이라. 셕경귀숭은 손영외요, 연슨면노난 우셩변셩이라. 운무심이 츌수타가
죠권비이지환이라. 경예〃이 장입ㅎ야 무고숑이 반환이라. 원근손쳔을 일망
의 도라오니 젼면 양뉴난 사〃녹이요, 후원 도화난 졈〃홍이라. 화간졉무난
분〃셜이요, 지상잉가난 셩〃금이라. 우슬부슬 우만듸요, 울긋불긋 화편손을
다리거던(58.b) 사입옹은 녀빅구요, 셕양 단발 쵸목덜은 농젹ㅎ야 도라온다.
바람 쇼릭난 쥬야의 무진ㅎ고 숑쥭은 스시의 불변흔듸 별유션경 이안인가.
영월쳔운과 야슈숀금이 몰슈히 닉 집 긔물 되고 숑졍 나월의 꽂 피면 봄인
쥴 알고 입히 지면 가을이라. 손즁의 칙역(冊曆) 읍셔도 일노쎠 사시을 짐쟉
ㅎ고 인간 시비을 물외(物外)의 던져시니 쇼부(소부) 허유(許由)와 숭슨 사호
가 안이면 어이 버지 잇슬이요. 봉젼의 화긔ㅎ고 후흑의 ?싱ㅎ니 죽즁망혜로
완보셔힝ㅎ야 갈건을 셧게 쓰고, 원근 손쳔을 풍경으로 도라오니 원손은 □□
□고 근손은 즁〃ㅎ야 숨손은 발낙쳥쳔외요, 간□□ 즌〃ㅎ야 이골져골 흡슈
ㅎ니 〃슈즁분□(59.a)□□□라. 쳔ㅎ 명숭지을 손고바 실알인니(헤아리니)
방즁 봉닉 □□ 영쥬 숨신손(三神山)은 혹 웃더흘지 모로건이와 아미□□

발윤취라. 무능도원이 안젼(眼前)의 버러잇다. 입논의 올베 비여 천일쥬을 비
져두고 날마다 장취불셩(長醉不醒)ᄒ며 죽졍 놉흔 집의 향침을 도〃 비고
은근이 누워시니, 아달 손 다리고 손자덜 춤츄이며 미식(美色)으로 탄금(彈
琴)ᄒ야 권쥬가(勸酒歌) 장진쥬(將進酒)로 남풍시 자지곡을 화답 후의, 즈넌
나귀등의 슐을 싯고 낙시쩌 두러미고 쳥뉴벽게의 을인옥척(銀鱗玉尺)을 희
롱ᄒ니 즈미을 의논「ᄒ」면 신션이 불업즌코 부귀을 의논ᄒ면 셰샹의 읏듬일
너라.(59.b) 끝.

세책 고소설 독자를 실증적으로 밝혀낸
정명기(鄭明基)

/ 제자 유춘동

　정명기(鄭明基, 1955~2018) 선생님은 나손(羅孫)의 제자로서, 야담(野談) 연구의 개척자이자 세책(貰册) 고소설 연구의 개척자였다.

　그는 철저한 자료 조사 및 수집, 자료의 입력과 활용에서 학계에서는 거의 독보적인 인물이었다.

　그의 선도적인 연구는 여러 가지가 있다. 세책과 관련해서 중요한 연구를 말한다면 다음과 같다.

 - 고소설 후기(後記)의 성격고(1979)
 - 세책 필사본 고소설에 대한 서설적 이해(2001)
 - 세책본 소설의 유통 양상: 동양문고 소장 세책본 소설에 나타난
   　세책장부를 중심으로(2003)
 - 세책본 소설에 대한 새 자료의 성격 연구(2005)

　소설을 읽은 조선시대 독자들은 책 여백에다가 자신의 소회를 적은 다양한 필사기를 남겼다. 1979년에 발표한《고소설 후기(後記)의 성격고》는 이에 대한 체계적인 정리이자, 이 자료들의 의미를 학계에서 어떻게 부여할 것인가를 제시한 것이다. 이 글은 석사과정 2학기에 쓴 글이라는 점에서 놀랍다.

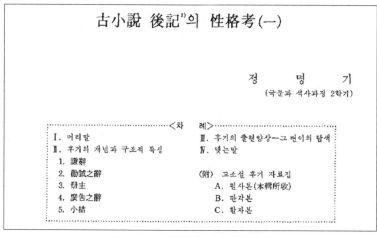

《고소설 후기(後記)의 성격고》의 목차

그의 논문 중에서 압권은 "세책본 소설의 유통 양상: 동양문고 소장 세책본 소설에 나타난 세책장부를 중심으로"이다. 세책은 여러 사람이 빌려보는 특성상, 파손의 위험이 컸다. 따라서 그 위험성을 줄이고자 여러 가지 방안을 고려했는데, 폐지로 책을 두껍게 만든 까닭도 그 때문이었다.

이때 폐지는 용도 폐기된 여러 종이를 썼는데, 이 종이는 대체로 세책점에서 운용하던 장부(帳簿)나 훼손된 세책본이었다. 언젠가 세책점에서 대여한 세책장부가 온전한 형태로 발견될지 모르겠지만 현재로 남아있는 장부는 없고, 거의 이런 모습으로 조각조각 상태로 책 이면에 남았을 뿐이다.

일본 동양문고에서 이 자료를 찾기 위해 자료를 뒤적뒤적 거리고, 찾아내면 손으로 하나하나 베껴서 다시 정리하여 작성한 논문이, 바로 "세책본 소설의 유통 양상: 동양문고 소장 세책본 소설에 나타난 세책장부를 중심으로"이다.

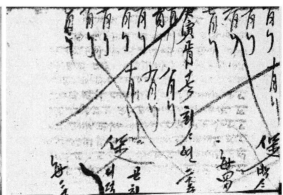

배접지로 쓴 세책 장부

이 논문은 세책본을 향한 시각을 180도로 바꾼 중요한 성과였다. 기존에는 여성독자가 주로 세책, 세책점을 이용했다고 말해왔다. 그러나 자료 확인 결과 이와는 반대로 남성독자가 많았다는 새로운 사실을 밝혔다. 아울러 책을 대여하기 위해 담보한 다양한 물건, 세책 대여 기간, 1인당 대출 책의 수량, 최다 대여자와 같은 세책 대여점의 실제 운영 상황을 실증적으로 보여주었다.

정명기 선생님은 이러한 결과를 토대로, 별도의 단행본으로 준비하고 있었다. 그러나 이 과정에서 2018년 3월 21일 갑자기 영면하고 말았다. 세책 연구의 활성화를 위해 누구보다 열정적으로 공부하신 선생님의 갑작스런 죽음이 지금도 믿기지 않는다.

개인적으로 선생님은 논문이나 책이 나오면 꼭 전화를 주셨다. "유선생…"으로 시작하던 선생님의 그 그리운 목소리. 이제 다시 들을 수 없는 그 목소리. 선생님의 그 목소리를 다시 들을 수 없는 줄 알면서도 다시 꼭 듣고 싶은 마음이 간절하다.

책을 펴내며

/ 큰 딸 정보라미

아버지는 평생을 천진한 소년처럼 살다가신 분이었습니다.
그러니 어쩌면 세상사에 좀 서툴렀을지도 모릅니다만,
맑은 마음으로 세상과 사람을 바라보던 당신과
각별한 부녀의 인연으로 만날 수 있어 감사했습니다.
이른 이별이라고들 하지만
사랑하는 아버지와의 이별이 언젠들 슬프지 않을까요.
이 인연의 끝을
너무 아프게만 생각하지는 않으려 합니다.
이 생을 오롯이 잘 견뎌내고 자유로이 떠나신,
참 그리운 나의 아버지.

매일 밤 제게 팔베개를 내어주고
도란도란 옛날이야기를 들려주시던 그때의 아버지처럼
이제는 제가 아이에게 매일 밤 옛날이야기를 들려줍니다.
이렇게 아버지의 길을 따라갑니다.

아버지께서 미처 수습하지 못한 산고들이 이 저서로 출간되기까지
여러모로 애써주신 김준형 선생님, 유춘동 선생님과 서문을 기꺼이
써주신 이윤석 선생님께 깊이 감사드립니다.

|저자 소개| 정명기(1955~2018)

서울에서 태어나, 연세대학교 국어국문학과(학사) 및 동 대학원(석·박사)를 졸업하였다. 1982년 3월에 원광대학교 사범대학 국어교육과에 부임하여 2018년 2월까지 교수로 재직하였다.

한국 야담문학을 위주로, 세책본소설의 문화사적 성격, 근대 야담사(野談師)들의 삶과 문학적 궤적, 그리고 근대 소화와 한문소설 등 한국 고전 서사문학 자료의 유통과 전승에 관심을 두고 공부하였다. 2018년 3월, 지병으로 세상을 떠났다.

▶ 연구목록

1. 자료집 간행
『韓國野談資料集成』전23권 (계명문화사, 1987·1992)
『原本 東野彙輯』상·하 (보고사, 1992)

2. 교주 및 역주
『校註 靑邱野談』상·하 (김동욱과 공역주, 교문사, 1996)
『국역 양은천미』(이신성과 공역, 보고사, 2000)
『한국고소설 관련 자료집 Ⅰ』(김현양, 최재우, 이대형, 전상욱, 김영희와 공역, 태학사, 2001)
『당진연의』1·2 (김준형과 공역, 이회, 2006)
『한국재담 자료집성』1·2·3 (보고사, 2009)
『소대성전』(이윤석·전상욱과 공역, 보고사, 2018)

3. 편저
『野談文學論』상·하 (보고사, 1994)
『야담문학연구의 현단계』1·2·3 (보고사, 2001)
『세책 고소설 연구』(大谷森繁, 이윤석과 공편, 2003)

4. 논저
1) 단행본
『韓國野談文學研究』(보고사, 1996)
『구활자본 야담의 변이양상 연구』(이윤석과 공저, 보고사, 2001)
『윤치호의 우순소리 연구』(허경진, 유춘동, 임미정, 이효정과 공저, 보고사, 2010)
『한국 고소설의 자료와 유통』(보고사, 2019)
『한국 야담의 자료와 전승』(보고사, 2019)

2) 연구논문

 1) 「古小說의 後記考 (1)」, 『원우론집』 7집, 연세대 대학원, 1979.

 2) 「女豪傑系 小說의 形成過程 硏究」, 연세대 대학원 석사학위논문, 1981.

 3) 「奴-主의 어울림과 맞섬」, 『한국언어문학』 21집, 한국언어문학회, 1982.

 4) 「유씨부인젼에 나타난 烈과 再生」, 『연세어문학』 14·5합집호, 연세대 국어국문학과, 1982.

 5) 「방쥬젼의 짜임새와 의미」, 『국어교육연구』 3집, 원광대 국어교육과, 1983.

 6) 「야담연구의 현황과 장래」, 『글터』 1집, 원광대 국어교육과, 1983.

 7) 「야담문학에 나타난 역사의식」, 『글터』 2집, 원광대 국어교육과, 1984.

 8) 「〈洪純彦 이야기〉의 갈래와 그 의미」, 『동방학지』 45집, 연세대 국학연구원, 1984.

 9) 「이야기의 改變樣相과 그 意味-漂海錄 類話를 통해서 본」, 『원광한문학』 2집, 원광한문학회, 1985.

10) 「〈趙忠毅 이야기〉의 演變樣相과 意味」, 『국어교육연구』 5집, 원광대 국어교육과, 1986.

11) 「〈丁香이야기〉의 구조와 의미 연구-逸話를 중심으로」, 『국어교육연구』 6집, 원광대 국어교육과, 1987.

12) 「靑邱野談의 편자와 그 이원적 면모-小倉進平本을 통하여 본」, 『연민 이가원선생 칠질송수기념논총』, 정음사, 1987.

13) 「野談의 變異樣相과 意味 硏究」, 연세대 대학원 박사학위논문, 1989.

14) 「야담의 변이양상에 대한 소고」, 『국어교육연구』 7집, 원광대 국어교육과, 1989.

15) 「〈洪純彦逸話〉의 小說的 變容에 관한 연구」, 『성곡논총』 20집, 성곡학술문화재단, 1989.

16) 「야담의 소설화」, 『한국소설사』, 현대문학사, 1990.

17) 「동패락송 연구-이본의 관계 양상을 중심으로」, 『원광한문학』 4집, 원광한문학회, 1991.

18) 「최척전」, 『고전소설연구』, 일지사, 1993.

19) 「용문몽유록 연구」, 『고전소설연구논총』, 경인문화사, 1994.

20) 「청구야담의 전대문헌 수용양상 연구-『학산한언』을 중심으로」, 『연민학지』 2집, 연민학회, 1994.

21) 「전과 야담의 엇물림 (1)」, 『한국언어문학』 33집, 한국언어문학회, 1994.

22) 「〈조생-도우탄의 딸〉이야기의 의미 연구」, 『열상고전연구』 8집, 열상고전연구회,

1995.

23) 「여동선전 연구」, 『고소설연구』 1집, 한국고소설학회, 1995.

24) 「『지선전』의 짜임새와 의미 소고」, 『열상고전연구』 9집, 열상고전연구회, 1996.

25) 「『동패락송』 연구 (2)-국문본 『동패락송』에 나타난 번역양상」, 『연민학지』 5집, 연민학회, 1997.

26) 「해제 破睡」, 『연민학지』 5집, 연민학회, 1997.

27) 「야담연구를 위한 한 제언」, 『열상고전연구』 10집, 열상고전연구회, 1997.

28) 「해제 『계서잡록』 권지삼」, 『열상고전연구』 10집, 열상고전연구회, 1997.

29) 「야담집의 간행과 전승양상-『계서잡록』계를 중심으로」, 『황패강교수고희기념 설화문학연구』 상·총론, 단국대 출판부, 1998.

30) 「청야담수의 원천과 변이양상 연구」, 『조선학보』 170호, 조선학회, 1999.

31) 「야담연구에서의 자료의 문제」, 『한국문학논총』 26집, 한국문학회, 2000.

32) 「세책본소설에 대한 서설적 이해」, 『고소설연구』 12집, 한국고소설학회, 2001.

33) 「해제 견신화」, 『동방고전문학연구』 4집, 동방고전문학회, 2002.

34) 「해제 미산본 청구야담」, 『한국민족문화』 19·20합집, 부산대 한국민족문화연구소, 2002.

35) 「미산본 『청구야담』의 원천과 의미 연구」, 『어문학』 78집, 한국어문학회, 2002.

36) 「개항기 소설과 야담에 나타난 서구 인식」, 『열상고전연구』 17집, 열상고전연구회, 2003.

37) 「세책 고소설 연구의 현황과 과제」, 『세책고소설연구』, 혜안, 2003.

38) 「세책본소설의 간소에 대하여-동양문고본 『삼국지』를 통하여 본」, 『세책고소설 연구』, 혜안, 2003.

39) 「세책본소설의 유통양상」, 『고소설연구』 16집, 한국고소설학회, 2003.

40) 「세책본소설에 대한 새 자료의 성격 연구」, 『고소설연구』 19집, 한국고소설학회, 2005.

41) 「서강대본 『단편야담집』(假題)의 源泉과 그 意義에 대한 소고」, 『동남어문논집』 29집, 동남어문학회, 2005.

42) 「〈위생전〉(〈위경천전(韋敬天傳)〉) 교감의 문제점」, 『고소설연구』 22집, 한국고 소설학회, 2006.

43) 「〈위생전〉(〈위경천전〉) 이본 연구」, 『어문학』 95집, 한국어문학회, 2007.

44) 「일제 치하 재담집에 대한 재검토」, 『국어국문학』 149집, 국어국문학회, 2008.

45) 「필기, 야담집에의 수용 양상-『교거쇄편』 소재 자료를 중심으로」, 『한국한문학

연구』 41집, 한국한문학회, 2008.

46) 「연민본 『골계잡록』에 대하여」, 『연민학지』 15집, 연민학회, 2011.

47) 「고소설 유통사에 대한 새로운 시각-목활자본 『王慶龍傳』의 출현을 통해서 본」, 『열상고전연구』 33집, 열상고전연구회, 2011.

48) 「순천시립 뿌리깊은나무박물관 소장 고소설의 현황과 가치」, 『열상고전연구』 35집, 열상고전연구회, 2012.

49) 「완질 『溪西雜錄』(일사(1)본)의 출현에 따른 제 문제」, 『열상고전연구』 40집, 열상고전연구회, 2013.

50) 「浮談의 발견과 패설사적 의의-자료 소개를 중심에 두고」, 『열상고전연구』 38집, 열상고전연구회, 2014.

51) 「강촌재본 『임화정연긔봉』을 넘어서-세책본소설·순천시립뿌리깊은나무박물관본·구활자본과의 비교를 통해서 본」, 『열상고전연구』 41집, 열상고전연구회, 2014.

한국 고소설의 자료와 유통

2019년 3월 11일 초판 1쇄 펴냄

지은이 정명기
펴낸이 김흥국
펴낸곳 도서출판 보고사

책임편집 김하놀
표지디자인 손정자

등록 1990년 12월 13일 제6-0429호
주소 경기도 파주시 회동길 337-15 보고사 2층
전화 031-955-9797(대표)
    02-922-5120~1(편집), 02-922-2246(영업)
팩스 02-922-6990
메일 kanapub3@naver.com/bogosabooks@naver.com
http://www.bogosabooks.co.kr

ISBN 979-11-5516-883-7   93810
ⓒ 정명기, 2019

정가 33,000원